RAKIEN
KIKONEN
Hebros
Byzantion
BITHYNIEN
Königsburg des Polymestor
THASOS
SAMOTHRAKE
BISTONEN
IMBROS
Kyzik
PHRYGIEN
Dardanos
Hellespont
Rötheion
Troja
Berg Ida
TROAS
Sigeion
Skamander
LEMNOS
MYSIEN
TENEDOS
Alexandria Troas
Kolonä
Lyrnessos
Assos
Chryse
Theben
Pyrrha
LESBOS
Antissa
Thermi
Kajkos
Eresos
Teuthrania
SKYROS
LYDIEN
Hermos
ÄGÄISCHES MEER
CHIOS
IONIEN
Maiandros
ANDROS
SAMOS
IKARIA
TENOS
KEOS
SYROS
MYKONOS
DELOS
KARIEN
PHAROS
NAXOS
KOS
MELOS
IOS
NYSIROS
Rhodos
Kamikos
RHODOS
Heraklion
A
Knossos
Lythos
Phaistos

GÉRARD HOFER

ODYSSEUS

GÉRARD HOFER

ODYSSEUS

ROMAN

EDITION MEYSTER

Für meine Gitti,
Klaus und Niki
und meine Kinder

Umschlaggestaltung: Volkmar Schwengle, BuW Berlin
Vorsatzkarte: Christel Aumann, München
Satz: Schaber Datentechnik, Wels
Gesetzt aus der 10/12 Punkt Aldus in PostScript
Druck und Binden: Wiener Verlag, Himberg
Printed in Austria
ISBN 3-485-08234-1

INHALT

PROLOG

Das Bett des Odysseus *9*

Das Bett des Zeus *17*

Das Bett der Helena *23*

I.

Helena und Paris *33*

II.

Kriegsgelüste *79*

III.

Krieg um Troja *215*

IV.

Irrfahrten *413*

V.

Heimkehr und Rache *527*

EPILOG *599*

ANHANG *601*

Prolog

Das Bett des Odysseus

Erst als die dämmernde Frühe mit Rosenfingern erwachte, war das Fest zu Ende. Eine ganze Woche lang hatten sie Hochzeit und Krönung gefeiert; hatten gegessen, getrunken, gelacht und getanzt. Sie hatten Spiele veranstaltet, Wettkämpfe durchgeführt, Sänger und Musikanten waren aufgetreten – welch rauschendes Fest war es gewesen. Die Gäste waren von überallher gekommen, von den angrenzenden Inseln, dem nahen Festland und natürlich von Ithaka selbst: Fürsten und Prinzen, Freunde, Bürger, einfache Leute, ja sogar Bettler; denn es war Sitte an Ithakas Hof, keinen, auch nicht den Ärmsten, von der Schwelle zu weisen. Es war das schönste Fest, das je auf der Insel stattgefunden hatte. Aber wie das so ist: Am Ende kostet es Mühe, die Gäste wieder loszuwerden.

»Laßt euch nie wieder hier blicken«, rief Odysseus den letzten Zechern nach, die im Morgengrauen grölend davonzogen. Natürlich war das nicht böse gemeint, doch war er müde und wollte einfach nur noch schlafen.

Die Sonne stand schon hoch über Ithaka, als er erwachte. Ein süßer Hauch von Rosenöl stieg in seine Nase. Er spürte, wie ein warmer Körper und weiche Lippen ihn liebkosten. Schwer öffnete er die Lider – da fuhr es wie ein Beben durch seine Brust: »Penelope! Es ist wahr, sie ist wirklich da und gehört mir!«

Bei allen Göttern! Voller Verlangen umarmte er sein süßes Weib und hielt sich fest an der Weichheit ihres honigfarbenen Körpers. Doch lähmte der übermäßige Genuß des Weines noch immer seine Glieder.

»Odysseus, erwache!« sang sie leise in sein Ohr.

»Penelope, laß uns noch ein wenig schlafen, die Tage standen im Zeichen des Dionysos und waren anstrengend.«

»Schlafen nennst du das? Ich habe kein Auge zugetan. Diese Pritsche ist so hart wie der Amboß des Hephaistos. Jede Dienerin im Haus meines Vaters ruht sanfter. Muß ich erst von Sparta nach Ithaka kommen, um zu lernen, was Zucht und Entbehrung heißt?«

Odysseus wußte, daß es noch viel zu tun gäbe, bis seine Penelope wirklich zufrieden wäre. Sein Vater, der alte König Laërtes, und seine Mutter Antikleia waren zwar nach seiner Krönung aufs Land gezogen. Er aber schlief noch immer in der Kammer seiner Jugend, denn im schönen Zimmer der Eltern hatte er, auf den Rat des alten Freundes Mentor hin, einen Altar für seine Beschützerin und Lieblingsgöttin Pallas Athene errichtet. Wo sollte er nun mit seiner Frau ...

»Odysseus, aufstehen!«

Penelope ließ nicht locker. Über und über bedeckte sie seinen Körper mit kleinen Küssen und flüsterte ihm ins Ohr: »Wach auf, mein Lieber, komm!«

Müde rieb er sich den Sand des Morpheus aus den Augen, reckte die Glieder, wollte protestieren. Doch als er in die strahlend blauen Augen seiner Penelope sah, in das verliebte, von dunklen Locken umrahmte Gesicht, war die Schwere plötzlich von ihm gewichen.

»Hab Geduld«, sagte er und nahm Penelope noch mal in seine Arme, »ich werde dir ein Bett bauen, das weicher ist als das von Hera, sanfter als das der Aphrodite, schöner als das aller Götter.«

»Dazu mußt du aber erst aufstehen, mein Geliebter.«

Penelope wand sich aus seinen Armen, streifte sich ihr Kleid über und zog ihm dann die Decke vom Bett – so mußte er sich schließlich fügen und sagte mit Widerwillen in der Stimme: »Schick bitte nach Euryklea.«

Als hätte sie vor der Kammer gelauscht, kam die alte Amme und Dienerin herein und reichte dem König eine Schale dampfender Ziegenmilch.

»Guten Morgen, lieber Herr, ich hoffe, du hast wohl geruht.«

Odysseus trank und stellte die Schale auf den Boden. Da schoß wie ein Pfeil ein kleiner, kläffender Hund durch die Tür, schwänzelte und fuhr zur Begrüßung Odysseus mit seiner feuchten Zunge über das Gesicht. Dann stürzte er sich gierig auf die Milch und schlabberte sie in sich hinein.

»Argos, gehst du weg da! Wirst du wohl die Milch unseres Herrn zufrieden lassen!«

»Laß gut sein, Amme«, rief Odysseus, »er will doch nur etwas trinken.«
Kaum war die Schale leer, verlangte er nach mehr. Tollpatschig kratzte er an Odysseus' Bein, da zuckte dieser jäh zusammen. Mit seinen spitzen Krallen hatte der wilde kleine Kerl gerade die Narbe über Odysseus' Knie erwischt, die von einer Verletzung stammte, die er sich vor Jahren bei der Eberjagd am Berg Parnassos zugezogen hatte. Gerade, als er mit der Lanze zustechen wollte, hatte ihn der Eber angegriffen und mit seinem mächtigen Hauer ein tiefes Loch in sein Fleisch gerissen. Obwohl der Unfall schon fast vergessen war, tat die Narbe jetzt doch wieder weh. Zornig verscheuchte er Argos, der sich winselnd in eine Ecke verzog, und Euryklea brachte schnell ein feuchtes, kühlendes Tuch.
»Böser Eber! Böser Argos! Gleich wird es besser werden, mein König«, sagte sie und tupfte den kleinen Riß behutsam ab.
»Ach Amme«, sagte Odysseus lachend, »der kleine Kratzer wird einen König schon nicht vom Thron stürzen.«
König, bei Zeus, das war er! Zwanzig Jahre alt und König von Ithaka und Same, Zakynthos und Dulichion. Nun lag es an ihm, die Herrschaft auszuüben, sich durchzusetzen und seine Inseln gegen alle Feinde von innen und von außen zu verteidigen! Der Vater hatte ihm ein wohlgeordnetes Königreich hinterlassen, nun mußte er es halten und verwalten. Odysseus lächelte. Hatte er nicht die besten Voraussetzungen dazu? Kraft, Mut und einen klaren Verstand, dazu Penelope, die süßeste aller Griechinnen, als Gattin.
Helena, die Tochter des Königs Tyndareos von Sparta, die im selben Hause großgezogen worden war wie Penelope, galt als die schönste Frau auf Erden. Selbst Dichter und Sänger kündeten von ihrer göttergleichen Erscheinung. So war es kein Wunder, daß die Fürstensöhne aller Staaten Griechenlands in Scharen nach Sparta zum Hof des Tyndareos pilgerten, als Helena ins heiratsfähige Alter kam, um dort um sie zu werben. Zumal der künftige Schwiegersohn des Tyndareos auch König von Sparta werden sollte, da seine beiden Söhne Kastor und Polydeukes im Kampf um unheilvolle Liebschaften gefallen waren und es daher keinen männlichen Erben mehr gab.
Natürlich war auch Odysseus gekommen. Als Tyndareos ihn will-

kommen hieß und ihm die liebliche Tochter zeigte, war er tatsächlich geblendet von deren Schönheit. Doch irgend etwas störte ihn an ihr. Er traute ihr nicht. Sie war zwar entzückend, aber machte jedem der Bewerber schöne Augen, daß jeder glaubte, sie habe ihn erwählt. So dauerte es nicht lange, bis es zu ersten Eifersüchteleien unter den Prinzen kam, und bald drohten sogar echte Kämpfe mit dem Schwert. Odysseus hielt sich den Streitigkeiten fern und behielt einen kühlen Kopf. Eines Tages begegnete ihm dann im Garten des Palastes Penelope, die Tochter des Ikarios, der vor seinem Bruder Tyndareos König gewesen war. Was für eine Frau! Fünfzehn Jahre war sie alt, hochgewachsen, schlank und zierlich, und schön wie eine Grazie. Nur war sie eben keine Königstochter, und deshalb beachtete sie niemand. Alle scharten sie sich unentwegt um Helena, schmeichelten und buhlten und schlugen sich wegen ihr. Odysseus hatte nichts dagegen, denn er war längst in Penelope verliebt und hatte insgeheim beschlossen, sie als Gemahlin zu gewinnen.
Inzwischen war der Andrang um Helena so groß geworden und die hitzigen Bewerber so zahlreich, daß Tyndareos Mord und Totschlag fürchtete. Menelaos, der Bruder des mächtigen Königs Agamemnon von Mykene, war sogar von dem zornwütigen Riesen Ajax zu einem Messerkampf auf Leben und Tod herausgefordert worden. Da hatte Odysseus eine Idee: »Laß doch sämtliche Bewerber einen heiligen Eid schwören, daß jeder von ihnen für alle Zeiten das Leben und die Ehre desjenigen zu schützen habe, der Helena zur Frau erhält«, sagte er zu Tyndareos. »Auf diese Weise kann niemandem ein Unheil widerfahren.«
Tyndareos schaute Odysseus an, als habe ein Gott zu ihm gesprochen. Natürlich! Nur so war es möglich, wieder Frieden unter den Streithähnen zu stiften und diesen auch zu wahren. Denn immer noch glaubte ein jeder, er selbst sei der Erwählte und die Treue aller anderen gälte infolgedessen ihm. Und so taten sie den Schwur.
Die Entscheidung fiel zugunsten des blonden Menelaos aus. Zwar hieß es, daß er Knaben zugeneigter sei als Frauen, doch war er der Bruder des Königs Agamemnon, der bereits Helenas Schwester Klytämnestra geheiratet hatte, und außerdem unermeßlich reich.
Da Odysseus durch seinen guten Rat Frieden gestiftet hatte, belohnte

ihn Tyndareos mit seiner Nichte Penelope: »Nimm sie«, sagte er zu Odysseus, »führe sie heim nach Ithaka. In ganz Hellas wirst du keine bessere Frau finden.« Und zu Penelope sagte er: »Zieh mit Odysseus, keinen klügeren Mann wirst du jemals treffen.«

Odysseus und Penelope sanken sich glücklich in die Arme, denn während der langen Bewerbungszeit um Helena hatten sie sich oft gesehen, und beide liebten sich schon längst von ganzem Herzen. Und nun war sie seine Frau.

Prächtig gekleidet und gegürtet, die goldroten Haare nach hinten gekämmt, die Brust gereckt, trat Odysseus in die von zwei mal zwölf Säulen getragene Halle seines Palasts und von dort zum Altar der Pallas Athene. Innig umfaßte er die Knie des Standbilds, dankte der Göttin und flehte um Entschlossenheit, Mut und Stärke, sein Haus künftig wohl zu bestellen.

Doch er bat um das, was er längst besaß. Mut hatte er gezeigt, als er die Räuber aus Messenien erschlagen hatte, die ihm hundert Schafe und Rinder entführen wollten. Und Kraft? An der Wand hing ein mächtiger Bogen, so dick wie der Arm eines Kindes. Er nahm ihn vom Haken, wiegte ihn in der Hand und lächelte stolz. Bei den Wettkämpfen anläßlich seiner Krönung war er von allen der einzige gewesen, der diesen Bogen des Eurytos zu spannen in der Lage gewesen war. Diesen sagenhaften Bogen, den ihm Iphitos geschenkt hatte und mit dem sogar schon der große Herakles geschossen hatte …

Odysseus faßte einen Entschluß: Er wollte sich wehrhaft zeigen und seine Inseln verteidigen gegen Schurken, Räuber, Diebe, Gesetzesbrecher und Feinde von außen. Zu diesem Zweck wollte er sich gut rüsten und eine Waffenkammer bauen.

Draußen vor der großen Halle begegnete er Eumaios, der die Aufsicht über alle seine Knechte führte.

»He, Eumaios, es gibt Arbeit zu tun. Rufe Leute zusammen. Sie sollen Holz und Steine holen, wir wollen eine neue Waffenkammer bauen!«

Neben der zum Meer hingewandten Palastmauer stand ein mächtiger Olivenbaum. Die Krone reichte weit über das Dach des Hauses hinaus. An seinen Stamm gelehnt, der aufrecht und gerade war wie eine Säule, saß im kühlen Schatten der tief herabhängenden Zweige

Penelope. Der laue Wind, der vom Meer herüberwehte, spielte in ihrem Haar. Die Luft roch nach Orangenblüten, Akazien, Lorbeer und Thymian. Tief atmete sie die Düfte des neuen Landes ein und war froh, dem hektischen Treiben, dem Lärm und dem Gestank ihrer alten Heimatstadt Sparta entkommen zu sein.
Freilich tat es ihr weh, daß sie ihren Vater Ikarios verlassen hatte müssen. Der arme alte Mann, nun hatte er alles verloren: zuerst den Thron von Sparta, den er, weil er keinen Sohn hatte, seinem Bruder Tyndareos abgetreten hatte; kurz darauf seine Frau Periboia, die ins Elysium entschwunden war, und nun auch noch sein liebstes Kind. Er hatte sie zum Abschied gesegnet, als sie im Gefolge des Odysseus Sparta verlassen hatte. Dann aber war er ihr nachgeritten und hatte sie flehentlich gebeten zu bleiben. Doch hatte sie nein gesagt! Sie hatte dem Odysseus die Treue versprochen. Mit ihm wollte sie ziehen, senkte schweren Herzens den Schleier vor dem Vater und folgte dem Bräutigam.
Die Erinnerung drückte, aber dennoch war sie froh. Sie war nicht geboren für die Stadt. Sie hatte es immer gehaßt, in der stickigen Enge Spartas leben zu müssen, wo Politik das einzige Gesprächsthema war und es nichts zu essen gab außer der verhaßten Blutsuppe. In Sparta fühlte sie sich lebendig begraben, hier aber, im Palast des Odysseus auf dem Berg Pilikata, zu dessen Füßen das romantische Städtchen Polis lag, davor der kleine Hafen mit den hübschen Fischerbooten, hier wollte sie leben und glücklich sein. Ein Lächeln flog über ihr schönes Gesicht.
Da trat Odysseus zu ihr und fragte: »Woran denkst du, Liebste?«
»Ich denke, die Götter meinen es gut mit uns.«
Selig schloß Penelope ihre Augen.
»Bist du müde, soll ich dir ein Lager richten? Oder willst du hier schlafen unter diesem Baum?«
»Warum nicht, mein Lieber? Hier schläft man besser als auf deinem Bett.«
Odysseus ließ seine Augen den Stamm hinaufwandern, blickte in die Krone, und dann lächelte er.
»So werde ich uns in diesem Baum ein Bett bauen. Mit all den Vorzügen, die ich dir heute morgen versprach.«

»Herr, die Steine liegen bereit und ebenso geglättetes Holz für Böden, Decken und Wände«, meldete Eumaios eine Woche später. »Ich habe alles herbeischaffen lassen, und dazu die Handwerker.«

Odysseus nahm einen Speer, band ihn an eine Richtschnur und kratzte mit der eisernen Spitze einen Halbkreis in den harten Boden, dessen Speichenlänge fünfzehn Schritte betrug und der mit seiner stumpfen Seite an die Außenmauer des Thronsaals grenzte; im vorderen Teil des Halbkreises, auf halber Speichenlänge stand der Ölbaum.

»Baut hier einen zweigeschossigen Erker mit vier Räumen, dessen Dach auf gleicher Höhe sei wie das des Thronsaals. Oben will ich Fensterbögen, unten glatte Mauern.«

Eumaios schrieb alles auf eine Tafel nieder.

»Dann zieht auf halber Höhe feste Balken ein, die ihr mit Holzbohlen decken sollt, damit das obere Geschoß einen festen Boden habe. Gebt aber acht, daß ihr den Stamm des Ölbaums nicht verletzt.«

Auch das vermerkte Eumaios auf dem Schiefer.

»Wohin sollen wir den Eingang legen, Herr?«

»Als Pforte brecht eine Öffnung vom Thronsaal aus in den unteren Raum. Hier soll eine Waffenkammer entstehen, daneben ein Geheimverlies für unsere Schätze, in das nur von oben her eine Wendeltreppe führt. Zu den oberen Gemächern aber soll vom Saal her eine schön geschwungene Treppe steigen.«

Während die Knechte das Gemäuer bauten und mit Lehm verputzten, machte Odysseus sich selbst daran, den Stamm des Ölbaums von der Wurzel her zu behauen und mit einer Axt zu glätten. Die Krone schnitt er ab und bearbeitete den Stumpf so, daß aus dem Boden des zukünftigen Schlafgemachs nur noch die vier stärksten Äste des Baumes ragten: eherne, unverrückbare Pfeiler für ein Bett. Dann setzten die tüchtigen Knechte die Fensterbögen, bauten das Dach und täfelten die Wände. Odysseus aber verzierte die Pfosten des Bettes mit Gold, Silber und Elfenbein und spannte mit rotgefärbten Riemen eine gegerbte Stierhaut dazwischen. Diese belegte Euryklea mit den weichsten Fellen und dem reinsten Leinen, das im Palast zu finden war, und schmückte die Kammer mit Blumen und mit bunten Bändern wie zu einem Hochzeitsfest. Als all dies geschehen war, holte

Odysseus Penelope, trug sie die Stufen hinauf zum neuen Gemach, legte sie sanft aufs Bett und sagte: »Penelope, hier werden wir schlafen.«

Dann legte er sich zu ihr, und noch in dieser Nacht zeugten sie ihren Sohn Telemachos.

Das Bett des Zeus

Zeus, Sohn des Kronos und der Rhea, oberster Herrscher der Götter und Menschen, der Wolkenversammler, der Donner- und Blitzewerfende, saß streitlustig in der großen Halle des Olymps auf seinem Thron. Vor ihm hatte sich seine Schwester und Gattin Hera aufgebaut und schrie so laut, daß fast alle Himmlischen es hören mußten: »Ehebrecher, Schänder, Betrüger!«

Hera hatte guten Grund. Es verging kaum ein Tag, an dem Zeus sie nicht mit einer Göttin, Nymphe oder sogar einer sterblichen Frau betrog. Hera war außer sich und zitterte vor Wut.

»Nachts teilst du das Lager mit mir und tags läufst du jedem Weib hinterher, das du kriegen kannst!«

»Nicht jedem«, widersprach Zeus, »nicht jedem!«

Hera blickte voller Haß und Abscheu in die Runde, deutete auf jede der Göttinnen, die sich, angezogen von ihrem Gebrüll, versammelt hatten und kreischte wie ein Orkan: »Und was ist mit Themis, mit Eurynome, mit Demeter?«

Hera hätte noch viele Namen von Göttinnen aufzählen können, mit denen Zeus schlief. Zum Beispiel mit Metis, die ihm Pallas Athene gebar, oder Letho, von der die Zwillinge Apollon und die holde Artemis stammten. Selbst Dione hatte er genommen, die ihm die schöne Aphrodite in die Wiege legte, und natürlich Maja, die Mutter seines Lieblings Hermes.

»Das ist nicht ungewöhnlich«, knurrte Zeus. »Das machen alle. Poseidon genauso wie Ares. Von Eros will ich gar nicht reden, der treibt es sogar mit Männern. Also, sei still Schwester, sonst werde ich böse.«

»Ich bin deine rechtmäßige Gattin!« schrie sie mit sich überschlagender Stimme.

»Und Schwester. Und als solche hast du kein Recht, so mit mir zu sprechen.«

Langsam wurde Zeus ungemütlich, doch Hera kümmerte das wenig,

denn sie hatte keine Angst vor ihm. Bebend vor Zorn schrie sie: »Schande über dich. Es sind ja nicht nur Göttinnen, mit denen du mich betrügst, oder Nymphen, die du buhlend umgarnst, sondern auch sterbliche Frauen. Nun machst du mich als Göttin der ehelichen Treue selbst vor den Menschen zum Gespött.«
Woher wollte Hera das wissen, dachte Zeus, denn keine seiner sterblichen Gespielinnen hatte jemals ihre Stimme zu Hera erhoben. So lachte er, daß der Olymp klirrte, und mancher der Götter stimmte in das Getöse mit ein.
»Zum Gespött machst du dich allein durch unbegründete Eifersucht.«
»Unbegründet?« zeterte Hera. »Jeden Tag muß ich mir die Klagen gehörnter Ehemänner anhören oder die Bitten verzweifelter Väter und Brüder, die fürchten, ihre geschändeten Töchter oder Schwestern nicht mehr verheiraten zu können.«
Nun war sich Zeus doch nicht mehr so sicher, was Hera wirklich wußte. Nachdenklich strich er sich seinen dichten Bart, warf Hera einen finsteren Blick zu und versuchte es mit einer List. Er wollte den Spieß umdrehen und einen Verdacht gegen ihre eigene eheliche Treue vorbringen: »Dann sage mir erst einmal, wer der Vater deines Sohns Hephaistos ist! Von wem stammt er denn, dieser häßliche, verkrüppelte Unhold? Von mir jedenfalls nicht!«
»Soll ich das dem Hephaistos sagen«, drohte Hera, »wie du über ihn sprichst?«
Das wollte Zeus nun ganz und gar nicht. Oft genug hatte er sich mit dem mißgeformten Sohn der Hera, der der Gott des Feuers und der Schmiedekunst war und ihm Donnerkeile lieferte, gestritten. Einmal hatte er ihn in seiner Wut sogar am Bein gepackt und ihn vom Olymp hinab auf die Erde geschleudert, wo er halbtot auf der Insel Lemnos liegengeblieben war. Zum Glück hatten ihn damals die Sintier gefunden und ihn wieder gesund gepflegt, sonst wäre es wohl um Zeus' Macht geschehen gewesen. Denn in seiner Wut hatte er nicht bedacht, daß eben nur Hephaistos in der Lage war, ihm die gefürchteten Donnerkeile zu schmieden. Als bald danach dem Göttervater der Vorrat an Keilen ausging, mußte er ihn demütig bitten, wieder in den Olymp zurückzukehren. Einen neuen Streit mit ihm wollte er nicht wagen.

»Laß den Schmied bei seinem Amboß«, brüllte Zeus und schleuderte einen Keil gegen die Wand. Da zuckten grelle Blitze durchs Gewölbe und es krachte im hohen Gebälk, daß der ganze Olymp erzitterte. Alle Götter, Faune und Nymphen duckten sich, und die Menschen auf der Erde ebenso. Und genau das war es, was Zeus' Macht bewirkte: die Donnerkeile! Ohne sie wäre er nur ein gewöhnlicher Gott wie jeder andere gewesen. Das wußte auch Hera.
»Jeder Sterblichen«, schrie sie, »die du fortan berührst, soll es ergehen wie der ehebrecherischen Io. Ich werde sie in eine Bestie verwandeln und sie um die ganze Erde scheuchen.«
Wie Schuppen fiel es Zeus von den Augen. Ios damaliges Jammerdasein war also Heras Werk gewesen! Mit Io, der Tochter des Iasos, hatte Zeus in der Tat ein sehr inniges Verhältnis gehabt. Sie hatte sich jedoch so sehr in den Gott verliebt, daß sie sich ihrem Vater offenbarte. Der fragte schließlich das Orakel in Delphi um Rat. Die Hüterin des Orakels war jedoch die Schlange Python. Und Python war Hera untertan und verriet dieser die Sorgen des Iasos. So verwandelte Hera die schöne Io in eine Kuh. Doch damit nicht genug. Sie schickte ihr auch eine Furie in Gestalt einer Bremse hinterher, die das arme Tier fortwährend stach, es halb wahnsinnig machte und bis nach Ägypten trieb. Dort schließlich ging Ios Leidensweg glücklich zu Ende. Denn zufälligerweise war Zeus gerade in Ägypten, um ein Rinderopfer entgegenzunehmen. Als man auch Io schlachten wollte, erkannte Zeus seine Geliebte und gab ihr durch seine Berührung die menschliche Gestalt zurück. Als die Ägypter das sahen, waren sie wie vom Donner gerührt, fielen auf die Knie und verehrten Io fortan als ihre Göttin Isis. Durch die Rückverwandlung aber war Isis noch schöner geworden, so daß Zeus sie nun um so mehr begehrte, seinem wilden Drang erlag und sie begattete. Isis wurde schwanger und gebar den Epaphos, den die Ägypter Apis nannten und der als Pharao eine ehrwürdige und mächtige Dynastie gründete.
Nein, diese und zukünftige Liebschaften wollte Zeus sich nicht nehmen lassen.
»Kümmere dich um deine Sachen«, schrie er Hera an und warf ihr einen Donnerkeil entgegen.
Zischend und krachend fuhr dieser direkt neben ihr in die Wand, daß

die Steine ächzten, die Blitze stieben. Da packte sie ein gewaltiger Zorn.
»Das hast du nicht umsonst getan«, schnaubte sie vor Wut. Dann murmelte sie einen Fluch, drehte sich um und verließ mit erhobenem Haupt den Saal.
Zeus war noch lange böse, knurrte und raunzte, warf aber keine Donnerkeile mehr. Lieber wollte er sich auf den Weg zu einem neuen Abenteuer machen.
Doch dann passierte etwas, womit er nicht im geringsten gerechnet hatte. Mit einem Mal verlor er alle Lust auf Frauen. Kein Verlangen mehr trieb ihn zu Europa, keine Leidenschaft erwachte, als er an Isis dachte, und selbst der Gedanke an die unwiderstehliche Leda, die süße Gemahlin des Königs Tyndareos von Sparta, ließ ihn kalt. Mit ihr, so hatte er geplant, wollte er das schönste Mädchen auf Erden zeugen. Doch weshalb sollte er sich ihr nähern, da ihm doch nun das Begehren abhanden gekommen war?
Betrübt senkte er den Kopf. Aphrodite versuchte, ihn zu trösten, lockte ihn – umsonst – mit ihren herrlichen Brüsten und dem schimmernden Gürtel der Liebe, den sie verführerisch um die Hüften gebunden hatte, brachte ihm Nektar und Ambrosia, doch selbst diese himmlischen Köstlichkeiten konnten seine Laune nicht heben. Um wieder Lust zu verspüren, mußte er Hera zurückgewinnen, nur wußte er nicht, wie er es anstellen sollte. So ließ er sich eines Tages den Pegasos, den geflügelten Hengst, der ein Sohn des Poseidon war, satteln und ritt auf ihm wie der Sturmwind hinab nach Plataia zu seinem Freund, dem König Kithairon. Bei ihm wollte er Rat suchen. Kithairon war über alle Maßen erfreut und geehrt über den hohen Besuch, wusch und salbte dem Himmelsfürsten die Füße und bewirtete ihn üppig mit Fleisch und Wein. Dann saßen sie lange zusammen und überlegten. Schließlich hatte Kithairon die rettende Idee: »Es gibt in unserer Stadt einen Künstler, der schnitzt so fein, daß man seine Statuen von den menschlichen Gestalten nicht unterscheiden kann. Ich werde ihn bitten, ein Bildnis in Lebensgröße von meiner Tochter Plataia anzufertigen. Du jedoch stiftest unserer Stadt ein großes Fest. Während des Aufzugs fahre ich mit dem Bildnis durch alle Straßen und lasse von Herolden laut verkünden, dies sei deine neue Braut.

Da solch eine Festlichkeit Hera nicht verborgen bleiben kann, werden wir sehen, wie sie über die neue Nebenbuhlerin denkt.«
Zeus war von der klugen Idee entzückt und so angetan, daß er Kithairon bat, sogleich alles vorzubereiten.
Bald kam der Tag der Feier. Die Menschen versammelten sich auf den Straßen, tranken Wein, sangen Lieder, und Kithairon ließ anspannen und im festlichen Aufzug laut verkünden, die Figur auf dem festlich geschmückten Wagen sei seine Tochter, die zukünftige Braut des Kroniden. Mit der Statue, die er mit einem dünnen Schleier verhüllte, fuhr er durch die Straßen der Stadt. Alle Bürger jubelten, warfen sich ehrfürchtig in den Staub und huldigten der hölzernen Plataia: »Ehre sei der glücklich Erwählten, unserer lieben Herrin Plataia, der künftigen Gattin des großen Zeus!«
Zeus aber versteckte sich im Haus des Kithairon. Als der Festzug dort vorbeikam, fuhr Hera auf einer goldenen Wolke herab vom Olymp und stieß in ihrer Wut und Eifersucht so heftig gegen den Wagen, daß Plataia umstürzte und zu Boden rollte. Als Hera aber sah, daß es nur eine Figur aus Holz war, schämte sie sich zuerst, mußte dann aber herzlich lachen. Da kam auch Zeus aus seinem Versteck, und noch am selben Tag versöhnten sie sich beide bei heftigen Umarmungen im Palast des Königs. Nun wurde es noch ein wirklich schönes Fest. Auch Hera aß und trank Mengen von Fleisch und Wein und frönte mit ihrem Gemahl der Völlerei, daß es eine himmlische Freude war.
Bald danach kehrte Hera jedoch zurück in den Olymp. Und Zeus, der wieder im Vollbesitz seiner Kräfte war, ritt auf dem Pegasos weiter nach Sparta, um Leda zu sehen. Er brauchte nicht lange zu suchen. Er fand sie ganz in der Nähe des Königspalastes am Ufer des Flusses Eurotas. Nackt hingestreckt lag die Schöne im Gras und freute sich des Lebens. Ihr Anblick versetzte Zeus in mächtige Wallungen, so herrlich, wohlgeformt und üppig war die Frau des Tyndareos. Zeus verbarg sich hinter duftenden Zweigen von Jasmin, die das Ufer des leise plätschernden Eurotas säumten, und berauschte sich lange an der verführerischen Schönheit der jungen Königin. Um sich endlich dem Objekt seiner Begierde gefahrlos nähern zu können, verwandelte sich Zeus in einen stolzen Schwan. Ohne sie zu erschrecken

oder ihren Frieden zu stören, schwamm Kronos' Sohn heran, zog immer engere Kreise um die Angebetete, bis auch sie auf den großen, weißen Vogel aufmerksam wurde. Ihrer Blöße bewußt, ließ sie es dennoch geschehen, lockte ihn sogar zu sich ans Ufer und gestattete die Zärtlichkeiten, die der Vogel ihr erwies. Kosend umflügelte er die Schöne mit seinen Schwingen, rieb seinen langen Hals an ihrer weichen Haut, knabberte an ihren herrlichen Brüsten, und Leda duldete es gern. Sie selbst war es schließlich, die den Vogel herzte und ihm das Gefieder kraulte. Atemlos vor Lust stieß der Göttliche mit seinem Schnabel an ihre Pforte, und Leda erlaubte es lächelnd. Als er aber in sie eindrang, verwandelte Zeus sich zu dem, was er war: Himmelsstürmer, Welteneroberer, Gott über Götter und Menschen. So nahm Zeus die herrliche Leda im köstlichsten Bett, das je für Liebende gerichtet worden war: in einem Meer von duftenden Blumen, umgeben von funkelnden Sonnenblitzen, in ambrosianischer Luft am Ufer des Flusses Eurotas. Und beide zusammen zeugten sie Helena.
Aphrodite aber, die Göttin der Liebe, die alles vom Olymp aus beobachtete, rief mit einer Stimme wie von Fanfaren: »Dir, Helena, du göttliches Kind, schenke ich die Macht, jeden Mann, ob König oder Hirte, an dich zu fesseln, solange du es wünschst und ihn begehrst.«

Das Bett der Helena

Als Leda schwanger war und ihr Leib sich unter dem Kleid wölbte, freute sich König Tyndareos über alle Maßen. Drei Kinder hatte sie ihm schon geschenkt: Kastor, Polydeukes und Klytämnestra, eines sonniger und hübscher als das andere. Kastor und Polydeukes, die beiden Zwillinge, wuchsen prächtig heran und waren dem Vater wie aus dem Gesicht geschnitten.

Kastors ganze Liebe galt den Pferden. Schon von klein auf war er ein begnadeter Reiter. Wann immer er im Sattel saß, schien er mit dem Pferd wie verwachsen. Und Polydeukes, der kräftigere von beiden, war der beste Ringer und Faustkämpfer des Gymnasions von Sparta. Selbst viel Ältere mußten sich vor dem Jungen beim Zweikampf in acht nehmen.

Klytämnestra war das Nesthäkchen. Die Züge hatte sie vom Vater, die zierlichen Glieder von der Mutter. Zur Lyra sang sie klar und schön, und beim Tanz bewegte sie sich so anmutig, daß es eine Freude war, ihr zuzusehen.

Als aber Helena zur Welt kam und langsam heranwuchs, liebte Tyndareos sie von allen Kindern am meisten. Sie sah ihm nicht ähnlich, sie hatte keine besonderen Begabungen, aber schon in jüngsten Jahren war offenkundig, daß sie von unvergleichlicher Schönheit war. Kein Mädchen in ganz Hellas konnte es ihr in diesem Punkte gleichtun, und so dauerte es nicht lange, bis alle Dichter des Landes von ihrer großen Schönheit sangen: »Nenn mir, Muse, ein Mädchen schöner als Helena. Ihr Haar so schwarz wie Ebenholz, ihre Haut so rein wie Elfenbein, ihre Augen so blau wie das Meer.«

Helenas Züge waren von unvergleichlicher Zartheit, ihr hochgestreckter, junger Körper glich dem einer Grazie. Und als sie zwölf Jahre alt war und begann, eine Frau zu werden, formten sich sanfte, zarte Rundungen aus ihrer Brust, und es sprossen ihr Knospen, so süß und rot wie Rosen.

In der stillen, versteckten Bucht des Flusses Eurotas, die ihr die Mutter Leda gezeigt hatte und die ihr der liebste Ort im herrlichen Palastgarten war, schlüpfte sie an manchen Tagen aus ihrem Kleid und suchte ihr Bild im spiegelnden Wasser. Erregt betrachtete sie ihr liebliches Gesicht, ihre schöne Gestalt, strich mit ihren schlanken Händen über Brüste, Hüften, Taille und Beine, liebkoste ihre weiche Haut, ihren erwachenden Körper und sonnte sich in Lust, Hochmut und Wonne.

Die Kunde über Helenas Schönheit drang über alle Länder, Inseln und Städte, so daß auch Theseus, der mächtige König von Athen, davon hörte und beschloß, dem Hof des Tyndareos einen Besuch abzustatten. Als der Bote die Ankunft des Theseus meldete, dachte Tyndareos: Welch eine Gelegenheit, den langerstrebten Städtebund zwischen Athen und Sparta zu besiegeln.

Theseus kam mit großem Gefolge, und das Fest, das ihm zu Ehren gegeben wurde und zu dem die edelsten der Spartaner geladen waren, fiel prächtiger aus als alles, was Sparta je gesehen hatte. Tyndareos stolzierte wie ein Pfau, empfing Theseus, den tapfersten König von ganz Hellas, wie einen Gott und scheute keine Mühe und keinen Aufwand, ihm die schönsten Gemächer bereiten und die üppigsten Speisen und Getränke vorsetzen zu lassen. Er befahl, das Beste heranzuschaffen, was in den Kellern lagerte.

Theseus war in aller Munde, hatte er doch auf Kreta den schrecklichen Minotauros, der halb Mensch, halb Stier war, getötet und auf diese Weise die Unabhängigkeit des Landes Attika von Kreta erhalten, das bis dahin dem kretischen König Minos tributpflichtig gewesen war. Nun feierte ihn ganz Griechenland als den großen Befreier.

So sagte denn auch Tyndareos in der großen, prächtigen Halle des Palastes zu ihm: »Erzähl uns, edler Theseus, wie du es fertigbrachtest, den fürchterlichen Minotauros zu überwinden.«

Dieser war der Sohn der lüsternen Pasiphaë, der Gattin des Minos, und eines leibhaftigen Stiers, dem diese sich, verborgen in einer hölzernen Kuh, hingegeben hatte.

Theseus, der durch den glänzenden Empfang in Sparta aufs höchste geschmeichelt war, versprach, von seinen Heldentaten zu berichten. Zuerst aber wolle er gut essen und trinken, und natürlich verlangte

er, die Kinder des Königs zu sehen. Keinen größeren Gefallen hätte er dem Tyndareos erweisen können, denn auf seine Kinder war dieser mehr als stolz. Glücklich rief Tyndareos Kastor, Polydeukes und Klytämnestra zu sich an den Thronsessel, den er mit Leda teilte, und artig erwiesen die Kinder dem Gast ihre Verehrung.
»Habt ihr nicht auch noch eine jüngste Tochter, die von göttlicher Schönheit sein soll?« fragte Theseus das Herrscherpaar.
Leda errötete, doch Tyndareos, der nicht ahnte, daß Helena Zeus' Tochter war, und der schon sehr dem schweren Wein zugesprochen hatte, klatschte übermütig in die Hände und befahl der Dienerin, Helena zu holen.
»Sie wird wohl schon zu Bett sein«, sagte er zu Theseus, »sie ist ja noch ein Kind. Doch wenn du es wünschst, sollst du sie sehen.«
Als Helena kam, im schneeweißen Kleid, war es Theseus, als erhelle ein überirdisches Licht den Saal. Wie eine Nymphe schritt sie durch den Raum, und als sie mit sittsam zu Boden gesenkten Augen vor dem Gast kniete, fuhr es ihm wie ein Blitz durch den Sinn: Ich muß sie haben. Sie und keine andere.
Er reichte ihr die Hand und zog sie behutsam neben sich auf den Sessel.
»Laßt sie ein wenig bleiben«, bat er die Eltern, »ihre Schönheit erfreut mein Herz allzusehr.«
Gern hörte Helena seine Schmeicheleien, denn Theseus war ein stattlicher, stolzer Mann, an dem das Mädchen Gefallen fand. Es dauerte nicht lange, bis sie dem König von Athen so manches Lächeln schenkte. Theseus war geradezu entzückt, und Helenas Herz ging über vor Stolz.
Tyndareos schwoll die Brust vor Freude, als er sah, wie sehr der Gast Gefallen an seiner jüngsten Tochter fand, nur Leda sah es nicht gern und flüsterte Tyndareos zu: »Sie ist noch zu jung, schick sie zu Bett!«
Tyndareos zögerte, denn er wollte den Gast nicht enttäuschen, nicht den Städtebund gefährden, den er mit Theseus zu besiegeln gedachte. Doch Leda war besorgt und beschwor ihn bei Zeus: »Mach deine Geschäfte, aber nicht auf Kosten des Kindes.« Achselzuckend tat der König, wie Leda befahl. »Geh schlafen, Helena!« rief er dem Mädchen zu. »Wenn du ehefähig bist, wirst du Theseus wiedersehen.«

Nur ungern verließ Helena den Platz an der Seite ihres Tischherrn. Mißmutig ging sie hinaus, doch kehrte sie heimlich zurück und versteckte sich hinter einer Säule. So konnte sie alles mitanhören, was Theseus erzählte.
Das Mahl ging zu Ende, und Theseus begann: »Spartaner! Ich habe eine lange Reise hinter mir, von der ich euch berichten will. Apollon, der Gott der prophetischen Weissagung, und Aphrodite, die holde Göttin der Liebe, halfen mir, alle Gefahren zu bestehen und lebend zurückzukehren.«
Dann begann er seine Geschichte: »Wie ihr wißt, tötete mein seliger Vater, König Aigeus von Athen, den Sohn des kretischen Königs Minos, den jungen Androgeos, im Faustkampf. Obwohl dies keine Absicht war, drohte der mächtige Minos mit Krieg gegen unsere Stadt, es sei denn, die Athener würden ihm jedes Jahr zur Sühne sieben Jünglinge und sieben Jungfrauen nach Kreta schicken, die dem gefährlichen Stiermenschen Minotauros als Speise vorgeführt werden sollten.«
Theseus nahm einen tiefen Schluck aus seinem Becher, dann fuhr er fort: »Keines dieser Opfer sah Athen je wieder. Letztes Jahr endlich fiel das Los, weil ich darauf bestand, ebenfalls an der Auslosung teilzunehmen, auch auf mich. So bestieg ich zusammen mit sechs Knaben und sieben Jungfrauen ein Schiff. Wie vom Vater befohlen, setzten die Seeleute rote Segel, und nach herzzerreißendem Abschied von den lieben Anverwandten stachen wir in See. Dem Vater jedoch mußte ich versprechen, für den Fall, daß ich lebend zurückkehre, bei der Einfahrt in den Hafen am Schiff weiße Segel aufzuziehen.«
Die Gäste im Saal nickten zustimmend, und so fuhr Theseus fort: »Nach nur zwei Tagen Fahrt erreichten wir Kreta. Als Königssohn wurde mir zu Ehren ein gewaltiges Fest im schönen Palast von Knossos gefeiert. Auch Ariadne, die schöne Tochter des Königs Minos, war zugegen, und während wir tranken und tanzten, entbrannte ihr Herz in Liebe zu mir. Doch als Opferknabe drohte mir dasselbe Schicksal wie den anderen, die Minotauros während des Festes schon mit seinen mächtigen Hörnern zu Tode gestoßen hatte. Am schlimmsten war es, den Todgeweihten beim Sterben zusehen zu müssen. In Minos' Palast zu Knossos, der über mehr als tausend Räume zählt,

liegt in der Mitte ein einsehbarer Innenhof, in dem Minotauros in Gefangenschaft lebte. Durch die verschlungenen Gänge dieses Labyrinths schickte Minos all die Knaben und Mädchen und hieß sie, so lange zu gehen, bis sie auf einen Lichthof träfen. Dort aber wartete Minotauros, der sie vor den Augen all jener, die Minos zum Zusehen eingeladen hatte, auf seine schrecklichen Hörner nahm und augenblicklich tötete. Doch selbst, wenn es einem Opfer gelungen wäre, Minotauros zu entkommen, wäre es dennoch sein Ende gewesen, denn es führte kein Weg aus dem Labyrinth heraus. Als aber ich als letzter an der Reihe war, steckte mir Ariadne, die schöne Tochter des Minos, ein Schwert zu und ein Fadenknäuel, dessen Ende ich auf ihr Geheiß am Eingang zum Labyrinth festband. Sodann machte ich mich auf den Weg, lief endlose Gänge entlang und rollte das Knäuel ab, bis ich auf Minotauros stieß.«
Theseus machte eine Pause und tat so, als ob er sich der Erinnerung entledigen wollte.
»Es war entsetzlich. All meine Freunde aus Athen lagen da zerschmettert und blutüberströmt im Sand. Von Minotauros' mächtigem Gehörn hingen Fetzen von Fleisch und Gedärm. Schnaubend vor Wut und Mordlust stand er mir gegenüber. Doch ich griff ihn an, wich seinen tödlichen Hörnern geschickt aus, und nach langem Kampf und zähem Ringen konnte ich ihn schließlich erdolchen. Als der mächtige Stiermensch zitternd vor mir in die Knie ging und endlich seinen letzten Atemzug tat, warf mir Ariadne von der Empore aus eine Rose zu. Ich nahm sie auf und folgte dem Faden zurück zum Ausgang. Dort empfing mich Minos, der meine Kühnheit bewunderte und mir die Freiheit und den Athenern die Unabhängigkeit schenkte.«
Alle Spartaner im Saal spendeten Beifall, auch Tyndareos, doch dann interessierte ihn noch etwas ganz anderes.
»Wer war der Baumeister dieses stolzen Palasts?« fragte er neugierig.
»Daidalos, ein Architekt aus Athen, und sein Sohn Ikaros waren es, die dieses Bauwerk meisterlich schufen; an die Gemächer des Königs und der Königin grenzen sogar eigene Bäder; darunter, im Boden versenkt, sind Röhren, die das Schmutzwasser bis hinunter in den Hafen Heraklion führen!«

Tyndareos war sprachlos. Hatte er doch nie davon gehört, daß die Verrichtungen der Reinlichkeit im Hause selbst und nicht im Freien vollzogen werden könnten.
»Du sagst, sie seien Athener, diese Baumeister?« fragte er neugierig.
»Sie waren Athener, denn Ikaros ist tot und Daidalos verschollen«, antwortete Theseus. »Der eifersüchtig über seinen Besitz wachende König Minos ließ den beiden die Sehnen der Waden durchtrennen, damit sie nicht von Kreta fliehen konnten, denn er wünschte nicht, daß auch andere achaische Fürsten solche Paläste ihr eigen nennen.«
Alle Zuhörer im Saal waren entsetzt und tuschelten, da sie von solchen Grausamkeiten noch nie gehört hatten.
»Es kommt aber noch wunderlicher!« rief Theseus. »Wie ich von Pythia, der Priesterin des heiligen Orakels zu Delphi, erfuhr, baute Daidalos, um der schmählichen Gefangenschaft zu entgehen, für sich und seinen Sohn Ikaros aus leichten, hauchdünnen Holzstäben zwei Gestelle in Form von Flügeln, auf die er mit Hilfe von Wachs Federn klebte, um mit diesen künstlichen Schwingen von Kreta zu entfliehen. Seinem Sohn riet er, nicht zu dicht über dem Wasser zu fliegen, damit die Federn nicht naß würden und ihn hinunterzögen, und nicht zu nahe an der Sonne, damit nicht die Hitze das Wachs schmelzen lasse. Dann schwang sich Daidalos empor in die Luft, Ikaros folgte dicht hinter ihm. Bei dem Knaben aber nahm nach kurzer Zeit die Freude am Fliegen überhand: Wie ein Adler stieg er in die Lüfte, näherte sich der Sonne, bis das Wachs schmolz und er ins Meer stürzte. Daidalos soll auf der Insel Ikaria sicher gelandet sein, heißt es, und sinnt jetzt auf Rache gegen König Minos.«
Voll grenzenloser Verwunderung hatten die Spartaner gelauscht, nun aber riefen sie wild durcheinander: »Habt ihr es gehört, wie ein Vogel sollen Vater und Sohn geflogen sein?« »Fürchteten sie nicht die Rache der Götter?« »Diese Geschichte glaube ich nicht!« »Aber wenn doch die heilige Pythia selbst es so sagt!« »Das Orakel spricht die Wahrheit!«
Endlich rief Theseus in das Stimmengewirr hinein: »Wollt ihr denn nicht wissen, wie es weiterging?«
»Bei Zeus und allen Göttern, ja!« riefen die Gäste. So fuhr Theseus

fort: »Auf Drängen Ariadnes, die mir ihre Liebe schenkte, gab mir Minos schließlich die Tochter zur Gemahlin. Vier Wochen lang feierten wir Hochzeit, dann bat ich, entlassen zu werden, denn ich wußte, daß mein Vater auf mich wartete. Und zum Abschied versprach mir Minos, künftig keinen Tribut aus Athen mehr zu fordern.«

Alle Gäste im Saal hörten staunend zu, und manche, auch Tyndareos und Leda, stießen Seufzer der Erleichterung aus. Helena in ihrem Versteck hinter der Säule jedoch zitterte vor Aufregung und wollte, daß der Held fortfahre. Hieß es nicht, daß er ledig sei?

»So gingen wir aufs Schiff und freuten uns auf eine baldige Heimkehr. Die Winde aber waren widrig und trieben uns weit nach Osten. Nach langer Seefahrt, den Göttern sei Dank, erreichten wir endlich wohlbehalten die Insel Zypros. Nur Ariadne ging es sehr schlecht. Sie konnte keinen Bissen und keinen Schluck bei sich behalten, denn zum einen war sie seekrank, darüber hinaus aber auch schwanger. So geleitete ich sie gleich nach der Ankunft zu einem Arzt. Als ich aber auf das Schiff zurückkehrte, um es festzutäuen und die Besatzung zum Landgang zu holen, riß der Sturm das Schiff los und trieb uns weit hinaus aufs Meer. Nun drehte der Wind auf Süd, und wir jagten nach Norden, bis wir an die Küste Asiens stießen. Dort warteten wir so lange, bis der Wind wieder auf Nord drehte und uns die Rückfahrt nach Zypros erlaubte. Erst nach mehr als einem Monat erreichten wir wieder die Insel. Dort mußte ich zu meinem großen Schmerz erfahren, daß Ariadne gestorben war.«

Als die Gäste dies vernahmen, konnten sich einige der Tränen nicht erwehren, Helena aber lachte das Herz.

»Endlich kehrten wir nach Attika zurück, doch ich war noch immer voller Trauer um Ariadne, so daß ich beim Einlaufen in den Hafen von Athen vergaß, die weißen Segel zu setzten. Gleich nach der Ankunft opferte ich den Göttern zum Dank für die gesunde Rückkehr zwei Schafe, um dann in den Palast meines Vaters zu eilen.«

Theseus machte eine Pause, und Tränen rannen ihm übers Gesicht: »Er hatte mich sehnlichst erwartet«, schluchzte er. »Als er aber das Schiff mit roten Segeln in den Hafen einlaufen sah, die mein Ende signalisieren sollten, war sein Schmerz so groß, daß er sich die Felsen hinab in den Tod stürzte.«

Bald faßte sich Theseus wieder und sagte: »So bin nun ich der König von Attika.«
Nach dieser langen Rede seufzten viele im Saal, doch Tyndareos erhob sich und umarmte den Gast von Herzen.
»Du armer, unglücklicher Mann«, sagte er zu Theseus, »was mußtest du alles erleiden, doch wie haben dich die Götter dafür belohnt.«
Alle Gäste im Saal richteten ihr ganzes Augenmerk auf den Helden. Helena aber nutzte die Gelegenheit, ungesehen aus dem Saal zu flüchten. Ungesehen bis auf einen: Theseus. Ihm rief sie mit den Augen zu: »Ich will dich!« Und Theseus wollte Helena.
Das Fest wäre noch lange weitergegangen, hätte Tyndareos nicht verkündet, der Weinschlauch sei leer. Dies war gewöhnlich seine Art, sich der Gäste zu entledigen. Als sie murrend davonzogen und nur noch die beiden Könige zusammensaßen, bat Theseus um Helenas Hand.
»Gib sie mir zur Frau, und ich mache sie zur mächtigsten Königin von ganz Hellas.«
Tyndareos überlegte: Sie ihm zu geben wäre die beste Voraussetzung für den Städtebund, doch dann dachte er an Leda und winkte entschieden ab: »Ich weiß, mein Freund, sie ist schön wie keine Frau auf Erden. Aber sie ist immer noch ein Kind. Komm in drei oder vier Jahren wieder, dann kannst du um Helena werben.«
Vier Jahre! Das war Theseus entschieden zuviel. So lange konnte und wollte er nicht warten. Da es aber nicht seine Art war, sich geschlagen zu geben, plante er, Helena zu entführen. Es dauerte nur drei Tage, bis sich seine Sehnsucht erfüllte. Von einer Magd, der er Geld gab, erfuhr er, daß Helena in den Tempel der Artemis gegangen war, um dort mit anderen Mädchen der Göttin zu huldigen. Artemis, die Tochter des Zeus und Schwester des Apollon, war die Göttin der Jagd und behütete auch die Schwachen, die Kinder und besonders die Jungfrauen. Ihnen versprach sie Fruchtbarkeit, wenn sie in ihrem Tempel tanzten.
Aus diesem Tempel wollte Theseus sie nun entführen. Er hatte alles zur Flucht vorbereitet. Sein Gefolge schickte er voraus, verabschiedete sich von Tyndareos und schlich dann wie ein Dieb zum Tempel der Artemis. Am Eingang ließ er sein Pferd zurück, trat in den Vor-

hof, lugte durch die Säulen und erspähte die tanzenden Mädchen im Reigen. Helena hob sich von allen durch Größe und Schönheit hervor. Heimlich gab er ihr Zeichen. Als sie ihn erkannte, erschrak sie zuerst sehr, doch dann näherte sie sich dem Helden mit bebendem Herzen. Er nahm sie an den Schultern, zog sie zu sich heran, atmete schwer und sagte: »Ich begehre dich zur Frau, so sehr wie nichts auf dieser Welt. Willst mit mir gehen?«

Da hauchte sie nur »ja« und sank ohnmächtig in seine Arme.

Noch bevor die anderen Mädchen merkten, was geschah, floh Theseus mit Helena aus der Säulenhalle, sprang mit ihr aufs Pferd und ritt davon wie der Sturmwind. Als sie wieder zu sich kam und die Augen aufschlug, fand sie sich in seinen starken Armen, ihm gegenüber mit gespreizten Beinen im Sattel des Pferdes. Der Saum ihres Kleids war hochgerutscht, gab die nackten Schenkel und den Schoß frei und flatterte um ihre Hüften. Da hob der starke Mann das Kind hoch und setzte es auf seine steil aufgerichtete Rute. Und im gestreckten Galopp bohrte er sich in die Weichheit ihres jungen Fleisches. Helena warf den Kopf in den Nacken schrie wie noch nie zuvor in ihrem Leben. Doch nur die Götter wissen, ob aus Schmerz oder Lust.

Artemis aber schwor dem Theseus Rache.

I.

Helena und Paris

1

Hekabe, die junge Gemahlin des Königs Priamos von Troja, erwachte schweißgebadet mitten in der Nacht.
»Priamos«, stöhnte sie, »ich hatte einen schrecklichen Traum.«
Voller Verzweiflung schmiegte sich die hochschwangere junge Frau in die Arme des Königs und weinte bitterlich.
»Was ist denn, mein Liebes«, murmelte der König verschlafen.
»Priamos«, schluchzte sie, »mir träumte, ich bringe eine Feuersbrunst zur Welt.«
Beunruhigt richtete sich der König auf und ließ sich von Hekabe den Traum erzählen.
»Laß uns morgen einen Seher rufen, damit er den Traum deute.«
Beide versuchten, wieder einzuschlafen, doch es kehrte kein Friede mehr ins Schlafgemach ein. Gleich, nachdem Helios den Sonnenwagen über den Horizont gezogen hatte, schickte Priamos nach dem Seher Laokoon.
Geduldig hörte sich Laokoon Hekabes Traum an, dann sprach er zu dem Königspaar: »Der Traum kündet Unheil. Ich sehe einen Brand, der ganz Troja zerstören wird, hervorgerufen von eurem Kind, das du, Hekabe, in wenigen Tagen zur Welt bringen wirst. Es wird ein Knabe sein, der uns alle ins Unglück stürzen wird, wenn ihr ihn nicht augenblicklich nach der Geburt tötet.«
Hekabe war über die Worte des Sehers zutiefst erschrocken, war es doch das erste Kind, das sie gebären sollte. Und als sie nach drei Tagen wirklich einen gesunden Knaben zur Welt brachte, wollten es beide nicht übers Herz bringen, das Kind zu töten. So rätselten sie, bis Priamos schließlich sagte: »Wenn Zeus es wollte, daß dieses Kind das Licht der Welt erblickt, so soll auch er darüber entscheiden, ob es am Leben bleibt. Laß uns den Knaben auf dem Berg Ida aussetzen. Dort sollen die Götter über sein weiteres Schicksal bestimmen.«
Zu Tode betrübt und schweren Herzens beugte sich Hekabe dem

grausamen Spruch des Priamos und betete inbrünstig zu Hera, sie möge das Kind beschützen.
Priamos aber gab das in ein Tuch gewickelte Kind seinem treuen Hirten Agelaos und befahl ihm, es auf dem Berg Ida auszusetzen.
Jammernd gehorchte der Knecht, trug das schreiende Bündel hoch auf den Berg Ida und legte es in eine Felsnische, damit es wenigstens vor Wetter, Sonne und Wind geschützt sei.
»Du armes, liebes Kind«, sagte er, »mögen die Götter dir gnädig sein.« Dann zog er sich zurück und suchte schweren Herzens seine Herden und seine Hütte auf.
Wann immer Agelaos zum Denken kam, kreisten seine Gedanken um das Kind, und wann immer er sich schlafen legte, hatte er schreckliche Träume, die sich um den weinenden Säugling rankten. Nach fünf Tagen schließlich hielt er es nicht mehr aus. So schnell ihn seine Füße tragen konnten, lief er zurück zu der Stelle, wo er den Buben ausgesetzt hatte. Als er atemlos zur Felsnische kam, hörte er ein tiefes, unheimliches Geräusch. Langsam schlich er näher. Da gefror ihm das Blut in den Adern, und er blieb wie angewurzelt stehen. Eine große braune Bärin stand genau an der Stelle, an der er den Knaben niedergelegt hatte. Nicht weit davon entfernt spielte ein Bärenkind, das, als es den Fremden entdeckte, tollpatschig auf ihn zutrottete. Da brummte die Bärin zornig, und steif vor Angst, aber sehr bedächtig, zog sich Agelaos Schritt für Schritt zurück, ohne jedoch die Bärin aus den Augen zu lassen. Damit hatte er Erfahrung. Es war einmal vorgekommen, daß eine Bärin ein Tier seiner Herde gerissen hatte. Damals hatte er gelernt, daß wenn man sich vorsichtig zurückzog, das wilde Tier sich lieber seiner Beute widmete als anzugreifen.
Doch wie wurde dem Hirten zumute, als die Bärin die Stelle, auf der sie stand, verließ, um ihr eigenes Junges zu schützen, und plötzlich ein Säugling laut zu schreien anfing. Und wie pochte sein Herz, als sich die Bärin dann mit ihrem Jungen in den Wald zurückzog und Agelaos näher trat: Lag da das Kind der Hekabe, das mit milchverschmiertem Mund nach der Zitze schrie.
Die Bärin hatte dem Kind die Brust gereicht und den armseligen Wurm vor dem sicheren Tod gerettet. Heulend vor Glück und Dankbarkeit warf sich der gute Hirte über das Kind, nahm es in den Arm,

küßte es, und dann lief er ins Tal und hielt nicht an, bis er zu seiner Hütte kam und zu den Ziegen, die sich meckernd um ihn scharten. Gleich rief er sein Lieblingszicklein, das er Amaltea nannte, und führte ihr Euter in den Mund des hungrigen kleinen Erdenbürgers. Als ob Amaltea wußte, daß sie einen Königssohn stillte, hielt sie ruhig und ließ den Kleinen trinken, solange er wollte. Gierig saugte das Kind an Amalteas Brust, und Agelaos sang: »Er lebt, er ist da, die Wildnis behielt ihn nicht.« Vor lauter Freude tanzte er um seine Hütte und dankte Pan, dem mächtigen Gott der Weiden und Hirten. Als der Knabe endlich satt war, sank er alsbald in tiefen Schlaf.

Noch am selben Abend gab Agelaos dem Kind einen Namen. Er nannte ihn Paris, behielt ihn bei sich und erzog ihn wie seinen eigenen Sohn. Paris aber wuchs heran, wurde groß und kräftig und entwickelte sich zu einem ungewöhnlich schönen Jüngling.

2

Das Abenteuer, auf das Helena sich mit Theseus eingelassen hatte, begann sie schnell zu reuen. Was sie schmerzte, war aber nicht die wilde Fleischeslust ihres Gebieters, der sie, wann immer er zugegen war, mehrmals täglich um ihre körperlichen Reize bedrängte. Im Gegenteil. Manchmal nahm er sie zärtlich und mit Liebe, dann wieder roh und brutal mit Gewalt; beiden Spielarten konnte Helena Vergnügen abgewinnen, und wenn sie sich auf dem Höhepunkt der Lust befand und aus ihrer Mitte heraus von den Zehen bis in die Haarspitzen erbebte, liebte sie ihn mehr als alles auf der Welt.

Es war eine dieser Nächte, als Theseus nach längerer Abwesenheit wieder zu ihr zurückkehrte und wie ein wilder Eber über sie herfiel. Helena hatte bereits geschlafen. Da stürmte der Held in die Kammer. Mit einem gewaltigen Ruck riß er ihr Kleid in Fetzen, warf sie zurück aufs Lager und drang mit wütender Manneskraft in das zarte Fleisch des Mädchens ein. Zuerst wand sie sich und schrie, doch nachdem sie den Schrecken des unvermuteten Angriffs überwunden hatte, klammerte sie sich wie eine Ertrinkende an ihren Entführer und trieb ihn so tief in sich hinein, daß sie glaubte, ersticken zu müssen. In völliger Raserei ergaben sich beide dem tiefen Verlangen ihrer eng umschlungenen Körper. Und beide zusammen zeugten sie Iphigenia.

Doch solche Momente der Lust waren selten. Ansonsten war das Leben im Haus der Aithra, der Mutter des Theseus, grausam, öde und einsilbig. Denn nicht in das leuchtende Athen hatte Theseus sie gebracht, in die Stadt ihrer Träume, in der sie Königin sein wollte, sondern in das kleine Bauerndorf Aphidna, um sie dort im Haus der Mutter so lange zu verstecken, bis sie ehefähig sei.

Theseus war nur selten zu Gast. Doch schlimmer noch als die Einsamkeit empfand Helena die Verachtung, die ihr aus den Augen der alten, mißmutigen Witwe entgegenschlug. Seit Theseus' Vater Aigeus sich von den Felsen gestürzt hatte und Aithra, schwarz gekleidet von Kopf bis Fuß, mit nur wenigen Mägden nach Aphidna hatte ziehen müssen, war sie verbittert und böse geworden. Dies ließ sie Helena in jedem Moment spüren. Und zum erstenmal in ihrem Leben mußte Helena arbeiten.

»Hol Wasser! Putz den Boden! Mach die Betten, du Luder!«

Und wenn Helena weinte, spottete die alte Frau: »Seht her, unser Königstöchterlein will sich die zarten Händchen nicht schmutzig machen. Arbeite, du Metze!« schrie sie das verschüchterte Mädchen an und gab ihr deutlich zu verstehen, was sie von ihr hielt.

Nachts lag Helena im Bett und schluchzte in ihr Kissen. Inständig bat sie Zeus, von dem sie nicht wußte, daß er ihr Vater war, sie von dieser Qual zu befreien.

Zeus erhörte ihr Gebet und sandte seiner Tochter Rettung. Gleichzeitig aber beschloß er, daß sie ihren Theseus nicht wiedersehen sollte.

3

Paris war inzwischen der beste Hirte geworden, den Agelaos je gehabt hatte. Er war von göttlicher Schönheit, großgewachsen, gesund und ungewöhnlich kräftig und in seiner Seele sanft wie ein Lamm.

Niemals, wenn er nach der Tagesarbeit zurück zur Hütte kam, fehlte eines der Tiere. Niemals war er mürrisch oder unfreundlich, und Agelaos hatte seine Freude mit ihm. Er liebte ihn wie seinen eigenen Sohn.

Eines Tages kam Paris zurück, und schon von weitem rief er: »Vater, Vater, schau, was ich gefunden habe!« Dabei schwenkte er ein hölzernes Ding in der Hand, das Agelaos keinen Nutzen versprach. Es bestand aus nebeneinander zusammengebundenen Schilfröhren verschiedener Länge.

»Hör nur, Vater, es macht Musik«, rief er und blies von oben auf die Röhren.

Da ertönten aus dem Ding die schönsten Klänge, die Agelaos je gehört hatte: weich und wehmütig im tiefen Bereich, fröhlich und munter, je weiter die Töne nach oben stiegen. Wenn der Junge in die kürzeren Pfeifen blies, war der Schall hell, bei den langen tief.

»Ich fand es an meinem Lieblingsplatz oben am Schattenhang des Berges Ida. Dort, wo die Tannen und Steineichen stehen und von wo aus man den herrlichen Blick auf die Paläste Trojas, die Flußauen des Skamanders und des Simoeis und das ferne Meer genießt.«

Agelaos hatte noch niemals von einem vergleichbaren Instrument gehört, und da es in den Bergen kein Schilf gab und er niemanden kannte, der es hätte hierhertragen können, sagte er zu Paris: »Du wunderlicher Sohn, du Liebling der Götter, es ist ein Geschenk unseres großen Gottes Pan, der dich liebt, wie ich dich liebe. Kein schönerer Klang ist mir je zu Ohren gekommen, drum laß uns dem Pan ein Opfer bringen.«

Während Paris in die Röhrchen blies, die Vögel in ihrem Gesang nachahmte und die Töne zu Musik verband, schlachtete Agelaos eine Ziege, opferte dem Gott die Innereien und bereitete den Braten. Dazu öffnete er einen Schlauch Wein, und bis in die späte Nacht hinein saßen Vater und Sohn zusammen am Feuer, schmausten und tranken reichlich, sangen und spielten die schönsten Melodien und ließen es sich gutgehen.

Am anderen Tag nahm Paris seine Flöte, der er den Namen des Gottes Pan gegeben hatte, und zog mit seiner Herde in die Berge. Als er eine geschützte Wiese mit fetten Kräutern gefunden hatte, überließ

er die Tiere sich selbst und ging zu seinem Lieblingsplatz, schaute auf Troja hinab und spielte dabei die schönsten Weisen.
Da erbebte plötzlich die Erde. Paris war vor Schreck gelähmt. Doch noch ehe er wußte, wie ihm geschah, erschien aus heiterem Himmel Hermes, der Götterbote, vor ihm. Mit geflügeltem Helm aus purem Gold, halb gehend, halb schwebend, kam er näher. In der Hand hielt er den goldenen Heroldstab. Ein heiliger Schauer durchfuhr den Jungen, und bebend fiel er auf die Knie. Da sprach Hermes zu ihm: »Fürchte dich nicht, Paris. Mich schickt Zeus, damit du den Unsterblichen einen Dienst erweisest.«
Paris blickte empor. Und als er den Gott lächeln sah, spürte er keine Furcht mehr.
»Paris, du Schönster aller Sterblichen«, sagte Hermes, »ich komme, um dir die Ankunft dreier himmlischer Frauen, der drei höchsten Göttinnen des Olymps, zu verkünden. Dich nämlich hat Zeus erwählt, zu entscheiden, welche von ihnen die Schönste sei. Zeus will, daß du dieses Richteramt ausübst, denn von den Himmlischen wagt es keiner.«
»Wie kann ich Mensch entscheiden, was die Himmlischen nicht wagen?« fragte Paris schüchtern.
»Weil du, Mensch, nicht im Olymp leben mußt«, entgegnete Hermes knapp. »Es ist der Wunsch des Wolkenversammlers, daß, nachdem die Götter zu keinem Urteil kamen, der Schönste aller Sterblichen ein gerechtes Urteil fälle. Der Schönste bist du, doch brauchst du den Zorn und die Rache der beiden unterlegenen Göttinnen nicht zu fürchten, denn Zeus wird dir seinen Schutz nicht versagen.«
Hermes beugte sich herab und reichte Paris einen goldenen Apfel, auf dem eingeschnitten zu lesen stand: »Der Schönsten!«
»Es war Eris, die Göttin des Streits, die diesen Apfel in die Runde warf. Seither zanken sich Hera, Pallas Athene und Aphrodite um seinen Besitz. Gib nun du den Apfel der, die dir am schönsten erscheint.«
Sprach's, erhob sich auf seinen Fittichen und entschwand.
Paris vernahm Schritte im Gras, und als er wieder aufblickte, näherten sich drei göttliche Frauen, zwei davon in prächtigen Gewändern,

die dritte fast nackt, und blieben in übernatürlicher Größe und Schönheit vor ihm stehen. Um die eine stolzierte ein Pfau mit einem in allen Farben flimmernden Rad; die andere trug einen in den Nacken geschobenen Helm, den ein mächtiger Kamm zierte, dazu einen Schild, auf den ein schlangenumwobenes Menschenhaupt geprägt war; die dritte hatte um Hüften und Beine ein leichtes, durchscheinendes Tuch geschlungen, dazu einen herrlichen Gürtel, der ihre Scham kaum verdeckte. Ihre herrlichen Brüste, sanft wie die Hälften von Pfirsichen, schimmerten golden. Sie war so schön und erregte ihn so sehr, daß es keine Frage war, welcher er den Vorzug geben würde. Doch durfte er ohne Prüfung der anderen entschieden? Paris erhob sich und betrachtete die Göttinnen eingehend. Da trat die größte und stolzeste der drei Göttinnen hervor, der Pfau spreizte zitternd seine leuchtenden Federn zu einem in allen Farben schimmernden Rad, und sprach: »Ich bin Hera, die Gattin und Schwester des Zeus. Wenn du mir den Apfel zuerkennst, sollst du, der du als Hirtenjunge lebst und Sproß des Königs Priamos und der Hekabe bist, einst Herrscher werden über das größte und schönste Reich auf Erden.«
Als Hera dies sagte, wurde es Paris schwarz vor Augen. Hatte er richtig gehört? Sproß des Königs Priamos? Daher also der gänzlich andere Wuchs, der Agelaos so wenig glich und über den er sich schon so oft gewundert hatte. War er doch kräftig und groß und hatte ein ebenmäßiges Gesicht, Agelaos hingegen war klein und gedrungen und sah nicht anders aus als all die übrigen Hirten, die die Herden auf dem Berge Ida hüteten. Und niemals zuvor hatte er erfahren, wer seine Mutter war. Nun verkündete ihm die Göttin, daß es Königin Hekabe selbst war, die ihn gebar? Verschreckt schaute er die Göttermutter an. Sie also war die Gattin des Zeus, des Beherrschers von Himmel und Erde. Sie sagte ihm diese Wahrheit und versprach ihm das größte und schönste Reich auf Erden, etwas, wovon er immer geträumt hatte.
Doch noch bevor er all diese Gedanken zu Ende bringen konnte, trat die zweite Göttin mit dem Helm und Schild hervor. Sie war die Edelste und Reinste von allen und sprach: »Ich bin Pallas Athene, die Göttin der Weisheit.« Sie hatte das klarste Gesicht, die leuchtendsten

Augen und eine hohe, schöne Stirn. »Gib mir den Apfel, und du wirst den höchsten Ruhm ernten und als der weiseste aller Männer auf Erden gelten.«
Ruhm durch Weisheit? Das war etwas, das sich Paris nicht vorstellen konnte. Agelaos war weise, aber hatte er damit Ruhm geerntet? Und Ruhm – was war das überhaupt? Paris kannte das Wort, aber dessen ganze Bedeutung konnte er nicht ermessen.
Schließlich trat die fast nackte Göttin, die bisher geschwiegen hatte, mit dem süßesten Lächeln vor ihn hin, Sterne und Blitze funkelten um ihr Gesicht, und sagte: »Paris, laß dich nicht blenden durch Macht, Reichtum oder Ruhm. Ich will dir geben, was jeden Mann zutiefst glücklich macht. Erkennst du mir den Apfel zu, so sollst du die schönste Frau bekommen, die auf Erden wandelt. Ich bin Aphrodite, die Göttin der Liebe.«
Lange zögerte Paris und schaute von einer Göttin zur anderen.
»Wie soll ich, wie mir der Götterbote befahl, die Schönste aus eurer Mitte wählen, wenn ich doch nur eine von euch nackt sehe. Zieht auch ihr«, sagte er zu Hera und Pallas Athene, »die Kleider aus und laßt mich die Schönheit eurer Körper bewundern, erst dann kann ich das Urteil fällen.«
Wie vom Donner gerührt standen Hera und Athene vor ihm, Zornesröte und Empörung zog sich über beider Gesichter. Voller Haß blickten sie ihn an, bis sie sich wutentbrannt abwandten. Aphrodite aber schenkte ihm ein liebreizendes Lächeln. Von ihrem göttlich schönen Körper ging ein solcher Zauber und eine so große Anmut aus, daß er nicht anders konnte, als ihr den Apfel zu reichen.
Athene und Hera schworen, sich an Paris zu rächen und gelobten, dieser Beleidigung wegen das ganze Volk der Trojaner zu vernichten. Nur Aphrodite lächelte verzückt, warf dem Jüngling eine Kußhand zu und bekräftigte ihr Versprechen mit dem heiligen Eid der Götter: »So wahr ich schön und die Göttin der Liebe bin: Bei Zeus und den rauschenden Wassern des Styx schwöre ich, daß du die schönste Frau auf Erden besitzen wirst.«
Als die Göttinnen sich wie auf Wolken in die Luft erhoben und nach und nach in Nichts aufgelöst hatten, fand er sich wieder unter den

Tannen und Steineichen hoch über Troja: Er rieb sich die Augen, wußte nicht, ob er geträumt oder gewacht hatte, aber das Versprechen der Aphrodite bewahrte er in seinem Herzen.

4

Tyndareos und Leda waren außer sich. Die Mädchen aus dem Tempel der Artemis hatten so gut und genau wie nur möglich den Mann beschrieben, der Helena davongetragen hatte. Für den König und seine Gemahlin bestand kein Zweifel: Theseus war es, der Helena entführt hatte!

Halb verrückt vor Sorge liefen beide im Thronsaal auf und ab.

»Liebe, gute Götter, lieber Zeus«, stammelte Leda, »macht, daß ihr nichts geschehen ist.«

»Dieser Schurke!« schrie Tyndareos, »ich habe ihm gesagt, er soll in vier Jahren wiederkommen und dann um sie freien!«

Auch Kastor und Polydeukes, den beiden Heranwachsenden, stand die Wut im Gesicht.

Kastor sagte: »Ich werde ihm nachreiten und ihn von seinem Gaul zerren.« Polydeukes meinte: »Und ich werde ihn prügeln, daß kein Knochen mehr in seinem stinkenden Leib heil bleibt.«

Tyndareos raufte sich die Haare: »Wir müssen abwarten, der Städtebund ...«

»Der Städtebund?« schrie Leda. »Bist du wahnsinnig geworden? Dieser Verbrecher hat meine Tochter entführt, und du redest von einem Städtebund?«

»Sie ist auch meine Tochter!« schrie Tyndareos zurück.

»Ah, da bist du dir sicher?« brüllte Leda.

»Laßt uns in Ruhe überlegen«, sagte Tyndareos und schaute plötzlich sehr alt und schwach aus.

»Tut mir leid«, sagte Leda, ging zu ihm hin und umarmte und küßte ihn. Dann schaute sie ihm, weil sie ihn liebte, zärtlich in die Augen und sagte nur: »Mach bitte, daß sie wieder zurückkommt.«

Am nächsten Tag schickte Tyndareos zwei Gesandte nach Athen,

Attis und dazu den dunkelhäutigen Belos, damit sie am Königshof von Athen vorstellig würden, um nach Helena zu forschen. Als Attis und Belos Athen erreichten, war das Gefolge des Theseus, das ihn nach Sparta begleitet hatte, bereits wieder dort eingetroffen. Doch vom Verbleib des Theseus, geschweige denn vom Aufenthalt der Helena, wußte hier niemand etwas zu berichten. Da aber die Gesandten des Tyndareos willkommen waren in der Stadt unter der Akropolis, nahmen sie ein Zimmer in einem Gasthof, da Tyndareos ihnen befohlen hatte, nicht ohne Nachricht zurückzukehren. So wollten sie wenigstens die Ankunft des Königs Theseus abwarten, bevor sie sich wieder auf den Weg nach Sparta machten.

Täglich fragten sie beim Statthalter Menestheus nach dem Verbleib des Fürsten, doch der blieb verschollen und mit ihm Helena. Nachdem eine geraume Zeit verstrichen war, wußten sich die Gesandten keinen Rat mehr, und so beschlossen sie, daß Attis nach Delphi zum Orakel reiten sollte, um sich dort Apollon, dem Gott der prophetischen Weissagung, zu Füßen zu werfen. Belos jedoch wartete auf Theseus in Athen.

In Delphi, am Abhang des Berges Parnassos, lag im Apollontempel der Marmorblock, den die Griechen als den Mittelpunkt, den Nabel der Welt, bezeichneten. Dort mußte sich Attis zuerst ritueller Waschungen unterziehen, bevor man ihn über die heilige Straße zur Grotte der Priesterin Pythia vorließ.

Tief verschleiert saß die Priesterin in der finsteren Höhle über ein Becken mit glühenden Kohlen geneigt, aus dem Weihrauchdämpfe stiegen, und dann sprach sie mit einer Stimme, die klang, als riefe sie in einen Tonkrug hinein: »Sage mir, Fremder, welch Orakel du begehrest, damit Apoll durch mich dir verkünde, was Zeus längst so beschlossen.«

»Ich bitte dich, Priesterin«, sagte Attis und versuchte, auch seiner Stimme einen hohlen Klang zu geben, »künde, wo Helena, die schöne Tochter des Königs Tyndareos von Sparta und Leda, der holden Gemahlin des würdigen Herrschers, weilt. Schnöde raubte sie Theseus vom heimischen Hofe und bangend warten die Eltern der Heimkehr des flüchtigen Kindes.«

Lange schwieg die Priesterin und atmete die schweren Dämpfe des

Weihrauchs tief in sich ein. Dann sagte sie: »Frage die Mutter, frage die Mutter!«
Mit einer Handbewegung, die aussah, als wollte sie eine Fliege verscheuchen, entließ sie Attis.
Verwirrt kehrte er nach Athen zurück, denn der Spruch des Orakels schien rätselhaft. Wie sollte er die Mutter Helenas nach dem Aufenthalt des Mädchens fragen, wo es doch sie selbst war, die ihn und Belos nach Athen geschickt hatte, um nach Helena zu suchen? Unentwegt rätselten die Gesandten nach dem Sinn der Weissagung, bis schließlich Belos auf die Idee kam, es könnte vielleicht Theseus' Mutter gemeint sein. Gleich am nächsten Morgen gingen die beiden zu Menestheus, um nach der Mutter des Theseus zu fragen. Doch die, so erfuhren sie, lebte in Aphidna, eine halbe Tagesreise von Athen entfernt. So machten sich die Gesandten gleich auf den Weg, kamen zur Nachtstunde in Aphidna an und mieteten sich in der einzigen Taverne des Ortes ein. Nachdem sie sich als Reisende aus Sparta ausgegeben und mit dem Wirt gut gezecht hatten, verriet ihnen dieser, daß sich Aithra wohl in der Burg oberhalb des Dorfes aufhalte, doch Theseus sei nicht in Aphidna: »Der kommt hier nur selten vorbei«, sagte der Wirt, »und wenn, dann nur, um seine Geliebte zu besuchen.«
»Ah, Theseus hat eine Geliebte?« fragte Belos.
»Ja«, meinte der Wirt, »aber er wird sie wohl bald heiraten, denn es heißt, er verstecke sie nur so lange, bis sie ehefähig sei. Dann aber solle sie Königin werden, denn man sagt, sie selbst sei eine Königstochter.«
»Wie heißt denn die Geliebte?« wollte Attis wissen.
Der Wirt tat heimlich und sprach hinter vorgehaltener Hand: »Wißt ihr, wie sie Aithra, die alte Furie, nennt?« Der Wirt japste nach Luft und tat entsetzt: »Metze, nennt sie sie, und Luder!«
Vor Empörung schlug er sich auf die Schenkel: »Dabei ist sie noch ein Kind und anmutig wie die schönste Blume im Frühling.«
Attis und Belos schauten sich betroffen an. Wie es schien, waren sie am Ziel ihrer Nachforschungen angelangt. Doch um sicher zu gehen, fragte Attis noch mal: »Weißt du denn, wie sie wirklich heißt?«
»Als einer der Knechte das letzte Mal hier war, sagte er, sie heiße Helena.« Wieder wechselten Belos und Attis Blicke.

»Zu mir kommt sie ja nicht, da es die Alte verbietet«, fuhr der Wirt fort. »Nur einmal, als ich in der Burg war, um Wein zu liefern, sah ich sie, da öffnete sie das Tor. Doch gleich war Aithra, die alte Furie, zur Stelle und scheuchte die Kleine fort.«
»Woher weißt du, daß Aithra sie so schlecht behandelt?« fragte Belos.
»Die Knechte und Mägde erzählen es, wenn sie in freien Stunden ihren Wein bei mir trinken.«
Für Attis und Belos war die Sache klar. Sie hatten Helena gefunden. So fragten sie den Wirt: »Ist es möglich, das Mädchen, das so außergewöhnlich schön sein soll, zu sehen?«
»Das würde ich euch nicht raten«, flüsterte der Wirt, »denn Aithra kann schrecklich sein, wenn unerwarteter Besuch sie stört. Aber wenn ihr es dennoch wagt, sagt nichts davon, daß ich sie Furie nenne, sonst kauft sie keinen Wein mehr ein bei mir.«
Da lachte einer der Hirten, der trotz der Heimlichkeit des Wirts das Gespräch belauscht hatte, so laut und herzlich, daß die Taverne dröhnte: »Ihr werdet sie wohl nicht besuchen, die alte Furie, jedenfalls will ich es euch nicht raten, wenn euch euer Seelenheil lieb ist.«
Gleich am nächsten Morgen machten sich Attis und Belos auf den Weg zur Burg. Der Hirte hatte ihnen einen Baum genannt, von dem aus sie einen Teil des Burghofs einsehen konnten. Als sie einige Zeit in den Ästen verweilt hatten, sahen sie unter all dem Gesinde Helena, wie sie schwere Wassereimer über den Hof schleppte. So war es also wahr: Die schöne Königstochter eine Magd!

5

Als Paris an diesem Abend nach Hause kam, schien er seinem Vater Agelaos wie verwandelt. Ohne einen Gruß zu sprechen, kam er in die Hütte, und mit herrisch erhobenem Haupt fragte er: »Ist Brot, ist Fleisch und Wein da?«
»Natürlich, Paris, natürlich ist alles da«, sagte Agelaos, obwohl er die Frage nicht so recht verstand. Erst gestern hatten sie doch nach Herzenslust getrunken und gegessen, und beide waren sie es nicht

gewohnt, sich der Prasserei mehr als einmal in der Woche hinzugeben.
»Dann tische auf und lasse mich speisen, wie es mir gebührt!«
Als ob Agelaos eine Schuld zu verbergen habe, tat er wortlos, wie Paris ihm befahl. Doch richtete er nur einen Teller und einen Becher, und während Paris aß und trank, stand Agelaos stumm in der Ecke der Hütte und wartete auf weitere Anweisungen. In großen Schlucken stürzte Paris den Wein hinunter, und als der Krug zur Neige ging, wies er wütend auf seinen Becher und rief halb trunken, halb befehlend: »Mehr Wein!«
Als dieser auch schon halb zur Neige ging, und sein Blick gläsern wurde, senkte er plötzlich das Gesicht in die Arme, und heiße Tränen rannen ihm über die Wangen. Endlich näherte sich Agelaos dem Jüngling von hinten, strich ihm mit der Hand zärtlich über den Kopf, dann holte er sich einen Schemel, einen Becher, setzte sich zu dem weinenden Jüngling, schenkte sich einen Schluck ein und begann zu erzählen: »Es ist jetzt bald siebzehn Jahre her, als König Priamos mich zu sich befahl, mir ein schreiendes Bündel in die Arme drückte und mich hieß, es auf der obersten Spitze des Berges Ida auszusetzen.«
Wortlos vernahm Paris die Geschichte seiner unheilverheißenden Geburt, der grausamen Aussetzung, der wunderbaren Errettung durch die Bärin und schließlich der barmherzigen Pflege durch den guten Hirten.
Dann erzählte ihm Agelaos, daß er unten in Troja, auf der Burg Ilion, acht Geschwister habe: den herrlichen Knaben Hektor, der nur ein Jahr nach ihm zur Welt gekommen sei, den starken Helenos, den mutigen Deiphobos, den Polites und den Troilos; seine Schwestern wären die schöne Kassandra, der Apollon die Gabe geschenkt habe, in die Zukunft sehen zu können, sowie Polyxenia und schließlich Kreusa. Dazu kämen noch etwa je fünfzig Halbbrüder und Halbschwestern, die König Priamos mit seinen Gespielinnen gezeugt habe.
Längst war es dunkel geworden in der Hütte, nur der Mond warf sein fahles Licht durch den Türspalt und auf die Tränen des Agelaos, als er endete: »Nur das noch will ich dir sagen: Vom ersten Tag an bis

zu dieser Stunde liebte ich dich wie meinen eigenen Sohn, ich tue es noch, und so wird es immer sein.«

Da umarmte Paris seinen Ziehvater ein letztes Mal. Als er am nächsten Morgen erwachte, war Agelaos aus der Hütte ausgezogen. Auf dem Tisch aber stand ein Topf mit Milch und ein Korb Brot. Und wann immer Paris nach etwas gelüstete, war Agelaos von Stund an dienend zur Stelle, nannte ihn Herr, und Paris ließ es so geschehen.

Seine Tage verbrachte der Junge nun nicht mehr mit den Schafen, Widdern und Ziegen. Streunend zog er über die Hänge und durch die Schluchten des Berges Ida, immer auf der Suche nach dem Preis der Göttin Aphrodite, die ihm das schönste Weib auf Erden versprochen hatte. Ab und zu besuchte er seinen Lieblingsstier Toros, der dem Hirten Gyges zur Aufsicht anvertraut worden war, dann zog er wieder hinauf zum Schattental, blickte auf die goldenen Paläste Trojas hinab, verfluchte Vater, Mutter und Geschwister und schwor sich: Diese Burg Ilion soll einmal mir gehören, und wenn ich sie mit Raub, Mord und Feuersbrunst überziehen muß.

Eines Tages in der Mittagszeit, als die Sonne am heißesten herniederbrannte, war er des Wanderns müde. Am Ufer eines Wildbachs, der sich plätschernd über Steine und Moosflechten ins Tal ergoß, ließ er sich nieder, packte Brot und Käse aus, nahm den Weinschlauch aus Ziegenleder vom Rücken und genoß im Schatten des lichten Waldes die Rast. Gerade als er ansetzen wollte, von dem kühlen Wein zu trinken, hörte er in all dem Vogelgezwitscher, das aus den hohen Bäumen zu ihm drang, und dem Rauschen des Baches und der Blätter im Wind einen hübschen, wohlklingenden Gesang. Und da entdeckte er im Unterholz der Böschung ein nacktes Mädchen mit langem goldenen Haar, das gerade in den Bach steigen wollte. Wie vom Donner gerührt hielt er inne, und als das Mädchen ins quellklare Wasser tauchte und hell lachend glitzernde Tropfen über ihren schönen Körper warf und planschte und spritzte, daß es eine Freude war, schlich er sich leise näher. Als er die Stelle erreichte und das Mädchen eben untertauchen wollte, bekam er ihre goldenen Haare zu fassen. Da half alles Zappeln, Umsichschlagen und Schreien nichts, Paris ließ nicht locker und zog sie so lange, bis sie endlich notgedrungen wieder aus dem Wasser herausstieg. Da stand sie nun.

Paris spürte, wie sein Herz heftig klopfte, denn noch nie hatte er ein lebendiges, sterbliches Mädchen nackt gesehen; krampfhaft versuchte dieses, ihre Blöße zu verbergen. War sie der Preis, den ihm Aphrodite zugedacht hatte? Ihr Gesicht war rein und klar, ihr Körper schlank und hochgewachsen, ihre Brüste erinnerten ihn an Pfirsiche, und ihr Schoß mit dem goldenen Vlies, den sie mit den Händen zu verdecken suchte, machte ihn atemlos. Als er sie aber an den Händen fassen wollte, damit sie ihm den Schoß zeige, versuchte das Mädchen, zurück ins Wasser zu fliehen. Doch Paris hielt sie fest, und als er dabei ihren Körper an den seinen preßte und eine Erregung spürte wie diejenige, die auch von Aphrodites Schoß ausgegangen war, frohlockte er: Sie ist es und keine andere!
»Wie heißt du, schönes Kind? Ich bin Paris, der erstgeborene Sohn des Königs Priamos.«
Da gab das Mädchen schließlich ihren Widerstand auf und stammelte: »Ich bin Oinone, die Tochter des Flußgottes Kebren. Ich kam hierher, um, wie das Orakel mir beschied, mich hier zu vermählen.«
Da staunte Paris und rief sodann: »So hast du denn den Mann gefunden, den du suchst. Ich selbst bin's, den du ehelichen sollst. Ich bin Paris, dein zukünftiger Gemahl!«
Um ihre Zuneigung zu gewinnen, gab er ihr sein Hemd, damit sie ihre Nacktheit verbergen konnte, und so ließen sie sich beide nieder und genossen das Mahl aus Käse, Brot und Wein. Doch lange sollte sie die Kleidung nicht anbehalten, denn nachdem der Wein ihre Wangen gerötet hatte und sie lachend und scherzend auf dem warmen Waldboden zusammenlagen, ließ sie es zu, daß der schwarzgelockte, schöne Jüngling ihr die Schürze wieder nahm. Nach süßen, heißen und atemlosen Küssen, mit denen sie gegenseitig ihre prachtvollen Körper erkundeten, gab Oinone schließlich sich dem Paris hin. Im wunderbaren Rhythmus der Liebe machten sie sich, begleitet vom jubelnden Gesang der Vögel, am Ufer des Wildbachs zu Mann und Frau.

6

Die Nachricht über Helenas Aufenthalt in Aphidna sowie die Tatsache, daß sie Gefangene einer Furie war, stürzten Tyndareos, besonders aber Leda, in tiefstes Entsetzen. Mit erhobenen Händen lief sie schreiend durch den Palast und rief Zeus um Hilfe an. Vor dem Altar des höchsten Gottes warf sie sich in den Staub und bat flehentlich, dem Theseus und ganz Attika die Pest zu senden: »Mach sie nieder, vernichte sie, aber bring mir meine Tochter wieder.«

»Versündige dich nicht, Leda«, rief Tyndareos. »Das alles rettet Helena nicht. Sei froh, daß sie lebt!«

Als sich Leda wieder einigermaßen beruhigt hatte, sagte Tyndareos: »Laß uns in Ruhe überlegen, wie wir Helena wieder zurückbekommen, ohne gleichzeitig unwiederbringlichen Schaden anzurichten. Denn Athen als Feind zu haben kann für Sparta auf Dauer nichts Gutes bedeuten.«

So berief Tyndareos den Kronrat ein, zu dem er Kastor, Polydeukes und die Botschafter lud.

Die Zwillinge brannten auf Krieg: »Laßt sie uns niederschlagen, damit der frevelhafte Raub der Schwester gesühnt werde!« riefen sie und griffen zu den Waffen.

»Wenn wir mit einer Macht gegen Athen ziehen, wird sich uns niemand entgegenstellen«, sagte Attis, »denn Theseus, so scheint es, hat sein Heer verlassen. Sie sind führerlos.«

Belos, der den Statthalter Menestheus von vielen Unterredungen her kannte, sagte: »Menestheus ist kein Dummkopf. Da er nur Statthalter ist, wird er keinen Krieg anfangen für ein Gut, das ihm nichts bedeutet. Doch es hüte sich jeder, die Mauern mit Gewalt zu nehmen, denn über alle Werte erhaben ist der heilige Hügel der Akropolis.«

So beschloß Tyndareos, eine Kriegsmacht auszusenden, die, ohne Absicht auf Landgewinn, nur die Aufgabe hatte, Helena zu befreien. Seinen Söhnen Kastor und Polydeukes gab er den Befehl, die Truppen zu führen.

Von Fanfarenbläsern geleitet, liefen die Herolde des Tyndareos durch Sparta und die angrenzenden Dörfer.

»Zu den Waffen! Zu den Waffen!« schallte es, und alle, deren Sinn danach stand, die Ehre Spartas zu verteidigen, stellten sich ein und versammelten sich zu einem ansehnlichen Heer. Kastor führte die Reiterei, Polydeukes das Fußvolk.
Wie eine nicht endende Schlange zog das Heer durchs Land, überschritt die Grenze zu Attika, und das gesamte Volk verharrte in Angst – jedoch ohne Schrecken, denn es wurden ihm keine Greuel angetan. Schließlich lagerten die Krieger außerhalb der Stadtmauern Athens. Nur die Feldherren und die Gesandten Attis und Belos drangen unter dem Schutz weniger Reiter bis zur Feste vor.
»Menestheus, wir fordern die Herausgabe der Helena sowie Auskunft über den Verbleib des Theseus, der sie raubte!«
»Glaubt mir«, rief der Statthalter von den Zinnen herab, »wir wissen nichts von beiden!«
»Wir jedoch wissen«, schrie Kastor hinauf, »daß Helena in Aphidna bei Aithra gefangengehalten wird!«
»So wißt ihr mehr als wir. Wenn dem wirklich so ist, habt denn die Erlaubnis, nach Aphidna zu ziehen. Um eines bitte ich euch jedoch, verschont die heilige Stadt Athen!«
Um Absicht und guten Willen kundzutun, verköstigte Menestheus das Heer der Tyndareossöhne drei Tage lang mit Speis und Trank. Die Feldherren aber bat er auf die Burg und versicherte sich ihrer Unterstützung, den abwesenden Theseus abzusetzen und sich selbst zum König auszurufen. Sodann gab er ihnen Erlaubnis, mit dem Heer nach Aphidna zu ziehen und Helena, wenn nötig, mit Gewalt zu befreien.
In Scharen fielen die Spartaner über die Häuser her, plünderten, raubten, vergewaltigten und brandschatzten, wie es ihnen gefiel. Kastor und Polydeukes jedoch stürmten mit einem Trupp die Burg der Aithra. Splitternd brach das Tor. Als die Horde in den Hof eindrang, flohen alle Knechte und Mägde entsetzt in die entferntesten Winkel des Hauses. Nur Helena, die in ihren schmutzigen Kleidern ein Bild des Jammer abgab, blieb im Hof stehen. Da erkannte sie ihre Brüder Kastor und Polydeukes. Weinend fiel sie ihnen in die Arme und dankte Zeus für die Rettung aus der Not.

7

»Herr«, sagte Agelaos zu Paris, »ich habe schlechte Kunde für dich. Dein Lieblingsstier, den Gyges hütet, soll als Preis ausgesetzt werden für den besten Wettkämpfer am Hof des Königs Priamos.«
Paris beriet sich mit seiner Frau Oinone in der Hütte. Dann entschied er: »Ich selbst werde den Stier Toros nach Troja führen und persönlich um ihn kämpfen. Bei Zeus, daß ich ihn gewinne!«
Als Paris mit dem mächtigen Stier, den vier Knechte an einem Nasenring führten, durch das Dardanische Tor in die für die Spiele festlich geschmückte Stadt einzog, jubelten die Bürger. Sie winkten mit bunten Tüchern. Allerlei Volk säumte die Straßen, und Rufe der Bewunderung gingen durch ihre Reihen: »Bei Zeus, seht den herrlichen Stier, die mächtigen Hörner, das starke Gemächt!« riefen die Männer. Die Frauen und Mädchen aber, wovon nicht wenige eine Auge auf den schönen Paris geworfen hatten, riefen: »Bei Aphrodite, seht den herrlichen Jüngling!«
Von der Burg Ilion, dem Sitz des Königs Priamos und der Hekabe, die auf einem Hügel im Osten der Stadt stand und nur noch vom rötlich schimmernden Tempel des Zeus überragt wurde, grüßten bunte Fahnen und Wimpel. Dorthin geleiteten die Bürger Paris mit seinem Stier Toros, denn dort sollten die Wettkämpfe stattfinden. Als Paris ins Stadion neben dem Königspalast einzog, brandete der Jubel vieler tausend Zuschauer auf, und alle Menschen im Amphitheater winkten und klatschten in die Hände, denn noch nie hatten sie einen so stolzen und mächtigen Stier gesehen. Auf der dem Stadiontor gegenüberliegenden Empore saß das Königspaar; stolz schritt Paris auf die Herrscher zu. Er hob die Hand, damit der Jubel verstumme, und sprach mit lauter Stimme: »Die Hirten des Berges Ida grüßen dich, König Priamos und deine holde Gattin Hekabe.«
Paris deutete eine Verbeugung an.
»Mich, Paris, senden sie, dir den schönsten, größten und mächtigsten Stier zu bringen, den je eine Kuh deiner stolzen Herden hervorgebracht hat und der bei diesen hehren Wettkämpfen dem edlen Sieger zugesprochen werden soll.«

Ein Raunen ging durch die Menge, und Hekabe beugte sich zu Priamos und flüsterte ihm etwas ins Ohr.
Daraufhin hob der König die Hand, und als augenblicklich Stille eintrat, rief er: »Ich danke dir, Paris, und den Hirten des Berges Ida. Da der Preis für die Wettkämpfe nun angekommen ist, so laß uns denn erst den Göttern opfern und dann die Spiele beginnen. Du aber sollst unser Gast sein und an unserer Seite die Kämpfe verfolgen. Hat sich ein Sieger hervorgetan, sollst du dem Glücklichen den Preisstier zuführen.«
Da jubelten nicht nur die Zuschauer, sondern auch die fünfzig Athleten, die, nur mit einem Schurz bekleidet, prächtig anzusehen, mit in der Sonne glänzenden Körpern die Stufen zur Empore säumten. Hekabe winkte mit einladender Geste den schönen Jüngling Paris zu sich hinauf, als dieser noch einmal die Hand hob, damit der Jubel verstumme: »Erlaubt mir, hohes Herrscherpaar«, rief Paris, »mich an den Wettkämpfen zu beteiligen. Ich kenne Toros seit seiner ersten Stunde, und nur allzugerne würde ich selbst ihn gewinnen.«
Da ging wieder ein Raunen durch das Publikum, die Athleten aber lachten, daß ihnen die Tränen über die Wangen flossen.
Der König schmunzelte: »Du willst also gegen meine Söhne kämpfen? Gegen Hektor? Helenos? Deiphobos? Polites? und all die anderen hier? Denn alle diese«, mit weit ausladender Geste deutete er über die Reihe der Kämpfer, »entstammen der Kraft meiner Lenden.«
»So werden sie mich nicht fürchten müssen. Doch laß es mich versuchen!«
Das Volk war sehr erheitert wegen des einfältigen Hirten, Priamos aber gebot Stille: »So wage es denn, du mutiger Jüngling«, sagte er, »doch nun laßt uns zum Opfer schreiten.«
In die Mitte des Stadions trugen zwölf Knechte eine im Durchmesser zehn Fuß große Schale aus Kupfer und stellten sie auf einen ebensogroßen eisernen Dreifuß. Andere Knechte führten zwei der schönsten Schafe und dazu zwei Ziegen in das Rund, denen sie zu den Gesängen eines Mädchenchors die Kehlen durchschnitten und sie ausbluten ließen. Dann legten die Knechte die Tiere auf die Schale, gossen heißes Öl darüber und entzündeten sie. Sogleich loderten die Flammen empor, verzehrten das Fleisch, und senkrechter Rauch stieg

auf in den Olymp. Die Mädchen sangen: »Laß, Zeus, der Tiere Düfte steigen, dir und den Göttern Opfer reichen, blick gnädig auf das Fest herab, und wehre Krieg und Unheil ab.«

Kassandra, die älteste Tochter des Priamos und der Hekabe, die schön war wie eine Blume im Morgentau, tanzte mit wehenden Schleiern und nymphenhaften Schritten um die Schale.

Zeus und all die Unsterblichen, die vom Olymp aus zusahen, hatten ihre Freude daran.

Die Wettkämpfe begannen, und Paris siegte in jeder Disziplin. Ob im Ringen oder im Faustkampf, im Steinwurf oder Bogenschießen, jedesmal war er der Erste und besiegte gar den herrlichen Knaben Hektor, der in diesen Disziplinen noch niemals unterlegen gewesen war. Mit stolzgeschwellter Brust schritt Paris schließlich zum letzten Kampf, dem dreimaligen Lauf um die Feste Troja. Unter dem Jubel des Publikums zog das Feld der Läufer aus dem Stadion hinaus. Viele hundert Trojaner, die dort keinen Platz mehr gefunden hatten, säumten die Gassen und winkten den Athleten zu, als sie zum Skäischen Tor zogen, das im Westen der Stadt lag und auf die weite Ebene führte, über die sich der Fluß Skamander gemächlich in den Hellespont ergoß. Bei der mächtigen Steineiche, unter der das Grabmal des Tros, des Begründers von Troja, stand, begann der Lauf um die Mauer. Antenor, der vornehmste Stadtrat Trojas, dessen Frau die Schwester Hekabes war und die auch der Pallas Athene als Priesterin diente, gab das Zeichen zum Start. Über fünfzig Läufer machten sich auf den langen Weg um die Mauer, währenddessen tanzten Mädchen anmutig im Stadion und sangen dazu Lieder zum Lob der Götter.

Als es Abend wurde und die Läufer in der Stadt zurückerwartet wurden, war es Paris, der als erster das Skäische Tor durchlief und unter freudigem Geschrei des Volkes die Gassen hinauf zur Arena eilte. Im Triumph erreichte er das Oval, und es wurde ihm ein Jubel zuteil, der ohnegleichen war. Hektor, der als zweiter ankam, nahm den fremden Hirten in den Arm und drückte ihn an seine Brust: »Gerne beglückwünsche ich dich nicht zu deinem Sieg. Du aber, der du uns alle bezwungen hast, sollst heute hier der Größte sein und den Stier erhalten, um den wir gerungen haben. Er sei dein.«

Priamos setze dem Paris den Kranz aus Lorbeer aufs Haupt, und nach weiteren Ehrungen durch Hekabe und die Edlen der Stadt lud der König zum Festmahl. Alle Wettkämpfer waren in den prächtigen Saal des Palastes geladen. Da trat Deiphobos, der als einer der letzen den Lauf beendet hatte und voller Haß, Eifersucht und Zorn war, auf Paris zu: »Verdammt seist du, Sohn des Hades«, zischte er, »nimm dies!«

Er zog einen Dolch aus dem Gewand, den er Paris zwischen die Rippen stoßen wollte, doch der hatte den Angriff rechtzeitig bemerkt und flüchtete zum Altar des Zeus. Dort stand Kassandra und schrie mit heller, durchdringender Stimme: »Laß unseren Bruder leben. Er ist der erstgeborene Sohn des Priamos!«

Schweigen und Entsetzen herrschten im Saal. Da stieg Hekabe von ihrem Thron herab, ging langsam auf Paris zu, schaute den Jungen an, griff nach seinem Gesicht mit ihren Händen, und mit Tränen in den Augen rief sie: »Er ist's! Priamos, er lebt!«

Weinend stürzte sich die Mutter in die Arme ihres Sohnes, und nachdem Paris die Geschichte erzählt hatte, wie er sie von Agelaos kannte, weinte auch Priamos, und Paris wurde mit großer Freude und allen Ehren in die Familie aufgenommen.

8

Es war Nacht, als Helena in Sparta ankam. Eine Vorhut hatte dem Tyndareos und der Leda die glückliche Errettung Helenas gemeldet, und so wartete das Königspaar ungeduldig der Wiederkehr der verlorenen Tochter. Leda stand am Tor des Palastes, und als Helena kam und sie sich weinend in die Arme fielen, dankte sie dem höchsten aller Götter aus dem tiefsten Grunde ihres Herzens.

Doch nun verließ das Glück den Hof des Tyndareos. Drei Monde, nachdem Helena zurückgekehrt war und sie die Frucht ihres Leibes bereits in sich regen fühlte, konnte sie nicht länger schweigen und bekannte sich der Mutter: »Liebste Mutter, der, der mich raubte, tat mir Gewalt an«, schluchzte das Mädchen und verbarg ihr Gesicht am Busen der Mutter.

Erst war Leda sprachlos, dann erschrak sie sehr: »Kind, was bedeutet das?«
»Ich werde selbst ein Kind bekommen.«
»Nein, sag, daß das nicht wahr ist!«
»Es ist wahr Mutter. Und nun verstoße mich, wenn du mußt.«
Leda nahm ihre Tochter in die Arme und sagte: »Wie könnte ich mein liebstes Kind verstoßen? Mit Zeus' Hilfe werden wir einen Ausweg finden.«
Als Tyndareos es erfuhr, raufte er sich die Haare und den Bart. Dann zog er sich den Mantel von den Schultern und zerriß ihn von oben bis unten in einem Satz.
»Theseus«, schrie er, »bei allen Göttern und Nymphen des Todes schwöre ich dir Rache! Ich werde dich verfolgen und nicht ruhen, bis du bei Hades lebendigen Leibes verfaulst!«
Doch zur Einlösung dieses Schwures kam es nicht. Als Theseus nach Athen zurückgekehrt war, fand er das Volk in großem Aufruhr und heller Entrüstung gegen ihn. Zu sehr hatte die Athener der Überfall auf Aphidna gekränkt, und von Theseus wollte niemand mehr etwas wissen. Im Gegenteil, sie drohten gar, ihn zu ermorden. Menestheus, der nun König war, empfahl ihm, so schnell wie möglich zu fliehen, sonst könne er für sein Leben nicht garantieren. So ging Theseus auf die Insel Skyros, wo er Ländereien besaß. Doch auch Lykomedes, der König der Insel, war darüber alles andere als erfreut. Zum Schein, um ihm sein Land zu zeigen, führte der König ihn an den Rand eines hohen Felsens, der zum Meer steil abfiel, und mit Artemis' Hilfe, die Theseus haßte, stieß er ihn rückwärts in den Abgrund. Seine zerschmetterten Glieder aber fraßen die Hunde der Insel, und seine Seele fuhr auf ewig zum Hades. So starb der Taurosbezwinger eines schrecklichen, ruhmlosen Todes.
Leda führte das schwangere Mädchen in ihre Kammer, wo sie so lange verborgen bleiben sollte, bis das Kind zur Welt gekommen sei. Dann wollte man weitersehen.
Als Helenas Leib anschwoll, wußten von ihrer Erwartung nur Leda, Tyndareos und Klytämnestra, doch sprachen sie davon zu keinem Menschen. So blieb Helena in der Obhut beider Frauen, nur Tynda-

reos besuchte sie bisweilen und sagte: »Du armes Kind, was soll nun aus dir werden?«

Die Unglückssträhne im Haus des Tyndareos war durch Helenas Schicksal jedoch noch nicht zu Ende. Kastor und Polydeukes, die auf Brautschau nach Messenien gereist waren, sollten nicht mehr wiederkehren. Ein Bote des König Aphareus vermeldete dem Königspaar: »Es ging um einen Streit mit Idas und Lynkeus, den Söhnen unseres edlen Herrschers. Erst stritten sie sich um zwei Mädchen, die alle vier vorgaben zu lieben, dann um Vieh. Schließlich brachten sie sich gegenseitig um. Ich Unglückseliger wurde geschickt, euch dies zu berichten.«

Da verhüllten Tyndareos und Leda ihre Häupter, und lange herrschte tiefe Trauer am Hof zu Sparta.

Eines Tages aber kam Tyndareos ganz aufgeregt zu Leda und sagte: »Stell dir vor, liebes Weib, Agamemnon, der mächtige König von Mykene, der Sohn des Atreus und der Aërope, wirbt um unsere Tochter Klytämnestra. Ein Gesandter hat's gemeldet.«

»Oh, großes Glück!« rief Leda, denn sie hatte befürchtet, die Vorgänge um Helena und Theseus sowie der unrühmliche Tod Kastors und des Polydeukes hätten das Haus in Verruf gebracht.

»Oh, großes Glück, so laß den Atriden wissen, daß er uns willkommen ist.«

Agamemnon, der herrliche Herrscher über Argolis, kam mit großem Gefolge, und als ihm Klytämnestra zugeführt wurde, jubelte das ganze Volk von Sparta.

Tyndareos ehrte Agamemnon mit großem Prunk, und feierlich wurde der Bund besiegelt. Jedoch fügte er, als sie unter sich waren, eine Bedingung hinzu.

»Agamemnon«, begann er, »diesem Haus wird bald schon ein Kind geboren. Es ist von königlichem Geblüt, nicht von Klytämnestra, die, wie du weißt, noch Jungfrau ist. Ich bitte dich, es anzunehmen und es aufzuziehen, als ob es deines wäre.«

Nach langem Bedenken war Agamemnon einverstanden, und die Hochzeit mit Klytämnestra wurde gefeiert. Am nächsten Morgen aber schenkte Helena nur mit der Hilfe ihrer Schwester und der Mutter unter großen Schmerzen einem Mädchen das Leben. Klytämnestra schloß das Neugeborene augenblicklich in ihr Herz. Ihr war, als ob sie es selbst zur Welt gebracht hätte. Und noch am selben Tag trat Agamemnon mit dem neugeborenen Kind auf den Balkon, unter dem sich viele Menschen versammelt hatten, hob es in die Höhe und rief: »Die Götter haben unseren Bund gesegnet. Artemis, die Hüterin der Fruchtbarkeit, schenkte Klytämnestra und mir zur Hochzeit eine Tochter. Wir wollen sie Iphigenia nennen!«

Da jubelte das Volk und fühlte sich den Göttern nah.

Als Helena genesen war, ließ Tyndareos Herolde im ganzen Land verkünden, die schönste aller Griechinnen sei ehefähig. Doch nicht nur das. Der zukünftige Gemahl der Helena sollte auch König von Sparta werden. Wer sonst? Tyndareos hatte keine Söhne mehr, dies Erbe anzutreten. So reisten alle Prinzen und unvermählten Fürsten des hellenischen Bundes an, es waren an die neununddreißig, und bevölkerten lange die Feste zu Sparta. Viel Streit gab's um die schönste Blume Hellas', und es wäre wohl zu einem Totschlag gekommen, wenn nicht Odysseus den Zank zwischen Ajax, dem hühnenhaften Sohn des Königs Telamon von Salamis, und dem Atriden Menelaos geschlichtet hätte. Ajax wäre selbst zu einem Mord fähig gewesen, da er Helena wirklich liebte, im Gegensatz zu dem Knabenschänder Menelaos, wie er sagte, dem es nur um die Krone ging. Doch um diesen und künftigen Streit zu vermeiden, hatte Odysseus vorgeschlagen, alle Bewerber einen Eid schwören zu lassen, der dem zukünftigen Gemahl der Helena auf ewig Beistand sicherte.

Agamemnon, der den weisen Rat Odysseus' in seiner vollen Tragweite erkannte, redete jedem einzelnen Fürsten zu, den Vorschlag anzunehmen, er selbst wolle sich als Unparteiischer für sie bei Tyndareos einsetzen, doch als er bei Tyndareos saß, sprach er für seinen Bruder Menelaos: »Denk an Iphigenia. Ich liebe sie wie mein eigenes Kind, dennoch schuldest du mir hierfür einen Dienst. Gib Helena dem Menelaos. Er ist eine Atride wie ich, doch ist er ohne Reich, denn Argolis ist mein. Wenn du ihm aber Helena gibst und ihn als deinen Nachfolger bestimmst, will ich Sparta mit Mitteln ausstatten, wie sie dein Kämmerer nur erträumen kann.«

»Im Vertrauen, Agamemnon«, sagte Tyndareos und zog seine Stirn bedenklich in Falten, »mir war es bisher so, als ob Menelaos Knaben den Mädchen vorzöge.«

»Da hast du nicht unrecht«, antwortete Agamemnon, »doch wenn er sie erst hat, die schönste Blume Hellas, wird sich dies schnell ändern, denn allzusehr begehrt er auch die hohe Ehre, mit der Schönsten aller Griechinnen vermählt zu sein. Im übrigen ist Helena keine Jungfrau mehr. Wir beide wissen es.«
»Nur du und ich und unsere beiden Frauen«, flüsterte Tyndareos, »aber verstehe: Ich kann mein Reich ihm nicht vererben, bevor er nicht Kinder zeugt und die Thronfolge gesichert ist.«
»So gib ihm die Tochter jetzt, die Krone aber erst, wenn Helena ein weiteres Kind geboren hat.«
Tyndareos wollte die Angelegenheit bedenken und sich mit Leda darüber beraten.
»Was«, rief sie entsetzt, »Menelaos, den Päderasten?«
»Bedenke«, sagte Tyndareos, »Helena ist keine Jungfrau mehr. Und wenn kein Blut beim ersten Liebesakt das Bett befleckt, hat jeder Mann das Recht, sie zu verstoßen. Menelaos aber wird dies bestimmt nicht tun.«
»Du denkst nicht an das Glück des Kindes«, sagte Leda voller Zorn.
»Glück! Um das Glück hat sie sich selbst gebracht! Und denke an die Schätze, die Agamemnon uns für diesen Dienst bezahlt. Sei still jetzt, Frau, und beuge dich dem königlichen Willen.«
Da konnte Leda nichts mehr sagen und war mit allem einverstanden. So wurde der Vertrag geschlossen: Zuerst die Hochzeit und dann, nach dem ersten Kind, die Krönung.
Eine Woche lang zogen Ochsenkarren an Ochsenkarren aus Argolis in das geschmückte Sparta ein. Sie alle waren schwer beladen mit dem Gold, das Agamemnon sandte. Menelaos aber war über alle Maßen zufrieden, die schönste Frau Griechenlands zu gewinnen, und dazu mächtig stolz, die Söhne der edelsten Familien Hellas übertrumpft zu haben.
Als schließlich Hochzeit war, floß Wein in Strömen, und die Tafeln bogen sich unter den köstlichst zubereiteten Speisen aus den wohlschmeckendsten Früchten und Gemüsen, aus dem zartesten Fleisch von Rindern, Ziegen, Schafen und Geflügel. Alles Volk war freigehalten, und auch den Göttern war so manches Opfer zugedacht.
Dann aber kam der Moment, an dem Helena Menelaos' Gattin wer-

den sollte. Ein festlicher Zug von Freunden und Verwandten begleitete das Hochzeitspaar zum Prunkgemach. Als aber die Tür ins Schloß gefallen war und sie ihm ein verführerisches Lächeln schenkte, erbebte er vor Furcht und Schrecken. Erst wartete sie, da Menelaos der Schweiß auf der Stirn stand, dann ging sie auf ihn zu und wollte ihn umarmen, doch er war starr wie eine Statue. Helena öffnete die Spange ihres Kleides, und es fiel zu Boden. Nackt und herrlich stand sie vor ihm, und schimmernd fiel das schwarze Haar auf ihre schönen Brüste. Doch er wandte sich ab. Dann ging er ein paar Schritte, setzte sich aufs Bett, stand wieder auf, setzte sich wieder, schwitzte. Nun tat auch sie nichts mehr, Menelaos über die Peinlichkeit hinwegzuhelfen.

Von der Straße her drangen Rufe in die Kammer. Eine gewaltige Menge hatte sich dort versammelt, um den Beweis von Menelaos' Manneskraft und ihrer Jungfernschaft zu sehen. Angst stand in seinen Augen. Da faßte er sich ein Herz und begann schließlich, sich zu entkleiden. Doch als er nackt war, hing sein Gemächt so schlaff nach unten, daß Helena nur lachen konnte. Zornesadern schwollen auf seiner Stirn, er zog das Mädchen neben sich aufs Bett und warf sich auf sie wie ein Zerberos. Doch Menelaos' Blut kam nicht in Wallung. So wetzte er denn seinen Bauch auf ihrem, und Eros versagte ihm die Manneskraft. Es tat sich nichts bei ihm, selbst, da sie aus Mitleid mit ihrer Hand nachhelfen wollte. So wälzte sie nach quälend langer Zeit den schweren Körper von sich ab, stand auf und ging zu einer Truhe. Dort hinein hatte Leda eine mit Hühnerblut gefüllte Fischblase gelegt. Helena stach sie mit einer Spange auf und verspritzte die rote Flüssigkeit aufs Bettuch. Dann riß sie es vom Lager und warf es Menelaos vor die Füße. Der verstand erst nicht, doch dann nahm er es willig auf, ging zum Balkon und breitete es aus. Das Volk, das unten auf der Straße wartete, verfiel in Freudentaumel und begab sich befriedigt zurück zu den übervollen Tischen. Menelaos aber nahm Helenas Gesicht in seine Hände, und mit Tränen in den Augen drückte er einen tiefen, weichen Kuß der Dankbarkeit auf ihren schöngeschwungenen Mund.

Dies war die letzte Berührung, die Helena für lange Zeit von ihrem Mann erfuhr.

9

Wie jauchzten alle Hirten vor Freude, als Paris mit den vier Knechten und Toros, dem Stier, zurück auf den Berg Ida kam. Alle hatten sich eingefunden, natürlich auch Gyges und selbstverständlich Agelaos, der so stolz auf Paris war wie kein anderer. Oinone aber fühlte sich als schönste und glücklichste Frau auf Erden und liebte Paris aus vollem Herzen. Die Siegesfeier, die man ihm bereitete, dauerte drei Tage und drei Nächte. Sie war aber zugleich auch sein Abschiedsfest vom Berge Ida. Denn Priamos hatte befohlen, dem Paris ein stattliches Haus mit herrlichen Gärten nicht weit vom Palast entfernt einzurichten, damit er als Königssohn entsprechend wohne. Dort zog er hin mit seiner süßen Frau, lernte lesen und schreiben und lebte so angenehm und wunderbar, daß selbst die Götter ihn beneideten.

Doch Unglück kam über Ilion. Kein Trojaner, der auf die Frage: »Wer ist das liebste und schönste Geschöpf in der Stadt?« nicht augenblicklich geantwortet hätte: »Kassandra! Wer sonst?«

Fröhlich hüpfte und sprang diese durch die Straßen und engen Gassen, sang hübsche Lieder, kannte fast alle Leute beim Namen, war freundlich zu jedermann, sagte ab und zu die Zukunft voraus, jedoch immer nur das Gute, obwohl sie manchmal auch Schlechteres hätte berichten können. Denn, so fragte sie sich, ist es gut für die Menschen, daß sie immer alles schon vorher wissen? Es genügt ja, wenn sie ihr Schicksal erleben.

Auf ihrem Weg durch die Stadt kam sie oft am Apollontempel vorbei. Jedesmal ging sie hinein, und wenn sie dort war, umfaßte sie die Knie der kunstvoll gehauenen Statue aus weißem Marmor und betete voll Leidenschaft und Inbrunst: »Ach, lieber guter Apollon, der du mir die Gabe der Weissagung geschenkt hast, komm hernieder vom Olymp und zeige dich mir in deiner Herrlichkeit.«

Natürlich meinte sie das nicht ganz ernst, obwohl sie sich sehr wünschte, daß ihr der Gott erschiene. So legte sie ihre Wange an seine kühlen Schenkel und küßte sie mit Inbrunst.

Mit geschlossenen Augen träumte sie davon, daß der Stein zu Fleisch werde, da fühlte sie plötzlich eine warme Hand auf ihrer Schulter ruhen und eine überirdische Stimme sagte: »Dein Wunsch sei dir gewährt!«

Ein tödlicher Schauer durchfuhr sie. Entsetzt blickte sie nach oben, da stand der Gott, der genauso aussah, dieselben Züge hatte und ebenso groß war wie die Statue, nur eben aus Fleisch und Blut. Kassandra war vor Schreck wie gelähmt. Der Riese wollte ihr die Spange des Kleides lösen, und aus seinen Augen blitzte es lüstern.

»Ich will, daß du dich mir hingibst!«

»Nein!« schrie Kassandra und wich zurück. Die Angst vor dem Riesen wollte ihr die Besinnung rauben. Doch der Gott gab nicht nach. Schritt um Schritt stieß er sie in die hinterste Ecke des Tempels, griff nach ihrem Kleid und riß es entzwei. Einer Ohnmacht nahe, versuchte sie, ihre Blöße zu verbergen, und schrie so sehr, daß es dem Gott durch Mark und Bein ging. Da packte er sie, hielt ihr den Mund zu und zwängte sie zu Boden. Als sie hilflos wimmernd dalag, warf er sich über sie und versuchte, in die sich verzweifelt wehrende und um sich schlagende Jungfrau mit seinem göttlichen Glied einzudringen. Mit unermeßlicher Gewalt stieß er an ihre Scham und hätte sie wohl ganz geschändet, wenn da nicht das Tor des Tempels aufgerissen worden wäre.

»Kassandra, was ist dir?«

Ihr Bruder Helenos fand sie sich windend und schluchzend am Boden, mit Händen und Armen den nackten, geschundenen Leib bedeckend.

»Er hat es getan«, schrie sie, »er hat es getan!«

König Priamos und Paris saßen zusammen im Saal, als Helenos hereinstürzte und rief: »Bei allen Göttern, ein großes Unglück ist geschehen, seht nur Kassandra!«

Durch die Tür kam Kassandra, gefolgt von ihrer Mutter Hekabe, schreiend und weinend in den Saal. Sie war schrecklich anzusehen, ihr Kleid zerrissen, ihr Haar zerwühlt, und aus ihren Augen blickte Wahnsinn.

Paris war zutiefst betroffen, denn Kassandra war seine Lieblingsschwester. Sie war es, die ihn erkannt und ihm sogar das Leben gerettet hatte.

»Sie redet wirres Zeug und sagt immerzu, Apollon selbst wollte sich an ihr vergehen«, rief die Mutter.
»Er wollte mich erdolchen, mit seinem eigenen Fleisch stach er in meinen Schoß!« schrie sie und stürzte ihrem Vater in die Arme.
»Sie redet irre«, rief die Mutter, »hört nicht auf sie!«
»Und dieser da wird Unglück bringen über unser Haus!«
Kassandra gebärdete sich wie eine Furie und spuckte Paris vor die Füße.
»Was ist dir, Schwester, was habe ich dir getan?« rief Paris erschrocken.
Da riß sie sich vom Vater los, umkreiste den Bruder wie eine wildes Tier, die Brüste quollen ihr aus dem Kleid, und mit Schaum vor dem Mund keuchte sie: »Du wirst nach Hellas segeln und ein Weib dir rauben. Dies bringt uns allen hier den Tod!«
»Aber Kassandra«, rief Paris, »ich hab doch schon ein Weib, das schönste auf der Götter Erden, wie könnte ich ein anderes begehren?«
Doch sie ließ sich nicht überzeugen. Weinend sank sie auf den kalten Marmor und schrie nur immer wieder: »Tod! Tod! Tod!«
»Hört nicht auf sie«, heulte Hekabe, »sie ist irre!«
Ein Arzt, den Priamos rufen ließ, gab ihr Schlafmohn. Als Kassandra nach Tagen wieder erwachte, war sie ruhig. Doch der Wahnsinn stand in ihren Augen.
Die Nachricht von der bevorstehenden Krönung des Menelaos zum König von Sparta, die ein reisender Sänger zum Hof des Königs Priamos trug, erweckte viel Aufsehen. Denn Helena, so sagte der Gesandte, habe dem Menelaos ein Töchterchen geboren, Hermione mit Namen. Und so sei denn Tyndareos nun bereit, vom Thron zugunsten Menelaos' abzudanken.
»Wir müssen einen Boten mit Geschenken senden«, sagte Priamos, »damit uns das mächtige Sparta in Freundschaft gewogen bleibt.«
Als jedoch der König überlegte, wen von seinen Söhnen er senden solle, lenkte Aphrodite seine Gedanken, und er entschied sich für Paris. So sprach er zu dem Ältesten: »Segle du nach Sparta und bring dem König Menelaos die Geschenke und die Grüße meines Landes. Bleib dort, solange du willkommen bist, doch nicht länger, als es sich gebührt.«

Damit entließ Priamos den Paris und gab Befehl, ein Schiff mit Segeln und Ruderern auszurüsten und Geschenke an Bord zu bringen.
Froh über den ehrenvollen Auftrag, lief Paris in sein Haus, um von Oinone Abschied zu nehmen. Als diese von der Reise hörte, wurde sie sehr traurig: »So bist du mir verloren, Paris«, schluchzte sie. »Wir werden uns nicht wiedersehen, denn du wirst eine andere Frau gewinnen. Ich aber gehe zurück auf den Berg Ida.«
»Oinone«, sagte Paris, »was redest du für wirres Zeug. Ich komme wieder, und es wird sein wie eh und je. Ich liebe dich.«
»Ich liebe dich auch«, antwortete Oinone, »darum sage ich dir, wenn du jemals verwundet wirst, denke an mich und komme zu mir auf den Berg Ida zum Wildbach. Denn ich kann dich heilen.«
»Oinone, ich will davon nichts hören!« rief Paris. »Warte auf mich, wie es jede Frau tut, deren Mann auf Reisen geht.«
Er küßte sie ein letztes Mal, dann eilte er hinunter zum Hafen.
Oinone aber verließ das Haus des Paris und zog zurück in die Berge.
Kassandra jedoch, die der Gott Apollon strafte, weil sie sich ihm verweigert hatte, fand keinen Glauben mehr beim Volk. Wirren Blicks streifte sie durch Troja und rief immer wieder: »Ilion brennt! Ilion brennt!«
Die Menschen auf den Straßen, die das Mädchen sahen, lachten entweder oder schüttelten traurig den Kopf und tippten sich mit dem Finger an die Stirn.
Als Paris sein Schiff zum erstenmal sah, schlug ihm das Herz vor Freude. Es war ein bauchiges, weißgestrichenes Segelschiff, zwanzig Schritt lang, gut fünf Schritt breit, mit einem hohen, mächtigen Mast in der Mitte. Phereklos, der Schiffsbaumeister und Navigator, stand rotbärtig wie ein Feuerbrand auf Deck und rief: »Willkommen an Bord, Herr!«
Und alle weiteren elf Seeleute stimmten in den Gruß mit ein. Phereklos zeigte Paris das Schiff. Unter Deck gab es Vorratsräume für Waren; und hier schlief auch die Mannschaft und der Navigator. Paris aber wohnte in der strohgedeckten Hütte oben auf Deck, die hinter dem kräftigen, leicht nach vorne geneigten Mast errichtet war. Längs über das ganze Schiff lag die Rahe, ein langer, schlanker Baum, an dem das Segel angeschlagen war und um dessen Mitte starke

Taue gebunden waren. Mit deren Hilfe und mit einem Flaschenzug konnte man die Rahe hoch hinauf zur Mastspitze ziehen. Noch aber war das Segel zusammengewickelt mit den Streifen von den Blättern der Kokospalme. Auf den Bänken, längs der Schiffswand, saßen zu jeder Seite fünf Ruderer und ganz am hinteren Ende, wo das Steuerruder breit und tief ins Wasser tauchte, war der Sitz des Steuermanns.

Paris gefiel das Schiff besser als alle, die er je gesehen hatte. Vergnügt rief er: »Ein schönes Schiff! Ich will sie ›Aphrodite‹ nennen und darum beten, daß uns die Göttin immer gnädig bleibt.«

»Leinen los!« rief der Navigator, die Seeleute lösten die Taue und ruderten das Schiff aus der windstillen Bucht des Hafens hinaus aufs offene Meer. Dort stellten sie die »Aphrodite« vor den Wind, Phereklos ließ die Rahe den Mast hinaufziehen, und als sie oben angeschlagen war, riß er mit einer Schot die Kokosblätter durch. Das Segel rauschte aus, blähte sich und brachte das Schiff in Fahrt.

Der Wind stand günstig, und mit vollem Segel pflügte die »Aphrodite« durch die Ägäische See. Paris stand am Bug und dankte Poseidon, dem weißbärtigen Meergott, dem Bruder des Zeus und Beherrscher der Meere, der mit dem Dreizack, begleitet von Nymphen und Meerjungfrauen, auf einem schwarzen Tümmler durch die Wogen ritt. Poseidon war dem Paris gewogen und behütete die Überfahrt. So dauerte es nur sieben Tage, bis das Schiff an den Gestaden von Gytheion in einer windgeschützten Bucht der Peloponnes festmachte. Im Städtchen mietete er sich ein und opferte den Göttern. Dann schickte er einen Boten voraus zum Hof des Königs Tyndareos, der zu Pferd nur eine Tagesreise in nördlicher Richtung lag, und als er Antwort hatte von dem Boten, lud er die Truhen aus Troja auf Pferde und Esel, warf sich den prächtigen, edelsteingeschmückten Mantel über und machte sich mit vier Begleitern auf den Weg nach Sparta. Phereklos und die Mannschaft ließ er bei den Schiffen warten. In der Stunde, als Helios' goldener Wagen den Horizont berührte und Selene, die Göttin des Mondes, bereits hoch am Himmel stand, erreichte er die Stadt. Schon von weitem sah er die Dächer in der untergehenden Sonne schimmern, und als er nun das südliche Stadttor erreichte, wartete dort bereits eine Abordnung, um ihn zur Burg zu

geleiten. Tyndareos und Menelaos empfingen Paris mit den Ehren, die eines Königs würdig waren, und als er die Geschenke darbrachte, Krüge von feinstem Ton, Schalen aus handgetriebenem Kupfer, Geschmeide von Gold und Silber, kostbare Tuche und Webereien, da staunten Tyndareos und Menelaos sehr und freuten sich über die Großmut des Königs Priamos.
Sodann aber führte ihn Tyndareos in den prächtigen Thronsaal, wo schon Agamemnon, der Bruder des Menelaos, und Odysseus saßen; ferner Tlepolemos, der ein Sohn des großen Helden Herakles und König von Rhodos war, Diomedes, der König von Argos, der riesige Ajax aus Salamis, der sich mit Menelaos inzwischen wieder versöhnt hatte, der kleine Aias aus dem Lokrerlande, Menestheus aus Athen und viele weitere Könige und Abgesandte hoher Fürstenhäuser. Ein Herold stieß dreimal vernehmlich mit einem Speer auf den Boden und rief: »Begrüßt den erstgeborenen Sohn des Königs Priamos von Troja. Weit führte sein Weg in hin übers Meer, um dem neuen König Menelaos die Freundschaft zu beweisen!«
Allen gefiel der schöne, fremde Jüngling in der kostbaren, edelsteingeschmückten Tracht, und sie begrüßten ihn herzlich. Nun aber erscholl ein tiefer, langtönender Gong, die Türen hinter dem Thronsitz schwangen auf, und in den Saal traten Menelaos mit seiner Gattin Helena zu seiner Rechten. Er führte sie zum goldenen Stuhl, und als Paris sie erblickte, da war ihm, als begegne ihm die Göttin Aphrodite zum zweitenmal. Wie von einem Keulenschlag getroffen, mit angehaltenem Atem und mit offenem Mund, stand er reglos vor der Herrscherin.
Auch ihr, so schien es ihm, gingen Herz und Atem schneller, als sie ihn betrachtete, und aus ihren Augen und von der hohen, goldbereiften Stirn sah er Licht und Sterne sprühen.
Lange stand Paris versunken in ihre Schönheit, blickte in ihre strahlenden Augen, in das liebe Gesicht, da sagte sie freundlich und mit klarer Stimme: »Heil dir, Gesandter des Königs Priamos, ist's denn kein Gruß, den du aus Troja bringst?«
»Vergib mir, edle Herrin«, stammelte er mit trockenem Mund und beugte sein Knie. »Dein Anblick macht mich ganz vergessen, woher ich komme, und wo ich bin.«

Da lachte Menelaos laut und prahlend, und Besitzerstolz quoll aus seiner Brust: »Dergleichen Schönheit gibt's auf Trojas Straßen nicht zu sehen, wie?«
»In der Tat, mein Herr!« antwortete Paris und stand wieder auf. Zu Helena gewandt sagte er endlich: »Mein Volk und König Priamos entbieten dir, schönste Blume von Hellas, die höchste Achtung und erbitten für dich und die Deinen die Segnungen der Götter.«
Da lächelte Helena, und auch Menelaos hörte es mit Wohlgefallen. Als Wein und Früchte zur Erfrischung aufgetragen wurden, konnte Paris nicht anders, als immer wieder heimlich Helenas Schönheit zu bewundern. Manchmal begegneten sich ihre Augen in einem flüchtigen Moment, da schlugen beider Herzen höher. Im stillen aber wußte er, daß sie der Preis war, den Aphrodite ihm versprochen hatte.
Als es Morgen wurde und Fanfarenklänge und Paukenschläge durch die Straßen schallten, erwachte Paris und zog sich die schönsten Kleider an, die er besaß. Doch nicht der Krönung wegen tat er dies, sondern um Helena zu gefallen. Laut riefen die Herolde durch die Gassen: »Kommt, alles Volk, und versammelt euch beim Tempel der Athene. Denn dort wird heute unser König Tyndareos dem Atriden Menelaos seine Krone reichen!«
So traf er Helena vor den Stufen des Tempels der Athene wieder, in welchem Thyndareos und Menelaos darum baten, die Göttin möge das Opfer gnädig annehmen, das sie vor dem Tempel auf dem großen Platz darbrachten. Tausende von Menschen säumten die riesige Opferschale, auf der drei sterbende Stiere lagen. Ihre Köpfe waren über den Rand der Schale hinausgezogen, und aus der Ader am Hals eines jeden ergoß sich stoßweise und von Paukenschlägen begleitet das Blut in hohe, schwarze Krüge. Wie ein gewaltiger Bienenschwarm summte das Volk den Opfersermon, und ein jeder ließ mit geschlossenen Augen seinen Kopf auf den Schultern kreisen.
Auch Helena schien weit entrückt zu sein. Verzückt blickte Paris sie an. Doch als ob sie seinen Blick auf ihrem Antlitz fühlte, wandte sie sich zu ihm, und ihre Augen sagten ihm: »Dich will ich.«
Unter den Klängen von Fanfaren schritten beide Könige, der alte und der neue, durch die Säulen des Heiligtums. Sie stellten sich zu beiden Seiten von Helena auf, hier der Vater, da der Gemahl, und zwei

Herolde reichten ihnen Becher, die mit dem warmen Blut der Stiere gefüllt waren. Die Stimmen des Volkes schwollen an, wurden lauter und heller, und die Herrscher begannen, den Blutsaft zu trinken. Währenddessen gossen Knechte heißes Öl auf die Stiere, und als die Becher geleert waren und das Volk den höchsten Punkt der Melodie erreicht hatte, warfen sie brennende Fackeln auf die Tiere.

Züngelnd leckten die Flammen am Fleisch empor, und der Rauch stieg zum Himmel. Da brach das Volk in Jubel aus, wie er noch nie zuvor über Sparta vernommen worden war, und es schrillten die Fanfaren, als ob Zeus selbst es sei, dessen Krönung hier gefeiert würde. Und im hellen Schein des Opferbrandes setze Tyndareos dem Menelaos seine Krone aufs Haupt.

Drei Tage wurde Krönung gefeiert, prächtig, schön und ausgelassen. Die ganze Stadt war auf den Beinen, die Menschen tanzten auf den Straßen, waren fröhlich und sangen Lieder. Paris war natürlich immer da zu finden, wo Helena saß, stand oder ging, denn sein Herz glühte vor Liebe. Einmal aber schlenderte er hinunter zum Fluß Eurotas, um vom murmelnden Geplätscher zu erfahren, wie er den Preis, den Aphrodite ihm versprochen hatte, gewinnen könnte. Aphrodite aber wies ihm den Weg zu der Stelle, wo Leda Helena durch Zeus empfangen hatte.

Dort mußte er wohl eingeschlafen sein, denn als er erwachte, stand sie, die Schönste, über ihn gebeugt und schaute ihn so zärtlich an, als ob sie ihn schon ewig liebte. Er wollte sprechen, doch sie legte nur den Finger an den Mund und ließ sich neben ihm nieder. Da nahm er ihr Gesicht in seine Hände, und sie versanken in einen Kuß, der sie durch all die Jahre führte, die sie so lange aufeinander gewartet hatten.

Es war nicht leicht für Helena und Paris, daß ihre Liebe am Hof des Königs Menelaos unentdeckt blieb. Zudem war sie ja Mutter der kleinen Hermione, die Menelaos liebte wie sein eigenes Leben. Mit Hilfe eines Knaben hatte er ihr beigewohnt und dieses Kind gezeugt. Nun mußte sie sich um es kümmern, obwohl sie kaum Gefühle empfand. Auch hatte sie die Pflichten einer Herrscherin zu wahren, mußte Mägde anweisen, Priesterinnen empfangen, die Tempel besuchen.

Menelaos versah die Obliegenheiten des Königs und genoß die neue Macht. Nachdem aber die Fürsten, die ihm zur Krönung Würdigung erwiesen hatten, abgereist waren und nur noch Paris in den Mauern weilte, sah es der König nicht ungern, den Trojaner als Gastfreund weiterhin am Hof zu haben. Die Achtung, die der Fürstensohn aus Asien ihm und seinem Weibe ehrerbietig kundtat, sah er mit vergnügten Sinnen. Er fühlte sich bewundert und hatte darüber hinaus auch ein Auge auf den schönen jungen Mann geworfen. Wichtiger als die Zweisamkeit mit Helena erschien ihm die Anwesenheit des Prinzen, doch wagte er es nicht, sich ihm zu offenbaren. In der Nacht dachte er an Paris und tat sich selbst die Liebe, sonst wäre er bis zum Morgen wachgelegen.

Aphrodites Stern stand funkelnd über dem Palast, als Helena die Augen öffnete: Zu wirr hatte sie geträumt und zu sehr verlangte sie nach Paris. Menelaos schlief tief. So zog sie sich den leichten Mantel über, und auf Zehenspitzen schlich sie aus dem Zimmer. Sie eilte die Gänge entlang, huschte um Ecken und durch Säle und gelangte schließlich zu der Tür, hinter der sie ihren Liebsten wußte. Erst öffnete sie nur einen Spalt und sah ihn im Mondlicht auf dem Lager ruhen. Als sie eintrat, schlug er die Augen auf und sah im blassen Licht ihre schöne Gestalt, und ihre Haare flossen in glänzenden Wellen um ihren Körper. Er wartete, was kommen sollte, sie aber trat näher, öffnete langsam den Umhang, bis er über ihre Schultern glitt und zu Boden fiel. Noch niemals hatte Paris ein so schönes Weib gesehen. Als sie näher kam, atmete er schwer, und mächtig hob sich seine Manneskraft und ragte wie ein Mast empor zum Stern der Aphrodite.

Ohne ein Wort zu sprechen, umarmte sie seinen herrlichen Körper, setzte sich auf den Stab, trieb ihn tief und lang in ihre Mitte und glaubte, vor Glück zu vergehen. Doch als sie beide am Höhepunkt der Lust waren und die Wellen der Erregung wie ein Beben durch ihre Körper liefen, drang kein Ruf, kein Schrei, kein lautes Wort aus ihren Kehlen, nur heiße, keuchend ausgestoßene Luft. Dann lagen sie lange innig umschlungen, und ihre Erschöpfung war so tief wie ihre Liebe. Als sie später ging und Paris allein ließ, war Helena so aufgewühlt wie nie zuvor in ihrem Leben. In ihrem Herzen wußte sie, daß sie diesem Manne folgen würde, soweit die Götter sie es ließen.

Ganz früh am Morgen erwachte Menelaos und fand den Platz an sei-

ner Seite leer. Voll Sorge suchte er nach Helena. Schießlich fand er sie im Kinderzimmer, über das Bett von Hermione gebeugt, und er pries sich glücklich, die schönste Frau der Welt zu besitzen, die seiner Tochter die beste Mutter war.
Der Tag jedoch brachte Aufregung und Trauer. Ein Bote stellte sich beim König ein und sprach: »O edler Menelaos, ich habe schlimme Kunde von der Insel Kreta. Katreus, dein Großvater, der hehre Vater deiner holden Mutter Aërope, ist eingegangen ins Elysium. Sterbend sprach er noch: Mein lieber Enkel Menelaos soll mir das Begräbnis und die Leichenspiele richten.«
Da verhüllte Menelaos sein Haupt und weinte bitterlich, denn Katreus war ihm von Jugend an ans Herz gewachsen. Noch am selben Tag sagte er zu Paris, und die Dienerschaft vernahm es ebenso: »Edler Fürstensohn aus Troja, behüte du Weib, Hof und Kind, solange ich auf Kreta bin, mich rufen Leichenspiele auf die Insel, meine Reise duldet keinen Aufschub.«
Dann zog er ihn beiseite und flüsterte: »Ich fürchte sehr um Helena, denn das Orakel weissagte mir einst, daß ein Schurke sie entführt, während ich auf Reisen bin. Ich bitte dich, habe ein besonderes Auge auf sie, bis ich wiederkehre.«
Daß er den schönen Königssohn besitzen wollte, auch wenn es nur zusammen mit Helena möglich wäre, verschwieg er, denn zu sehr begehrte er den Sohn des Priamos.
Zu Helena sagte er: »Hades ist ein listiger Geselle, er ruft, ehe man sich versieht. Der Tod des Großvaters läßt mich erzittern bei dem Gedanken, daß auch ich einmal sterben muß. Wie aber quält mich dies, solange ich nicht für einen männlichen Erben gesorgt habe. Sobald ich wieder da bin, werden wir Söhne zeugen!«
Im stillen aber dachte er: Paris wird mir dabei helfen, denn er erweckt mir Manneskraft. Und auch Helena wird es nicht unrecht sein. Sie ist ja schließlich eine Frau, die auch geliebt sein möchte.
Helena, die längst entschieden hatte, die Abwesenheit ihres Gatten zu nutzen, um mit Paris zu fliehen, fiel Menelaos um den Hals und rief: »Ach, geh noch nicht, geliebter Mann. Die Gefahren des Meeres sind tückisch. Ich will nicht, daß du fährst, bevor wir einen Sohn gezeugt haben!«

Menelaos war erstaunt und auch gerührt: »Mein Kind, bereits heute versüßt du mir mit deinen Worten die Rückkehr. Warte nur die kurze Zeit, bis mich die Winde wieder in die Heimat tragen, und bitte Artemis, dich für den Thronfolger fruchtbar zu machen.«
So sprach er, und dann zog er los. Seine Gemahlin sollte er zehn Jahre nicht mehr wiedersehen.

10

Die erste Zeit, die Menelaos fort war, verbrachten Helena und Paris miteinander nur im Bett. Wie durch eine Sucht gelenkt, hingen sie unaufhörlich aneinander und wollten nicht mehr von sich lassen.
»Paris«, flüsterte Helena, »ich will dich ganz, von außen und von innen. Ich will dich essen mit Haut und Haaren, daß du völlig in mir aufgehst.«
»Helena«, hauchte Paris, »ich will, daß du es tust.«
Liebkosend strich sie mit ihren schönen, schlanken Händen über seinen herrlichen Körper, über seine mächtigen Schultern, die starken glänzenden Arme, die schmalen, knabenhaften Hüften und seine leicht behaarte, braune Brust. Schnurrend vergrub sie ihre süße, kleine Nase in den dunklen Locken und küßte sich in kleinen Kreisen über Brust und Bauch hinunter bis zur Wurzel seiner Lust. Als Helena es tat und Paris vor Wollust stöhnte und schließlich kam, glaubte er, von dieser Erde abzuheben und Teil zu werden vom Olymp. Es war das Schönste, was er je erlebt hatte. Derlei Dienste hatte ihm Oinone niemals erwiesen.
Nach Tagen, als die Dienerschaft um Helena bereits in Sorge war, standen sie endlich auf. Doch voneinander trennen konnten sie sich nicht. Hand in Hand schlenderten sie hinunter zum Eurotas, der durch die blühende Ebene floß. Dort aber warf sich Helena erneut auf den Geliebten. Atemlos vor Lust entkleideten sie sich gegenseitig und betrachteten ihr Bild im Wasserspiegel. Sie den schönsten Mann, den sie jemals gesehen hatte, und er die herrlichste von allen Frauen auf Erden.

»Paris, wir müssen weg von hier. Menelaos wird bald wiederkommen und mich des Ehebruchs bezichtigen. Die Diener tuscheln schon und reden von nichts anderem mehr. Wir werden es ihm nicht verheimlichen können.«
»Komm mit mir nach Troja«, sagte er und küßte ihren schönen Körper, ihre wohlgeformten Brüste.
»Troja? Dort wird Menelaos mich am ehesten suchen!«
»Du bist geschützt durch meinen Vater Priamos.«
»Da kennst du meinen Menelaos schlecht. Wenn man ihm etwas weggenommen hat, wird er zum wilden Stier. Da ruht er nicht, bis er es wieder hat. Wenn wir nach Troja gehen, dann, fürcht' ich, gibt es Krieg. Laß uns lieber auf eine weitentfernte, stille Insel fliehen, wo wir in Ruhe leben können, bis man uns vergißt.«
»Ja, Helena, doch wovon sollen wir dort leben?«
Während sie so redeten und ihre Körper immer mehr der Lust erlagen, kam Paris über sie und legte sie ins Gras.
Da lachte Helena: »So mußt du dich bei mir bedienen. Mein Palast ist voller Schätze.«
Paris stieß in sie hinein und keuchte: »Du meinst, er schuldet mir die Mitgift?«
Während Helena kam, schrie sie es stoßweise heraus: »Ich hab – den Schlüssel – zum – Schatz!«
Als sie in den Palast zurückkamen, befahl Helena die Dienerschaft zu sich und sagte: »Die Götter wünschen, daß ich meinem Gemahl beistehe. Zu sehr quält ihn der Tod des Großvaters. Deshalb bringt Prinz Paris mich nach Kreta, wo ich den König Menelaos treffen will. Helft mir packen. Denn nach dem Willen des Königs soll Paris reich beladen mit Geschenken für König Priamos von Sparta scheiden.«
Der Dienerschaft war's recht. Seelenruhig und fröhlich räumte sie die Truhen des Menelaos leer, und Helena sagte zu zwölf Mägden, die ihr treu ergeben waren: »Ich bitte euch, kommt mit mir zu meinem Schutz, ich will euch reich dafür belohnen.«
Der Amme ihrer Tochter aber sagte sie: »Gib acht auf Hermione und schenk ihr deine Liebe, bis ich wiederkehre mit meinem Gatten Menelaos.«
Die Amme nahm das Kind, das Gesinde packte die Bündel voll mit

den herrlichsten Geschmeiden, mit Gold, Silber, Tuche, Krügen und mit Edelsteinen, die hundertmal das überstiegen, was Paris für Menelaos aus Troja mitgebracht hatte. Als die Lasttiere beladen waren, zog die Karawane fort von Sparta Richtung Süd nach Gytheion, wo Paris' Schiff vor Anker lag. Die Menschen, die Paris und Helena am Weg vorüberreiten sahen, verbeugten sich vor dem göttlich schönen Paar und wünschten Glück und Segen. Und als Helios, müde von des Sonnentags Plage, die goldene Scheibe im Meer versenkte, erblickten sie den Hafen und das Schiff. Phereklos freute sich sehr, endlich wieder seinen Herrn zu sehen. Wie immer hatte er einen guten Spruch auf den Lippen: »Ost ist da, wo Helios den Wagen aus den Wogen zieht, West da, wo er ihn runterführt. Im Süden steht er in der Mittagszeit und Nordgefild' umkreist er weit.« Fröhlich lachte er über sein freundliches, breites Gesicht, dann aber riß er vor Entzücken Mund und Augen auf, als er Helena sah: »Bei allen Göttern, fährt sie mit?«

Als Helena versuchte, in ihrem langen, luftigen Kleid über die Schiffswand zu klettern, stellte er ihr schnell einen Schemel hin und unten auf Deck fing er sie in seinen starken Armen auf: »Keine Nymphe, die so süß zu tragen wär wie du, edle Herrin«, sagte er bewundernd.

»Holt die Mägde auf das Schiff und vergeßt die Truhen nicht«, rief Paris, »wir segeln morgen!«

Die Mannschaft konnte sich kaum zügeln: »Zwölf junge, schöne Frauen an Bord, welch ein Fest!«

Nachdem die Männer alles verstaut hatten, die Truhen im vorderen Teil des Schiffes, die Ballen in die Kammer unter dem Achterdeck, und sie nun mit den Mädchen saßen, war der erste Weinkrug gleich geleert, und es war wahrlich nicht der letzte an diesem Abend. Die Mädchen sangen, Phereklos holte eine Lyra und Paris seine Flöte. In dieser einen Nacht, die Selene mit Wohlgefallen beschien, lag wohl das fröhlichste von allen Schiffen im Hafen von Gytheion, das je die Meere des Poseidon kreuzte.

Als der Morgen graute, gab Paris den Befehl: »Leinen los!« Schlag um Schlag ruderten zehn Seeleute die »Aphrodite« aus der Bucht. Als sie in den Bereich des Windes kamen, und Phereklos darauf achtete, daß er von hinten blies, gab er den Befehl, das Segel zu setzen. Mächtig rauschte es von der Rah den Mast hernieder, tat einen dumpfen Knall, und schon stand das mächtige Dreieck voll im Wind. Nicht nur die Mannschaft, auch alle anderen klatschten Beifall, und selbst Aiolos, der Gott der Winde, lachte zu dem kühnen Kunstgriff.

So segelten sie nach Kythira und machten Rast in einer stillen Bucht. Am anderen Tage aber ging die Fahrt nach Osten, nicht nach Kreta, wie Helena ihrem Gesinde gesagt hatte, sondern zu den Inseln der Kykladen. Gott Aiolos ließ günstige Winde wehen, und die »Aphrodite« machte gute Fahrt.

Doch mit einmal hörte aller Wind zu blasen auf, und das Schiff stand still. Wie mit Pflöcken schien es festgeschlagen in einem Wall von Blei. Da teilten sich die Wogen, und der Meergott Nereus, der noch älter als Poseidon war, hob aus den Fluten sein schilfbekränztes Haupt empor. Schrecklich anzusehen war sein Bart und Haar, vollkommen bedeckt war er von triefendem Tang, und mit entsetzlicher Stimme rief er: »Unglücksvögel flattern eurer Fahrt voraus. Du, Paris, verfluchter Räuber, sollst der Götter Zorn verspüren. Die Griechen werden mit Heeresmacht nach Troja ziehen, dich von deiner Metze reißen und das Reich des Priamos zerstören. Weh mir, wie viele Männer seh' ich schreiend sterben und tot zu Boden sinken, wie viele Leichen führst du deinem Volk herbei. Schon rüstet Pallas ihren Helm und Schild in ihrer Wut, und Hera zürnt dir wie kein anderer Gott. Zehn Jahre dauert an der blutige Kampf, bis Feuerbrand die Häuser Trojas frißt!«

So rief der Gott und tauchte wieder ab. Die Schiffsbesatzung war vor Schrecken wie gelähmt, Paris aber schrie ihm nach: »Fahr hin zum Hades, du alter Greis! Hermes hat mir den Schutz des Zeus versprochen, und Helena ist ein Geschenk der Göttin Aphrodite! Unseliger Faun, tauch hinab in deinen Strudel und sprich nicht wider die Götter!«

Noch eine Weile hielt sich das Entsetzen, doch als der Meerwind wieder freudig blies und das Schiff gute Fahrt machte, vergaßen alle den Vorfall und steuerten auf Kranä zu. Die Insel lag inmitten der Kykladen, war fruchtbar und wurde von einem friedlichem Volk bewohnt.

Wie staunten die Kranäer, als Paris' Schiff in den Hafen einlief und er von allen Schätzen an die Bewohner reich verteilte. So wurden er und alle, die mit ihm waren, freundlich aufgenommen. Es dauerte nicht lange, da zogen sie in ein herrliches Haus in einer windgeschützten Bucht am Meer, manch einer der Seeleute nahm sich eine der Mägde, die Helena begleitet hatten, und alle lebten glücklich von den mitgebrachten Schätzen in Herrlichkeit und Freuden.

11

Als Menelaos von Kreta heimkehrte, traf ihn fast der Schlag.
»Wir werden viele Söhne zeugen«, hatte er noch unterwegs gejubelt und das Pferd zur Eile angetrieben, doch als er im Palast ankam und Helena und Paris verschwunden waren, da brach für Menelaos die Welt zusammen.
»Wo ist mein Weib? Ich will mein Weib!« heulte er und irrte wie ein Besessener suchend durch die Gänge und die Säle.
»Die Herrin ist mit Prinz Paris nach Kreta gesegelt«, beteuerte die Dienerschaft, »sie sprach davon, daß Zeus und alle Götter ihr geraten haben, sich an deine Seite zu begeben, um dir Stütze zu sein in der Trauer.«
»Auf Kreta ist sie nicht gewesen!« schrie Menelaos.
Die Dienerschaft stand stumm. Dann aber entdeckte Menelaos die leeren Truhen in seinem Haus und brüllte: »Wo ist mein Schatz?«
»Prinz Paris hat ihn mitgenommen, auf deine Anweisung, wie die Herrin sagte, um König Priamos zu erfreuen.«
Da weitete Entsetzen Menelaos Mund und Augen: »Was? Seid ihr alle von Sinnen?« schrie er und wütete und warf Hocker, Leuchter und Kannen nach der verdutzten Dienerschaft.
»Ihr laßt es zu, daß dieser Schurke mir die Frau entführt und dazu noch den ganzen Schatz?«
Der König schrie es wie von Sinnen, ließ dann Soldaten rufen und die Dienerschaft in Ketten legen.
Furchtbar war das Strafgericht. Alle Knechte und Mägde wurden

bis auf die Haut entblößt, mit erhobenen Armen an Pfähle gebunden und mit Lederpeitschen auf den nackten Leib geschlagen, bis das Blut spritzte. Tag und Nacht drangen gellende Schreie durch den Palast, und in seinem ohnmächtigem Zorn riß Menelaos dann und wann einem der Schergen die Geißel aus der Hand und hieb damit selbst in das Fleisch der armen Männer und Frauen.
»Gebt mir meine Gemahlin und meinen Schatz wieder!« brüllte er, doch zur Antwort bekam er höchstens noch ein leises Wimmern. Die meisten waren dem Tode nahe, und kaum einer überlebte diese Folter. Verschont blieb nur die Amme, denn Hermione wollte Menelaos nicht gefährden, sie war das einzige, was ihm noch geblieben war. Weinend nahm er das Kind in seine Arme, drückte es an seine Wangen und schluchzte ihm ins Ohr: »Wo ist deine Mutter? Ich brauche sie so sehr.«
Es war aber nicht so sehr das Brauchen, das ihn so quälte, sondern eher der verletzte Stolz.
Natürlich wußte Hermione keinen Rat, und so verfiel er in tiefe, Trauer, aus der ihm niemand helfen konnte. Und er verfluchte sich dafür, daß er den trojanischen Schurken nicht des Hauses verwiesen hatte, als ihn die Todesnachricht nach Kreta rief.
»Ich war's ja selbst, der ihn bat zu bleiben. Oh, was für ein Tor ich war!«
Menelaos war der Verzweiflung nahe, doch Aphrodite trällerte vom Olymp herab ein Lied, das Liebeslied der Nachtigall, und aus ihren Augen sprühten Sterne.
Die schlimme Botschaft machte Runde, und so dauerte es nicht lange, bis sein Bruder Agamemnon, der König von Mykene, von Helenas Verschwinden hörte. Sofort machte er sich auf die Reise und war zwei Tage später im Palast von Sparta.
»Die Beleidigung ist unerträglich. Für dich, für mich und für ganz Griechenland«, begann er zu Menelaos; »wir müssen etwas unternehmen!«
Menelaos heulend: »Was für ein Tor ich war!«
»Beherrsche dich, Bruder, ich weiß, du warst noch niemals stark. So sei jetzt wenigstens klug.«
»Was nutzt mir Klugheit ohne Helena?« rief Menelaos und hob die

Hände hoch zu Zeus. »Nur er kann helfen, Helena zurückzubringen.«
»Idiot!« fauchte Agamemnon und schaute ihm herrisch ins Gesicht. Dann schüttelte er den Kopf: »Zeus!« rief er entrüstet, »willst du, daß alle Welt sagt, Griechenland könnte sich nicht selbst helfen? Zeus, Zeus …!«
»Ja, aber wer denn sonst, Bruder?«
»Wir selbst müssen es tun. Ich, der König von Mykene, du, König von Sparta, wir alle. Die Trojaner sollen unsere Macht spüren und für alle Zeiten wissen, daß kein Asier jemals wieder eine Griechin stiehlt!«
Agamemnon schrie es heraus, und Menelaos wurde blaß.
»Aber, aber das bedeutet ja Krieg?«
»Wir werden die größte Seemacht, die je an fremden Gestaden landete, nach Troja senden, und wir werden diese Stadt eher vernichten, als unverrichteter Dinge wiederkehren.«
»Aber Agamemnon, wo willst du denn so viele Leute hernehmen?«
Da lächelte Agamemnon verwegen: »War es nicht Odysseus, der alle, die um Helena warben, einen Treueeid schwören ließ, für alle Zeiten dem, der sie bekommt, die Ehre zu bewahren und Beistand zu gewähren?«
»In der Tat, Odysseus war's!« sagte Menelaos, »der treffliche König von Ithaka, der Penelope heiratete. Aber Ithaka ist weit. Er wird nicht kommen.«
»Dann werde ich ihn dazu zwingen. Keiner soll glauben, hier lustig Eide vorbeten zu können, dafür zum Lohne eine Frau zu bekommen und dann so zu tun, als sei nichts gewesen.«
»Du meinst, der Eid des Odysseus, den wir vor Tyndareos schwören mußten, gilt?«
»So wahr ich Agamemnon, der König von Mykene bin. Du aber sei froh um diesen Eid. Er hat dir, glaube ich, schon einmal das Leben gerettet. Oder hast du etwa deinen Streit mit Ajax aus Salamis vergessen? Der Eid des Odysseus wird dir auch diesmal wieder helfen.«
»Bei Zeus, du sprichst die Wahrheit, Agamemnon.«
»Immer dieses: Bei Zeus! Bei Zeus!« schrie Agamemnon und wollte fast verzweifeln.

»Zeus, ja gut!« rief Menelaos, »wenn Zeus dabei ist, ist mir alles recht. Laßt uns ein Heer nach Troja schicken!«
So begann Agamemnon, kaum daß er nach Mykene zurückgekehrt war, für den Krieg zu rüsten. Auch sandte er Boten zu den neununddreißig Fürsten, die seinerzeit um Helena geworben hatten, um sie an ihren Eid zu mahnen, und tat alles, um von ihnen als Heerführer und Völkerfürst anerkannt zu werden.

II.

Kriegsgelüste

1

»Drücken, Herrin, drücken – und jetzt atmen, atmen. Und jetzt wieder drücken, weiterdrücken, ich kann das Köpfchen schon sehen – und atmen, atmen!«

Stöhnend warf sich Penelope zurück in die Kissen, atmete den Schmerz heraus aus ihrem Bauch und bat Hera, ihr nochmals Kraft zu geben. Mit einem feuchten Tuch wischte Euryklea der Armen den Schweiß von der Stirn. Und als die Wehen wieder einsetzten, schrie Penelope: »Ich will dich haben! Jetzt!«

Da drängte sich in nur einer kreisenden Bewegung, die Euryklea am Köpfchen ziehend einleitete, das Kind in einem Schwall von Wasser zum Licht der Welt. Gleich nahm sie das kleine Geschöpf kopfüber an den Beinen, hielt es hoch und versetzte ihm einen kleinen Schlag aufs Hinterteil. Sofort fing es an zu schreien, und nach den ersten tiefen Atemzügen und nachdem es abgenabelt war, legte sie es der Mutter in die Arme und sagte freudestrahlend: »Ein gesunder Knabe. Der schönste, dem ich seit Odysseus auf die Welt verholfen habe.«

Penelope nahm erschöpft das Kindchen an ihre Brust und sagte: »Ach, ein Junge. Ich grüße dich, mein lieber Sohn.«

Odysseus, der draußen vor dem Schlafgemach wie ein Löwe hin und her gelaufen war, hörte den Schrei seiner Frau und bald danach das Kindsgeschrei. Da hielt er es nicht mehr aus und stürmte in die Kammer: Beide lagen sie da – gesund und munter; Penelope lächelte schön wie eine Göttin. Er beugte sich über sein Weib, umarmte und küßte sie zärtlich und dankte ihr für den prächtigsten Knaben, der je das Licht der Welt erblickt hatte.

Nachdem Euryklea das Kind gewaschen, in Windeln gepackt und ihm ein Hemd übergezogen hatte, nahm er den Kleinen ganz vorsichtig in den Arm, schaute ihm tief in die blauen Augen und sagte: »Wir zwei müssen jetzt einen Weg zurücklegen.«

»Nein, bitte nicht«, rief Penelope ängstlich, denn sie ahnte, was

Odysseus vorhatte. Es war ja recht, aber gleich am ersten Tag die steilen Treppen hinunter …

»Athene will dich kennenlernen«, sagte er in das Bündel hinein.

Athene! Was hätte sie da sagen sollen, es wagen, etwas dagegen zu haben?

»Aber bitte paß auf den Jungen auf!«

Vorsichtig stieg Odysseus die Treppen hinunter, durchquerte die von zwei mal zwölf Säulen getragene Halle des Palastes und trat ein in den Raum seiner Göttin Pallas Athene. Herrlich anzusehen war die rote, marmorne Statue auf dem Sockel, und als Odysseus unter sie trat und ihr seinen Sohn zeigte, war es ihm, als ob die Göttin lächelte.

»Da hast du mir einen tapferen, kleinen Helden geschenkt.«

Athene machte eine flüchtige Bewegung des Stolzes und sagte: »Alle Himmlischen schenken ihm Mut, Kraft und Einsicht.«

»Und Gesundheit und Glück im Leben!« fügte Odysseus hinzu.

»Laß ihm all deine Liebe und deinen Beistand angedeihen, so lange du noch kannst; denn wenn du fern bist, wird er einst dein Königreich beschützen. Doch fürchte nicht um sein Leben, ich selbst werde in der Gestalt deines Freundes Mentor sein Wohlgedeihen bewachen.«

Wie so oft, dachte Odysseus, spricht Athene verworren. Keine zehn Ochsen würden ihn von der Insel ziehen. Um keinen Preis würde er seinen Sohn und Penelope verlassen. Doch es freute ihn, daß die Göttin dem Kind ihren Schutz versprach, und es gefiel ihm auch, was sie anfangs gesagt hatte: Wenn du fern bist, wird er dein Königreich beschützen.

»So werde ich dich ›Fernkämpfer‹ nennen: ›Telemachos‹ sollst du heißen.«

Er dankte seiner Göttin, der schönen Jungfrau mit dem Helm, sie dankte ihm mit einem Lächeln, dann ging er hinaus.

In der Halle hatten sich schon Mägde versammelt und drängten sich um Odysseus, versuchten, einen Blick auf das Kind zu erhaschen, und Eumaios rannte durch den Hof und rief: »Wir haben einen Sohn, freut euch, wir haben einen Sohn!«

Alle Knechte ließen, was sie gerade in der Hand hielten, fallen und liefen herbei.

Odysseus konnte sich vor guten Wünschen kaum noch retten: »Alles Gute deinem Sohn! Die Götter mögen ihn segnen! Nenn ihn Zeus!«
Da donnerte es vom Neion, dem höchsten Berg der Insel, vernehmlich und drohend.
»O nein«, rief Odysseus, »sein Name wurde schon von einem anderen Gott vergeben!«
Odysseus wandte sich um, da sah er Penelope. Sie stand auf dem Balkon auf der Empore über dem Saal. Schön wie nie zuvor, in einem weiten, wehenden Kleid mit goldener Spange, mit offenen Haaren und gestützt von Euryklea, klammerte sie sich am Geländer fest. Alles hielt den Atem an. Langsam schritt Odysseus auf sie zu. Als er endlich unter ihr stand, hielt er ihr den Knaben entgegen und rief hinauf: »Er soll Telemachos heißen!«
Sie nickte süß mit dem Kopf, und alle Knechte und Mägde jubelten und priesen ihre Fürstin und den Fürsten.
Odysseus hob die Hand und rief: »Laßt uns zum Dank ein Opfer feiern, das die Götter so schnell nicht vergessen werden. Und schickt nach meinen Eltern Laërtes und Antikleia. Bringt sie her, damit sie ihren Enkel sehen.«
Zu Medon, seinem treuen Herold, sagte er: »Lauf schnell zu Mentor, meinem Freund, damit er es sogleich erfährt.«
In dem Augenblick trat Mentor in die Säulenhalle, legte dem Knaben die Hand auf die Stirn und sagte: »Daß alle Götter Telemachos segnen!«
Odysseus hätte vor Schreck fast das Kind fallen lassen.
»Woher weißt du seinen Namen?«
Mentor lachte ihm mit hochgezogenen Brauen mitten ins Gesicht – und sagte nichts.
Medon, der Herold, verkündete es dem Volk und ließ alle Bewohner Ithakas auf Befehl des Odysseus drei Tage lang feiern.
»Unser König Odysseus hat einen Sohn! Sein Name ist Telemachos! Er ist gesund und so auch seine holde Mutter Penelope! Der Fürst lädt euch alle ein, die Arbeit sogleich ruhen zu lassen und den Göttern zu opfern und zu feiern! Hirten, Fischer, Bäcker, Bauern und Winzer, bringt die Erträge eurer Arbeit und verteilt sie unter das

Volk! Unser Herr wird euch fürstlich entlohnen! Zeus und den Göttern sei Dank!«
Das Volk jubelte und tat, wie ihm der Herold geheißen hatte. Im Palast aber richteten Eumaios und alle Diener ein rauschendes Fest. Zu Gast waren neben den hochgeehrten Eltern des Odysseus alle Edlen der Inseln und auch all diejenigen, die das Kind sehen wollten, denn selbst Bettler wurden nicht von der Schwelle gewiesen. Es wurden Ziegen, Schweine, Schafe und Rinder geschlachtet, Brot und Gemüse gebracht, Früchte geliefert, Weinschläuche geöffnet, in Krüge gefüllt, es wurde gebraten, gegessen, getrunken, gesungen, gespielt und getanzt. Mentor achtete darauf, daß auch genug für die Götter abfiel, denn die saßen im Olymp, labten sich an den herrlichen Gerüchen, die von Odysseus' Königssitz zu ihnen aufstiegen, und schlürften den Wein, den ihnen die Gäste zum Opfer auf den Boden spendeten. Es war ein rauschendes Fest.
Ein halbes Jahr verging. Telemachos war gesund und kräftig, Penelope wieder schlank und in der Blüte ihrer Jahre. Beide Eltern verehrten ihren Sohn und liebten sich gegenseitig über alles. Euryklea tat, als ob der kleine Telemachos ihr eigenes Kind wäre: »Argos, wenn du noch einmal meinen Telemachos ableckst ...!«
Im Haus des Odysseus stand alles zum Besten. Die Ernte war gut, der Viehbestand kräftig, die Einkünfte aus Same, Zakynthos und Dulichion üppig, und es herrschte Frieden auf den Inseln.
Eines Abends fuhr mit leuchtendem Segel ein Schiff in die Bucht und in den Hafen von Polis ein. Odysseus sah es von der Spitze des Berges Pilikata, wo er den Untergang des Sonnenwagens mit Penelope genoß.
Als sie später in kleiner Runde beim Nachmahl saßen, stellte sich ein Bote ein. Der reichte dem König eine Rolle von Papyrus und sprach: »Die Götter segnen dein festliches Haus. Mich senden der König von Mykene, Agamemnon, und König Menelaos von Sparta. Sie entbieten dir freudigen Gruß und bitten dich, die Botschaft, die sie dir schicken, gnädig anzunehmen.«
»Was gibt's?« fragte Odysseus etwas mürrisch, denn ihm schien, als sollten die Nachrichten schlecht ausfallen.
»Ich kenne nicht den Inhalt dieser Botschaft«, sagte der Gesandte,

»wohl aber den Grund, weshalb ich hier bin. Denn wisse, Paris, der Sohn des Königs Priamos von Troja, entführte Helena, die Gemahlin des Königs Menelaos.«

Da lachte Odysseus schallend und schlug mit seiner starken Faust auf den Tisch, daß die Becher sprangen. Alle am Tisch, sogar der Gesandte, stimmten in die Fröhlichkeit mit ein.

»Das hätte ich Menelaos schon vorher sagen können, daß mal einer kommt und sie sich holt«, brüllte er vor Lachen. »Dazu brauchte es keines Orakels.«

Odysseus kannte sie ja alle nur zu gut: den knabenliebenden Menelaos, die sinnliche Helena und den schönen Königssohn aus Asien, mit dem er bei der Krönung im Festsaal gesessen hatte. Kein Wunder!

»Ja, ja«, sagt er, »wenn's weiter nichts ist, so laß dich zu uns nieder, Botschafter, und probier den Wein.«

Sie tafelten noch lange in den Abend hinein. Nur Penelope war traurig, denn sie mochte Helena, die Tochter ihres Onkels Tyndareos, sehr gerne.

»Ist sie nun wirklich ganz fort?« fragte sie den Boten endlich.

Der nickte und sagte: »Menelaos ist wie von Sinnen, und Agamemnon sinnt auf Rache.«

»Ich hoffe sehr, daß er Helena im guten wieder heimholt.«

Odysseus wurde das Gespräch unangenehm.

»Gute Nacht, Gesandter«, sagte er, »wir werden uns morgen wieder treffen, dann bekommst du Antwort auf die Botschaft.«

Er steckte die Rolle, die immer noch ungeöffnet dalag, in den Gürtel und wandte sich an Penelope: »Gehen wir zu Bett, Liebste, morgen ist auch noch ein Tag.«

Die Tafel war aufgehoben, die Mägde räumten alles zusammen, der Bote wurde zu seiner Kammer geleitet. Euryklea sah nach dem Kleinen, und Odysseus und Penelope stiegen die Treppen hinauf zu ihrem Gemach. Dort ließen sie sich auf das schöne gold- und elfenbeingeschmückte Lager nieder, küßten sich und wären fast ihrer Liebe verfallen; da zog Odysseus die Rolle aus dem Gürtel: »Mal sehen, welche Nöte Menelaos plagen. Schuld hat Tyndareos. Wie konnte er sie nur dem Knabenschänder geben?«

»Dazu hat Agamemnon ihn gezwungen, und ich bete, daß seine Macht nun nicht auch dich beugt«, sagte Penelope.

Doch sie bat vergebens. Odysseus war kreidebleich, als er ihr die Botschaft vorlas: »Mögen die Götter dem Odysseus, dem Sohn des Laërtes zu Ithaka, ihr Wohlwollen gewähren. Gebe Zeus ihm viele Söhne, und möge sein Land in Frieden gedeihen.«

Nach dieser schmuckvollen Einleitung kam Agamemnon gleich zur Sache: »Odysseus! Paris, der Trojaner, hat Helena, die Gattin meines Bruders Menelaos, entführt. Dies Unrecht schreit nach Rache. Menelaos ist zu Tode gekränkt und mit ihm alle Fürsten Griechenlands. Du warst der Urheber jenes Eides, der dem künftigen Gatten der Helena jeglichen Beistand versichert. Geschworen haben ihn neben dir an die vierzig Fürsten des Landes, die einst um Helena warben. So ersuche ich dich, im Namen Menelaos', des Königs von Sparta, dem, wie du weißt, dieser Eid gilt, binnen dreier Monate mit für den Krieg gerüsteten Schiffen nach Aulis in Böotien zu kommen und dich dem Heer der griechischen Könige einzuverleiben. Von Aulis soll dann die Flotte mit dem Heer nach Troja segeln, um Helena zu befreien; nicht einer von uns duldet die Schmach, die der Asier uns angetan hat.

Noch ein Wort im Vertrauen: Wie du weißt, will ein Heer geführt werden. So erwäge ich, zum nächsten Neumondfest die Fürsten in meinem Palast in Mykene zu versammeln, damit ein Heerführer gewählt werde. Für den Fall, daß du nicht selbst die Führerschaft erstrebst, versichere ich dir meinen Willen und die Fähigkeit, dieses Amt zu übernehmen. Ich erwarte ungeduldig deine Antwort. Gezeichnet: Agamemnon, König von Mykene.«

Odysseus wußte nicht, was er darauf sagen sollte, Penelope rannen Tränen über das Gesicht.

»Oh, wie ich ihn hasse, diesen Agamemnon! Als Kämpfer für das Recht spielt er sich auf, dabei geht es ihm nur um Macht. Ist es etwa Recht, daß Helena ihr Leben an Menelaos verschwenden muß, das ist nicht recht und wird es niemals werden.«

»Penelope, was sollen wir jetzt tun?«

Sie wußte es nicht, aber sie nahm Odysseus so in den Arm, als wolle sie ihn vor der Welt verbergen.

»Penelope«, stöhnte Odysseus und fühlte, wie ihm sein Herz aus dem Leib gerissen und immer weiter fortgetragen wurde, »schick den Boten morgen wieder weg. Ohne Antwort. Sag ihm, daß ich krank geworden sei. Sag, ich sei verrückt und würde Tänze aufführen. Sag, was du willst, aber schick ihn ohne Antwort fort!«

Der Bote blieb noch Tage. Einmal sah er Odysseus, wie er nach Eidechsen im Hof sprang, und wenn er eine hatte, setzte er sich hin und aß sie, allem Anschein nach, genüßlich. Da wendete sich der Bote mit Grausen und schiffte sich ein. Als Odysseus das Schiff aus der Polisbucht hinausfahren sah, atmete er tief durch und hoffte, daß nichts Schlimmes nachkommen würde.

Und wieder war ein halbes Jahr vergangen. Längst war die Frist verstrichen, da er sich hätte in Aulis einstellen sollen. Nur noch selten dachte er an den verwunschenen Besuch des Boten aus Mykene. Fast vergessen war die Bedrohung der Atreussöhne.

Es war nach der Regenzeit, und Odysseus und alle Knechte waren damit beschäftigt, eine neue Ernte auszusäen, da wurde dem Herrscher die Ankunft eines Schiffes gemeldet und, so sagte Medon, der Herold, es trüge das Zeichen des Königs von Sparta. So schnell er konnte, rannte Odysseus zurück zum Palast, gab der Dienerschaft und seiner Gemahlin Anweisung, die Besucher, die da kämen, freundlich zu empfangen und zu bewirten. Sie selbst aber sollten eine traurige Miene vortäuschen und sich betrübt zeigen über die schwere Krankheit ihres Herrn. Dann zog er sich die ältesten Lumpen an, warf sich Erde und Staub aufs Haupt, ging zu den Ställen, ließ einen Ochsen neben einen Esel spannen, nahm einen Pflug, holte aus dem Vorratsraum einen Sack Salz und zog mit dem merkwürdigen Gespann auf ein gerade grünendes Feld, das nicht weit vom Palast entfernt lag. Schon von Ferne erkannte er Menelaos, wie er ausschweifend, mit übertriebenen Gesten redend, in Begleitung mehrerer Männer zu Pferd den Berg Pilikata hinaufritt. Als die Gruppe näher kam, erkannte er auch den jungen Palamedes, den klugen, aber heimtückischen Sohn des Fürsten Nauplios von Euböa. Palamedes war ein Vertrauter Agamemnons, Odysseus konnte ihn jedoch nicht leiden.

Odysseus begann wie ein Wahnsinniger, sein Feld zu bearbeiten. Zuerst stieß und schlug er auf den kleinen Esel ein, der sich störrisch zeigte und nicht gehen wollte. Der Ochse aber folgte dem Befehl und zog den schreienden Esel neben sich her. So konnte der Pflug freilich keine gerade Furche ziehen und stocherte mäandernd im aufkeimenden Grün. Der Esel stemmte sich, der Ochse zog, und Menelaos und Palamedes blieben am Feldrand stehen und lachten herzlich über den armen Toren, den sie nicht erkannten.

Als sie zum Palast kamen und ihnen das Tor aufgetan wurde, wunderten sie sich über die Niedergeschlagenheit der Knechte und Mägde. Eumaios bat die Besucher in den Thronsaal und ließ Wein und Speisen auftragen. Die Besucher ließen es sich schmecken, bis Penelope, in schwarze Kleider gehüllt, wie eine Göttin des Todes den Saal betrat. Mit Tränen in den Augen begrüßte sie erst ihren angeheirateten Vetter Menelaos, dann Palamedes, und beiden klagte sie ihr Leid: »Odysseus ist von Sinnen. Ich habe keine Freude mehr am Leben und würde mit meinem kleinen Sohn Telemachos am liebsten mit euch nach Sparta gehen, wenn ich nicht das Königreich Ithaka regieren müßte. Denn wenn Telemachos einmal groß ist, soll er hier König sein und die Schmach tilgen, die sein Vater ihm ohne Absicht und Willen schon so lange zuteil werden läßt.«

»Wir haben gehört, daß Odysseus irre sein soll«, sagte Menelaos besorgt, »doch Agamemnon will's nicht glauben. So kam ich selbst mit Palamedes, damit wir uns von seiner Krankheit überzeugen können. Dürfen wir ihn sehen?«

»Ihr habt ihn doch schon längst gesehen: Draußen, vor dem Tor, wo er versucht, mit Ochse und Esel das frischgekeimte Feld zu pflügen.«

»Das war Odysseus?« fragte Menelaos entsetzt.

»Er ist es und versucht, mit Salz das Feld zum Grünen zu bringen.«

Da liefen Menelaos und Palamedes hinaus auf den Acker und sahen mit eigenen Augen, wie Odysseus Salz in die schlecht gezogenen Furchen warf.

»Odysseus, mein lieber Freund, was ist dir?«

Odysseus blickte nicht auf, als die beiden prächtig gekleideten Herren ihn riefen. Er schlug nur immer auf den Esel ein. Da faßten Menelaos und Palamedes sich ein Herz und stapften auf ihren schönen Sandalen durch den erdigen Acker, der nun eher einem Schlachtfeld glich.

»Odysseus, Odysseus, erkennst du mich nicht. Ich bin's, Menelaos, dein Freund aus Sparta!«
Als sie sich ihm beide in den Weg stellten, blickte Odysseus sie an mit irrem Blick, schlug dann aber weiter auf den Esel ein und schrie: »Wollt ihr wohl ziehen, ihr faulen Mähren!«
Menelaos und Palamedes mußten zur Seite springen, sonst hätte sie der Pflug erfaßt. Da begann Menelaos zu weinen und rief: »Welch schreckliches Schicksal haben dir, edler Odysseus, die Götter bestimmt. Palamedes, laß uns wegeilen von diesem verfluchten Ort, der voller Irrsinn und Trauer ist.«
Auf dem Weg zurück zur Burg sagte Palamedes nachdenklich: »Ich glaube es ihm nicht.«
Menelaos entgegnete: »Versündige dich nicht, Palamedes! Die Verrückten sind den Göttern heilig. Willst du ihren Zorn auf dich ziehen, indem du Odysseus einen Lügner nennst?«
»Ich will ihn keinen Lügner nennen. Doch will ich, wie Agamemnon mir befahl, prüfen, ob sein Irrsinn echt ist oder nur gespielt.«
Als sie beide in der Burg anlangten, sahen sie, wie der kleine Telemachos, der noch nicht laufen konnte, im Hof saß und mit Steinchen spielte. Euryklea und der inzwischen schon groß gewordene Argos hatten ein Auge auf ihn. Da sagte Palamedes hinterlistig: »Liebe Amme, der Vater wünscht den Sohn zu sehen. Vertraue ihn mir an, ich will ihn zu ihm tragen, damit sein wirrer Geist besänftigt werde.«
Nur ungern gab Euryklea den kleinen Telemachos in die Obhut des aufgeblasenen Herrn aus Sparta, und nur mit Mühe konnte sie den knurrenden Argos hindern, dem Schnösel an die Beine zu gehen. Doch glaubte sie, Odysseus habe es befohlen.
Die Abgesandten gingen erneut zum Feld, nur trug Palamedes Telemachos im Arm. Dort angekommen, sahen sie Odysseus, wie er weiter keine Kenntnis von den Besuchern nahm und sein Gespann zur Arbeit antrieb. Da legte Palamedes blitzschnell den weinenden Jungen in den Acker, genau zwischen das Gespann und den schlingernden Pflug. Nur im allerletzten Augenblick konnte Odysseus die scharfe Pflugschar hochreißen und über das Kind hinwegheben. Als aber Palamedes dies noch einmal tun wollte, hielt Odysseus sein Gespann zurück, warf sich über Telemachos und nahm ihn schützend in

die Arme. Dann schaute er Palamedes haßerfüllt ins Gesicht und sagte mit eiskalter Stimme: »Sohn des Nauplios, du hast mir die Sinne wiedergegeben und diesem Kind nicht nur den Vater erhalten, sondern es mit dieser Tat auch vor dem sicheren Tod gerettet. Mögen die Götter dich dafür segnen.«

Im stillen aber dachte er: So wahr ich hier stehe, wirst du noch einmal wünschen, du hättest dies nicht getan.

Und er schwor, sich fürchterlich an ihm zu rächen.

Palamedes jedoch wandte sich vergnügt ab, zog den verdutzten Menelaos mit sich und rief über die Schulter zurück: »Wir treffen dich dann im Palast!«

Als Odysseus mit dem kleinen Telemachos im Arm seinen Palast erreichte, war das Spiel zu Ende. Menelaos übergab ihm eine Botschaft Agamemnons, aus der zu entnehmen war, er habe sich sofort einzufinden, gleich mit dem Schiff des Menelaos mitzureisen; des weiteren habe er einem Vertrauten seines Hofes den Befehl zu erteilen, mindestens zwölf Schiffe mit sechshundert Kriegern zum Sammelplatz des Heeres in Aulis nachzusenden.

Die Trauer, die diese Botschaft auslöste, war unverfälscht. Die Mägde und die Knechte weinten, und Penelope war verzweifelt. Odysseus sagte mit einem wehen Gefühl in der Brust: »Brecht mir nicht das Herz mit eurem Kummer.«

Zu den Oberhäuptern seiner sechs größten Städte im Königreich sandte er Boten, um sie anzuweisen, je zwei Schiffe mit je fünfzig Kriegern auszurüsten und sie unter dem Oberbefehl seines Navigators Elpenor nach Aulis zu entsenden. Seinem Freund Mentor vertraute er die Sicherheit des Hauses an.

»Eine lange Reise liegt vor dir«, sagte Mentor. »Du wirst Gefahren bestehen, die deinen Ruhm unsterblich machen. Du wirst große Abenteuer erleben und gestärkt durch Heldentaten wiederkehren. Doch sorge und fürchte dich nicht, Odysseus. Solange du fort bist, will ich dein Königreich hüten und Frau, Kind und Gesinde schützen. Du aber denke immer daran, daß die Götter deine Geschicke leiten. Vertraue ihnen und laß es an Opfern nicht mangeln, denn sie lohnen dir jedes verbrannte Stück Fleisch und jeden Becher Wein, den du ihnen opferst.«

Als Mentor ging, zuckten wilde Blitze über den Himmel. Odysseus nahm Penelope an der Hand und führte sie vor den Altar der Athene. Mit dem Kleinen in der Mitte, baten sie die Göttin um Kraft für alle Wege.

2

Noch nie hatte Odysseus so viele Schiffe auf einmal gesehen. Nachdem sie bei auffrischendem Wind in nur einer Woche Fahrt die Peloponnes umrundet hatten und an der Halbinsel von Attika vorbei in die Meerenge von Euböa geschwenkt waren, bot sich ihm ein außergewöhnliches Schauspiel. Schon seit Tagesbeginn hatte er regen Schiffsverkehr wahrgenommen, und je höher die Sonne gestiegen war, desto mehr waren es geworden. In der Bucht von Aulis aber lagen sie Rumpf an Rumpf, viele, viele hundert, und es war ein ganzer Wald von Masten, der mit der leichten Dünung schwang. Dieses großartige Bild vor Augen, vergaß Odysseus zum erstenmal die Heimat und dachte auch nicht mehr an Penelope und Telemachos. Jetzt empfand er ein Gefühl von Größe und dazu ein brennendes Verlangen, nach fernen Ufern aufzubrechen.

Endlich machte Menelaos' Schiff im Hafen fest. Odysseus hatte sich eine Rede zu seiner Verteidigung zurechtgelegt, doch die brauchte er nicht. Von seinem geheucheltem Wahnsinn war mit keinem Wort die Rede. Huldvoll näherte sich Agamemnon, der inzwischen von den anderen Fürsten zum Völkerfürsten gewählt worden war, und erwies ihm alle Ehre: »Zeus mit dir, Sohn des Laërtes, du kluger und einsichtiger Fürst von Ithaka, sei willkommen!«

»Zeus mit dir, herrlicher Sohn des Atreus, gern folge ich dir und den Griechen nach Troja, um den schnöden Raub der Helena zu sühnen. Zwölf meiner Schiffe mit sechshundert Kriegern sind auf dem Weg nach Aulis, um die Schlacht gegen die Trojaner aufzunehmen.«

Agamemnon drückte Odysseus an seine mächtige Brust. Palamedes wandte sich enttäuscht ab, denn er hatte auf ein Strafgericht gehofft. Doch Agamemnon dachte nicht daran, einen Mann zu bestrafen, der sich ihm unterwarf und dessen klugen Geist er über alles schätzte. Im

Gegenteil, er schmeichelte ihm: »Sei mir von allen Fürsten heute zum Abendmahl der liebste Gast an meinem Tisch.«

Damit entließ er Odysseus, der, auf diese Weise gestärkt, mit frohem Herzen an Land ging.

Im Hafen herrschte laute Geschäftigkeit. Seeleute und Krieger aus allen Ländern Hellas waren hier versammelt und rüsteten die Schiffe. Händler priesen ihre Waren an, Karren standen da mit Wasserfässern, es wurden Schlachttiere und Weinschläuche verladen, Stoffballen und Getreidesäcke geschleppt, Planken geölt, Segel geflickt, Waffen und Rüstungen geputzt. Da war ein Kommen und Gehen, ein Rufen und Schreien, und in dieses bunte Treiben mischten sich auch Frauen und Mädchen, die aus der Stadt Aulis zum Hafen gekommen waren, um sich dieses gewaltige Spektakel nicht entgehen lassen. Hübsch und verführerisch sahen sie aus in ihren luftigen, bunten Kleidern. Was gab es Schöneres für sie als sehen und gesehen werden. Wo immer Odysseus vorbeiging, wurde er mit Willkommensrufen begrüßt, und die Mädchen bewunderten den stolzen, jungen König mit dem rotblondenen Haar, dem goldenen Gürtel über dem kurzen Leibrock, wie er fürstlich dahinschritt.

Den Schiffen gegenüber standen prächtige Zelte, in denen die Heerführer wohnten. So machte sich Odysseus auf den Weg, das Zelt des Diomedes, des Königs von Argos, zu suchen, der mit achtzig Schiffen auf der Reede lag. Bei der Brautschau um Helena hatte er ihn kennengelernt, und bald war er ihm der liebste Freund geworden. Neben Jugend, Stärke, Witz und Geist standen sie auch beide unter dem Schutz der Göttin Pallas Athene.

»Athene mit dir!« rief Odysseus und trat ein.

»Odysseus, welche Freude, dich zu sehen«, rief Diomedes, sprang von seinem Stuhl auf und umarmte ihn herzlich.

Bald opferten sie ihrer Göttin Wein und vergaßen, auf der Bank, im Schatten des Vorzeltes sitzend, auch sich selbst nicht dabei. Als es Abend wurde, kündeten Fanfarenbläser den Beginn der Fürstenversammlung an.

In Agamemnons Zelt schlug ihnen flackerndes Licht von zwanzig Fackeln entgegen, die an den Stützen angebracht waren. Die lange Tafel in der Mitte war so prächtig gedeckt, daß sich ein König in sei-

nem Palast dafür nicht hätte zu schämen brauchen. Es waren Plätze für vierzig Fürsten gerichtet und einer für den Seher Kalchas. An der Stirnseite der Tafel hatte Agamemnon Platz genommen, ihm gegenüber, am unteren Ende, war der Platz des Kalchas. Links neben Agamemnon saß Menelaos, der Platz zur Rechten war für Odysseus vorgesehen. Neben ihm saß sein Freund Diomedes. Auch der große Ajax aus Salamis, der kleine Aias vom Lokrerland, der alte Nestor aus Pylos, Menestheus aus Athen und Odysseus' Widersacher Palamedes hatten die Ehre, nahe bei Agamemnon zu sitzen. An die Tafel nach unten hin reihten sich zu beiden Längsseiten die übrigen Fürsten, so daß auf der Seite von Odysseus neunzehn Könige saßen, auf Menelaos' Seite zwanzig. Als ein jeder Platz genommen hatte, erhob sich Agamemnon von seinem goldenen Stuhl und rief: »Seid mir willkommen, die ihr mit euren Schiffen in Aulis euch versammelt habt, um den feigen Raub der Helena zu rächen.«
Dann zählte er die Namen der Neununddreißig auf und nannte die Zahl der Schiffe und der Krieger, die sie mitgebracht hatten: »Zusammen sind wir fast hunderttausend auf über tausendeinhundert Schiffen! Laßt uns nun nicht mehr lange zögern: ›Auf, nach Troja!‹ heißt die Losung.«
»Auf, nach Troja!« riefen die Fürsten, erhoben ihre Becher, tranken auf Ares, den Gott des Kriegs, und Dionysos, den Gott des Weines, und leerten ihre Pokale in einem Zug.
Doch noch war es nicht so weit.
Als sie alle schmausend beim Gastmahl saßen, betrat der Seher Kalchas das Zelt. Kalchas war alt. Unter seinem zerknitterten Hut blitzte weißes Haar hervor, und den gebeugten Körper verbarg er unter einem braunen Umhang. Kalchas stammte aus Mykene, wo er den Tempel der Artemis hütete, und Agamemnon selbst hatte ihn gebeten, sich dem Feldzug nach Troja als Wahrsager anzuschließen, denn Kalchas konnte aus dem Vogelflug und der Beobachtung anderer Tiere die Zukunft lesen.
»Setz dich zu uns, würdiger Priester der Artemis«, rief Agamemnon, »und weissage uns, welchen Preis die Götter vor den Sieg setzten!«
Kalchas suchte seinen Platz auf und begann, mit zittriger Greisenstimme: »Als die goldene Frühe mit Rosenfingern erwachte, kroch

unter dem Altar der Artemis eine Schlange hervor und erklomm lautlos eine Platane. Dort war das Nest eines Spatzen, der acht Junge hatte. Den fraß sie als ersten, kroch dann weiter zum Nest und verschlang die Brut. Danach wurde die Schlange zu Stein.«
Kalchas machte eine Pause und ließ seinen Blick eindringlich über die besorgten Gesichter der Fürsten schweifen, dann fuhr er fort: »So sage ich euch: Erst nach neun Jahren wird Ilion brennen.«
Die Fürsten vernahmen es und schwiegen still. Entsetzen stand in ihren Augen. Neun Jahre?
»Du meinst wohl neun Tage, neun Wochen vielleicht oder neun Monate«, sagte der große Ajax in die Stille hinein.
Kalchas schlug mit der Hand auf den Tisch. Er duldete keinen Widerspruch.
»Hört, ihr Griechen, den Willen des Zeus: Neun Jahre dauert der Kampf, bevor Ilion brennt und das siegreiche Heer mit dem Opfer des Raubes zurückkehrt zu den heimischen Gestaden!«
Nun sagte keiner mehr ein Wort, und Kalchas fuhr fort: »Noch aber ist der Wille der Götter nicht kundgetan. Ein früheres Orakel weissagte mir, daß der fernen Stadt Troja in Asien nur dann der Untergang durch griechische Waffen gewiß sei, wenn Achilles, der herrliche Sohn des Peleus und der Meergöttin Thetis, den Kampf begleitet.«
»Wer ist Achilles?« fragte Menelaos, »und wo ist er zu finden, noch nie habe ich von einem Krieger dieses Namens gehört.«
Da auch kein anderer Antwort geben konnte, sagte Kalchas: »So hört denn die Geschichte des Helden, der, bevor er vom tödlichen Pfeil des Gottes Apollon getroffen, vor Troja so ruhmreiche Taten begehen wird, daß die Stadt im zehnten Jahr der Belagerung fällt.«
Im Zelt war es so still geworden, daß man eine Nadel hätte fallen hören können. Das Licht der Fackeln warf tanzende Schatten auf die Planen, und alles lauschte gebannt den Worten des Sehers: »Zeus selbst und Poseidon begehrten Thetis, um ihre Lust zu stillen, denn sie ist so schön, daß der Olymp erstrahlt, wenn sie erscheint. Doch Themis, die Göttin des altgeheiligten Rechts, verkündete Zeus und Poseidon, daß der Sohn der Thetis dereinst seinen Vater an Bedeutung bei weitem übersteigen werde. Aus diesem Grund ließen Zeus

und Poseidon von Thetis ab und gaben ihr den sterblichen König Peleus zum Mann. Als Hochzeit gehalten wurde, lud Thetis alle Götter ein, bis auf eine: Eris, die Göttin des Streits, denn Zwietracht wollte sie vermeiden. Eris aber erschien trotzdem und brachte als Brautgeschenk einen goldenen Apfel mit, auf dem geschrieben stand ›Der Schönsten‹. Thetis war außer sich vor Zorn, verschmähte die Gabe und ließ Eris des Saales verweisen. Doch Eris warf den Apfel in die Runde und rief: ›Macht es unter euch selbst aus!‹«

»Und wer bekam den Apfel?« fragte Menelaos neugierig.

»Ich weiß es nicht«, antwortete Kalchas. »Mir träumte, es stritten sich Hera, Aphrodite und Athene um das Kleinod, doch weiß ich nicht, wer es erwarb. Gleichviel, hört weiter: Thetis, die Unsterbliche, gebar, von Peleus gezeugt, einen Sohn, den sie Achilles nannte. Ihm weissagte Themis, daß er entweder ruhmlos das Greisenalter erreiche oder aber auf dem Schlachtfeld vor Troja fiele, nachdem er Hektor, den stärksten der feindlichen Helden, erlegt habe. Den geweissagten Tod ihres Sohns wollte Thetis verhindern, indem sie versuchte, ihn unsterblich zu machen.«

Da hob Palamedes seine Hände empor und rief voller Verzweiflung: »Daß selbst die Götter versuchen, die Gesetze, die sie aufstellten, zu durchbrechen. Wenn sie sich selbst nicht daran halten, wer will dann den Menschen gebieten, sie zu befolgen?«

Da donnerte es vom Berg Dirfis auf Euböa, und es zuckten Blitze über das Zelt und über die erschreckten Gesichter der Fürsten.

»Ich gebiete das, Palamedes!« schrie Kalchas. »Wage es nicht, die Rechte der Götter zu schmälern. Ob sie die Gesetze befolgen oder nicht, darüber hast du nicht zu richten. Sie sind es, die uns die Gesetze geben, zu unserem eigenen Nutzen. Schaffe die Gesetze ab, und in einer Stunde brennt Aulis. Weshalb, glaubst du, daß wir nach Troja fahren? Helenas wegen? Wir fahren, um Recht und Gesetz zu wahren!«

»Wer würde für seinen Sohn oder etwas, das ihm das Liebste ist, nicht alles versuchen, selbst das, was ihm nicht zu Gebote steht?« versuchte Odysseus zu vermitteln. »Du, Palamedes, ebenso wie ich. Und wie Kalchas sagt, sind davor nicht einmal die Götter gefeit. So sei damit zufrieden und laß den Seher weiterreden.«

Palamedes ballte seine Fäuste im Zorn, doch er schwieg, und Kalchas fuhr fort: »Im himmlischen Feuer, das allen Olympiern stetig brennt, versengte die Göttin nachts die sterblichen Teile ihres Sohnes und heilte tags darauf die Wunden mit Ambrosia. Als sie ihr Werk fast vollendet und Achilles bis auf die Ferse unverwundbar ward, kam Peleus herbei, sah seinen Sohn in den Flammen liegen und rettete ihm, wie er glaubte, das Leben. Heldenhaft stürzte er sich in das Feuer und barg sein Kind aus der Glut. Thetis war so enttäuscht, daß sie das Haus des Peleus für immer verließ und zurück in die Fluten des Meeres tauchte. Peleus brachte Achilles zu dem großen Wundarzt Chiron, der den Knaben mit Bärenmark stärkte und mit der Leber von Ebern und Löwen gesund pflegte. So wuchs Achilles zusammen mit seinem Jugendfreund Patroklos unter der Aufsicht des Lehrers Phönix heran und war mit seinen jungen Jahren bald einer der Mutigsten am ganzen Königshof, vor allem aber der schnellste Läufer von allen. Doch seine Mutter Thetis bangte nach wie vor um sein Leben. Da stieg die Göttliche eines Tages aus dem Meer, schlich sich zum Palast und entführte den neunjährigen Knaben. Sie steckte ihn in Mädchenkleider, ließ ihn schwören, zu keinem Menschen von der Verkleidung zu sprechen, und brachte ihn an den Hof des Königs Lykomedes auf die Insel Skiros. Dort lebt er nun versteckt mit den Jungfrauen und der schönen Deidamia, der Tochter des Königs Lykomedes.«
»Auf Skiros?«
Agamemnon schaute aufgeregt in die Runde, dann rief er: »So laßt uns augenblicklich ein Schiff rüsten, denn Skiros ist nicht weit. Die Insel liegt nur zwei Tagesreisen entfernt im Osten von Euböa.«
Palamedes rieb sich die Hände: »Ich segle gleich morgen, um Achilles zu zwingen, seine Pflicht zu erfüllen.«
»Nein«, sagte Agamemnon, »diesmal nicht, Palamedes. Denn Achilles schuldet uns den Waffengang nicht, er hat keinen Eid geschworen. Es soll ein anderer reisen, der der Kunst der Rede und der Überredung fähig ist.«
Palamedes schoß die Zornesröte ins Gesicht, und er wollte aufbegehren, doch es bedurfte nur eines Winks von Menelaos, daß er sich beherrschte und schwieg. Agamemnon musterte die Gesichter der Fürsten, und sein Blick blieb auf Odysseus haften.

»Du, Sohn des Laërtes, beherrschst die Kunst der Rede wie kein zweiter.«
Da stimmten alle Fürsten zu, und Agamemnon fuhr fort: »So bitten wir dich von ganzem Herzen, den Weg nach Skiros anzutreten und Achilles in den Kreis der Krieger einzubringen.«
Odysseus fühlte sich geehrt, aber er hatte kein Schiff, mit dem er hätte reisen können, denn seine Flotte war ja noch auf Ithaka.
»Edler Agamemnon«, sagte er, »wie soll ich den Auftrag erfüllen, da ich noch über keine Schiffe verfüge?«
»Bestimme du selbst, wer von all den Fürsten, die hier versammelt sind, dir Schiff und Mannschaft stellt.«
Da deutete Odysseus auf Diomedes, den Freund, und sagte: »Dieser soll mich begleiten. Zusammen wollen wir versuchen, den Sohn der Thetis für den Kampf zu gewinnen.«
So wurde es beschlossen. Agamemnon hob die Tafel auf, und ein jeder der Fürsten ging durch die Nacht zu seinem Zelt. Odysseus aber blieb bei Diomedes, denn gleich am nächsten Morgen wollten sie nach Skiros aufbrechen.

Es geschah in einer jener Nächte mit Hilfe der Göttin der Liebe, daß Achilles zum Manne wurde.
Als Thetis den schönen Knaben mit dem weichen Gesichtszügen und den lockigen, braunen Haaren auf die Burg des Königs Lykomedes gebracht hatte, sagte sie zu diesem:
»Ich bitte dich, Lykomedes, meine Tochter Phyrra zusammen mit deiner Tochter Deidamia im Haus der Jungfrauen heranwachsen zu lassen.« Um alles in der Welt wollte Thetis verhindern, daß Achilles die Kunst des Krieges erlerne. Achilles fügte sich, denn in schrecklichen Bildern hatte ihm die Mutter von der Weissagung seines Todes auf den Schlachtfeldern vor Troja erzählt. So willigte schließlich auch Achilles ein, als Mädchen großgezogen zu werden, und Lykomedes war bereit, das vermeintliche Mädchen aufzunehmen, denn es war eine große Ehre, das Kind einer Göttin im Hause zu haben.
»Mächtige Mutter der Ozeane«, sagte Lykomedes, »deiner Tochter Phyrra soll es in meinem Hause an nichts fehlen. Ich werde sie zu-

sammen mit Deidamia erziehen, als ob sie mein eigenes Kind wäre.«

So sprach der König und brachte die Kinder zusammen. Phyrra und Deidamia mochten sich vom ersten Augenblick an. Drei Jahre lebten sie glücklich am Königshof. Achilles lernte mit den Jungfrauen Sticken, Häkeln und Weben. Am Tag waren sich die beiden die liebsten Freundinnen, doch eines Nachts begannen sie, ihre verschiedenartigen Körper zu erkunden. Liebkosend erfühlte Achilles die Weichheit von Deidamias schönem jungen Leib, ihrer keimenden Brüste, und sie tastete nach der Härte seines aufragenden Geschlechts. Mit klopfendem Herzen und trockenem Mund sagte er: »Deidamia, ich spüre, daß da noch mehr ist, als nur sich zu küssen und zu berühren.«

Da warf sich das Mädchen in seine Arme, und als sie mit ihren Schenkeln gegen die seinen preßte, spürte sie die harte Knabenkraft, die sich ungestüm ihrem Schoß entgegendrängte.

»Er verlangt so sehr nach dir wie die Blume nach Wasser«, flüsterte er in ihr Ohr, und Deidamia öffnete ihre Schenkel.

»So will ich ihm gestatten, meine Pforte zu besuchen.«

Ganz langsam drang Achilles in das Mädchen ein, bis ein Widerstand den weiteren Weg versperrte. Da stieß er einmal kräftig zu. Deidamia schrie auf vor Schmerz und hielt in der Bewegung inne, doch nur für einen Augenblick, denn nun war der Weg frei, und Achilles versank in ihr in seiner ganzen Länge. So lagen sie eng verschmolzen, regungslos, bis ihre Körper wie von selbst begannen, sich in einen Rhythmus einzuwiegen. Und langsam geriet ihr Blut in Wallung, und Schauer jagten durch sie hindurch. Wie besessen klammerten sie sich aneinander und ergaben sich stöhnend der süßen Agonie. Achilles spürte, wie ein Beben Deidamia erfaßte und ihr ganzer Körper zitterte. Da stiegen aus der Tiefe seines Leibes die Säfte in ihm auf, und ächzend verströmte er sich in die Geliebte.

Noch lange lagen sie umschlungen, ließen die Erregung ausklingen, und beide dankten sie der Göttin Aphrodite, die ihnen den Weg zu einem völlig neuen Glücklichsein gewiesen hatte.

Als Phyrra tat Achilles tags dieselben Arbeiten wie die Mädchen, des Nachts aber waren Achilles und Deidamia Mann und Frau. In der letzten Nacht, die ihnen geschenkt war und in der sie engumschlungen in inniger Vereinigung das Lager teilten, zeugten sie in glühender Liebe ihren Sohn Neoptolemos.

Am Morgen wurden die Kinder mit Hörnern und Trompeten geweckt. Aufgeregt lief Lykomedes durch das Haus und rief: »Aufstehen, Kinder, aufstehen! Es kommt hoher Besuch. Odysseus von Ithaka und König Diomedes von Argos werden heute unsere Gäste sein. Schon gestern abend sind sie im Hafen gelandet. Legt euch die schönsten Gewänder an, damit sich die Fürsten an euerem Anblick erfreuen.«

Das war ein Schnattern und Gackern und Kichern, ein Schönmachen und Bemalen. Besonders aber Achilles machte sich als Weibchen fein zurecht, denn er wollte nicht entdeckt werden. Und als sie alle aufgeregt im Thronsaal saßen, betraten Odysseus und Diomedes das Haus. Wie bewunderten da die Jungfrauen die beiden Männer, die doch soviel stolzer waren als der alte König Lykomedes.

»Zeus und allen Göttern zum Gruß, ihr schönen Mädchen!« rief Odysseus in die Runde, und die Mädchen kicherten.

»Wie ich sehe, sind hier die schönsten Jungfrauen von ganz Hellas vereint!« rief Diomedes und zwinkerte den Mädchen freundlich zu. Sie aber senkten schüchtern ihre Augen zu Boden. Diomedes lachte: »So erlaubt uns denn, eine jede von euch einzeln zu begrüßen.«

Lykomedes stellte die Mädchen mit Namen vor, doch wie genau Odysseus und Diomedes auch hinsahen, erkannten sie unter all den jungen Frauen keinen Mann. Selbst, als sie mit jeder einzelnen sprachen, unterschied sich keine im dunkleren Tonfall.

»Hier, unter diesen Jungfrauen werden wir Achilles nicht finden«, flüsterte Diomedes Odysseus zu. »Da müssen wir woanders suchen.«

»Laß mich sehen, ob er nicht doch da ist«, sagte Odysseus leise. Dann begann er zu erzählen, daß sie auf dem Weg nach Troja seien, um den Raub der schönen Helena zu sühnen. Bald brachte er die Sprache auf Speere, Schwerter und Schilde und fragte die Mädchen, ob sie diese Waffen einmal sehen wollten.

»O ja, gerne!« riefen sie, denn ihre Neugier war größer als die Furcht. Odysseus ließ seine Waffen in den Saal bringen, und alle Mädchen

blickten voller Neugier, aber auch mit Scheu auf die gefährlichen Kriegsgeräte. Odysseus bat nun den König Lykomedes, ihm und seinem Freund Diomedes in der Sonne des Vorhofes Wein anzubieten. Die Waffen ließ er zurück bei den Mädchen.
Da erscholl plötzlich das Kriegshorn durch den Palast. Schrecklich war es anzuhören, und voller Furcht flohen die Frauen aus dem Saal. Nur Achilles riß mutig Schwert und Schild an sich, um sich den Feinden entgegenzuwerfen. Da trat Odysseus in die Halle, lachte ihm ins Gesicht und rief: »Du bist es, den die Götter erwählt haben, dem Heer der Griechen gegen die trojanischen Horden zum Sieg zu verhelfen. Ich bitte dich, zieh mit uns nach Troja, wehr dich nicht gegen den Willen der Götter, von denen du ja selbst abstammst, und erfülle die Weissagung, die uns den Sieg bringt.«
Da schämte sich Achilles über den jahrelangen Betrug und konnte sich nicht länger mehr entziehen. Traurig, aber dennoch erwartungsfroh nahm er Abschied von Deidamia und zog mit den Königen fort. Als das Schiff den Hafen verließ und die Segel schließlich unter dem Horizont verschwanden, stand oben auf der Burg Deidamia und weinte dem Achilles bittere Tränen nach. Schluchzend sank sie auf die kalten Stufen des Marmors und rief ihre Verzweiflung hinauf zu den Göttern.
Achilles aber sah die Welt mit anderen Augen. In der Begleitung der zwei Krieger war er stolz darauf, endlich Mann sein zu dürfen. Er glaubte nicht mehr an das, was ihm seine Mutter Thetis über seinen Tod verkündet hatte, und wenn schon, so wollte er sich doch so teuer verkaufen wie nur möglich.
»Diomedes und Odysseus, ich bitte euch, lehrt mich die Kunst des Schwertkampfes!«
Diomedes und Odysseus gingen willig auf die Bitten des Knaben ein. Während der ganzen Überfahrt nach Euböa klirrten an Deck des Schiffes die Schwerter und sausten krachend in die ehernen Schilde. Schnell begriff Achilles die Technik des Kampfes, des Angriffs und der Verteidigung und verteilte Hiebe, daß den Helden Hören und Sehen verging. Nur mit Mühe konnten sie sich den ungestümen Angriffen des Jünglings erwehren. Als sie am Abend im Hafen von Kimi an der Ostküste Euböas festmachten, um

für die Nacht zu lagern, war es Odysseus und Diomedes, als sei Achilles an diesem einen Tag um einen ganzen Fuß gewachsen. Stolz zeigte der Knabe, nachdem er die Rüstung abgelegt hatte, seine Muskeln, und mit geschwellter Brust vernahm er das Lob seiner Lehrer. Abends trank Achilles zum erstenmal in seinem Leben Wein, und während sie aßen und tranken, erzählte Odysseus vom Aufgebot der Fürsten Griechenlands in Aulis: »Hundert Schiffe von Agamemnon, neunzig vom alten Nestor, je achtzig von Idomeneus aus Kreta und Diomedes aus Argos, der hier vor dir sitzt, je sechzig von Menelaos und Agapenor, je fünfzig von Peneleos und Menestheus.«

Diomedes ergänzte: »Zehn weitere Fürsten liegen mit je vierzig Schiffen vor Anker, drei mit je dreißig, Guneus aus Kyphos mit zweiundzwanzig, Odysseus und Ajax mit je zwölf, Eumelos mit elf, Tlepolemos aus Rhodos mit neun, Philoktet mit sieben und Nireus aus Syme mit drei.«

War es nun der Wein oder die Anzahl der vielen fremden Namen, die Achilles schwindlig machten. Doch würde er sich, nachdem er alle gesehen hätte, ihrer Namen wohl erinnern. Er freute sich darauf, die Anführer der Griechen kennenzulernen, doch wollte er selbst nicht mit leeren Händen kommen.

»Ich bitte euch«, begann er zu Odysseus und Diomedes, »morgen den langen Weg nach Aulis zu nehmen. An Phthia in der Bucht von Mali soll unser Weg vorbeiführen. Dort will ich meinen Vater, König Peleus, aufsuchen, daß auch er Schiffe entsendet, die unter meiner Führung nach Troja segeln.«

Odysseus und Diomedes schauten sich verwundert an.

»Peleus hat den Eid des Odysseus nicht geschworen«, sagte Diomedes, »darum wird er keine Schiffe entsenden.«

Achilles aber, der nach dem Wein eine wunderliche Kraft in sich verspürte, bestand darauf, den Vater aufzusuchen und ihn um Rüstung und Schiffe zu bitten.

»Lassen wir den Knaben ruhig gewähren«, sagte Odysseus, »jede Stärkung der Flotte und des Heeres sind von Vorteil.«

So fuhren sie, als Helios den Sonnenwagen aufgezogen hatte, nach Norden, statt nach Süden der Küste Euböas entlang, und erreichten

gegen Abend die Nordspitze der Insel, fuhren anderntags in den malischen Golf und erreichten im letzten Sonnenlicht die Stadt Phthia. Wie freute sich Peleus, nach vier Jahren seinen verschollenen Sohn Achilles wieder in die Arme schließen zu können.
»Ich glaubte, du wärst tot«, schluchzte er und drückte ihn so fest an seine Brust, daß Achilles fürchtete, ersticken zu müssen.
»Die Mutter führte mich nach Skiros zu König Lykomedes, wo ich mit Deidamia erzogen wurde«, sagte Achilles, als ihn der Vater wieder losgelassen hatte. Beim Gedanken an Deidamia fühlte Achilles Trauer in sich aufsteigen, doch sie währte nicht lange, denn Peleus ließ ein großes Festessen richten, zu dem Odysseus und Diomedes als Ehrengäste geladen waren. Nachdem den Göttern ein ganzes Rind als Freudenopfer verbrannt worden war, setzten sich alle zu Tisch, es kamen auch der alte Lehrer Phönix und Achilles' Jugendfreund Patroklos, der Sohn des Menötios, und alle zusammen tafelten bis in die späte Nacht hinein.
Am nächsten Morgen bat Achilles Odysseus und Diomedes zu einer Unterredung mit seinem Vater: »Ich will mit dem griechischen Heer nach Troja ziehen«, sagte er dem Vater, und Odysseus fügte hinzu: »Kalchas, der Seher aus Mykene, weissagte, daß Troja ohne deinen Sohn nicht zu schlagen sei. Ich bitte dich, ihn uns zu überlassen. Wir wollen ihn in der Kunst des Krieges so gründlich unterrichten, daß ihm kein Leid geschieht.«
Daß dies aber nur die halbe Wahrheit war, verschwieg Odysseus. Er sprach kein Wort davon, daß auch Achilles' Tod geweissagt war. Und da Peleus von dem Orakel nichts wußte, willigte er schließlich ein.
»Ich will dir fünfzig Schiffe mit je fünfzig myrmidonischen Kriegern geben und dir zu deinem Schutz den Lehrer Phönix und deinen Freund Patroklos zur Seite stellen.«
Der Knabe jubelte, fiel seinem Vater um den Hals und war unendlich stolz darauf, nun auch ein Heerführer der Griechen zu sein.
»Wir wollen kämpfen, bis Troja und die Burg Ilion im Staub zerfällt«, rief er, »komm, Patroklos, laß uns draußen unsere Kräfte im Schwertkampf messen.«
Da hielt ihn Peleus zurück und sagte: »Wenn du schon für die Ehre Griechenlands kämpfst, sollst du auch meine Rüstung tragen, die ich

bei meiner Hochzeit mit Thetis von den Göttern selbst zum Geschenk erhielt.«

Und er brachte aus der Waffenkammer eine Rüstung, die glänzte wie von purem Gold: einen gewaltigen Helm mit einem mächtigen Buschen aus Roßhaar und Federn, einen kunstvoll gearbeiteten Harnisch, der Brust und Rücken bedeckte und über die Hüften hinabreichte, und Beinschienen, die den Knaben von den Knien bis zu den Füßen schützten. Alle staunten über die herrliche Rüstung, die dem Knaben freilich noch zu groß war, doch würde er, so dachten Odysseus und Diomedes, bald hineinwachsen. Peleus ließ es nicht genug sein. Er schenkte ihm auch sein eigenes Schwert, seinen Schild, der aus neun gegerbten Stierhäuten gefertigt und mit einer Schicht von Gold überzogen war, und eine eisengespitzte Lanze aus geleimtem Eschenholz, die so schwer und wuchtig war, daß Achilles sie kaum heben konnte.

»Versprich mir, Odysseus«, sagte Peleus, »daß du den Knaben erst dann kämpfen läßt, wenn er mühelos diesen Speer schleudern kann.«

Odysseus wog den Speer in seiner Hand, und es kamen ihm Bedenken, doch willigte er schließlich ein, denn schon auf dem Schiff hatte er gesehen, wie kräftig Achilles war.

»Du hast mein Wort, Peleus«, versprach er dem besorgten Vater. Zu Achilles und Patroklos sagte er: »Geht hinaus und versucht euch im Speerwurf. Denn um diese Lanze zu schleudern, bedarf es großer Übung.«

Während die Knaben sich unter der Anleitung von Phönix mit den Speeren versuchten, erzählten Odysseus und Diomedes von dem Aufgebot in Aulis, von der stolzen Flotte, und Peleus fühlte sich geehrt, mit fünfzig Schiffen und zweitausendfünfhundert Kriegern das Heer der Griechen verstärken zu dürfen.

»Verzeiht, daß ich nicht selbst fahren kann, aber für das Geschäft des Kriegs bin ich zu alt. So nehmt denn Achilles und Patroklos und auch den Lehrer Phönix mit euch, und während ihr die Knaben in der Kunst des Krieges unterweist, will ich die Flotte und die Soldaten aufbringen und schnell nach Aulis senden, damit eure Abfahrt nach Troja keinen Aufschub erfährt. Ich wünsche euch Sieg und eine baldige, unversehrte Rückkehr.«

So trennten sich die Männer. Als das Schiff langsam aus dem Hafen segelte, stand Peleus lange winkend am Ufer, und es liefen ihm Tränen über seine alten Wangen.

3

»Es gefällt mir nicht«, sagte Palamedes mit finsterer Miene, »daß Odysseus so lange ausbleibt. Wahrscheinlich hat er die Gelegenheit genutzt, um von Aulis zu seiner Insel Ithaka zu fliehen.«
»Unsinn«, sagte Agamemnon mürrisch, »er ist ja mit Diomedes unterwegs, der selbst mit neunundsiebzig weiteren Schiffen hier im Hafen liegt.«
»Wer weiß, wer weiß«, argwöhnte Palamedes, »vielleicht hat er diesen überredet, dem Waffengang fernzubleiben? Und im übrigen ist auch seine Flotte noch nicht angekommen. Ich möchte beinahe wetten, es stand nie in seinem Sinn, daß sie jemals Aulis erreicht.«
»Gnade ihm Zeus, wenn deine Prophezeiung stimmt!«
In der Tat war Agamemnon zornig, denn nach spätestens vier Tagen hatte er Odysseus und Palamedes mit Achilles zurückerwartet. Nun waren schon ganze neun Tage vergangen, und es war noch immer keine Nachricht da.
»Ich gebe ihm noch drei Tage Zeit«, sagte mißgelaunt der Völkerfürst, »dann kannst du meinethalben nach ihm suchen.«
Palamedes eilte frohen Herzens zum Hafen und gab dem Navigator seiner Flotte Anweisung, sich fertig zum Auslaufen zu machen.
»Stündlich erwarte ich den Befehl des Völkerfürsten, nach Odysseus zu forschen. So werden wir wohl noch einmal nach Ithaka segeln müssen, um den Fahnenflüchtigen aufzuspüren. Doch diesmal soll er mir nicht wieder in Ehren aufgenommen werden. In Ketten will ich ihn nach Aulis bringen und ihn zum Gespött des ganzen Heeres machen.«
»Dazu wirst du keine Gelegenheit haben«, sagte der Steuermann und deutete nach Norden, wo aus der Meerenge von Chalkis das Schiff des Diomedes auftauchte. Weithin leuchtete das Zeichen des Königs

von Argos in der Abendsonne, das dieser im Segel trug. Und oben am Mast des Fahrzeugs wehten zwei Wimpel: der des Königs von Ithaka und der eines anderen, den der Steuermann nicht kannte.
Noch ehe Palamedes sich von seinem Entsetzen erholte, rief der Steuermann: »Da sieh, Palamedes, was soeben um die Klippen von Marathon biegt!«
Palamedes wandte sich um, ließ seinen Blick nach Süden schweifen, da entdeckte er entfernt im bläulichen Dunst, später als das geübte Auge des Steuermanns, die Rümpfe von zwölf leuchtendroten Schiffen. Und als sie näher kamen, sah er das Zeichen des Odysseus auf den Segeln prangen, den Helm seiner Göttin Pallas Athene.
»Sag kein Wort zu irgend jemandem, was wir hier besprachen«, herrschte er den Steuermann an. Dann machte er sich eilig auf den Weg, um rechtzeitig zur Ankunft der Schiffe zu erscheinen.
Agamemnon, Menelaos und der Seher Kalchas standen schon an der Hafenmauer, denn die Nachricht von der Ankunft der Könige von Ithaka und Argos hatte sich wie ein Lauffeuer im Lager verbreitet. Und Kalchas war es, der als erster den Wimpel des Königs von Phthia deutete: »Den Göttern sei Dank«, rief er, warf sich auf den Boden und küßte die Erde. »Er ist's, sie haben ihn gefunden, sie haben Achilles gefunden. Der Sieg über Troja ist unser!«
Als das Schiff des Diomedes anlegte, hatte sich, im gebührlichen Abstand vom Völkerfürsten und seinem Gefolge, ein beträchtlicher Teil des Heeres versammelt und jubelte und frohlockte und pries die Ankömmlinge: »Es lebe Achilles, es lebe Odysseus und Diomedes!«
Palamedes aber stand abseits und war voller Mißgunst, daß dieser Ruhm nicht ihm zuteil wurde.
Während die Seeleute das Schiff an der Hafenmauer vertäuten, beobachtete Kalchas, wie über Odysseus, der vorne winkend am Bug des Schiffes stand, eine Taube ihre Kreise zog. Siebenmal schwebte der Vogel um das Haupt des Königs von Ithaka, dann flog er herab, setzte sich auf einen Stein und pickte nach einem Samenkorn, das genau da am Boden lag, wo Palamedes stand. Palamedes spuckte auf das Tier und wollte es treten. Da flog der Vogel erschreckt wieder auf und entschwand über dem Meer.
Kalchas war tief erschüttert und zog sich zurück in sein Zelt.

Nun erreichte auch die Flotte aus Ithaka den Hafen. Als die Fanfaren ertönten, die zur Begrüßung einer jeden Flotte stets geblasen wurden, kamen aus allen Schiffen, Zelten, Unterkünften und Lagerhäusern die restlichen Krieger an den Anlegeplatz geströmt, um die Schiffe zu begrüßen. Sie waren nicht zu übersehen, denn jedes der über tausend Schiffe, die hier lagen, war schwarz, braun oder grau. Nur die Schiffe des Odysseus waren leuchtend rot und schon von weitem zu erkennen. Sie waren zwar durchweg kleiner als all die anderen und faßten nicht wie die meisten jeweils hundert Krieger, sondern nur fünfzig. Aber dennoch wurde ihnen ein rauschender Empfang bereitet. Als Elpenor, der Befehlshaber der kleinen Flotte, an Land sprang und seinen Herrn umarmte, da waren nicht nur Odysseus, sondern auch alle anderen Fürsten gerührt und freuten sich, daß das Heer nun endlich vollständig war.

»Wie mischst du diese Farbe?« wollte Menelaos von Odysseus wissen, als sich alle Fürsten anschickten, sich im Zelt Agamemnons zu versammeln, um Achilles einen würdigen Empfang zu bereiten. Da lächelte Odysseus und sagte: »Es ist die Erde meiner Heimat, die diese Schiffe färbte, denn Ithakas Boden ist rot.«

Im Zelt des Agamemnon wurde ein zweiundvierzigster Stuhl für Achilles bereitgestellt, direkt an der Seite Agamemnons, denn zumindest heute gebührte der Ehrensitz dem Peleussohn. Gern rückte Odysseus für diesen Anlaß einen Platz die Tafel hinab.

Nachdem Agamemnon den jungen Achilles aufs herzlichste begrüßt hatte, begann dieser: »Edle Fürsten Griechenlands, wie sehr bin ich geehrt, in dieser Runde mit euch zu sitzen. Noch bin ich kein Krieger, denn König Lykomedes lehrte mich dies Handwerk nicht. Doch einen Vorgeschmack auf die Kunst des Fechtens, der Verteidigung und des Speerwurfs gaben mir bereits diese beiden hier.«

Dabei deutete er auf Odysseus und Diomedes, und Beifall brandete auf an der ganzen Tafel.

»Auch gaben sie mir Wein zu trinken, der mich jetzt«, und er nahm einen tiefen Schluck aus seinem Becher, »ermutigt, so frei zu euch zu sprechen.«

Da lachten die Fürsten und tranken dem Jüngling zu.

»Doch hört«, fuhr der Knabe fort, »ich habe etwas mitzuteilen, das

mich trotz meiner Jugend euch ebenbürtig macht. Denn mein Vater, König Peleus, der von Phthia aus Thessalien regiert, gab mir, ihn hier vertretend, Königswürde und sendet baldigst fünfzig Schiffe mit zweitausendfünfhundert Kriegern, die, mir gehorchend, euch nach Troja folgen.«
Der Beifall wollte kaum noch enden, so begeistert waren die Fürsten, und Agamemnon erhob sich, küßte den Knaben auf beide Wangen und sagte: »So ist das Orakel denn erfüllt, und der Sieg ist unser, dank dir, göttlicher Sohn der Thetis.«
Als sich aber auch Achilles erhob, um den Dank des Agamemnon entgegenzunehmen, wie staunten da die Fürsten, als der Kopf des Knaben im Aufstehen nicht mehr aufhören wollte, in die Höhe zu steigen. Als er sich zur vollen Größe aufgerichtet hatte, schauten sich Odysseus und Diomedes erschrocken an: Der Knabe war erneut um einen Fuß gewachsen! Sie selbst erhoben sich und fanden nun sein Haupt auf gleicher Höhe mit den ihren.
»Es ist ein Wunder«, sagte Diomedes, und Odysseus meinte: »Hoffentlich hört er damit auf, sonst paßt ihm morgen schon die Rüstung nicht mehr.«
Kalchas betrat das Zelt, und wie immer, wenn er kam, schwiegen die Fürsten, denn meistens hatte er wichtige Neuigkeiten zu berichten: »Hört mich an, ihr Griechen«, begann er mit seiner singenden, zittrigen Stimme, »noch haben wir nicht versucht, Helena und die geraubten Schätze des Menelaos auf gütlichem Wege zurückzuerhalten. Möglicherweise gewährt uns Priamos freiwillig, wofür wir uns heute strotzend in Waffen hüllen, um es im Kampf zu erobern. Ich sehe so viele von euch jammervoll sterben, daß ich nicht anders kann, als euch zu empfehlen, alle Mittel zu versuchen, den Krieg zu vermeiden. Schickt, wie mir ein Vogelflug verriet, Odysseus nach Troja, daß er mit Priamos verhandle. Er ist der einzige, der es versteht, mit Worten Heldentaten zu vollbringen.«
Empörung verbreitete sich unter den Fürsten: »Verhandeln, da wir doch alle längst für den Krieg gerüstet sind? Der ganze Aufwand für nichts? Die Schmach ungesühnt lassen? Bist du von Sinnen, Kalchas?«
Agamemnon wollte diesen Krieg, aber er wußte, daß die Flotte noch

nicht gänzlich gerüstet war. Außerdem fehlten ja auch noch die Schiffe des Achilles. Da er aber auch auf die Meinung des Kalchas Rücksicht nehmen mußte, nicht zuletzt deshalb, weil er ihn selbst zum Wahrsager ernannt hatte, sagte er: »Kalchas hat recht. Wir haben noch nicht versucht, die Sache gütlich zu bereinigen, obwohl ich nicht daran glaube, daß die Trojaner einlenken werden. Wenn sie es aber doch tun sollten, ist damit noch lange nicht die Schmach getilgt. Deshalb bin ich dafür, solange wir hier noch rüsten, daß Odysseus fährt. Doch soll er als Verhandlungsführer Palamedes mit sich nehmen, denn er scheint mir geeignet, bei aller Liebe zum Frieden auch die Belange Griechenlands zu wahren. Denn unser Sinn steht nicht allein nach Wiedergutmachung, sondern auch nach Sühne.«

Die meisten der Fürsten klopften bestätigend auf den Tisch. Kalchas aber schlug entsetzt die Hände übers Gesicht: »Nicht Palamedes«, rief Kalchas, »nicht Palamedes! Schick lieber einen Hund, der sich in Priamos' Waden verbeißt als Palamedes!«

»So schickt Odysseus, Palamedes und mich selbst dazu«, rief Menelaos, »denn ich bin es ja, der beleidigt wurde! Wenn Priamos Sühne tun will, so will ich es sein, der beurteilt, ob sie mich befriedigt. Und ich will ein Auge darauf haben, daß ein jeder von euch, die ihr hier sitzt, ein Zehnfaches des Aufwands dessen erhält, was ihr bisher für diesen Feldzug ausgegeben habt.«

Mit dieser Rede des Menelaos waren die Fürsten einverstanden. In ihrem Herzen ahnten zwar die meisten, daß die geplante Reise nach Troja nichts einbringen würde, der Waffengang also nur aufgeschoben, doch nicht aufgehoben war. Palamedes aber verbrachte die glücklichste Nacht seines Lebens.

Als die Frühe mit goldenen Rosenfingern erwachte, verließen neun Schiffe den Hafen von Aulis: drei voraus mit je hundert Kriegern unter dem Befehl des Palamedes, drei mit je hundertzwanzig Kriegern unter dem des Menelaos und drei segelten für Odysseus. Doch der König von Ithaka war nicht glücklich. Er sah keine Aussicht auf Erfolg der Botschaft, doch wollte er nichts unversucht lassen, den Krieg, wenn möglich, zu vermeiden.

4

»Eine wichtige Meldung, die keinen Aufschub duldet!« rief der Türwächter und ließ Helenos, den drittgeborenen Sohn Priamos', vorbei. Aufgeregt betrat Helenos den Thronsaal der Burg Ilion zu Troja, wo der betagte König Priamos mit Antenor und dem Rat der Stadt bei den Amtsgeschäften saß.
»Vater, die Wachen auf der Mauer haben Schiffe gesichtet. Soeben kreuzen sie über den Hellespont auf Troja zu!«
»Ist es Paris, sag, mein erstgeborener Sohn, der zurückkehrt von seiner Reise nach Sparta?«
»Es sieht nicht so aus, Vater«, sagte Helenos, »denn Paris fuhr nur mit einem Schiff. Dies aber sind neun, und sie sind griechischer Bauart.«
»Bei Zeus, das muß ich sehen!« rief Priamos und eilte hinaus auf die hohe Mauer der Burg, von der aus er einen weiten Blick über die Stadt und über die gewaltige, blühende Skamanderebene hatte, die von den Sigeionischen Hügeln im Süden und den Rötheischen Bergen im Norden zum Hellespont hin begrenzt war; davor, im Westen, war nichts als das unendliche Meer, aus dem nur die bläulichen Hügelspitzen der kleinen Insel Tenedos ragten.
Auf der Mauer hatten sich bereits seine anderen Söhne Hektor, Deiphobos, Troilos und Polites eingefunden und starrten auf die stolze Flotte, die aus dem Dunst der Ägäis auf die Flußmündung des Skamander bei den Rhöteischen Bergen und die Gestade vor Troja zuhielt.
»Ich kann nichts erkennen«, sagte Priamos, »wo sind Schiffe?«
»Es sind Kriegsschiffe, Vater«, sagte Hektor und deutete mit dem Finger in die Richtung, wo der Skamander ins Meer mündet. »Ich sehe es an den kunstvoll gearbeiteten und dennoch gewaltigen drachen-, löwen- und widderköpfigen Rammspornen, die eines jeden Schiffes Bugspriet zieren«, rief Hektor.
Priamos beschattete mit der Hand seine Augen vor der grellen Sonne, um seinen Blick zu schärfen. Seine Sehkraft hatte durch das Alter etwas nachgelassen, doch nun sah er es auch: Schiffe, aus denen

funkelnde Speerspitzen, leuchtende Helme und gleißende Schilde aufblitzten. Es bestand kein Zweifel, daß sich da eine ansehnliche Kriegsmacht auf Troja zubewegte.

Inzwischen waren auch Antenor und die Männer des Stadtrats auf die Burgmauer gekommen.

»Was mag das nur bedeuten«, murmelte Priamos, »wir befinden uns mit niemandem im Krieg.«

»Schließt das Skäische Tor!« schrie Deiphobos über die Stadt hinweg. Doch Priamos gebot Einhalt: »König bin hier immer noch ich! Das Tor bleibt offen!«

Antenor lächelte zufrieden, denn er war für die Sicherheit in der Stadt verantwortlich. Wie König Priamos haßte er übertriebene Reaktionen. Sollte sich von den Schiffen eine Streitmacht nähern, die Troja gefährlich werden könnte, so würden sie das von der Mauer aus sehen und hätten dann immer noch mehr als eine Stunde Zeit, die Tore zu schließen, denn das Gestade lag immerhin mehr als fünftausend Schritt vor den äußeren Mauern der Stadt.

Während nun die Männer von der Burg aus voller Spannung die Bewegung der Schiffe verfolgten, sammelte sich auf der äußeren Stadtmauer beim Skäischen Tor viel Volk, um von dort aus das Schauspiel zu beobachten. Da legte das erste Schiff am Strand an, dann das zweite und bald folgten alle anderen. Brücken wurden von den Schiffswänden auf den Sand gesenkt und Pferde herabgeführt, dann stiegen bewaffnete Krieger an Land, und es löste sich eine Gruppe von drei Reitern vom Gestade, die sich im gemächlichen Trab gen Troja wandten.

Priamos ließ den Wachen am Tor den Befehl übermitteln, sobald die Reiter eingetroffen seien, sie augenblicklich auf die Burg und in den Thronsaal zu führen.

Noch an Deck des Schiffes, als Troja aus der Ferne zu sehen war, hatte Odysseus zu Menelaos gesagt: »Die Stadt scheint uneinnehmbar. Sieh nur die gewaltigen Mauern!«

Nun, da sie mit den Pferden näher kamen, die beiden Dörfer auf den Anhöhen links und rechts der Ebene hinter sich gelassen hatten,

sagte Menelaos: »Ich kenne keine Stadt in Griechenland, die auch nur annähernd so befestigt ist!«
Vor ihnen auf dem Hügel Hisarlik lag Troja. Turmhoch ragten die Mauern in den blauen Himmel und stellten ein unüberwindliches Bollwerk dar, das nur die Götter gebaut haben konnten.
»Apollon selbst und Poseidon sollen sie errichtet haben«, sagte Menelaos.
»Man darf nicht alles glauben, was erzählt wird«, brummte Palamedes und rechnete bereits, daß es mehr als zehn Schritt hohe Leitern bedurfte, um die Mauer zu übersteigen.
Am Fuß des Hügels kamen sie an einer mächtigen Eiche vorbei, unter der ein Grabmal stand, dann führte sie der Weg hinauf den Hügel, und sie erreichten das riesige Skäische Tor.
»Wir sind Griechen, Abgesandte des Völkerfürsten Agamemnon«, sagte Palamedes zu einem der Soldaten, die das Tor bewachten, »bringt uns zu eurem König!«
Die Straße, die über den Marktplatz hinauf zur Burg führte, war gesäumt mit unzähligen Trojanern. Fremdartige und dennoch köstliche Gerüche erfüllten die Gassen. In den Türen und Fenstern der hübschen, gelben Häuser standen die Trojaner und winkten mit bunten Tüchern den Gesandten zu. »Willkommen!« riefen sie, doch als einziger der drei Griechen erwiderte nur Odysseus ihren Gruß.
Gebe es Zeus, daß wir willkommen sind mit unserer Botschaft, dachte er.
Schließlich erreichten sie die Burg und wurden über Marmortreppen und durch Säulengänge in den prächtigen Palast geführt. Ein Hauptmann der Trojaner geleitete sie in den von Gold und Silber schimmernden Thronsaal. Dort hatten der König und alle Ratsmänner, geschmückt mit den Insignien ihrer Würde, Platz genommen und warteten gespannt auf die Botschaft. Die Söhne des Priamos aber standen bewaffnet zu beiden Seiten des Königs, um vor den Griechen dieselbe Stärke zu zeigen, die jene mit ihren Harnischen vorführten.
Palamedes ergriff als erster das Wort. Er begann mit einer steifen, knappen Verbeugung vor dem trojanischen König: »Im Namen aller Griechen beklage ich bitter die schändliche Verletzung des Gastrechts, die sich dein Sohn Paris durch den Raub der Königin Helena,

der Gattin jenes Mannes hier, der Menelaos und König von Sparta ist, und seines gesamten Schatzes hat zuschulden kommen lassen.«
Gramvoll beugte Menelaos sein Haupt. »Sie und meine Schätze raubte er, als ich auf Kreta die Leichenfeier meines Großvaters richtete!«
Palamedes fuhr fort: »Der erste der Fürsten Griechenlands, der mächtige König Agamemnon von Mykene, schickt den Fürsten von Ithaka«, dabei deutete er auf Odysseus, »und mich selbst, der ich Palamedes heiße und der Sohn des Königs Nauplios von Nauplia bin, um die Herausgabe der Königin von Sparta, aller geraubten Güter und einer der Schmach entsprechenden Entschädigung zu erwirken.«
Priamos, seine Söhne und die Ratsherren schauten sich betroffen an, denn von all dem, was Palamedes da sagte, war ihnen nichts bekannt. Gerade wollte Priamos etwas entgegnen, da fiel ihm Palamedes barsch ins Wort: »Sollte unsere Forderung hier abgeschlagen werden, so nimm zur Kenntnis, König, daß in Aulis ein Heer von hunderttausend waffenstrotzenden Kriegern bereitsteht, schon morgen auf über tausend gutgerüsteten Schiffen nach Troja zu segeln und diese Stadt dem Erdboden gleichzumachen.«
Empörung breitete sich über die erschrockenen Gesichter der Trojaner aus: Was immer die griechische Gesandtschaft veranlaßte hierherzukommen, so wie dieser Palamedes redete man nicht mit Trojanern. Hektor, der stärkste und mächtigste aller Priamossöhne, zog sein Schwert aus dem Gürtel und schlug damit auf seinen Schild, und bald taten es ihm seine Brüder gleich.
»Du weißt nicht, ehrwürdiger König«, sagte Odysseus in einem viel versöhnlicheren Ton, »wie viele von uns durch deinen Sohn mit Leid beladen wurden. Griechen, die alle lieber sterben als daß auch nur einem einzigen durch einen Fremdling eine solche Kränkung widerfahre.«
»Aber wir werden nicht sterben«, schrie Palamedes, »wenn wir kommen, das Unrecht zu sühnen, sondern siegen! Denn unsere Krieger sind so zahlreich, wie du Sandkörner am Meer findest, und alle sind erfüllt von Heldenmut und brennen vor Begier, die Schmach zu tilgen. Darum sage ich ein letztes Mal: Gebt die Griechin, die ihr uns

gestohlen habt, heraus und erfüllt auch die weiteren Forderungen, sonst seid ihr alle des Todes.«
Die Trojaner empörten sich noch mehr und schlugen zornig und noch streitlustiger mit ihren Schwertern gegen die Schilde.
Priamos aber gebot Ruhe und sprach: »Ihr Fremdlinge, die ihr im Namen eures Volkes so strafende Worte an uns richtet, erlaubt mir, daß ich mich von meinem Staunen erhole. Dessen ihr uns beschuldigt, davon ist uns allen hier nichts bekannt. Ich habe meinen Sohn Paris zur Krönung des Königs Menelaos«, an dieser Stelle verbeugte sich Priamos vor Menelaos, »vollbeladen mit Geschenken und mit den besten Wünschen für eine glückliche Herrschaft, nach Sparta gesandt. Noch ist er von dort nicht zurückgekehrt. Wie mein Sohn Paris meinen königlichen Auftrag ausgerichtet, was er getan hat, und wo er weilt, weiß ich nicht. In meinem Palast und in unserer Stadt jedenfalls befindet sich kein griechisches Weib, dessen bin ich sicher. Ich kann eure Forderung nicht erfüllen, selbst wenn ich wollte. Kommt mein Sohn Paris, wie es mein Wunsch ist, aber nach Troja zurück, und bringt er eine entführte Griechin mit, so soll euch diese ausgeliefert werden, es sei denn, daß sie als Hilfesuchende unseren Schutz erfleht. Denn noch immer gewährten die Trojaner Hilfe denen, die darum baten.«
Diesen Worten stimmte der Rat der Trojaner zu. Palamedes wirkte verstockt und sagte: »Die Erfüllung unserer Forderung lassen wir von keiner Bedingung abhängig machen.«
Odysseus lenkte wieder ein: »Wir glauben dir, o König, daß die Gemahlin des Königs Menelaos noch nicht in den Mauern der Stadt weilt. Aber ich versichere dir, daß sie gegen ihren Willen aus Sparta entführt wurde. Sie ließ ja dort ihre neugeborene Tochter Hermione zurück. Wenn du uns jetzt ihre Auslieferung zusicherst, sobald sie kommt, wollen wir diese Unterredung als einen ersten Erfolg werten.«
»Bei Zeus, die Verhandlung führe ich!« zischte Palamedes.
Zu Priamos gewandt sagte er: »Ihre Entführung durch deinen unwürdigen Sohn ist nur allzu gewiß. Daß Helena nicht in Troja weilt, davon wollen wir uns selbst überzeugen. Zwei Bedingungen stellen wir, deren Erfüllung das Verderben von euch abwenden kann: Mit

deiner Erlaubnis werden unsere Soldaten, die bei den Schiffen warten, in Troja nach Helena und den geraubten Schätzen suchen. Sollten wir von beidem nichts finden, verlangen wir die bedingungslose Auslieferung, sobald du der Griechin und der geraubten Schätze habhaft wirst. Dies zu überprüfen, werden wir eine Abordnung hierlassen. Überlege unsere Forderung wohl!«

Als Palamedes seine Rede beendet hatte, begann ein großer Tumult im Saal.

»Wir sollten den Griechen eine Lehre erteilen; dergleichen hat man ja noch nicht gehört; prügelt sie raus aus unserer Stadt ...«

So schrien sie durcheinander, bis Antenor das Wort ergriff: »Trojaner, ich beschwöre euch, erniedrigt euch nicht vor euch selbst. Diese Gesandtschaft, mit welchem Anliegen auch immer sie zu uns kommt, genießt in dieser Stadt unserer aller Schutz. Ich will sie zu meinem Hause geleiten und sie dort bewirten, wie es Gästen gebührt. Euch aber bitte ich, beratet mit König Priamos, welche Antwort wir den Griechen morgen geben wollen.«

Der König lobte die Rede des Antenor und beendete die Versammlung. Wohl unter dem Gespött und unter Verwünschungen des Rates und der Söhne des Priamos, doch unter dem Schutz des Antenor, verließen Menelaos, Odysseus und Palamedes den Saal und begaben sich zum nahe dem Palast gelegenen Haus ihres Gastgebers.

Antenor nahm die Gesandten fürstlich auf. Seine Frau Theano, die eine Priesterin der Pallas Athene war und das Palladion, das hölzerne Gnadenbild der Göttin, hütete, bewirtete die Gesandten mit den Schätzen des Kellers und der Küche, und es hätte ein schöner Tag und ein schöner Abend werden können, wenn der Anlaß des Besuches ein anderer gewesen wäre. Doch darüber wurde kein Wort verloren, denn von Anfang an bat Antenor seine Gäste, diesen in seiner Anwesenheit nicht zum Gesprächsstoff zu erheben. Odysseus schenkte, als einziger der Boten, Antenor seine Zuneigung und plauderte von diesem und jenem, von der Ernte, von seiner fernen Heimat Ithaka. Dies tat auch Antenor und achtete dabei stets darauf, daß es seinen Gästen an nichts fehlte.

Als Helios am nächsten Morgen den Sonnenball über dem Berg Ida zum Glühen brachte, führte Antenor die Gesandten zur Burg zurück

und in den Thronsaal. Dort warteten bereits Priamos, seine Söhne und der Stadtrat auf ihr Eintreffen. Als sie sich gegenüber standen, ergriff Priamos das Wort: »Ruhmreicher König Menelaos von Sparta, vielgepriesener Odysseus, König von Ithaka, werter Palamedes, Bote des Völkerfürsten Agamemnon: Wie sehr bedauern wir es, daß dir, Menelaos, das Weib geraubt und der Schatz entführt wurde. Ich selbst kann nachvollziehen, wie sehr der Verlust dich schmerzen muß, habe ich doch ein ähnliches Schicksal erlitten. Denn als meine Schwester Hesione im blühendsten Alter war, kam Herakles, der Griechen berühmtester Held, nach Troja und raubte sie mir. Lange hegte ich Pläne, mich an den Griechen zu rächen, doch als ich erfuhr, daß Herakles Hesione dem Fürsten Telamon, dem König von Salamis, schenkte und dieser sie zur Gemahlin erhob, ließ ich ab von meinen finsteren Plänen. So bitte ich auch euch, abzulassen von kriegerischen Gedanken, zumindest so lange, bis endgültig geklärt ist, ob sich alles so zugetragen hat, wie ihr behauptet.«
Da unterbrach ihn Palamedes: »Was zu unserer Väter Zeiten Herakles, der längst gestorben ist, euch angetan hat, dafür sind wir nicht mehr verantwortlich. Aber was einer deiner Söhne uns jetzt an empörender Kränkung zugefügt hat, dafür verlangen wir Genugtuung. Hesione hat Telamon willig geehelicht, sie selbst schickt ja ihren eigenen Sohn Teuker, den Halbbruder des gewaltigen Ajax', in diesen Krieg, um das Unrecht, das uns angetan wurde, zu sühnen. Helena aber ist gegen ihren Willen geraubt worden. So begnüge dich in deiner Antwort darauf, ob du die Bedingungen, die wir dir gestern stellten, erfüllen willst.«
Auf diese Rede hin erhob sich erneut Tumult im Saal, doch Priamos gebot Schweigen.
»So höre denn unsere Antwort, du zorniger Bote: Eher stürzen die Türme des Olymp, als daß Griechen gegen unseren Willen die Häuser Trojas durchsuchen. Was aber Paris und Helena betrifft, habe ich dem, was ich gestern schon sagte, nichts hinzuzufügen. Wenn Paris den Schatz des Menelaos geraubt hat, sollt ihr ihn wiederhaben bis auf den letzten Heller, und ich will euch dazu eine Entschädigung zahlen, die eure Wünsche nach Sühne befriedigt. Auch sollt ihr Helena wiederbekommen, wenn sie geraubt wurde. Kommt sie aber

als Schutzflehende in mein Haus, so kann sie hier bleiben, solange sie will. Das, ihr Griechen, ist meine Antwort an König Agamemnon. Sagt ihm aber auch dies: So sehr wir Trojaner den Frieden wünschen, fürchten wir euren Angriff nicht, denn Troja ist uneinnehmbar. Ihr selbst habt die hohen, unüberwindbaren Mauern gesehen, die unsere Stadt schützen, und die gutbewehrten Tore. Noch niemals, seit diese Mauern stehen, ist es einem Fremdling gelungen, gegen unseren Willen die Stadt zu betreten. Dies soll auch für die Griechen gelten, und kämt ihr mit tausend mal tausend Kriegern und würdet zehn mal zehn Jahre die Festung belagern, es würde euch nicht gelingen. Wir fürchten euch nicht, denn unsere Krieger sind stark und mutig wie Löwen, unsere Kammern sind bis oben hin mit Vorräten gefüllt, unsere Brunnen sind unerschöpflich, und die Zahl der tapferen Verbündeten ist groß.«

»O einfältiger König Priamos«, entgegnete Palamedes, »der Tag wird kommen, an dem du wünschtest, du hättest diese Worte nie gesprochen. Denn laut und schrecklich wird das Geheul der Trojaner sein, wenn Feuerbrand eure Häuser frißt und nur noch Greise, Frauen und Kinder in den Gassen umherirren und um Gnade winseln, da sämtliche Krieger, die sie schützen könnten, längst tot und gefallen sind, erschlagen von den schrecklichen Waffen tapferer Griechen.«

Bei dieser barschen Rede ging ein Aufschrei durch den Rat der Trojaner: »Tötet sie, erdolcht diese griechischen Hunde, damit niemals wieder jemand es wage, uns so zu beleidigen!«

An eine Weiterführung der Verhandlung war nun nicht mehr zu denken. Noch ehe Priamos die Versammlung auflösen konnte, stürzten die Räte in alle Richtungen davon, liefen durch Burg und Stadt und wiegelten die Bevölkerung gegen die Griechen auf. Als Palamedes, gefolgt von Menelaos und Odysseus, hinunter zum Skäischen Tor ging, war wieder viel Volk auf den Straße zusammengekommen, doch diese Mal keineswegs in freundlicher Absicht. Laut stießen die Menschen Beschimpfungen hervor, manch einer warf gar mit Steinen. Daß ihnen kein Leid geschah, war einzig Antenor zu verdanken, der immer wieder zum aufgebrachten Volk rief: »Laßt ab, ihr Trojaner, ehrt und befolgt das Recht der Gesandtschaft!«

So kamen die Griechen unverletzt zum Tor, bestiegen ihre Pferde und ritten hinunter zu den Schiffen am Strand. Dort setzten sie unverzüglich Segel und machten sich auf den Weg zurück zu den Gestaden von Aulis und Euböa.

Nur nicht Odysseus; der segelte mit seinem eigenen Schiff nach Delos, der Kykladeninsel, wo die Göttin Leto, auf der Flucht vor der vor Eifersucht rasenden Hera, die von Zeus gezeugten Kinder Apollon und Artemis geboren hatte.

»Ich werde das Heiligtum Apollons aufsuchen und dem Gott drei Widder opfern, denn ohne seine Hilfe können wir die Mauern Trojas niemals überwinden!« sagte Odysseus. »Danach will ich den Priesterkönig Anios befragen, uns Aufschluß zu geben, ob wir Troja einst besiegen werden oder im Kampfe unterliegen. Höchstens zwei Tage nach euch werde ich in Aulis eintreffen.«

Gern hätte Palamedes Odysseus' Reisewunsch vereitelt: »Delos, wie ich es kenne, ist ein Volksfest, nicht ein Ort, die Götter zu befragen. Wir aber rüsten zum Krieg und haben für solcherlei Späße kein Verständnis!«

Mehr denn je war sein Herz erfüllt von Zorn und Mißgunst gegen »Agamemnons Liebling«, wie er ihn nannte, doch Menelaos hielt ihn zurück.

»Wir sollten ihm den Wunsch gewähren. Vergiß nicht, Palamedes, er ist der König Ithakas.«

Mit seinem schönsten Schiff, das den Namen »Penelope« trug und dessen Navigator Elpenor war, segelte Odysseus bei sachtem Nordwind durch die tiefblaue Ägäis und erreichte zwei Tage später das kleine Eiland Delos inmitten der Kykladen.

»Noch nie habe ich ein so klares, alles durchdringendes Licht gesehen!« rief Elpenor, als sie am letzten freien Liegeplatz im Hafen der heiligen Insel anlegten, »es macht den Kopf wirr und zugleich die Sinne munter!«

»Es ist der Schimmer des Gottes Apollon, der hier leuchtet«, antwortete Odysseus.

»Ob es wohl wahr ist«, fragte Elpenor, »daß Delos einst schwamm und erst Poseidon es mit seinem Dreizack an einer diamantenen Säule festspießte, die aus dem Meeresboden ragte?«

»So mag es wohl gewesen sein«, sagte Odysseus, »wenn ich geopfert habe, will ich den Priester Anios fragen, vielleicht kann er mir Auskunft geben. Dich aber und die Gefährten bitte ich, das Schiff nicht aus den Augen zu lassen. Geht an Land, wenn ihr wollt, doch laßt Wachen zurück, denn nicht jeder dieser Menschen, die ich im Hafen sehe, scheinen mir der Opfer und der Gebete wegen hier zu sein. Morgen, wenn ich wiederkehre, möchte ich alles bereit finden für unsere Fahrt nach Aulis.«

Delos war überwältigend, ein einziges großes Freudenfest. Wo er auch hinsah, waren fröhliche und lachende Menschen unterwegs, und überall stiegen Rauchschwaden von gebratenem Fleisch empor.

Hauptsächlich vier Götter wurden hier verehrt. Apollon war das größte Heiligtum geweiht, aber auch Artemis und deren Mutter Leto sowie Dionysos hatten ihre Tempel, einer schöner und herrlicher als der andere. Vom Hafen ging Odysseus zuerst in den Artemisbezirk, wo Schützen und Jäger der Göttin opferten. Wildschweinohren und Pfeile warfen sie ins Feuer, das der hehren Göttin brannte, nur vom Wein, so schien es ihm, opferten sie wenig, den tranken sie lieber selbst.

Zu Dionysos' Tempel, dem Gott des Weines und der Fruchtbarkeit, führte ein Weg aus geglätteten Marmorplatten, den riesige, zum Himmel ragende Phallosmonumente zierten. Manch einer verrichtete darunter sein Gebet, andere lachten, und besonders die Frauen konnten von den riesenhaften Gliedern ihre Augen nicht abwenden.

Odysseus zog es erst zum Heiligtum Apollons. Hier gruppierten sich um drei prächtige Säulenhallen mehrere Versammlungsräume und auch kleinere Tempel, vor allem aber Verkaufsstände für Vieh und Wein. Lebende Widder, Schafe und Rinder wurden dort ebenso feilgeboten wie Schweinehälften oder Schenkel und Innereien. Für die weniger Begüterten gab es Geflügel. Menschenlachen mischte sich mit Viehgebrüll und Hühnergackern: Noch nie hatte Odysseus auch nur etwas Ähnliches gesehen. Gebet und Opfer, wie er es bisher verstanden hatte, arteten hier aus zur Volksbelustigung.

Unter freiem Himmel stand das mächtige Poseidondenkmal, ein Koloß aus Marmor, groß wie ein Turm, der in der Hand einen silbernen Bogen hielt. Mädchen und Knaben in wallenden Gewändern tanzten um die Statue und sangen den Gott verherrlichende Lieder.

Wer ein lebendes Tier kaufte, das mindestens fünfmal so teuer war wie an jedem anderen Ort in Griechenland, durfte sich dem geheimnisvollen, weißbärtigen Priester Anios nähern.
»Er ist der Sohn des Gottes selbst!« flüsterten die Gläubigen und warfen sich vor ihm auf die Knie.
Die Tiere ließ Anios von seinen Knechten auf den mächtigen Altarblock legen, schlachten und verbrennen, dann fragte er die Opfernden nach ihren Namen und ihrer Herkunft, und schließlich bat er Apollon um Gunst für die edlen Spender.
Odysseus kam mit drei ausgewachsenen schwarzen Widdern. Wie ein geübter Landmann, drei Tiere mit Leichtigkeit am Riemen führend, und dennoch stolz wie ein Herrscher trat er vor Anios hin und sprach: »Ich bin Odysseus, König von Ithaka, Same, Zakynthos und Dulichion, ich bitte dich, diese drei schönen Tiere deinem Vater als Opfer darzubringen.«
»Ich wußte, daß du Odysseus bist«, sagte Anios, »und ich weiß auch, was du begehrst. Du bittest mich um Weissagung für euren Waffengang nach Troja.«
Freudig überrascht beugte Odysseus sein Knie vor dem Gottesmann und fragte: »Wie kannst du dies wissen, da du mich doch niemals sahst?«
»Ist nicht eben dies der Grund, weshalb du hier bist, da mir mein Vater Apollon die Gabe des Sehens in die Wiege legte?« erwiderte Anios. »Doch bevor ich dir das Schicksal künde, vernimm dies: Sei heute abend Gast in meinem Hause, denn du bist ein König, beim Festmahl will ich dich vor aller Augen ehren.«
Bis die Leiber der Widder verbrannt waren, schwieg der Priester, war versunken in sich selbst, dann sagte er: »Du wirst Troja einst besiegen, doch erst spät wird dir der Ruhm zuteil, denn ihr Fürsten achtet die Götter nicht.«
»Welchen Göttern sollen wir opfern, um ihre Gunst zu erwerben?« fragte Odysseus entsetzt.
»Nicht allein die Opfer sind es, die sie uns gnädig gesonnen machen«, murmelte der Priester, »sie wollen auch, daß wir ihre Gebote achten und ihre Priester ehren.«
Mit einer Handbewegung deutete er Odysseus an, daß die Weis-

sagung zu Ende sei. Als Odysseus sich schon erhoben hatte, sagte Anios: »Verkünde dies noch deinem Navigator: Einst stand am Firmament eine Sternenfrau, sie war die Schwester der Göttin Leto, ihr Name war Asteria, und sie war sehr schön. Deshalb stellte Zeus ihr nach. Da aber Asteria die Gemahlin des Titanen Perses war, dem sie die Göttin Hekate gebar, floh sie vor Zeus und fiel als schwimmende Insel in dieses Meer. Erst Poseidon machte sie an vier Säulen fest, doch nicht aus Diamant. Delos, die Erschienene, ruht auf Granit.«

Sprachlos vor Erstaunen entfernte sich Odysseus. Woher hatte Anios von dem Gespräch gewußt, das er mit Elpenor geführt hatte? Er war wahrhaftig Apollons Sohn!

Vom Tempel der Leto, der hinter dem Apollons lag, schlenderte er über eine breite, steingeflieste Straße, die sechzehn überlebensgroße, kunstvoll gehauene Löwen aus goldschimmerndem Marmor säumten, zum heiligen See. Dorthin, so sagte man, habe sich Leto vor dem Zorn der Göttermutter Hera geflüchtet und ihre unsterblichen Kinder Apollon und Artemis zur Welt gebracht.

»Du wirst Troja einst besiegen«, hatte Anios gesagt. Dieser Spruch ging ihm nicht mehr aus dem Sinn. Tief in Gedanken umrundete er den See. Da stand eine Palme von herrlich schlankem Wuchs, die wohl der einzige Baum der kleinen Insel war und zu deren Füßen er sich setzen wollte. Als er hingelangte, stand dort ein Mädchen an den Stamm gelehnt, schön wie eine Blüte im Frühling. In sanften Locken fiel ihr das schimmernd braune Haar um die zarten Wangen, feingliedrig und hochgewachsen war ihr Körper, ihr blaues Kleid glänzte wie von Seide. Staunend stand Odysseus vor der Jungfrau, fast schien sie ihm noch ein Kind, da trafen sich ihre Blicke und er sagte: »Nie sah ich ein Mädchen, dessen Wuchs und Schönheit so sehr dem Baume glich, an dem du lehnst. Fast möchte ich meinen, du seist kein Mensch, sondern vielmehr eine Göttin!«

Schamhafte Röte zog sich über das Gesicht des Mädchens, als sie erwiderte: »Auch du, so will mir scheinen, bist einem göttlichen Schoß entsprungen, denn nur selten sind Menschen von so vornehmer Gestalt wie du. Doch nun geh! Mein Vater, der mich bat, hier auf ihn zu

warten, erlaubt es nicht, daß ich mit Fremden spreche, da ich noch Jungfrau bin.«
Abends, als Odysseus im Palast des Anios beim Festmahl saß, sah er sie unter all den vielen Gästen, die im prunkenden Saal versammelt waren, wieder.
Laut hatte der Herold seinen Namen verkündet und ihn unter dem Jubel aller Gäste zur Seite Anios' geleitet.
»Wer ist diese Jungfrau?« fragte er den Priester. »Ich sah sie heute bei der Palme stehen, der sie in Wuchs und Schönheit völlig glich.«
»Sie ist die Tochter des alten Rhexenors, eines Fürsten der Phaiaken. Bald kehrt sie zurück nach Scheria, um sich dort mit dem König zu vermählen.«
»Wie sehr beneide ich diesen König«, schwärmte Odysseus, »denn nie habe ich ein schöneres Mädchen gesehen.«
Da Anios alt war und langer Feiern überdrüssig, dauerte es nicht lange, bis er die Tafel aufhob. Eine Schaffnerin führte Odysseus zu seinem Gemach im Gästehaus des Priesters, doch an Schlafen wollte er noch nicht denken. Mit einem Becher Wein vor sich saß er auf dem Altan, auf den seine und noch andere Kammertüren mündeten, und bewunderte die Sterne, die funkelten, wie er es noch nie gesehen hatte. Weißleuchtend beschien der Mond den Hafen, genau konnte er die Umrisse seines Schiffes sehen, da öffnete sich eine der Türen und heraus trat eben jene Phaiakin, die er unter der Palme gesehen hatte, in einem durchschimmernden Nachtgewand. Fast wäre ihm das Herz stehengeblieben, als er sie erblickte, und auch sie erschrak, als sie ihn im Mondlicht sitzen sah. Eine halbe Ewigkeit, so dachte er, stand sie mit geweiteten Augen und offenem Mund vor ihm, bis sie sich endlich umwandte und in ihrer Kammer trat, die Türe jedoch offenließ. Odysseus' Herz schlug bis zum Hals, als er ihr nachging. Sanftes Mondlicht drang durch den Fensterbogen ein und schien auf ihren kaum bedeckten, herrlichen Körper. Da kniete er sich vor das Bett, mit zärtlicher Hand schob er ihr Nachtgewand die schimmernd zartbehaarten Beine hinauf, zog es über ihre runden Schenkel, über ihre Scham, den glatten Bauch hinauf und über die jungen, knospenden Brüste. Dann legte er sich zu ihr und bedeckte ihren Leib und ihr Gesicht mit tausend Küssen. Stöhnend vor Verlangen zog nun auch sie an seinen Kleidern, bis

er nackt war, und umarmte diesen starken fremden Mann. Lange lagen sie engumschlungen im süßen Liebesspiel, bis sie die Schenkel öffnete und ihm »Nimm mich, Odysseus« ins Ohr flüsterte. Da drang Odysseus in ihre sanfte Weichheit ein. Ein leiser, unterdrückter Schmerzensruf ließ ihn innehalten, doch dauerte er nur einen kurzen Augenblick. Um so fordernder schloß sie nun ihre Beine um seinen Körper. Schweiß stand auf ihrer Stirn, und Tränen flossen aus ihren Augen, als Odysseus kam. Doch als er sich in sie verströmt hatte, blickten ihn glücklich lächelnde Augen aus feuchten Wimpern an.
Bis Eos, die Göttin der Morgenröte, den finsteren Schleier der Nacht hinweggehoben hatte, waren sie zusammen gewesen. Noch zweimal hatten sie sich in dieser Nacht geliebt, bis endlich Schlummer auf ihr jugendliches Antlitz fiel. Odysseus aber erhob sich, küßte sie und schlich wie ein Dieb aus der dunklen Kammer. Als Helios den goldenen Sonnenwagen aus dem Meer gezogen hatte, sah er bereits die Umrisse Delos' im Morgendunst versinken.

5

»Die Ausrüstung der Flotte ist abgeschlossen«, sagte Agamemnon zu Ajax. »Auch Achilles' Schiffe sind angekommen. Solange Palamedes, Odysseus und Menelaos noch nicht zurück aus Troja sind, könnten wir doch Jagen gehen. Kommst du mit? Auf Euböa soll es herrliche Eber und Hirsche geben.«
»Ein wunderbarer Vorschlag, Agamemnon, wollen wir doch sehen, wer von uns beiden der bessere Jäger ist.«
»Ha, wie kannst du nur fragen«, höhnte Agamemnon, »da du doch weißt, daß selbst Artemis es nicht vermag, meine Jagdkünste zu übertreffen!«
Ajax runzelte nachdenklich die Stirn, denn der Vergleich mit der Göttin schien ihm überzogen. »Kühn gesagt«, antwortete er, »aber noch lange nicht entschieden. Du magst zwar im Führen von Völkern der Mächtigere sein, doch den Bogen zieht keiner so wie ich, und keiner der Griechen, der den Speer auch nur halb so weit schleudert.«

»Hoho«, rief Agamemnon, »diese Herausforderung nehme ich an! An der Strecke des erlegten Wildes wollen wir messen, wer von uns beiden der trefflichere Schütze ist.«

»Ihr geht jagen?« fragte Teuker, Ajax' Halbbruder und Sohn des Königs Telamon von Ägina, der gerade mit Kalchas des Weges kam.

»Ajax will ein besserer Schütze sein als ich«, rief Agamemnon belustigt, »obwohl er doch weiß, daß mein Speer niemals fehlgeht. Möchtest du nicht mit uns kommen, Teuker, und in diesem Wettstreit ein für allemal ein Urteil fällen?«

»Wenn Kalchas mich freigibt«, sagte Teuker, der selbst ein vortrefflicher Bogenschütze war, »komme ich sehr gerne mit euch.«

»Begleite ruhig die Herren zur Jagd als Richter, wer der bessere Schütze sei«, meinte Kalchas, »doch hüte vor allem das Recht der Göttin Artemis: Ihr ist nicht nur die Insel, sondern auch die Hirschkuh geweiht, die allein ihrer Jagd vorbehalten ist.«

»Wir wollen die Göttin nicht beleidigen«, rief Agamemnon, »sondern ihr vielmehr nach unserer Rückkehr reichlich opfern!«

Im großen Götterhain auf der Anhöhe hinter dem Lager war schon lange kein Fest mehr gefeiert worden. Was für ein wunderbarer Anlaß, dachte Agamemnon, dem ganzen Heer zu zeigen, wer der beste Jäger ist: Ich natürlich!

Er zweifelte keinen Augenblick, daß er den Wettkampf gewinnen würde. Kalchas war zufrieden und sagte: »So will ich den Hain zum Opfer vorbereiten lassen.«

Die drei Fürsten ließen sich die besten Pferde zäumen, bewaffneten sich mit Pfeilen, Bogen und Speeren, brachten alles auf einen Nachen, der für sie bereit lag, und segelten los zur waldigen Insel. Noch auf der Fahrt gelobten sie, der Artemis das erste Wild, das sie erlegten, nach ihrer Rückkehr im Hain zu verbrennen. Die Reise dauerte nur kurz, denn es wehte ein kräftiger Wind, der sie schnell über die Meerenge brachte. Gleich nachdem sie den Nachen am Ufer vertäut hatten und an Land gingen, sah Ajax ein Wildschwein am Waldrand äsen.

»Ruhig«, flüsterte er und nahm den Bogen in Anschlag. Dann schoß er den Pfeil, und es war ein meisterlicher Schuß. Noch zwei, drei

Schritte versuchte die Sau zu fliehen, dann brach sie schnaubend zusammen und war tot.
»Es wird eine gute Jagd!« rief Ajax hocherfreut.
Teuker schleifte das erlegte Wild zum Nachen, bedeckte es mit Zweigen, damit nicht Raubmöwen sich am Opfertier der Artemis vergriffen, dann trieben sie ihre Pferde an, und wie der Sturmwind brausten sie davon, bis sie zu einer Lichtung kamen. Hier stiegen sie ab, banden die Pferde fest und gingen mit ihren Waffen im Anschlag leise und immer hinter den Bäumen Deckung suchend dem Wild entgegen. Da, auf einmal, hörten sie vor sich ein Geräusch. Stille. Dann wieder, als ob ein Zweig zerbräche. Die Helden schlichen näher. Nun sah Agamemnon es weiß aufleuchten. Es war das Hinterteil, der Spiegel eines Rotwilds, das gerade an den jungen Trieben einer Eiche fraß. Ganz deutlich glaubte Agamemnon, auch ein Geweih durch die Zweige zu erkennen. Da nahm er seinen Speer, und mit zwei Schritten Anlauf und einer mächtigen Bewegung schleuderte er ihn voller Wucht. Der Speer saß. Das Tier warf seinen Kopf in den Nacken, hielt einen Augenblick in aller Bewegung inne, dann stürzte es wie ein Fels zu Boden.
»Welch herrlicher Wurf!« rühmte Teuker, doch als sie näher traten, weitete Entsetzen ihre Augen. Es war kein Hirsch, den Agamemnon da erlegt hatte, sondern eine Hirschkuh.
»Bei Zeus und allen Göttern«, rief Ajax bestürzt, »du hast eine Hindin der Artemis getötet!«
»Und wenn schon«, rief Agamemnon verärgert und riß seinen Speer aus der Flanke des Kadavers, »so werden wir der Göttin eben beide Tiere opfern: Du deine Sau und ich meine Hindin! Das wird sie sicherlich besänftigen.«
Dennoch waren sie alle drei zutiefst erschrocken, und die Lust zum Jagen war ihnen gründlich vergangen. Agamemnons Tat war die schlimmste Beleidigung, die man der Göttin hatte zufügen können.
»Ich habe doch genau das Geweih gesehen«, sagte er.
»Du hast dich geirrt. Es waren die Zweige der Eiche«, sagte Ajax.
»Ach, sei doch endlich still!« schrie Agamemnon.
So stritten sie erst, dann standen sie ratlos. Schließlich luden sie die tote Hindin auf Agamemnons Pferd und ritten mißmutig zum Strand

zurück, wo der Nachen lag. Als Teuker das Segel aufziehen wollte, sagte Ajax: »Du brauchst das Segel gar nicht erst zu setzen, wir haben keinen Wind.«

Ungläubig prüfte Agamemnon das Gewässer. Ajax hatte recht: Auf der ganzen Meerenge regte sich kein Lüftchen. Es herrschte völlige Windstille!

»Dann müssen wir eben rudern«, sagte Teuker, ergriff die Ruderstangen und steuerten das Boot mit eigener Kraft nach Aulis.

Im Hafen herrschte Aufregung. Um Kalchas hatte sich eine Schar von Fürsten und Seeleuten versammelt, die besorgt das Meer betrachteten, denn schlagartig und ohne ersichtlichen Grund hatte der Wind ausgesetzt.

»Was ist mit dem Wind, Kalchas«, fragte Diomedes, »daß er ausbleibt ist doch ungewöhnlich?«

Kalchas sagte nichts, doch auf seinem Gesicht bildeten sich Sorgenfalten. Und nun sahen sie auch den Nachen, in dem sich die drei Fürsten über die glatte See plagten. Als sie endlich angelegt und das Boot ans Ufer gezogen hatten, sah Kalchas die erlegte Hindin. Da rief er voll Entsetzen: »Bei Zeus, nun weiß ich, weshalb der Wind ausblieb! Ihr Unglückseligen, was habt ihr getan!«

Verzweifelt warf sich der alte Mann zu Boden, schlug mit dem Kopf gegen den Sand und betete zur Göttin Artemis: »Vergib die schreckliche Beleidigung. Nimm zum Opfer, was du begehrst, nur sende uns den Wind zurück!«

Agamemnon liefen kalte Schauer über den Rücken: »Laßt uns alle um Vergebung beten«, sagte er beklommen, »und der Göttin beide Tiere opfern.«

»Flehe mit all deiner Kraft«, rief Kalchas, »daß sie es gnädig aufnehme!«

Obwohl Kalchas größte Zweifel hatte, daß ein solches Unrecht je zu sühnen war, verbrannte er der Artemis die Beute. Doch der Rauch stieg nicht zur Göttin auf, sondern verharrte in dichten Schwaden am Boden.

Einen ganzen Monat herrschte absolute Windstille in Aulis. Kein Lüftchen bewegte sich, das Meer lag wie ein Spiegel, und die drückend schwüle Hitze lastete wie Bleigewichte auf den Gemütern der Krieger. Bald verbreitete sich im Lager Unmut, denn jeder spürte, daß der Kriegszug stockte. Dann kam es sogar zu Streitigkeiten. Diomedes und Aias berichtete von Unruhen und von Prügeleien unter den Volksgruppen, weil die zum Kampf bereiten Krieger nicht mehr zu zügeln waren. »Auf nach Troja! Auf nach Troja!« scholl es von überall her, und besonders zur Nacht, wenn die Krieger Wein tranken, klangen ihre Rufe schauerlich über die Bucht: »Tod den Asiern!« Der Wunsch nach Vergeltung hatte sie gepackt und wurde übermächtig. Kalachas betete Tag und Nacht um ein Orakel, doch von der Göttin Artemis kam nicht das geringste Zeichen. Vor allem aber kam kein Wind.

Da sichteten die Wachen eines Morgens Schiffe. An den Klippen von Marathon vorbei schoben sie sich träge auf das Heerlager zu. Schlaff hingen die Segel an den Rahen. Der geringe Antrieb kam von Ruderern, die im Schweiße ihres Angesichts, dem Takt des Navigators folgend, sich in die Riemen legten. Es waren die Schiffe des Palamedes und des Menelaos, die aus Troja zurückkamen. Als nach einer Zeit, die allen endlos lang erschien, die Schiffe festmachten, stiegen die Heerführer an Land und berichteten im großen Versammlungszelt den anderen Griechenfürsten von der großen Windstille, die über der ganzen Ägäis lag und die ihre Rückkehr verzögert hatte; dann erzählten sie, was sie in Troja erlebt hatten, und schließlich verkündete Palamedes die erwartete Nachricht: »Es ist Krieg!«

Doch es wollte kein Jubel aufbranden, der normalerweise dieser Botschaft hätte folgen müssen. Menelaos fragte Agamemnon: »Weshalb seid ihr denn so bedrückt?«

»Ja, siehst du's denn nicht selbst, daß uns der Wind fehlt. Wie sollen wir nach Troja kommen ohne Wind?«

»Der wird schon wieder blasen«, sagte Menelaos. »Warte noch zwei, drei Tage zu.«

»Wird er nicht!« schrie Agamemnon.

»Warum nicht?«

»Weiß ich nicht, frag lieber Kalchas!«

Menelaos ließ nach dem Seher schicken. Der erzählte den Heimkehrern die schreckliche Geschichte, die Agamemnon auf Euböa angerichtet hatte: »Es wird kein Wind aufkommen«, endete der weise

Greis, »der uns nach Troja trägt, bis die Göttin einen Wunsch geäußert hat, den wir ihr erfüllen müssen.«
Da waren alle niedergeschlagen, und ein jeder Fürst zog sich zurück zu seinem Zelt.
Noch eine ganze Woche blieb es windstill. Inzwischen war auch Odysseus unter großen Mühen zurückgekehrt und hatte die schreckliche Nachricht vernommen. Es brodelte im Heer. Die Streitlust unter den Soldaten wurde immer größer, und täglich wurden Handgreiflichkeiten gemeldet. Eines Morgens jedoch ertönten Fanfarenklänge, die die Fürsten ins Versammlungszelt beriefen. Schwer atmend wankte Kalchas herein, stützte sich auf seinen Stock und fing mit zitternder Stimme an zu sprechen: »Könige und Fürsten, ich habe eine grausame Weissagung zu machen.«
Kalchas ließ seine Augen über die starren Gesichter der Fürsten gleiten, bis er bei Agamemnon innehielt: »Höre, was die Göttin fordert: Wenn du ihr deine Tochter Iphigenia opferst, wird sie versöhnt sein und uns Fahrtwind schicken.«
Die Worte des Sehers raubten Agamemnon fast den Verstand. »Kalchas, bist du von Sinnen?« flüsterte er und wurde weiß wie eine Wand.
»Nicht ich fordere das, die Göttin Artemis will es haben: das erstgeborene Kind des Feldherrn!«
Agamemnon konnte und wollte das nicht glauben: ein Menschenopfer? Seine kleine Tochter Iphigenia? Ungläubig starrte er Kalchas an, dann ging sein Blick von Fürst zu Fürst. Keiner konnte ihm in die Augen blicken, alle senkten ihr Haupt.
»Das kann ich nicht tun, ich bringe es nicht übers Herz«, sagte Agamemnon tonlos in die Stille.
Da erhoben sich die Fürsten, langsam, einer nach dem anderen, und verließen das Zelt. Zum Schluß blieb Agamemnon in seiner Verzweiflung ganz allein zurück und verlebte eine grauenvolle Zeit.
Am nächsten Morgen befahl der Völkerfürst, das ganze Heer antreten zu lassen. Den Herold Talthybios ließ er mit seiner hellen Stimme laut verkünden, wie die Forderung der Göttin lautete und daß er, weil er keinen Kindsmord auf sein Gewissen laden könne, sofort vom Oberbefehl über das Heer zurücktrete.

Da aber empörten sich die Fürsten und die Völker, denn nichts Schlimmeres hätten sie sich in dieser hoffnungslosen Zeit vorstellen können, als plötzlich führerlos zu sein. An einigen Stellen drohten Krawalle auszubrechen. Die Soldaten zogen ihre Schwerter, schwangen sie wütend in der Luft und riefen immer wieder: »Auf nach Troja, auf nach Troja!«

Da meldete sich Odysseus zu Wort und konnte nur mit Mühe die Leute wieder beruhigen.

»Wollt ihr den Krieg?« schrie er in die Massen hinein. Da schlug ihm ein tausendfaches »Ja!« entgegen. Odysseus rief: »So werden wir nach Troja ziehen. Wir werden Troja besiegen, so wahr wir Griechen sind!«

Das Heer schrie: »Ja, koste es, was es wolle, auf nach Troja!«

Menelaos suchte seinen Bruder in seinem prunkvollen Feldherrnzelt auf und war so erregt, wie Agamemnon ihn noch nie zuvor gesehen hatte.

»Du warst derjenige«, fauchte er, »der auf Krieg gegen Troja drang und allen Völkern Griechenlands kundtat, daß die Schmach des Gattenraubs nicht auf mir und auf uns allen sitzenbleiben könne.«

Agamemnon saß reglos an seinem Tisch und schwieg.

»Ich hätte es überlebt«, schrie Menelaos, »und alle anderen auch, aber du mußtest ja unbedingt dieses gewaltige Heer zusammenstellen und fortwährend aufstacheln. Und jetzt meinst du, da alle angetreten sind und auf Vergeltung brennen, soll es ein anderer führen? Vielleicht ein anderer sein Kind opfern? Womöglich ich, daß ich zur Gattin nun auch noch die Tochter verliere? Wer hat denn die Hindin der Artemis getötet? Das warst doch du! Nun stell dich auch!«

»O Bruder«, haderte Agamemnon, »ich weiß es ja. Aber ich kann nicht mein eigenes Kind töten. Du hast Iphigenia lange nicht gesehen, aber du würdest sie ebenso lieben wie ich, denn sie ist so schön wie eine Göttin. Und denke an meine Gattin Klytämnestra, sie wird der Opferung niemals zustimmen.«

»Du bist doch sonst ein kluger Mann«, spottete Menelaos, »der immer einen Ausweg weiß. Nun nimm dein Schicksal in die Hand und mach es nicht zur Last von anderen.«

»Nicht um diesen Preis«, murmelte Agamemnon.

Nun aber war es um die Ruhe des Menelaos vollends geschehen: »Der Preis wird noch viel höher«, schrie er, »wenn du jetzt nicht handelst! Willst du, daß sie uns alle umbringen?«
So zornig kannte Agamemnon seinen Bruder nicht, aber er wußte, daß er recht hatte. Er selbst hatte schon Rufe in der Nacht gehört: Tod den Atriden! Agamemnon vergrub sein Haupt in seine Arme und stöhnte: »Dann muß es eben sein! Ich werde Klytämnestra eine Botschaft schicken, daß sie mit Iphigenia nach Aulis kommt.«
In der Nacht, die er rastlos verbrachte, kam ihm der Gedanke, er könnte Klytämnestra schreiben, sie solle Iphigenia ins Lager bringen, damit er sie dem Göttersohn Achilles zur Frau gebe. Vielleicht war das ein Ausweg? Als der Morgen graute, rang er sich schließlich dazu durch und teilte es Menelaos mit: »Ich schicke einen Boten nach Mykene, der dort vermelden soll, daß es mein Wille ist, Iphigenia mit Achilles zu vermählen.«
Menelaos war einverstanden, aber er bestand darauf, daß Agamemnon den Brief vor seinen eigenen Augen schrieb, und er blieb so lange bei ihm, bis der Reiter mit der Botschaft aufgebrochen war.
Kaum war der Bote weggeritten, bereute Agamemnon den Entschluß, denn er stellte keine Lösung dar. Tagelang haderte er und quälte sich vor Sorge, ließ keinen Menschen an sich heran; dann konnte er nicht mehr anders. Mit einem zweiten Boten, von dem er wußte, daß auch Klytämnestra ihm vertraute, schickte er einen neuen Brief: Komme nicht, ich habe mich besonnen, die Heirat muß aufs nächste Jahr verschoben werden.
Menelaos aber, der Agamemnon überwachen ließ, fing den Boten ab, riß ihm das Schreiben aus der Hand und zerbrach das Siegel. Mit dem Blatt in der Hand betrat er das Zelt seines Bruders.
»Es gibt doch nichts Schlimmeres als den Wankelmut!« schrie er dem verzweifelten Völkerfürsten ins Gesicht. »Mal sagst du ja, dann wieder nein, dann wieder ja, dann wieder nein!«
»Es muß ein anderer das Heer nach Troja führen«, sagte Agamemnon, »ich kann es nicht.«
»Also so ist das«, sagte Menelaos. »Du erinnerst dich wohl nicht mehr, wie begierig du auf diese Feldherrnwürde warst und wie du vor schierer Lust branntest, das Heer nach Troja zu führen? Wie du

jedem König Griechenlands die Füße lecktest, nur um als Völkerfürst gewählt zu werden?«

Agamemnon konnte nichts darauf erwidern. Doch Menelaos war mit seinen Klagen längst nicht am Ende: »Und nun, da du unser aller Führer geworden bist, läßt du dich nicht mehr sehen. Hockst in deinem Zelt und weinst. Zeigst dich nicht bei deinen Kriegern, nimmst die täglichen Unruhen und Aufstände in Kauf und weißt keinen Rat. Dann fällt dir eine Lösung ein: Du versprichst, deine Tochter doch zu opfern, schickst nach ihr, um sie scheinbar mit Achilles zu vermählen. Und jetzt weichst du wieder aus und erklärst, nicht der Mörder deines Kindes werden zu können. Soll ich dir etwas sagen? Du taugst nicht zum Völkerfürsten. Du hast nicht die Stärke, auch in schwierigen Lagen Entscheidungen zu treffen!«

»Du hast gut reden«, sagte Agamemnon. »Du schnaubst mit blutunterlaufenen Augen. Aber wer hat dich denn beleidigt? Ich etwa oder deine liebenswürdige Gattin Helena? Vermißt du sie? Ich kann sie dir nicht wieder bringen! Warum hast du nicht besser auf sie aufgepaßt? Soll ich jetzt für deinen Fehler zahlen?«

Menelaos dachte, daß er nicht recht hörte, doch Agamemnon fuhr mit seiner Klage fort: »Du bist ja verrückt, daß du sie wiederhaben willst. Sei doch froh, daß du sie los bist!«

»Du leidest wohl an Gedächtnisschwund!« schrie Menelaos.

Agamemnon machte eine fahrige Bewegung und sagte: »Wenn du sie wiederhaben willst, kämpfe doch selbst um sie. Führe du das Heer nach Troja. Nur zwinge mich nicht, meine eigene Tochter zu töten, denn ich kann es nicht!«

Mitten in diesen Streit hinein platzte der Bote, der den ersten Brief an Klytämnestra überbracht hatte und meldete: »Hoher Fürst, schon bald wird dein Weib Klytämnestra hier eintreffen und Iphigenia mit sich bringen.«

Kaum hatte der Bote sich entfernt, da brach Agamemnon zusammen, und die Verzweiflung, die ihn übermannte, war so groß, daß er schluchzend weinte wie ein Kind.

Als Menelaos ihn, den mächtigen Völkerfürsten, so jämmerlich am Boden sah, wandelte sich sein Sinn, und er streckte ihm die Hand entgegen: »Agamemnon«, seufzte er, »ich weiß doch, wie du fühlst.«

Da ergriff Agamemnon die ausgestreckte Rechte seines Bruders und schluchzte: »Da hast du meine Hand, du hast gewonnen, ich bin am Ende. Noch heute werden wir Iphigenia opfern!«
Ein neuer Schwall von Tränen ergoß sich über das Gesicht des Völkerfürsten, da warf sich Menelaos zu seinem Bruder auf den Boden, umarmte ihn, und auch ihm schossen Tränen ins Gesicht: »Nein, Bruder, weine nicht, ich werde das Opfer nicht annehmen. Wenn mir der Spruch der Göttin Rechte über deine Tochter gibt, so will ich darauf verzichten. Ich könnte meine Tochter auch nicht opfern. Darum kann ich es auch nicht von dir verlangen.«
»Ich danke dir, Bruder«, sagte Agamemnon und umarmte Menelaos inniglich. »Es ist gut zu wissen, daß uns dein edles Herz wieder zusammenführt, aber es ist zu spät. Das Schicksal hat entschieden. Das blutige Opfer muß vollzogen werden, Griechenland verlangt es. Ihr Schicksal ist besiegelt.«
»Kann ich denn gar nichts für dich und Iphigenia tun?« fragte Menelaos leise.
»Das kannst du wohl«, sagte Agamemnon bitter. »Hilf mir, daß Klytämnestra nichts davon erfährt, bis mein Kind dem Orakelspruch erlegen ist.«
Da meldeten Trompeten die Ankunft der Königin. Sie kam mit einigem Gefolge. In ihrer Begleitung waren auch ihre beiden kleineren Kinder Elektra und Orest. Es sollte eine schöne Hochzeit werden. Stolz ritt der Zug ins Heerlager ein. Das Heer jedoch glaubte, Klytämnestra sei gekommen, um Iphigenia zum Opferaltar zu führen, und schickte ihr Jubelrufe entgegen: »Hoch lebe die Königin, hoch lebe Klytämnestra!«
Da trat die Königin ins Zelt des Völkerfürsten, gefolgt von der wunderhübschen Iphigenia, die Orest und Elektra an den Händen hielt. Menelaos hätte fast der Schlag getroffen. Iphigenia sah genau so aus wie seine entführte Gattin Helena. Mit offenem Mund stand er da und starrte das Mädchen an: dieselben dunklen Augen, derselbe schöngeschwungene Mund, dieselben herrlichen, schwarzen Haare – sie war Helena wie aus dem Gesicht geschnitten. Er aber konnte den Anblick des halb erwachsenen Mädchens nicht ertragen und machte sich eilig davon.

Die Begrüßung der beiden Gatten fiel kurz und von Agamemnons Seite frostig aus. Auch Orest und Elektra gegenüber verhielt er sich zurückhaltend. Nur Iphigenia nahm er voller Liebe in die Arme und drückte sie an sich.
»O Vater«, hauchte Iphigenia, »wie schön ist es, dich wiederzusehen.«
Er nickte nur stumm und verbarg seine Tränen an ihrer Wange. Da sah sie ihm ins Gesicht und entdeckte die Sorgenfalten und die verweinten Augen.
»Warum ist dein Blick so traurig, wo du doch nach mir rufen ließest?«
»Laß nur, Kind, den Kriegsherrn drücken viele Sorgen.«
»Aber warum weinst du, du bist doch der König!«
»Weil wir uns lange Zeit nicht wiedersehen werden.«
»Ach Vater, wie gern würde ich mit dir auf deinem Schiff nach Troja segeln. Nimmst du mich mit?«
»Das geht nicht, Kind, denn auch du wirst eine Reise antreten«, sagte Agamemnon voller Gram. »Doch zuvor müssen wir noch opfern – ein Opfer, bei dem auch du zugegen sein wirst.«
Die letzten Worte konnte Agamemnon nur noch stammeln, so schüttelte es ihn vor Weinen. Damit sie die wirkliche Tiefe seiner Trauer nicht bemerke, schickte er Iphigenia mit ihren Geschwistern in das Frauenzelt, das neben dem seinen für sie und ihr Gefolge errichtet worden war. Klytämnestra aber blieb und schaute Agamemnon ratlos an.
»Wieso weinst du, mein Gemahl? Laß uns die Freude über die bevorstehende Vermählung mit dem Göttersohn Achilles teilen.«
»Ich freue mich ja«, murmelte Agamemnon betreten. »Wie ich dir schrieb: Er ist ein herrlicher Knabe, nur wenig älter als Iphigenia, doch herrscht er vorbildlich über seine tapferen Myrmidonen, die mit fünfzig Schiffen hier im Lager liegen.«
»So rufe ihn doch schnell herbei«, rief Klytämnestra, »ich kann es kaum erwarten, ihn zu sehen!«
»Du wirst ihn schon noch kennenlernen«, brummte Agamemnon. »Doch ich muß jetzt zu Kalchas, die Festlichkeiten zu besprechen.«
Verwirrt blieb Klytämnestra allein im Zelt zurück und wußte nicht, wie ihr geschah. Da kündete die Wache den göttlichen Achilles an.

»Verzeih mir, Herrin«, sagte Achilles, »aber ich suche Agamemnon, denn mein Volk wird ungeduldig.«
Klytämnestra war verwirrt und doch entzückt, den künftigen Schwiegersohn zu sehen. Sittsam beugte sie ihr Knie und sprach: »Wie schätze ich mich glücklich, dich, edler Sohn der großen Göttin Thetis, als meinen künftigen Schwiegersohn begrüßen zu dürfen.«
Achilles schüttelte ungläubig den Kopf und glaubte an ein Mißverständnis. So wiederholte er: »Ist denn Agamemnon nicht zugegen?«
»Mein Gatte Agamemnon ist bei Kalchas, um über deine Hochzeit mit unserer Tochter Iphigenia zu reden.«
Erschrocken beugte nun auch Achilles sein Knie vor der Königin, die er ja nie zuvor gesehen hatte, dann fragte er verwundert: »Welche Hochzeit? Ich habe niemals um dein Kind gefreit, und auch Agamemnon trug sie mir nicht an. Wovon sprichst du, Fürstin?«
»Von deiner Hochzeit mit Iphigenia! Ich denke, es ist beschlossene Sache ...«
»Da hat wohl einer einen Scherz gemacht«, sagte Achilles und wollte lachen.
Klytämnestra entgegnete verstört: »Der Völkerfürst persönlich hat nach mir und Iphigenia geschickt, um sie dir als Gattin zuzuführen. Zugegeben, sie ist noch etwas jung, doch wenn ihr siegreich aus Troja zurückkehrt, wollen wir mit einem weiteren Fest den Bund besiegeln.«
»Glaub mir, Fürstin«, sagte Achilles und mußte an sein Weib Deidamia denken, die auf der Insel Skyros auf ihn wartete, »es wird keine Hochzeit geben.«
Voll Beschämung stand nun Klytämnestra vor dem Göttersohn und wußte nichts zu sagen.
»Ich weiß davon nichts, Fürstin, verzeih mir, wenn dich meine Antwort kränkt.«
Klytämnestra brachte keinen Ton hervor. So wandte sich Achilles um und wollte sich zurückziehen, da meldete die Wache den treuen Diener, der mit dem zweiten Brief an Klytämnestra unterwegs gewesen war.
»Du hier, Herrin?« rief er, als er eintrat, »ich sollte dir eine Botschaft deines Gatten nach Mykene bringen, doch Menelaos fing mich ab

und ließ mich festsetzen. Nun, da ich wieder frei bin, komme ich, dem Fürsten zu berichten.«
»Agamemnon ist bei Kalchas«, sagte Klytämnestra, »doch sage mir den Inhalt deiner Botschaft.«
Der Diener weinte und erzählte Klytämnestra alles, was er wußte.
»O Götter!« rief Klytämnestra völlig außer sich. Dann warf sie sich vor Achilles auf die Erde, umfaßte seine Knie und flehte: »Rette mich und mein Kind aus dieser höchsten Not. Ich schäme mich nicht, vor dir, Sohn der Göttin Thetis, im Staub zu liegen. Dir habe ich sie im Jungfernkranz herbeigeführt, damit du sie zum Weibe nimmst. Nun hat man mich getäuscht, dennoch bleibst du für mich der Bräutigam. Ich beschwöre dich, hilf mir, sie zu retten! Laß deine Knie mein Altar sein. Du hast gehört, was Agamemnon tun will. Zu dir, Göttersohn, bete ich, gewähre uns deinen Schutz, dann ist uns geholfen!«
Achilles half der vor ihm liegende Königin vom Boden aufzustehen und sagte: »Hab keine Angst, Fürstin, ich stamme aus einem ehrenwerten Hause. Gern folge ich dem Völkerfürsten, wenn er mich zum Ruhme führt, doch einem durch Lüge herbeigeführten Befehl zum Mord gehorche ich nicht. Darum will ich Iphigenia schützen. Wie könnte ich noch weiterleben, wenn mein Name, auch wenn es nur Trug war, dem Agamemnon als Vorwand zum Kindsmord diente.«
»Willst du Iphigenia wirklich retten?« rief Klytämnestra voll ängstlicher Hoffnung und küßte seine Hände. »Oder soll ich sie holen, daß sie sich selbst vor dir in den Staub wirft?«
»Nein«, sagte Achilles gerührt, »ich habe deiner Tochter nichts zu gewähren, das nicht schon der Anstand von mir forderte. Vertrau mir, Fürstin, lieber will ich selbst sterben, als nicht alles zu versuchen, sie zu retten.«
Mit diesen Worten verließ Achilles das Zelt, um Hilfe herbeizuholen. Klytämnestra schwankte zwischen Bangen und Verzweiflung: Wie sollte sie ihr Kind vom Tod bewahren? Und wo blieb ihr Gemahl, warum kam er nicht zurück? Schließlich rannte sie zum Zelt des Kalchas, um Agamemnon dort zu treffen.
Der hatte eben mit dem Priester den Zeitpunkt der Opferung be-

stimmt: »Noch heute, in dem Augenblick, wenn Helios den Sonnenwagen hinter den Berg von Aulis zieht, wird Iphigenia sterben.«
Atemlos trat Klytämnestra in das Zelt des Kalchas. Als Agamemnon sie dort sah, erstarrte ihm das Herz, doch dann sagte er zu seinem Weib: »Übergib uns jetzt die Tochter, alles steht zum Hochzeitsfest bereit, doch zuvor wollen wir noch opfern, damit die Götter den Ehebund mit Achilles segnen.«
»Sehr gut«, rief Klytämnestra mit böse funkelnden Augen, »so laß mich schnell die Tochter holen!«
Es dauerte nicht lange, da kam sie mit Iphigenia zurück.
»Hier, Agamemnon, steht sie dir zu Diensten!«
Klytämnestra war nun wie eine Tigerin. Langsam und drohend ging sie auf Agamemnon zu: »Nun sage mir noch eins: Willst du unsere Tochter töten?«
Vor Schreck erstarrt stand Agamemnon und schaute sie lange entgeistert an. Dann wandte er sich ab und stöhnte: »O Götter, ich bin entlarvt, o furchtbares Schicksal, nun bin ich verloren.«
Klytämnestra sagte: »Bitte höre mich an und sage mir, ob ich wahr spreche: Zu Anfang unserer Ehe segneten die Götter uns mit Iphigenia, und wir liebten sie vom ersten Augenblick an. Dann schenkte ich dir zwei weitere Töchter und einen Sohn. Ich war dir immer treu. Wenn ich dir jemals Anlaß gab zu klagen, so sage es, doch bin ich sicher, daß du es selbst bezeugen wirst, daß ich immer der Stolz deines Hauses war.«
Agamemnon bestätigte es weinend.
»Ich war also immer gut zu dir; weshalb bestrafst du mich nun so entsetzlich? Heuchelst Hochzeit mit Achilles, daß ich sie dir ohne Arg nach Aulis führe, nur damit du sie töten kannst. Und sage mir, warum willst du deine Tochter töten? Was willst du dir vom Tochtermord erflehen?«
Bei diesen Worten wich alles Blut aus Iphigenias Wangen. Entsetzt schaute sie vom Vater zu der Mutter. Klytämnestra aber fuhr fort: »Und wenn ein Opfer unumgänglich ist, warum denn Iphigenia? Was ist mit Menelaos Tochter Hermione? Es ist doch seine Sache, die hier ausgefochten wird. Warum soll mein Kind sterben, wenn das Kind meiner ehebrecherischen Schwester Helena in Spartas Mauern

sicher ist? Antworte mir, ob nur ein Wort, von dem, was ich sagte, unwahr ist! Wenn ja, so töte mich, Wenn nicht, so töte doch nicht unser Kind!«

Iphigenia warf sich vor die Füße ihres Vaters und rief: »Ich will nicht sterben. Könnte ich singen wie Orpheus und Steine zum Erweichen bringen, ich täte es. So bleiben mir nur meine Tränen, dein Mitleid zu erflehen: Töte mich nicht, das Leben ist schön. Ich fürchte mich vor der Dunkelheit, ich fürchte mich so sehr zu sterben. Denk doch daran, wie lieb du mich einmal hattest.«

Doch nun war Agamemnons Herz verstockt. Grimmig und verzweifelt verschränkte er die Arme und wich dem flehenden Blick der Tochter aus. Die aber rutschte auf den Knien zu ihm hin, umklammerte seine Beine und rief: »Warum willst du mich töten, was gehen mich Helena und Paris an? Warum muß ich sterben, nur weil er nach Griechenland kam? Laß mich leben, ich will zur Sühne als unterste Magd in deinem Hause dienen!«

Voller Gram sagte Agamemnon: »Wenn ich Mitleid fühlen darf, dann tu ich's, wenn die Götter es verbieten, muß ich mich fügen.«

»Liebst du mich denn nicht?« weinte Iphigenia.

»Zeus weiß wie sehr. Ich liebe meine Kinder mehr als mein eigenes Leben, und ich würde es mit Freuden hingeben, wenn ich dich dadurch retten könnte. Aber ich muß tun, was die Götter von mir fordern, auch wenn es mir das Herz zerbricht. Nur mit größtem Widerwillen führe ich dich zum Opferaltar; sieh doch selbst, wie viele Krieger hier versammelt sind und deine Opferung fordern, denn sie wollen, daß Troja fällt, damit nie wieder Asier ein Griechenweib entführen.«

»Ich bitte dich«, rief Klytämnestra flehend, »versuch noch einmal mit dem Heer zu sprechen, Menelaos zu gewinnen. Du bist doch König!«

Agamemnon schüttelte den Kopf: »Das Opfer ist beschlossene Sache. Wenn ich mich weigere, sie zu opfern, fallen sie über uns alle her und reißen uns in Stücke. Hier hat meine Allmacht Grenzen. Es ist nicht Menelaos' Wunsch, dem ich mich beuge, sondern der Wille Griechenlands, dem ich als Erster untertan bin.«

Kalchas, der zu allem geschwiegen hatte, ging nun zu Agamemnon hin, nahm ihn am Arm und führte ihn hinaus. Mit keinem weiteren

Blick würdigte der Völkerfürst die Frauen und ließ sie jammernd zurück.
Waffenklirren erscholl vor dem Zelt.
»Es ist Achilles«, rief Klytämnestra, »er kommt, um dich zu retten, Kind!«
Iphigenia versuchte zu fliehen, denn so wollte sie dem Bräutigam, auch wenn er nur erheuchelt war, nicht unter die Augen treten. Da stürmte Achilles in voller Rüstung in das Zelt und verwehrte ihr den Ausgang.
»Oh, arme Klytämnestra«, rief er, »das ganze Lager ist in Aufruhr und fordert Iphigenia zum Opfer!«
»Was ist mit deinen eigenen Kriegern«, bat die Fürstin flehentlich, »können sie sie denn nicht schützen?«
»Sieh selbst, Fürstin, nur fünfzig Krieger konnten Patroklos und ich zusammenscharen, sie stehen vor dem Zelt und sind bereit, mit mir zusammen Iphigenia zu schützen. Die anderen haben sich geweigert. Doch unsere wenigen Leiber sollen euch decken. Ich will doch sehen, ob sie es wagen, den Sohn der Göttin Thetis anzugreifen, denn sie wissen wohl, daß sie mich brauchen, wenn Troja fallen soll.«
Wieder sah Klytämnestra einen Funken Hoffnung schimmern. Da aber trat Iphigenia, ob aus Stolz vor dem schönen jungen Mann oder aus Einsicht in die Not des Vaters, mit hocherhobenem Haupt vor Achilles hin und sagte mit fester Stimme: »Du bist der tapferste der Griechen überhaupt. Wie hätte ich mich gefreut, mich dir als Braut zu nähern, doch wie es scheint, haben die anderweitig über mich entschieden.« Zur Mutter gewandt fuhr sie fort: »Gib nicht die Schuld dem Vater, der an die Grenzen seiner Macht gestoßen ist. Es ist der Wille Griechenlands, dem ich mich nun zu beugen habe. So bin ich entschlossen, freiwillig zu sterben. Opfert mich, das soll mein Hochzeitsfest werden, erobert Troja, das wird mein Denkmal sein.«
Mit leuchtenden Augen stand Iphigenia vor ihrer Mutter und Achilles. Der aber ging nieder auf die Knie und sagte: »Iphigenia, du wunderbares Mädchen, wie glücklich wäre ich, wenn du meine Gattin würdest. Jetzt, da ich neben deiner wundervollen Anmut auch die

Schönheit deiner Seele sehe, ergreift mich Liebessehnsucht. Erwäge es wohl, ob du bereit bist zu sterben, denn nun möchte ich dich heimführen zum Leben und zum Glück.«
Iphigenia sagte: »Wie gern wäre ich dir zu Willen. Doch Helena hat genügend Krieg und Mordgelüste heraufbeschworen. Stirb nun nicht auch noch du für eine Frau, denn sie werden dich erschlagen, wenn du versuchst, die Opferung zu verhindern. Laß mich Griechenland retten, wenn ich kann.«
»Wunderbare Iphigenia«, sagte Achilles und nahm ihr schönes Gesicht in seine Hände, »der Tod ist eine schreckliche Sache. Wenn du es wünschst zu leben, sag nur ein Wort, und ich werde dich mit meinem eigenen Körper schützen.«
Da sagte Iphigenia ruhig und überlegt: »Auf mir ruhen nun die Augen der Götter und die Ehre der griechischen Frauen. So laß mich, wenn es denn sein muß, tun, was Artemis und hunderttausend Krieger von mir fordern.«
Eine Abordnung von Soldaten unter der Führung von Thaltybios erreichte Kalchas' Zelt. Talthybios trat ein und sprach: »Tochter des Agamemnon und der Klytämnestra, es ist soweit. Der Opferplatz ist vorbereitet, und die Völker Griechenlands erwarten dich.«
Ein Schauer des Schreckens fuhr durch Iphigenias Herz, und Achilles griff zum Schwert. Doch Iphigenia sagte: »Laß es stecken und vergieß nicht das Blut von unschuldigen Soldaten. Mein Schicksal ist bestimmt. Doch will ich nicht als Gefangene zum Altar gezerrt werden. Führe du mich, Sohn der Thetis, gib mir deinen Arm, damit ein jeder sehe, daß ich mein Leben freiwillig beende.«
Zusammen verließen sie das Zelt, Klytämnestra aber brach besinnungslos zusammen.
Unterdessen hatte sich das ganze Heer im Götterhain versammelt und rief nach Iphigenia. Der Altar war gerichtet, daneben standen Kalchas und der Völkerfürst. Als Iphigenia am Arm des Achilles den Opferplatz betrat, verstummte alles, nur noch ein Raunen der Bewunderung ging durch die Massen. Iphigenia trat vor Agamemnon hin und sagte: »Sieh, Vater, hier bin ich. Vor dem Altar der Artemis gebe ich mein Leben hin, wenn es die Götter so gebieten. Doch erlaube keinem Krieger hier, mich festzuhalten auf der Opferstätte,

wenn ich sterbe. Ich tue es aus freien Stücken für den Sieg und für die Ehre Griechenlands.«

Mit diesen Worten machte sie sich von Achilles frei und kniete nieder vor der Statue der Artemis. Nun senkte ein jeder der hunderttausend, die hier standen, voller Demut seinen Blick zu Boden, Agamemnon weinte in sein Gewand, Achilles flehte sie mit den Augen an: Laß mich dich retten – sie aber blickte nicht mehr auf. Da nahm Kalchas das Schwert vom Sockel und faßte den Nacken der Jungfrau scharf ins Auge.

Deutlich hörte man das Pfeifen des Schwertes, als es niederfuhr. Doch in dem Augenblick, als es das Fleisch berührte, war Iphigenia plötzlich nicht mehr da. Anstelle ihres Körpers lag eine geköpfte Hindin in ihrem Blut und zappelte.

Ein Aufschrei ging durch das Heer, und Kalchas rief: »O Wunder, o Wunder! Artemis hat das Opfer nicht angenommen. Das Blut der Hindin, die hier stirbt, war ihr genug der Sühne. Die Göttin ist versöhnt!«

Der Jubel, der auf dieses Wunder hin die Reihen der Krieger durchbrandete, war unbeschreiblich. Artemis aber hob Iphigenia zu sich hinauf auf eine Wolke und sprach: »Dein Leben ist noch nicht zu Ende, Iphigenia. Folge mir ins Land der Taurer, wo du im Tempel meine Priesterin sein sollst.«

Als Kalchas endlich Feuer an die Hindin legte, stieg der Rauch senkrecht auf in den Olymp. Die Griechen sangen Freudenlieder. Plötzlich hörten alle ein Sausen, das vom Meer herkam. Da wandten sie sich um und sahen im Hafen Wellen steigen, und es war Wind! Mit hellen Freudenschreien stürmten sie zu den Schiffen.

Agamemnon blieb noch, bis das letzte Stück verkohlt war. Als er ins Lager zurückkehrte, um seiner Gattin über das Wunder zu berichten, waren Klytämnestra, Elektra, Orest und die Frauen abgereist. Nur eine Nachricht blieb ihm: Tochtermörder!

6

Nachdem die Botschafter der Griechen abgereist waren, herrschte in Troja große Aufregung. Die Menschen auf den Straßen heizten sich gegenseitig auf. Haß bohrte in ihren Herzen. Wie konnte es sein, daß ein fremdes Volk sie aus heiterem Himmel mit Krieg bedrohte?

Priamos, der alte König, der immer gehofft hatte, seine Herrschaft in Frieden zu beenden, sah sich gezwungen, den Kriegsrat einzuberufen. Der bestand aus all seinen Söhnen, auch denen, die nicht von Hekabe stammten, und wurde von Hektor geführt. Als alle beisammen saßen und er das Wort ergreifen wollte, stürzte Kassandra in den Saal. Sie sah wild und zerzaust aus und hatte etwas Furienhaftes an sich.

»Ihr werdet sehen«, schrie sie, »sie kommen zurück und überziehen Stadt und Land mit Krieg und Feuersbrunst!«

Es dauerte eine Zeit, bis zwei ihrer Brüder sie mit sanfter Gewalt entfernen konnten, denn sie wehrte sich, als sie hinausgeführt wurde. Ihre Brüder waren allesamt traurig, und Priamos liefen gar die Tränen über die Wangen. »Armes Kind«, dachte er, »was hat sie nur so verwirrt.«

»Wir hätten die Botschafter töten sollen!« rief Deiphobos in die Versammlung hinein. »Kein Grieche, der es jemals wieder wagen soll, uns Trojaner so schwer zu beleidigen, noch dazu für eine Sache, die wir nicht verschuldet und die wir nicht zu verantworten haben.«

Antenor widersetzte sich dem mit Entschiedenheit: »Was auch immer Paris getan hat, ob er die Frau des Königs von Sparta entführt und dessen Schätze geraubt hat oder nicht und ob uns die Griechen bedroht haben – in diesen Mauern gilt noch immer das Gastrecht. Wie kränkend die Beleidigung des Palamedes für euch auch gewesen sein mag, wir hätten nicht anders handeln können, als den Gesandten freies Geleit zu gewähren.«

Da erhob sich Hektor und sagte: »Wohl gesprochen, Antenor, solange wir in diesen Mauern Zeus verehren, soll kein Gesandter Leid erdulden.«

Hektor machte eine Pause, um zu sehen, ob sich Widerspruch erhöbe, doch der blieb aus. So fuhr er fort: »Die Frage ist nun, wie wir uns verhalten sollen. Soviel steht fest: Die Griechen wollen Krieg! Odysseus hat die Fürsten aufgezählt, die kampfbereit in Aulis liegen. Sollen wir tatenlos zusehen, wie sich dieses gewaltige Heer Troja nähert, oder sollen wir rüsten und uns nach Kräften wehren?«

»Rüsten, rüsten!« schrien die Trojaner, und als Deiphobos hinzufügte: »Tod den Griechen!« stimmten viele Ratsherren lauthals zu: »Tod den Griechen!«

Der alte König Priamos hatte Mühe, wieder Ruhe im Saal zu schaffen, so hoch waren die Wellen der Empörung geschlagen.

»Trojaner«, rief er »bedenkt, daß vierzig Völker gegen uns stehen! Wir sind nur eines. Wir können uns hinter den hohen Mauern unserer Stadt verstecken und uns vor den Angriffen schützen, doch besiegen können wir die Griechen nicht.«

»Tod den Griechen, Tod den Griechen!« scholl es ihm aus den Reihen der Ratsherrn entgegen.

»So bleibt uns keine Wahl«, sagte Priamos, »als Verbündete zu rufen. Es sollen Boten zu Aeneas, zu Pandaros, zu Asios, zu Hypponoos und Pyläos und zu all den anderen Fürsten des großen Landes Troas reiten und ihnen Nachricht bringen, daß uns Krieg droht. Ich bitte jeden, uns hier schnellstmöglich beizustehen.«

Damit hob er die Ratsversammlung auf.

Auf der Burg Ilion begann eine rege Diplomatie. Boten gingen, Gesandte kamen, Fürsten aus allen Himmelsrichtungen reisten an, und in der Stadt selbst regte sich eine hektische Geschäftigkeit. Vorratskammern wurden angelegt, neue Brunnen gebohrt, besonders aber die Türme, die Dächer, die Gänge und Schießscharten der hohen Mauer, die ringsum die Stadt schützte, wurden ausgebessert und verstärkt. Befahrbare Rampen wurden gebaut, um im Verteidigungsfall Steine, Pech und Katapulte mit Karren auf die Zinnen fahren zu können.

Eines Tages meldete der Aussichtsposten ein Schiff, das in den Hafen vor der Stadt einfuhr: »Schiff in Sicht, es trägt das Zeichen unseres Königs!«

»Paris! Das kann nur Paris sein!« rief Priamos und eilte auf die Mauer hinaus. Da sah er in der Ferne das Schiff seines Sohnes in den

Hafen einlaufen, und sein Herz erfüllte sich mit Freude und Sorge zugleich.
Auch in der Stadt wurde der Ruf vernommen, und die Trojaner sammelten sich auf den Straßen, um Paris zu empfangen. Doch das Volk war ungehalten, es wollte dem Königssohn keine fröhliche Begrüßung bieten. Zu tief war es von den Widrigkeiten betroffen, die seine Reise verursacht hatte. Als Paris, begleitet von Helena, die in ein Tuch gehüllt war, und den Dienerinnen durch das Tor ritt, bekam er böse Worte zu hören: »Frauenräuber! Wir wollen sie nicht haben! Auf Krieg können wir verzichten! Liefert sie den Griechen aus!«
Manche warfen ihm sogar Steine nach. Nur die Ehrfurcht des Volks vor dem Königshaus konnte ein Unglück verhindern.
Auch Priamos sah die unerwünschte Schwiegertochter nicht mit Freuden in seinen Palast eintreten, doch begrüßte er sie höflich und ließ ihr ein Gemach zuweisen. Dann aber versammelte er seine Söhne im Thronsaal. Paris hörte mit Entsetzen, was die Griechen den Trojanern angedroht hatten.
»Es gibt nur zwei Möglichkeiten, Paris«, sagte Priamos, »entweder wir liefern sie aus, oder wir führen Krieg.«
Paris erzählte, was sich zugetragen hatte: zuerst die Begebenheit vom Berge Ida, als ihm die Göttinnen erschienen waren; dann, wie es gekommen war, daß Aphrodite ihm die Helena versprochen hatte, und was sich im Palast des Menelaos ereignet hatte, und schließlich, daß es Liebe war, die Helena hieß, ihm zu folgen, und nicht Raub, den er an ihr begangen hatte.
»Brüder«, rief er, »Zeus ist auf unserer Seite, Gott Hermes, der helmgeflügelte Bote, hat es so verkündet.«
»Bedenke wohl, was du uns antust, wenn sie bleibt«, sagte Hektor, »ob schuldhaft oder nicht: Du überziehst unser Volk mit Krieg. Wenn wir sie aber nach Sparta schicken, können wir den Krieg vermeiden.«
Paris war verzweifelt, denn alles andere als Krieg wollte er. Er wollte jedoch auch nicht Helena verlieren. Und sie ihn auch nicht.
»Fragt sie doch selbst«, rief er, »ob sie als Gefangene oder als Bittstellerin hier angekommen ist! Wenn sie es wünscht zurückzureisen, so liefert sie aus. Doch in diesem Falle muß ich mit ihr gehen, auch

wenn mich in Sparta schwere Strafe erwartet, denn ohne sie zu leben heißt für mich sterben.«
»Paris«, sagte Priamos, »wenn sie um Schutz fleht, werden wir sie nicht verstoßen, dies gebietet unser Gesetz. Ich will deine Mutter ersuchen, ein Gespräch mit ihr zu führen. Die Griechin soll der Königin selbst berichten, was sie hier begehrt.«
Als Hekabe in den Thronsaal kam, rief sie: »Mein lieber Sohn, wie hab ich mich nach dir gesehnt! Komm, laß dich küssen und umarmen!«
»Mutter!« rief er und sank in ihre Arme.
Priamos war die Rührung peinlich, darum unterbrach er die Begrüßung und sagte: »Hekabe, ich bitte dich, geh du zu Helena und frag nach dem Grund ihres Aufenthalts. Wir wollen hier so lange warten, bis du zu uns zurückkehrst und uns sagst, was sie begehrt. Dann wollen wir entscheiden, ob sie gehen muß oder bleiben soll.«
Hekabe verneigte sich vor der Versammlung und suchte Helena im Gastgemach auf.
Helena stand am Fenster und sah hinunter auf die Stadt, die ihr einen so schändlichen Empfang bereitet hatte.
Ich hatte auf eine schönere Begrüßung gehofft, dachte sie. Paris hat mir die Trojaner viel herzlicher beschrieben.
Hekabe betrat das Zimmer. Helena wandte sich um. Der Königin verschlug es fast den Atem. Noch nie hatte sie eine so schöne Frau gesehen. Sie beugte das Knie und sagte: »Sei gegrüßt, Königin von Sparta.«
»Nicht Königin von Sparta, Frau des Königssohns von Troja«, erwiderte Helena. »Der Titel Spartas gebührt mir nicht.«
»Wurde er dir aberkannt, oder verzichtetest du freiwillig darauf?«
»Tausendmal verzichtet, edle Königin«, sagte Helena und bot der Troerin Platz zum Sitzen an.
Gern nahm Hekabe es wahr, in Ruhe ein Gespräch mit Helena zu führen: »Du weißt«, begann sie, »daß deine Landsleute uns mit Krieg bedrohen?«
»Ich hörte dergleichen auf der Straße.«
Hekabe legte ihre Stirn in Falten: »Auch wir in Troja würden uns mit Kriegsgedanken tragen, wenn ein Grieche eine Troerin entführte.«

»Ich wurde nicht entführt, Königin, sondern folgte Paris freiwillig hierher. Mit ihm verbindet mich unsterbliche Liebe.«
»Das freut mich sehr«, sagte Hekabe. »Doch auch Menelaos sprach von Liebe. Er begehrt dich zurück.«
»Da kann man doch nur lachen!« rief Helena. »Der?«
Nun nahm Hekabe Helenas Hand in die ihre, schaute ihr tief in die Augen und fragte: »Du hast ein Kind in Sparta, wie ich hörte. Vermißt du es denn gar nicht?«
»Ach, Hermione!«
Helena zog ihre Hand zurück, stand auf und drehte Hekabe den Rücken zu.
»Sie ist das Kind des Mannes, den ich verachte«, sagte sie, und Tränen rannen über ihre Wangen. »Jeder Zug im Gesicht von Hermione erinnert mich an ihn. Wie kann ich Hermione lieben, wenn mich aus ihren Augen immer nur ihr Erzeuger anblickt?«
»Aber sie ist doch noch so klein und braucht deine Hilfe.«
Da wandte Helena sich um, sah der Fürstin in die Augen und rief: »Du selbst hast dieses Schicksal auch ertragen, als du dich von Paris trenntest, als er eben erst geboren war!«
Hekabe blieb fast das Herz stehen, als Helena dies sagte. Sie senkte ihre Augen, dann aber ging sie hin zu ihr und nahm sie in die Arme.
»Sei willkommen, mein Kind. Ich wünsche, du wirst glücklich hier mit Paris.«
Mit Tränen in den Augen nahm Helena die Hand von Hekabe und küßte sie voll Dankbarkeit.
Hekabe sagte: »Laß uns in den Thronsaal gehen und die Fürsten davon unterrichten, daß du bei uns bleibst.«
Während Hekabe bei Helena war und alle Fürsten warteten, hatte ein Diener die Ankunft der Truhen aus dem Schiff des Paris gemeldet. Von zwanzig Eseln waren sie zur Burg hinaufgetragen worden. Paris ließ die Truhen in den Thronsaal bringen.
»Seht, Brüder«, rief er, »ich komme nicht mit leeren Händen. Ihr alle sollt an diesen Schätzen teilhaben.«
»Das ist geraubtes Gut«, rief Priamos, es ist der Schatz des Menelaos, damit wollen wir nichts zu tun haben!«

»Es ist der Schatz meines Vaters Tyndareos«, sagte Helena, als sie mit Hekabe den Saal betrat.
Mit einem Schlag war alles totenstill. Keiner sprach mehr ein Wort, und alle hielten den Atem an. Die Söhne des Königs standen da mit offenem Mund, denn solch eine Schönheit hatten sie noch nie zuvor erblickt.
Hekabe sagte: »Als Schutzflehende kommt sie in unser Haus, verweigert ihr das Gastrecht nicht!«
Deiphobos rief: »Noch nie hat Troja dem seinen Schutz verwehrt, der darum bat!«
Hektor sah seinen Vater Priamos an, und beide konnten ein Lachen kaum unterdrücken. Dann aber wandte sich Priamos an Helena: »Du meinst, du nennst den Schatz zu Recht dein eigen?«
»Mit Fug und Recht! Tyndareos, mein Vater, und Leda, meine Mutter, sind beide tot. So verkündete es der Sänger, als ich auf Kranä weilte. Wenn also einer Anspruch auf den Schatz hat, dann bin ich es! Denn sage selbst: Wer sonst soll die Verstorbenen beerben, als deren Söhne oder Töchter? Erbin dieses Schatzes bin ich, und ich bringe ihn euch als Mitgift mit.«
Daraufhin konnte der König nichts mehr sagen, Paris' Brüder aber jubelten, besonders Deiphobos, denn Gold und Geschmeide liebte er sehr.
Helena wurde in Troja fürstlich aufgenommen und lebte ungefährdet am Königshof. Nicht lange, da bezog sie mit Paris einen eigenen Palast. Auch das Volk gewöhnte sich an sie. Ihre Schönheit und ihr Liebreiz machte die Leute schnell vergessen, woher sie kam und wieviel Gefahr sie mit sich brachte. Und jetzt, wo sie einmal da war, schwand auch die Angst vor diesem Krieg, der kommen sollte, denn schon viele Fürsten des Landes Troas hatten ihre Hilfe zugesagt. Aeneas, der König der Dardaner, Sohn der Göttin Aphrodite und des Anchises, eines Prinzen aus dem Trojanischen Königshaus, jener Aeneas also, der mit Kreusa vermählt war, der Tochter des Priamos und der Hekabe, war mit vielen Soldaten angekommen. Die Arbeiten an den Mauern waren abgeschlossen, die Versorgung über lange Jahre gesichert, die ganze Stadt war eine feste Burg. Und über eines waren sich alle einig: Troja war nicht zu nehmen.

7

Die Ausfahrt der Griechen von Aulis in die offene See war ein Schauspiel ohnegleichen. Gewaltig dröhnten die Posaunen über die Bucht und gaben das Zeichen zum Aufbruch. Da erhob sich von den Schiffen ein ohrenbetäubender Jubel, und aus vielen tausend Kehlen erscholl der Ruf: »Auf nach Troja!«

Nun legte Schiff um Schiff ab. Der Zug bestand aus elfhundertsechsundachtzig kriegstüchtigen Fahrzeugen, beladen mit hunderttausend Bewaffneten. Neben fünfhundert zweirädrigen Streitwägen, hundert Steingeschützen und allem anderen Kriegsgerät hatten sie auch Baumaterial geladen, um am Gestade Trojas eine feste Schiffsburg zu errichten. Ferner führten sie zweitausend Pferde, Tausende Stück Groß- und Kleinvieh, unzähliges Geflügel und entsprechende Mengen Getreide, Gemüse Früchte und Saatgut mit sich; dazu unzählige Frauen, die den Kriegern zu gefallen sein wollten oder mußten. Es war, als ob ein ganzes Volk die Heimat verließ.

Allen voran segelten die Schiffe des Agamemnon und des Menelaos. Die Nachhut bildeten die Schiffe des Palamedes, der darauf zu achten hatte, daß keiner der Fürsten den Kurs verließ.

Bei frischem Wind aus Süd kam die Flotte rasch voran und landete nach wenigen Tagen auf der Insel Lemnos, um Trinkwasser aufzunehmen. Doch dies war nicht der einzige Grund, die Insel anzulaufen. Kalchas hatte Agamemnon flehentlich gebeten, auf Lemnos, das dem Apollon heilig war, ein Opfer darzubringen. »Der Altar steht nicht weit von der Stelle entfernt, wo wir Wasser schöpfen wollen«, hatte er gesagt, und so hatte Agamemnon schließlich zugestimmt.

Philoktet, der Sohn des Königs Poias aus Meliboia, der mit sieben Schiffen und dreihundertfünfzig Bogenschützen am Kriegszugs teilnahm, freute sich auf die Gelegenheit, den Altar Apollons aufzusuchen. Ihm wollte er zur Segnung den Bogen des Herakles zu Füßen legen, den herrlichen Bogen, den er vom größten aller Griechenhelden geschenkt bekommen hatte, bevor dieser gestorben war; dazu die unfehlbaren Pfeile, deren Spitzen mit dem Blut der Hydra, des hundertköpfigen Ungeheuers, vergiftet waren. Besonders dieses Bo-

gens und der Pfeile wegen galt Philoktet als unersetzlich für das Heer.
Als die Flotte Lemnos erreichte, sprang der Held vom Schiff und eilte als erster zum Altar Apollons. Da schoß plötzlich eine giftige Natter unter dem Heiligtum hervor und biß Philoktet ins Bein. Philoktet schrie gellend auf, dann überwältigte ihn der Schock und raubte ihm die Besinnung.
Bewußtlos fanden ihn Odysseus und Diomedes am Boden liegen. Sein Bein war in der ganzen Länge geschwollen und verfärbt. Voller Sorge betrachteten sie die Wunde, die bereits zu schwären begann.
»Wir müssen Podaleirios und Machaon holen«, sagte Odysseus, »sie sind die Söhne des Asklepios, des Gottes der Heilkunst, und beide Ärzte. Hoffen wir, daß sie ihn retten können.«
Philoktet kam wieder zu sich und bäumte sich auf in seinem Schmerz, der unerträglich schien.
»Helft mir! Helft mir, ich verbrenne!« schrie er gellend über die Insel, und den Kriegern wurde angst und bange.
Als endlich Machaon und Podaleirios kamen, die selbst Herren von dreißig Schiffen aus Trikke und Ithome waren, brannten sie die Wunde aus, doch es war bereits zu spät. Längst war das Gift in den Körper vorgedrungen und wütete in Philoktetes Adern. Seine Schmerzensschreie waren so gräßlich, daß Machaon ihm Mohnsaft gab. Der verschaffte ihm zwar Linderung, die war jedoch nur von kurzer Dauer. Nur Stunden später mußte er die Verabreichung wiederholen. Jetzt aber fing der Körper des armen Philoktet zu eitern an. Bald war er gänzlich übersät mit bläulichen Geschwüren, die einen so fürchterlichen Geruch verbreiteten, daß Medon, der Feldherr auf Philoktetes Schiffen, den Kranken nicht mehr dulden wollte. Auch war sein Schmerzgeheul so jammervoll, daß die Bogenschützen sich die Ohren mit Wachs verschließen mußten, um die ständigen Klagen nicht mehr zu hören. Machaon und Podaleirios versuchten alles und waren doch machtlos. Auch die Gebete Kalchas' blieben ohne Gehör. Viele Tage lang wartete Philoktet auf den Tod und konnte nicht sterben. Es war zermürbend.
Die Unzufriedenheit ging durch das ganze Heer und zwang die Fürsten, eine Entscheidung zu treffen. Odysseus war es, der schließlich

sagte: »Wir müssen ihn auf Lemnos lassen. Vor Troja wird sein schreckliches Geschrei den Kampfgeist untergraben.«
Kalchas zeterte, daß Troja ohne Philoktet nicht zu besiegen sei, doch nach langer Überlegung stimmten die Fürsten schließlich Odysseus zu, und so wurde der arme Mann am Ufer ausgesetzt. Man ließ ihm zwar den Bogen und die Pfeile, dazu allerlei Werkzeuge, um in der Wildnis zurechtzukommen, auch einen Krug mit Mohnsaft und genügend Nahrung, um die nächsten Tage zu überleben, doch Hoffnung, daß Philoktet genese, hatte keiner. Als Philoktet im Tiefschlaf lag, segelte die Flotte ohne ihn weiter Richtung Osten.
Eine halbe Tagesreise, bevor die Griechen die Küste Kleinasiens erreichten, drehte der Wind auf Nord und trieb die Schiffe mit Urgewalt weit nach Süden ab. Noch ehe sie Land sichteten, waren sie an Troja längst vorbeigefahren.
Inzwischen war aus dem Sturm ein Orkan geworden, und die Flotte mußte sich in Sicherheit bringen. Mit letzter Not konnten sich die Achaier in die Meerenge von Assos retten, wo die See zwar ruhiger war, der starke Wind sie jedoch weit hinunter nach Mysien trieb.
Als es dunkel wurde, warfen sie Anker und lagen die Nacht vor der Küste. Im Morgengrauen sahen sie am Ufer eine Hundertschaft Soldaten stehen. Da schrie das Heer aus zigtausend Kehlen: »Greift sie an, schlagt sie tot, nieder mit Troja!« Wie ein Rausch überfiel wütender Kampfgeist die Krieger.
»Priamos' Reich ist groß«, rief Agamemnon, »es tut nichts zur Sache, wo wir beginnen, blast zum Angriff!«
Wild schreiend ruderten die Griechen ihre Schiffe ans Gestade, gaben keine Antwort auf Fragen nach ihrer Herkunft, sprangen an Land und metzelten jeden nieder, der sich ihnen entgegenstellte. Es war, als würden Wölfe über Lämmer herfallen.
Nur einem der Angegriffenen gelang die Flucht. Es war Teuthrantios, der Halbbruder des Königs Telephos von Teuthrania, der diesem atemlos berichtete: »Viele tausend Unbekannte sind mit Schiffen in unser Land gedrungen, erschlugen die Uferwachen und besetzen nun die Küste. Ich bin der einzige, der mit dem Leben davonkam!«
König Telephos, ein Sohn des großen Herakles, weinte, als er die

Nachricht hörte, dann rief er: »Woher kann diese Streitmacht denn nur kommen, wir leben doch im Frieden?«
Der König war verzweifelt, rief dann jedoch die Männer seiner Stadt herbei, stellte in aller Eile ein Heer zusammen und zog den fremden Eindringlingen entgegen.
Als die Teuthranier anrückten, hatten sich die Griechen bereits formiert. Es war nur Fußvolk, das Agamemnon aufgeboten hatte, denn für Streitwägen und Pferde war der Platz zu gering. Links stand mit seinen Kriegern Ajax aus Salamis, geschützt durch seinen Bruder Teuker, der stets einen großen Schild vor Ajax hielt; die Mitte bewachte Diomedes mit seiner Truppe, rechts wartete Achilles.
Drohend kam Telephos mit seinen Kriegern näher, da flogen auf ein Trompetenzeichen Agamemnons, der auf einem Hochsitz seines Schiffes das Geschehen überblickte, die ersten Pfeile. Wie ein Hagelsturm prasselten die Geschosse auf die Teuthranier nieder und richteten ein grauenhaftes Blutbad an. Nun aber stürmten Diomedes' Krieger los und prallten krachend auf die Feinde.
Einen Trupp der Diomedeskrieger führte Thersandros an; er war ein Enkel des Königs Ödipus von Theben. Da er keine eigenen Soldaten hatte, wollte er wenigstens als Kampfgenosse Diomedes' glänzen. So raste er mit seinem Schwert, alles niederstreckend, durch das Heer des Telephos. Doch auch die Teuthranier schlugen schlimme Wunden. Obwohl sie unterlegen waren, kämpften sie wie die Löwen, denn es war ja ihre Heimat, die sie verteidigten, und so sanken auch viele Griechen, zu Tode getroffen, nieder. Da griff Thersandros den König Telephos persönlich an. Der aber wurde geschützt durch seinen liebsten Freund und Kampfgenossen Phokris. Mit nur einem fürchterlichen Streich spaltete Thersandros den helmbewehrten Kopf des Phokris. Darüber geriet Telephos in so große Wut, daß er Thersandros niederhieb und ihm mit dem Speer die Brust durchbohrte. Gleich wollte er sich auf den Leichnam stürzten, um ihm die Rüstung abzunehmen, da sprang Diomedes hinzu und rettete den toten Freund; denn die Rüstung zu verlieren war schlimmer, als ehrenhaft im Kampf zu fallen. Mit dem Körper über der Schulter floh Diomedes in ein Weinfeld, wutschnaubend folgte ihm Telephos. Teuthrantios sah seinen König einen Krieger

verfolgen, und so stellte er sich ihm in den Weg und zückte das Schwert. Von beiden Seiten angegriffen und mit dem schweren Körper auf der Schulter wehrlos, wollte Diomedes den toten Freund aufgeben. Dies aber sah Ajax und erregte ihn so sehr, daß er Teuthrantios mit einem Pfeil seines fürchterlichen Bogens niederstreckte; ein gräßlicher Todesschrei beendete Teuthrantios' Leben. Da ließ Telephos von der Verfolgung Diomedes' ab, um seinem Bruder zu Hilfe zu eilen. Dabei stolperte er über die Wurzel eines Weinstocks, verlor seinen Schild und fiel zu Boden. In dem Moment traf ihn der Speer des Achilles und durchbohrte ihm die Rüstung und die Hüfte. Schwer verletzt richtete Telephos sich auf und zog sich das Geschoß aus der Seite; doch da kam Achilles gelaufen und riß ihm den Speer aus der Hand. Gerade wollte er zum neuen Wurf ausholen, da stürzten Dutzende von Mysiern auf ihren König und nahmen ihn schützend in die Mitte. Vier davon konnte Achilles im Schwertkampf töten, und er hätte noch weiter gerast, wenn nicht die Nacht hereingebrochen wäre. Gewaltig tönten die Fanfaren, und die Krieger stellten die Kämpfe ein, gingen zurück in die Stellungen, und eine jede Partei versorgte ihre Verwundeten.
Am nächsten Tag war Waffenstillstand. Eine Abordnung der Teuthranier war zu Agamemnon gekommen und hatte ihn ersucht, die Toten bestatten zu dürfen.
»Grausamer König, der du mit deinem Heer in hundertfacher Überzahl in unser Land gedrungen bist, gestatte uns, wie es Sitte bei den Griechen ist, unseren Toten, die zuhauf auf dem Schlachtfeld liegen, die letzte Ehre zu erweisen.«
»Griechen«, fragte Agamemnon verblüfft, »ihr seid Griechen?«
So erfuhr der Völkerfürst, daß König Telephos, der sein Gebiet so heldenhaft verteidigt hatte, nicht nur ein Mann aus ihrem eigenen Volksstamm, sondern auch ein Sohn des Herakles war, des Zeussohns, der von allen Griechen als Halbgott verehrt wurde. Mit Schrecken vernahm Agamemnon die Botschaft und bereute den vorschnellen Angriff zutiefst. Natürlich stimmte er der Bitte nach Waffenstillstand zu und bot seine Hilfe an, die gefallenen Teuthranier zu bestatten; zudem lagen ja auch viele der eigenen Krieger erschlagenen auf dem Schlachtfeld. Am schlimmsten überkam ihn jedoch

der Vorwurf des Brudermords. Um den Schaden in Grenzen zu halten, beriet er sich mit Odysseus.
»Welche Sühne können wir Telephos antragen, damit der Sohn des Herakles uns nicht ewig grolle?«
»Schicke ihm Tlepolemos, den König von Rhodos«, sagte Odysseus, »denn auch er ist ein Sohn des Herakles, beide sind Brüder, nur von verschiedenen Müttern.«
Da ließ Agamemnon Tlepolemos rufen, dazu Pheidippos und Antiphos aus Nisyros, beide Enkel des Herakles, die mit dreißig Schiffen am Kriegszug teilnahmen. Diese sandte er zu Telephos, um Abbitte zu leisten.
Mit einem sehr schlechten Gewissen ritten die Herakliden, begleitet von den mysischen Gesandten, nach Teuthrania, doch der verwundete Telephos nahm den Bruder und die Neffen, nachdem sie ihm gesagt hatten, wer sie waren, mit Freuden auf. Er ließ sich berichten, weshalb das Heer nach Asien gekommen war und gegen wen sie kämpfen wollten. Obwohl ihn Schmerzen quälten, hörte er doch geduldig zu, denn die Freude, so enge Verwandte zu treffen, überwog.
Nun aber war Telephos an der Reihe und konnte mit Vorwürfen nicht sparen: »Durch eure Schuld sind aus Blutsverwandten Feinde geworden. Ohne zu sagen, wer ihr seid, habt ihr das Völkerrecht mißachtet, habt widerrechtlich unser Land betreten und die Küstenwächter erschlagen. Habt ihr vergessen, was griechische Sitte ist? Hättet ihr mich wissen lassen, wer ihr seid, ich hätte euch fürstlich aufgenommen.«
»Verzeih uns, Bruder«, entgegnete Tlepolemos, »wir können den Fehler, auch wenn wir es wollten, nicht wieder gutmachen. Doch grolle uns nicht zu sehr, denn auch an deinen Händen klebt Griechenblut, seit deine Krieger so schrecklich gegen uns wüteten. Du selbst hast Thersandros, den König von Theben, der ein Sohn des Ödipus war, mit deinem Speer erstochen.«
Telephos dachte daran mit Schaudern. Mühsam richtete er sich auf, um sein Bedauern zu äußern, doch der Schmerz zwang ihn zurück.
»Lieber Bruder«, sagte Tlepolemos, »laß uns vergessen, was gestern geschah und den Göttern opfern, damit sie den gemeinsam begangenen Brudermord vergeben.«

Lange schwieg der König, dann sagte er schließlich: »Was gestern war, werde ich wohl niemals vergessen können.«
Stöhnend schob er sich den Hüftverband zur Seite und zeigte den Herakliden die schreckliche Verletzung durch Achilles' Speer.
»Wir haben Ärzte im Heer«, sagte Tlepolemos, »die solche Wunden heilen können. Sie sind die Söhne des Asklepios.«
»Die Söhne des Asklepios«, rief Telephos mit Freude, »sind mir willkommen!«
»Noch heute werden sie deine Wunde behandeln«, versprach Tlepolemos, »doch eine Bitte laß mich noch äußern: Auch Agamemnon und die anderen Fürsten Griechenlands wollen dir Abbitte tun und bitten dich, sie zu empfangen.«
Gerne willigte der König ein und stimmte dem Wunsch nach einem Opfer und einem Fest der Bestattung der Toten und der Versöhnung der Lebenden zu.
Mit dieser freudigen Botschaft kehrten die Herakliden zu den Schiffen zurück, und noch am selben Abend folgten die Fürsten, reich mit Geschenken für Telephos beladen, der Einladung nach Teuthrania. Mit ihnen marschierten große Teile des Heeres, und die am Kampf beteiligten Krieger trugen die Gefallenen beider Parteien mit sich. Die Mysier hatten inzwischen im Götterhain vor den Toren der Stadt den Festplatz gerichtet. Dorthin wurden die Toten geschafft und zu einem gewaltigen Haufen geschichtet. Agamemnon und die Fürsten aber gingen zur Burg und brachten dem König kostbare Geschenke. Dazu die Opfergaben: Rinder, Schafe, Brote und unzählige Krüge von Wein.
»Vergib mir, Sohn des Herakles, daß mein Speer dich so schwer verletzte!« rief Achilles und warf sich dem König zu Füßen. Auch Agamemnon und die anderen beugten ihr Knie.
Telephos war gerührt: »Seid mir willkommen, Landsleute«, sagte er schwach, »auch wenn unser erstes Zusammentreffen blutig war, und ich selbst ein lebenslängliches Andenken davontragen werde. Auf beiden Seiten sind viele tapfere Männer gefallen; laßt uns die Leiber der Toten gemeinsam den Göttern verbrennen, uns Überlebende aber die Hände reichen, damit nie wieder Griechen gegen Griechen kämpfen.«

Nachdem Machaon und Podaleirios die Wunde des Königs versorgt und ihm Mittel gegen die Schmerzen gegeben hatten, schritten alle zusammen zum Opfer. Unter den klagenden Gesängen der Griechen und Mysier wurde der gewaltige Haufen der Leichen entzündet, und jeder der Soldaten stand so lange still, bis die sterblichen Reste der Toten verglüht waren. Dann aber begann das Fest der Versöhnung, und es wurden Rinder, Ziegen und Schafe geschlachtet, gebraten und verzehrt. Dazu gab es Unmengen von Wein, der bald für große Ausgelassenheit sorgte. Gemäß des Befehls der Verbrüderung lagen sich die gestern noch verfeindeten Gruppen bald lachend in den Armen. Es wurde getanzt, es wurden Lieder gesungen, Geschichten erzählt; es wurden den Toten zu Ehren Leichenspiele veranstaltet und Wettkämpfe abgehalten, bei denen bald die einen, bald die anderen gewannen.

»Könnte doch der Streit um Helena im friedlichen Wettkampf entschieden werden«, seufzte Telephos, »denn die Wunden, die der Krieg schlägt, sind unheilbar.«

»O ja«, rief Odysseus, »wir sollten um Helena einen Zweikampf ausfechten lassen: Menelaos gegen Paris!«

Da lachten die Fürsten, daß sich die Balken bogen, und Menelaos wurde zuerst blaß, dann aber fing er sich und sagte abfällig: »Zum Kämpfen habe ich ein Heer mitgebracht.«

Palamedes, der Finstere, kam Menelaos zu Hilfe: »Es geht um die Ehre Griechenlands«, rief er, »die uns teurer ist als der Friede. Sie müssen wir hochhalten, und koste es unser aller Leben.«

Tölpel, dachte Odysseus, als ob Tod, mehr als ein ehrenhaftes Leben, der Ehre dienen könnte.

Das Fest mit all seinen Feiern dauerte sieben Tage und Nächte, und einigen Kriegern war danach so, als hätten sie sieben Tage und Nächte lang gekämpft.

Vier Monate schon lagen die Griechen vor Teuthrania. Mehrmals hatte die Flotte versucht, vom mysischen Ufer abzulegen, nicht zuletzt deshalb, weil Reisende und Händler längst berichtet hatten, daß Helena und Paris in Troja seien, doch jedesmal warf sie der Wind zurück. So lud Telephos sie ein, den Winter über in Mysien zu bleiben.

Als aber das Frühjahr kam, drehte der Wind, und Agamemnon befahl den Aufbruch. Zum Abschied trafen sich noch einmal die Fürsten auf der Burg, und Kalchas verkündete dem kranken König, dessen Wunde nicht heilen wollte: »Erst in Troja wirst du von deinem Leid befreit.«

Diesen Gedanken griff Tlepolemos auf und bat: »Im Namen unseres Vaters Herakles, der, wie du weißt, ein großer Krieger war, schließe dich mit deinen tapferen Mysiern unserem Heereszug an und ziehe mit uns gegen Troja. Dann ist der Sieg unser.«

»Hört«, antwortete Telephos, »ich habe euch gebeten, den Krieg um Helena nicht zu führen. Der Opfer, die hier sinnlos starben, waren bereits zu viele. Doch wenn ihr auf Rache nicht verzichten könnt, verzichtet wenigstens auf mich. Mutet mir nicht zu, gegen Priamos zu Felde zu ziehen. Meine Gemahlin Astyoche ist seine Tochter, ich selbst bin sein Freund und schätze ihn sehr. Auch seine Söhne sind edelmütig und haben keinen Anteil an dem Verbrechen, das Paris an Menelaos beging. Seht diesen Knaben hier«, sagte er und deutete auf seinen Sohn Eurypylos, »soll er zusehen, wie das Reich seines eigenen Großvaters fällt? Ihr wart meine Gäste, ich gab euch Vorrat, doch jetzt geht und fechtet euren Kampf, wenn ich ihn schon nicht schlichten kann.«

Drei Tage später war das griechische Heer verschwunden. Telephos hatte versprochen, wenn er schon nicht den Griechen helfen, auch nicht Verbündeter des Priamos werden würde, und so war man in Freundschaft geschieden. Teuthrania erblühte in der Sonne des Frühjahrs, doch die Wunde des Königs wollte nicht heilen.

8

Die Nachricht über den Einfall der Griechen in Mysien verbreitete sich in Windeseile über ganz Kleinasien. Kaufleute, Händler, Bettler, Sänger, alles Volk, das von Süden kommend nach Troja zog, erzählte von nichts anderem mehr: dem riesigen Heer, den unzähligen Schiffen, den kraftstrotzenden Helden, dem Krieg, den sie bösartig begannen, von Greueltaten, von der Verwundung des Königs Telephos und vielem mehr. Täglich wurde die Ankunft der Flotte vor Troja erwartet, und so herrschte in der Stadt eine fast unerträgliche, vibrierende Erregung, und es knisterte vor Spannung. Die Bewohner der beiden Dörfer auf den Hügeln des Rhöteion und Sigaion befürchteten das Schlimmste und erwägten, sich in den Schutz der Mauern Trojas zu begeben.

Auch Priamos hatte nicht geruht, hatte sich den Beistand sämtlicher Völker Troas gesichert und ein gewaltiges Heer zusammengestellt, das unter Führung Hektors die Griechen erwartete. Die Stadt glich einer einzigen Festung. Die Mauern waren gespickt mit Pechschnäbeln, auf den Wehrgängen lagen alle fünfzig Schritte riesige Haufen von Steinen, es waren Steinschleudern da, die Waffenkammern quollen über von Schwertern, Speeren und Pfeilen, die Ausgucke waren zwei- und dreifach besetzt, überall, wohin das Auge reichte, waren Soldaten, die Stadt zu verteidigen. Und dann erscholl eines Tags der Ruf: »Schiffe in Sicht!«

Die ersten tauchten südlich in der Enge zwischen dem Festland und der vorgelagerten Insel Tenedos auf. Dann kamen sie auch vom Westen her um die Insel herum, es wurden immer mehr, und schließlich war die See davon übersät.

Ganz Troja stand auf der Stadtmauer, als die griechische Flotte in die Bucht zwischen den Hügeln von Sigeon und Rhöteon einfuhr und zwischen den Flußmündungen von Skamander und Simoeis zum Stehen kam. Von der Mauer aus sahen die Menschen weit über Land und Meer und konnten die Ereignisse gut überblicken.

Der Kriegsrat und alle Fürsten Troas beobachteten das Schauspiel vom Palast aus mit gemischten Gefühlen. Priamos, der Kassandra bei sich hatte, schaute sorgenvoll hinunter zur Bucht: »Welch eine gewaltige Kriegsmacht rollt da auf uns zu«, sagte er mit bebender Stimme. »Odysseus hatte recht«, antwortete Hektor, »es sind mehr als tausend Schiffe, die hier vor Anker gehen.«

Die Griechen gingen jedoch nicht vor Anker, sondern ruderten die Schiffe zwischen die beiden Mündungen der Flüsse ans Ufer. Da lagen sie erst, dann sprang schließlich einer von Deck, und ihm folgten wie auf geheimen Befehl mit einem gewaltigen Jubel alle anderen

Krieger nach. Von Ilion sah es aus, als wäre am Ufer ein Termitenkegel geplatzt. Tausendfach, wie Ameisen, ergossen sich die Krieger über den Strand und liefen plan- und ziellos umher.
»Den ersten, der an Land sprang, wird Aeneas erschlagen, Aeneas erschlagen, Aeneas erschlagen ...«, sang Kassandra.
Priamos schaute sie verwundert an, und Aeneas schüttelte den Kopf.
»Ich weiß es, ich weiß es, ich weiß es!« sang Kassandra und tanzte durch die Reihen der Edlen von Troja, doch alle hielten sie für verrückt.
Eine ganze Zeit währte am Strand das Gewimmel, bis endlich geordnete Bewegung erkennbar wurde. Die Griechen banden lange Seile an die Rümpfe der Schiffe und begannen, die Frachten zu entladen. Derweilen gingen andere Truppen mit Äxten in die waldigen Hügel von Rötheon und fingen an, Bäume zu fällen. Daraus machten sie Rundhölzer, die sie vor die Kiele der Schiffe legten. Dann spannten sie Pferde, Ochsen, Esel, alles, was ziehen konnte, davor und begannen, Zug um Zug, ein Schiff nach dem anderen an Land zu hieven. Kaum war ein Kiel auf eines der Rundhölzer aufgefahren, wurde ein weiteres Holz vor den Bug gelegt und so fort. Und wenn eines der Hölzer unter dem Kiel hindurchgerollt war und am Heck wieder auftauchte, trugen Soldaten es schnell wieder zum Bug und legten es davor. So rollte jedes Schiff, immer auf zehn bis fünfzehn Stämmen, die Böschung hinauf in die Ebene. Die Trojaner fragten sich verwundert, was die Griechen bezweckten.
Protesilaos aus Phylake, der mit vierzig Schiffen am Kriegszug beteiligt war, betrat als erster Fürst trojanischen Boden. Er zog seine Schiffe als erster an Land. Als zweiter folgte Achilles mit fünfzig Schiffen, doch er hielt sich rechts beim Lauf des Skamanders. Ajax aus Salamis tat es ihm mit seinen zwölf Schiffen gleich, doch hielt er sich links vom Meer aus gesehen am Ufer des Flusses Simoeis, der den Lagerplatz nach Norden begrenzte. Beide treidelten sie ihre Schiffe die Flüsse hinauf. »Verschont mir um jeden Preis die beiden Dörfer auf den Hügeln«, sagte Agamemnon. »Viel eher sollten wir versuchen, sie als Freunde zu gewinnen, um mit ihnen Handel zu treiben.«
Die Anlandung ging zügig vonstatten, ein Fürst folgte dem anderen.

Dennoch glich der Lagerplatz am Ufer des Hellespont lange Zeit einem Chaos; die Fürsten hatten größte Mühe, Ordnung in das Chaos zu bringen. Auf Agamemnons Befehl hin hatte ein Zeichner eine Karte des Platzes gefertigt, mit der er den Fürsten ihre Standplätze zuwies. Dann mußten steinerne Fundamente geschaffen werden, damit die Schiffe trocken und luftig stehen konnten. Und mit Hilfe der Fürsten Menelaos, Achilles, Ajax, Nestor, Aias, Palamedes, Diomedes, Odysseus und dem Seher Kalchas, denen er am meisten vertraute, begann er, eine richtige Stadt zu entwerfen, die nach und nach wachsen sollte.

Die Schiffe waren in der Reihenfolge ihrer Ankunft an Land gezogen und in vier einzelnen, parallel zur Küste verlaufenden Querblöcken hintereinander aufgestellt worden. Dazwischen liefen breite Straßen. Vor der ersten Reihe wurde zum Schutz des Lagers ein hoher Erdwall aufgeschüttet, den Schanzpfähle stützten. Links am Wall beim Simoeis stand Ajax, nach rechts folgte Protesilaos; dann kamen die Thessalier, die Kreter, die Athener, die Phokäer, die Boötier und schließlich ganz außen rechts am Skamander Achilles. In dieser breitesten Reihe standen die meisten Schiffe. Der zweite Block beherbergte einen Großteil der peloponnesischen Fürsten, dazu die Lokrer und die Epeer. Der dritte Block, vom Land her gesehen, war durchtrennt. Ihn teilten sich Nestor, Eurypylos und Menelaos. Links stand Nestor, rechts Eurypylos und Menelaos. Den mittleren und größten Bereich dieses Blocks nahm die fast zweihundert mal zweihundert Schritte messende Agora ein. Auf diesem riesigen Platz, den die Altäre der Götter umsäumten, wurden die Versammlungen des Heeres abgehalten. In der vierten und kürzesten Reihe, die dem Meer am nächsten war, weil sich der von den Flüssen begrenzte Platz zum Meer hin verengte, lagen links am Simoeis Diomedes, in der Mitte Odysseus, der die Agora vor sich hatte, und rechts am Skamander Agamemnon.

Längswärts, zum Meer hinunter, durchzogen Gäßchen die Stadt. Hier hatten Händler ihre Stände errichtet und boten ihre Waren feil, denn für seine Verpflegung mußte ein jeder selbst sorgen; doch herrschte zu keiner Zeit Not, da der Sold, den die Krieger erhielten, hoch war. Es gab auch eine Gasse der Frauen, in der die Freuden-

häuser standen und in der sich schnell ein buntes Treiben entwickelt hatte. Das Geschäft blühte, denn die Soldaten, die während der langen Seereise auf Befehl ihrer Führer enthaltsam geblieben waren, platzten vor Begier. Gegen einen Obolos konnte sie sich bei den Dirnen ihres Drangs entledigen.
Die einfachen Krieger wohnten auf den Schiffen oder zimmerten sich eigene Hütten. Viele Fürsten jedoch ließen sich stattliche Wohnhäuser errichteten. Nestor, Ajax, Agamemnon und Menelaos hatten dazu feste Ställe für Vieh und Pferde, und Achilles baute sogar einen eigenen Festplatz für Opfer und Spiele; hier hielt er seine Gelage ab und übte sich mit seinem Freund Patroklos und dem Lehrer Phönix im Umgang mit Schwert, Lanze und Bogen. Er sah den Krieg gegen Troja mehr als ein Abenteuer. Ihm ging es in erster Linie nicht um Helena und nicht um die Ehre der Griechen, sondern nur darum, Kampfkraft zu zeigen, Freude zu haben und Ruhm zu erwerben.
Über den Bau der Schiffsstadt am Meer war ein ganzes Jahr vergangen. Je weiter sie gedieh, desto mehr Freude hatten die Griechen daran. Den Kriegern gefiel das lockere Leben ohne viel Pflichten; besonders begrüßten sie die gemeinsamen Opferfeste auf der Agora, denn die richteten immer die Fürsten aus. Auch sonst gab es zum Feiern vielerlei Anlaß, der Krieg schien ferner denn je. Die Trojaner hatten noch nicht einmal die Tore geöffnet und ein Herr entsandt, um die Belagerung zu beenden, und auch bei den Griechen war kein Gedanke laut geworden, Troja einzunehmen. Dies wäre auch kaum möglich gewesen, denn die Feste stand wie ein Fels.
Das Leben in der Schiffsstadt nahm gemächlich seinen Lauf, da kamen eines Tages zwei Krieger vom Strand her zu Agamemnon gelaufen und meldeten die Ankunft eines Schiffes.
»Herr, König Telephos von Teuthrania ist gelandet und bittet, seine Aufwartung machen zu dürfen.«
»Der Sohn des Herakles?« rief Agamemnon voller Freude, »er ist mir hoch willkommen.«
In aller Eile schickte Agamemnon eine Abordnung zum Hafen, um dem König Telephos das Geleit zu geben. Auch ließ er nach den Fürsten schicken, damit sie bei der Ankunft des Königs zugegen seien.

Doch es war keine fröhliche Schar, die da vom Hafen zu Agamemnons Haus zog: Telephos lag auf der Bahre, sein Gesicht war eingefallen und schwer gezeichnet.
»Die Mittel, die mir eure Ärzte gaben, haben ihre Wirkung verloren«, stöhnte er mit schmerzverzerrter Miene. Dann zeigte er den Griechen seine Wunde, die Achilles' Speer gerissen hatte, und alle, die sie sahen, waren bestürzt über die Verschlimmerung der furchtbaren Verletzung. Sie wunderten sich, daß Telephos überhaupt noch lebte. Achilles warf sich zu Boden und flehte den König erneut an, ihm zu vergeben. Der lächelte matt, dann flüsterte er: »Es sei dir vergeben, doch bringe mir die Waffe.«
Es schien, als habe Telephos' letzte Stunde geschlagen. Er schloß die Augen und war zu schwach, noch ein Wort zu sagen. Aus der Wunde ergossen sich Ströme von Eiter, Wasser und Blut. Da erklärte Eran, der Arzt, der den König begleitete: »In Teuthrania haben wir das Orakel des Apollon befragt. Dies weissagte uns, daß nur die Waffe, die die Wunde erzeugte, sie auch wieder heilen könnte.«
»Das habe ich schon damals gesagt«, rief Kalchas, »daß Telephos nur hier vor Troja gesund werden kann.«
So schnell er konnte, lief Achilles zu seinem Haus, holte den Speer und brachte ihn zu dem Kranken. Doch der konnte damit nichts mehr anfangen, denn sein gequälter Körper war in tiefe Bewußtlosigkeit gesunken. Mit Tränen in den Augen legte Achilles die Waffe neben das Bett und stand mit den andren ratlos um den todkranken König.
»Was ist nun, Kalchas«, fragte Achilles, »was sollen wir tun?«
Der Priester deutete nach oben und sagte: »Asklepios wird Rettung bringen.«
Odysseus erinnerte sich der Söhne des Gottes der Heilkunst, Machaon und Podaleirios, und ließ schnell nach ihnen schicken. Die rannten herbei, als sie hörten, wer zu Gast in der Schiffsstadt war, und ließen sich von Eran über die Qualen des Königs und das Orakel des Apollon berichten. Nach kurzer Beratung mit seinem Bruder nahm Machaon den Speer, kratzte mit seinem Dolch ein Häufchen Späne von der bronzenen Spitze ab und verteilte das Pulver auf die schwärende Wunde. Und sieh – Kalchas schrie es heraus: »Ein Wun-

der, ein Wunder!« – schlagartig hörte der Ausfluß auf, und vor den Augen der Anwesenden begann sich die Wunde zu schließen.
Nach wenigen Tagen war Telephos geheilt. Erst war er nach langer Zeit wieder schmerzfrei, und seine Lebensfreude kehrte zurück, dann konnte er aufstehen, sich bewegen und gehen, und schließlich war er wieder der Alte, der seine Brüder aus der Heimat herzlich umarmte. Welch eine Last, die den Griechen von der Seele fiel!
Agamemnon und die Fürsten, allen voran Achilles, ließen das ganze Heer auf der Agora antreten, und es wurde ein Opfer gefeiert, wie es die Götter noch nie erlebt hatten. Tag und Nacht stiegen die Düfte von Gebratenem hinauf in den Olymp, und der Wein floß in Strömen; immer wieder versprengten sie Mengen davon den Olympiern, um ihnen zu danken und ihren Beistand zu erflehen.
Das sahen die Himmlischen mit Wohlgefallen. Gnädig blickten sie herab und ergötzten sich an der Fülle der Speisen. Ein ums andere Mal erbebte der Olymp vom gewaltigen Lachen der Götter, doch nicht alle waren auf der Seite der Griechen.

9

Tagsüber sahen die Trojaner Rauchschwaden steigen, nachts die Funken fliegen, und im Kriegsrat des Priamos wurde gerätselt, was die Griechen wohl zu feiern hätten.
»Vielleicht wollen sie uns von irgend etwas ablenken. Am Ende ist es eine Falle«, sagte Deiphobos. »Wir sollen glauben, daß sie feiern, derweilen zieht ihr Heer gegen unsere Stadt.«
Hektor war anderer Meinung: »Sie führen ein leichtes Leben und haben den Krieg nicht im Sinn. Deshalb sollten wir sie angreifen, denn wer angetrunken ist, kann nicht gut kämpfen.«
»Laßt uns vorher einen Späher senden, um Gewißheit zu haben«, schlug Aeneas vor, »damit wir nicht leichtfertig das Leben unserer Krieger aufs Spiel setzen.«
»Aeneas hat recht«, sagte Priamos zu Hektor, »sende einen Freiwilligen, der klug und geschickt genug ist, heute nacht unerkannt in die

Schiffsstadt einzudringen. Wenn er feststellt, daß die Griechen wirklich feiern, sollst du deinen Willen haben.«
Da kam Troilos, der jüngste Sohn des Priamos und jüngster Feldherr der Trojaner, in die Ratsversammlung und rief: »Soeben kam ein Bote des uns verbündeten Königs Kyknos aus Kolonia und meldet, daß die Kolonäer bereit zum Angriff seien. Sie liegen nur einen Tagesmarsch südlich unserer Küste und warten darauf, einzugreifen.«
»Sehr gut«, sagte Hektor, »sobald der Späher wiederkehrt, soll Kyknos Antwort haben.«
Gerne wäre Aeneas selbst in die Schiffsstadt gegangen, doch durfte er als Feldherr der Dardaner nicht sein Leben wagen. So machte sich bei Einbruch der Nacht Dolon auf den Weg. Er war der beste Späher weit und breit.
Als er beim Erdwall ankam, der das Lager nach Troja hin abgrenzte, fand er alles ruhig. Dennoch erklomm er den Hügel nicht, denn es hätten dort Wachen stehen können. So schlich er sich im Schatten der Büsche am Ufer des Simoeis weiter, bis er an eine Stelle kam, von der aus er die Feuer sehen konnte, die die Agora erleuchteten. Es war so, wie Hektor vermutet hatte: Die Griechen feierten, daß es eine Freude war. Immer im Schatten der Schiffe bleibend, pirschte er sich heimlich an. Da sah er die Griechen tanzen, roch die Düfte ihrer Opfertiere, hörte die Gesänge der Krieger und ihre Hochrufe auf Dionysos, den Gott des Weines. Als er den Festplatz fast erreicht hatte, stolperte er im Zwielicht der Feuer über einen Mann, der schlafend am Boden lag. Noch im Fallen zog er den Dolch, um dem Fremden die Kehle durchzuschneiden, doch merkte er gleich, daß dies nicht nötig war.
»He du, hast du noch Wein zu trinken?« lallte Elpenor, der Navigator des Odysseus, und richtete sich auf. Schnell verbarg Dolon seine Waffe, tat so, als wäre er selbst betrunken, murmelte eine Entschuldigung und verschwand wieder im Schatten der Schiffe.
»Dann eben nicht, dann saufen wir halt morgen weiter, zahlt ja alles Agamemnon!« rief ihm Elpenor nach und fiel erneut in tiefen Schlaf.
Morgen wirst du Wasser vom Styx saufen, dachte Dolon und schlich vorsichtig durch die Schiffsreihen zurück ins Dickicht der Büsche. Er hatte genug gesehen. Hier harrte er aus, bis er sicher sein konnte, daß

ihm niemand gefolgt war, dann huschte er den Büschen entlang den Simoeis hinauf in die Skamanderebene und von dort aus geradewegs zurück nach Troja.

»Sie feiern!« rief Dolon dem Kriegsrat der Trojaner zu. »Agamemnon hat das ganze Heer zu einem Gelage eingeladen. Es sind keine Wachen aufgestellt. Ich schlich mich durch das Flußbett des Simoeis und gelangte von Süden her ins Lager. Niemand hinderte mich daran; nur nahe beim Festplatz lag ein Betrunkener, über den ich fiel, doch der hielt mich für einen Griechen.«

Dann berichtete er von der Art der Wehranlagen, dem Erdwall, von dem er glaubte, daß man ihn leicht stürmen und überwinden könnte, den ausgelassenen Soldaten, den unbewachten Schiffen, den sorglosen Fürsten.

»Gut gemacht«, rief Hektor und warf Dolon zum Lohn einen Beutel voller Münzen hin. Zum Kriegsrat gewandt sagte er: »Die Stunde der Vergeltung ist gekommen, unsere Soldaten sind gerüstet. Morgen bei Tagesanbruch will ich den Erdwall stürmen. Kyknos soll so schnell wie möglich mit seinen Truppen dazustoßen und das Lager von den Hügeln des Sigeion aus angreifen. So nehmen wir die Griechen in die Zange. Mit vereinigten Kräften werden wir sie schlagen und dafür sorgen, daß die Belagerung ein Ende nimmt.«

Die Fürsten der vereinigten Heere Trojas jubelten und machten sich bereit für einen Ausfall.

Indessen leuchtete weithin das Opferfeuer, das zum Abschied für König Telephos entzündet worden war, denn dieser hatte beschlossen, in seine Heimat zurückzukehren. Fast vollzählig waren die Griechenfürsten auf der Agora versammelt, um ihm das Geleit zum Strand zu geben. Nach seiner wundersamen Heilung zog es ihn jetzt zurück; dazu kam, daß er nicht Zeuge werden wollte von der Schlacht zwischen seinen Brüdern, den Griechen, und dem Heer seines Freundes Priamos, die ihm unvermeidlich schien. So tranken sie ein letztes Mal zusammen, und nach herzlichem Abschied und nachdem ihm Kalchas eine glückliche Heimkehr geweissagt hatte, stach Telephos in See.

Doch noch bevor die Sonne wieder aufgegangen war, hatten sich die Tore Trojas geöffnet. Eine gewaltige Kriegsmacht ergoß sich in die

Skamanderebene. Die Spitze bildeten die Anführer auf eisenbeplankten Streitwägen, die von je vier nebeneinandergespannten Rössern gezogen wurden: Allen voran der gewaltige Hektor, ihm folgte Aeneas und die anderen Fürsten und dahinter marschierten Tausende von Fußsoldaten.

Mehr als den halben Weg zur Schiffsstadt hatten sie bereits zurückgelegt, als Protesilaos über den Erdwall schaute; er hatte die Wacht über das Lager. Zunächst sah er nur Helios' gleißenden Sonnenwagen, der sich mit goldenen Strahlen über den Berg Ida schob und den tiefblauen Himmel purpurn färbte. Doch darunter, schien es ihm, als bewegten sich Schatten, so, als zögen dunkle Wolken über das Land. Mit der Hand die Augen schirmend, prüfte er das trügerische Bild.

»Da ist doch etwas faul! Rückt da nicht eine Streitmacht auf uns zu?« Ungläubig rieb er sich die Augen. Es schien ihm wie ein böser Traum. Doch dann siegte die Gewißheit: »Die Trojaner kommen«, schrie er, »Wacht auf, die Feinde sind im Anmarsch!«

Wie ein Besessener stürzte er sich durch die Reihen der Schiffe, schlug mit seinem Speer gegen die Rümpfe, hieb auf die Hütten ein und schrie: »Aufwachen, rüstet euch, die Trojaner kommen!«

Da regte es sich im Lager wie in einem Bienenschwarm. Die Krieger wankten aus ihren Betten, griffen zu den Waffen, schrien laut und liefen wild durcheinander. Indessen rannten Boten hinunter zum Strand, um die Fürsten, die Telephos das Geleit gegeben hatten, vom Kriegsausbruch zu unterrichten.

»Zu den Waffen, zu den Waffen!« schrie Agamemnon und hastete, so schnell er konnte, zu seinen Kriegern aus Mykene, die anderen Fürsten zu ihren eigenen Leuten und trieben sie zu höchster Eile an. Es wurden Befehle gerufen, Posaunen erschallten, die Griechen liefen überstürzt zusammen, und die Heerführer hatten größte Mühe, aus den ungeordneten Haufen ein Heer zu bilden.

Protesilaos war der erste, der mit seinen Truppen über den Wall stürmte und sich den Trojanern in den Weg warf. Heldenhaft wehrte er sich und seine Mannen gegen die anstürmende Übermacht. Dem einen Flügel befahl er, Hektor zu umzingeln, mit dem anderen stellte er sich Aeneas in den Weg. So konnte er das fremde Heer zum Stehen bringen. Er kämpfte wie ein Löwe, und links und rechts rollten die

Köpfe der Trojaner, da traf ihn wie ein Blitz aus heiterem Himmel Aeneas Speer. Protesilaos konnte nicht einmal schreien. Wie ein Pfeil kam das Geschoß auf ihn zugeflogen, durchbohrte seinen Harnisch, fuhr ihm durch die Brust und drang beim Rücken wieder aus. Lautlos sank er in die Knie, erhob seine Augen zu Zeus und starb. Protesilaos war der erste Griechenfürst, der sein Leben auf der Ebene des Skamanders ließ.

Nun kam auch Ajax über den Wall. Groß und stark wie ein Bär warf er sich in die Schlacht und wütete so sehr, daß die Trojaner in Scharen vor ihm Ausreiß nahmen. Er überragte sie alle um Haupteslänge und mehr, allein sein Anblick zerstreute sie in alle Himmelsrichtungen und machte sie laufen wie die Hasen.

Doch wo Hektor kämpfte, flohen die Achaier, denn reihenweise spaltete er von seinem Wagen aus den Feinden die Köpfe, und er hätte die Schlacht gewonnen, wenn nicht Achilles mit seinen Myrmidonen hinzugekommen wäre. In seiner goldenen Götterrüstung und mit dem Speer aus Eschenholz wütete er, stieß einen nach dem anderen nieder und tötete zwei Söhne Priamos'. Neben Achilles stand Patroklos und kämpfte so verbissen für den Freund und für sein eigenes Leben, daß selbst Aeneas in die Flucht geschlagen wurde. Nun aber kamen die Bogenschützen des Aias über den Wall und trieben die Trojaner erbarmungslos zurück. Auf sein Zeichen flog immer ein Hagelschwall von Pfeilen in ihre Reihen und riß dort entsetzlich große Löcher. Dadurch gerieten die Trojaner in so große Verwirrung, daß sie kopflos flohen wie eine Herde scheuer Hirsche vor einem Rudel hungriger Wölfe.

Noch bevor es Mittag wurde, war die Schlacht geschlagen. Die Trojaner hatten sich in ihre Festung zurückgezogen, die Griechen kehrten mit ganzen Horden gefangener Trojaner heim in ihre Schiffsstadt; zurück blieben Hunderte von toten Kriegern, in der Überzahl Trojaner, denn Sieger dieser ersten Schlacht vor Troja waren die Griechen. Als sich die Sonne im Zenith erhob, hatte Agamemnon zum Trauerfest befohlen. In den Hügeln von Sigeion war ein gewaltiger Holzstoß aufgeworfen worden, auf dem Protesilaos in voller Rüstung lag; um ihn gruppiert die Vielzahl gefallener Griechen. Kalchas hielt die Totenrede.

»Ihm, dem König von Phylake, war es beschieden, als erster Griechenfürst zu fallen«, sprach er in die Runde. »Doch Protesilaos war nicht Opfer, sondern opferte sich selbst. Er wußte, daß er sterben würde, da er als erster Feindesboden betrat.«
Kalchas machte eine Pause, da viele weinten, dann fuhr er fort: »Er tat es für euch alle, um euch zu schützen, die ihr lebt. Nehmt dieses Opfer an«, rief er, »damit sein Tod nicht sinnlos war, doch versäumt nicht, ihn zu rächen!«
Da schrien sich alle ihren Haß auf Troja aus den Herzen, und unter lautem Wehklagen setzten sie den Scheiterhaufen in Brand.
Der Holzstoß glühte nur noch schwach, und viele hatten sich bereits zurückgezogen zu den Schiffen, als wie durch Zauberhand der Leichenplatz von unzähligen Feinden umzingelt war. Keiner wußte, woher sie gekommen waren, sie schien der Erdboden ausgespuckt zu haben. Und es dauerte nicht lange, da hatte Kyknos mit seiner Heeresmacht ein furchtbares Blutbad unter den Griechen angerichtet. Achilles, der bereits in seinem Lager war, hörte die Schreie der Verwundeten. Vor Zorn rasend zog er augenblicklich mit seinen Myrmidonen den Kolonäern entgegen in die Schlacht. Er selbst stand mit Patroklos auf einem goldenen Streitwagen und suchte im Gewühl der Feinde, die links und rechts unter seinen Hieben fielen, nach deren Anführer. Er entdeckte ihn im Kampfgetümmel. Hoch auf einem Streitwagen stehend, verteilte Kyknos tödliche Stöße an die Griechen. Dorthin lenkte Achilles seine Pferde, und als er Kyknos gegenüberstand, rief er: »Wer du auch seiest, wisse, daß du vom Sohn der Göttin Thetis jetzt erschlagen wirst!«
Mit diesen Worten schleuderte er seine Lanze mit aller Kraft gegen Kyknos. Doch die prallte an dessen Harnisch ab und landete im Staub.
»Du wunderst dich, Sohn der Göttin«, rief Kyknos und lachte laut heraus, »es ist nicht dieser Panzer, dieser Schild und dieser Helm, der mich vor deinen Schlägen und Geschossen schützt. Die Rüstung trage ich nur zur Zier. Wenn ich sie von mir werfen würde, könnten deine Waffen meine nackte Haut nicht ritzen. Denn ich bin der Sohn Poseidons und daher unverletzlich!«
Nun warf Kyknos seinen Speer auf Achilles. Krachend durchschlug

er die goldene Schale und neun Häute von Achilles' Schild, bis er in der der zehnten schließlich stecken blieb.
»Ha«, schrie Achilles, »du magst vielleicht unverwundbar sein, doch unsterblich bist du nicht!«
Achilles riß den Speer aus dem Schild und schleuderte ihn zurück, doch der prallte wieder nur von Kyknos ab. So ging das hin und her, bis Achilles blind vor Wut vom Wagen sprang und mit dem Schwert auf Kyknos einhieb. Doch wo er ihn auch traf, hinterließ die Waffe nicht die geringste Spur.
»Und wenn du stark wie Ares wärst«, höhnte Kyknos, »könntest du mich nicht verletzten. Nun aber, Sohn der Thetis, werde ich dich töten.«
Damit stieg auch er von seinem Wagen ab, und es begann ein Schwertkampf zwischen beiden Göttersöhnen, dem jeder Sterbliche erlegen wäre, allein sie beide konnten sich nichts anhaben. Je härter Achilles zuschlug, daß die Funken sprühten, desto mehr lachte Kyknos ihn aus: »Du fichst ja wie ein Weib; soll ich dir zeigen, wie ein Schwert zu führen ist?«
Ein Sprung brachte ihn dem Griechen näher, und mit einer Finte schlug er ihm die Klinge aus der Hand. Dann holte er aus, um ihm den Kopf zu spalten, doch Achilles hob seinen Schild, wehrte den Streich ab und schlug den Schild mit aller Kraft gegen Kyknos' Schläfe. Der sah nur noch Sterne vor den Augen, dann wurde ihm schwarz vor dem Gesicht. Nun wankte der König der Kolonäer, wich zurück und wollte fliehen. Achilles aber holte ihn ein und warf sich mit seinem ganzen Gewicht auf Kyknos, daß er zu Boden ging. Mit seinem Knie auf dessen Brust hielt er ihn nieder und schnürte ihm mit dem eigenen Helmband die Kehle zu. Kyknos wand sich wie eine Schlange, doch seine Zier, die Rüstung, wurde letztendlich zum Verhängnis. Während Patroklos und die Myrmidonen in heldenhaftem Kampf Achilles' Rücken freihielten, würgte der den Unterlegenen so lange, bis dieser eines grauenhaften Todes starb.
Als dies die Kolonäer sahen, und sich mit einemmal führerlos sahen, stürzten sie in wilder Flucht davon. Bald war von der zweiten Schlacht vor Troja nichts anderes mehr zu sehen als der entweihte Grabhügel des Protesilaos und viele tote Krieger.

10

»Vortrefflich, dieses Brettspiel ›Tavli‹«, sagte Agamemnon und ließ die Würfel laufen. »Eine doppelte Sechs! Wunderbar, damit habe ich gewonnen.«
Die Fürsten, die Agamemnon in sein Haus geladen hatte, um die Neuigkeit zu sehen, die Palamedes erfunden hatte, staunten. Menelaos aber war verzweifelt, denn es schien ihm, als verfüge sein Bruder über Zauberkraft. Jedesmal waren ihm die Würfel gnädig und addierten sich zu Zahlenwerten, die ihm nützlich waren; er hingegen hatte ständig Pech.
Das Spiel bestand aus einem in vier Felder aufgeteilten Brett, auf dem je sechs Speerspitzen aufgezeichnet waren, und aus dreißig Steinen von zweierlei Farbe, je fünfzehn für jeden Spieler. Es ging darum, daß mit dem Antrieb von zwei Würfeln abwechslungsweise jeder seine fünfzehn Steine über alle vierundzwanzig Speerspitzen in gegenläufiger Bewegung aus dem fremden Feld in das Heimatfeld spiele, um sie von dort aus dann vom Brett zu würfeln. Wenn ein Stein einzeln stand auf einem Speer und der Gegner diesen mit der Augenzahl der Würfel traf, konnte er ihn nehmen und wieder an den Anfang setzen. Wenn ein Spieler einen Speer mit mindestens zwei Steinen seiner Farbe besetzt hatte, war dieser Speer für den Gegner unbesetzbar. Sieger war, wer seine Steine als erster vom Brett gewürfelt hatte.
»Glück«, rief Menelaos, »nichts als Glück!«
»Irrtum«, sagte Agamemnon, »ich bin der bessere Strategos.«
»Du hast doch nur die bessere Hand beim Würfeln«, entgegnete Menelaos.
»Nicht doch, nicht doch; selbst wenn dir jeder Wurf gelänge, wie du ihn dir wünschtest, könntest du mich doch nicht schlagen, denn du hast die Kunst des Spieles nicht verstanden. Es kommt nicht auf die Augenanzahl der Würfel an, sondern darauf, was man damit macht. Es ist ein Spiel von hoher Kriegskunst.«
»Ich danke dir, Fürst Agamemnon«, rief Palamedes, »du hast den Sinn des Spiels erkannt.«

Agamemnon fühlte sich geschmeichelt und dachte, er sei unschlagbar.
»Laßt uns einen Wettkampf machen«, rief er in die Runde, »jeder gegen jeden. Wir spielen um Protesilaos' Erbe.«
Ein Raunen ging durch den Saal, denn dieser Preis war unermeßlich hoch. Ging es doch um vierzig Schiffe, dreitausend Krieger, die besten Pferde aus Thessalien, Hunderte von Schafen und Rindern, herrliche Rüstungen, Waffen und Gold von unschätzbarem Wert. Lange gingen die Auseinandersetzungen hin und her, doch schließlich stimmte die Mehrheit der Fürsten zu.
Wie ein Fieber fiel nun die Spielsucht in die Schiffsstadt ein. Nichts anderes wurde mehr getan als Tavlispielen. Zweiunddreißig Fürsten hatten sich zum Wettkampf angemeldet und nach Palamedes Zeichnung ein Spielbrett bauen lassen. Tag und Nacht saßen sie nun da und übten Taktik, denn in drei Tagen sollte das Turnier beginnen. An den Krieg gegen Troja dachte keiner mehr. Vom Gedanken an die echten Schlachten war man weit entfernt und das mit gutem Grund, denn von Trojas Seite war mit keinem Angriff zu rechnen. Die Kampfkraft der Trojaner, so schien es, war gebrochen; eigentlich mußten sie nur noch ausgehungert werden.
Dann kam der große Tag des Spiels, und alle versammelten sich im Haus des Agamemnon. Fünf Runden waren, wie Menelaos gefordert hatte, für jeden Durchgang angesetzt, damit nicht Glück allein den Sieg bestimme. Jeder der zweiunddreißig Fürsten spielte, wie das Los bestimmte, gegen einen anderen. Gewonnen hatte der, der dreimal seinen Gegner schlug. Dann spielten, wieder durch das Los bestimmt, acht gegen acht, dann vier gegen vier, bis vier Sieger übrig blieben. Diese waren Agamemnon, Palamedes, Nestor und Odysseus. Wieder wurde Los gezogen, wer gegen wen zu kämpfen hatte: Nestor zog Agamemnon, Odysseus Palamedes.
Der alte Nestor spielte klug, ließ Agamemnon rennen, bis er schnell und schneller wurde, und besiegte ihn schließlich von hinten her.
»Es ist nicht nur die Schnelligkeit, die siegt«, sagte er dem Völkerfürsten, »man kann ein Spiel, genauso wie den Krieg, mit Langsamkeit gewinnen.«
Agamemnon kochte vor Wut und Enttäuschung. Bei jedem anderen

hätte er sich für diese Schmach bitterlich gerächt, so aber mußte er dem Greis Nestor die Ehre lassen: »Da es dein letzter Sieg war, alter Mann, den du errungen hast, will ich dir die Freude nicht verderben. Denn wisse, Nestor, der Fährmann Charon wartet schon darauf, dich über die dunklen Wasser des Styx in Hades' ewiges Reich zu rudern.«

»Freue dich nicht zu früh«, rief Nestor lachend, »mir und meiner alten Gattin Anaxibia sind noch viele Jahre geweissagt.«

Agamemnon ließ es notgedrungen gut sein. Die Fürsten drängten auf das zweite Halbfinale.

Als Palamedes und Odysseus sich zum Spiele setzten, sprühte Haß aus ihren Augen. »Du magst der Stärkere von uns beiden sein«, murmelte Palamedes, »doch geistig bin ich dir bei weitem überlegen.«

»Wir beide haben noch eine Rechnung offen«, zischte Odysseus, »und ich schwöre dir, du wirst sie zahlen.«

Ein Spiel gewann Odysseus, dann aber siegte Palamedes. Er zog Nutzen aus seiner größeren Erfahrung. Im dritten Spiel rang wieder Odysseus seinen Widersacher nieder. So blieben nur noch zwei Spiele übrig, und Palamedes zeigte Nervenstärke. Er störte seinen Gegner mit allen Kniffen, die er kannte: klapperte mit seinen Würfeln, während Odysseus nachdachte; murmelte Beschwörungsformeln, während Odysseus Würfel rollten; bezeichnete fast jeden Zug des Ithakers als einen Fehler und würfelte tatsächlich bessere Zahlen hinterher. So kam es, wie es kommen mußte: Palamedes wurde Meister und gewann. Da klatschten alle Fürsten Beifall, Odysseus aber würdigte ihn keines Blickes.

Nun kam die letzte Runde gegen Nestor: Palamedes hatte leichtes Spiel. Seinem Geschick konnte der Alte nicht begegnen. Er verlor in drei Durchgängen, aber nahm es mit Gelassenheit: »Du hast ein großes Spiel geschaffen, Palamedes, dafür gebührt dir Ruhm. Nun bist du auch noch reich. Ich wünsche dir die Gunst der Götter, deinen Reichtum zu erhalten.«

Agamemnon war zufrieden: »Es hat der Tüchtige gewonnen und hat zum Ruhm nun auch den Lohn!«

»Du kluger Mann«, sagte Kalchas, als er Palamedes seinen Glückwunsch aussprach, »vergiß mir nur die Götter nicht. Sie nehmen schneller als sie geben, drum denke stets an sie mit Dankbarkeit und opfere wenigstens den zehnten Teil vom Ganzen.«

»Den zehnten Teil?« rief Palamedes entsetzt. »Dann sage doch gleich die Hälfte oder alles! Bedenke, Kalchas, daß allein der Sold für Protesilaos' Krieger den zehnten Teil im Jahr verschlingt.«

»Wieviel du opferst«, sagte Kalchas, »liegt bei dir, doch wenn du mit Schmerzen gibst, was der Götter ist, werden sie dich mit Schmerzen strafen.«

»Eine Hekatombe Schafe und nicht mehr, und das beim nächsten Neumondfest!« rief Palamedes und wandte sich verärgert ab. Die Fürsten wunderten sich, wie geizig Palamedes sich zeigte.

Bei Vollmond gab es nur ein kleines Fest auf der Agora, und es waren nur wenige Fürsten und ausgewählte Krieger zum Schmaus geladen. Agamemnon und Menelaos waren zugegen, auch Nestor, Kalchas und noch andere. Üppig aber war das nicht, hundert Schafe und hundert Krüge Wein waren ja zum Lachen wenig. Selbst die Götter waren mißgelaunt, denn ihnen wurden nur die Innereien verbrannt. Als Kalchas feierlich verkündete: »Das Opfer ist vollbracht, ein jeder hole sich nun seinen Teil«, stürzten sich die Krieger auf die Braten und den Wein, und jeder holte sich, solange der Vorrat reichte, von den spärlich aufgetischten Speisen.

Odysseus schien es nun endlich an der Zeit, seine auf Ithaka geschworene Rache in die Tat umzusetzen. Versteckt beim Zelt des Palamedes, das neben dem Haus des Agamemnon lag, stand er und wartete so lange, bis alle beim Festmahl saßen. Dann schlüpfte er heimlich in das Zelt und grub unter dem Bett ein Loch, legte einen gehäuften Beutel mit goldenen trojanischen Dukaten hinein, die er im Lauf der Zeit gegen eigenes Gold von diesem oder jenem Händler eingetauscht hatte, tat Erde darauf, glättete den Boden, rückte das Lager wieder zurecht und verschwand so schnell und ungesehen, wie er gekommen war.

Danach begab er sich zu seinem Zelt und schrieb im Namen Priamos einen Brief an Palamedes, in dem er von dem übersandten Golde sprach, und ihm seinen Dank ausdrückte für seine Bereitschaft, das griechische Heer an Troja zu verraten.

Zwölf Tage danach gab Odysseus den Brief einem trojanischen Ge-

fangenen, den er in aller Heimlichkeit befreit hatte, und schickte ihn des Nachts damit durchs Lager zum Zelt des Palamedes mit dem Auftrag, sich keinesfalls ergreifen zu lassen, notfalls zu fliehen: dann sei ihm eine hohe Belohnung und die Freiheit sicher. Odysseus aber hatte vorgesorgt, daß der unfreiwillige Bote entdeckt wurde.
»Wir habe einen Späher gefaßt«, schrien die Wachen vor dem Haus des Achilles, »kommt schnell, er leistet Widerstand.« Da riß sich der Bote aus der Umklammerung los und rannte um sein nacktes Leben. Doch noch bevor er in den Schatten eines Schiffes tauchen konnte, traf ihn schon der Speer der Wache in den Rücken. Ein furchtbarer Todesschrei drang durch das Lager, mit einem letzten Röcheln sank der arme Bote auf die Knie und fiel tot zusammen. Achilles, der durch den Lärm geweckt wurde, schickte sofort Soldaten, die den Toten in sein Haus bringen sollten, und dort fand man dann, in seinem Gewand versteckt, das Schriftstück des Priamos an Palamedes.
Am nächsten Morgen klangen die Fanfaren durch die Schiffsstadt und riefen die Fürsten ins Haus des Agamemnon. Als Palamedes durch den Eingang schritt, rief Agamemnon: »Diesen Mann nehmt fest und legt ihn gleich in Ketten!«
Palamedes war zu Tode erschrocken. Er wehrte sich, denn er war sich keiner Schuld bewußt, beteuerte seine Redlichkeit, doch man legte ihn in Ketten und stellte ihn vor einen quergestellten, langen Tisch.
Als alle Fürsten versammelt waren, sprach Agamemnon: »Es ist ein Hochverräter unter uns, über den wir ein Urteil zu fällen haben.«
Odysseus fragte verstört: »Ist es Palamedes, weil er hier in Ketten vor uns steht?«
Agamemnon nickte, und Ajax rief: »Agamemnon, was hast du gegen Palamedes vorzubringen? Er ist der Klügste von uns allen, hochgeachtet und auch reich, warum sollte er uns verraten?«
Agamemnon gebot mit seinem Zepter Stillschweigen, dann sagte er: »Wir müssen ein Gericht berufen, und ich fordere alle Könige, die ihrer Heimat allein gebieten, auf, vorzutreten und an diesem Tische Platz zu nehmen.« Da traten aus der Reihe Elphenor, der König der Abanten, Menstheus, König von Athen, Diomedes, König von Argos, Menelaos, König von Sparta, Nestor, König von Pylos, Agapenor, König von Arkadien, Odysseus, König von Ithaka, Thoas, König von

Aitholien, Idomeneus, König von Kreta, Tlepolemos, König von Rhodos, sowie Eumelos, König von Pherai vor, und nahmen auf ihren Sesseln Platz.
»Odysseus, als der Findigste, soll in diesem Rat den Vorsitz übernehmen«, ordnete Agamemnon an, »ich selbst werde die Anklage erheben. Mag Ajax aus Salamis sich zu Palamedes setzen, um ihm bei fehlerhafter Urteilsfindung beizustehen. Die anderen Fürsten können hier im hinteren Teil des Saales warten und sehen, wie Griechen mit Verrätern umgehen.«
Als Ruhe im Saal eingekehrt war, rief Agamemnon Achilles als Zeugen auf: »Achilles, Sohn des Königs Peleus von Phthia und der Göttin Thetis, trete vor und berichte von den Ereignissen der letzten Nacht!«
Achilles trat an den Richtertisch und erzählte von der Gefangennahme des trojanischen Boten und dessen Tod, den er durch Flucht selbst verschuldet hatte, und dem Schriftstück, das man in seiner Kleidung gefunden hatte.
»Ist dies das Schriftstück?« fragte Agamemnon und hielt Achilles eine Rolle aus Papyrus hin.
Achilles nahm die Rolle, prüfte sie und gab sie bestätigend zurück.
»So hört, ihr Richter, von wem dies Schriftstück stammt und an wen es gerichtet ist!« rief Agamemnon. »König Priamos ist der Sender und schickt es an Palamedes, der hier vor uns im Staube liegt. Palamedes, erhebe dich und äußere dich zu dem Vorwurf: Priamos schreibt, er habe dir vor geraumer Zeit einen Beutel mit trojanischen Dukaten geschickt, da du bereit seist, bei deiner nächsten Wacht am Wall die Trojaner nachts in die Schiffsstadt einzulassen. Er bittet dich in diesem Schreiben, dem Boten einen Zeitpunkt für den Überfall zu nennen.«
»Kein Wort davon ist wahr«, stammelte Palamedes. »Weder habe ich jemals Gold von Priamos erhalten, noch habe ich ihm Einlaß in das Lager zugesagt.«
Agamemnon gab den Königen den Brief zu sehen. Als ihn Odysseus gelesen hatte, sagte er: »Wenn Palamedes vor geraumer Zeit das Gold erhalten hat, muß er es auch besitzen und in seinem Hause haben.«
Ajax schritt ein und rief: »Palamedes hat durch Protesilaos' Erbe

Gold genug erhalten. Gold in seinem Zelt zu finden, ist kein Beweis für seine Schuld.«
»So laßt uns nach verstecktem Golde suchen, nach trojanischen Dukaten in einem Beutel. Besitzt du einen solchen, Palamedes?« fragte Odysseus.
»Wer in meinem Zelt versteckt einen Beutel mit trojanischen Dukaten findet, der möge mich hier schuldig sprechen«, sagte Palamedes.
Agamemnon schickte Wachen, um im Zelt des Angeklagten nachzuforschen. Doch ein Beutel mit trojanischen Dukaten wurde nicht gefunden. Da frohlockte Ajax: »Ich sagte es doch gleich, weder ist Verrat des Palamedes Art noch wurde bei ihm verstecktes Gold gefunden. Auch bitte ich euch, selbst wenn das Schreiben ihn verrät, die Verdienste dieses Mannes nicht außer acht zu lassen. Er schenkte uns die Würfel, erfand die Spiele, mit denen wir uns die Zeit vertreiben; auch unsere Krieger. Wie ich schon sagte, er ist der klügste von uns allen. Die Schrift des Priamos allein genügt nicht für ein Urteil.«
Nach dieser Rede berieten sich die Könige am Tisch, und jeder war bereit, Palamedes freizusprechen, bis Odysseus schließlich ganz nebenbei fragte: »Habt ihr in seinem Zelt gegraben?«
Agamemnon schickte die Wachen noch einmal los und befahl ihnen, den Boden des Zeltes aufzugraben. Und siehe da, unter dem Bett lag, einen Fuß tief vergraben, der Beutel mit dem Gold. Mit einem Knall setzte Agamemnon das Säckchen auf den Richtertisch.
»Gestehst du deine Schuld?« schrie er den Angeklagten an.
Palamedes antwortete: »Dieses Gold gehört mir nicht. Oh, ihr Griechen, wenn ihr mich nun tötet, tötet ihr den Unschuldigsten von allen.«
Die Richter lachten, denn der Beweis seiner Schuld lag ja auf dem Tisch. Sie blickten sich gegenseitig an, und dann drehten sie alle ihre Daumen nach unten.
Odysseus erhob sich von seinem Sitz und sprach: »Palamedes, wir sind einstimmig zu dem Urteil gekommen: Du bist des Hochverrates schuldig. Im Namen des griechischen Heeres verurteile ich dich zum Tode durch Steinigung. Das Urteil wird sofort vollstreckt.«
Die Fürsten erhoben sich und führten Palamedes zur Richtstätte an die See. Er hätte noch ein letztes Wort gehabt, doch nahm er es nicht

wahr. Als sie damit begannen, das grausame Urteil zu vollstrecken, stand Palamedes starr wie eine Statue, nur seine Augen erhob er zum Olymp, zu Nemesis, der Göttin der Gerechtigkeit; aber da flogen schon die ersten Steine und streckten ihn zu Boden. Möwen kreisten über Palamedes Kopf hin, da rief er: »O Wahrheit, du bist vor mir gestorben!«

Odysseus schleuderte seinen Stein nach Palamedes mit all seinem Haß im Herzen und mit solcher Wucht, daß der Widersacher hinsank und verstarb.

11

Rückblickend kam Achilles die Geschichte wie ein Alptraum vor. Vor drei Tagen war er bei der Wacht am Wall gesessen, als in der Ferne des leuchtenden Morgens zwei goldbraune Pferde auftauchten und die blühende Skamanderebene hinunterjagten, hinter sich ein leichtes Renngefährt gespannt.

»Welch herrliche Pferde!« rief er und sah die Mähnen fliegen; und als sie wie der Wind gegen den Wall anstürmten, verspürte er die größte Lust, seine eigenen beiden Rösser, Balios und Xanthos, die er von seiner göttlichen Mutter Thetis erhalten hatte und die wie Götter unsterblich waren, gegen diese um die Wette laufen zu lassen.

Die Braunen waren wirklich gut. Nur leider hemmtem sie den rasenden Galopp schon allzu früh, schwenkten um die eigene Achse und stieben zurück gen Troja.

»Der, der auf dem Wagen steht, ist noch ein Knabe«, sagte sich Achilles, »denn seine Gestalt überragt ja kaum das Hinterteil der Pferde.«

Der Wagen kam vor Troja an, wendete, und wieder ging die wilde Jagd in Richtung Schiffsstadt – und wieder zurück nach Troja. Achilles schaute sich das zweimal an, dann pfiff er seinem Diener: »Spann mir die Pferde Balios und Xanthos an meinen leichten Wagen, und mach schnell!«

Als die Braunen zum dritten Male wiederkehrten, um zu drehen, stand Achilles mit seinen Pferden schon bereit. Er hob die Hand zum Gruß und rief: »Wer zuerst in Troja ist!«

Die Augen des Knaben weiteten sich vor Entsetzen, er schien bis ins Mark erschrocken und zitterte am ganzen Körper. Dann drosch er wie ein Wilder mit der Peitsche auf seine Braunen ein und raste los, als ob Erinnyen hinter ihm herjagten. Achilles lachte, gab seinen Pferden einen Klaps und ließ sie laufen. Der Knabe hatte einen weiten Vorsprung, doch Achilles holte stetig auf. Weit mehr als die halbe Strecke nach Troja war gefahren, der Knabe, immer noch ein Stück voraus, doch Achilles wußte längst, daß er ihn einholen würde. Er ließ sogar die Zügel locker, denn was er bisher nur aus der Ferne gesehen hatte, stand nun auf einmal mächtig groß vor ihm: die Burg Troja. Dreißig Schritt und mehr türmten sich die Mauern hoch, und oben auf den Zinnen sah er Menschen stehen: Der mit dem silbernen Haar, dem weißen Bart und dem roten Mantel um die Schultern mußte Priamos sein. Der Greis strahlt königliche Würde aus!
Neben Priamos sah er den herrlichen Hektor stehen und grüßte beide mit erhobener Hand. Dann gab auch er den Pferden seine Peitsche. Wild bäumten sich Balios und Xanthos auf, machten lange Hälse und schossen vorwärts wie Pfeile. Immer näher kam sein Gespann dem des Knaben, Balios und Xanthos setzten eben an zu überholen, da wandte sich der Junge um – und lenkte fehl: Steil sprang der Wagen in die Luft, erhob sich über der Furt des Simoeis und landete so hart, daß beide Räder brachen und Holz- und Lederteile flogen. War es ein Festhalten an den Zügeln oder ein Sichdarinverfangen oder beides, der Knabe kam nicht von den Lederriemen los, und die Pferde gingen mit ihm durch. Es war schrecklich anzusehen, wie der kleine Menschenkörper über den Boden schleuderte, hin und her geworfen wurde und über Steine und Wurzeln klatschte. Erst, als er nur noch ein blutiger Klumpen war, hörten die Braunen auf zu rennen. Da war Achilles über ihm, doch dem Knaben war nicht mehr zu helfen. Er kniete nieder zu dem Jüngling, löste die Zügel aus den zerschundenen Fingern und drückte ihm die Augen zu.
Es öffnete sich die Pforte im Skäischen Tor, und heraus kam ein einzelnes Gespann. Sie kannten sich von Angesicht. Es war Hektor, der heranritt, Achilles aber rührte keinen Fuß zur Flucht. Still wartete er die Begegnung ab. Dann standen sie sich gegenüber und hefteten die Augen ineinander. Hätten die Götter ein Zeichen gegeben, es wäre

beiden leicht gewesen, sich zu umarmen, denn obwohl sie Feinde waren, bewunderten sie sich sehr. Die Götter aber schwiegen.
Nach einer endlos langen Zeit sagte Hektor schließlich: »Dies war Troilos, der Lieblingssohn meines Vaters Priamos. Ich wußte nicht, daß Griechen Kinder jagen.«
Da antwortete Achilles leise: »Ich wußte nicht, daß Trojaner ihre Kinder nicht lehren, mit Pferden umzugehen.«
»Apollon wird dich dafür strafen«, sagte Hektor.
»Diese Strafe wirst du nicht erleben«, entgegnete Achilles.
Hektor ließ von Achilles ab und barg den verstümmelten Leichnam seines Bruders. Als er ihn auf seinen Wagen legte, wandte auch Achilles seine Pferde und trabte langsam zurück zur Schiffsstadt.
Die Geschichte machte ihn traurig und verzweifelt. Er war mißmutig, schlecht gelaunt und unzufrieden. Der Tod des jungen Troilos ging ihm nicht aus dem Sinn, obwohl er dessen Tod nicht verschuldet hatte.
Es war aber nicht nur dieser Vorfall, der ihn unversöhnlich stimmte. Da war noch etwas anderes. Aber was nur? Seine Myrmidonen hatten ihm einen herrlichen Palast gebaut, mit allem, was das Herz begehrte, mit schönen, kühlen Räumen, mit einem schattigen Garten, mit Büschen und Bäumen direkt am Skamander, er besaß sogar ein Schwimmbad, um das er hatte Palmenbäumchen setzten lassen, und hinter dem Haus, im Schatten des Erdwalls, der inzwischen dicht bewachsen und mit Steinen und Felsen befestigt war, lag sein eigener Fest- und Kampfplatz, das Theatron. Fast alle Fürsten beneideten Achilles um sein Haus. Nur Agamemnon nicht, der ein noch größeres besaß.
Achilles war jung und voll ungestümer Kraft; und doch fühlte er oft eine entsetzliche Leere in seinem Herzen. Nun dauerte der Kriegszug schon so viele Jahre, und nichts war geschehen. Die Tore Trojas waren bis auf die eine Schlacht, bei der Protesilaos gefallen war und er kurz danach Poseidons Sohn, König Kyknos getötet hatte, verschlossen geblieben. Danach hatte nie wieder ein Kampf stattgefunden, und zu keiner Zeit hatten die Griechen den Versuch unternommen, Troja im Sturm zu nehmen.
Er war hierhergekommen, um ein vielbesungener Held zu werden,

um Wundertaten zu vollbringen; nun sah er seine schöne Jugend nutzlos schwinden. Natürlich übte er sich mit Patroklos im Theatron und lud oft auch andere Helden wie Odysseus und Diomedes oder Ajax und Elphenor oder alle zusammen dazu ein. Sein Mentor Phönix veranstaltete die wunderbarsten Feste, doch dies war ihm auf Dauer nicht genug. Wenn schon, wie seine Mutter Thetis ihm geweissagt hatte, er als größter griechischer Held im Kampf vor Troja fallen sollte, dann wollte er zumindest nicht an Altersschwäche oder Langeweile sterben, allein, ohne Kinder, ohne Freude am Leben. Gut, er hatte Soldaten, Diener, Dienerinnen, er hatte seinen Patroklos und liebte ihn von ganzem Herzen. Mit ihm teilte er, was es nur zu teilen gab: Tisch, Bett und Zeit. Aber war das alles?

Nicht selten schweiften deshalb seine Gedanken zu seiner süßen, kleinen Deidamia, die sicher immer noch am Königshof des Lykomedes auf der Insel Skyros auf ihn wartete.

»Was machen wir hier eigentlich vor Troja?« fragte er am Morgen Patroklos, als sie zusammen im Innenhof des Hauses saßen, wo ein Brunnen stand und Bäume, die zu jeder Zeit des Tages Schatten spendeten. »Sollen wir warten, bis sie ausgehungert sind, bis sie freiwillig die Tore öffnen und Helena herausgeben? Warten, bis Paris ihrer überdrüssig wird? Ich bin mir gar nicht sicher, ob Menelaos und die anderen Fürsten sie überhaupt noch wollen.«

»Da bin ich völlig deiner Meinung«, sagte Patroklos, »wir sollten von hier fortgehen. Um uns liegen die herrlichsten Länder, die schönsten Städte, da gibt es Reichtümer zu holen, die Welt liegt uns zu Füßen, wir müssen sie nur mit unseren Händen fassen.«

Achilles blickte auf, als er seinen Freund so sprechen hörte: »Patroklos, mein Lieber«, rief er, »du beginnst, mir Mut zu machen!«

»Und außerdem«, sagte Patroklos, »wäre es für unsere Myrmidonen gar nicht schlecht, mal wieder frischen Wind zu riechen. Als unerschrockene Seefahrer kamen sie mit uns hierher, jetzt sind sie nur noch Stillstandsknechte mit gewölbten Bäuchen, die auf ein Zeichen Agamemnons warten.«

»Komm«, rief Achilles und nahm Patroklos froh an seine breite Brust, »wir brechen auf! Noch heute abend sprechen wir mit Agamemnon,

er kann uns den Abschied nicht verwehren. Wie auch? Ich schwor ihm nie die Treue, ich bin ja freiwillig mit hergekommen.«
»Es muß auch nicht für immer sein«, rief Patroklos, »wir kommen wieder und stellen ihm anteilige Beute in Aussicht, dann wird er sich bestimmt nicht sträuben, denn seine Habgier ist noch immer unersättlich.«
Da lachten beide, fielen sich in die Arme und tanzten vor Freude und Erleichterung, daß die Diener nur so staunten. Solch eine Fröhlichkeit war im Hause des Achilles lange nicht vernommen worden.
Achilles klatschte in die Hände: »Mädchen, bringt Wein herbei, und nur vom Besten«, rief er, »wir wollen uns vergnügen, und vergeßt die Speisen nicht!«
»Sogleich, sogleich«, scholl es aus dem Inneren des Hauses. Dann kamen Iphis, die schöne Sklavin des Patroklos, die Achilles ihm zum Geschenk gemacht hatte, und Maja, die es wie keine andere verstand, die Männer zu den süßesten Spielen zu reizen. Nur mit einem leichten Tuch bekleidet, trippelten die beiden auf nackten Füßen in den Innenhof. Iphis trug die Becher und den Wein, Maja trug die Früchte. Iphis hatte blonde Haare wie Achilles, Maja hatte schwarze, und ihre Sinnlichkeit war größer. Mit der einen Hand faßte sie sich an die Brüste, mit der anderen rieb sie Achilles' Schoß, und mit den Lippen reichte sie ihm frische Trauben. Da ging es allen gut, fröhlich scherzten und zechten sie zusammen. Und als der Wein die Wirkung zeigte, legten sie sich, wie sie es manchmal taten, zu viert in den Arkaden auf ein breites Lager und genossen die Freuden der Liebe und des Lebens miteinander. Mal liebte Achilles Maja, dann nahm Patroklos sich Iphis. Oder Maja liebte Iphis und Patroklos Achilles. Oder Maja nahm sich Patroklos und Achilles Iphis. Dann schließlich bildeten sie einen Kreis, vergruben ihre Köpfe in dem Schoß des anderen und trieben es zu vieren. So feierten sie voll Ausgelassenheit und Freude, genossen ihre Körper und schwelgten in den Tag hinein. Den Göttern Dionysos, Eros und der schönen Aphrodite hatten sie ein Kohlebecken aufgestellt, in dem den Himmlischen ein Opferfeuer loderte, in das sie immer wieder eine Frucht, dann ein Stück Fleisch und andere Leckerbissen legten. Und Dionysos gossen sie den Wein auf kühlen Fliesen.

Als es Abend wurde, machten sich Achilles und Patroklos auf den Weg zu Agamemnon. Der Völkerfürst war hocherfreut, als er die beiden sah, denn obgleich er in der Schiffsstadt das Sagen hatte, war er doch ein von vielem ausgeschlossener Mann.
»Kommt ihr zum Tavlispielen?« fragte er und klatschte in die Hände, um Spielbrett, Würfel und Steine bringen zu lassen.
»Nein, Agamemnon«, rief Achilles, »heute geht's um größeren Gewinn. Mich reizen die Städte Mysiens und die Insel Lesbos. Viele sind Verbündete der Trojaner. Ich muß hinaus, sie zu erobern.«
Agamemnon wurde hellhörig. Wie gerne wäre er selbst hinausgefahren, um die Zeit vor Troja zu nutzen, seinen Reichtum zu mehren. Immer wieder hatte er Reisende von sagenhaften Schätzen sprechen hören, die dort lägen; und da die Menschen von der Kunst des Krieges wenig wüßten, wie es hieß, müßte es ein leichtes sein, sich diese Schätze anzueignen. Aber er konnte nicht weg von hier. Er war der Völkerfürst, er mußte bleiben, sonst wäre der Kriegszug wohl zu Ende gewesen.
»Wir werden uns die Schätze auf dem Heimweg holen, wenn Troja einst gefallen ist«, sagte Agamemnon, »jetzt aber laßt uns Tavli spielen.«
Diener brachten Wein, Speisen und die Bretter für das Spiel, doch Achilles ließ sich nicht darauf ein.
»Es ist nicht sinnvoll, daß ich mit all den anderen Fürsten hier vor Troja warte, bis die Stadt sich selbst ergibt. Unsere Übermacht ist offensichtlich, und dennoch können wir nichts tun, ob ich nun bleibe oder nicht. An keiner Stelle kann ich mich entfalten, kann meinen Tatendrang nicht walten lassen. Das ist kein Leben. Und, wie du weißt, bin ich euch Atriden den Waffengang nicht schuldig. Laß mich mit meiner Flotte und den Myrmidonen ziehen. Ich kehre wieder, das verspreche ich dir, und will mit dir die Schätze, die ich hole, teilen.«
»Wie willst du denn das machen?« rief Agamemnon zornig. »Du verlangst von mir, daß ich den Abbruch des Lagers befehle, nur damit du ziehen kannst! Deine Schiffe stehen doch oben am Wall. Wie willst du sie zur See bekommen?«
Doch in dem Augenblick, als er dies sagte, sah er ein, daß seine Sorge unbegründet war.

»Wir stehen am Wall«, sagte Achilles, »doch rechts davon liegt das Flußbett des Skamanders. Ich werde das Lager so verlassen, wie ich kam, ohne daß auch nur ein einziges anderes Schiff sein Fundament verlassen muß. Wir gehen durchs Flußbett!«
Agamemnon wußte, daß er geschlagen war. Er sah's nicht gerne, und doch konnte er dem Achilles eine gewisse Bewunderung nicht verwehren.
»Du willst also mit mir teilen?« fragte er listig nach.
»Mit dir genauso wie mit allen Griechen. Ein jeder soll von den Schätzen, die ich erbeute, reichlich abbekommen, du aber, als der Völkerfürst, bekommst den größten Teil und von allem nur das Beste. Patroklos, der hier mit uns sitzt, soll es dir bezeugen.«
Ein Diener meldete den Besuch eines weiteren Fürsten: »Ajax, der Sohn des Telamon, steht vor dem Haus.«
Da platzte Ajax auch schon herein, schob mit seiner riesigen Gestalt den Diener wie ein Federchen zur Seite und hatte seinen Bruder Teuker mitgebracht.
»Seid uns gegrüßt«, rief Ajax und lachte, »im Lager heißt es, Agamemnon habe den besten Wein! Laß sehen, Mundschenk, ob man uns die Wahrheit sagte.«
Während Ajax trank, sah er Achilles und Patroklos glückselig lächeln, während ihm Agamemnons Miene eher sorgenvoll erschien.
»Was gibt's«, fragte er, »sind's etwa Neuigkeiten, die ihr mir verheimlicht?«
Um alles in der Welt wollte Agamemnon nicht, daß gerade Ajax erfuhr, worum es ging, denn seine Schiffe, obwohl nur zwölf, lagen an ähnlich günstigem Ort am Flußbett des Simoeis.
»Wir werden euch verlassen«, frohlockte Achilles und deutete auf Patroklos und sich.
Agamemnon raufte seine Haare.
»Verlassen?« fragte Ajax.
»Nicht für immer«, sagte Patroklos. »Bis Troja sich entschließt, Menelaos' Gattin freiwillig herauszugeben, werden wir die verbündeten Städte Trojas niederwerfen und ihre reiche Küste plündern. Dann kehren wir zurück, um die Beute mit allen übrigen zu teilen.«

»Sehr gut«, rief Ajax, »ein ausgezeichneter Gedanke!«
Während Agamemnon mit seinen Händen rang, spann Ajax die Idee weiter. »Wirklich gut, was ihr da sagt. Aber was ist mit dem Norden?« fragte er. »Ist der denn weniger begütert? Aus Thrakien hört man allerlei Gerüchte über großen Reichtum. Auch soll ihr König Polymestor ein Verbündeter Trojas sein. Wenn Achilles nach Süden steuert, ziehe ich mit meiner Flotte zu den Thrakern!«
Ajax war von seinem Einfall so begeistert, daß er sich kaum noch bändigen konnte.
»Du hast um Helena geworben«, sagte Agamemnon schroff, »und den Eid des Odysseus geleistet, nun besinne dich auf deine Pflicht und halte Wache hier am Erdwall.«
»Mach ich, Agamemnon«, entgegnete Ajax, »wenn du mir versicherst, daß dies der beste Dienst ist, den ich vor Troja tun kann. Was aber ist, wenn ich den Griechen außerhalb des Lagers mehr nutzen würde? Ich fragte mich schon lange, da sich der Krieg nicht zuträgt, ob ich der Ehre Griechenlands nicht anderweitig besser dienen kann als in diesem Lager. Meine Krieger aus Salamis sind keine Wächter, sondern Bogenschützen, Schwert- und Speerkämpfer!«
Agamemnon mußte einsehen, ob er wollte oder nicht, daß es nicht ratsam war, die Angelegenheit auf sich beruhen zu lassen. So stimmte er nach langem Hin und Her endlich zu. Doch beiden stellte er die folgende Bedingung: »Damit nicht andere kommen und sagen, wir wollen auch, wir ziehen hierhin, ziehen dorthin, schwört mir bei den Göttern, daß ihr immer bezeugen werdet, es war mein persönlicher Befehl: Der Völkerfürst verlangt von euch, weil ihr die besten Feldherren seid, für Griechenland Gewinn zu machen. Denn wenn ein jeder kommt und geht, gerade wie es ihm gefällt, hätte ich schon morgen keine Streitmacht mehr. Gilt dieses Wort?«
Die fünf Männer reichten sich die Hände und tranken einen ganzen Krug von Agamemnons bestem Wein auf diesen Schwur.

Als Helios am nächsten Morgen seinen Sonnenwagen auffuhr, ließ Achilles mit Trompeten wecken und versammelte seine Myrmidonen

am Skamander. Dasselbe tat am anderen Ende der Schiffsstadt beim Fluß Simoeis Ajax mit seinen Salamiten.
»Wir ziehen nach Norden!« rief Ajax seinen Kriegern zu.
»Wir ziehen nach Süden!« verkündete Achilles seinen Myrmidonen.
Da ging ein Jubel durch das Lager, als ob Troja schon gefallen wäre, und augenblicklich wurden alle notwendigen Vorkehrungen getroffen. Die beiden Fürsten ließen Schiffe neu beplanken, soweit es nötig war, ließen Rümpfe harzen, Masten schneiden, Segel flicken, Taue binden, und es herrschte eine Emsigkeit in beiden Teilen der Schiffsstadt, daß die Soldaten, die in der Mitte lagen, vor Neid erblaßten. Zu lange schon war nichts mehr vorgefallen. Wie gern wären sie alle mitgefahren, und keiner der Fürsten, der nicht augenblicklich mit Achilles oder Ajax hätte tauschen wollen.
Es dauerte nicht lange, da lenkten die ersten Treiber Pferde, Esel, Waffen, Lasten und bergeweise Ausrüstung zum Meer hinunter, und schließlich kam der große Tag, da die Schiffe zum Strand gezogen werden sollten. Sowohl der Skamander als auch der Sigeion führten Wasser, und so war es keine große Angelegenheit, die Schiffe aus dem Lager zu entfernen und eines nach dem anderen auf dem Meere auszusetzen. Als alle Schiffe voll beladen waren, gab Agamemnon auf der Agora ein großes Abschiedsfest, zu dem das ganze Heer geladen war. Kalchas ordnete an, daß auf allen Altären, die die Agora säumten, Feuer brennen sollten, und sorgte selbst dafür, daß die Götter beständig Opfer erhielten.
»Ajax und Achilles werden wiederkehren«, verkündete der Priester, »wenn Trojas Verbündete gefallen sind und deren Schätze, Rüstungen und Waffen in den Schiffen lagern. Ihre Fahrt bringt uns dem Sieg näher, wenn wir nur alle dafür sorgen, daß die Götter gnädig auf das Unternehmen blicken.«
Ohrenbetäubender Jubel brandete auf, und keiner, der den beiden Helden und ihren Kriegern nicht ein Gebet zu Zeus mit auf den Weg gegeben hätte.
Als Helios den goldenen Sonnenwagen aufgezogen hatte, war Ajax mit tausend Kriegern und zwölf Schiffen bereits nicht mehr zu sehen; Achilles' Flotte mit fünfzig Schiffen und zweitausendfünfhundert

Kriegern bog eben um die Felsen der Insel Tenedos und versank im Dunst.
In der Schiffsstadt kehrte bald wieder Ruhe ein, die Fürsten und Krieger fügten sich in den gewohnten Trott.

In Troja aber war die Trauer unermeßlich groß. Mit eigenen Augen hatte der alte König Priamos von der Mauer aus den Tod seines Sohnes Troilos mit angesehen. Wie war er stolz auf seinen Sohn gewesen, als der im vollen Galopp, zwei Pferde führend, die Skamanderebene hinauf- und hinunterjagte.
»Er schlägt nach Hektor«, hatte Priamos gerufen, »ich selbst werde es noch erleben, daß er zu den Helden Trojas zählt!«
Da aber tauchte Achilles auf, jagte den Kleinen so gnadenlos, bis dieser stürzte und die Pferde ihn zu Tode rissen.
»Mir bricht das Herz!« schrie der König, als Troilos fiel, und weinend brach er auf den Zinnen der Mauer zusammen.
Als dann Hektor mit dem zerschundenen Körper in die Stadt zurückgekommen war, hatte man den König weggeführt, denn es war befürchtet worden, er würde den Anblick nicht ertragen. Nun saß er zusammengekauert in seinem Thronsaal, nur Hekabe war bei ihm und stütze seinen armen, alten Kopf.
»Sollen wir durch diese schreckliche Belagerung alles verlieren, was uns teuer und lieb ist?« fragte er verzweifelt die Königin. Hekabe rannen die Tränen über die Wangen, denn Troilos war ihr letztes Kind gewesen, das sie zwölf Jahre zuvor zur Welt gebracht hatte.
»Nun bleibt mir nur noch Polydoros, der kleinste von allen, auf den ich meine Hoffnungen setzen kann«, schluchzte der König.
Hekabe wandte sich ab und schrie einen Schmerzenslaut heraus. Denn Polydoros war nicht ihr Kind. Er war der Sohn der Laothoe, der Tochter des Lelegerkönigs Altes. Wie gerne hätte sie Priamos nach Troilos' Geburt noch einen Sohn geschenkt, doch die Götter verweigerten ihr die Gunst. So hatte sie still die Liebschaft des Königs mit der viel jüngeren Laothoe geduldet, obwohl es ihr sehr weh getan hatte; viel mehr als bei all den anderen Geliebten, die Priamos je gehabt hatte. Doch auch sie mochte den kleinen Polydoros, und deshalb sagte sie: »Wir sollten Polydoros von Troja fortbringen, damit uns der

verfluchte Krieg nicht auch noch dieses letzten Guts beraubt; denn wenn Kassandra recht hat, ist es an der Zeit, wenigstens einen deiner Erben in Sicherheit zu bringen; damit noch einer lebt, der uns alle einmal rächen kann.«

»Oh, ihr Götter«, rief Priamos, »welcher Fluch lastet auf diesem Haus! Warum straft ihr mich und Troja so entsetzlich.«

Als die Nacht über die Stadt hereingebrochen war, verließ unter der Führung der Priamossöhne Deiphobos und Polites ein Zug von hundert Kriegern Troja. Sie führten Wagenladungen von Gold mit sich. Die größte Sorge aber galt dem zehn Jahre alten Knaben, der neben seinen Brüdern auf dem Fuhrwerk saß. Es war Polydoros, den seine Brüder in Sicherheit brachten. Ihr Ziel war die Königsburg des Polymestors im Lande Thrakien.

Auch über die Schiffsstadt war die Nacht hereingebrochen. Odysseus saß in seinem Zelt und grübelte, wie er es anstellen könnte, sein Äußeres so zu verändern, daß niemand ihn erkennen würde, denn er hatte vor, sich unerkannt nach Troja einzuschleichen. Mit kunstvoll geschlungenen Lederriemen band er sich die Glieder, so daß sie wie die eines Krüppels aussahen. Dann warf er sich die Lumpen über. In seinem Zelt, auf einer Krücke hinkend, versuchte er, der fremden Bewegung Leben zu geben. Er machte das gar nicht schlecht. Sein Gang sah jämmerlich und quälend aus, und wenn er mit verdrehten, nach oben gestreckten Händen um Almosen flehte, mußte er sich selbst bedauern. Doch wie sollte er sein Gesicht verändern, daß es gänzlich unkenntlich wäre? Mit schwarz gewordenem Opferblut und der Milch des Mastixstrauches beschmierte er sich die Zähne. Nun konnte man meinen, er habe nur noch wenige Stummel im Mund; mit Kiefernharz und Schweineborsten verwandelte er sein rotgoldenes Haupthaar zu einem ungepflegten, grauen Balg; mit dem Saft von Brombeeren zeichnete er sich häßliche Züge ins Gesicht, und als er mit der Maske fertig war, befahl er Sinon, der vor seinem Zelt Wache hielt, nach seinem Navigator Elpenor zu schicken.

Elpenor trat ein, froh darüber, seinen Herrn zu sehen, doch was er sah, war nur ein Bettler.

»He, was willst du hier? Hast du Odysseus, meinen Herrn, gesehen?«

fragte er den Alten barsch, denn solch einer niederen Kreatur wollte er keine Achtung entgegenbringen.
»Ich bitte um ein Almosen«, jammerte der Bettler und hinkte flehentlich auf Elpenor zu.
»Wache!« schrie Elpenor und wich zurück. »Was hat der Bettler hier zu suchen? Ich dachte, Odysseus anzutreffen!«
Sinon steckte seinen Kopf durch den Vorhang und rief: »Der Herr ist drinnen!«
Da sah auch er den Bettler, der ihm völlig unbekannt war.
»Was ist denn hier los?« rief er verwundert und drehte sich suchend um. Stand er etwa vor dem falschen Zelt? Odysseus hatte gerade noch zu ihm gesprochen, das Zelt aber nicht verlassen, dessen war er sicher, nun war nur noch dieser alte Bettler da. Sinon zweifelte an seinem Verstand und wollte Hilfe rufen, da zwinkerte der Fremde ihm und Elpenor zu und sprach mit Odysseus' gewöhnlicher Stimme: »Verzeiht mir meinen schlechten Spaß, ich wollte sehen, ob ich Menschen täuschen kann, auch wenn sie mich so gut und lange kennen wie ihr.«
Anfangs wollte Elpenor es nicht glauben, daß dies Odysseus war, und auch der Wachmann Sinon zweifelte daran, doch als Odysseus seine Lumpen anhob, die Lederriemen zeigte und alle weiteren Zweifel ausräumte, konnten sie ihn nur bewundern.
»Was beabsichtigst du mit dieser List«, fragte Sinon, »willst du die Fürsten täuschen oder deine Krieger?«
»Weder die einen noch die anderen«, schmunzelte Odysseus. »Über die wahre Absicht will ich nicht sprechen. Ihr aber gelobt mir, von allem, was ihr hier gesehen habt, keinem Menschen zu berichten.«

Troja lag im letzten Abendlicht, als ein Bettler, auf eine Krücke gestützt, einen Weinschlauch und einen Napf auf den Rücken gebunden, gegen die Pforte des Dardanischen Tores stieß.
»Was willst du hier, zahnloser Alter?« fragte der Wachmann.
»Dem toten Königssohn Troilos die Ehre erweisen.«
»Woher weißt du von dem Unglück?« fragte der Wachmann.
»Ganz Mysien spricht darüber.«
»Hast du Papiere?«

»Papiere?« Der Alte gab ein heiseres Lachen von sich: »Mein Papyros ist meine arme, alte Haut. Auf ihr hat das Leben gegerbt, was es über mich zu sagen gibt. Willst du sehen?«
Odysseus machte Anstalten, sich die Kleider vom Leib zu reißen, doch der Wachmann wendete sich angeekelt ab: »Laß die Lumpen an, Krüppel, damit mir von deinem gemeinen Anblick nicht schlecht wird. Aus welcher Gegend kommst du?«
»Von hier, von dort, von überall her. Meine Heimat ist immer da, wo ich Almosen erhalte.«
»In welcher Stadt warst du zuletzt?«
»In Teuthrania in Mysien, im Reich des Königs Telephos.«
Aus seinem Beutel zog Odysseus eine kupferne Münze mit dem Bildnis des Königs: »Diese schenkte mir der König Telephos, weil ich unablässig die Götter um seine Heilung anflehte. Jetzt, da der König genesen ist, riet mir Apollon, für das Heil des toten Königssohnes Troilos zu beten. Du weißt ja, die Götter erhören die Bitten der Bettler.«
»Ist gut, Alter«, sagte der Wachmann und ließ Odysseus über die Schwelle. »Einer mehr oder weniger macht auch nichts mehr aus. Da drüben, hinter dem Haus, ist die Armenküche, da kannst du dir einmal am Tag die Suppe holen.«
Dröhnend fiel die schwere Pforte hinter Odysseus ins Schloß. Nun war er wieder Gast in Troja, der Stadt seiner Feinde, die er vor vielen Jahren als unwillkommener Gesandter durch ein Spalier zorniger Bürger hatte verlassen müssen.
Die Straßen und Gäßchen waren voller Leben. Odysseus stand auf seine Krücke gestützt und beobachtete das Treiben. Aus dem oberen Teil der Stadt drangen dumpfe, rhythmische Paukenschläge an sein Ohr, und die Menschen zogen hinauf zur Burg. Nach einer Weile humpelte Odysseus zu dem Haus, das ihm der Wachmann bezeichnet hatte, um sich die Suppe abzuholen und vielleicht auch Neuigkeiten zu erfahren. In der Armenküche, einem niederen, rußigen Raum mit einer Feuerstelle, herrschte Gedränge. Da hatten sich Krüppel, Kranke und Blinde versammelt, und ein Gestank lag in der Luft, der kaum erträglich war.
»He, Alter, hinten anstellen, alle kommen dran!« rief der dicke, ältere

Wirt und klatschte mit einer Kelle einem jeden der armseligen Gäste einen Berg Bohnen in seinen Napf.
»Heute gibt es doppelte Zuteilung von König Priamos«, sagte ein Einbeiniger, neben den sich Odysseus gestellt hatte, »dazu auch Wein, denn heute nacht wird im Stadion die Leiche verbrannt.«
Eng gedrängt an einen wackeligen Tisch, schlürfte Odysseus die gute, warme Speise, und nachdem er sich aus dem Spundloch eines mannshohen Tonkrugs seinen Weinschlauch hatte füllen lassen, machte er sich humpelnd auf den Weg. Mit dem Strom der Menschen, nur viel langsamer, zog er die winkeligen Gassen hinauf zur Burg. Er kam auch am Haus des Stadtrats Antenor vorbei, der ihn als Botschafter damals beschützt und bewirtet hatte. Hier blieb er eine Zeitlang stehen und überdachte die vergangenen Ereignisse. Da öffnete sich das Tor zu Antenors Haus, und heraus trat der alte Stadtrat mit seiner Gattin Theano, der Athenepriesterin, und zwei seiner Söhne, Archelochos und Akamas. Als sie den Krüppel im letzten Abendlicht vor dem Hause stehen sahen, sagte Antenor: »Mögen dir die Menschen stets ebenso gnädig sein wie einst die Götter!« und warf ihm eine Münze zu.
»Und dir einst die Götter, wie heute schon die Menschen«, entgegnete Odysseus.
Mit erstauntem Ausdruck musterte Theano den Bettler. Dann schien es ihm, als hätte sie ihn erkannt. Mit flehenden Augen bat er sie zu schweigen, und Theano tat ihm den Gefallen.
Antenor und seine Familie gingen zum Stadion, Odysseus humpelte ihnen im angemessenen Abstand hinterher. Das Trommeln wurde immer lauter. Als er den Festplatz neben der Burg Ilion erreichte, hatte sich Nacht über Troja gebreitet, doch die Ränge des Theaters waren hell erleuchtet, denn ein jeder hatte eine Fackel bei sich, die er vor Betreten der Arena am Tor in einem heiligen Kohlebecken entzündete. In der Mitte des Runds war ein gewaltiger Holzstoß errichtet, auf dem die Leiche Troilos' lag. Hier erst zogen die Menschen in langen Schlangen vorbei und verharrten vor dem Kopf des Toten im Gebet, bevor sie sich auf die Ränge setzten.
Auch Odysseus reihte sich in den Zug ein und mußte in der endlosen Schlange manchen Stoß hinnehmen, der ihn einmal sogar zum Strau-

cheln brachte. Eng den Lumpenumhang um sich gezogen, stürzte er zu Boden, da kam ein Soldat, zog ihn aus der Reihe und sagte: »Setze dich hierhin, Krüppel, und verrichte dein Gebet in Stille. Es wäre zuviel verlangt, dich mit den Gesunden Schritt halten zu lassen.«
Dankbar nahm Odysseus den ihm zugewiesenen Platz ein, da sah er, daß er nicht weit von der noch unbesetzten Königsloge saß. Langsam füllte sich die Arena, und es wogte ein Meer von tausend Fackeln im ständigen Rhythmus der Trommeln. Da, auf einmal, traten Trompeter auf die Plattform und schickten klagende Töne ins Rund. Es folgten Fackelträger, und dann kamen die Mitglieder der Königsfamilie. Priamos und Hekabe waren in schwarze Schleier gehüllt, Hektor und Helenos trugen die Waffen des Toten, Hektor den goldenen Schild, das Schwert und den Helm, Helenos den Brustpanzer, die Beinschienen und die Lanze. Ihnen folgten zuerst Paris und Helena, dann kam Andromache, die Gemahlin des Hektor und Tochter des thebanischen Königs Eëtion. Ihr folgten die unvermählten Schwestern des Toten, Polyxenia und Kassandra. Den Abschluß des königlichen Aufzugs bildeten Aeneas, der Sohn der Göttin Aphrodite und des trojanischen Königssprosses Anchises, mit seiner Gemahlin, der jüngsten Priamostochter Kreusa.
Besonders von Helena konnte Odysseus seine Augen nicht wenden. Sie war immer noch schön wie eine Göttin, und es schien ihm, als habe es sich erst gestern zugetragen, daß er und die anderen Griechenfürsten um sie geworben hatten. Ihr Liebreiz hatte sich nicht verändert; im Licht der Fackeln schien ihm gar, als sei sie noch schöner geworden. Odysseus fuhr ein Schauer durchs Herz, weil eben diese Schönheit der Grund für all die schrecklichen Leiden und langen Entbehrungen war, die so viele Menschen vor und in Troja erdulden mußten.
Paris war dagegen feist geworden. Mit aufgeschwemmten Gesicht saß er in der Loge und trank Unmengen von Wein aus einem goldenen Pokal, den ihm ein Mundschenk nachfüllte, wenn er mit dem Finger schnippte.
Es trat ein Chor von Knaben und Mädchen auf und sang so herzzerreißende Weisen, daß vielen in der Arena, selbst Odysseus, die Tränen über die Wangen liefen. Dann kam ein Dichter und pries das

kurze, aber ruhmreiche Leben des Troilos. Bei seinen Worten schüttelte es Priamos und Hekabe vor Weinen. Helena schmiegte sich in die Arme von Paris, der tröstend auf sie einsprach. Dann flehten die Mitglieder der Familie die Götter um letzte Segnungen für Troilos an, die der Chor singend wiederholte: »Mögen Nymphen deinen Körper betten! Mögest du Unsterblichkeit erringen! Mögest du mit den Göttern im Elysium sein!«

Als Kassandra an der Reihe war, rief sie: »Wie tut es weh zu wissen, teurer Bruder, daß bei deiner Totenfeier die Feinde mitten unter uns sind. Sie sitzen hier in der Runde und kennen das Leid nicht, das uns quält!«

Der Chor schien verwirrt, dann sang er: »... und kennen das Leid nicht, das uns quält!«

Odysseus stockte der Atem. War er entdeckt? Sekunden wurden zu Stunden. Erschrocken wandte er sich um, doch die Menschen schienen den Worten Kassandras keine Bedeutung beizumessen. Niemand im Stadion sprach darauf an; es war, als habe sie nur die Worte gesprochen, die der Chor wiederholte: »Und kennen das Leid nicht, das uns quält!«

Priamos sagte leise, aber doch so, daß es im ganzen Rund vernommen wurde: »Mein Sohn, bitte statt meiner die Götter, den Fluch von diesem Hause zu nehmen!«

Unendlich traurig wiederholte der Chor die Worte des Priamos.

Nun fing Hektor an zu sprechen, und alle seine Ausrufe wurden von der ganzen Bevölkerung laut schreiend wiederholt: »Tod den Griechen! Apollon wird deinen Tod rächen! Es lebe Troja!«

Dann wieder sang der Chor, und Soldaten in herrlichen Rüstungen entzündeten den mächtigen Holzstoß. Taghell wurde es im Rund, als Troilos' Leiche in Rauch und Flammen aufging und seine Seele ins Elysium fuhr. Bis zu den Sternen flogen die Funken auf, es schien die Luft zu brennen, und der goldene Widerschein des Feuers leuchtete in die entferntesten Gesichter.

Odysseus blieb auf seinem Platz, bis das Totenfeuer abgebrannt war und nur noch wenige Menschen auf den Rängen saßen. Die königliche Familie hatte sich entfernt, Hand in Hand war Helena mit Paris davongegangen, da machte sich auch Odysseus humpelnd auf den Weg. Im

Schatten der Mauer suchte er sich einen Schlafplatz, und am nächsten Morgen, kaum, daß Helios' Wagen über dem Ida aufgegangen war, verließ er die Stadt.

12

Die erste Stadt, die Achilles mit seiner Flotte überfiel, war Alexandria-Troas. Dort herrschte König Antigonos, der dem Heer der Myrmidonen nichts entgegenzusetzen hatte. Ob aus Klugheit oder Angst: Kein einziger Alexandriner griff zu den Waffen, als die Soldaten von den Schiffen stürmten und in die Stadt einmarschierten. Ohne auf irgendeinen Widerstand zu treffen, zogen die Truppen durch die Straßen, trieben die Männer in der Königsburg zusammen und räuberten die Häuser. Doch kein Haus wurde angezündet, keines niedergerissen; dafür gab es aber auch keine Kammer, die Achilles nicht nach Schmuckstücken, Schätzen, Waffen oder sonstigem wertvollen Gut durchsuchen hätte lassen. Kistenweise trugen die Krieger ihre Beute zu den Schiffen, und während die wehrfähigen Alexandriner mit ihrem König in der Burg gefangen waren, fielen die Myrmidonen über die Frauen, Mädchen und Knaben her. Grauenvoll drangen die Schmerzens- und Entsetzensschreie der Vergewaltigten an die Ohren der Männer, aber sie konnte ihnen nicht zu Hilfe zu kommen.

Vier Tage dauerte der Schrecken, Antigonos unterzeichnete einen Papyros, aus dem hervorging, daß Achilles die Stadt erobert habe, ihr rechtmäßiger Herrscher sei und halbjährlichen Tribut erhalte, dann zogen die Myrmidonen ab und segelten die Küste weiter hinunter nach Süden.

Die nächste Stadt auf ihrem Weg war Kolonä, wo einst Kyknos König gewesen war, der Sohn des Poseidon, den Achilles mit seinem eigenen Helmband erwürgt hatte. Nun herrschte hier Tenes, sein Sohn. Er war erst nach dem Tode des Vaters von der Insel Tenedos, die Troja gegenüberliegt, zurückgekehrt, um Kolonä zu regieren. Er kannte Achilles, weil er bei dem Überfall auf das Schiffslager dabeigewesen war. Und nichts mehr begehrte er bei allen Göttern, als sich an diesen

zu rächen. Andererseits wußte er von einem Geflohenen aus Alexandria-Troas, daß Achilles die Stadt schone, wenn sie bereit war, ihm Tribut zu zahlen. Es lag also an Tenes zu entscheiden, ob er Widerstand leisten oder sich ergeben wollte. Sein Vater hatte ihm unermeßliche Reichtümer hinterlassen, und so fragte er sich, was besser sei: Arm zu sein in Knechtschaft oder als freier, reicher Mann zu überleben – oder zu sterben? Tenes entschied sich für die Freiheit und warf sich dem Heer des Achilles mit einer verzweifelt kämpfenden Streitmacht entgegen. Doch unterschätzte er den Thetissohn. Die Schlacht um Kolonä dauerte drei Tage, da waren die Häuser der Stadt zerstört und Tenes und die Kolonäer tot. Geschont und am Leben gelassen wurden nur Frauen, Kinder und Greise. Die Ausbeute aber war ohnegleichen. Von Kolonä schleppte Achilles unermeßliche Schätze an Gold, Silber, Rüstungen und Waffen fort. Dazu Getreide, Öl und Viehbestände und die edelsten Frauen des Ortes. So kam es, daß die Kolonäer, lange nach ihrem Überfall auf die Griechen, ihre Schuld bezahlen mußten.
Von Kolonä segelte Achilles nach Lesbos. Bei Antissa ging er mit seinen Soldaten an Land und machte nieder, was sich ihm in den Weg stellte. Mit drei Reihen Streitwagen und zweitausend Soldaten, fünfhundert lies er bei den Schiffen zu deren Schutz zurück, durchkämmte er das Eiland und machte es sich mit all seinen Städten und Dörfern untertan. An Schätzen trug er weg, was wertvoll war, dazu, neben einer Reihe Jungfrauen, die unbeschreiblich schöne Diomede, die Tochter des Phorbas, des Königs von Eresos.
Als er sie zum erstenmal gesehen hatte, war es ihm, als ob eine Göttin vor ihm stünde. Ihre Haut schimmerte wie frisch gegossene Bronze. Die festen, vollen Brüste trug sie offen, so auch das lange, schwarze Haar; die schmalen Hüften und die Scham bedeckte nur ein dünner, weißer Stoff. Herrlich war das Mädchen anzusehen. Als aber Achilles in seiner glänzenden, goldenen Rüstung in die Kammer trat, zitterte Diomede am ganzen Körper, und mit den Armen ihren Leib bedeckend, wich sie erschreckt zurück. Achilles nahm den Helm mit dem hochaufragenden Kamm vom Kopf und trat mit vor Staunen geöffnetem Mund auf Diomede zu. Schweigend schaute er sie an. Erst schien sie große Angst zu haben, dann aber war es ihm, als

fände sie ihn schön, und er strahlte sie mit seinen jungen, blauen Augen an. Schließlich schenkte sie ihm ein Lächeln und ließ ihn, als er sie berührte, scheu gewähren. Zart liebkoste er mit seinen Händen die dunklen Spitzen ihrer Brüste, dann zog er das Mädchen ganz zum Kuß zu sich heran. Nun schlang auch sie die Arme um den Helden, und während der geschlagene Phorbas noch sein Leid den Göttern klagte, drang Achilles zwischen Diomedes Schenkel ein. Er hätte es mit Gewalt getan, doch mußte sie nicht brutal genommen werden: Bereitwillig gab sie sich dem Eroberer hin. Für sie war es keine Schändung, sie lechzte nach diesem Mann und war ihm von Stund an mit Seele und Leib ergeben.

»Und wenn es tausendmal Gewalt wäre, die du mir antust«, flüsterte sie in sein Ohr und drückte ihren nackten, makellosen Körper gegen seinen, »so liebe ich nichts mehr, als diese Gewalt. Verfahre mit mir, wie du willst, ich will dir immer dienen.«

Vier Monate blieb Achilles auf Lesbos, und Diomede versüßte ihm die Nächte. Tags aber unterwarf er Stück für Stück die Insel, und nachdem alle Fürsten geschlagen waren und ihm ewige Treue und ständigen Tribut geschworen hatten, segelten Achilles und die Myrmidonen nach Mysien zurück, um die Stadt Theben zu erobern. Dort herrschte König Eëtion, der Vater der Andromache, der Gattin des trojanischen Königssohnes Hektor. Eëtion hatte sieben Söhne; mit diesen und tausend tapferen Kriegern zog er dem Achilles in die Schlacht entgegen. Es war ein furchtbares Gemetzel. Obwohl von Anfang an bei weitem unterlegen, kämpfte Eëtion so heldenhaft, daß fünfhundert Myrmidonen tot auf dem Schlachtfeld liegenblieben. Der Kampf war grausam, aber kurz. Noch am selben Abend war der König tot, mit ihm alle seine Krieger und seine sieben Söhne.

Als das Blutbad zu Ende war, fuhr Achilles mit Patroklos auf dem Streitwagen über das Kampffeld. Da entdeckten sie zusammen die Leiche des Königs Eëtion, und Achilles wollte hin, um ihr die goldene Rüstung abzunehmen. Doch als sie über dem gefallenen König standen, der selbst im Tod von ehrfurchtgebietender Gestalt war, erfaßte sie Scheu, und keiner der beiden wagte es, den Toten seiner Waffen zu berauben.

»Ich bitte dich, Patroklos, bereite mit den Kriegern für morgen eine

Leichenfeier vor, wir wollen dem König Eëtion ein Denkmal der Ehre errichten und Ulmen darum pflanzen, damit in Zukunft jeder sieht, daß hier ein wahrer Held begraben liegt.«
Achilles ging in die Stadt, wo ihm die Ältesten einen unterwürfigen Empfang bereiteten. Erst führten sie ihn in die Schatzkammer, aus der er die kostbarsten Geschmeide, Waffen und Rüstungen holte, dann in das Gemach der Frauen, wo er die schönsten Mädchen aussuchte, schließlich in den Stall, aus dem er die besten Pferde Mysiens führte, darunter Eëtions berühmten Hengst Pedasos, der seinen eigenen Pferden Balios und Xanthos an Schnelligkeit und Schönheit ebenbürtig war.
Nachdem Eëtion in voller Rüstung ein stattliches Begräbnis zuteil geworden war, zog Achilles mit seinem Heer weiter und überfiel Lyrnessos. Hier herrschte König Mynes, Feldherr war sein speerkundiger Bruder Epistrophos. Als Achilles mit seinen Truppen anrückte, waren die Einwohner gerade zum Fest versammelt, denn Brises, ein Edler am Hofe des Herrschers, war eben dabei, seine wunderschöne, lockige Tochter Briseïs dem Mynes als Gattin zuzuführen. Die ganze Stadt war auf den Beinen und feierte auf dem Marktplatz, als Achilles durch das Tor stürmte und den Festplatz besetzte. Keinem der Männer der Stadt gelang es mehr, sich Waffen zu besorgen. So gingen sie mit bloßen Fäusten auf die Eindringlinge los. Mynes und Epistrophos, die als Zeichen ihrer Würde Speere bei sich trugen, töteten mit gewaltigen Streichen manchen Myrmidonen, doch schon bald erlagen sie der gewaltigen Übermacht. Am Marktplatz, wo die Hochzeitsgesellschaft gesessen hatte, mußte die schöne Briseïs mit eigenen Augen mitansehen, wie Achilles ihren zukünftigen Gemahl, König Mynes und auch Epistrophos gefangen nahm. Um Gnade flehend, fiel das Mädchen auf die Knie und bat um Schonung für den Gatten, doch Achilles kümmerte sich nicht darum und erschlug sie beide. Als Achilles auf Briseïs zugeschritten kam, floh sie zusammen mit ihrem Vater zur Zisterne und versteckte sich hinter der Wölbung des Gemäuers. Achilles schickte Patroklos, das Mädchen zu ergreifen.
»Hab keine Angst, schönes Mädchen«, sagte Patroklos, »niemand will dir an dein Leben. Es ist ein Gott, der dich begehrt. Der, der eben deinen Gatten tötete, ist Achilles, der Sohn der Meermutter Thetis. Weine

nicht, er wird dich unter allen Sklavinnen erheben und dich nach ruhmreichem Sieg über Troja heim in sein Reich Phthia führen.«
Patroklos nahm das Mädchen, das sich verzweifelt wehrte, am Arm, zog es zur Stadt hinaus und brachte es zu den Schiffen. Der Vater von Briseïs aber band sich in seinem Schmerz das Seil des Brunnens um den Hals und stürzte sich schreiend in die Tiefe der Zisterne.
Bei den Schiffen erlebte Briseïs eine Überraschung, die sie ihr Schicksal leichter dulden ließ: Als sie das Schiff betrat, wartete dort, sie konnte es kaum glauben, Diomede, ihre liebste Gespielin aus der Jugendzeit. Mit ihr hatte sie die Jahre der Mädchenzeit verbracht. Ob im Haus ihres Vater in Theben oder bei König Phorbas in Eresos, von klein auf waren sie sich die liebsten Freundinnen gewesen, und so sanken sie sich, weinend zwar, doch, was Briseïs betraf, wenigstens um dieses Glück bereichert, in die Arme.
Viele Monate waren seit der Abfahrt vom Skamander schon vergangen, und Achilles' Schiffe waren zum Bersten gefüllt mit fremden Schätzen. Zweiundzwanzig Städte, elf davon im Landesinneren, elf an der Küste, hatte er geplündert. Langsam dachte er daran, sich wieder in sein Lager am Skamander zu begeben. Doch eine Eroberung stand noch bevor.
Nur wenige Städte Mysiens und der Insel Lesbos hatten Widerstand geleistet, als sie Achilles überfiel, denn den Bewohnern war ihr Leben lieber als Hab und Gut. Die meisten Könige sandten, wenn es hieß: »Achilles vor den Toren«, den Griechen Botschafter entgegen. So auch Chryses aus Chryse, der nicht nur König, sondern auch Apollpriester war: »Mächtiger Sohn der Thetis«, stand auf dem Papyrus, den ein Herold überreichte, »die Stadt liegt dir zu Füßen.«
Chryses besaß die reichsten Schätze, sein höchstes Gut aber war seine jungfräuliche Tochter Chryseïs, die schön war wie ein Sonnenstrahl im Morgentau. Sie sehen, sie begehren und sie fordern, war für Achilles eines.
»Nimm, was du tragen kannst, nimm jedes Stück Gold, Silber oder Bronze, nimm alles, nur lasse mir die Tochter!« jammerte Chryses. Achilles schob ihn beiseite und näherte sich dem verschreckten Mädchen. Chryses warf sich vor ihm auf den Boden und flehte: »Wenn du mir die Tochter läßt, will ich täglich im Tempel des Apol-

lon darum beten, daß du der Glücklichste der Sterblichen wirst und einst mit den Göttern im Elysium weilest.«
Achilles verschwendete keine Rede, sondern sagte nur: »Geh mir aus den Augen, Alter, und laß dich nicht mehr vor mir sehen, sonst wirst du die Grüße an Apollon höchstpersönlich im Orkus hinterlegen.«
Dann lud er die Schätze auf, nahm die Tochter des Apollonpriesters und deren Gespielinnen auf sein Schiff und machte sich auf den Weg zurück zum Skamander.

Ajax wollte seinen Zug nach Thrazien führen, doch widrige Winde trieben seine Schiffe gleich nach dem Ablegen in den Hellespont auf Dardanos zu. In der Meerenge aber wurde der Wind so rauh, daß an ein Anlegen am Ufer nicht zu denken war. Die Führer der Schiffe mußten all ihre Kunst aufwenden, um heil durch die enge, sturmgepeitschte See zu kommen. Die Schiffe wären weit ins Marmarameer getrieben, vielleicht sogar bis Byzantion, wenn da nicht die Untiefen einer unbekannten Insel die Fahrt abrupt beendet hätten. Den Göttern sei gedankt, daß es keine Felsen waren, sondern nur sanfte Sandbänke, auf die die Flotte auflief. War es Poseidon oder Nereus, der schützend seine Hand dem Ajax reichte: Der schlimmste Schaden war ein Mastbruch, und keines der Schiffe ging verloren. Ein gnädiges Schicksal brachte zwei Tage Windstille. Die nutzten die Salamiten, um die Fahrzeuge in den Windschatten einer Bucht an Land zu ziehen, und als sie gut vertäut im sicheren Meeresbusen lagen, war es keine Stunde zu früh. Denn nun begann der Sturm so heftig, daß weißes, schaumgepeitschtes Wasser über die Insel flog und die Krieger Mühe hatten, im Freien durchzuatmen. Doch Schiffe, Ladung und Besatzung waren in Sicherheit. Im Schutz der Insel wartete Ajax das Unwetter ab, dann führte er die notwendigen Ausbesserungen durch, und es dauerte nicht lange, da war die Flotte wieder klar.
Mit gemächlichem Wind segelte Ajax hinunter zur phrygischen Stadt Kyzikos. Dort herrschte König Teleutas. Als er die feindliche Flotte anrücken sah, versammelte er ein mächtiges Heer und zog dem riesigen Ajax entgegen. Der aber fuhr mit seinem Bruder Teuker über Ladebrücken mit Streitwagen auf den Strand. Um ihn scharten sich tausend tapfere Bogenschützen, die die Phryger allesamt um Hauptes-

länge überragten. Ajax auf seinem Wagen aber sah so groß aus wie ein Turm und jagte den Phrygern Angst und Schrecken ein. Als sie nah genug herangekommen waren und sahen, was da auf sie zukam, hielten sie in ihrem Angriff inne. Nun rückten die Salamiten näher, und ein erster Pfeilhagel riß entsetzliche Löcher in ihre Reihen. Da flohen die Mannen um Teleutas zurück in ihre Stadt, schlossen die Tore der hohen Mauer und brachten sich fürs erste in Sicherheit. Ajax aber befahl die Belagerung.

Als erstes legten die Soldaten einen Ring um die Stadt und sahen zu, daß es niemandem gelänge, die Mauern zu verlassen. Tag und Nacht wechselten sich die Wachen ab, bis eines Morgens, als Helios den Sonnenwagen aufgezogen hatte, die Phryger einen Ausfall wagten. Doch Ajax war gerüstet. Er wußte, daß die Brunnen außerhalb der Stadt lagen und die Phryger Wasser brauchten. Als die Tore aufschwangen und die Phryger durch die Pforten stürmten, stand Ajax mit seinen Kriegern schon bereit.

Teleutas' Niederlage war verheerend. Der König war der erste, der sein Leben ließ, doch seine Söhne lieferten den Griechen eine verzweifelte Schlacht. Die Phryger waren jedoch so ausgedürstet, daß sie sich kaum noch auf den Beinen halten konnten. Zur Mittagszeit hatte Ajax schon die Stadt erobert, und seine Krieger fielen über Frauen und Kinder her. Ajax räuberte die Königsburg und fand dort ungeheure Schätze. Dann kam er in das Frauengemach, und dort traf er Tekmessa. Sie war die Tochter des Königs Teleutas und nach Helena die schönste Frau, die Ajax jemals gesehen hatte. Er hätte es nicht gewagt, das Mädchen mit Gewalt zu nehmen, so fürstlich stolz blickte sie ihn an, doch gegen die Entführung konnte sie sich nicht wehren. Mit Tränen in den Augen ergab sie sich in ihr Schicksal, von Ajax fortgeschleppt zu werden, doch um eines bat sie den Eroberer flehentlich: »Laß meinen Brüdern und dem Vater ihre Rüstungen und gib ihnen ein ehrenhaftes Begräbnis. Es wäre dir nicht gedient, wenn ich an deiner Seite leben sollte und täglich Zeus um Rache anflehen würde. Wenn du sie nicht gemäß der Sitte beisetzt, wird in unsere Herzen niemals Friede ziehen.«

Daraufhin ordnete Ajax an, die toten Phryger auf einen Berg aus Holz zu schichten und Teleutas und seine Söhne in voller Rüstung obenauf zu legen. Gewaltig loderte das Feuer, als nachts der Scheiterhaufen brannte und sich die Seelen der Krieger von Kyzikos und die ihres Königs in Hades' Reich begaben. Um ihn, den Gott der Unterwelt und alle anderen Götter gnädig einzustimmen, ließ Ajax auf einer anderen Feuerstelle Ziegen, Schafe und Rinder opfern, und die Götter nahmen es dankend an. Noch in derselben Nacht vergalt Tekmessa dem Ajax seine Großmut und gewährte ihm den Beischlaf.

Reich beladen mit Schätzen, Rüstungen, Waffen, Schafen, Ziegen, Rindern, Öl und Wein sowie fünfzig Jungfrauen von Kyzikos und der schönen Tekmessa machte sich Ajax auf den Weg zurück durch den Hellespont. Doch nicht die Schiffsstadt war sein Ziel, sondern Thrakien, wo die Burg des Königs Polymestor stand. Kaum, daß er angekommen war, ließ er das Heer der Bogenschützen aufmarschieren, er selbst fuhr mit seinem Bruder Teuker im Streitwagen an die Mauer.

»He, König Polymestor, mach das Tor auf!« schrie er.

Polymestor schien der Schlag zu treffen, als er einen Krieger sah, der mit seinem Kopf über die Mauer ragte. Zitternd stieg er auf den Wehrgang, um zu sehen, wer ihn bedrohte, da erblickte er das Heer der Riesen, und es gefror ihm das Herz im Leib vor Angst.

»Wer bist du, was willst du hier?« schrie Polymestor.

»Ich bin Ajax, der Sohn des Königs Telamon aus Salamis. Als Verbündeten Trojas erkläre ich dir den Krieg!«

»Ich bin kein Freund des Priamos. Verschone mich mit Krieg!« rief Polymestor, denn die Streitmacht schien ihm unbezwinglich. »Ich habe Güter hier, die dir sehr nützlich wären, laß uns verhandeln!«

»Was hast du anzubieten?« rief Ajax.

»Komm in die Burg, damit ich dir die Schätze zeige!«

»Gib mir dein Schwert und unterwerfe dich, dann werde ich die Burg betreten!«

Lange zögerte Polymestor, bis er sich zu diesem Schritt entschloß, denn freiwillig hatte er sich noch nie von seinem Schwert getrennt. Doch als er auf die Krieger blickte, die mit ihren Bogen auf die Schilde klopften, da zog er rot vor Zorn und Angst zugleich das Schwert aus seiner Scheide und warf es Ajax vor die Füße.

»Öffnet das Tor«, rief er den Wachen zu, »damit ich Ajax, den Sohn des Telamon begrüße, er sei in unserer Stadt willkommen!«
Ajax mußte sich bücken, als er mit zwölf Soldaten seiner eigenen Wache das Tor durchschritt, sonst hätte er sich den Kopf am Bogen angestoßen.
»Ein Laistrigone!« raunten sich die Menschen auf den Gassen zu und dachten, Ajax müßte aus dem sagenhaften Land der Riesen stammen.
Als sie im Thronsaal saßen, sagte Polymestor: »Wenn du meine Stadt verschonst, will ich dir Polydoros geben und dazu sein ganzes Erbe. Er ist der jüngste Sohn des Priamos und kam erst kürzlich bei mir an. Zehn Wagen voller Gold und Silber, dazu Getreide, Schafe, Ziegen, Rinder und Pferde sind sein Erbteil. All dies sollst du haben, wenn du mir den Abzug garantierst. Falls nicht, wird Polydoros sterben.«
Ein größeres Gut als Beute hätte Ajax sich nicht vorstellen können. In seinem Geiste sah er schon die Griechen, wie sie ihm den Lorbeer auf das Haupt setzten, denn Polydoros war ein Unterpfand, das kriegsentscheidend war.
»Bring mir den Knaben und die Schätze, und noch heute will ich abziehen«, sagte Ajax.
So wurde der Vertrag geschlossen, der Knabe, der von allem nichts verstand, auf Ajax' Schiff geführt, dazu die Güter, die sein Erbteil waren, und noch zur selben Stunde wollte Ajax mit seinen Salamiten zurück nach Troja segeln, da fiel ihm etwas ein.
»Gibt es eine Herapriesterin in deiner Stadt?« fragte er Polymestor.
»Ja sicher«, sagte der, »es ist unsere Hohepriesterin Iris, sie lebt in jenem Tempel dort.«
»Kann sie eine Ehe binden?«
»Das will ich glauben«, sagte Polymestor, »dafür ist sie da, denn Hera ist die Göttin der ehelichen Treue.«
»Bereite alles vor«, rief Ajax und lief fort, »ich komme wieder!«
Doch als er vor seinem Schiff stand, kamen Zweifel über ihn: Sollte er sie fragen oder nicht? Was war, wenn sie nein sagte? Dann aber dachte er: Ich kenne Agamemnon, sie ist so schön, daß er sie vor allen anderen Gütern für sich selbst begehrt. Da gab er seinem Her-

zen einen Stoß, betrat das Schiff und fragte sie verlegen: »Tekmessa, willst du meine Gemahlin sein? Die Priesterin Iris steht bereit, an uns den Bund der Ehe zu vollziehen.«
Tekmessa schaute ihn mit großen Augen an.
»Mein Vater Telamon ist alt, wenn wir in Salamis sind, wirst du die Königin sein.«
Tekmessa sagte immer noch kein Wort, nur in ihren Augenwinkeln bildeten sich kleine Tränen.
»Sag, Tekmessa!«
Da ging sie zu ihm hin, umarmte still den großen Mann und hauchte: »Ja.«
Ajax nahm sie auf seine Arme, als ob sie kein Gewicht hätte, und trug sie geradewegs zum Tempel.
Es war keine große Hochzeit, aber als sie später auf See waren, feierten sie zusammen mit der Mannschaft, und Ajax war der glücklichste Mann der Welt.

13

»Schiffe in Sicht, Schiffe in Sicht!« riefen die Wachen am Hafen, »kommt alle herbei, es ist Prinz Achilles, der aus Mysien zurückkehrt!«
Wie ein Lauffeuer verbreitete sich die Nachricht im Lager, und noch bevor eines der fünfzig Schiffe des Achilles angekommen war, hatten sich die Fürsten, allen voran Agamemnon und der Seher Kalchas, dazu unzählige Krieger bei der Landungsbrücke eingestellt.
Achilles' Prunkschiff fuhr als erstes in den Hafen ein, und die Griechen bereiteten ihm einen stürmischen Empfang; längst hatten Reisende aus Mysien und von der Insel Lesbos die Nachricht im Griechenlager verbreitet, daß Achilles die ganze Gegend siegreich unterworfen habe und mit unermeßlichen Schätzen zurückkehren werde. Als er von seinem Schiff an Land stieg, eilten Agamemnon und die Fürsten auf ihn zu und setzten ihm den Siegerkranz aus Lorbeer auf sein Haupt. Noch im Hafen opferte Kalchas zwei Ziegen und drei Schafe, um den Göttern für die glückliche Rückkehr

des Thetissohns zu danken, dann hoben ihn Odysseus und Diomedes auf ihre Schultern und trugen ihn unter dem Jubel Tausender zu Agamemnons Haus. Ihnen folgte mit Patroklos der Zug der geraubten Frauen, und mit Phönix kamen die Treiber, die auf dreißig Esel den kostbarsten Teil der Beute, Gold, Silber und Geschmeide, geladen hatten.

Als alle Fürsten im Versammlungssaal des Agamemnon Platz genommen hatten, auch Patroklos und Phönix saßen unter ihnen, rief Achilles in die Runde: »Zwei zehnte Teile des Schatzes gebühren dem Völkerfürsten, zwei Zehntel beanspruche ich für mich, der Rest soll unter allen anderen Fürsten und dem hohen Priester Kalchas aufgeteilt werden!«

»Oho«, rief der kleine Aias aus dem Lokrerland, »der Anteil Agamemnons ist beträchtlich!«

»Das ist gerecht«, schrie Agamemnon, »bin ich es doch, der von allen den größten Aufwand hat, die Schiffsstadt zu erhalten!«

Mit unmißverständlicher Drohgebärde wies Agamemnon Aias und noch andere in die Schranken, da waren die Fürsten mit der Regelung einverstanden und einigten sich darauf, daß Odysseus über die Teilung wache.

Es wurden Knechte in den Saal gerufen, die die Münzen, Ketten, Ringe, Becher, Kannen, Krüge und sonstige Kleinodien aus Gold und Silber wogen und in hundert gleiche Teile teilten. Dann nahmen sich erst Agamemnon, dann Achilles ihre jeweils zwanzig, so daß sechzig für die anderen blieben. Nun waren es zwar noch dreiunddreißig Fürsten, die Anspruch hatten, doch sie zusammen befehligten nur siebenundzwanzig Völkerschaften, denn Machaon gebot mit seinem Bruder Podaleirios den Kriegern aus Trikke, Askalaphos, der Sohn des Ares, herrschte mit seinem Bruder Ialmenos über die Böotier, Schedios und Epistrophos über die Krieger aus Phokien, Pheidippos und Antiphos über die Nisyrer. Es mußte aber auch der Anteil für Kalchas übrig bleiben, und Ajax aus Salamis war von seinem Beutezug aus Thrakien noch nicht zurückgekehrt. Auch ihm stand ein Teil der Schätze zu.

»Und was ist mit Philoktet aus Meliboia?« fragte Kalchas.

Die Fürsten senkten ihre Köpfe, als Kalchas seinen Namen nannte.

Agamemnon aber sagte: »Ihn brauchen wir nicht zu bedenken, der Schlangenbiß an seiner Ferse hat ihm auf Limnos sicherlich den Tod gebracht. Sein Anteil an der Beute steht mir zu.«
Kalchas rief: »Versündige dich nicht, wir müssen Philoktet wiedersehen, denn ohne ihn können wir Troja nicht besiegen.«
Agamemnon schwollen die Zornesadern, und nur mit Mühe konnte er an sich halten, denn Widerspruch in solchen Dingen duldete er nicht. Auch nicht von Kalchas. Voller Mißgunst schaute er den Seher an, doch wagte er es nicht, ihn öffentlich zu rügen, denn Kalchas hielt die Verbindung zu den Göttern.
Odysseus traf die weiseste Entscheidung: »So nehme sich ein jeder, der als Erster über eine Völkerschaft gebietet, zwei Teile. Hat er einen Bruder oder Mitregenten, soll er ihm von seinem Anteil abgeben. Zwei Teile sind für Kalchas, und je zwei will ich für Ajax und für Philoktet verwalten. Sehen wir Philoktet nicht mehr, soll Agamemnon seinen Anteil haben.«
Die Fürsten, auch Agamemnon, waren einverstanden. Als jeder seinen Schatz, der, bei den Göttern, üppig war, genommen und von treuen Dienern zum eigenen Haus hatte wegtragen lassen, ließ Agamemnon Wein zum Trinken bringen und Musikanten aufmarschieren: Nachdem das Gold verteilt war, sollte jetzt die Zeit der Fröhlichkeit beginnen.
Dann wurden die geraubten Frauen in den Saal geführt. Es waren hundertzwanzig. Als die Mädchen, sehr zögerlich, bedrückt und ängstlich auf Patroklos Befehl hin ihre Schleier hoben, ging ein Staunen durch die Schar der Fürsten, denn eine war schöner als die andere.
»Die Frauen sind für alle, die hier sitzen«, rief Achilles. »Es bediene sich ein jeder, wie er will!«
Da stürzten sich die Fürsten wie die Wölfe auf die armen Mädchen, zerrten an zweien und dreien zugleich und wollten nicht von ihnen lassen. Die Frauen kreischten vor Schrecken und Entsetzen, bis Odysseus endlich mit lauter Stimme rief: »Ein jeder nehme sich nur die, die er am schönsten findet!«
Da kehrte wieder Friede ein, denn keiner wußte auf die Schnelle, welche er nun nehmen sollte. Und die Mädchen beruhigten sich, weil

keiner mehr an ihnen zerrte. Welche war die Schönste? Welche sollten sie wählen? Suchend schritten die Fürsten durch die Reihen der Jungfrauen: Der eine nahm sich erst die, dann doch eine andere, nur wenige, wie etwa Patroklos, wußten, wen sie als Schönste wählen sollten, und es dauerte lange, bis die ersten dreißig Frauen vergeben waren; dreißig, denn Menelaos nahm sich keine, auch Phönix und Kalchas verzichteten, sie waren zu alt. Der greise Nestor sagte gar: »Bin ich doch so froh, dem Gelüst entronnen zu sein, wie der Hund seinem schlagwütigen Herrn.«

Nun standen immer noch neunzig Mädchen an der Wand, und wieder konnte keiner der Fürsten sagen, welche von diesen nun die Schönste sei. Es wiederholte sich die Fleischbeschau ein zweites Mal, ein drittes Mal, ein viertes Mal. Die Mädchen mußten ihre Körper zeigen, sich an ihre Brüste, zwischen ihre Schenkel fassen lassen, manche waren noch Kinder, und manchen rannen Tränen über das Gesicht.

Endlich hatten alle hundertzwanzig ihren Herren gefunden, als Achilles rief: »Der schönste Teil der Beute steht noch aus!« Dann bat er Patroklos, Briseïs, Chryseïs und Diomede zu holen, die noch bei den Schiffen waren.

»Sie war die Braut des Königs Mynes von Lyrnessos!« rief Achilles, als Briseïs den Raum betrat; »sie ist die Tochter des Königs Chryses von Chryse!« sprach er, als Chryseïs folgte; »und diese da ist Diomede, die Tochter des Königs Phorbas von Eresos!«

Als die Mädchen vor den Fürsten standen, war es den Herren, als ob drei Sonnen aufgegangen wären. Selbst Nestor, Phönix und Kalchas mußten schlucken, denn sie kannten keine Worte für solcherlei Schönheit. Nur Menelaos sagte verächtlich: »Frauen! Ich ziehe einen bartlosen Knaben siebzig Jungfrauen vor.«

»Wieso hast du uns diese so lange vorenthalten?« fragte Agamemnon mit Entrüstung und konnte seine Augen von Chryseïs nicht mehr wenden, »ich will sie haben!«

»Wenn du sie als Ehrengeschenk begehrst, sollst du Chryseïs haben, edler Agamemnon«, sagte Achilles und schaute in die Runde, »nur bitte ich euch, ihr Fürsten, mir Briseïs zu lassen. Sie ist die Edelste nach Chryseïs und steht daher mir zu.«

»Einverstanden!« rief Agamemnon und forderte die Fürsten auf, es zu bestätigen.
Seit Klytämnestra hatte keine Frau mehr Agamemnons Herz gerührt, doch als er Chryseïs sah, floß er dahin und war auf einen Schlag verliebt.
»Chryseïs, schönes Kind«, stammelte der Völkerfürst, nahm das Mädchen in den Arm und führte es zu seinem Königsthron, »du sollst mir Gattin sein und als Herrin über dieses Haus gebieten. Ich bitte dich, sei mein.«
Chryseïs wußte kaum, wie ihr geschah, sie wandelte wie im Traum. Als Gefangene war sie hierher gekommen, nun war sie die Frau des Völkerfürsten. Nein, lieben konnte sie den Mann an ihrer Seite nicht, aber dennoch schickte sie ein Gebet des Danks zu Zeus, da dieses Schicksal ihre königliche Würde wahrte.
»So bleibt noch Diomede«, sagte Diomedes, »sie paßt so gut zu meinem Namen. Auch bewundere ich ihre Schönheit; ich bitte euch, ihr Griechenfürsten, mir Diomede zuzusprechen, da ich es bin, der, neben Nestor, über die meisten Schiffe hier gebietet.«
Die Fürsten waren bereit, dies zu bestätigen, da warf sich Diomede auf den Boden und rief mit Tränen in den Augen: »Ich bitte euch von ganzem Herzen, laßt mich bei Briseïs bleiben. Wenn ihr uns trennt, ist dies mein Tod, denn ich liebe sie seit Kindheit an.«
Nun weinte und flehte auch Briseïs, ihr schweres Schicksal nicht durch eine Trennung von Diomede noch zu verschlimmern. Als sie so herzzerreißend jammerten, hatten Diomedes und alle anderen reichbeschenkten Fürsten ein Einsehen und sprachen beide Mädchen dem Achilles zu.
In dieser Nacht gab es nur wenige Fürstenbetten in der Schiffsstadt, aus denen nicht Schreie der Wollust, aber auch der Erniedrigung drangen. Sanft schliefen nur Kalchas, Phönix und Nestor. Menelaos aber wälzte sich auf seinem Lager, denn er wünschte sich nichts mehr als einen königlichen Knaben.
Drei ganze Tage dauerte es, bis alle Beute aus den Schiffen des Achilles abgeladen war und Stück für Stück auf der Agora ausgebreitet lag: Rüstungen, Speere, Bogen, Schwerter, dazu das Vieh, das Öl, der Wein und viele hundert Säcke von Getreide. Dieser Teil war für das

Heer bestimmt, denn wie Achilles versprochen hatte, sollte kein Krieger leer ausgehen.
Als man am Morgen des vierten Tages zur Verteilung schreiten wollte, drangen vom Hafen her die Rufe »Schiffe in Sicht!«. Es war der große Ajax, der aus Thrakien kam.
»War deine Fahrt erfolgreich?« fragte Agamemnon, denn aus Thrakien war keine Botschaft angekommen.
»Entscheide du selbst, wenn du meine Beute siehst«, antwortete Ajax voller Ruhe, denn er wußte, daß er das größte Gut besaß.
Zehn Wagenladungen voller Gold und Silber brachte er ins Haus des Agamemnon. Als dies die Fürsten sahen, gaben auch sie ihm den Siegerkranz, doch tragen konnte Ajax keiner, dazu war er viel zu groß und viel zu schwer. Man teilte die Beute nach demselben Schlüssel auf, der schon für Achilles gegolten hatte, und Odysseus achtete darauf, daß es gerecht zuging. Nun aber schickte Ajax seinen Bruder Teuker, um Tekmessa, die Jungfrauen und Polydoros zu holen.
»Dies ist Polydoros, der jüngste Sohn des Königs Priamos!« rief Ajax, als der Knabe eintrat.
»Er gehört mir, er steht mir zu!« schrie Menelaos.
»Gemach, gemach«, sagte Agamemnon und konnte vor Staunen kaum begreifen, was Ajax ihm da mitgebracht hatte.
»Wo hast du ihn her, warst du in Troja?«
»Ich tauschte ihn bei König Polymestor ein, damit ich seine Stadt verschone. Dazu bekam ich sein ganzes Erbe, das wir zuvor verteilten.«
»Wie kommt der Knabe denn nach Thrakien?« wollte Agamemnon wissen.
»Deiphobos und Polites brachten ihn nach Troilos' Tod zu Polymestor, damit er dort in Sicherheit sei.«
»So so«, sagte Agamemnon, »dann laßt uns sehen, was Priamos der Knabe wert ist.«
Da rief Menelaos: »Ihr alle habt Gespielinnen bekommen, nun ist es an der Zeit, daß auch ich einen Ehrenpreis erhalte. Laßt mir den Knaben Polydoros, ich will für ihn sorgen wie ein Vater und ihm gleichzeitig Mentor sein!«
»Darüber werden wir noch beraten«, sagte Agamemnon, »solange

bleibt er bei mir. Doch zuvor laßt uns die weiteren Schätze des Ajax sehen.«
»Dies sind die Jungfrauen von Kyzikos«, rief Ajax, als Teuker mit den geraubten Phrygerinnen den Saal betrat, »und dies ist Tekmessa, die Tochter des Königs Teleutas!«
Als die Fürsten Tekmessa sahen, staunten sie über ihre große Schönheit, doch bevor sich einer Hoffnung machen konnte, sie zu erwerben, fügte Ajax hinzu: »Ich habe sie vor Iris, der Hera-Priesterin des Polymestor, zur Ehefrau genommen. Hier ist der Papyrus.«
Da ging ein Schmunzeln durch den Saal, denn Agamemnon schaute bitterböse drein.
»So stiehlt man sich um Teilung, lieber Freund!« fuhr er Ajax böse an. Der aber sagte nur: »Ein kluger Mann baut vor. Ihr alle könnt euch an den Phrygerinnen gütlich tun.«
Nun wurden auch Ajax' Schiffe abgeladen. Es dauerte den ganzen Tag, bis die Rüstungen, die Waffen, die Lebensmittel und die Tiere auf der Agora waren. Abends gab es dann ein großes Opferfest, und ein jeder Krieger erhielt seinen Anteil. Nun waren wirklich alle reich beschenkt und einem jeden Griechen ging es gut wie nie zuvor. Es begann das zehnte Jahr des Kriegs, in Troja aber fing man an zu hungern.

14

Trompetenstöße befahlen die Fürsten zum Versammlungssaal.
»Edle Griechen, meine lieben Kampfgenossen«, begann der gutgelaunte, fast aufgeblühte Agamemnon mit nie gehörten, freundlichen Tönen seine Rede, die die meisten auf Chryseïs Einfluß zurückführten, »seit fast zehn Jahren belagern wir Troja, um die Herausgabe von Menelaos' geraubter Gattin zu erzwingen. Obwohl wir in der Übermacht sind, haben wir uns unserem Ziel noch um keinen Schritt genähert. Doch nun brachte uns Fürst Ajax ein Beutestück, das mir von allem am kostbarsten erscheint. Es ist der kleine Polydoros, den Priamos besser in Troja behalten hätte, denn die Hoffnung, ihn in Sicherheit zu bringen, erwies sich als ein Fehler. Jetzt ist der jüngste

Königsspröß in unseren Händen, laßt uns gut überlegen, was wir mit dieser Beute machen.«
»Polydoros steht mir zu«, rief Menelaos und stampfte zornig mit dem Fuß auf den Boden, »ich fordere ihn als Pfand für Helena!«
»Du sollst Polydoros haben«, sagte Agamemnon, »es sei denn, wir können durch ihn den Krieg beenden.«
»Wie soll der Knabe enden, was schon zehn Jahre dauert!« schimpfte Menelaos voller Mißmut.
»Es besteht die Möglichkeit«, sagte Odysseus, »daß Priamos im Austausch mit Polydoros uns Helena und die aus deinem Palast geraubten Schätze wiedergibt. Auch soll er angemessenen Ausgleich zahlen für den Aufwand, den wir seit zehn Jahren treiben. Und vergiß eines nicht, Menelaos, seit dieser Zeit sind unsere Fürstenhöfe in der Heimat führungslos. Keiner von uns weiß, wie es um unsere Länder, Frauen und Kinder steht. Wir müssen sehen, daß dieser Krieg ein Ende nimmt.«
Als Odysseus dies sagte, klatschten alle Fürsten Beifall, denn er hatte jedem aus der Seele gesprochen. Der Wunsch nach Heimkehr war bei allen groß.
»Was schlägst du vor?« fragte Menelaos und schien einlenken zu wollen, nicht nur, weil auch ihn die Heimat und seine Tochter Hermione lockte, sondern auch, weil die Erinnerung an seinen Schatz, den Helena und Paris ihm gestohlen hatten, ihm das Blut in Wallung brachte.
»Laßt uns Botschafter zu Priamos senden, die ihm den Austausch nahelegen«, antwortete Odysseus.
»Aber diesmal ohne mich!« rief Menelaos. »Das letzte Mal wurden wir fast umgebracht. Nur ein Dummkopf würde es noch einmal wagen, ohne Kriegsmacht in diese Stadt zu gehen!«
»Antenor hat damals für unsere Sicherheit gebürgt, er wird es heute wieder tun, denn er ist ein Mann, der das Gastrecht achtet«, sagte Odysseus.
Die Beratung, wer die Verhandlung in Troja führen sollte, dauerte nur kurz. Einstimmig beschloß die Fürstenversammlung, Odysseus und Diomedes zu Priamos zu senden. Beide stimmten unter der Bedingung zu, daß Taltybios, der Herold des Agamemnon, nach Troja

reiten sollte, um Antenor zu fragen, ob Botschafter der Griechen willkommen seien und ob man ihnen freien Abzug gewähre. Noch am Abend desselben Tages übergab Taltybios dem Völkerfürsten eine schriftliche Bestätigung des Gastrechts für Odysseus und Diomedes.

Knarrend öffnete sich die Pforte im Skäischen Tor, ein Wachmann ließ Odysseus und Diomedes ein, und Antenor und seine beiden Söhne Archelogos und Akamas standen schon bereit, die Botschafter zu begrüßen.
»Seid mir willkommen, Odysseus, edler König von Ithaka und du, Fürst Diomedes, König von Argosa, möge euer heutiger Besuch von größerem Erfolg gekrönt sein als der letzte.«
Zu Diomedes, den er zum ersten Male sah, sagte er: »Dein Kommen nehm' ich als ein Zeichen besseren Gelingens, denn Fürst Palamedes ist ein allzu verstockter Mann.«
»War«, sagte Diomedes, »war, denn Palamedes lebt nicht mehr.«
»Die Götter seien seiner Seele gnädig«, antwortete Antenor und führte sie in die Stadt hinein.
Auf dem Weg hinauf zur Burg Ilion kamen sie zum Marktplatz, der voller Menschen war, die die Griechen feindselig anstarrten. Ihre Gesichter waren gezeichnet von Hunger und Entbehrung. Man sah es ihnen an, daß sie schon lange nicht mehr satt geworden waren.
»Gilt dieser Empfang uns?« fragte Odysseus, da schallten ihm schon die ersten Rufe der Trojaner entgegen: »Wir wollen Frieden, gebt die Belagerung auf, zieht weg von unserer Stadt!«
Als Antenor mit seinen Söhnen und den Gesandten den Platz überqueren wollte, stellten sich ihnen die Bürger und Soldaten in den Weg und hinderten sie am Weitergehen. Manche wollten gar tätlich werden, da zogen Antenor und seine Söhne ihre Schwerter. Antenor rief: »Ein jeder, der sich den Gesandten nähert, ist des Todes!« Die Drohung wirkte, und die Trojaner wichen zurück.
Diomedes schrie in die Menge: »Was wollt ihr denn von uns? Ihr wart es doch, die das Völkerrecht verletzten!«
Die Menschen horchten auf, denn von eigener Schuld hatten sie noch nichts gehört.
»Ihr schicktet euren Prinzen Paris zur Krönung des Königs Menelaos

nach Sparta. Von dort entführte er dessen Gattin Helena, die jetzt in euren Mauern weilt, dazu große Mengen an Gold und Silber. Seither ist Menelaos voller Abscheu gegen Paris und die Trojaner, und wir, die Fürsten Griechenlands, stehen auf seiner Seite, denn Frauenraub ist wohl die schlimmste Verletzung des Gastrechts überhaupt.«
Da nickten viele in der Menge, das konnten sie verstehen.
»Es liegt nun an euch, die Belagerung zu beenden. Gebt uns Helena heraus, und noch heute werden wir nach Hause segeln!«
Nun entbrannte unter den Leuten eine hitzige Debatte. Die einen wunderten sich, denn immer hatte es geheißen: Helena sei als Flüchtige in ihre Stadt gekommen, die anderen riefen: »Es ist wahr, er hat sie entführt!«
Odysseus hob beschwörend seine Hände. »Trojaner, rief er, ihr solltet wissen, daß wir Griechen nichts höher achten als das Gastrecht, denn wir sind darauf bedacht, in Frieden mit der Welt zu leben. Ihr aber habt dieses Recht gebrochen. Würdet ihr es euch gefallen lassen, wenn einer käme und euch die Frau und euer Hab und Gut wegstiehlt? Dennoch haben wir keinen Krieg mit euch begonnen. Antenor kann es bestätigen, daß ich als Gesandter in euren Mauern war, um Helena im Namen aller Griechen mit friedlichen Mitteln in unser Land zurückzuholen.«
»Dies kann ich bestätigen!« rief Antenor.
»Euer König aber hat uns abgewiesen, und andere haben uns sogar mit Tod bedroht. Deshalb kamen wir mit einer Streitmacht, um uns zu schützen und unserem Willen Nachdruck zu verleihen. Doch haben wir immer noch nicht die Waffen gegen euch erhoben. Den Krieg begannen euer Führer Hektor und König Kyknos von Kolonä. Den Angriff haben wir abgewehrt, und König Kyknos ist erschlagen.«
Da schrien die Trojaner auf und ballten die Fäuste.
»Er hat den Tod verdient!« rief Odysseus in die Menge. »Er hatte keine Achtung vor den Toten. Er wagte es, uns während einer Leichenfeier anzugreifen.«
Die Trojaner schwiegen still, denn auch bei ihnen waren Leichenfeiern heilig.
»Und nun habt ihr überhaupt keine Verbündeten mehr, denn die

Städte Mysiens liegen in Trümmern. Glaubt mir, es wäre uns ein Leichtes, jetzt auch Troja zu besiegen. Ihr seht ja selbst die Übermacht vor euren Toren!«
Dies konnten die Trojaner nur bestätigen.
»Trotzdem kommen wir noch einmal in Frieden, um die Herausgabe Helenas zu fordern! Jetzt, da ihr in Not geraten seid, ich sehe es euren ausgehungerten Gesichtern an, liegt es immer noch in eurer Hand, die Belagerung zu beenden. Ich bitte euch, Trojaner, gebt uns die Gattin Menelaos' frei und zahlt das Diebesgut zurück, und noch heute werden wir in See stechen.«
Ein Raunen ging durch die Menschenmenge, und es schien Odysseus, als hätte er die Trojaner halb schon überzeugt. So fuhr er fort: »Wir kommen auch nicht mit leeren Händen. Wir bringen eurem König einen Schatz, der ihm wertvoller sein sollte als die geraubte Helena.«
Nun wurde es ganz still am Marktplatz und Odysseus nahm aus der Tasche, die er um seine Schulter trug, einen Mantel und ein Schmuckstück.
»Kennt ihr dieses Kleidungsstück und diese Kette?« rief er in die Menge. »Es ist die Tracht eures jüngstgeborenen Königssohnes Polydoros. Er befindet sich in unserem Lager. Ajax, der Sohn des Telamon, nahm ihn bei König Polymestor in Thrakien gefangen. Gebt uns Helena, und Polydoros wird heute noch zu euch zurückkehren. Wenn ihr dies nicht tut, werden wir eure Stadt in Schutt und Asche legen, vorher aber soll euer König mit eigenen Augen sehen, was er um sein Leben nicht sehen möchte.«
Die Trojaner verstanden diese Warnung wohl, und schreiendes Entsetzen verbreitete sich am Marktplatz. Antenor hob seine Hände, und allmählich kehrte wieder Ruhe ein: »Botschafter der Griechen«, rief er, »wie gerne würden wir eure Forderung erfüllen, denn sie erscheint uns mehr als gerecht. Wir würden tun, was ihr verlangt, allein uns fehlt die Macht dazu. Troja ist ein Staat, in dem der König alles gilt. Sich ihm zu widersetzen verbietet das Gesetz und die Ehrfurcht vor den Vätern. In öffentlichen Angelegenheiten dürfen wir nur sprechen, wenn uns der König zu Rate zieht. Und wenn wir gesprochen haben, steht es ihm frei zu tun, was ihm beliebt. Entschei-

den kann nur König Priamos. Damit ihr aber erfahrt, wie die Ältesten im Volk ihr Urteil fällen würden, will ich den Rat berufen. Sprecht zu den Ältesten von Troja, die sollen dann, wenn sie sich dazu entschließen können, König Priamos empfehlen, eurem Verlangen nachzukommen. Dies ist alles, was ich für euch tun kann, und was uns selbst der König nicht verwehren kann.«
Odysseus nahm den Vorschlag zur Vermittlung dankbar an.
Antenor schickte seine Söhne aus, um die Ältesten Trojas im Haus des Rates, dem er vorstand, zu versammeln, die Gesandten führte er zu seinem eigenen Haus.
Als die Stunde der Versammlung angebrochen war, führte Antenor die Gesandten vor die Räte und ließ sie vor den Ältesten sprechen. Odysseus und Diomedes legten ihren Standpunkt dar, danach befragte Antenor die Oberhäupter einzeln und der Reihe nach, und ein jeder bezeichnete den Raub der Helena als ein Verbrechen. Nur Antimachos, der dem Königshaus sehr zugetan war, verteidigte Paris: »Nicht er war es, der Helena entführte. Sie selbst bat in unserer Stadt um Schutz und Gastrecht. Der König hat es ihr gewährt. Auch wenn wir die Ältesten sind, steht es uns nicht zu, den Willen des Königs zu mißachten.«
»Hört, hört!« riefen die Ältesten der Trojaner.
Antimachos fuhr fort: »Was aber Polydoros angeht, so fordere ich augenblicklich seine Rückkehr, ohne Tausch und Lösegeld. Für sein Überleben sollen die Gesandten mit ihrem Kopf uns bürgen. Schickt eine Botschaft zu den Griechen, daß diese beiden heute noch des Todes sind, wenn Polydoros zur Götterstunde nicht in Troja ist!«
Da erhob sich Aufruhr im Saal, denn zugesagtes Gastrecht nicht zu halten, erachteten die Räte als das größte aller Verbrechen: »Antimachos ist ein Schurke. Er achtet nicht die Gesetze unserer Stadt. Weiß er denn nicht, daß uns Gesandte heilig sind? Werft ihn hinaus aus unserem Rat!«
In Schimpf und Schande mußte Antimachos den Saal verlassen, der Rat der Ältesten aber entschied, dem König zu empfehlen, die Frau des Menelaos freizugeben.
Derweil eilte Antimachos im Laufschritt hinauf zur Burg und unterrichtete den König von der Ankunft der Gesandten, von der Ge-

fangennahme Polydoros, was Priamos in tiefste Verzweiflung stürzte, und von seinem Vorschlag, die Botschafter als Geiseln in Troja zu behalten.
Priamos berief den Thronrat ein, dem seine Söhne und Aeneas angehörten, und ließ auch nach Panthoos und Antenor schicken, denn diese beiden Ältesten genossen sein Vertrauen. Nur Paris blieb zunächst auf Wunsch des Königs der Versammlung fern. Nachdem dem Thronrat die Ereignisse bekannt gemacht waren, wandte sich Panthoos, er war ein weiser, alter Mann, an Priamos und die Prinzen und sprach: »Ehrwürdige Fürsten, es ist nun einmal so, daß Helena die Frau des Menelaos ist. Es ist auch so, daß Prinz Paris das Gastrecht Spartas mißachtete und die Abwesenheit des Königs Menelaos nutzte, um, wie die Griechen sagen, Helena zu rauben oder mit ihr zu fliehen – dies sei dahingestellt. Und drittens führte er den Schatz mit sich. Auch hier will ich nicht richten, ob es sich um Helenas Erbe handelte oder ob es der Schatz des Menelaos war. Beides führte Paris auf seinem Schiff von Sparta weg nach Troja. Hierin liegt das Unrecht. Selbst wenn Helena aus freien Stücken mit ihm gegangen wäre, hätte Paris sie nicht hierher bringen dürfen. Sie hätte allein kommen müssen, um Gastrecht zu erhalten. Ich weiß, ihr edlen Fürsten, dies ist Vergangenheit. Doch bedenkt, daß wir auch Gegenwart und Zukunft haben und daß das Überleben Polydoros' und unserer Stadt in Frage gestellt ist. Darum hört meinen Vorschlag: Prinz Paris hat so lange Zeit gehabt, sich dieser schönen Frau zu erfreuen, nun soll er freiwillig auf sie verzichten und seinen Beitrag leisten, die Stadt und das Leben des kleinen Prinzen zu retten. Der Rat der Ältesten teilt meine Meinung: Liefert Helena und das geraubte Gut den Griechen aus.«
Hektor wurde rot vor Scham, als er Panthoos so reden hörte, doch konnte er dessen Meinung nicht zustimmen. »Ich gebe dir recht bei allem, was du gesagt hast«, antwortete er Panthoos, »und ich wünschte, du hättest uns vor zehn Jahren diesen Rat gegeben. Doch haben wir Helena als Schutzflehende in unserem Hause aufgenommen. Statt sie fortzuweisen, haben wir ihr und Paris einen prächtigen Palast gebaut, sie leben darin in Herrlichkeit und Freuden. Wir alle haben dazu geschwiegen und diesen Krieg doch kommen

sehen. Jetzt ist es zu spät, jetzt können wir sie nicht mehr von uns weisen.«
Panthoos antwortete: »Ein Unrecht wird nicht dadurch besser, daß es schon lange währt. Ihr habt meinen Rat gehört, gebt Helena den Griechen. Doch eines sollt ihr wissen: Komme, was da wolle, wie auch immer König Priamos befindet, ich werde diese Stadt mit euch verteidigen, auch wenn ihr meinen Rat mißachtet.«
Nach dieser Rede verließ Panthoos den Saal. Priamos zog sorgenvoll die Stirn in Falten, denn er stand vor der schwersten Entscheidung seines Lebens.
Hektor sagte: »Laßt uns Helena befragen, ob sie bereit ist, freiwillig zurückzukehren. Schließlich geht es um das Leben des Polydoros.«
Priamos ließ Helena und Paris rufen. Schön wie die Götter betraten sie Hand in Hand den Saal.
»Helena, mein liebes Kind«, sagte Priamos, »Polydoros ist Gefangener der Griechen. Noch heute wollen sie ihn töten. Du aber kannst sein Leben retten, wenn du zu Menelaos zurückkehrst.«
Helena wurde erst bleich, dann sank sie weinend auf die Knie. Paris war sehr erregt und rief: »Ihr habt ihr Gastrecht zugesichert, ihr könnt es jetzt nicht widerrufen. Wenn ihr sie ausliefert, stirbt sie. Die Griechen werden sie töten, aus Rache für zehn verlorene Jahre! Auch Menelaos wird sie nicht schützen, da er außer seiner Ehre nichts von ihr begehrt. Ich bitte euch, Brüder, edler Vater, rettet unser Leben, denn wenn Helena stirbt, werde auch ich zum Hades gehen.«
Der König nickte, nahm zur Kenntnis, was Paris gesagt hatte, und wandte sich an Helena: »Wir wollen dir nicht absprechen, was wir dir einst gewährten. Nur denke daran, daß du das Leben Polydoros' retten kannst, vielleicht sogar die ganze Stadt. Die Entscheidung mußt du selbst treffen.«
Helena weinte noch mehr und schluchzte: »Die Atriden Agamemnon und Menelaos wissen sehr genau, daß nicht Paris mich entführte, sondern daß ich aus eigener Entscheidung floh. Nur Männerehre hindert sie daran, dies zuzugeben. Ich weiß, ich bin des Todes, wenn sie meiner habhaft werden. Ich bitte euch, seid keine Ungeheuer, verlangt das nicht von mir. Wie kann ein Mensch, der gerne lebt, sich freiwillig für seinen Tod entscheiden?«

Der Auftritt Helenas stürzte den König und den Kronrat in tiefste Hoffnungslosigkeit.
»Es gibt vielleicht noch eine Möglichkeit«, meinte Hektor, »wir geben den geraubten Schatz zurück, bieten Menelaos Polyxenia als Gattin an und statten sie mit königlicher Mitgift aus!«
Ein schwacher Hoffnungsschimmer keimte in der Versammlung auf, denn Polyxenia, die Tochter Priamos', war immerhin die meistbegehrte Frau des Landes Troas. Priamos sagte: »Ruft die griechischen Gesandten herbei, damit sie unseren Spruch vernehmen.«
Ein Bote lief zu Antenors Haus, wo Odysseus und Diomedes warteten, führte sie zur Burg und in den Saal. Dort unterbreitete man ihnen das Angenot.
»Willst du dich lustig machen über uns Griechen?« fragte Odysseus und kam aus dem Staunen nicht heraus. »Du bietest uns Polyxenia an als Ersatz für Helena?«
»Wahrhaftig, weit ist es mit uns gekommen!« rief Diomedes hohnlachend. »Zuerst rauben sie dem Menelaos die Gattin seiner Wahl, und dann soll er sich von seinen Feinden eine andere aussuchen lassen. Glaubt ihr, die Griechen hätten keine Ehre mehr im Leib? Nur ein Dieb und Räuber kann so einen Vorschlag machen!«
Ein Aufschrei ging durch den Kronrat, denn noch nie hatte jemand es gewagt, ihren König Priamos zu beleidigen. Aeneas stand auf und sagte mit verhaltener Wut: »Ihr sollt weder das eine noch das andere bekommen. Wenn es nach mir ginge und all jenen, die es mit der Ehre dieses alten Fürstenhauses halten, würde ich dem Rat des Antimachos folgen und euch töten lassen, wenn Polydoros bis heute abend nicht in unseren Mauern ist!«
Die meisten Söhne Priamos' klatschten Beifall zu der Rede des Aeneas, Hektor aber zog sein kurzes Schwert.
»Wir haben den Gesandten freien Abzug zugesichert«, rief er in die Versammlung, »ein jeder, der gegen sie die Hand erhebt, soll es mit seinem Leben bezahlen!«
Zu Odysseus und Palamedes sagte er: »Genug der Worte! Wir bitten euch, das Leben Polydoros' zu schonen. Tut ihr es nicht, werden wir uns entsetzlich rächen. Glaubt nicht, daß wir nicht noch mächtige Verbündete haben, auch wenn die Schwachen in Mysien, in Phrygien

und Thrakien erlegen sind. Macht euch davon mit euren Schiffen, sonst wird keiner von euch Griechen jemals wieder seine Heimat sehen. Und damit Schluß jetzt, geht!«

Ein Pfeifkonzert des Kronrats beendete die Verhandlung. Antenor geleitete die Gesandten aus dem Saal. Als sie aber die Türe erreichten, warf sich Helena, die dort gewartet hatte, den Gesandten vor die Füße, umfaßte ihre Knie und rief: »Bei allem, was euch heilig ist, beim Leben deines eigenen Sohnes Telemachos, dessen Muhme ich bin, bitte ich dich, Odysseus, um das Leben Polydoros'. Solltet ihr ihn jedoch töten, ich schwöre es dir, werde ich nicht aufhören, Zeus um den Tod deines eigenen Sohnes anzuflehen.«

Angewidert schob Odysseus Helena beiseite, doch ihr Eid drang tief in sein Gewissen. Während des Rittes zurück zur Schiffsstadt sprach er kein Wort. Doch als er den Fürsten berichtete, schloß er seine Rede mit den Worten: »Gebt Polydoros dem Menelaos, doch seht zu, daß ihm kein Haar gekrümmt wird.«

An diesem Tag war Menelaos der glücklichste der Griechen. Als es Nacht wurde und er zu Bett ging, legte er sich zu Polydoros. Zärtlich umarmte er den Knaben, streichelte und küßte sein Geschlecht und zeigte ihm die Liebe unter Männern.

III.

Krieg um Troja

1

Seit Polydoros bei ihm eingezogen war, hatte sich Menelaos auf wunderbare Weise und von Grund auf gewandelt. Er, der bisher immer als scheu und ängstlich gegolten hatte, stach jetzt bei Wettkämpfen, die Achilles in seinem Theatron veranstaltete, durch Mut und Tapferkeit hervor. Das Schwert und die Lanze führte er wie ein erprobter Krieger, den Stein schleuderte er weiter als so mancher andere Fürst, und im Bogenschießen konnte er sich manchmal sogar mit Ajax und Odysseus messen. Auch war er sich der größeren Macht bewußt, die er mit Agamemnon gegenüber allen anderen ausübte. Den Versammlungen maß er größere Bedeutung bei und setzte seinen Willen mit Entschiedenheit durch. Im selben Maße, wie Polydoros seinem Mentor Achtung und Bewunderung schenkte, gewann Menelaos an Kraft und Mut und bei den Fürsten an Ruf und Ansehen.

Menelaos hatte eine Regelmäßigkeit entwickelt, die Polydoros sichtlich guttat. Morgens brachte er ihn zu Achilles' Theatron und blieb bei ihm, solange es die Amtsgeschäfte zuließen. Abends holte er den Knaben wieder ab und freute sich, wenn er ihn lächeln sah. Immer seltener verlangte Polydoros zurück nach Troja, denn der tägliche Umgang mit den Kriegern machte ihm große Freude. Menelaos liebte den Knaben bald so sehr, daß er beschloß, ihn für immer zu behalten. Wenn sie nach Hause gingen, erzählte er ihm von seiner Heimat Sparta, von den Knaben im Gymnasion, von den Wettkämpfen zu Olympia, von seiner Tochter Hermione; auch, daß er sie zur Gattin haben und König von Sparta werden könne und daß es gut sei, daß Knaben von Mentoren die Kunst der körperlichen Liebe lernten. »Die Götter wollen nicht, daß der Knaben Säfte stocken«, sagte er, »nur den Jungfrauen gebieten sie, bis zur ihrer Hochzeit unberührt zu bleiben.«

Als sie sich eines Nachts den Weg durch kleine Gäßchen zur Agora bahnten, neben der Menelaos' Haus stand, hörten sie plötzlich ein schrilles Pfeifen, und da sahen sie im fahlen Licht einer Schiffslaterne, wie unter einem Kiel Hunderte, ja Tausende von Ratten auftauchten und wie eine Meereswoge auf sie zuspülten. Das ganze Gäßchen war mit einem Male voll von fetten, nacktschwänzigen Kreaturen, die um ihre Beine wimmelten, sie völlig ohne Furcht beschnupperten und sogar versuchten, mit ihren scharfen Krallen an ihnen hochzuklettern. Schreiend vor Angst sprang Polydoros in Menelaos' Arme und schaute entsetzt nach unten in das grauklumpige Gewühl. Menelaos, den Jungen im Arm, trat und stieß und wütete um sich, daß die Rattenleiber flogen, und auf einmal war der Spuk zu Ende. Wie sie gekommen waren, waren sie wieder unter einem anderen Schiff verschwunden, und nichts war mehr von ihnen zu sehen.

Es war nicht das erste Mal, daß Menelaos Ratten in der Schiffsstadt gesehen hatte, auch hatte er schon andere Fürsten von einer gewissen Plage sprechen hören, doch so geballt waren sie noch nie aufgetreten. Er schwor sich, dies in der Fürstenversammlung mit Nachdruck zu berichten.

»Die Schiffsstadt ist in einem jämmerlichen Zustand!« empörte er sich anderntags. »Wißt ihr, daß Abertausende von Ratten in unserem Lager leben? Sollen wir zulassen, daß sie unsere Vorräte plündern, über Rinder, Schafe und Pferde herfallen? Doch das ist noch nicht das Schlimmste, denn in allzu großen Scharen waren sie noch immer Vorboten von Krankheiten und Seuchen!«

Agamemnon sagte: »Auch andere Fürsten haben von der Plage schon erzählt und mit den Ärzten Machaon und Podalairios gesprochen.«

Machaon erhob sich und sagte: »Wir versuchten, sie an verschiedenen Stellen auszuräuchern, doch graben sie sich immer wieder neue Gänge und entkommen so dem Tode.«

»Sprich du, Kalchas«, sagte Agamemnon, »und künde uns, der du der Götter Ratschluß kennst, wer von den Unsterblichen uns die Plage sendet.«

Kalchas machte ein sehr besorgtes Gesicht: »Gott Apollon, der in Mysien und Troas als Smintheus, als Mäusegott bekannt ist, schickt uns diese Plage; er ist der einzige, der sie wieder nehmen kann. Doch diesmal, fürchte ich, genügt kein Trank- und Speiseopfer. Laßt uns auf ein Zeichen warten, bis der Gott uns kundtut, welche Gabe er begehrt!«

Odysseus schaltete sich ein: »Nicht allein der Gott ist es, der uns helfen kann, wir müssen auch selbst etwas tun. Darum schlage ich vor, jedem Krieger, der eine Ratte fängt und tötet, einen freien Becher Wein zu geben. Ihr werdet sehen, wie schnell wir dann das Ungeziefer wieder los sind.«

»Wir alle ehren und achten deine Meinung«, sagte Kalchas zu Odysseus, »doch denke nicht, du kannst den Willen der Götter beugen. Sie geben und nehmen, wie es ihnen beliebt. Du kannst so viele Ratten töten wie du willst, die Plage wird erst enden, wenn es dem Gott gefällt.«

Die Meinungen der Fürsten blieben geteilt. Die einen waren für Kalchas, die anderen für Odysseus, doch als auch Menelaos dessen Vorschlag lobte, wurde er ohne Gegenstimme angenommen. Jeder Fürst verkündete es seinen Kriegern, und es begann eine Rattenjagd in der Schiffsstadt, daß die Schankknechte bei den Weinkrügen kaum noch mit dem Becherfüllen nachkamen. Bereits in den frühen Morgenstunden wurden die ersten Ratten abgegeben und in dafür vorgesehene Feuerstellen geworfen. Mittags hatten es manche Krieger schon auf fünf gebracht und nachmittags auf zehn. Als die Schädlinge verbrannt wurden und die Krieger trunken um die Feuer saßen, holten viele mit ihren Speeren noch nicht verbrannte Tiere aus der Glut und gaben sie aufs neue ab. Dafür bekamen sie wieder einen Becher Wein – und so fort; bald waren die Krieger so betrunken, daß an Rattenfangen nicht mehr zu denken war. Und die Tiere, die noch in Freiheit waren, vermehrten sich erneut, und binnen Tagen war der Gleichstand wiederhergestellt.

Die Rattenplage wurde schlimmer. Es schien, als hätten die verfluchten Nager die Herrschaft in der Schiffsstadt übernommen. Immer öfter hörte man von geplünderten Getreidelagern, und verschiedentlich kam es sogar vor, daß die Biester Vieh angriffen. Erst gestern hatte Ajax von einer Kuh erzählt, deren blank genagte Knochen man in der Gasse gefunden hatte. Hilflos rätselten die Fürsten in der Versammlung, als Talthybios, des Agamemnons Herold, den Saal betrat

und rief: »Ein Schiff ist angekommen; es ist der König Chryses aus Chryse, der vor den Fürsten zu sprechen wünscht!«
Kalchas horchte augenblicklich auf und rief: »Er ist ein Priester des Apollon, laßt uns ihm Gehör schenken.«
Agamemnon ahnte Schwierigkeiten, denn Chryses war der Vater von Chryseïs, die er liebte.
»Ich will den Mann nicht sehen«, schrie er, »er soll gehen, woher er kam!«
»Aber er ist ein Priester des Smintheus«, rief Kalchas, »vielleicht kann er uns helfen, die Plage zu beenden!«
Die Fürsten klatschten Beifall, als Kalchas dies sagte, und so mußte Agamemnon den ungebetenen Gast empfangen.
»Soll er eintreten«, sagte Agamemnon widerwillig.
Talthybios führte Chryses in den Saal. Achilles, der Chryses einst besiegt hatte, erschrak, denn noch vor nicht allzu langer Zeit war Chryses ein stattlicher Mann gewesen. Nun stand da ein zitterndes Wrack; in seinen Händen hielt er den Priesterstab und das Bindengeflecht, das ihn als Diener des Apollons auswies. Weinend warf sich der alte Mann zu Boden und stammelte: »Ich bitte euch, ihr Atriden, und dich, Achilles, Sohn der Göttin Thetis, gebt mir meine Tochter wieder. Mögen euch die Götter im Olymp den Sieg über Troja schenken und euch glücklich nach Hause kehren lassen, nur laßt mein geliebtes Kind frei.«
»Schweig!« schrie Agamemnon. »Wir hofften, du würdest uns helfen, die Rattenplage loszuwerden, nun kommst du sogar mit Forderungen. Doch dies schlage dir für alle Zeiten aus dem Kopf. Längst ist Chryseïs mir wie eine Gattin!«
»Weist mich nicht ab, ihr edlen Fürsten«, bettelte der alte Mann, »nehmt für sie das Lösegeld, das reichlich in meinem Schiffe liegt, auch will ich Smintheus anflehen, die Rattenplage von euch zu nehmen.«
Voller Hoffnung schauten die Fürsten auf Agamemnon, doch der blieb hart: »Auf dein Lösegeld verzichte ich, und der Rattenplage werden wir schon selbst Herr. Und nun geh mir aus den Augen!«
»Fürchtet den Sohn des Zeus, den sicheren Schützen Apoll«, drohte

Chryses, »wenn ihr mich unverrichteter Dinge ziehen laßt, wird er sich schrecklich an euch rächen.«
Kalchas erschrak und lief zu dem am Boden kauernden Chryses, half ihm auf und sagte: »Edler Chryses, der du Apollon dienst, sei nur getrost, ich sage dir, daß du die Tochter wiederhaben wirst.«
Agamemnon wurde erst weiß, dann rot vor Zorn. »Schweig, Kalchas!« schrie er. »Was bildest du dir ein, meine Entscheidung vorwegzunehmen?«
Zu Chryses sagte er: »Meine Antwort ist nein! Laß dich nie wieder hier bei den Schiffen sehen, alter Mann, wenn dir dein Leben lieb ist. Solltest du dagegen verstoßen, nützt dir auch dein Priesterstab und deine Binde nichts mehr. Chryseïs bleibt hier und teilt mit mir das Lager, heute und für alle Zeiten, hier und in nicht allzu ferner Zeit auch in Mykene!«
Agamemnon stand auf, ging drohend auf Chryses zu, packte ihn am Mantel, schüttelte den alten Mann und schrie: »Und jetzt fort mit dir, reize mich nicht weiter, sonst bezahlst du das mit deinem Leben!«
Chryses erschrak über die heftige Rede, sagte kein Wort mehr, floh entsetzt zu seinem Schiff und segelte davon. Auf dem Weg nach Chryse aber kniete er auf den Planken seines Schiffes nieder und rief laut zu Apollon: »Verehrter Gott mit dem silbernen Bogen, der du in Mysien herrschst, wenn ich dir je den schönen säulenschweren Tempel in Chryse erbaute, wenn ich dir je die schönsten und saftigsten Schenkel von Rindern und Ziegen opferte, so laß die Griechen den Raub meiner Tochter büßen!«

Apollon, der mit seiner Schwester Artemis bei den Göttern saß, erhörte seinen Priester Chryses, nahm den silbernen Bogen und den Köcher mit den Pfeilen, die für die Menschen unsichtbar sind, und schritt vom Olymp, in nächtliches Dunkel gehüllt, zur Schiffsstadt hinunter. Dort schoß er die spitzen Geschosse auf Maultiere, Esel und Hunde, und bald traf er auch Menschen. Und bei jedem Schuß entfuhr dem silbernen Bogen ein grauenvolles Klirren.

Als Menelaos mit Polydoros frühmorgens das Haus verließ, schlug ihnen ein ekelerregender Geruch entgegen. Vor der Haustüre lag der

Kadaver eines Hundes, über und über mit schwarzen, eitrigen Beulen bedeckt. Schnell schickte er Polydoros ins Haus zurück und verbot ihm streng, es wieder zu verlassen. Dann ließ er den Herold mit der Trompete nach den Fürsten rufen.

Als sie alle in Agamemnons Haus saßen, hatten sich einige Tücher über Nase und Mund gebunden, denn je höher Helios den Sonnenwagen zog, desto schlimmer wurde der Gestank in der Schiffsstadt. Andere Fürsten berichteten, daß auch bei ihnen tote Tiere vor den Häusern, Hütten und Schiffen lägen. Agamemnon ordnete an, die Kadaver sofort einzusammeln und zu verbrennen. Nun betrat Teuker den Saal und meldete, daß fünf Krieger aus Salamis mit Beulen am Körper einen qualvollen Tod gestorben seien, acht weitere lägen mit hohem Fieber krank und verdurstend auf dem Lager. Ajax senkte sein Haupt und weinte. Als am nächsten Tag auch diese gestorben waren, und Nachrichten über Neuerkrankungen aus fast allen Völkerschaften eintrafen, war es gewiß: In der Schiffsstadt herrschte die Pest.

Machaon und Podaleirios taten, was sie konnten. Sie befahlen den noch gesunden Kriegern, die Schiffe, Zelte und Hütten auszuräuchern, die Behausungen mit Wasser und Sand zu reinigen und die Kranken in feuchte Tücher zu wickeln, damit das Fieber nachlasse. Doch alles war umsonst, binnen zweier Tage war jeder, der die Krankheit in sich trug, tot. Tag und Nacht brannten die Leichenfeuer, und haufenweise karrten Knechte immerzu neue Opfer zu den Scheiterhaufen. Zuerst waren es hundert, dann fünfhundert, schließlich tausend am Tag. Entsetzlich stinkende Brandschwaden durchzogen das Lager, und manchem war es, als sollte dies das Ende der Griechen vor Troja sein.

Neun Tage wütete die Pest, keiner, auch nicht die Gesunden, trauten sich mehr aus dem Haus, da hatte Achilles einen Traum. Es erschien ihm das Gesicht der Göttermutter Hera, der hohen Gattin des Zeus, und forderte ihn auf, die Fürsten zu versammeln, um Kalchas zu befragen, was Apollon begehre, denn, wie sie sagte, könne sie das Sterben der Griechen nicht länger ertragen. So geschah es am nächsten Tag, daß die Fürsten dem Ruf der Hörner folgten. Als sie sich versammelt hatten, rief Achilles: »Nun denn, Kalchas, künde uns, wes-

halb Apollon so ergrimmt ist! Empören ihn fehlende Opfer, begehrt er den Rauch von Widdern und von Ziegen, um uns von dem Übel zu befreien?«
Kalchas erhob sich wacklig auf seine Beine und fing nur sehr zögerlich und ängstlich an zu sprechen: »Lieber Achilles, ich will, wie du befiehlst, über den Groll des Apollon berichten, doch zuvor schwöre mir, mich mit Worten und Taten zu schützen, wenn ich bedroht werde, denn ich fürchte, jemanden kränken zu müssen, der übermächtig ist.«
»Solange ich lebe«, antwortete Achilles, »wird sich kein Sterblicher an dir vergreifen, darum fasse nur Mut und sage uns, welches Zeichen du gesehen hast.«
Da raffte sich Kalchas auf und sagte: »Es sind nicht die fehlenden Opfer. Apollon grollt um seinen Priester Chryses, den Agamemnon so sehr beleidigte und entehrte, als er das Bußgeld ausschlug und ihm die Tochter vorenthielt. Darum sendet der silberbogige Gott uns nun die Pest, und er wird sie so lange weiter senden, bis Chryseïs – ohne Lösegeld – ihrem Vater zurückgegeben ist. Dazu verlangt Apollon eine Hundertzahl an Schafen, die dort in Chryse dem Gott zum Opfer dargebracht werden sollen. Erst wenn diese Forderungen erfüllt sind, wird Apollon die Schreckensplage beenden.«
Agamemnon konnte es nicht glauben. Zornig erhob er sein goldenes Zepter, und das Feuer des Hasses loderte in seinen Augen. Rasend vor Wut schrie er Kalchas an: »Du Unglücksseher! Werde ich von dir niemals eine gute Nachricht erfahren? Böses zu künden macht dir wohl Freude? Noch nie hast du mir etwas Gutes berichtet, jetzt verlangst du gar, daß ich mich von Chryseïs trenne, die schöner ist und die ich mehr liebe als meine Gattin Klytämnestra!«
Lange sprach niemand ein Wort, alles blieb betreten stumm. Nun mußte er ein Zeichen setzen, mußte sich entscheiden: das Volk der Griechen oder Chryseïs. Er ahnte, daß eine Entscheidung gegen das Heer ihn die Macht kosten könnte.
»Gut«, sagte er endlich, »ich gebe sie frei, damit der Schrecken ende und das Volk dadurch gerettet werde. Aber ich verlange Ersatz für sie, sonst wäre ich der einzige, der ohne Ehrengeschenk bliebe. Ihr seht ja selbst, wie ich meine Beute verliere.«

Darauf sagte Achilles: »Agamemnon, so unersättlich? Du hast doch von allen am meisten bekommen. Nun sind die Ehrengeschenke vergeben. Wenn du auf ein neues bestehst, entreißt du dadurch einem anderen, was ihm von allen zugesprochen wurde. Sag selbst, es wäre doch nicht recht, einmal vergebene Geschenke zurückzufordern. Gib du dem Priester, was des Priesters ist, und wir werden es dir dreifach und vierfach vergelten, wenn Zeus es uns erlaubt, Troja zu besiegen und zu plündern.«
»O mitnichten, du göttlicher Sohn der Thetis«, lachte Agamemnon hämisch, »du wirst mich nicht beschwatzen. Du meinst, ich soll erlauben, daß du dein Ehrengeschenk behältst, während ich das meine fortgebe und mit leeren Händen hier sitzen bleibe? Ich willige ein, daß Chryseïs zu ihrem Vater zurückgeht, wenn ihr mir einen Ersatz schafft, wie ich ihn mir wünsche; ansonsten werde ich mich selbst bedienen. Doch darüber reden wir später. Laßt uns jetzt ein Schiff zu Wasser ziehen, um damit Chryseïs und hundert Schafe nach Mysien zu schaffen, denn ihr habt ja selbst gehört, daß nur so die furchtbare Pest zu Ende gehen kann. Ajax oder Odysseus soll das Schiff führen; oder du selbst, Achilles, dir stünde es gut an, den zornigen Gott Apollon mit Opfern zu besänftigen. Und zugegeben, Briseïs gefällt mir nach Chryseïs am allerbesten.«
»Du schamloser Mann«, stieß Achilles wütend hervor, »du wünschst, daß ich mich aus dem Lager entferne, damit du dir Briseïs holen kannst. Doch diesen Dienst werde ich dir nicht erweisen. In Zukunft keinen einzigen mehr. Wie kann dir ein Grieche überhaupt noch glauben und gehorchen? Ich tue es nicht mehr. Ich fahre zurück nach Phthia. Mir haben die Trojaner nichts getan. Von hier zu scheiden kränkt meine Ehre nicht. Ich bin doch nur dazu da, dir und Menelaos bei eurer niederen Rache zu helfen! Und nun planst du Hund auch noch, mir mein Ehrengeschenk zu stehlen? Wie war es denn bisher? Die schwierigsten Aufgabe im Kampf meisterte immer ich, doch wenn es an die Verteilung der Güter ging, bekamst immer du das Beste. Da mache ich nicht mehr mit. Ich gehe zurück nach Phthia, ich bin doch nicht dafür da, dir hier die Schätze anzuhäufen.«
Agamemnon schaute völlig entgeistert. Wie konnte Achilles es nur wagen, so mit ihm zu sprechen. Diese Worte waren hart, und er

wußte nicht, ob er es ihm durchgehen lassen könne. Jeden anderen hätte er sofort dafür getötet, doch Achilles durfte er nicht töten, er galt als der beste Krieger und war der Sohn der Göttin Thetis. Schwer atmend rang er seine Mordlust nieder, dann rief er: »Geh doch, wenn du willst, ich werde dich nicht bitten, wegen mir zu bleiben. Ich habe noch andere tapfere Männer, die meine Ehre und den Willen des Zeus verteidigen. Du bist mir ohnehin von allen Fürsten der verhaßteste, immer hast du nur Streit oder dein Vergnügen im Sinn. Verschwinde mit deinen Schiffen und der Myrmidonenbrut. Dich achte ich wenig, dein Zorn kümmert mich nicht. Doch laß dir dies gesagt sein: Da Apollon mir Chryseïs nimmt, werde ich mir von dir Briseïs holen, damit du weißt, wer von uns beiden der höhere ist und damit es niemand mehr wagt, sich mit mir zu vergleichen!«
Agamemnon warf den Kopf in den Nacken und wandte sich um. Achilles war wie vom Schlag getroffen. Er wußte nicht, was er tun sollte. Das Messer ziehen und Agamemnon auf der Stelle niederstechen oder das kochende Herz bezähmen. Noch ehe er eine Entscheidung treffen konnte, war das Messer schon gezückt.

Gerade, als er zustechen wollte, war aber Athene bei ihm und griff ihm von hinten ins goldene Haar. Achilles erschrak und wandte sich um. Da erkannte er die Göttin mit den unendlich schönen Augen, die nur für ihn sichtbar war, und er fragte sie: »Warum erscheinst du vor mir, Tochter des Zeus, willst du dich selbst von der Bosheit Agamemnons überzeugen? Seine Vermessenheit soll er mit dem Leben bezahlen.«
Athene lächelte und sprach: »Ich will dir das Herz beruhigen. Vom Olymp sendet mich Hera, die mächtige Gattin des Zeus, die euch beiden in liebender Sorge zugetan ist. Beende den Streit und laß dein Messer stecken. Strafe Agamemnon mit Worten. Das sage ich dir klar, und es wird sich erfüllen: Sorge dich nicht um die heutige Schmach, dafür wirst du einst dreimal schöneren Lohn empfangen. Halte an dich.«
Darauf sagte Achilles: »Was ihr mir beide befiehlt, will ich wohl beachten, auch wenn der Zorn noch so sehr in mir kocht. Wer den Göttern gehorcht, den werden sie erhören.«

Athene lächelte und entschwand vor seinen Augen hinauf zum Olymp, wo die mächtigen Götter wohnen.

Achilles steckte das Messer zurück in die Scheide, doch mit Worten wollte er den Völkerfürsten weiter kränken: »Du Trunkenbold, du hundsäugiger Wicht, feig bist du wie eine Hindin! Noch nie sah ich dich mit den Kriegern zum Kampfe dich rüsten, nie in der Nähe der Feinde. Dir genügt es, gleich hier im Heer deine Beute zu machen, du völkerfressender König, der nur Schwächlingen gebietet. Aber ich schwöre dir, es wird schon bald der Tag kommen, da alle Griechen unter den Schlägen der Trojaner stöhnen. Und du wirst vergeblich flehen, daß ich in den Kampf eingreife, wenn unter Hektors furchtbaren Hieben die Griechen wie die Fliegen sterben. Dann wirst du dir die Seele quälen. Doch umsonst. Ich werde nicht da sein. Denke an meine Worte!«

Nestor versuchte, den Streit zu schlichten, und erzählte von vergangenen Tagen seiner Jugend, als er Streitigkeiten Stärkerer geschlichtet hatte. Schließlich bat er Agamemnon, dem Achilles Briseïs zu lassen, dann wolle er sich selbst darum kümmern, daß auch dieser seinen Zorn vergesse, denn er sei der trefflichste der Krieger.

Agamemnon fuhr ihm in die wohllautende Rede: »Was erlaubst du dir, alter Greis! Den Mann da gelüstet, sich über alle zu erheben, will Herr sein und über allem stehen. Doch wenn ihn die Götter zum Kämpfer erschufen, haben sie ihm darum auch gestattet, Menschen, die höher stehen als er, zu beschimpfen und zu schmähen? Ich will jetzt keinen Ton mehr hören, fort mit euch allen, noch heute hole ich mir Briseïs!«

Agamemnon erhob sich von seinem Thron und löste die Versammlung auf. Achilles wollte den Saal verlassen, da wandte er sich noch mal um und rief: »Nie hab ich mich um ein Weib gestritten, noch dazu um eines, das mir von allen zuerkannt wurde. Ihr könnt es mir geben und wieder nehmen. Wenn du aber, Agamemnon, versuchst, dich auch nur an einem einzigen meiner anderen Güter zu vergreifen, dann sollen alle sehen, wie mir dein dunkles Blut vom Schwert tropft!«

Tief verwundet im Herzen ging Achilles zu seinem Haus.

Agamemnon indes befahl, eines der Schiffe zum Meer zu ziehen, wählte zwanzig Seeleute aus und ließ die Hekatombe Schafe für Apollon laden. Dann ging er und holte Chryseïs; ihm blutete das Herz, als er sie zum Schiff geleitete. Chryseïs aber verließ ihn mit frohem Herzen, denn mehr als Agamemnon liebte sie die Heimat und den Vater. Odysseus bestieg das Schiff, und Elpenor steuerte es südwärts, hinunter nach Chryse.
Sobald das Schiff im Dunst der Ferne verschwunden war, schrie Agamemnon: »Ich werde es ihm zeigen. Talthybios und Eurybates, geht hinauf zu Achilles' Lager und holt mir Briseïs. Gibt er sie nicht freiwillig heraus, werde ich sie mir selbst holen mit einer Streitmacht, die er schmerzlich zu spüren bekommt. Dies richtet dem Sohn der Thetis aus!«
Nur ungern gingen die zwei Herolde zum Geviert der Myrmidonen. Sie fanden Achilles in seinem Haus. Er saß mit Patroklos am Brunnen und starrte auf das Wasser. Neben ihm saß Briseïs und weinte, denn sie hatte Achilles liebgewonnen. Rot vor Scham standen Talthybios und Erybates da, und keiner wagte, ein Wort zu sprechen. Achilles wußte, weshalb die Boten gekommen waren.
»Seid mir gegrüßt, Herolde«, sagte er. »Nicht ihr seid schuld. Er soll sie haben. Sagt ihm aber auch, daß ich den Tag kommen sehe, da er in sein Verderben läuft. Geht jetzt und wartet draußen, Patroklos wird sie euch bringen.«
Als sie gegangen waren, richtete sich Briseïs auf und tröstete Achilles: »Hab keine Angst, mich zwingt jetzt seine Macht, doch seine Gemahlin werde ich nicht, lieber will ich sterben. Warte auf mich, denn dir gehört meine Liebe, ich kehre zu dir zurück.«
Zum Abschied umarmte sie ihn inniglich; dann nahm sie Patroklos ganz sacht am Arm und brachte sie hinaus.

Als Helios den Sonnenwagen in die glitzernde See versenkte, war Achilles allein am Strand und hob seine Hände.
»Mutter«, rief er, »Mutter! Agamemnon hat mein Ehrengeschenk gestohlen. Er nahm mir Briseïs und will sie behalten!«
Da stieg aus der Tiefe des golden schimmernden Wassers die göttliche Thetis, setzte sich zu ihrem Sohn, streichelte sanft sein Haar und

sagte: »Kind, was weinst du so sehr, welcher Kummer bedrückt dich?«
»Ach, du weißt es ja«, seufzte er, »wie soll ich dir, die die Geschicke aller Menschen kennt, mein Leid erzählen? Ich bitte dich, geh du zu Zeus und flehe ihn an, den Trojanern zu helfen, daß sie den Griechen schwere Wunden schlagen und Agamemnon erkennt, wie verblendet er war, den besten so abgrundtief zu kränken. Zeus wird auf dich hören; du selbst erzähltest mir, wie allein du von allen Göttinnen ihm halfst, als Hera, Poseidon und Athene ihn fesselten, um ihn zu stürzen, und du die hundertarmigen Riesen riefst, ihn zu befreien. Er würde es dir niemals mehr vergessen, hast du gesagt.«
»Mein lieber Sohn, alles, was deine Seele bedrückt, will ich Zeus berichten und ihn bitten, dir Gerechtigkeit zu schaffen. Doch erst in zwölf Tagen kann ich seine Knie umfassen, denn seit gestern weilt er mit anderen Göttern in Aithiopien, um ein Opfer von Stieren entgegenzunehmen. Bleib du solange in deinem Haus und halte dich fern von Kämpfen, bis ich Zeus gewonnen habe. Fürchte dich nicht, mein Sohn, und sei dir der Hilfe der Götter gewiß.«
Thetis umarmte und küßte Achilles voll Liebe und Anteilnahme, dann tauchte sie wieder hinab in die dunklen Fluten des Meeres.

Odysseus war mit Chryseïs und den Opfergaben wohlbehalten in Chryse angekommen. Als er in den Hafen einfuhr, lockerte er die Taue, senkte das Segel und ließ das Schiff zum Ufer rudern. Dort stieg er mit dem Mädchen an Land und ging mit ihr geradewegs zum säulenprunkenden Tempel des Apollon, wo der Priester im Gebet verharrte.
»Mich sendete der Völkerfürst Agamemnon«, rief Odysseus, »um dir dein Kind zurückzubringen. Dazu eine Hekatombe Schafe zum Opfer für Apollon, der uns schreckliches Leid verhängte.«
Chryses sah auf und konnte es nicht glauben. »Mein Kind«, rief er, »mein liebes Kind!«
Chryseïs flog in seine Arme, und er hielt sie fest und bedeckte ihr Gesicht mit Küssen.
»Ich danke dir, Apollon«, rief er ins Gewölbe, »du gerechter Gott, daß du sie mir wiedergegeben hast!«

Als sie sich beide vom Freudenschock erholt hatten, kniete Chryses auf den Stufen vor der weißen Marmorbüste nieder und betete: »Wie du mich früher erhörtest, mächtiger Apollon, und die Griechen in arge Bedrängnis brachtest, so bitte ich dich jetzt mit gleicher Inbrunst, ihren Jammer zu beenden.«

Gott Apollon erhörte das Flehen, tat sich den silbernen Bogen um die Schulter, die Pfeile in den Köcher und erhob sich, von Nacht umhüllt, hinauf in den Olymp.

Nun rief Chryses die Frauen und Männer seiner Stadt herbei, und die Freude war übermächtig. Es wurde Wein getrunken und gesungen, man schlachtete die Hekatombe Schafe, häutete sie, trennte die Schenkel ab, übergoß sie mit heißem Öl und verbrannte sie dem Gott. Zur Weihe sprengte Chryses einen ganzen Krug voll Wein auf den Boden und warf gesegnete Gerste ins Opferfeuer. Als die Schenkel verbrannt waren, schnitten die Männer und die Frauen den Rest des Fleisches in Stücke, steckten sie auf Spieße zum Braten und verzehrten sie mit Freude. Als alle satt geworden waren, ließ Chryses funkelnden Wein ausschenken, die Mädchen und die Knaben tanzten, spielten auf der Leier und der Flöte und sangen frohe Lieder. Apollon aber genoß die Düfte und lauschte dem schönen Klang mit Freuden.
Bis die Morgenröte mahnte, zechten sie, dann gingen die einen zu ihren Häusern, die anderen zu ihrem Schiff, fielen in tiefen Schlaf und erholten sich von ihrem Rausch.
Als Helios' Sonnenwagen im Zenith stand, stachen die Griechen wieder in See und segelten nach Hause. Apollon sandte ihnen günstigen Wind, der sie schnell zum Ziel brachte.
War das ein Jubel, als sie bei Tenedos aus dem Dunst tauchten. Am Hafen drängte sich Mann an Mann, und als das Schiff anlegte, brach das Heer in Freudengesänge aus: Die Pest war gebannt, die Seuche vorüber. Auch die Ratten hatten sich zurückgezogen, sie waren von einem Tag auf den anderen verschwunden. Agamemnon lud die Krieger zum Opfer auf den Marktplatz. Es kamen alle, die die Pest überlebt hatten, etwa fünfzigtausend Mann. Nur die Myrmidonen blieben bei ihren Schiffen.

Natürlich war im Heerlager die Kunde über Achilles' Unglück nicht ohne Echo verhallt. Den Kriegern war die Kränkung nicht entgangen. Auch nicht, daß Achilles nicht mehr kämpfen wollte. Deshalb murrten viele Krieger, denn ohne Achilles und die Myrmidonen gegen Troja zu kämpfen schien vielen als aussichtslos.
Odysseus bemerkte dies als erster. Beschwichtigend ging er durch die Reihen der Völker und mahnte sie zur Ruhe. Wenn er einen beim Schimpfen traf, wies er ihn zurecht und sagte: »Du Schwächling wagst es, dich gegen Agamemnon aufzulehnen? Du, der du weder im Kampf noch in der Beratung etwas zählst, du willst dich gebärden wie ein Herrscher? Schweig und achte den Fürsten, der sein Recht von Zeus erhielt!«
Nur einer ließ sich nicht beruhigen. Es war Thersites, ein häßlicher Kerl mit krummen Beinen, der obendrein buckelig war. Er redete immer gegen die Fürsten, und wenn ihm etwas fragwürdig erschien, begann er sofort zu lästern: »Sein ganzes Haus hat Agamemnon voll von Schätzen. Dazu so viele Weiber, wie ich sie im Leben nicht haben werde. All dies schenkte ihm Achilles. Nun nahm ihm der Atride auch noch die Ehrengabe, die wir ihm alle zuerkannt hatten. Deshalb bleibt Achilles fern. Doch auch er hat keine Galle im Leib, sonst hätte er Agamemnon erschlagen. Ich aber sage euch: Ohne den Thetissohn können wir Troja nicht besiegen. Darum hört auf mich: Laßt uns nach Hause ziehen, soll der Völkerfürst in seinem Reichtum schwelgen, wir segeln mit den Schiffen heimwärts!«
Da kam Odysseus hinzu und zog ihm sein Zepter so hart über den Rücken, daß Thersites sich krümmte und ihm eine blutige Strieme auf dem Rücken schwoll.
»Schweig, du törichter Schwätzer, du bist mir der schlimmste Wicht von allen. Wage nicht, mit deinem Schandmaul über Könige zu reden, um selbst heil nach Hause zu kommen. Sollte ich dich noch einmal geifern hören, will ich nicht Odysseus heißen, wenn ich dich nicht packe und eigenhändig erschlage!«
Und er prügelte so fest auf Thersites ein, daß der schreiend davonlief, sich verkroch und sich Blut und Tränen aus den Augen wischte. Die anderen Krieger aber lachten herzlich, und einer erzählte dem ande-

ren: »Nun hat Odysseus das beste Werk im Volk getan. Der macht sein Lästermaul wohl nicht mehr so schnell auf.«
Agamemnon sah von all dem nichts. Er war glücklich darüber, die Macht fest in Händen zu haben, der Pest entronnen zu sein und seine Ehre durch den Raub der Briseïs wiederhergestellt zu haben. »Seit Chryseïs abgereist ist, habe ich keine Frau mehr berührt«, rief er in die Runde und stürzte einen Becher Wein hinunter. »Heute soll es geschehen, es walte Eros!«
Zur Mitternacht machte er sich auf den Weg in sein Haus. Leicht schwankend betrat er den schönen Innenhof. Nun wollte er Briseïs haben, mit ihr das Lager teilen.
»Bring mir das Mädchen ins Schlafgemach«, befahl er der Schaffnerin, »und sieh zu, daß sie sich mit wohlriechenden Düften umgibt.«
Agamemnon mußte nicht lange warten. Gerade hatte er sich ausgekleidet, als Briseïs, schön wie eine Göttin, in das Zimmer trat.
»Täubchen«, rief er, »geselle dich zu mir, laß deine Hüllen fallen und teile mit mir das Lager. Wir wollen die Freuden der Liebe genießen.«
Briseïs blieb an der Pforte stehen und hielt die Hände hinter ihrem Rücken.
»Was zögerst du«, fragte Agamemnon und lächelte freundlich, »es ist der Völkerfürst, der dich begehrt.«
Briseïs blieb bei der Säule, die die Pforte umrahmte, stehen und machte auch nicht die geringsten Anstalten, ihm zu Willen zu sein.
Agamemnon wurde böse und herrschte sie an: »Du sollst herkommen!«
Als sie sich noch immer nicht bewegte, sprang er vom Lager, und mit hochaufragendem Geschlecht ging er auf sie zu. Da nahm Briseïs ihre Hände vom Rücken, und in ihrer Rechten hielt sie einen Dolch. Den streckte sie ihm entgegen.
»Wage es nicht, mich zu berühren«, fauchte sie wie eine Raubkatze. »Ich habe nichts als mein Leben; es zu verlieren bedeutet mir wenig, solange ich in diesem Hause deine Gefangene bin. Doch bevor ich sterbe, glaube mir, Völkerfürst, liegst auch du in deinem Blut!«
Agamemnon erschrak so sehr, daß sein Glied fiel wie ein gefällter Baum.

»Du wagst es, dich mir zu widersetzen?« schrie er sie an.
»Rufe nur deine Diener und Wachen«, sagte sie, »damit sie alle sehen, wie der Völkerfürst die geraubte Briseïs beherrscht. Oder soll ich sie rufen?«
»Bei Zeus und allen Göttern, sei still!« rief Agamemnon.
Die Schande, vor der Dienerschaft bloßgestellt zu sein, hätte er nicht ertragen.
»Du Porna, du Metze«, rief er finster, »du sollst deinen Willen haben, aber gib acht, daß ich dich niemals ohne Waffe antreffe, denn sonst wird es dir übel ergehen. Und nun verschwinde aus meinen Augen.«
Voller Haß im Herzen ging Agamemnon zu Bett. Lange warf er sich hin und her und konnte nicht schlafen.

Die zwölf Tage des Opferfestes in Aithiopien waren vergangen und Zeus und die anderen Götter zum Olymp zurückgekehrt. Thetis hatte die Bitte ihres Sohnes nicht vergessen. Sie stieg aus dem Meer und erhob sich hinauf zum Tempel der ewigen Götter. Zeus saß auf der höchsten Zinne des herrlichen Palastes und ließ seinen Blick weit über Himmel und Erde schweifen. Neben ihm ließ sie sich nieder, tat schmeichelnd ihren Arm um seine Knie und begann: »Vater Zeus, ich bitte dich, hilf meinem Sohn Achilles, sein Ehrengeschenk zurückzuerhalten. Agamemnon nahm ihm Briseïs, die ihm von den Griechen zugesprochene Tochter des Brises. Nun grollt Achilles entsetzlich und hält sich von allen Kämpfen fern. Laß du nun die Trojaner so erstarken, schenk ihnen so lange Siege, bis Agamemnon gezwungen ist, ihm Bryseïs zurückzugeben.«
Lange schwieg Zeus, und Thetis schmiegte sich enger und enger an ihn und schmeichelte und bat erneut: »Du mußt ja nichts sagen, gib mir nur ein Zeichen mit den Augen, ob du die Bitte gewährst – oder schüttle dein Haupt, damit ich wenigstens weiß, daß du mich von allen deinen Kindern am wenigsten liebst.«
Heftig erwiderte Zeus: »Was fällt dir eigentlich ein, mich um eine Sache zu bitten, von der du ganz genau weißt, daß sie Streit zwischen Hera und mir erzeugt. Sie hadert ja ohnehin schon die ganze Zeit mit mir und wirft mir vor, daß ich den Trojanern helfe.«
»Vater«, bettelte Thetis, »worum ich dich bitte, soll doch nur so lange

währen, bis Agamemnon Briseïs zurückgibt. Dann mag sich das Schicksal erweisen, wie du geruhst zu entscheiden.«
Thetis schaute ihn so liebevoll an und war so schön, daß Zeus nicht anders konnte, als ihr nachzugeben: »So sei's drum«, sagte er, »ich werde dafür sorgen, daß alles sich zum Guten wendet und will dir zum Zeichen meiner Gunst auch nicken. Nun wird es aber Zeit, daß du gehst, damit dich Hera nicht sieht. Denn schnell ist sie bei der Hand, mir Liebschaften mit anderen Göttinnen vorzuwerfen.«
Zeus beugte den Kopf zum Zeichen seines Einverständnisses; es floß das herrliche Haar vom unsterblichen Haupt, und es donnerte, daß die Höhen des Olymps erbebten.
Als Thetis fort war, schritt Zeus in seinen glänzenden Palast zum goldenen Saal, wo Hebe, die Göttin der Speisen, bereits die Tafel gerichtet hatte. Die Olymper waren fast vollzählig zum köstlichen Mahl versammelt. Als er den Saal betrat, erhoben sie sich von ihren Sitzen und ließen zuerst Zeus auf seinem goldenen Thron Platz nehmen, bevor sie sich selbst wieder setzten. Zeus tat, als ob nichts geschehen wäre, Hera aber wußte, mit wem er Pläne geschmiedet hatte, denn sie hatte Thetis gesehen.
»Was habt ihr nur wieder ausgeheckt?« fragte sie. »Ich weiß doch, daß es dir immer wieder gefällt, heimlich Entschlüsse zu fassen, die du mir niemals zu offenbaren geruhst.«
»Hera«, antwortete Zeus gereizt, »bilde dir doch nicht ein, du müßtest alles wissen. Was für deine Ohren bestimmt ist, wirst du als erste erfahren. Und nun sei nicht so neugierig.«
»Was redest du da«, rief Hera, »nie frage ich dich aus! Ich fürchte nur, du hast mit Thetis besprochen, für Achilles' Ehre die Griechen büßen zu lassen. Und dann hast du dazu genickt. Wir haben es ja alle gehört.«
»Du bist wirklich grauenhaft!« empörte sich Zeus. »Was kann ich vor dir überhaupt noch verbergen? Mit diesen Mitteln erreichst du jedoch gar nichts, höchstens, daß du dich meinem Herzen immer weiter entfernst.«
Verärgert nahm Zeus einen tiefen Schluck Nektar aus seinem goldenen Becher, dann fuhr er fort: »Und selbst wenn das alles geschieht, wie du sagst, dann wird es mir eben so belieben! Nun achte meine

Beschlüsse, sonst bekommst du meine Hand zu spüren. Da helfen dir die ganzen Götter nicht, die hier um uns versammelt sind!«
»Traurige Zustände sind das«, sagte Hephaistos, der Krüppel, »daß ihr euch wegen Sterblicher zankt, da wird uns doch die ganze Mahlzeit bitter.«
Er stand auf, humpelte mit dem doppelt gehenkelten Krug um die prächtige Tafel und schenkte einem Gott nach dem anderen den Becher randvoll mit köstlichem Nektar.
»Ich bitte dich, Mutter, gib nach«, sagte er, als er bei Hera angelangt war, »denn gegen ihn kann keiner von uns bestehen. Ich selbst weiß es am besten, hat er mich doch einmal an der Ferse gepackt und vom Olymp geschleudert, hinunter auf die Insel Lemnos. Seht, was ich davongetragen habe«, sagte er und humpelte keuchend zurück zu seinem Platz. Hephaistos übertrieb sein Leiden so sehr, daß die Götter nicht anders konnten als zu lachen, bis der ganze Olymp erbebte. Da konnten selbst Hera und Zeus nicht mehr an sich halten, stimmten in das Gelächter mit ein und vergaßen darüber ihren Zwist.
Froh, daß wieder Eintracht herrschte, tafelten die Götter in den Tag hinein, und es fehlte an keinem der köstlichsten Genüsse. Apollon spielte die schönsten Weisen auf der Laute, und die Musen sangen dazu mit berückenden Stimmen. Am Abend endlich kam auch Helios und gesellte sich zur frohen Runde. Bis in die tiefe Nacht hinein vergnügten sich die Götter, dann endlich gingen sie zu Bett, ein jeder in seinen Palast. Zeus, der Blitzgewaltige, legte sich zum Schlummer an die Seite der herrlichen Hera. Dem Agamemnon aber schickte er trügerische Träume.

2

»He, Agamemnon, schläfst du?«
Obwohl der Rufer hinter ihm stand und er ihn gar nicht hätte sehen können, erkannte Agamemnon klar und deutlich die Gestalt des alten Nestor.
»Agamemnon«, rief ihm der schlohweiße Greis durch ambrosische

Nebelschwaden zu, »der Völkerfürst, dem das Heer untertan ist, darf nicht die ganze Nacht schlafen. Auf, auf! Rufe die Krieger zu den Waffen, denn jetzt kannst du Troja erobern. Es ist soweit, Hera hat mit ihren Bitten die Götter für sich gewonnen, nun sind sich alle einig: Troja wird fallen!«

Wie von Zauberhand entschwand das Abbild Nestors dann in purpurner Finsternis.

Agamemnon erwachte. Hatte er geträumt? Da war kein Nestor, aber er hatte die Stimme noch im Ohr. Rasch sprang er aus dem Bett, weckte ungeduldig seine Diener, damit sie schnell die Fürsten der Völker zusammenriefen, dann zog er sich an: Das schöne, leuchtendweiße, kurze Kleid, glänzende Sandalen mit Wadenriemen, den wallenden roten Mantel. Das silberbeschlagene Schwert warf er sich um die Schulter, setzte sich den juwelenbesetzten Goldreif aufs Haupt, nahm sein goldenes Zepter, und noch ehe die dämmernde Frühe mit Rosenfingern erwacht war, saßen alle Fürsten versammelt.

»Hört mich, Freunde«, begann Agamemnon, »es kam mir im Schlaf ein göttliches Traumbild, das unserem erhabenen Nestor glich. Das stellte sich mir zu Häupten und rief: Die Unsterblichen haben's beschlossen, jetzt ist die Zeit, Troja zu erobern. Darum laßt uns eilig die Krieger rüsten und tun, wie uns die Götter geheißen.«

Die Fürsten berieten kurz, aber es war kein einziger, der gegen Agamemnon sprach. Also erhoben sie sich von ihren Plätzen, liefen in ihre Lager und riefen die Männer zusammen. Wie riesige Schwärme von Bienen strömten die Krieger aus den Schiffen und niederen Hütten zusammen und wälzten sich ungeordnet, wild durcheinander, auf die Agora. Neun Herolde hatten die größte Mühe, die lärmenden Massen zu lenken. Als sie alle endlich am Boden saßen, Männer aus Böotien neben Thebanern und diese vermischt mit Phokern und Lokrern und Abanter mit Arkadiern und Ithaker mit Athenern, wollte Agamemnon zu sprechen beginnen. Doch da spürte er eine Hand auf seiner Schulter.

»Agamemnon«, flüsterte Nestor ihm ins Ohr, »laß mich dir erst einen Rat geben: Trenne die Krieger nach Stämmen und diese nach Sippen. Mach es, bevor du zu ihnen sprichst, und laß sie stehend deine Rede hören, denn sie sollen ihren Feldherrn ehren. Laß sie antreten, wie ich sagte, und so sollen sie morgen auch kämpfen: Getrennt nach Völkern und Sippen, denn nur dann werden sie sich auch gegenseitig beistehen. Auch wirst du dann erkennen, welche der Völker feige und welche tapfer sind, welche sich durchschlagen und welche fliehen. Und wenn sie fliehen, wirst du auch sehen, ob es Feigheit der Männer ist oder mangelnde Kriegskunst, die sie unterlegen macht.«

»Nestor«, sagte Agamemnon bewundernd, »du bist ein Meister des Ratschlags. Hätte ich nur zehn Berater wie dich, würde Troja bald im Staube liegen.«

Es erging der Befehl an die Fürsten, das Heer nach Völkern, Stämmen und Sippen zu ordnen, und als dies endlich geschehen war, reckte Agamemnon seine mächtige Brust und rief: »So, wie ihr jetzt steht, sollt ihr morgen kämpfen. Ein jeder, so gut er kann, und ein jeder helfe dem anderen in der Not. Immer solltet ihr daran denken, daß die Schlacht so lange dauert, bis die sinkende Nacht sie beendet, und euch im klaren sein, daß es keine Ruhe gibt, auch nicht für wenige Pausen. Ihr sollt kämpfen, bis ihr umfallt, bis euch der Schweiß aus jeder Pore fließt. Und wenn einem von euch die Hand am Schild, am Speer oder Schwert ermattet, und ich ihn dabei ertappe, daß er sich vom Schlachtfeld drückt, dem gnade Zeus, denn der wird der Steinigung nicht entgehen und den Hunden und Geiern zum Fraß vorgeworfen!«

Drohend schallten von den Mauern der Heiligtümer und Häuser, die um die Agora standen, Agamemnons Worte zurück: den Hunden und Geiern zum Fraß; doch keiner der Krieger gedachte, eine solche Schandtat zu begehen, und sie jubelten dem Völkerfürsten zu.

»Nun aber bringt die Rammsporne und Steinwurfmaschinen in die Ebene des Skamanders, damit sie morgen bereitstehen. Vergeßt auch die Leitern nicht, mit denen wir die Mauern überwinden wollen. Versorgt die Pferde mit Futter und wartet die Kampfwagen. Ein jeder prüfe die eigenen Waffen, die Speere, die Schwerter, die Bogen, die Pfeile und mache die Schilde und sonstiges Kriegsgerät zur Schlacht der Schlachten bereit. Dann verzehrt euer Mahl, auf daß wir zum Kampfe gestärkt sind. Seid tapfer und denkt daran, daß ihr zum Wohlgefallen der Götter und für die Ehre Griechenlands kämpft!«

Als Agamemnon endete, erscholl tosender Beifall, denn die Rede hatte Kampflust in die Herzen der Männer gesät.
Gleich liefen sie truppweise zu ihren Schiffen, holten die Rüstungen und die Waffen und taten alles, was Agamemnon ihnen befohlen hatte. Als am Abend dieses Tages die Rauchschwaden über den Feuerstellen aufstiegen und die Krieger eine letzte Mahlzeit einnahmen, opferte ein jeder seinem Lieblingsgott den saftigsten Brocken Fleisch und vergoß die Hälfte seines Weins. Im stillen flehten sie, nicht Bekanntschaft mit dem würgenden Kriegsgott Ares zu machen und dem Hades zu entfliehen. Agamemnon aber weihte dem Zeus einen Stier und lud zu diesem Opfer Nestor, Idomeneus, Ajax, Aias und Odysseus ein. Auch Menelaos fand sich ein und brachte den kleinen Polydoros mit. Zusammen knieten sie sich nieder neben dem Opferplatz. Menelaos hob seinen Blick hinauf zum Olymp, nahm die Hände des Knaben in die seinen und flehte: »Ich bitte dich, himmlischer Vater Zeus, gib mir, allein dieses Knabens wegen, die Kraft, morgen ein Held zu sein.«
»Mächtiger Zeus«, betete Agamemnon, »laß am morgigen Tag die Sonne nicht sinken, ehe nicht das trojanische Königshaus in Flammen steht, die Trojaner zuhauf in den Staub gestürzt den Sand mit den Zähnen beißen und Hektors Gewand in flatternden Fetzen an meinem Speer hängt.«

Seit den Mittagsstunden beobachteten die Trojaner von ihrer Mauer aus die Vorbereitungen der Griechen, wie sie riesige Rammböcke, Steinwurfgeräte und Streitwagen vor ihrem Wall in Stellung brachten.
»Sie rüsten zum Angriff«, sagte Hektor zu Aeneas, und beide sahen in der Ferne Gott Ares winken.
»Es sieht nicht danach aus, daß sie heute noch angreifen. Sie werden morgen versuchen, unsere Mauern zu stürmen«, sagte Aeneas.
»Laß uns die Fürsten und Feldherrn rufen und beraten, wie wir dem Angriff begegnen.«
Im Thronsaal kamen sie alle zusammen, Hektor und Aeneas, Antenor und seine Söhne, dazu die dem Thronrat angehörenden Söhne des Königs, die Fürsten Troas, die Führer der Verbündeten. Und Pria-

mos sprach zur Versammlung: »Die Griechen drängen, wie es scheint, auf Kampf. Nun müssen wir entscheiden, ob wir uns von der Mauer aus verteidigen oder ihnen ein Heer entgegenstellen. Hektor, du bist der Feldherr, trag du uns als erster deine Meinung vor, danach mögen andere sprechen.«

Hektor erhob sich und sagte: »Seit zehn Jahren belagern die Griechen unsere Stadt, ohne uns besiegen zu können. Doch inzwischen darben wir, haben für unsere Krieger und die Heere der Verbündeten kaum noch Brot. Es fehlt uns an Nahrungsmitteln für so viele Menschen, denn das, was uns die Bauern und Hirten vom Berge Ida bringen, ist für wenige zuviel, für alle zu wenig. Darum sage ich, laßt uns kämpfen und sie in offener Schlacht besiegen, damit dieser Krieg ein Ende nimmt. Noch haben wir mächtige Verbündete, noch ist unser Arm stark!«

Als die Versammelten dies vernahmen, schrien und jubelten sie und stampften mit den Füßen und waren auf einmal so beseelt, daß sie glaubten, es wäre ein Leichtes, die Übermacht der Griechen zu besiegen. Am lautesten aber schrie Paris: »Hört mich an, ihr tapferen Männer von Troja und ihr Führer der befreundeten Völker, hört, was ich euch sagen will!«

Paris sah wie immer wenig kampfbereit aus, dafür strahlte er wie ein Gott und war mit den besten Kleidern und den köstlichsten Düften angetan. Hektor wandte sich gelangweilt ab. Ihm traute er es am wenigsten zu, ins Kriegsgeschehen einzugreifen. Dennoch ließen er ihn sprechen, denn er war der älteste Sohn des Königs.

»Hört mich an!« rief er, und es kehrte Ruhe in den Saal ein. »Wenn uns die Griechen morgen bestürmen, werde ich ihnen auf dem Streitwagen entgegenfahren und Menelaos zum Zweikampf fordern. Weshalb sollen so viele unserer Helden sterben, wenn es genügt, daß einer von uns beiden sein Leben läßt. Denn Helena kann nur ihm oder mir gehören. Fällt Menelaos, bleibt Helena bei uns, falle ich, mögen sie Helena mit sich nehmen, in Frieden scheiden und unseren Strand verlassen.«

Lange blieb es still im Saal, denn niemand hatte mit solcher Rede gerechnet. Paris, ein Held? Er, der von weibischer Erscheinung war, der noch nie in Waffen, Helm und Harnisch gesehen worden und immer nur den Frauen und den Vergnügungen zugetan war, er, der nie das Leid der Stadt berücksichtigt, sondern nur auf gewährtes Gastrecht gepocht und sich sonst aus allem herausgehalten hatte, er wollte entscheidend in den Krieg eingreifen?

»Du Unglücksvogel«, antwortete Hektor und blickte geringschätzig auf seinen Bruder herab, »du flötenspielender Weichling. An Schönheit bist du ein Held, auch mit dem Maul und bei den Weibern. Ansonsten bist du feige wie ein Hase. Wärst du nie auf die Welt gekommen oder zugrunde gegangen auf dem Berge Ida, das wünschte ich dir, als so voller Schande zu leben. Da lachen doch die Griechen, wenn du kommst. Dir fehlt jede Kühnheit und Stärke. Ich kann es kaum glauben, daß du mit einem Schiff nach Sparta gesegelt bist und dir dort diese herrliche Frau stahlst, die jetzt dieser Stadt, deinem Vater und uns allen zum Verhängnis wird und dir zur Schande gereicht. Wie sind die Trojaner doch schwächlich, daß sie dich nicht längst gesteinigt haben!«

»Hektor«, sagte Paris, »du bist hart wie eine Axt und dein Sinn ist starr. Auch wenn ich Tadel verdient habe, so hast du kein Recht, so über die Gaben der Götter, die sie mir verliehen haben, zu reden. Ihre Geschenke darf man nie verachten. Es ist mein Wunsch, mit Menelaos zu kämpfen, um Helena und alle Schätze für immer mein Eigen zu nennen, oder alles, selbst mein Leben, zu verlieren. Siegt er, und liege ich tot im Staub, soll Helena und das Gut, das sie von Sparta brachte, ihm gehören. Ich schwöre es bei Zeus, ich werde kämpfen. Doch will ich den Griechen nicht schutzlos entgegenstürmen. Wenn sie uns morgen überfallen, stell das Heer an meine Seite, doch versuche zuerst, die Atriden zum Zweikampf zu überreden. Lehnen sie es ab, so mag die Schlacht beginnen, stimmen sie aber zu, werde ich bereit sein, den Kampf mit Menelaos zu wagen!«

Paris warf sich den Umhang um die Schultern, die Locken in den Nacken und verließ hocherhobenen Hauptes den Saal. Und alle Fürsten staunten ihm hinterher.

»Nun gut«, sagte Hektor nach einer Weile, und Priamos nickte dazu, »wir verlieren nichts, wenn wir ihn kämpfen lassen. Soll er seine Lanze gegen Menelaos werfen – oder nicht. Wir alle stehen bereit, den Angriff abzuwehren. Ihr wißt, was ihr zu tun habt.«

Die Kriegsherren beendeten die Versammlung, eilten zu ihren Truppen und rüsteten zur Schlacht. Als Helios am Ende des Tages den goldenen Sonnenwagen ins Meer gezogen hatte, opferten alle, genauso wie die Griechen, ihrem liebsten Gott das beste Stück und baten flehentlich, daß sie Ares schonen möge und daß sie dem Hades entkämen.

3

Wie eine gewaltige, undurchdringliche Nebelwand stieg der Staub auf, als beim ersten Morgenlicht das Heer der Trojaner im stürmischen Marsch die Ebene durcheilte. Schrill und tösend dröhnten die Kriegshörner, und dreißig waffenschwingende Völker rannten auf die Griechen zu und schrien und lärmten, als ob Tausende von kreischenden Kranichen einem donnernden Gewitter entflögen. Das Heer führte Hektor, doch ihm voran fuhr Paris auf einem vierspännigen Streitwagen; seine Rosse lenkte der junge, tapfere Adrestos. Über seinen goldschimmernden Harnisch hatte Paris das leuchtend gepunktete Fell eines Leoparden geworfen, den Helm zierte ein mächtiger, roter Federbuschen, und in den Händen schwang er wütend zwei erzbeschlagene Lanzen.

Nicht minder bedrohlich rückten die Griechen heran. Sie waren, wie Nestor empfohlen hatte, in Völker und Sippen geteilt, und jeden Trupp führte ein Fürst im glänzenden Streitwagen zum Kampf. Den Griechen voran fuhren, prächtig gerüstet, Agamemnon und Menelaos.

Immer näher rückten sich die Spitzen der Heere, dahinter die lärmenden Krieger. Da stach dem Menelaos der leopardenschillernde Paris ins Auge. Keine hundert Schritt trennten ihn von seinem Feind. Ein gewaltiger Schreck fuhr ihm durch alle Glieder, als er den waffenschwingenden Priamossohn gewahrte. Entsetzt ließ er die Zügel los, schloß die Augen und flehte zu Zeus um Rettung – die der höchste der Götter ihm lächelnd gewährte.

Noch während Menelaos betete, erfüllte ungeahnter Mut seine Seele. Fest griff er wieder in die Zügel, und seine Pferde zogen ungestüm vorwärts. Nun aber sah er zu seinem höchsten Erstaunen Paris vom Streitwagen springen und in die eigenen Reihen flüchten. Mit wütendem Schrei trieb Menelaos die Rosse an. Gegen ihn, diesen verfluchten Räuber, den er einst begehrt und der nun soviel Leid über ihn und die Griechen gebracht hatte, richtete sich sein ganzer Haß. Er sollte ihm nicht entkommen. Mit zum Wurf erhobenen Speer fuhr er auf das Heer der Trojaner zu und freute sich wie ein Löwe, dem das Schicksal fette Beute zutreibt.

Währenddessen versuchte Paris, sich an Hektor vorbei durch die Reihen der Trojaner in Sicherheit zu bringen, doch die Krieger der ersten Reihe hatten ihre Schilde zu einer undurchdringlichen Mauer geschlossen und schoben Paris gnadenlos vor sich her.

Hektor schrie: »Paris, komm her, ich befehle es dir. Jetzt tritt dem Atriden, wie du prahltest, entgegen!«

Voller Angst im Herzen bestieg Paris wieder den Streitwagen, und wie bei einer unversehens plötzlichen Begegnung mit einer Schlange zitterten ihm die Knie. Kleinlaut, wie ein Lämmchen jammerte er: »Wenn du es gebietest, so will ich denn in Zeus' Namen mit Menelaos um Helena und sämtliche Schätze ringen.«

Mit Erleichterung vernahm Hektor das Angebot, sprang vom Wagen, faßte die Breite des Speeres und hielt seinen Heerestroß an.

Als dies Agamemnon sah, gebot auch er seinen Truppen Einhalt und schrie mit dröhnender Stimme: »Laßt eure Waffen stecken, ihr Griechen, denn Hektor will sprechen!«

Auch der vorwärtsstürmende Menelaos raffte die Zügel, und Hektor erhob seine mächtige Stimme: »Hört von mir, Trojaner und Griechen, den Willen des Paris, der diesen Krieg entflammte: Alle Trojaner und Griechen mögen den Kampf beenden. Paris will einzeln, in der Mitte der beiden Heere, mit König Menelaos kämpfen. Wer von beiden siegt, soll die Schätze mitsamt der Frau nach Hause führen. Die anderen können dann in Freundschaft scheiden. Dies mögen die Führer beider Heere mit heiligen Eiden beschwören!«

Nach diesen Worten standen die Trojaner, aber auch die Griechen still und schwiegen, denn die Wende war sehr überraschend gekommen. Nach einer Weile und einem erneuten Gebet zu Zeus rief Menelaos: »Da der Krieg um mein Weib geht, laßt mich zu euch sprechen. Mir scheint, die Versöhnung ist nahe. Ich stimme dem Zweikampf zu. Wem von uns beiden der Tod bestimmt ist, der sterbe. Der Sieger nehme die Frau und die Schätze, die anderen aber sollen Frieden schließen. Doch eine Bedingung stelle ich noch: Bringt euren König Priamos her, damit er diesen Handel vor allen bezeuge und wir darauf bei einem Trankopfer die heiligen Eide leisten!«

Über die Worte freuten sich Griechen und Trojaner gleichermaßen, denn endlich, so schien es, würde der unselige Streit ein Ende finden. Die Fürsten stiegen von ihren Gespannen, die Krieger legten die Waffen nieder und setzten sich Seite an Seite zu Boden. Hektor sandte den Herold Idaios nach Troja, damit er Priamos hole und zusätzlich Wein zum Trankopfer bringe.

Zu Helena, die in ihrem Palast saß und einen purpurnen Umhang wob, durchflochten mit Bildern vom Kampf der Trojaner gegen die Griechen, kam Iris, die Botin der Götter; sie glich Helenas bester Freundin Laodike, der jüngsten und schönsten Tochter Priamos', und sagte: »Helena, sieh nur, ein Wunder ist geschehen. Komm und schau nur, die streitenden Heere haben ihren Kampf eingestellt. Ihre Spieße haben sie in den Boden gesteckt und, auf ihre Schilde gelehnt, warten sie auf den Zweikampf zwischen deinem ehemaligen Gatten Menelaos und Paris. Sie werden mit Speeren aufeinander werfen und mit Schwertern kämpfen, bis einer von beiden unterlegen ist. Du aber sollst mit dem Sieger gehen.«

Hastig nahm Helena ihren silberglänzenden Schleier und lief, so schnell sie konnte, zum Skäischen Tor. Dort saßen, hoch oben auf den Zinnen, Priamos und die Stadträte Antenor und Panthoos und noch andere Weise aus dem Rat der Alten, um die Kampfhandlungen zu verfolgen. Als Helena mit geröteten Wangen am Turm ankam, sagte Panthoos: »Man kann es den Trojanern ebensowenig verdenken wie den Griechen, daß sie sich um diese herrliche Frau so lange streiten und all diese unsäglichen Entbehrungen erdulden. Sie ist in der Tat schön wie eine Göttin.«

Antenor entgegnete: »Wie wahr du sprichst, aber mir wäre es lieber,

sie ginge mit den Griechen, damit sie uns nicht noch weiteres Leid zufügt.«
»Komm doch näher, mein Kind, und setz dich zu mir«, rief Priamos, »sieh, wie die Heere friedlich ruhen. Sie warten darauf, genauso wie wir, daß dein früherer Gatte gegen deinen gegenwärtigen kämpft.«
»Ach, mein guter Schwiegervater«, seufzte Helena weinend, »ich nähere mich dir voller Ehrfurcht und zugleich voller Angst, denn allein ich habe den Tod verdient. Hätte ich dich doch niemals um Gastrecht gebeten; ich tat es, nun sehe ich, welches Leid ich über dich und die Stadt brachte.«
»Du hast keinerlei Schuld daran«, sagte Priamos, »ich denke, es sind die Götter, die diesen Krieg wollen. Ich bete, daß sie ihn zu unseren Gunsten entscheiden. Doch nun hör auf zu weinen und sag mir, wer dieser stolze Grieche da in der herrlichen Rüstung ist? Er sieht doch wahrlich aus wie ein König.«
Mit einem dankbaren Lächeln setzte sich Helena neben Priamos und antwortete: »Dies ist mein ehemaliger Schwager, der große Fürst Agamemnon, der Sohn des Atreus und Bruder des Menelaos. Er ist ein mächtiger König und tapferer Streiter.«
»Und ein göttergesegnetes Glückskind dazu. Er befiehlt über das größte Heer, das ich je gesehen habe. Größer noch als das der Phryger, als sie von den männermordenden Amazonen überfallen wurden. Doch sprich weiter, Kind, wer ist dies dort drüben mit der breiten Brust und den starken Schultern, der so gebieterisch durch die Reihen der Krieger schreitet?«
»Das ist der Sohn des Laërtes, der vielgewandte und listige Odysseus, der über Ithaka herrscht.«
»Richtig«, sagte Antenor, »er war ja schon zweimal in unserer Stadt und Gast in meinem Haus. Wenn er spricht, kann sich kein Sterblicher mit ihm messen.«
»O ich erinnere mich gut an den trefflichen Redner Odysseus«, sagte Priamos, »doch in der Rüstung scheint er mir viel mächtiger zu sein als beim Vortrag im Saal.« Und zu Helena gewandt fuhr er fort zu fragen: »Und wer ist der Riese da, der an Größe alle anderen bei weitem überragt?«

»Es ist Ajax aus Salamis, der Sohn des Telamon; neben ihm steht Idomeneus, er ist ein Enkel des großen Minos und König von Kreta. Ach, edler Vater, ich könnte dir von allen Fürsten die Namen nennen, denn sie alle haben ja einst um mich geworben.«
Unterdessen hatten die Knappen einen zweifach gehenkelten Krug Wein geholt, dazu goldene Becher, und nun trat Idaios vor Priamos hin.
»Edler König«, sagte er, »mach dich auf, die Fürsten Trojas und die der Griechen rufen dich in die Ebene hinunter, damit du den Eid, den sie schwören wollen, bezeugst und bekräftigst. Dann erst soll der Kampf zwischen Paris und Menelaos beginnen.«
Priamos schauderte, doch dann befahl er den Dienern, die Pferde einzuspannen, stieg die Stufen zum Tor hinunter und begab sich mit Antenor auf den Wagen. Wie in alten Zeiten griff er selbst zu den Zügeln und jagte hinaus auf die Ebene zu den Heeren, und leuchtend flogen die weißen Haare der Greise im Wind. Als sie zwischen den Heeren angekommen waren, stiegen sie vom Wagen, und es warteten auf sie Agamemnon und Odysseus. Mit der gebotenen Ehrfurcht begrüßten sich die vier Fürsten, und Idaios, der Herold, füllte die Becher. Nun hob Agamemnon die Hände zum Himmel und rief: »Herrlichster, mächtigster Zeus, Herrscher des Olymp und der Erde! Auch du, Helios, der alles sieht und alles hört, und ihr Flüsse und Felder, Zeugen sollt ihr mir sein, daß wir dies beschwören: Schlägt Paris im Kampf den Menelaos, soll er Helena und sämtliche Schätze behalten. Wir aber kehren auf unseren Schiffen zurück in die Heimat. Tötet jedoch Menelaos den Paris, geben die Trojaner das Weib zurück mit sämtlichen Schätzen und zahlen an die Griechen die angemessene Buße zur Sühne und als Warnung für alle nachfolgenden Geschlechter!«
Die Fürsten schworen es, und Idaios verteilte die Becher, wovon jeder die Hälfte der Erde spendete, den Rest tranken sie zur Bekräftigung des Eides.
»Hört mich, ihr Fürsten der Griechen«, sagte Priamos, »nur Zeus und die anderen unsterblichen Götter wissen, wem von beiden nun bald das tödliche Ende beschieden ist. Wir geloben zu tun, was wir soeben beschworen. Ich eile nun zurück zur Feste Troja, denn ich könnte es

nicht ertragen, mit eigenen Augen zu sehen, wie mein Sohn unter den Schlägen des wütenden Menelaos fällt.«
Priamos bestieg seinen Wagen, nahm die Zügel, neben ihn trat Antenor, und zusammen fuhren sie zurück zur Stadt.
Hektor und Odysseus maßen den Raum zum Speerwurf, dann taten sie Lose in Hektors Helm, wer von beiden Kämpfern die Lanze als erster werfen solle. Mit abgewandtem Gesicht schüttelte Hektor den Helm so lange, bis ein Los herausflog. Es war das des Paris.
Nun traten die beiden prächtig gerüsteten Krieger aus den Reihen ihrer jeweiligen Heere, schritten mit grimmigen Blicken in die Mitte zwischen die Fronten und schwangen drohend ihre erzbeschlagenen Lanzen.
Mancher im Heer der Trojaner und der Griechen betete: »Mächtiger Zeus, laß den sinken, der diesen Krieg verschuldet hat, uns andere aber möge Freundschaft verbinden.«
Paris warf die Lanze als erster. Zischend flog sie durch die Luft, traf Menelaos' Schild, blieb aber schon in den äußeren Häuten stecken.
Nun hob Menelaos seinen Speer und betete leise zu Zeus: »Laß ihn mich strafen, denn er war es, der mich beleidigte.«
Menelaos zielte wohl und warf mit aller Kraft. Krachend fuhr das Geschoß durch Paris' Schild hindurch, durchbohrte die kunstvoll geschmiedete Rüstung und durchschnitt sogar das Gewand gerade neben der Hüfte. Nur durch eine Drehung des Körpers im letzten Moment konnte Paris dem Tod entgehen. Vor Wut schnaubend zog Menelaos das Schwert aus der Scheide und drang auf Paris ein. Wie ein Besessener hieb er auf den Helm des Gegners, und Paris ging in die Knie, da zersplitterte auf einmal die Klinge und flog, in drei Teile zerbrochen, klirrend auf die Erde.
»Vater Zeus«, schrie Menelaos, »so grausam wie du ist keiner der Götter. Zuerst läßt du ihn meinem tödlichen Wurf entgehen, nun zerbrichst du mein Schwert!«
Zornig stürmte er vorwärts und riß Paris gänzlich zu Boden. Er packte ihn am Helmbusch und schleifte ihn zu den Reihen der jubelnden Griechen. Fast wäre Paris vom Kinnriemen, der den Helm hielt, erwürgt worden, da sprengte Zeus' Tochter Aphrodite das lederne Band, und Menelaos, den leeren Helm in Händen, stürzte kra-

chend in die Reihen seiner eigenen Krieger. Ihren Günstiing Paris aber hüllte sie in eine Wolke und entführte ihn ungesehen in das Schlafgemach seines Palastes in Troja. Dann eilte sie auf die Zinnen des Skäischen Tores, wo Helena saß, und flüsterte dieser ins Ohr: »Komm doch, es ruft dich Paris. Er wartet schon auf dich im Bett eures Zimmers. Er ist so schön, daß du nicht glauben würdest, daß er gerade vom Kampf kommt.«

Nun erkannte Helena die Göttin und fuhr erschrocken zusammen.

»Was redest du, du willst mich doch nur entführen zu einem anderen deiner Lieblinge unter den Menschen, weil Paris tot ist, von Menelaos erschlagen. Aber da gehe ich nicht mit, was sollen die Frauen von Troja von mir denken, ich habe ohnehin schon Jammer genug!«

»O du Törin«, rief die Göttin, »reize mich nicht, daß ich dir die Gunst entziehe und dich mein Haß verfolgt statt meiner Liebe!«

Helena erschrak, tat sich den silbernen Schleier um, verließ die Mauer und hastete zu ihrem Palast. Als sie ins Schlafgemach trat, war es, wie die Göttin gesagt hatte. Da saß leibhaftig Paris und lächelte sie an.

»Ach so«, rief sie, »du kommst also vom Kampf! Wärst du doch nur gefallen, du Schwächling, hätte dich doch Menelaos erschlagen. O diese Schande!«

»Kränke mich nicht, Weib!« sagte Paris drohend.

Helena jedoch war empört: »Wie hast du früher immer geprahlt, du seist stärker als er. Mit der Faust, mit dem Schwert und mit dem Speer! Und was ist nun, du furchtsamer Weiberheld? Du verstehst es doch nur, Frauen gegenüber gebieterisch aufzutreten. Geh doch zu ihm und fordere ihn erneut heraus, doch dazu fehlt dir der Mut!«

Voller Zorn stampfte sie mit dem Fuß auf den Boden und sah so wunderschön aus wie nie zuvor.

»Ja«, schrie Paris verärgert, »Menelaos hat mich besiegt, aber nur mit der Hilfe von Pallas Athene. Das nächste Mal schlage ich ihn, denn auch uns stehen Götter zur Seite. Nun aber freue dich doch, daß ich noch lebe.«

Paris ging zu Helena, nahm ihr Gesicht in seine Hände und flüsterte mit dem süßesten Lächeln: »Sei nicht böse, daß die Götter mir diesmal den Sieg verwehrten. Beim nächsten Mal werden sie mir beistehen. Nun aber will ich dich. Laß uns die Freuden der Liebe genießen. Noch nie habe ich dich so begehrt wie gerade jetzt, du süßes, schönes Weib. Nicht in Sparta, nicht auf der Insel Kranaä und nicht hier in den Mauern Trojas.«

Helena wollte nicht, konnte jedoch den Schmeicheleien ihres götterschönen Gatten nicht widerstehen. Mit warmen Händen fuhr er ihr über den herrlichen Körper, öffnete die Spange des Kleides, daß es zu Boden glitt. Dann liebkoste er sie an ihren empfindlichsten Stellen und bedeckte ihr Gesicht mit den zärtlichsten Küssen. Helena legte den Kopf in den Nacken, begann zu stöhnen, und auf einmal konnte sie sich seines Angriffs nicht mehr erwehren. Gerne ließ sie sich auf das Bett ziehen, fiel in seine Arme und gab sich ihm hin. Nun aber zeigte Paris seine ganze Stärke, und er nahm sie so heftig und stach sie so tief mit seinem Speer, wie er es sich zuvor bei Menelaos gewünscht hatte. Immer wieder rammte er ihn in ihre Mitte und wühlte so heftig in ihrem Fleisch, daß sie zu zucken und schreien begann und stoßweise herauspreßte: »Nimm mich, töte mich!«

Doch der Kampf, den beide fochten, war viel zu schön, als daß sie ein schnelles Ende gewünscht hätten. Mehr als jemals zuvor genoß sie es, sich unter seinen Stößen zu winden, und er wurde mit jedem Mal größer, siegreicher und mächtiger. Als die Natur sie zwang, schließlich doch den Höhepunkt zu erreichen, und er sich in sie verströmte, brüllte er wie ein Stier, sie aber erlag in spitzen Schreien der Agonie von tausend Toden.

Währenddessen raste auf dem Schlachtfeld Menelaos durch die Reihen der Trojaner und schrie: »Wo ist er, der Hund! Sieht ihn denn keiner, wo habt ihr den Schwächling versteckt?«

So sehr sie auch suchten, Trojaner ebenso wie Griechen, sie konnten ihn nirgendwo entdecken. Und eines war klar: Versteckt hätte ihn niemand, nicht mal sein eigener Bruder Hektor, denn sie haßten den feigen Verräter alle gleichermaßen. Schließlich rief Agamemnon: »Trojaner und Griechen, offen liegt zutage: Der Sieger des Zwei-

kampfs ist Menelaos. Gebt nun Helena und die geraubten Schätze heraus und zahlt uns die angemessene Buße!«
Die Trojaner ließen ihre Köpfe hängen, die Griechen aber jubelten, so laut, daß sich der Schall über die ganze Ebene des Skamanders ergoß.

4

Zeus und die Götter saßen oben auf der höchsten Spitze des Olymps und schauten hinunter auf Troja. Aus einer doppeltgehenkelten Kanne schenkte Hebe ihnen die goldenen Becher randvoll mit köstlichem Nektar. Da eben kam auch die schöne Aphrodite mit ihren herrlich schimmernden Brüsten, setzte sich zu den Göttern an die prächtig gedeckte Tafel, musterte Hera und Athene mit spöttischem Blick und rief: »Na, wie habe ich das gemacht!«
»Zwei Göttinnen haben dem Menelaos besonders geholfen«, sagte Zeus boshaft, »nämlich Hera und Athene, die saßen hier oben bei uns und ließen sich den Nektar schmecken, während Aphrodite hinunterging, dem Paris beistand und ihn vor dem sicheren Tod bewahrte.«
»Nicht nur das«, kicherte Eros, »der Liebesakt, den sie ihm schenkte, dürfte ihn vollauf für seine Schande entschädigt haben.«
Da lachten auch die anderen Götter, und Dionysos rief: »Habt ihr gehört, er brüllte ja wie ein Stier!«
»Dennoch ist Menelaos Sieger geblieben«, beschwichtigte Zeus die Heiterkeit. »Darum laßt uns überlegen, ob wir den Heeren Frieden und Freundschaft senden oder ob wir erneut den Kriegsgott Ares hinunter bemühen. Ich bin der Meinung, Troja soll leben und Agamemnon segelt mit den Griechen und Helena zurück in die Heimat.«
Hera und Athene schauten sich empört an.
»Kommt nicht in Frage«, sagte Hera, »was redest du da nur wieder! Willst du, daß ich völlig umsonst all die Mühe auf mich genommen habe und die Griechen zusammenrottete, damit sie Priamos und die Seinen vernichten? Gib ihnen den Frieden, wenn du willst, aber dann schaue ich dich nie wieder an!«

Nun wurde Zeus böse: »Rasendes Weib, was haben dir denn die Trojaner so Übles getan, daß du nicht rastest, bis die Stadt zerstört ist? Wenn du könntest, würdest du, glaube ich, sogar Priamos samt den Trojanern roh verschlingen. Du kannst tun, was du willst, ich kann den ewigen Streit zwischen uns nicht mehr ertragen. Das eine aber sage ich dir: Sollte auch ich einmal eine Stadt zerstören wollen, die dir heilig ist, dann laß mir meinen Willen. Ich lasse dich gewähren, obwohl ich Troja von allen Städten am meisten liebe.«
Zeus konnte nicht verstehen, weshalb Hera den Untergang von Ilion wünschte.
»Ihr Altar, auf dem sie uns Opfer bringen, ist doch immer voll«, rief er, »das ist für uns alle ein Gewinn!«
Hera wußte, daß Zeus recht hatte, doch noch immer konnte sie die Schande, die ihr Paris zugefügt hatte, als er den Apfel der Aphrodite zuerkannt hatte, nicht verwinden. Mit leuchtenden Augen rief sie: »Drei Städte liebe ich am meisten: Argos, Sparta und Mykene. Tilge sie aus, wenn du willst, ich werde dich nicht daran hindern, obwohl ich es könnte, wie du selbst nur allzugut weißt. Ich bin die höchste Göttin von allen. Laß uns also einer dem anderen sich fügen, ich dir und du mir – und die anderen Götter uns!«
Widerwillig nickte Zeus, und es donnerte so laut, daß Hebe vor Schreck die Kanne fallen ließ.
»Und nun schicke Athene hinunter«, sagte Hera, »daß sie die Trojaner dazu bewege, die Eide zu brechen!«
»Du hast es gehört«, murmelte Zeus resigniert zu Athene, »fahr hinunter und bring die Trojaner dazu, die Eide zu brechen.«
Darauf hatte Athene nur gewartet, denn auch sie war ja von Paris beleidigt worden. Einem brennenden Kometen gleich stürzte sie sich auf das Schlachtfeld hinunter, mitten zwischen die Heere, daß die Funken stoben und glühende Steinbrocken flogen. Und sie sah es mit Freude, wie Trojaner und Griechen entsetzt vor dem Himmelszeichen flohen und einer zum andren rief: »Sicher erhebt sich das Kampfgetümmel jetzt aufs neue!«
Athene nahm die Gestalt des Laodokos, des Sohnes von Antenor, an und machte sich auf die Suche nach Pandaros, dem Führer der den Trojanern verbündeten Zeleier. Ihn erachtete sie als den törichtesten

aller Fürsten Troas, doch war er ein Bogenschütze und hatte die Kunst des Schießens von Apollon selbst gelernt. Sie fand ihn inmitten seiner Krieger. Nahe trat sie an ihn heran und sagte: »Pandaros, wenn du dir Ruhm ernten willst und einen stolzen Preis dazu, dann töte mit deinem Pfeil Menelaos. Besonders Prinz Paris wird dich dafür fürstlich entlohnen, und auch der Schütze Apollon, dem du immer opferst, wird es dir ewig danken und ein gnädiges Auge auf dich werfen!«
Welch wunderbare Gelegenheit, Apollon zu erfreuen und Ruhm zu ernten, dachte Pandaros und befahl seinen Kriegern, ihn mit ihren Schilden vor den Blicken der Griechen, die immer noch durch die Reihen spähten und nach Paris suchten, zu verbergen. Dann spannte er die Sehne in den Bogen, nahm einen eisengespitzten Pfeil aus dem Köcher, legte an, zielte auf Menelaos und entließ das schwirrende Geschoß.
War es ein Gott, der den Pfeil auf die Spange des Gürtels lenkte? Denn diese durchschlug er zuerst, fuhr dann durch den festen ledernen Gurt, durchschnitt den eisernen Harnisch und drang so tief, wie ein Fingerglied lang ist, in die Haut über der Lende ein. Menelaos stürzte zu Boden, dunkelrotes Blut strömte aus der Wunde und rann über seinen Schenkel.
Ein furchtbarer Schreck durchfuhr Agamemnon. Entsetzt kniete er sich neben Menelaos nieder, nahm dessen Hand und rief: »Liebster Bruder, nun habe ich die Eide dir zum Tode geschworen, doch die Feinde haben die Vereinbarung gebrochen. Dafür werden sie büßen! Nun weiß ich genau, daß der Tag kommt, an dem Troja fällt!«
Menelaos wollte Agamemnon beruhigen, denn er wußte, daß die Wunde nicht tödlich war, doch Agamemnon fuhr fort zu stöhnen: »O täte sich doch die Erde unter mir auf. Wie furchtbar, wenn ich ohne dich heimkehren müßte und deine Gebeine vor Troja vermoderten.«
»Sei ruhig«, sagte Menelaos endlich, »der Pfeil hat mich nicht tödlich verwundet, mich schützte der Gürtel und der Harnisch.«
»O wenn es doch nur so wäre«, rief Agamemnon, »schnell, holt einen Arzt, Talthybios, geh und suche Machaon!«
Talthybios lief, so schnell er konnte, zu den Kriegern aus Trikke, dort fand er Machaon und kehrte mit ihm zum Unglücksort zurück. Da

hatte sich inzwischen eine ganze Traube von Kriegern versammelt, auch Trojaner und ihr Anführer Hektor standen um den verwundeten Menelaos herum. Hektor war beschämt, betreten und sprachlos. Er konnte Agamemnon nichts sagen, da er selbst nicht wußte, wer den Pfeil abgeschossen hatte. Agamemnon aber musterte ihn voller Verachtung, spuckte vor ihm auf den Boden und schrie: »Feiger, eidbrüchiger Verräter, das wirst du uns büßen, rüste deine Krieger, denn nun beginnt die Schlacht, die deine letzte sein wird, du hast es so gewollt!«

Beschämt und gleichzeitig voller Wut zog sich Hektor mit den Seinen zurück. Schließlich wandte er sich noch einmal um und schrie Agamemnon nach: »Gut, dann sollst du erfahren, was es heißt, uns Trojanern in offener Feldschlacht zu begegnen.«

Während Hektor seine Truppen sammelte und in Aufstellung brachte, kniete Machaon sich zu Menelaos nieder, zog ihm den Pfeil aus dem Leib, dann löste er den Harnisch und behandelte die Wunde mit lindernden Kräutern. Als Menelaos schließlich verbunden war, legten ihn Talthybios und Eurybates auf seinen Streitwagen und brachten ihn hinter die Reihen der Griechen, denn schon tönten die ersten Hörner der Trojaner, um das Heer in die unvermeidliche Schlacht zu führen.

Auch Agamemnon lief, gefolgt von Eurymedon, der seinen Kampfwagen lenkte, durch die Reihen seiner Krieger, um ihnen Mut zu geben und sie zum Kampf anzustacheln: »Glaubt nicht, daß Zeus den Lügnern und Eidbrechern hilft. Er wird ihre Leiber den Geiern zum Fraß vorwerfen. Wir aber werden Troja erobern und uns die Frauen und Kinder holen. Daß ihr Griechen mir also nicht erlahmt!«

Als er bei den Mykenern vorüberkam, den Kriegern seiner eigenen Stadt, rief er: »Steht nicht da wie verschreckte Rehe, sondern kämpft, bis ihr umfallt!«

Zu Idomeneus, der eben die Reihen seiner Kreter ordnete, sagte er: »Gut so! Du bist mir einer der besten. Besonders beim Trinken. Da steht dein Becher nie leer, genausowenig wie meiner. Nun zeige mir, ob du auch im Kampf so tapfer bist, wie du immer sagtest.«

»Wie im Trinken, so auch im Kämpfen werde ich immer dein Ge-

fährte bleiben«, antwortete der Kreter. »Laß es uns ihnen zeigen, was es bedeutet, uns Griechen gegenüber Eide zu brechen.«
Agamemnon freute sich über die Antwort und ging hinüber zu den Truppen von Ajax und Aias. Beide Heerführer standen in glänzenden Rüstungen auf ihren Streitwägen, hinter ihnen drängten sich die Massen des Fußvolks, und es wimmelte vor Schilden und Speeren.
»Euch beide brauche ich nicht zu ermahnen«, rief er, »wenn nur alle so tapfer wären wie ihr, würde die Festung schnell fallen!«
Auch Nestor hatte seine Truppen bereits geordnet: In vorderster Reihe standen die Streitwägen, dahinter das Fußvolk; in die Mitte hatte er die Schwachen gestellt, von denen er wußte, daß sie weniger mutig waren, so daß sie, auch wenn sie nicht wollten, doch zum Kampf gezwungen würden. Denen in der ersten Reihe sagte Nestor: »Keiner soll im Vertrauen auf seine Kraft zu weit in die Reihen der Trojaner vorstoßen, aber auch keiner zurückweichen. Wer einem feindlichen Wagen begegnet, soll mit dem Speer kämpfen, das ist immer das beste. So haben wir früher auch unsere Feinde bezwungen.«
Als Agamemnon dies hörte, lachte er und rief: »Ach Alter, ich wünschte, du hättest in den Knien noch genausoviel Kraft wie im Herzen!«
»Das wünschte ich selbst, Agamemnon, daß ich noch so stark wäre wie damals, als ich den herrlichen Helden Ereuthalion erschlug. Aber die Götter geben den Menschen nicht alles zusammen. Damals war ich jung, heute bin ich alt und kann nicht mehr kämpfen. Dafür aber kann ich den Kriegern noch gute Ratschläge erteilen.«
Agamemnon bewunderte den Mut des Alten, doch er mußte weiter, um die hintersten Reihen zu ermahnen. Dort standen die Truppen von Menestheus, von Odysseus und Diomedes. »Ihr listige, kluge Berechner«, fauchte der Völkerfürst, »was duckt ihr euch mit euren Kriegern und wartet? Solltet ihr nicht in der vordersten Reihe stehen? Was ist mit dir los, Diomedes, wenn es ans Fressen geht, bist du immer der erste. Und ihr anderen: Nach dem Braten und dem Wein langt ihr gern und völlt, solange ihr Lust habt, heute aber wollt ihr nur zuschauen und sehen, wie sich die Tapferen vor euch im Kampf tummeln.«

Odysseus fiel ihm in die Rede: »Was sagst du da, Agamemnon? Du meinst, wir verstecken uns vor dem Gefecht? Du wirst es schon sehen, daß wir, wenn es an der Zeit ist, in vorderster Reihe kämpfen.«

»Lieber Odysseus«, entgegnete Agamemnon beschwichtigend, »ich weiß schon, wie du zu mir stehst. Du warst doch immer einer der Mutigsten; auch deine Art ist es nicht, Diomedes, dich feige zu drücken. Verzeiht mir, wenn hier böse Worte gefallen sind, wir werden später darüber reden. Doch jetzt auf in die Schlacht, mögen die Götter uns gnädig sein!«

Agamemnon sprang auf seinen Kampfwagen, fuhr eilig wieder zur Front, ließ die Kriegshörner erschallen und befahl den Truppen, gegen die Feinde zu marschieren.

Wie stürmende Wellen am tosenden Strand des Meeres rückten jetzt dicht gedrängt die Griechen voran, und jeder der einzelnen Führer trieb seine Truppen an. Ihnen kamen, angepeitscht durch die dumpfen Schläge der Trommeln, die Trojaner entgegen. Es war, als ob die Götter selbst die Heere zur Schlacht führten und Phobos und Deimos, die Götter der Furcht und des Schreckens, danach gierten, das Unglück der Krieger zu mehren.

Als die Heere einander erreichten, prallten die Schilde aufeinander, und stachen und hieben die Lanzen der eisengepanzerten Männer im Getümmel. Da war Jammer und Jauchzen zugleich zu hören, und Blut überströmte die Erde.

Als erster tötete Antilochos den Trojaner Echepolos. Er traf ihn mit der Lanze in die Stirn, und die Spitze drang tief in den Schädel ein. Seine Augen wurden dunkel vor Blut, und er stürzte wie ein Turm zu Boden. Elphenor, der Führer der Abanten, ergriff den Gefallenen am Bein und zog ihn aus dem Getümmel, um ihm die Rüstung zu rauben; da traf ihn Agenors Speer in die entblößte Seite; auch er erlag seiner Verletzung. Wie die wütenden Wölfe stürzten die Gegner jetzt aufeinander los. Aias warf dem jungen Simoeisios den Speer in die Brust, daß er beim Schulterblatt wieder austrat und er tot zu Boden brach. Antiphos zielte auf Ajax, doch er traf Leukos, den Gefährten des Odysseus, als der Simoeisios wegschleppen wollte, in die Scham. Leukos stieß einen schrecklichen Schrei aus, dann ging er jämmerlich heulend zugrunde. Mit rasender Wut brach Odysseus durch die Reihen und schleuderte seinen Speer gegen die Trojaner. Er traf Demokoon, einen Sohn Priamos', so hart in die Schläfe, daß der Schaft zur anderen Schläfe wieder hinausdrang. Vor Entsetzen flüchteten die Trojaner, und die Griechen jubelten. Doch Hektor schrie: »Vorwärts, ihr Trojaner, warum weicht ihr zurück? Ihre Leiber sind doch nicht aus Stein oder Eisen!«

Das Gemetzel begann erneut, und es fielen Trojaner und Griechen zuhauf. Dioreus wurde von einem zackigen Feldstein getroffen, den der thrakische König Peiroos geworfen hatte und der ihm den Fuß und die Sehnen zerschmetterte. Fast bewußtlos vor Schmerz sank Dioreus in den Staub. Peiroos rannte hin und stieß ihm den Speer in den Nabel. Als er ihn wieder herauszog, quollen die Gedärme aus dem Bauch, und Dioreus hauchte ächzend sein Leben aus. Da aber kam Thoas und warf dem Peiroos die Lanze in die Brust. Mit dem Schwert setzte er nach und schlug es ihm in den Leib; da fiel auch der thrakische König tot zu Boden. Nun wollte sich Thoas auf ihn werfen, um ihm die goldene Rüstung zu rauben, doch er mußte weichen, denn es kamen ganze Scharen von Thrakern, um ihren toten König zu schützen.

An anderer Stelle tötete Agamemnon Odios, den König der Halizonen, und Idomeneus fällte Phaistos, den Fürsten von Tarne. Menelaos, der inzwischen wieder auf das Schlachtfeld zurückgekehrt war, hieb mit seinem Speer auf Skamandrios ein, als der gerade fliehen wollte. Er traf ihn so hart in den Rücken, daß der Speer bei der Brust wieder austrat. Meriones, der Kreter, tötete Phereklos, den Navigator des Paris. Meges erschlug den Pedaios, einen Sohn des Antenor, Eurypylos streckte Hypsenor nieder, das Heer der Trojaner wankte, und es war deutlich zu sehen, daß sie zurückwichen.

Am mutigsten von allen kämpfte Diomedes. Wo immer das Schlachtgetümmel am ärgsten war, stand er und wütete wie ein zorniger Bär. Ihn griffen die Brüder Phegus und Idaios an. Phegus schleuderte die Lanze als erster, doch sie flog dicht an Diomedes' Schulter vorüber. Da warf Diomedes seinen Speer und traf Phegus mitten in die Brust, Idaios aber flüchtete. Wie ein über die Ufer getretener Strom raste Diomedes über das Schlachtfeld und trieb die Trojaner vor sich her.

Da erblickte der hinterhältige Pandaros den Helden, legte seinen Bogen an, schoß auf den dahinstürmenden Mann und traf ihn rechts in die Schulter. Der Pfeil durchschlug den Panzer, und Blut sprudelte aus Diomedes' Wunde und überströmte die Rüstung.
Laut prahlte Pandaros: »Auf, ihr mutigen Trojaner, ich habe den tapfersten der Griechen getroffen. Lange hält er das nicht aus, der Sieg ist unser!«
Doch Diomedes war noch lange nicht besiegt. Mit dem Pfeil in der Schulter rannte er zu seinem Streitwagen, den Sthenelos lenkte, und rief: »Schnell, hilf mir, ich bin verwundet!« Sthenelos sprang vom Wagen und zog ihm das Geschoß der Länge nach aus der Wunde. Hochauf spritzte das Blut, Diomedes wurde schwarz vor Augen, und er betete: »Unbezwingliche Athene, Tochter des hochdonnernden Gottes, wenn du mir je zur Seite gestanden bist, so hilf mir auch heute aus höchster Not. Laß mich den Mann erlegen, der mir mit dem Pfeil zuvorkam!«

Diomedes war einer Ohnmacht nahe, da erschien ihm die Göttin.
»Mut jetzt, Diomedes, kämpfe gegen die Trojaner. Ich gieße dir Stärke und Entschlossenheit ins Herz und nehme dir den Nebel von den Augen, damit du zwischen Menschen und Göttern unterscheiden kannst. Sollte sich einer der Götter dir nähern, wage es nicht, mit ihm zu streiten. Nur wenn Aphrodite kommt, verwunde sie mit deinem Speer.«
Die Göttin sagte es, machte ihm die Schulter geschmeidig und erhob sich vor ihm in ambrosische Lüfte.
Mit neuen Kräften schritt Diomedes wieder zum Kampf in die vordersten Reihen und fühlte sich dreimal stärker und mutiger als je zuvor. Wie ein Löwe sprang er Astynoos an und warf ihm den Speer durch die Brust, dem Hypeiron trennte er mit gewaltigem Schwerthieb die Schulter vom Rumpf, und beide ließ er, in ihrem Blut liegend, sterben. Auch Polydos und Abas, die Söhne des Erydamas, erschlug er, und Xanthos und Thoon, die Söhne des Phainops. Dann tötete er die Priamossöhne Chromios und Echemmon und ließ seine Knappen sämtliche erbeuteten Waffen, Rüstungen und Streitwägen samt Pferde zurück in die Schiffstadt bringen.

Dies sah Aeneas und machte sich auf die Suche nach Pandaros. Er entdeckte ihn im blutigen Schwertkampf mit einem griechischen Krieger des Fußvolks. Als dieser gefallen war, fuhr Aeneas mit seinem Streitwagen zu Pandaros hin und schrie: »Wo hast du nur deinen Bogen versteckt? Siehst du den Wahnsinnigen dort, auf ihn mußt du schießen, er vernichtet ja unser ganzes Heer!«
Pandaros erschrak, als er Diomedes sah, und rief: »Ihm muß ein Gott beistehen! Es ist Diomedes. Ich dachte, ich hätte ihn bereits zum Hades geschickt. Mein Pfeil fuhr ihm durch die Brust und die Schulter. O verfluchter Bogen! Schon zwei griechische Helden, dachte ich, damit heute erschossen zu haben, doch ich glaube, ich habe ihren Zorn nur gesteigert. Diomedes wütet ja noch schlimmer als zuvor!«
»Daran wird sich nichts ändern«, sagte Aeneas, »solange wir ihn nicht beide gemeinsam bekämpfen. Komm auf meinen Wagen!«
Im gestreckten Galopp jagten die herrlichen Rosse des Aeneas zu der Stelle, wo Diomedes und Sthenelos kämpften.
»Paß auf, Diomedes«, schrie Sthenelos, »da kommen Aeneas und Pandaros auf uns zu!«
Diomedes fuhr herum, da hörte er auch schon Pandaros schreien: »Was Bogen und Pfeil nicht schafften, soll dir jetzt meine Lanze bringen.«
Und da kam sie auch schon geflogen. Im letzten Moment riß Diomedes den Schild hoch. Krachend schlug die Lanze in die sieben Schichten gehärteten Stierleders und drang hindurch, aber nur bis zum Harnisch. Pandaros jubelte: »Gut getroffen und gerade in die Weiche. Ich glaube, das überlebst du nicht!«
»Das glaube ich schon!« schrie Diomedes und schleuderte seinen Speer. Der stieg erst, senkte sich dann im Bogen herab und traf Pandaros genau in die Nase neben dem Auge. Krachend durchbrach die eherne Spitze den Kiefer und die Zähne, fuhr durch den Gaumen, durchschnitt die Wurzel der Zunge und trat unter dem Kinn wieder aus. In seiner prunkenden Rüstung stürzte Pandaros vom Wagen; Entsetzen weitete seine Augen, und er verstarb mit einem gräßlich lautlosen Schrei auf den Lippen. Aeneas schwang sich mit Schild und Speer herab vom Wagen, um die Leiche zu schützen und jeden zu morden, der ihm nahekäme. Da nahm Diomedes einen riesigen Feld-

stein und warf ihn gegen Aeneas. Er traf ihn damit am Helm, und Aeneas sank bewußtlos zu Boden.
»Nimm schnell die Pferde und den Wagen des Aeneas und bringe sie zur Schiffsstadt, denn es sind die besten Pferde, die ich je gesehen habe!« rief Diomedes Sthenelos zu. Der tat, wie ihm geheißen, und Diomedes riß dem Panadros den Speer aus dem Gesicht und stürzte sich damit auf den bewußtlosen Aeneas, um auch ihn zu töten.
Es wäre wohl um Aeneas' Leben geschehen gewesen, wenn ihn nicht seine Mutter, die herrliche Aphrodite, vor den Geschossen der Griechen geschützt hätte. Sie trug den Sohn vom Kampfplatz. Doch Diomedes setzte ihr nach und warf seinen Speer. Er traf sie damit in den Arm, und ihr unsterbliches Blut troff in den Sand. Laut weinend ließ sie den Sohn zu Boden gleiten und floh, von Qualen gepeinigt, aus dem Getümmel. Da sah sie am linken Rand des Schlachtfelds Ares sitzen, dem sie dawohl sie mit Hephaistos verheiratet war, in herzlicher Liebe zugeneigt war; neben ihm standen die göttlichen Rösser mit der goldenen Blässe auf der Stirn. Weinend sank Aphrodite dem Geliebten zu Füßen und flehte: »Ares, hilf mir, gib mir die Pferde, daß sie mich schnell zum Olymp bringen. O wie die Wunde schmerzt, die mir Diomedes schlug!«
Voller Schrecken nahm Ares die Geliebte in die Arme, er wollte sie sogleich selbst in den Olymp bringen, da kam seine Schwester Eris und sagte: »Laß mich das tun, und stehe du lieber den Trojanern bei.«
»Darauf kannst du dich verlassen«, rief Ares. »War ich bisher den Griechen zugeneigt, werde ich jetzt den Trojanern helfen, denn die Beleidigung, die Diomedes Aphrodite zugefügt hat, ist unerhört!«
Von Schmerzen gepeinigt, schleppte sich die Göttin zum Wagen, Eris nahm die Zügel, und wie der Sturmwind flogen sie davon. Schnell gelangten sie zum hohen Haus der Götter, und in der herrlichen marmornen Halle warf sich Aphrodite in die Arme ihre Mutter Dione und verbarg ihren Kopf in ihrem Schoß.
»Diomedes traf mich mit seinem Speer«, schrie sie vor Schmerz, »weil ich Aeneas, meinen geliebten Sohn, aus der Schlacht tragen wollte. Oh! Das ist kein Krieg der Griechen gegen die Trojaner mehr, nein, die Griechen kämpfen schon gegen die Götter selbst.«
Dione streichelte, küßte und tröstete ihre Tochter. Mit ihren sanften

Händen heilte sie die Verletzung und linderte rasch die quälenden Schmerzen. Athene aber war voller Häme und fragte voll gespielter Anteilnahme: »Bist du etwa verletzt, liebe Schwester, der kleine Kratzer wird dir doch nicht den Liebreiz geraubt haben?«
Aphrodite brach erneut in Tränen aus, diesmal jedoch vor Zorn, und flüchtete sich auf den Schoß ihres Vaters Zeus.
»Darf sie das sagen, die alte Jungfer?«
Zeus konnte nicht anders als lachen und sagte: »Deine Bestimmung, mein Kind, ist nicht der Krieg. Suche du lieber, Hochzeiten zu stiften, alles andere werden Athene und Ares besorgen.«

Während sich die Götter im Olymp noch über Aphrodite lustig machten, kam Apollon dem am Boden liegenden Aeneas zu Hilfe und hielt seinen Schild über ihn. Diomedes aber wollte den Tod des Aeneas und gierte nach seiner Rüstung. Dreimal stürmte er auf ihn ein, dreimal warf ihn Apollon zurück. Als er sich zum viertenmal näherte, herrschte ihn der Gott an: »Hüte dich, Diomedes, dich mit mir zu messen, wir sind nicht vom selben Geschlecht!«
Diomedes wich zurück, denn er scheute den Zorn des göttlichen Schützen. Der trug den bewußtlosen Aeneas auf seinen mächtigen Armen nach Troja hinein zu seinem Tempel, wo seine Mutter Leto und seine Schwester Artemis warteten. Auch Artemis stand auf der Seite der Trojaner, denn das Verbrechen, das einst Agamemnon an ihr begangen hatte, als er auf der waldigen Insel Euböa ihre Hirschkuh tötete, war immer noch nicht vergessen. Sie richtete Aeneas auf und senkte ihm neue Kraft und Mut ins Herz.
Inzwischen war Apollon auf das Schlachtfeld zurückgekehrt und suchte Ares auf, um mit ihm zu sprechen.
»Ares, du blutiger Krieger«, sagte er »willst du nicht gehen und Diomedes vom Schlachtfeld vertreiben? Sieh doch nur, die Trojaner flüchten in Scharen. Er hat Aphrodite am Arm verletzt, auch mich hat er berannt wie ein Dämon, ich glaube, er würde sogar Zeus selbst angreifen.«
»Er wird nicht lange mehr wüten«, schrie Ares, »ich selbst werde ihn töten, doch zuvor laß mich die Trojaner zu neuen Kämpfen ermuntern!«

In der Gestalt des Akamas, des Sohnes von Antenor, ging Ares zu Hektor und Deiphobos, die mit ihren Truppen schon fast bis zum Skäischen Tor zurückgedrängt waren, und herrschte sie an: »O ihr Priamossöhne, wie lange wollt ihr dem Feind noch erlauben, die Trojaner zu schlachten? Wollt ihr jetzt, da Aeneas verwundet ist, den Griechen die Möglichkeit geben, die Mauern zu stürmen?«
Sarpedon der König der Lyzier, kam hinzu und schrie Hektor an: »Hektor, wo ist dein Mut und deine Kampfkraft? Noch gestern hast du dich gebrüstet, du könntest Troja selbst auch ohne Verbündete schützen. Wo sind jetzt deine Trojaner? Ich sehe keinen von ihnen in der Schlacht. Sie ducken sich wie die Hunde vor dem Löwen, und wir Bundesgenossen müssen den Kampf allein führen!«
Wie ein Messer fuhren Hektor die bösen Worte Sarpedons in Herz. Er sprang von seinem Wagen, daß die Rüstung klirrte, lief durch die Reihen seines versprengten Heeres und trieb seine Mannen zusammen: »Wollt ihr wohl kämpfen, Memmen! Haltet den Griechen stand und rettet eure Frauen und Kinder, denn es dauert nicht mehr lange, bis sie die Mauern stürmen und die Stadt zermalmen. Denkt daran, was ihr zu verlieren habt!«
Die Worte Hektors wirkten Wunder. Mit frischem Mut wandten sich die Trojaner wieder gegen die Griechen – und da ging auch die Pforte im Skäischen Tor auf; heraus kam Aeneas, trat neben Hektor an die Spitze des Heeres und strahlte erhabene Kraft aus. Da verfielen die Trojaner in ohrenbetäubenden Jubel und rückten mit vereinten Kräften gegen die Griechen vor.
In dem Moment wurde es dunkel über dem Schlachtfeld, denn Ares ließ, um den Trojanern zu helfen, schwarze Wolken aufziehen, die sich zu drohenden Haufen türmten und die Sonne verhüllten. Gleichzeitig schickte er Deimos und Phobos in die feindlichen Reihen, um ihnen Schrecken und Furcht zu bringen, doch die Griechen, Diomedes, Ajax und Odysseus an der Spitze, standen wie eine Mauer. Agamemnon lief durch die Reihen der Krieger und rief: »Jetzt seid Männer und zeigt, was in euch steckt. Seid mutig und kämpft mit all eurer Kraft. Helden entrinnen dem Tod viel eher als Schwächlinge!«
Um allen ein leuchtendes Beispiel zu sein, schleuderte er den Speer auf die anstürmenden Trojaner und traf Deikoon, den Gefährten des

Aeneas. Zwar hatte der seinen Schild vorgehalten, doch der Speer drang hindurch, und es bohrte sich das tödliche Eisen in den Leib des Trojaners. Nun prallte wieder Schild auf Schild, das Gemetzel begann erneut, und Aeneas erschlug die beiden Freunde Orsilochos und Krethon aus Phere. Ihr Tod erschütterte besonders Menelaos, denn oft hatte er mit ihnen gefeiert, und so stellte er sich mit all seiner Wut gegen Aeneas. Schon blinkten die Schwerter in ihren Händen, da stellte sich Antilochos, der Sohn des Nestor, neben Menelaos, um ihm zu helfen. Das aber war dem Aeneas zuviel, und er zog es vor, das Weite zu suchen.

So wandte sich Menelaos gegen Pylaimenes, den König der Paphlagonen, und durchstieß ihn mit seiner Lanze; Antilochos erschlug mit dem Schwert Mydon, daß er röchelnd kopfüber vom Wagen in den Sand stürzte; dessen Pferde aber trieb Antilochos mit wilden Schlägen ins eigene Lager.

Angeführt von Akamas stürmte Hektor, gefolgt von einem gewaltigen Trupp Trojaner, gegen Diomedes. Voller Schrecken erkannte Diomedes in Akamas den Kriegsgott und schrie seinen Truppen zu: »Weicht zurück, der da, der mit Hektor kommt, ist Ares, der Kriegsgott!«

Voller Entsetzen flohen die Griechen, und die Trojaner setzten hinterher. Hektor erschlug Menestheus, den König der Athener, und seinen Wagenlenker Anchialos.

Am linken Flügel aber stand der riesige Ajax. Auf ihn stürmte Amphibos ein, den Speer in Händen. Doch Ajax war schneller, er warf zuerst und traf Amphibos in den Unterleib, daß er dröhnend zu Boden ging. Nun wollte Ajax hin, um ihm die Rüstung zu rauben, da kam eine Übermacht an Trojanern auf ihn zu; obwohl er so groß und stark war, mußte er doch weichen.

Es war ein einziges Schlachten und Morden. Tlepolemos, der Sohn des Herakles, traf auf Sarpedon, der ein Sohn des Zeus und der sterblichen Lykierin Laodameia war.

»Sarpedon, was willst du hier?« schrie Tlepolemos. »Nur Lügner behaupten, daß du ein Sohn des Zeus wärest. Zeus' Söhne sind stärker als du. Dein Herz aber ist feige, wie willst du die Trojaner beschützen!«

»Dein Vater Herakles«, lachte Sarpedon, »galt anderen nur aus törichter Blindheit so groß. Du aber höre: Meine Hände werden dir jetzt den Tod bringen und dem Hades deine Seele!«

Beide warfen ihre Lanzen gleichzeitig. Sarpedon traf Tlepolemos in den Hals, Tlepolemos Speer drang Sarpedon durch den Schenkel. Tlepolemos war auf der Stelle tot, Sarpedon fiel schreiend vor Schmerz vom Wagen. Sofort waren seine Gefährten bei ihm und schleppten ihn, dem die Lanze qualvoll im Bein haftete, fort und legten ihn in den Schatten der mächtigen Zeuseiche, die nahe beim steinernen Denkmal des Ilos, des Begründers von Troja, stand. Dies sah Odysseus, er hätte ihn leicht töten können, doch er entschied sich, den Sohn des Zeus leben zu lassen, denn zu sehr fürchtete er die Rache des hochdonnernden Gottes. Dafür wütete er auf seinem Kampfwagen um so schlimmer durch die Reihen der Lykier und erstach sieben ihrer Krieger. Er hätte noch viele getötet, wenn nicht Hektor und Ares herangestürmt wären. Ihnen wagte Odysseus nicht, sich entgegenzustellen.

Als Sarpedon Hektor vorübereilen sah, schrie er: »Hektor, steh mir bei, sonst bin ich des Todes!«

Doch der ließ ihn liegen und drang mit Ares mordend in die feindlichen Reihen ein, drängte sie immer weiter zurück zu ihrer Schiffsstadt, und zusammen erschlugen sie zwanzig griechische Krieger.

Die Lage für die Achaier schien aussichtslos, nur noch wenige Schritte trennten Hektor und Ares vom Wall, der die Schiffsstadt schützte. Es wäre für die Trojaner ein leichtes gewesen, das Bollwerk zu stürmen und zu überwinden. Nun konnte die Griechen nur noch ein Wunder schützen.

Vom Olymp aus erkannte Hera die schreckliche Not der Achaier und rief zu Athene: »Wenn wir Ares weiter so wüten lassen, ist es bald um die Griechen geschehen. Auf! Wir müssen ihnen helfen.«

Schnell ließ Hera die göttlichen Pferde schirren, Hebe brachte den prächtigen goldenen Kampfwagen mit den doppelten Sitzen und verband das Joch an glänzenden Riemen mit den unsterblichen Rössern. Athene ließ derweilen ihr langes Gewand fallen und hüllte sich in den Harnisch des donnernden Gottes. Über die Schultern warf sie sich das Gehänge, bekränzt mit den Quasten von Bangen, Entsetzen,

Streit und Stärke. Dann nahm sie die wuchtige escherne Lanze, den Schild, geschmückt mit dem Haupt des gorgonischen Scheusals, dem entsetzlichen Zeichen bluterstarrenden Ansturms, tat sich den Kriegshelm auf und bestieg mit Hera den flammenden Wagen. Dröhnend öffnete sich wie von selbst das himmlische Tor, wo die Horen standen, die ewigen Wächter des göttlichen Hauses, und Hera spornte mit stachelbewehrter Geißel die Rosse zur Eile an.

Als sie am obersten Scheitel des zackengeschmückten Olymps vorüberkamen, hemmte Hera den rasenden Lauf, denn dort saß Zeus und schaute auf das Schlachtfeld hinunter.

»Bist du nicht auch wütend auf Ares, wie er die Griechen vernichtet?« rief Hera. »Apollon und Aphrodite haben ihn dazu überredet, sein Versprechen, den Griechen zu helfen, zu brechen. Ich nehme an, du hast nichts dagegen, wenn ich ihn mit Schlägen vom Schlachtfeld vertreibe?«

»Gut denn«, antwortete Zeus, »treibe ihn Pallas Athene entgegen, sie beherrscht es am besten, ihn in die Schranken zu weisen.«

Nun stürmten die Rosse dahin in die Weite zwischen den Sternen des Himmels und der Erde und durchmaßen mit jedem Sprung die Entfernung, die ein Mann bis zum Horizont durchspäht.

Auf der Ebene angekommen, wo sich der Lauf des Simoeis mit den Fluten des Skamanders vereint, traten die Göttinnen in voller Rüstung unter die zagenden Griechen, und Hera rief mit gewaltiger Stimme: »Schande über euch Griechen, solange Achilles euch half, wagten die Trojaner keinen einzigen Ausfall aus ihren Toren, nun aber kämpfen sie schon bei euren Schiffen. Rafft euch auf und haltet dem Sturmlauf stand, drängt sie zurück zu ihrer Stadt!«

In ihrer furchterregenden Rüstung trat Athene zu Diomedes, der am Fluß kauerte und sich die verletzte Schulter kühlte.

»Diomedes«, rief sie, »was ist mit dir los, du kommst mir gar nicht vor wie ein Held! Packte dich Angst und Bangen vor den Trojanern, oder sind dir die Glieder erschöpft?«

»Keines von beidem«, antwortete Diomedes und erkannte die Göttin, »du selbst befahlst mir, nicht gegen Götter zu kämpfen. Nun habe ich meine Krieger hier am Fluß versammelt, denn der dort, der bei Hektor steht, ist Ares.«

»Fürchte dich nicht vor ihm«, sagte Athene, »ich selbst werde dir beistehen und deinen Wagen lenken, denn Ares, der Wankelmütige, hat sein Versprechen, das er Hera und mir gab und ihn verpflichtete, euch zu helfen, gebrochen.«

Athene zog den staunenden Sthenelos nieder von seinem Fuhrstand, mit Diomedes bestieg sie den Streitwagen, es ächzte die eicherne Achse unter dem Gewicht der beiden, und sie ergriff die Zügel und lenkte die Rosse in rasendem Lauf gegen Ares.

Der war gerade dabei, dem Periphas, den er gemordet hatte, die Rüstung zu rauben, als er Diomedes' Gespann auf sich zukommen sah. Schnell sprang er auf seinen eigenen Wagen und stürmte ihm entgegen. Weit beugte er sich über die Zügel und die Rücken seiner rennenden Pferde, schwang seine Lanze und warf sie dem Widersacher entgegen. Athene aber fing das Geschoß auf und lenkte es unter den Wagen. Nun warf auch Diomedes und traf Ares in die Weiche; es fraß sich die bronzene Spitze in sein unsterbliches Fleisch. Der Kriegsgott brüllte so laut vor Schmerz wie zehntausend Krieger zusammen und bäumte sich auf zu einem Berg von schreiender Entrüstung. Griechen und Trojaner packte das blanke Entsetzen. Mit einem schauderhaften Fluch riß sich Ares die Lanze aus der Seite, schleuderte sie weg und erhob sich fliegend fliehend in die Weite des unendlichen Himmels.

Wehklagend stürmte er geradewegs zum Olymp, kauerte sich an die Seite seines Vaters Zeus und deutete auf das Blut, das aus seiner Wunde strömte.

Jammernd und mit verzerrtem Gesicht schrie er: »Wie kannst du das nur zulassen? Immer muß ich die schlimmsten Qualen erdulden, wenn ich Menschen eine Gunst erweise. Wieso bestrafst du mich und nicht Athene, diese verderbliche Närrin, die dieses ganze Unglück gesponnen hat? Alle anderen Götter im Olymp gehorchen dir, nur sie darf sich aufführen, wie es ihr gefällt. Sie hat Diomedes zum Kampf gegen uns unsterbliche Götter aufgehetzt, zuerst gegen Aphrodite, dann gegen Apollon und jetzt auch gegen mich!«

»Winsle nicht neben mir!« herrschte ihn Zeus mit abgewandten Augen an. »Du bist mir der verhaßteste aller Götter. Immer hast du nur Krieg und Streit im Sinn; das hast du von deiner Mutter Hera geerbt!«

Doch Ares hörte nicht auf, zu stöhnen und sich vor Schmerzen zu winden. Endlich beschaute sich Zeus die Wunde, die ihm der Speer des Diomedes geschlagen hatte, und mußte schlucken, denn das göttliche Blut lief in Strömen. Etwas freundlicher sagte er schließlich zu Ares, der trotz allem sein Sohn war: »Hätte dich ein anderer als ich gezeugt, würde ich dich in die Tiefen des Orkus verstoßen, nun aber will ich sehen, ob Askleipios dir helfen kann.«

Zeus ließ den Gott der Heilkunst holen. Der kam, hatte in der Hand einen Stab, um den sich Python, die heilige Schlange wand; mit dem berührte er Ares und murmelte geheimnisvoll beschwörende Formeln. Schließlich bestrich er die Wunde mit schmerzbetäubenden und heilenden Mitteln; sogleich stockte das Blut, hörte auf zu rinnen, das Fleisch zog sich zusammen, und es dauerte nicht lange, da war Ares wieder gesund.

Beide Heere, die nun wieder sich selbst überlassen waren, weil auch Athene und Hera in den Olymp zurückgekehrt waren, setzten den Kampf fort. Jetzt stieß der gewaltige Ajax vor, zersprengte die Reihen der Trojaner und schaffte den Freunden Befreiung. Mit dem Speer traf er Akamas, den Sohn des Eyssoros, unter den Bügel des buschigen Helms und stieß ihm die Spitze in den Schädel hinein, daß das Blut aus den Augenhöhlen schoß. Diomedes fällte Axylos und dessen Wagenlenker Kalesios; Euryalos tötete Opheltios und Dresos; Odysseus erschlug Pidytes, und Teuker, der Bruder des Ajax, erstach Aretaon. Antilochos, der Sohn Nestors, traf mit seinem Speer Ableros, und Agamemnon erlegte Elatos.

Nun wieder wichen die Trojaner vor den anstürmenden Griechen in Scharen zurück. Menelaos hetzte mit seinem Wagen hinter Adrestos her. Der gab seinen Pferden die Peitsche und durchraste die Ebene. Adrestos' Pferde strauchelten in einem niederen Gebüsch, es brach die Deichsel, Adrestos wurde kopfüber aus dem Kampfwagen geschleudert, die Pferde flohen wie andere erschrockene Rosse auch im wilden Galopp nach Troja. Da kam Menelaos mit seiner Lanze heran, Adrestos aber warf sich ihm an die Knie und flehte bitterlich:

»Schenk mir das Leben, mein Vater wird dich dafür mit unermeßlichen Reichtümern belohnen.«
Adrestos war ein hübscher Junge, und Menelaos, weich im Herzen, wollte ihm schon das Leben schenken, ihn seinen Knappen übergeben, damit sie ihn als Gefangenen in die Schiffsstadt brächten, da kam Agamemnon hinzu und rief drohend: »Menelaos, mein Lieber, willst du hier Feinde schonen? Denk daran, was sie dir angetan haben. Nein, keiner soll entrinnen, und wäre er noch ein ungeborenes Kind, das die Mutter im Schoß trägt. Alle sollen sie sterben, sollen aus Troja verschwinden, vertilgt, verdorben und spurlos!«
Agamemnon stieß dem Jungen mit all seinem Haß den Speer ins Herz, dann trat er mit dem Fuß auf ihn und riß dem Toten die escherne Lanze aus der Brust.
Das Schlachtfeld nahe bei der Schiffsstadt war nun übersät mit gefallenen Trojanern, und die Griechen machten sich zuhauf daran, ihnen die Rüstungen zu rauben. Der alte Nestor aber mahnte: »Achaische Helden, keiner stürze sich jetzt auf die Beute und bleibe zurück, während vorne noch gekämpft wird. Tötet lieber erst die Männer, dann könnt ihr euch später in Ruhe die Waffen und Rüstungen holen!«
So erweckte Nestor aufs neue die Kampfgier; die Griechen stürmten vorwärts und schlugen und hieben alles nieder.

Helios hatte sein Tagwerk noch nicht gänzlich verrichtet, als das völlig erschöpfte, von den Griechen verfolgte trojanische Heer wieder vor der eigenen Mauer angekommen war. Die Anführer hatten die größte Mühe, ihre Krieger davon abzuhalten, in die Stadt zu fliehen. Ganze Trauben drängten sich um das Skäische Tor und riefen: »Aufmachen!« Oben auf den Zinnen standen die Frauen und Kinder und schrien und heulten ihren Männern zu: »Rettet euch, die Feinde sind hinter euch her!«
Im letzten Moment konnte Hektor verhindern, daß die Tore vor den in Panik geratenen Trojanern geöffnet wurden.
»Wir werden nur überleben, wenn wir uns den Griechen stellen!« schrie er, aber da sah er, daß seine völlig erschöpften Mannen zu kei-

ner Gegenwehr mehr fähig waren. Die Lanze mit beiden Händen hoch über dem Kopf haltend, ging er den anstürmenden Griechen entgegen. Dies sah Agamemnon, er wollte hören, was Hektor zu sagen hatte, und ließ sein Heer anhalten.
»Wollt ihr euch ergeben«, rief er Hektor zu, »oder habt ihr einen neuen Betrug ausgeheckt?«
»Nein, Atride«, rief Hektor zurück, »es gab nie einen Betrug, es war Zeus, der die heiligen Eide vereitelte. Er steckte das Ziel, daß die Entscheidung in der Schlacht fallen solle. Deshalb fordere ich jetzt den Besten von euch heraus, gegen mich im Zweikampf zu bestehen. Wem von euch es gelüstet, gegen mich anzutreten, der möge es wagen!«
Die Griechen schwiegen, denn gegen Hektor zu kämpfen erschien niemandem ratsam.
»Na, was ist, ihr Achaier, ihr nennt euch doch alle Helden, ist keiner dabei, der gegen mich antritt?«
Zitternd vor Angst stieg Menelaos von seinem Wagen herunter, trat in die Mitte und sagte: »Wenn keiner es wagt, sich Hektor zu stellen, wird uns das immer eine Schande bleiben. Deshalb will ich gegen ihn kämpfen. Die Entscheidung über Sieg oder Niederlage liegt ohnehin hoch oben im Himmel bei den ewigen Göttern.«
»Bist du völlig von Sinnen?« rief Agamemnon. »Du Wahnsinniger, du kannst doch nicht gegen diesen weit überlegenen Mann kämpfen. Selbst Achilles würde sich grausen, ihm zu begegnen. Geh zu den Kampfgenossen und setz dich nieder. Wir werden ihm schon einen anderen Streiter entgegenstellen!«
Stolz darauf, die Ehre der Griechen gerettet zu haben, setzte er sich wieder und dankte den Göttern, daß sie ihn verschont hatten.
»Ach, Vater Zeus«, seufzte Nestor, »wäre ich doch noch einmal jung und fühlte noch Kräfte wie früher in mir, dann hätte Hektor seinen Gegner längst gefunden.«
An seine Mitstreiter aber wandte er sich voller Zorn: »Auch der mächtige Ereuthalion aus Arkadien forderte uns damals alle zum Zweikampf heraus. Niemand wagte es, gegen ihn zu kämpfen. Nur ich hatte den Mut, obwohl ich der jüngste von allen war. Mit Athenes Hilfe warf ich ihn nieder, daß er zuckend am Boden lag und sein

Leben aushauchte. Aber von euch gepriesenen Helden ist nicht einer bereit, sich mit Hektor zu messen!«
Da trat Agamemnon vor und mit ihm Diomedes, Ajax und Aias, auch Idomeneus und Meriones und schließlich Odysseus. Sie alle waren über Nestors Rede verärgert, aber sie schämten sich vor Hektor, und deshalb erklärten sie sich bereit, den Zweikampf zu wagen. Nestor schickte ein Stoßgebet des Danks zum Himmel, dann empfahl er, daß das Los entscheiden solle. Jeder warf ein bezeichnetes Steinchen in Nestors Helm, und er schüttelte so lange, bis eines der Lose heraus sprang. Es war das des Ajax.
»Nun denn, Freunde«, sagte der Riese aus Salamis und schnallte sich den Leibgurt über dem glänzenden Harnisch enger, »ich gedenke, gegen Hektor zu gewinnen.«
Ein furchterregendes Lächeln spielte um seine Züge, als er sich den Helm aufsetzte und, groß wie ein Turm, mit mächtigen Schritten in den Kampfkreis stapfte. In der einen Hand trug er die wuchtige Lanze, in der anderen den riesigen Stierschild, an seiner Seite hing eine blinkende Axt. Die Trojaner erschauderten bei seinem Anblick; selbst Hektor spürte ein zitterndes Klopfen im Herzen.
»Nun weißt du es«, rief Ajax, »daß es außer Achilles auch noch andere Streiter im griechischen Heer gibt, die es wagen, sich mit dir zu messen. Laß also sehen, wie du kämpfst!«
»Hüte dich, mich zu versuchen«, antwortete ihm Hektor, »ich kenne die Künste des Kriegs und den schrecklichen Tanz des Ares!«
Mit einem wilden Schrei warf er die Lanze; krachend fuhr sie in Ajax' Schild und durchbohrte sechs der sieben gehärteten Schichten. Nun schleuderte Ajax seinen Speer mit unbändiger Kraft und durchschmetterte den Schild des Hektor. Nur im letzten Moment konnte der Heerführer der Trojaner ausweichen, sonst hätte ihm die Lanze die Lende durchbohrt. Beide zogen sie ihre Waffen aus den Schilden und rannten erneut wie wilde Eber aufeinander los. Hektor stieß so heftig auf die erzerne Mitte von Ajax' Schild, daß seine Speerspitze sich verbog. Da warf wieder Ajax, und sein Geschoß drang durch die Wehr und streifte Hektors Hals, daß Blut über die Rüstung tropfte. Doch die Verletzung war nicht tödlich, Hektor kämpfte weiter wie ein Löwe. So lange warfen und stachen sie auf einander ein, bis die

herabsinkende Dämmerung sie zwang, ihr Glück im Nahkampf zu suchen. Hektor zog aus dem Gürtel sein Schwert, Ajax zog seine Streitaxt, und erneut gingen sie aufeinander los. Schrecklich dröhnten die Schilde und funkten die Klingen, wenn sie aufeinandertrafen, doch bald konnten sich die Streiter kaum noch ausmachen, so dunkel war es geworden. Da traten die Herolde hervor, Talthybios aus den Reihen der Griechen und Idaios aus denen der Trojaner, und beendeten den Kampf, indem sie ihre Stäbe zwischen die Kämpfenden in den Boden rammten. Idaios rief: »Hört auf, euch zu schlagen, und weichet der Nacht. Wir alle haben gesehen, daß ihr beide euch ebenbürtig seid!«

»Wenn es Hektor auch will, bin ich bereit, mich zu fügen«, rief Ajax, »ansonsten kämpfen wir weiter, bis einer von uns fällt!«

»Ajax«, sagte Hektor schwer atmend, »dich hat ein Gott das Kämpfen gelehrt. Laß uns heute ausruhen, ein andermal wollen wir so lange fechten, bis Zeus einem von uns beiden Kriegsruhm verleiht. Für heute aber bitte ich dich, den Kampf einzustellen. Laß mich dir zum Zeichen meiner Achtung dieses Schwert schenken.«

Da freute sich Ajax, reichte ihm dafür seine Axt und sagte: »Einst wird es heißen, daß die zwei unbezwingbarsten Helden der Griechen und Trojaner auf den Tod miteinander fochten, aber unbesiegt und in Freundschaft voneinander schieden.«

Ajax und Hektor gaben sich die Hand; und froh, sie noch unter den Lebenden zu wissen, trugen die Trojaner ihren Anführer in die Stadt, die Griechen ließen Ajax hochleben und zogen mit dem siegreichen Heer zurück zu den Schiffen.

Noch war der Krieg nicht beendet, das wußten die Achaier, doch die Schlacht war gewonnen. Agamemnon ließ an die Krieger Wein verteilen, seine Diener wies er an, den Göttern zu Ehren einen fünfjährigen Stier zu töten, ihn in Stücke zu zerlegen und auf Spießen über dem Feuer zu braten. Bis die Stücke gar waren, lud er die Fürsten in sein Haus zur Versammlung.

Nestor ergriff als erster das Wort: »Hört, Atriden, und ihr, Fürsten von Hellas, die Schlacht hat entsetzliche Opfer gefordert. Sieben Fürsten haben auf dem Feld der Ehre ihr Leben gelassen und Hunderten unserer tapferen Krieger vergoß Ares heute das Blut und schickte

ihre Seelen zum Hades. Darum laßt uns morgen nicht gegen die Trojaner kämpfen, sondern erst die unzähligen Leichen einsammeln, die auf dem Schlachtfeld liegen, und ihnen ein ehrenvolles Begräbnis bereiten.«
Die Fürsten hörten es und stimmten Nestor zu. Nun aber erhob Odysseus seine Stimme, denn ihm schien die Sicherheit der Schiffe gefährdet.
»Wir haben die Schlacht gewonnen«, rief er in die Runde, »denn auf dem Feld der Ehre liegen nicht nur Griechen, sondern zehnmal mehr Trojaner. Doch erinnert euch, daß uns die Götter beistanden, als wir bei den Schiffen kämpften, sonst hätten die Trojaner den Wall überwunden. Wenn wir schon den Kampf einstellen, schlage ich vor, den Wall zu erhöhen und ringsum eine Mauer und Türme aus Baumstämmen zu bauen, mit einem festen Tor und einem breiten Graben davor, durch den wir den Lauf des Skamanders leiten, damit uns künftig nicht die Wucht der Trojaner erdrückt!«
Die Fürsten hörten es und spendeten Beifall. Agamemnon befahl Odysseus, gleich am nächsten Tag mit den Bauarbeiten zu beginnen, den alten Nestor und Kalchas bat er, die Toten zu sammeln und sie abseits der Schiffe ehrenvoll zu verbrennen.
Nun schritten die Fürsten zum Mahl; nachdem Zeus und den ewigen Göttern die Schenkel und die Innereien des Stieres geopfert waren, stillte jeder seine Gelüste mit Fleisch und Wein. Den Ajax aber beehrte Agamemnon mit dem saftigsten Stück aus dem Rücken. Nach ausgiebigem Schmaus und Trank gingen alle zur Ruhe.

Als die geschlagenen Trojaner zurück in ihre Stadt kehrten, war die Trauer unendlich groß. Zuerst wurden sie umringt von unzähligen Frauen und Töchtern, die nach ihren Söhnen, Freunden, Brüdern und Gatten fragten. Diejenigen, die erfuhren, daß ihre Männer draußen geblieben waren, verfielen in herzzerreißende, schauerliche Klagegesänge, die die ganze Nacht nicht mehr endeten. Hektor ließ seinen Kriegern doppelte Portionen an Speisen und Wein austeilen, dann machte er sich mit Aeneas auf den Weg in den Königsbezirk am oberen Ende der Stadt. Als er in den Palast eintrat, begegnete er seiner gütigen Mutter Hekabe.

»Kind«, sagte sie, und nahm seine Hand in die ihre, »wie mir dein Vater berichtet, steht es schlecht um Troja.«
»Mutter, nur mit Mühe konnten wir verhindern, daß die verhaßten Feinde die Mauern stürmten«, antwortete Hektor. »Ich bitte dich, geh morgen mit den Matronen zum Tempel der Göttin Pallas Athene und opfere ihr dein schönstes Gewand. Breite es ihr über die Knie und versprich ihr, zwölf einjährige Stiere zu opfern, wenn sie den wütenden Diomedes abhält, unser Volk noch weiter so zu bedrängen. Ich aber werde jetzt gehen und Paris suchen. Oh, daß ihn doch die Erde verschlänge. Zeus schuf ihn uns allen zum bitteren Verderben. Wenn er nur zum Hades ginge, wäre mir wohler.«
Hektor fand Paris im Frauengemach bei Helena sitzen, umgeben von leuchtenden Waffen, wie er den Harnisch, den Helm und die Schneide seines Schwertes prüfte.
»Du verblendeter Tor!« schrie Hektor den Bruder an. »Deinetwegen führen wir diesen Krieg, die Männer sterben vor der Mauer wie die Fliegen, du aber sitzt lässig bei den Weibern!«
»Warte, Hektor«, rief Paris, »ich werde dir alles erklären: Eigentlich wollte ich mich dem Schmerz hingeben, nun aber hat mich Helena ermuntert, und ich muß sagen, es scheint mir schon wieder besser zu gehen. Darum will ich gerne an der Versammlung des Kronrates teilnehmen, die ja bald beginnt, und ab morgen mich mit dir zusammen ins Schlachtgetümmel werfen.«
Hektor strafte ihn mit einem vernichtenden Blick und verließ stillschweigend den Raum.
Im Thronsaal des Priamos trafen sie sich wieder. Antenor begann zu sprechen: »Hört mich, Trojaner, Dardaner und Bundesgenossen, handelt jetzt endlich und gebt Helena und all die Schätze an die Griechen zurück. Ich sehe keine Aussicht mehr auf ein gutes Ende, denn wir kämpfen ja ruchlos gegen den heiligen Schwur, den wir durch die Dummheit des Pandaros selbst gebrochen haben.«
Da erhob sich Paris und rief: »Nein, Antenor, dein Rat ist nicht gerecht. Die Götter müssen dir den Verstand geraubt haben! Gerade heraus gesagt: Helena gebe ich niemals wieder her. Die Schätze mögen sie haben, und ich gebe auch noch von meinen eigenen dazu, aber von Helena werde ich mich nicht trennen.«

Alle, wie sie im Thronsaal saßen, schüttelten den Kopf, da aber sagte Priamos: »Nehmt jetzt euer abendliches Mahl, stellt Wachen auf, und morgen früh soll Idaios zu den Griechen gehen und ihnen vorschlagen, vom Kampf zu ruhen, bis wir die Toten ins Feuer gesenkt haben. Zum Kämpfen haben wir noch an anderen Tagen Gelegenheit genug, bis daß die Götter uns trennen und den Sieg einem von beiden Völkern gewähren.«

Als Hektor an diesem Abend sein Haus erreichte, trat ihm seine Gattin Andromache mit sorgenvollem Gesicht entgegen. Auf dem Arm trug sie ihr kleines Söhnchen Astyanax, der ihrer beider Freude war, und drückte ihn an ihren duftigen Busen. Doch so lieb er auch lallte, konnte er ihrer beider Gemüter nicht erhellen.

»Schrecklicher Mann«, schluchzte Andromache, »dich tötet dein Mut. Du denkst nicht an das Kind und mich. Wenn auch du gefallen bist, bin ich völlig allein auf der Welt. Denn auch Vater und Mutter und meine Geschwister hat Achilles erschlagen, als er Theben in Schutt und Asche warf. Erbarme dich, bleib bei mir, lenke von der Höhe der Mauer die Schlacht aus der Ferne, wenn du nicht davon lassen kannst. Doch ich flehe dich an, geh nicht mehr zurück aufs Schlachtfeld.«

»Ich kann nicht«, sagte Hektor. »Kampf ist nun einmal Männersache, und meine vor allen Trojanern zuerst. Man lehrte mich, immer tapfer zu sein und in vorderster Front zu kämpfen. Diesen Auftrag muß ich jetzt ganz besonders erfüllen. Doch nun gräme dich nicht mehr. Mich sendet kein feindlicher Krieger wider das Schicksal zum Hades. Und vergiß nicht, es kann kein Mensch seinem Schicksal entrinnen. Ob er feige ist oder tapfer. Die Götter werden es weisen. Laß uns nun zu Bett gehen.«

Lange noch lagen sie wach und hielten sich eng umschlungen. In seinem Innersten wußte Hektor, daß Troja einst fallen werde, doch davon sprach er nicht zu Andromache.

5

Als die dämmernde Frühe mit Rosenfingern erwachte, fanden sich die Fürsten in Agamemnons Haus ein, um Einzelheiten zum Ausbau des Schutzwalls und der Bestattung der Toten zu vereinbaren. Soeben hatte Agamemnon bestimmt, welche Völker den Graben ausheben, welche eine Mauer aus Baumstämmen mit Wehrtürmen und Tor errichten und welche die Leichen zusammensuchen und auf Scheiterhaufen legen sollten.

»Beeilt euch, ihr Männer Achaias«, sagte Agamemnon, »denn die Götter geben uns nicht ewig Zeit, die Trojaner zu vernichten. Ihr alle habt gesehen, daß wir sie schon halb bezwungen haben; laßt sie nicht erst wieder zu Kräften kommen. Eine Schlacht noch, dann werden wir ihre Stadt stürmen.«

Da trat Talthybios in den Saal und meldete einen Boten aus Troja. Es war der Herold Idaios, der die Gesandtenrolle auf den Tisch legte.

»Hört, ihr Atriden und ihr anderen achaischen Fürsten, was mir König Priamos geboten hat, euch zu verkünden: Alle Schätze, die Paris in seinem Schiff aus Troja entführte – o wäre er nur vorher gestorben – ist er bereit, zu ersetzen und euch die verlangte Buße zu bezahlen, wenn ihr den Krieg beendet. Bedauerlicherweise weigert sich Paris, Helena herauszugeben, so sehr wir Trojaner dies auch wünschten.«

Die Fürsten schauten sich verwundert an, und Agamemnon wollte schon mit der Faust auf den Tisch schlagen, da fuhr Idaios, der einsah, daß seine Botschaft unwillkommen war, zügig fort: »Solltet ihr dieses Angebot ablehnen, bat mich Priamos, euch vorzuschlagen, vom schrecklichen Kampf zu ruhen, bis wir die Toten bestattet haben.«

»Daß mir keiner sich darauf einläßt, die Schätze anzunehmen«, rief Diomedes. »Die Zeit der Verhandlungen ist vorüber. Sie haben uns schon zu oft betrogen. Jetzt sieht doch selbst der Dümmste, daß ihnen das Wasser bis zum Halse steht!«

Dem stimmte die gesamte Fürstenschar mit Jubel bei.

»Du hast es gehört«, sagte Agamemnon zu Idaios, »wie die Griechen zu eurem Angebot stehen, und das ist auch meine Meinung. Was aber die Toten betrifft, versage ich die Verbrennung nicht. Wäre es doch eine Beleidigung der Götter, sie den Geiern zum Fraße zu lassen.«

»Versicherst du uns, die Waffen ruhen zu lassen, bis ihre Körper zu Asche zerfallen sind?« fragte Idaios.

Agamemnon hob sein Zepter hoch zu den Göttern und sprach: »Zeus, der donnernde Gatte der Hera, bezeuge diesen Eid.«

Idaios verbeugte sich, verließ den Raum und eilte heimwärts nach Troja.

Ein Teil der Griechen machte sich an die Arbeit, die Wehranlagen zu verstärken. Odysseus schickte dreitausend Krieger mit Sägen und Äxten in die bewaldeten Hügel des Rötheon und des Sigeion zum Bäumefällen. In der Zwischenzeit begannen tausend andere, den Wassergraben auszuheben, der die Flußläufe des Skamander und des Simoeis verbinden und ein unüberwindliches Hindernis für den Feind darstellen sollte.

Unter Führung von Nestor und Kalchas gingen die anderen mit Tüchern um Mund und Nase auf die Skamanderebene hinaus, um ihre traurige Pflicht der Leichensammlung zu erfüllen. Trotz der Morgenfrische herrschte ein fürchterlicher Gestank über dem Schlachtfeld, und die Geier hatten an vielen der unzähligen Leichen ihr Fraßwerk begonnen. Als die Sonne im Mittag stand, trafen Griechen und Trojaner suchend auf der Ebene des Schlachtfeldes zusammen und halfen sich im friedlichen Nebeneinander zu unterscheiden, wer von den Leichen Grieche, wer Trojaner gewesen war. Oft konnten sie nur mit Mühe die einzelnen Toten erkennen, so entstellt waren sie von ihren Wunden, von den Spuren der Geier, vom verkrusteten Schmutz und von Strömen getrockneten Blutes. Die Leichen wurden auf Ochsenkarren geworfen, dann brachten sie die Fuhrknechte weg, die einen nach Troja, die anderen zur Schiffsstadt, und legten sie, jeweils vor den Mauern ihrer Städte, auf riesige Scheiterhaufen.

Unterdessen errichteten die Krieger hinter dem Wall eine mächtige Palisadenwand mit zwei strotzenden Türmen zu jeder Seite des Tores. Mannstief rammten sie die geschälten Stämme, einen neben

den anderen, in den sandigen Grund, und es entstand ein festes Bollwerk.
Als Helios den Sonnenwagen ins Meer versenkt hatte und die Arbeiten im Lager ruhten, versammelten sich die Krieger vor den Brandstätten ihrer Toten, hier Griechen, dort Trojaner, und entzündeten die Scheiterhaufen. Schaurig und doch schön loderten die Flammen in der Ebene empor, es stieg der Rauch und trug die Seelen der Gefallenen zum Hades. Vielen derer, die gekommen waren, um Abschied von ihren Kameraden zu nehmen, rannen Tränen über die Wangen.
Am Nachmittag waren Schiffe angekommen, beladen mit tausend Schläuchen Wein, mit Mengen an Getreide, Gemüse, Öl und zahllosen Schafen und Rindern. Sie schickte Euneos, der Fürst von Lemnos, im Tausch gegen Eisen, Bronze, Silber und Gold, das Achilles und Ajax von ihren Beutezügen mitgebracht hatten. Nicht, daß den Griechen die Lebensmittel ausgegangen wären, doch die Lieferung bewirkte bei allen so große Freude, daß sie nach Sonnenuntergang ein üppiges Gelage abhielten und bis in die tiefe Nacht hinein schmausten.
Unbemerkt waren Gewitterwolken aufgezogen. Auf einmal zuckten Blitze durch das Lager und schwerer Donner rollte über das Land. Vielen blieb vor Schreck der Bissen im Halse stecken, und keiner wagte mehr zu trinken, bevor er dem wilden Zeus nicht den halben Becher Wein auf den Boden geopfert hatte.

Zeus saß auf dem zackengeschmückten Olymp und erhob seine mächtige Stimme: »Hört mich, ihr Götter und Göttinnen, möge keiner von euch mehr versuchen, gegen meinen Willen in die Schlacht einzugreifen. Wen von euch ich ertappe, daß er den Griechen oder den Trojanern hilft, den werde ich fassen und in die Tiefen des Tartarus schleudern, daß er erkenne, wer der stärkste der Himmlischen ist. Und wer es nicht glaubt, der versuche es nur!«
Als Zeus so gedroht hatte, war es lange still im Olymp, dann aber sagte Athene mit leuchtenden Augen: »Ja, wir wissen es, daß dein Arm und dein Wille unbezwingbar sind, wir werden also nach deinem Befehl den Kampfplatz meiden. Doch erfaßt mich Grauen, wenn

ich an die Griechen denke, deren Schicksal sich nun erfüllen wird. Ich bitte dich, laß nicht alle erliegen.«
Da lächelte Zeus milde und sagte: »Wenn erst Achilles wieder in den Kampf eingreift, wird auch der Tag kommen, an dem wieder die Griechen siegen werden.«
Sodann bestieg Zeus seinen Donnerwagen, gab den göttlichen Pferden die Geißel und flog zwischen Himmel und Erde hinüber zum Berg Ida, setzte sich auf den höchsten Gipfel Gargaros und schaute auf Troja und die Schiffsstadt hinab. Die Achaier waren eben dabei, letzte Hand an ihre Palisadenmauer zu legen, als die Trojaner ihre Tore öffneten und sich die Horden in die Ebene ergossen.
»Die Trojaner kommen!« riefen die Wachen, ließen das unfertige Tor wie es war, und eilten zurück in ihr Lager. In höchster Eile warfen die Griechen sich Helm und Harnisch über, bewaffneten sich mit Schwertern, Bogen und Lanzen, rüsteten die Kampfwagen, schirrten die Pferde an und fuhren dem Feind entgegen. Inzwischen hatte es mächtig zu regnen begonnen, aus schweren, dunklen Wolken zuckten Blitze, und Donner grollte weit über das Land. Bald war die Skamanderebene nur noch ein sumpfiger Morast.
Wieder prallten Schilde aufeinander, es flogen Lanzen und Pfeile, und es erhob sich ein Getöse aus Jammer und Jauchzen, und auf beiden Seiten fielen die Männer in Scharen. Lange wogte die Schlacht im heftigen Regen, da sandte Zeus einen gewaltigen Blitz mitten ins griechische Heer. Zwanzig Krieger brachen zu Tode getroffen auf dem Schlachtfeld nieder, die anderen erfaßte Entsetzen, und scharenweise ergriffen sie die Flucht zurück zu den Schiffen. Nicht einmal Ajax blieb im Feld, auch nicht Aias, Idomeneus und Odysseus. Nur Nestor blieb zurück, denn die Räder seines Streitwagens staken bis zur Nabe in einem sumpfigen Loch. Mit Todesangst im Herzen sah er die Trojaner auf sich zukommen, allen voran Hektor. Paris, der sich wie immer in zweiter Reihe hielt, legte den Bogen an, zielte und schoß. Doch der Pfeil traf nicht Nestor, sondern das rechte seiner beiden Pferde in den Kopf. Vor Schmerz sich aufbäumend, stieg es in die Höhe, dann brach es zuckend und schreiend zusammen. Während Nestor versuchte, mit seinem Schwert die Riemen des gefallenen Rosses zu durchtrennen, kam Hektor näher. Im letzten Augenblick

sah dies Diomedes. Schnell befahl er Sthenelos, zurückzufahren zu Nestor, um ihn zu retten.
»Komm auf meinen Wagen!« schrie er, da stürmte auch schon Hektor heran. Diomedes warf seinen Speer, doch er verfehlte den Priamossohn, dafür traf er dessen Wagenlenker, der tödlich getroffen die Zügel fahren ließ und zu Boden stürzte. Mit gezücktem Schwert fuhr Diomedes auf Hektor zu, und es wäre das Ende des Trojaners gewesen, wenn nicht Zeus einen Blitz geworfen hätte, der genau vor Diomedes Wagen in die Erde einschlug. »Laß uns fliehen«, schrie Nestor, »erkennst du nicht, daß Zeus dir den Sieg verwehrt?«
Als ob Zeus dies bestätigen wollte, fuhr ein zweiter Blitz hernieder und tötete das andere Roß des Nestor. Da wandte Diomedes sein Gespann, und zu dritt jagten sie zurück zur Schiffsstadt.
Dort aber stand Agamemnon am noch unfertigen Tor und schrie mit lauter, durchdringender Stimme: »Schmach und Schande, ihr feigen Memmen, wohin verflog euer Mut? Noch gestern beim Schmaus habt ihr euch als die Stärksten gepriesen, und ein jeder von euch wollte sich hundert Trojanern stellen. Und nun seid ihr alle zusammen nicht einmal Hektor gewachsen!«
Die Griechen standen um ihren Führer und ließen die Köpfe hängen, doch Kalchas war zu der Gruppe der Fürsten getreten und beschwor sie: »Laßt den Mut nicht sinken, die Götter werden uns auch aus dieser Not retten.«
»Göttlicher Vater«, rief der Völkerfürst in Verzweiflung und mit zum Himmel erhobenen Händen, »nie hast du einen Führer so bitter geschlagen wie mich. Hab ich dir nicht immer das Beste von Stieren, Widdern und Schafen geopfert? Zeus, ich bitte dich, erfülle mir nur diesen einen Wunsch: Laß uns dem Hades entkommen, laß uns nicht so den Trojanern erliegen!«
Da war den Griechen, als risse der Himmel auf. Ein Strahl der Abendsonne drang durch die Wolken, und es hörte auf zu regnen. Alle blickten nach oben, da fiel Kalchas auf die Knie und schrie: »Seht das Zeichen am Himmel!«
Und in der Tat flog aus finsteren Wolken über dem Berg Ida ein Adler über das Lager, in seinen Fängen hielt er das heftig strampelnde Kalb einer Hirschkuh. Gebannt starrten die Griechen nach

oben, da sahen sie, daß der Adler das Beutetier aus seinen Fängen verlor, und es stürzte hernieder und fiel genau auf die Agora, wo Zeus' Opferaltar stand. Ein Aufschrei ging durch das ganze Heer.
»Zeus schickt uns Rettung«, frohlockte Kalchas, »schnell, wendet euch wieder den Feinden zu, noch könnt ihr ihren Ansturm bremsen!«
Da jagten die Griechen wieder hinaus, und es war keinen Augenblick zu früh, denn soeben waren die Trojaner im Begriff, den Graben zu überwinden. Wie der Sturmwind raste Diomedes in die Reihen der Feinde hinein, hinter ihm stürmten Agamemnon und Menelaos, ihnen folgten Odysseus und Aias, dann Idomeneus und Meriones, und hinter ihnen das gesamte Heer, und mit dem Mut der Verzweiflung erschlugen die Griechen viele der Angreifer.
Dennoch wäre Hektor bis zu den Schiffen vorgedrungen, wenn nicht Teuker mit seinen Bogenschützen die Feinde mit einem Pfeilhagel empfangen hätte. Er selbst fand Deckung hinter dem riesigen Schild, den Ajax vor ihn hielt, schickte ein Geschoß nach dem anderen hinaus und traf mit jedem Schuß einen Feind.
»Triff nur so weiter«, rief Agamemnon, »dann werde ich dir, nachdem Troja gefallen ist, das erste Ehrengeschenk verleihen!«
»Ich danke dir, Agamemnon, nur leider ist es mir noch nicht gelungen, den wütenden Hund zu treffen«, antwortete Teuker und sandte ein Geschoß auf Hektor ab. Wieder verfehlte der Pfeil sein Ziel, doch streckte er dafür einen anderen Trojaner zu Boden.
Da schrie Hektor vor wildem Zorn auf, nahm einen scharfkantigen Stein und schleuderte ihn auf Teuker. Gerade dort, wo das Schlüsselbein in die Schulter mündet, traf die Schärfe des Steins den Bogenschützen und zerschnitt ihm die Sehne zum Nacken. Teuker brach in die Knie, und der Bogen fiel ihm aus der Hand. Schnell deckte ihn Ajax mit seinem Schild vollends gegen den Feind ab, und zwei Krieger schleppten den Stöhnenden zurück zu den Schiffen.
Nun wuchs den Trojanern wieder der Mut, und sie bedrängten stürmisch die Griechen. Hektor war wie im Blutrausch und tötete Feinde in Scharen, erlegte jeden, der ihm in die Quere kam. Es hätte für die Achaier ein schlimmes Ende genommen, doch die Götter wollten es

anders. Langsam senkte sich Dunkelheit über das Land und zog den Mantel der Nacht auf Felder und Fluren.
Die Krieger um Hektor stellten den Kampf ein und zogen sich zurück; aber nicht nach Troja, sondern auf den Hügel, der unweit der Schiffsstadt, links, zum Meer hin, die Ebene begrenzte. Dort schlugen sie ihr Lager auf. Von hier aus wollten sie am nächsten Morgen die Griechen endgültig schlagen. Hektor befahl, aus Troja Fleisch, Brot und Wein herbeizuschaffen, für die Pferde Hafer und Gerste und ließ Feuer entzünden und Wachen aufstellen. Dann sprach er, auf die Lanze gelehnt, zu seinen Leuten: »Heute gedachte ich, die Griechen zu schlagen, doch es rettete sie die Nacht. Seid also morgen tapfer und mutig! Zeus verkündet uns den Sieg. Gleich beim ersten Morgengrauen wollen wir losschlagen. Ihren Graben können wir leicht überspringen. O diese Narren, nun haben sie sich mühsam eine Wehr für sich selbst und ihre Schiffe gezimmert, doch die Mauer und der Wall sind haltlos, verächtlich und schwach. So werden sie unsrem Ansturm nicht widerstehen. Und denkt daran: Wenn wir morgen in ihrem Lager sind, vergeßt das Feuer nicht, damit wir ihre Schiffe verbrennen. Nun aber laßt uns essen und im Schutz der Feuer die Nacht verbringen. Morgen wollen wir sehen, ob es Diomedes schafft, uns zurückzudrängen. Ich denke, daß er als einer der ersten in seinem Blut liegen wird und nach ihm seine Gefährten!«
Die Trojaner schrien der Rede des Anführers Beifall und machten sich daran, das Lager in der Ebene zu bereiten. Dann brachten sie den Göttern reichlich Opfer, versammelten sich um die Feuer, aßen und tranken reichlich und waren siegestrunken, mutig und stolz.

6

Im Lager der Griechen herrschte Bestürzung und Schrecken.
Agamemnon rief Talthybios und befahl ihm, die Fürsten zu rufen.
»Aber nicht mit der Trompete«, sagte er, »geh in ihre Häuser und sag es jedem der Edlen selbst, daß ich sie hier erwarte.«
Als die zwanzig von achtunddreißig, die noch am Leben waren, zu-

sammengekommen waren, weinte Agamemnon. »Freunde«, sagte er, »es ist zu Ende. Zeus verstrickte mich in entsetzliches Unheil. Einst versprach er mir, ich würde heimwärts ziehen, wenn die Mauern von Troja zerbrochen wären. Das aber war eine Lüge, er hat mich betrogen, denn nun muß ich nach den furchtbaren Verlusten des Heeres ruhmlos nach Hause fahren. Troja werden wir niemals besiegen. Wir sind schwach, wir vermögen es nicht. Darum folgt mir und tut, was ich euch sage: Laßt uns heute nacht noch mit den Schiffen fliehen und zum Land der Väter zurückkehren.«

Lange sprach niemand ein Wort. Alle saßen reglos und stumm und waren zutiefst erschüttert.

Endlich erhob Diomedes seine tönende Stimme und sagte: »Es ziemt sich im Rat der Herrscher zu streiten, wenn abweichende Meinungen vorliegen. So komme ich nicht umhin, dir, Völkerfürst, heftig zu widersprechen. Vor wenigen Tagen noch nanntest du mich einen Feigling, als ich mit meinen Kriegern in den hinteren Reihen des Heeres stand. Inzwischen wissen es alle, daß du dich geirrt hast! Und nun muß ich dir etwas sagen, was dir nicht gefallen wird; dir gab Zeus nur das eine, die Ehre des herrschenden Zepters über alle Griechen. Mut aber gab er dir keinen. Glaubst du wirklich, die Söhne Achaias wären so schwach und feige, wie du eben verkündetest? Wenn dein Herz danach drängt, nach Hause zu fahren, dann geh! Die Wege sind frei, deine Schiffe stehen nahe am Wasser, nimm all deine Krieger aus Mykene mit. Wir anderen aber bleiben, bis Troja zerstört ist. Und wer sich dir anschließen mag, soll gehen. Fahrt alle zurück in die Heimat, wenn ihr wollt. Ich aber werde bleiben und so lange kämpfen, bis uns das Schicksal den Sieg über Troja geschenkt hat!«

Diomedes schrie den letzten Satz in die Runde der Fürsten. Auf dieses Wort hin sprangen sie alle auf und jubelten ihm zu.

Nestor erhob sich und rief: »Ha, Diomedes, du bist nicht nur der mächtigste Krieger, sondern auch der beste im Rat! Obwohl du mein Sohn sein könntest, der jüngste sogar, sprichst du nicht nur mutig, sondern auch vernünftig und klug. Nun aber laß mich, da ich erfahrener bin durch mein Alter, deine Rede zu Ende führen: Als erstes müssen wir das Lager sichern! Laß uns unter der Leitung der jüngeren Fürsten Bewaffnete aufstellen und sich entlang dem Graben postieren, denn wir dürfen nicht zulassen, daß uns Hektor in der Nacht überfällt. Die Krieger sollen, da noch kein Wasser im Graben steht, diesen mit nach oben gespitzten Pfählen bewehren, und nur vor der Öffnung eine Furt lassen. So verhindern wir, daß sie die Palisaden mit Kampfwagen stürmen. Auch sollen sie endlich das Tor vollenden, in feste Angeln heben und mit schweren Riegeln versehen. Laßt uns aufwachen, heute wird unser Heer vernichtet – oder errettet!«

Agamemnon schaute Nestor mit großen Augen an.

»Du, Agamemnon, der du der höchste König der Griechen bist, hast alles in der Hand. Triff Entscheidungen! Die Feinde lagern vor unserer Schiffsstadt! Sollen wir uns von ihnen abschlachten lassen?«

Laut riefen die Fürsten dem Greis Beifall zu, und es keimte wieder ein bißchen Hoffnung auf. Nestor bestimmte seinen Sohn Thrasymedes sowie Askalaphos, Ialmenos, Meriones, Deiphyros, Aphareus und Lykomedes, und befahl, daß jeder mit je zweihundert Kriegern hinaus zwischen Wall und Graben gehen solle, um die Wehranlagen zu verstärken und die Schiffsstadt bis zum Morgengrauen zu bewachen.

Agamemnon schaute völlig verwirrt in die Runde. Er sah, daß ihm die Macht entglitt, aber er konnte nichts dagegen tun.

Als die diensthabenden Fürsten gegangen waren, rief Nestor zu Agamemnon: »Und nun lade uns andere zum Mahl, damit wieder Lebensgeister in uns einkehren. Deine Lager sind doch voll von Wein und köstlichsten Speisen aus Lemnos. Und wenn wir alle gegessen haben, laß uns erneut miteinander reden und folge dem, der den besten Rat erteilt, denn dem bedürfen wir alle am meisten.«

Agamemnon wußte weder ein noch aus und tat, was Nestor ihm sagte, denn er war mit seiner Weisheit am Ende.

Als alle ihren Hunger gestillt hatten, sagte Nestor: »Agamemnon, Zeus hat dir die Macht verliehen, über uns zu gebieten. Darum mußt vor allem du sprechen; aber auch zuhören, wenn andere dir zum Guten raten. Darum höre, was mir am besten erscheint, doch die Entscheidung liegt bei dir.«

»Sprich, Nestor«, sagte Agamemnon, »dein Rat galt mir noch immer am meisten.«

»Gib Achilles seine Briseïs zurück, und spare auch nicht mit Ge-

schenken, denn seit dem Tag, an dem du sie ihm stahlst, läuft, wie mir scheint, nichts mehr nach unserem Sinn. Ich war, wie du dich erinnerst, schon damals dagegen. Nun ist es geschehen, aber noch können wir versuchen, seinen gekränkten Stolz zu versöhnen.«
»Ach«, seufzte Agamemnon, »ich sehe es ja selbst ein. Ich habe mich falsch verhalten; ich bin zur Buße bereit. Ich sage euch, was ich ihm anbiete: Zehn Talente Gold, sieben neue Dreifüße, zwanzig Becken aus Messing, zwölf stolze Rosse, die alle schon Preise im Rennen gewonnen haben. Ein Mann, der sie besitzt, gilt längst nicht mehr als arm.«
In Agamemnon kam beinahe Stolz auf.
»Dazu gebe ich ihm sieben der schönsten Frauen, die ich mir selbst ausgewählt habe aus der Beute, die er der blühenden Insel Lesbos entführte. Sie sind voller Reize und in mancherlei Künsten erfahren. Er soll sie alle haben, und dazu natürlich auch Briseïs. Noch nie habe ich ihr Lager zu den Freuden der Liebe bestiegen – wie es doch üblich ist bei Männern und Frauen!«
Die Fürsten mußten lachen, als er dies sagte, denn kaum einer glaubte, daß er die Wahrheit sprach.
»Ich schwöre es bei Zeus mit heiligem Eid!« rief er und hob seine Hand zum Himmel.
Nun mußten sie es wohl glauben, aber sie konnten es nicht fassen.
»All diese Geschenke soll er sofort haben«, fuhr Agamemnon fort. »Und wenn uns die Götter gnädig gewähren, Troja zu erobern und sicher in die Heimat zu gelangen, soll er Gold in Hülle und Fülle auf sein Schiff laden und zwanzig der schönsten Frauen aus Priamos' Burg sein eigen nennen. Abgesehen von Helena natürlich.«
Agamemnon schaute in die Runde, aber er sah nur erstaunte Augen. Wie unendlich muß seine Not sein, daß er so großzügig mit seinen Schätzen verfährt, dachte so mancher der Fürsten, denn Freigebigkeit war nie seine Art gewesen.
Doch Agamemnon war noch nicht fertig.
»Wenn wir erst heimgekehrt sind, soll er mir sein wie mein eigener Sohn Orest, der mir zur Freude heranwächst, und eine meiner Töchter zur Gemahlin nehmen: Iphigenia – sofern sie noch in Mykene weilt, oder Chrysothemis oder Laodike, ganz wie er wünscht.

Ferner schenke ich ihm sieben Städte, die alle nah am Meer gelegen sind und in denen wohlhabende Männer leben, die ihm beträchtliche Steuern zahlen. All dies soll er haben, wenn er seinem Groll entsagt.«

Agamemnon warf die Hände über das Gesicht und schluchzte: »Er soll mir verzeihen, wie es ja auch die Götter den Sterblichen gegenüber tun!« rief er. »Nur Hades, den verhaßtesten aller Götter, erweichen weder Geschenke noch Bitten.«

»Wahrlich«, wunderte sich Nestor, »du bietest untadelige Gaben. So laß uns erlesene Männer zu Achilles senden, die ihm dein Angebot unterbreiten. Wenn es dir recht ist, erwähle ich Phönix, der als einziger der Myrmidonen noch unseren Versammlungen beiwohnt, und Ajax und Odysseus. Diese beiden waren schon immer seine besten Freunde und werden ihn zu überzeugen wissen. Als Herolde sollen Talthybios und Eurybates die Gesandten begleiten.«

Agamemnon schämte sich entsetzlich, daß nicht er es war, der die Befehle erteilte; doch welchen Befehl hätte er noch erteilen sollen?

»Bringt nun Wasser zum Waschen der Hände, daß wir in stiller Andacht Zeus um Gewährung der Bitte anflehen«, sagte Nestor.

Die Herolde schütteten Wasser über die Hände der Fürsten, dann füllten sie die Becher bis zum Rand mit Wein und reichten sie in die Runde. Als alle Zeus und den anderen Göttern andächtig die Hälfte auf den Boden versprengt hatten, tranken sie den Wein zur Neige. Dann machte sich die Gesandtschaft auf den Weg. Ohne daß die Wachen sie anmelden mußten, gelangten sie ins Haus, denn Phönix hatte unbeschränkten Zugang. Sie fanden Achilles im Hof. Er hatte die Leier in der Hand und sang vom Ruhm der Götter, der Helden. Um ihn saßen Patroklos und die zwei wunderschönen Mädchen Iphis und Diomede und lauschten mit Freude seinem Gesang.

Als die Gesandtschaft eintrat, sprang Achilles überrascht auf und rief: »Ich grüße euch, liebe Freunde, ihr kommt wie gerufen. Ihr seid mir die liebsten aller Achaier. Setzt euch!«

Zu Patroklos sagte er: »Bring doch bitte noch schnell einen größeren Krug Wein.«

Achilles legte die Leier beiseite, stellte den eisernen Rost ans Feuer, bat die Mädchen, Fleisch aufzulegen, dann rief er noch einmal: »Ach,

es ist gut, daß ihr gekommen seid! Ich bin ja noch immer entsetzlich böse, aber ich freue mich, meine liebsten Freunde wiederzusehen.«
Patroklos kam zurück mit Bechern und hatte auch an die Herolde gedacht, die sich neben der Feuerstelle niedergelassen hatten. Er schenkte ein; die Mädchen legten Fleisch auf den Rost, bewirteten die Gäste mit Käse, lachten und waren freundlich.
Achilles setzte sich Odysseus gegenüber auf die gepolsterte Bank und ließ seine Gäste hochleben. Als das Fleisch durchgebraten war, griffen alle zu, sprachen über dies und das, und es verging eine ganze Weile, bis Ajax Phönix mit den Augen Zeichen gab, er möge doch endlich beginnen. Das sah Odysseus. Er füllte seinen Becher, hob ihn Achilles zum Wohl und sagte: »Auf dich, Achilles! Wir danken dir für das köstliche Mahl, obwohl du wissen sollst, daß uns nicht Hunger in dein Haus getrieben hat.«
»Ich weiß«, rief Achilles, »daß ihr anderes mit mir zu bereden habt! Dinge, die ich vielleicht nicht gerne höre. Dennoch seid ihr mir willkommen, denn Besuch war in der letzten Zeit selten. Diomede, Iphis, bitte laßt uns allein. Vielleicht scheut sich Odysseus, vor euch zu reden.«
Als die Mädchen gegangen waren, sagte Achilles: »Nun, Odysseus, was hast du für ein Anliegen?«
»Achilles, wir fürchten, die Schiffe zu verlieren, wenn du dich nicht rüstest und uns mit deinen Myrmidonen beistehst. Die Trojaner haben uns in offener Schlacht geschlagen. Ihr Lager haben sie unmittelbar vor unserer Stadt errichtet. Zeus schleudert Blitze gegen uns, Hektor wütet wie ein Zerberos, ich fürchte, er wird bei Morgengrauen unsere Schiffe in Brand setzen.«
Achilles tat, als wüßte er von all dem nichts.
»Du bist Grieche wie wir. Hilf uns, bevor wir zugrunde gehen, du könntest es sonst einmal bereuen.«
Achilles sah Odysseus an, schüttelte unwissend den Kopf und sagte kein Wort.
»Agamemnon hat dir unermeßliche Schätze versprochen.«
Nacheinander zählte Odysseus die Gaben auf, die Agamemnon bereit war, als Buße zu leisten. Als er zu Briseïs kam, machte er eine bedeutungsvolle Pause. Achilles zuckte nur mit den Schultern. Da

schloß Odysseus seine Rede mit einem letzten Hilferuf: »Wenn du schon Agamemnon nicht verzeihen kannst, so hab wenigstens Erbarmen mit dem Heer!«

»Odysseus«, antwortete Achilles, »ich will dir sagen, was ich meine: Dieser Mann ist mir so verhaßt wie die Tore des Hades. Solange er der Völkerfürst ist, wird mich kein Grieche jemals überreden, gegen meinen Beschluß zu handeln.

Ich habe unter Einsatz meines Lebens für die Atriden gekämpft, habe unendliche Mengen an Schätzen herbeigeschafft. Agamemnon hat sich daran bereichert, und was blieb mir? Nicht einmal ein Ehrengeschenk, nämlich die Frau, die ich liebte.

Ich frage noch einmal: Weswegen habe ich gekämpft, während Agamemnon auf der faulen Haut lag? Für die Frau seines Bruders. Nur dafür hat Agamemnon dieses Heer aufgestellt.

Und nun frage ich dich zum drittenmal: Glaubst du, die erlauchten Atriden sind die einzigen Menschen auf der Welt, die das Recht haben, ihre Frauen zu lieben und zu ehren und Anspruch auf sie anzumelden?

Er höre mir auf mit Bitten. Ich kenne ihn. Soll er selbst sehen, wie er zurecht kommt. Soll er selbst das Feuer von den Schiffen abwehren. Er hat eine Mauer gebaut, ein Tor, einen Graben davor, er hat Schlachten geschlagen, er kommt ohne mich zurecht! Morgen werde ich meine Schiffe zum Meer ziehen und nach Phthia segeln. Sag dem Betrüger, daß ich nichts von ihm wissen will. Ich verachte seine Geschenke, und gäbe er mir zehnmal so viel, ich spuckte darauf, denn wohlhabend bin ich selbst, und Frauen besitze ich genug. Meine Mutter Thetis sagte mir, ich hätte zwei Möglichkeiten: entweder ruhmreich vor Troja zu fallen oder ohne Ruhm sehr lange zu leben. Ich wähle das Leben. Und das rate ich euch auch. Fahrt nach Hause, verschont die Tausende von Kriegern, denn Troja werdet ihr nimmer besiegen. Phönix kann, wenn er will, gleich hierbleiben, denn ich segle morgen. Geht jetzt und bringt dem Edelsten der Griechen meine Antwort.«

Lange sagte niemand ein Wort, bis Phönix zu sprechen begann: »Wenn du wirklich nach Hause fahren willst, muß ich wohl mit dir gehen, denn ich habe deinem Vater Peleus versprochen, dich überallhin zu begleiten. Dies fällt mir nicht schwer, denn du bist mir wie ein Sohn. Du weißt aber auch, daß du meinem Rat trauen kannst. Deshalb bitte ich dich jetzt, bezwinge dein stolzes Herz. Du kannst doch nicht härter sein als die Götter, die sich ja auch, wenn einer sich gegen sie vergeht, durch Bitten, Spenden und Opfer erweichen lassen. Laß mich dir dies sagen: Auch Bitten, so scheu und zagend sie sein mögen, sind Kinder des Himmels. Hinkend schleichen sie mit banger Sorge hinter der Forderung her, die der Gläubiger dem Schuldner stellt. Doch die Schuld ist hurtig und stark; und allen Bitten läuft sie gewaltig voraus und bringt die Menschen in Not. Doch die Götter haben es vorgesehen, daß die Bitten der Schuld folgen, sie einholen – und heilen! Brächte Agamemnon dir keine Buße, würde ich dir nicht raten, deinen Zorn zu meistern und den Achaiern zu helfen. Doch er sandte dir die Edelsten des Volkes, deinen Groll zu besänftigen. Er gibt dir unermeßliche Geschenke und bezahlt noch mehr, wenn wir einst in der Heimat sind. Das ist noch nicht alles. Bedenke vor allem die Achaier. Ihr Leben steht auf dem Spiel. Sie würden dich wie einen Gott verehren, wenn du dich ihnen wieder anschließt.«

»Ich brauche solcherlei Ehren nicht, mir genügt die Ehre, die Zeus mir erwies, seit er mich vom Kampf zurückhielt. Mir ist es Ehre genug, zu leben und zu sehen, wie die lieben Knie sich regen!«

Achilles wischte alle Bedenken mit einer Geste des Unmuts von sich, dann sagte er zu Phönix: »Nun leg dich hin und laß uns morgen bereden, ob wir heimkehren oder bleiben.«

Phönix, der darauf nichts mehr sagen wollte, zog sich zurück in sein Gemach.

Achilles gab Patroklos Zeichen, die Boten und Herolde nach draußen zu geleiten. Da sagte Ajax zerknirscht: »Komm, Odysseus, laß uns gehen. Mir scheint, so kommen wir nicht ans Ziel. Wir müssen dem Rat Bericht erstatten, so bitter die Botschaft auch lautet. Sicher sitzen sie da und warten. Achilles hat seine Gefährten vergessen und verrät die Freundschaft, die wir ihm immer bewiesen.«

Ajax stand auf und schüttelte den Kopf: »Grausam!« sagte er. »Andere lassen sich für einen toten Bruder mit Geschenken besänftigen, ja nehmen sogar Sühne vom Mörder ihres eigenen Kindes.« Zu

Achilles gewandt, fuhr er fort: »Dir aber schufen die Götter ein unversöhnliches Herz, und das nur eines Mädchens wegen, das du zurückbekommst, dazu sieben weitere und noch so vieles mehr... Laß dich doch endlich erweichen!«
»Ajax«, antwortete Achilles, »du sprichst mir fast wie aus dem Herzen, aber mir läuft die Galle über, wenn ich an Agamemnon denke. Nicht eher werde ich mein Schwert wieder in die Hand nehmen, bis Hektor meine Schiffe und mein eigenes Haus angreift. Davor aber wird er sich hüten. Und jetzt geht!«
Schweren Herzens ergriffen die Boten ihre Becher, versprengten davon den Göttern und machten sich auf den Rückweg zu den wartenden Fürsten.
Achilles saß noch lange beim Feuer, ließ sich die Reden der Freunde durch den Kopf gehen, dann begab er sich schließlich auch zu Bett. Er legte sich auf das breite Lager zu Diomede, in dem schon Patroklos und Iphis schliefen, und empfahl seinen Geist dem Hypnos.
Als Odysseus, Ajax und die Herolde zum Versammlungssaal kamen, fragte zuerst Agamemnon: »Sag, Odysseus, ist er gewillt, uns zu helfen, oder grollt er noch immer?«
»Nein«, sagte Odysseus, »wir können nicht auf ihn zählen. Er ist nicht gewillt, seinen Zorn gegen dich zu ersticken. Er erwägt sogar, morgen nach Phthia zu segeln. Uns empfiehlt er, ebenfalls heimzukehren.«
»Hätten wir ihm lieber keine Geschenke angeboten«, seufzte Diomedes, »denn nun haben wir ihn in seinem Hochmut sogar noch bestärkt. Aber lassen wir das. Mag er tun, was er will. Wir sollten zu Bett gehen, um für die Schlacht gerüstet zu sein. Du, Agamemnon, feure morgen die Griechen an und kämpfe selbst an vorderster Front. Die Achaier brauchen einen Führer!«
Nachdem sie ein letztes Trankopfer ausgebracht hatten, gingen die Fürsten zu ihren Häusern und Zelten und suchten Erholung im Schlaf.
Agamemnon blieb allein zurück. Einsam ging er zu Bett, doch er fand keine Ruhe, wälzte sich hin und her; es bebte ihm die Seele.
Mit klopfendem Herzen stand er auf, warf sich den Mantel aus Löwenfell über und stieg auf das Dach seines Hauses. Von da starrte

er hinaus in die Ebene zu den Trojanern, zählte die Feuer, dann blickte er über die Schiffsstadt, die still und dunkel vor ihm lag, und raufte sich die Haare. Laut stöhnte er zu Zeus: »Rette uns aus dieser entsetzlichen Not!«

Dann endlich schien es ihm das beste, zu Nestor zu gehen und ihn zu fragen, ob nicht er ein Mittel wisse, die Griechen vom Übel zu befreien.

Menelaos erging es ähnlich. Auch er konnte vor Sorge kein Auge zutun, weil er um das Leben der Griechen fürchtete, die nur für ihn hierhergekommen waren. Vielleicht könnte der Bruder, der doch der mächtigste König war, ihm Rat und Antwort geben. Menelaos nahm seinen Speer und ging hinüber zum Palast. Er traf Agamemnon in der Waffenkammer.

»Sag, mein Teurer, was rüstest du dich? Willst du als Späher ins Lager der Trojaner gehen? Ich fürchte, es wird sich nicht einer erbieten, dich zu begleiten.«

Agamemnon horchte auf, denn die Idee war gut, doch dann sagte er: »Ich bin der König der Völker, und ich darf mich nicht in diese Gefahr begeben, aber laß uns sehen, ob wir nicht andere für dieses Vorhaben gewinnen können, damit sie erkunden, was die Trojaner für morgen planen. Geh du nun zu Idomeneus und Ajax und führe sie zum Graben, wo die Wachen stehen. Ich will inzwischen Nestor wecken und euch dann dort treffen.«

So trennten sich die Atriden, Menelaos ging nach links, wo Idomeneus und Ajax wohnten, Agamemnon wandte sich nach rechts zu den Schiffen Nestors.

Dieser hatte sich sein Lager vor dem Zelt im Freien errichtet, neben ihm lagen der funkelnde Helm, der Schild, der Gürtel mit dem Schwert, der Harnisch und die Lanze.

»Nestor«, flüsterte Agamemnon, »wach auf, ich muß mit dir reden.«

»Wer bist du, der mitten in der Nacht durch das Lager schleicht, wenn Sterbliche schlafen?« fragte Nestor und richtete sich auf.

»Ich bin es, Agamemnon. Vor Sorge und Angst bekomme ich kein Auge zu. Laß uns zu den Wachen gehen und sehen, ob sie ihre Pflicht erfüllen, daß uns nicht die Trojaner schon in der Nacht überfallen.«

Nestor erhob sich mißmutig, zog sich den Mantel aus brauner flockiger Wolle an, griff seinen Speer und sagte: »Dann laß uns aber auch Odysseus und Diomedes wecken, und auch Ajax sollte nicht fehlen.«

»Ihn holt schon Menelaos«, sagte Agamemnon leise, »und auch zu Idomeneus habe ich ihn geschickt. Wir treffen uns alle am Tor bei den Wachen.«

Zusammen gingen sie zum Zelt des Odysseus.

»Wach auf, Sohn des Laërtes!« rief Nestor, »die Achaier brauchen dich!«

Es dauerte nicht lange, da kam Odysseus heraus. »Was ist los?« fragte er verschlafen.

»Du weißt, wir sind in großer Not«, sagte Nestor. »Wir müssen die Entscheidung treffen, ob es besser ist, zu kämpfen oder zu fliehen.«

Odysseus ging in sein Zelt zurück, warf sich den Schild über den Rücken, dann schloß er sich den beiden an, und zusammen gingen sie durch die dunklen Gassen zum Zelt des Diomedes. Der lag mitten unter seinen Kriegern auf einer Stierhaut am Boden, ringsum waren ihre Lanzen in den Boden gerammt.

»Wach auf«, rief Nestor, »wie kannst du nur ruhig schlafen, da doch die Trojaner vor den Toren lagern!«

»O du schrecklicher, alter Greis«, stöhnte Diomedes, »kannst du denn niemals Ruhe geben.«

»Du weißt, daß unser Schicksal auf Messers Schneide steht«, entgegnete Nestor. »Komm jetzt, und wenn du schon mein Alter beklagst, dann lauf du, da du der Jüngere bist, und hol Ajax und bring auch den kleinen Ajas mit, wir treffen uns dann bei den Wachen am Tor.«

Als sie alle dort zusammenkamen, fanden sie die Wachen auf Posten. Gemeinsam überprüften sie dann die Mauer, die Türme und das Tor, das nun fertig war, in den Angeln hing und aussah, als würde es dem stärksten Feind standhalten. Dann durchschritten sie, vorbei an den fest in den Boden gerammten, spitzigen Pfeilern, die Furt durch den Graben und setzten sich an eine Stelle, die frei war von Leichen, zur Beratung nieder.

Nestor erhob seine Stimme: »Freunde, ist einer unter euch, der es wagt, zu den Trojanern ins Lager zu schleichen, um herauszubekom-

men, was sie vorhaben? Oder vielleicht gar einen aus ihrer Mitte gefangen zu nehmen, um ihn mit Gewalt zum Reden zu bringen?«
Diejenigen, die davon noch nichts wußten, schauten sich betroffen an und schwiegen. Endlich sagte Diomedes: »Ich werde gehen, doch wäre es gut, wenn einer der Männer mit mir käme. Wer von euch will mich begleiten?«
Zögernd hob Ajax die Hand, nach einer Weile auch Aias, schließlich Menelaos und Odysseus.
»Du kannst dir deinen Begleiter wählen, aber wähle nicht nach Ansehen und Herkunft«, sagte Agamemnon, weil er um seinen Bruder Menelaos fürchtete, »sondern nach Mut und Tüchtigkeit.«
»Wenn ich wählen kann«, sagte Diomedes, »nehme ich Odysseus. Wenn er mich begleitet, bin ich sicher, daß wir beide heil zurückkehren.«
»Gut, dann laß uns schnell gehen«, sagte Odysseus, »die Nacht mit ihrer schützenden Dunkelheit ist schon bald vorüber.«
Von Meriones und Thrasymedes liehen sie sich lederne Rüstungen, die im Mondlicht nicht glänzten, Diomedes bekam zu seinem Speer ein zweischneidiges Schwert, Odysseus einen Köcher mit Pfeilen und einen Bogen.
Beide knieten sich nieder und beteten zu Pallas Athene: »Erhöre uns, Tochter des Zeus, steh schützend neben uns in allen Gefahren und laß uns heil wieder zurückkehren.«
Dem Zeus versprachen sie, für ihre gesunde Rückkehr einen Stier zu opfern, dann verschwanden sie lautlos ins Dunkel der Nacht.

Im Lager der Trojaner hatte Hektor die Heerführer um sich geschart.
»Wer von euch wagt es, ins griechische Lager zu gehen, um zu erkunden, ob sie bereits geschlagen sind und ihre Abreise erwägen oder ob sie sich für die morgige Schlacht rüsten? Als Preis für diese Heldentat setze ich die stolzesten Rosse aus, die im Lager der Griechen stehen.«
Da erhob sich Dolon, der ja schon einmal in der Nacht das griechische Lager erkundet hatte, und sagte: »Wenn du bei Zeus schwörst, daß du gewillt bist, mir zum Lohn die unsterblichen Rosse des Achilles zu geben, gehe ich ins griechische Lager. Ich weiß, wo das Haus

Agamemnons steht. Bestimmt werden sie dort sitzen und beraten. Laß mich gehen, du wirst von meinem Gang nicht enttäuscht werden.«
Hektor schwor den nichtssagenden Eid: »Zeus sei mein Zeuge, daß keiner der Trojaner außer dir das Gespann haben soll!«
Schleunigst hüllte Dolon sich in ein Wolfsfell, darüber Köcher und Bogen, bedeckte zur Tarnung sein Haupt mit einer Mütze aus Otternfell und schlich los.

Ihn bemerkte Odysseus, als sich sein Schatten vom Feuer löste.
»Sieh, Diomedes, es kommt ein Mann aus dem Lager da drüben«, flüsterte er. »Ob es ein Späher ist? Lassen wir ihn ein wenig weitergehen.« Beide duckten sich hinter einem niederen Busch. Der Trojaner eilte vorüber; sie ließen ihn noch eine Strecke laufen, dann setzten sie ihm nach. Dolon hörte ihre Schritte und blieb stehen. Er dachte, es seien seine eigenen Leute, die ihn zur Umkehr bewegen wollten, doch dann erkannte er in den Verfolgern Griechen. Entsetzt stürmte er davon und wollte im Bogen zu seinen Landsleuten zurückkehren, doch Odysseus und Diomedes schnitten ihm den Weg ab, trieben ihn weiter Richtung Schiffe, und als sie außer Rufweite der Trojaner gelangt waren, schrie Diomedes: »Bleib stehen, oder es trifft dich mein Speer in den Rücken.« Er warf den Speer, aber verfehlte den Trojaner absichtlich, daß das Geschoß über dessen Schulter flog und vor ihm in den Boden schlug. Da blieb der mit schlotternden Knien stehen, die beiden ergriffen ihn an den Armen, und zerrten ihn zu Boden. Mit bebendem Herzen jammerte Dolon: »Schenkt mir das Leben, ich werde euch Buße zahlen. Mein Vater verfügt über reiche Schätze, er wird mich sicher aus der Gefangenschaft auslösen!«
»Ruhig«, sagte Odysseus, »denk nicht gleich ans Sterben, sag uns lieber, warum du zu unseren Schiffen schleichst.«
»Hektor hat meinen Sinn betört«, begann Dolon zitternd vor Angst, »er versprach mir zum Lohn die unsterblichen Rosse des Achilles, denn er will wissen, ob ihr bereits besiegt seid und über die Abreise beratet oder ob ihr euch rüstet zur Schlacht.«
Odysseus lachte: »Da hat es dich nach einer gewaltigen Gabe gelü-

stet! Wußtest du nicht, daß diese Rosse nur der Sohn der unsterblichen Thetis zügeln und lenken kann? Doch sag mir, an welchem der Feuer sitzt Hektor, wie sind die Trojaner und ihre Verbündeten geordnet, wie ist der Plan für morgen?«
Dolon antwortete schlotternd: »Ich werde dir alles genau berichten. Hektor sitzt mit den anderen Fürsten beim Grabmal des Ilos unter der Eiche. Diese und alle anderen Feuerstellen, an denen unsere Krieger lagern, sind bewacht; die Verbündeten aber schlafen abseits. Sie quält keine Sorge um Frauen und Kinder. Die Schlacht soll bei dämmernder Frühe beginnen.«
»Wer sind eure Verbündeten, und wo habt ihr sie gelagert?« fragte Diomedes.
»Gegen die See hin liegen die Paionen, die Karer, die Leleger, die Kaukonen und die Pelasger; zu den Hügeln hin die Lykier, die Mysier, die Phrygier und Maionen. Wieso wollt ihr das alles so genau von mir wissen? Wenn ihr euch vergewissern wollt, daß ich die Wahrheit spreche – dort drüben lagern die Thraker gesondert von allen anderen. Sie sind unter der Führung von König Rhesos erst vor kurzem mit ihren herrlichen Pferden bei uns eingetroffen und haben keine Feuerstellen mehr errichtet. Fesselt mich hier an diesen Strauch und vergewissert euch selbst, ob ich die Wahrheit spreche. Dann führt mich als euren Gefangenen zu den Schiffen.«
Diomedes dachte keinen Augenblick daran, dem armen Tropf das Leben zu schenken.
»Glaub nicht, du könntest entkommen!« rief er und hieb ihm das Schwert mit aller Kraft in den Nacken.
Mit offenem Mund rollte Dolons Haupt in den Sand. Sie nahmen ihm das Fell und die Waffen ab, legten alles zusammen auf den Busch, und Odysseus betete: »Pallas Athene, nimm gnädig dieses Gut, wir wollen es dir opfern, sobald wir wieder bei den Schiffen sind, damit du als erste ein Geschenk erhältst.«
Dann schlichen sie im Dunkel der Nacht zu der Stelle, die ihnen Dolon als den Lagerplatz der Thraker bezeichnet hatte.
Sie fanden die Krieger im Tiefschlaf, etwas abseits standen die Pferde.

»Einer von uns muß die Pferde losbinden, der andere die Männer töten«, flüsterte Odysseus.
»Laß mir die Krieger, nimm du die Pferde«, flüsterte Diomedes zurück, und schon begann er mit seiner mörderischen Tat. Mit sausenden Schlägen brachte er einen nach dem anderen um, und es erhob sich ein schreckliches Stöhnen. Zwölf Krieger schlachtete er, der dreizehnte war König Rhesos selbst; er wälzte sich gerade in furchtbarem Traum, da versetzte er auch ihm den tödlichen Stoß. Inzwischen hatte Odysseus die Pferde vom niederen Gebüsch gelöst, band sie an den Halftern zusammen, setzte sich auf das erste und rief zu Diomedes: »Schnell, laß uns fliehen!«
Schon nahten in hellem Aufruhr die ersten Trojaner. Diomedes endete das Morden, sprang schnell auf ein Pferd, und wie der Sturmwind ritten sie zurück zu den Schiffen. An der Stelle, wo der tote Dolon lag, hielten sie an, bargen das Wolfsfell und den Bogen und stürmten weiter zur Schiffsstadt.
»Ich höre Pferde kommen«, rief Nestor, »laßt uns hoffen, daß es Odysseus und Diomedes sind.« Da kamen sie auch schon herangerast, hielten die Pferde an und sprangen zu Boden. Die anderen jubelten ihnen zu und streckten ihnen die Hände entgegen.
»Wie habt ihr die Pferde erbeutet«, rief Nestor, »sind sie ein Geschenk der Götter?«
Odysseus sagte: »Die Götter könnten wohl bessere schenken, dies aber sind Pferde aus Thrazien. Dreizehn ihrer Helden hat Diomedes erschlagen, darunter auch ihren König Rhesos. Das vierzehnte Leben nahmen wir dem Späher Dolon, den Hektor in unser Lager schicken wollte!« Dann berichteten sie ausführlich, wie sich alles zugetragen hatte. Mit einem Jauchzer trieb Odysseus die Pferde durch den Graben und das Tor zu den Schiffen und führte sie zur Hälfte in Diomedes Koppel, zur Hälfte in die seine. Dann gingen die beiden hinunter zum Meer und wuschen sich gründlich die Spuren des Blutes ab. Nach dem Bad setzten sie sich nieder, opferten der Göttin das Fell und den Bogen und stärkten sich mit Brot, Fleisch und Wein.

7

Als die Sterne zu verblassen begannen und die Dämmerung über den Berg Ida kroch, schritt Eris, die Göttin des Streits, durch die Schiffsstadt und ließ gellend die Kriegshörner erschallen. Die Griechen vernahmen den durchdringenden Lärm, und es schwoll ihnen Kraft und Angriffslust im Herzen.

Agamemnon tat sich den prächtigen Harnisch um, den drei sich windende Drachen zierten, dazu den prunkenden Helm mit dem hohen, weithin leuchtenden Buschen aus weißem Roßhaar. Das Schwert mit der goldenen Scheide hängte er sich an die Seite, schließlich ergriff er den Schild und zwei wuchtige, eisenbeschlagene Lanzen und trat seinem gerüsteten Heer gegenüber. Jubelnd begrüßten die Krieger ihren Feldherren und schlugen mit den Schwertern und Äxten gegen ihre Schilde. Keiner war mehr unter ihnen, der an Flucht dachte; alle wollten sie bis zum äußersten kämpfen und die Feinde besiegen.

Agamemnon änderte die Strategie. Als sie alle am Tor versammelt waren, befahl er dem Fußvolk, in die Schlacht voranzueilen, erst danach sollten die Gespanne mit den Wagen und Rossen folgen. Ein jeder der Krieger rief ein letztes Gebet zu Zeus, dann flogen die riesigen Pforten auf, und mit lautem Getöse und furchterregenden Kampfrufen stürzten sie über die Furt und den Graben den Feinden entgegen.

Drüben auf der Anhöhe stand reglos das Heer der Trojaner, an der Spitze Hektor im funkelnden Wagen. Tausendfach brach sich das Licht der aufgehenden Sonne in Helmen, Rüstungen, Schwertern und Speerspitzen.

Bedrohlich rückten die Griechen dem Fuß des Hügels näher, fast konnten die Trojaner schon deren Mienen erkennen, da hob Hektor den kraftstrotzenden Arm. Ein Beben lief durch die Scharen, ein jeder flehte noch mal die Götter um Sieg an, dann warf Hektor die Hand nach vorne, und die Trojaner stürmten mit schrecklichem Geheul den Abhang hinunter.

Der Aufprall der beiden Heere war fürchterlich. Wie hungrige Wölfe gingen die Männer aufeinander los, drangen mordbrünstig in die

gegnerischen Reihen ein und metzelten sich gegenseitig erbarmungslos nieder. Wie reife Kornähren unter den sichelschwingenden Händen der Schnitter fielen Krieger auf beiden Seiten, und der Anblick des Todes beglückte die Unglück verheißende Eris.
Sie war die einzige der Gottheiten auf dem Schlachtfeld, denn schließlich hatte Zeus verboten, daß die Unsterblichen helfend in den Kampf eingriffen. Nur Eris trieb beide Seiten zu entsetzlicher Mordlust an, und der Donnerer sah mit Vergnügen von seinem hohen Sitz des Berges Ida hinunter auf Würger und Gewürgte.
Lange wogte die Schlacht um den Hügel mit wechselndem Kriegsglück, erst gegen Mittag durchbrachen die Achaier die Reihen der verzweifelt sich wehrenden Trojaner und nahmen, allen voran Agamemnon, die so lange umkämpfte Stellung. Jetzt flohen die Trojaner in Scharen, selbst der mächtige Hektor mußte weichen. Agamemnon und seine Krieger liefen hinter den Feinden her, jagten sie wie die Hasen bis fast vor die Mauern ihrer Stadt und erschlugen viele der Tapfersten.
Gerade als Agamemnon bei der Eiche des Zeus im Schwertkampf Iphidamas getötet hatte, schlich sich von hinten der Bruder des Getöteten, der gefürchtete Koon, heran und durchbohrte Agamemnon den Arm mit dem Speer. Dieser schrie auf, riß sich das Geschoß aus der Wunde und warf es gegen den Angreifer zurück. Der brach, in den Leib getroffen, zusammen, und Agamemnon schlug ihm mit dem Schwert den Kopf vom Rumpf, daß er wie ein Ball durch den Staub rollte.
Nun aber begann der Schmerz in Agamemnons Arm so entsetzlich zu wüten, daß er nicht mehr fähig war, weiterzukämpfen. Mit letzter Kraft schleppte er sich auf seinen Streitwagen und befahl dem Lenker, heim zu den Schiffen zu fahren. Der gab den Pferden die Peitsche und brachte den Anführer in Sicherheit.
Als Hektor sah, wie der Anführer der Griechen das Schlachtfeld verließ, stürzte er sich mit seinen Scharen wie der Sturmwind erneut ins Getümmel, erschlug selbst zwölf Griechen und drängte die überraschten Achaier zurück zu den Schiffen. Nur Odysseus und Diomedes mit ihren Leuten hielten der Wut des Hektors stand. Allein Odysseus tötete sieben Trojaner, Diomedes fünf. Rasend vor Zorn kam der

trojanische Feldherr herangesprengt, doch Diomedes hatte sich vorgesehen, schleuderte ihm die Lanze entgegen und traf ihn am Helm. Zwar prallte die Lanze ab, doch Hektor flog von der Wucht des Aufpralls vom Wagen in die Scharen seiner Leute. Diomedes setzte nach, um den Widersacher endlich zu töten, der aber konnte sich im letzten Moment in die eigenen Reihen flüchten.
Enttäuscht gab Diomedes die Verfolgung auf, dafür aber erschlug er einen anderen Trojaner und kniete sich nieder zur Leiche, um die Rüstung zu rauben. In dem Augenblick schoß Paris, verdeckt durch die Säule von Tros' Grabmal, mit dem Bogen auf Diomedes. Der Pfeil drang Diomedes durch Fuß und Sohle und grub sich tief ins Erdreich hinein. Wie er ihn so regelrecht am Boden festgenagelt hatte, sprang Paris lachend hinter der Säule hervor und spottete über den Getroffenen: »Willst du, grimmiger Krieger, mit mir den Zweikampf wagen? Du scheinst mir im Schwung etwas behindert!«
»Warst du das, du Weiberheld, du lästernder Prahler?« schrie Diomedes. »Würdest du mir doch nur einmal im offenen Zweikampf begegnen, die Erde würde dein Blut mit Wonne verschlingen.«
»Nur heran!« rief Paris, zog sein Schwert und führte mit entsprechendem Abstand einen lächerlich anmutenden Tanz auf. Damit aber wollte er Diomedes nur demütigen, denn selbst dem Verletzten wagte er nicht, sich ohne Hilfe von anderen zu nähern.
»Glaube nur ja nicht, du hättest mich getroffen«, sagte Diomedes finster, »mich streifte das Geschoß eines Schwächlings!«
Fast ohnmächtig vor Schmerz sank er nach hinten und mühte sich, den Pfeil aus dem Fuß zu ziehen. Als die Trojaner Diomedes am Boden sahen, stürmten sie heran, da aber kam Odysseus gelaufen und schirmte ihn gegen die Angreifer ab. Als Paris Odysseus gewahrte, flüchtete er, so schnell er konnte, wieder hinter die Säule. Endlich hatte sich Diomedes den Pfeil aus dem Fuß gezogen, von Qualen geschüttelt stieg er auf seinen Wagen und schrie: »Sthenelos, ich verblute, zu den Schiffen!«
Sthenelos machte kehrt und raste in fliegendem Galopp davon, und mit ihm die Griechen. Nun war Odysseus völlig allein, und die Trojaner warfen sich auf ihn wie räudige Hunde. Er wehrte sich

verzweifelt und tötete drei, da streifte ihn der Speer des Sokos'. Odysseus war zwar getroffen, aber nicht tödlich verwundet.
»Geh zum Hades!« rief er und stieß dem Angreifer seinen eigenen Speer durch Lunge und Herz. Krachend stürzte Sokos nieder. Odysseus jubelte, bis er bemerkte, daß auch ihm das Blut aus der Seite quoll. Als die Trojaner dies sahen, stürzten sie sich mit neuer Kraft auf ihn. Verzweifelt schrie er nach den Freunden.
Es war Menelaos, der die Gefahr als erster bemerkte. Zusammen mit Ajax kam er ihm zu Hilfe. Die Trojaner, den Riesen gewahrend, stoben entsetzt zur Seite. Menelaos ergriff Odysseus an der Hand, zog ihn auf seinen Wagen, und zusammen eilten sie zurück zur Schiffsstadt zum Zelt des Arztes Podalairios, der sich mit seinen Helfern um die Verletzten kümmerte.
Achilles saß erhöht auf dem Achterdeck seines Prunkschiffes, das nicht weit von der Mauer entfernt stand. Von hier aus konnte er die tobende Schlacht und die Schiffsstadt gut überblicken. Immer wieder wurden die Pforten geöffnet und Verletzte hereingetragen, die sich die Schmerzen aus dem Leib schrien. Neben ihm stand Patroklos mit besorgter Miene und sagte: »Unzählige unserer Krieger wurden getötet, viele andere sind verwundet; selbst Agamemnon, Diomedes und Odysseus sind nicht mehr kampffähig. Wie wird das nur enden?«
»Um Agamemnon tut es mir nicht leid«, sagte Achilles, »doch die anderen, allen voran Odysseus und Diomedes, bedaure ich zutiefst. Möge Athene sie von der Schwelle des Hades reißen.«
Erneut öffnete sich das Tor, Nestor begehrte Einlaß. Auf seinem Wagen lag zusammengekrümmt eine Gestalt, der ein Pfeil aus der Schulter ragte.
»Wer ist dieser Mann«, fragte Achilles, »kannst du ihn erkennen?«
»Ich weiß nicht«, sagte Patroklos, »es scheint einer der Fürsten zu sein, sonst würde er nicht auf Nestors Wagen liegen.«
»Geh doch und sieh nach, wer es ist«, sagte Achilles.
Patroklos gehorchte und machte sich auf den Weg. Als er das geräumige Zelt des Arztes betrat, erschrak er zutiefst. Unzählige Verletzte lagen am Boden, alle mit blutigen Verbänden, und es war ein Stöhnen, Wimmern und Schreien, das ihm durch Mark und Bein drang. Podalairios war eben dabei, dem Mann, den Nestor gebracht hatte,

den Pfeil aus der Schulter zu schneiden, da sah Patroklos, daß es Machaon war, der Sohn des göttlichen Askleipios.

»Helft ihm schnell«, sagte Patroklos, »ein Mann, der die Heilkunst versteht, ist jetzt mehr wert als hundert Krieger.«

»Patroklos!« rief Nestor erstaunt, »was führt dich hierher an diesen traurigen Ort?«

»Achilles schickt mich zu sehen, welchen Mann du ins Zelt der Ärzte brachtest.«

»Was kümmert sich Achilles um verwundete Griechen? Er kennt kein Erbarmen und wartet, bis unsere Schiffe in Flammen aufgehen.«

Patroklos hob verzweifelt seine Schultern, da sagte Podalairios: »Erzähl ihm, was du hier gesehen hast, vielleicht wird das sein Herz erweichen.«

Von den goldenen Höhen des Olymps ließ Hera ihren Blick über die Erde schweifen und sah das Leid, das Zeus den Griechen zufügte. Dann schaute sie hinüber zum Berg Ida, wo auf dem obersten Scheitel der Göttervater saß und sich genüßlich die Schlacht betrachtete; dafür haßte sie ihn aus tiefster Seele. So überlegte sie, wie sie ihn ablenken könnte. Schließlich entschied sie, prächtig geschmückt hinüberzuschreiten, um ihn dort zu verführen. Dann sollte Hypnos ihm Schlaf über die Augen gießen, und wenn Zeus dann schliefe, würde Hypnos zu Poseidon gehen und ihn fragen, ob nicht er den Griechen helfen wolle.

In ihrem Gemach salbte sie ihre schönen Glieder mit köstlich duftendem ambrosischen Öl, wand sich die glänzenden Haare um das unsterbliche Haupt und hüllte sich in das himmlische Kleid mit den herrlichen Mustern und den goldenen Spangen am Busen. Die schimmernden Füße umband sie sich mit schönen Sandalen, tat sich das Gehänge von dreifach leuchtenden Beeren an die Ohren, und mit all dem schmückenden Zierrat suchte sie Aphrodite auf.

»Mein Kind«, säuselte sie, »würdest du mir wohl einen Gefallen tun, oder schlägst du es aus, da du ja den Trojanern gewogen bist und ich den Griechen?«

»Würdige Göttermutter«, erwiderte Aphrodite, »sag mir, was du begehrst. Wenn ich deinen Wunsch erfüllen kann, tue ich es gerne.«

»Du weißt doch«, begann Hera listig, »daß Ozeanos und Tethys, die erstgeborenen Kinder unserer Altvorderen Gaia und Uranos, sich schon lange dem Lager der Liebe enthalten, da Gleichgültigkeit und Streitsucht in ihre Herzen gedrungen ist. Wenn du mir deinen Gürtel gäbst, durch den du alle Götter und Menschen mit Liebe, Verlangen und Reizen bezwingst, könnte ich mit schmeichelnden Worten die beiden versöhnen und sie zu den Freuden der Liebe vereinen. Willst du mir diesen Dienst erweisen?«

»Unrecht wäre es, dir die Bitte zu verweigern«, antwortete Aphrodite und löste sich von den schönen Hüften den Gürtel der Liebe, worin sie alle verführenden Gaben bewahrte: Genuß, Sehnen und trauliches Kosen. Sie legte ihn Hera in die Hände und sagte lächelnd: »Ich glaube nicht, daß du unverrichteter Dinge wiederkehrst.«

Hera nahm den Gürtel frohen Herzens und verließ eilig den Olymp; ihr folgte, weil sie ihm köstlichen Lohn versprach, Gott Hypnos in der Gestalt einer Nachtschwalbe. Zusammen gelangten sie zum Berg Ida, wo sich Hypnos in einer hohen Fichte verbarg. Hera aber stieg flink zum Gipfel. Kaum, daß Zeus sie sah, erfüllte ihn so starkes Verlangen wie damals, als er sie zum erstenmal begehrt hatte.

»Hera, mein Täubchen«, rief er, »du Freude meines Daseins, wie schön, dich zu sehen!«

»Was soll die freundliche Begrüßung?« fauchte sie, denn sie hatte nicht vor, ihm sein Werben leicht zu machen.

Zeus war wie vor den Kopf geschlagen. »Was treibt dich denn vom hohen Olymp hierher?«

»Ich will zu Ozeanos und Tethys gehen, um zu sehen, ob ich den ewigen Hader zwischen beiden nicht schlichten kann; es wäre doch schön, wenn sie wieder wie früher das Lager der Liebe teilten. Ich komme, um dein Einverständnis zu holen, damit du mir hinterher nicht wieder böse bist.«

»O Hera«, rief Zeus und konnte sich vor Sehnsucht kaum noch zähmen, »welch prächtiger Gedanke. Doch bitte ich dich, ein Weilchen hier bei mir zu bleiben. Zu Ozeanos und Tethys kannst du später immer noch gehen. Laß uns hier ein wenig lagern – uns vielleicht sogar der Liebe erfreuen?«

»Bist du noch bei Sinnen?«

Zeus erhob sich und nahm begierig die sich wehrende Hera in die Arme. »Oh, noch niemals habe ich ein Wesen, ob Göttin oder Frau, in so süßem Verlangen ersehnt!«
»Bist du verrückt geworden, doch nicht hier!«
»Hera, ich bitte dich um alles in der Welt, sei meinem Verlangen gnädig!«
»Du bist mir einer!« rief sie. »Wenn du mich schon so brennend begehrst, dann doch nicht hier auf dem Gipfel des Ida. Was wäre, wenn uns einer der Götter erblickte und es allen anderen erzählte? Nein, das brächte Schande über mich. Laß uns bis heute abend warten, wenn wir in unserem Gemach sind, dort können wir das Lager der Liebe teilen.«
»Hera«, stammelte Zeus und konnte kaum noch an sich halten, »du brauchst keine Angst zu haben, daß uns einer der Götter sieht. Ich hülle uns in eine goldene Wolke, durch die nicht mal Helios blicken kann, der doch sonst alles sieht.«
»Das könnte dir so passen, hier mitten in freier Natur«, sagte sie, doch ließ sie sich es immerhin gefallen, daß er seinen Kopf auf ihre Brüste senkte.
»Hera, Täubchen, gib meiner Sehnsucht Nahrung, ich bitte dich …«
So begierig war Zeus, daß sie ihm endlich nachgab. Er zog sie mit sich zu Boden. Dort aber sprossen Hyazinthen, Krokusse und blühende Kräuter aus der Erde. Auf dieses Lager ließen sie sich nieder, und Zeus bedeckte ihr Gesicht mit tausend Küssen. Dann begann er unter mächtigem Gestöhne, ihre schöne Gestalt zu entkleiden. Innig koste er mit seinen Lippen die roten Warzen ihrer herrlichen vollen Brüste und genoß die prächtige Fülle und Tiefe ihres üppigen Leibes.
Lange lagen sie in ihrem Blumenbett und gaben sich den süßesten Lüsten der Liebe hin, bis endlich Hypnos über Zeus' Haupt schwebte und ihn in sanften Schlummer versetzte. Dann flog er auf schwarzen Schwingen zurück in den Olymp und meldete Poseidon, dem erderschütternden Herrscher der Meere, daß Zeus nach der heftigen Umarmung mit Hera schliefe.
»Frei, nach eigener Lust, Poseidon«, rief Hypnos, »hilf den Achaiern. Gib ihnen Sieg, so kurz er auch währe!«

Eilig stieg Poseidon in die Schiffsstadt hinunter und in der Erscheinung des alten Kalchas schritt er durch die Reihen der Krieger, um sie zu ermutigen.

Denn blind vor Furcht und Schrecken waren die Achaier in ihr Lager geflüchtet und hatten im letzten Moment die Tore verrammelt, da stieben auch schon die Trojaner mit ihren Kampfwagen heran. Doch mußten sie ihre Pferde vor dem Graben zügeln. Bald erreichten die nachfolgenden Fußtruppen die Schiffsstadt. Hektor schritt wie ein wütender Löwe durch die Reihen seiner Mannen und ermunterte sie einzeln, den Graben mit den spitzen, ineinander verkeilten Pfählen zu durchklettern und mit Leitern die Mauer zu übersteigen. Einem Trupp der Thraker befahl er, im nahen Sigeion den stärksten und höchsten Baum zu fällen und daraus einen Rammbock zu machen.
Der Angriff auf die Mauer erfolgte in fünf Wellen. Die Lyzier unter ihrem Anführer Sarpedon erboten sich, als erste zu stürmen.
»Was gäbe es für einen Grund, daß uns Priamos bei jedem Gastmahl von allen am meisten ehrt, wenn wir uns in der Schlacht nicht auch an vorderster Front zeigten!« rief Sarpedon und stürmte mit seinen Lyziern die Festung.
Innen auf der Brüstung standen Griechen und empfingen die Lyzier mit einem Hagelgewitter von Steinen. Viele stürzten getroffen zu Boden, doch schon rollte die zweite Welle, die versuchte, die Mauer zu übersteigen, dann die dritte, dann die vierte und fünfte. Schließlich versuchten die Trojaner sogar, mit Äxten und Speeren die Fundamente der Pfähle zu untergraben und die Mauer zum Einsturz zu bringen, doch das Bauwerk hielt allem stand.
Oben auf der Brüstung trieben Ajax, Teuker und Aias die Griechen zu erbitterter Gegenwehr an. Wem von den Feinden es gelang, auf Leitern zur Krone zu gelangen, wurde mit Speeren zu Tode gestoßen.
»Soldaten, vergeßt nicht zu stürmen«, schrie Sarpedon, »mir allein ist es unmöglich, den Weg zu den Schiffen zu bahnen!«
Da drängten sich alle um den schreienden König und versuchten, an der Mauer rascher hinaufzusteigen. Auch die Griechen verdoppelten ihren Widerstand und schlugen wild auf die Feinde ein.
Lange hielt sich der Kampf in der Schwebe, da kam aus den Wäldern

des Sigeion der Trupp mit dem Rammbock heran. Es waren siebzig Krieger, die, den wuchtigen Stamm, den ein mächtiges Widdergehörn zierte, auf die Schulter gestemmt, gegen die Schiffsstadt zogen. Teuker, der die Thraker als erster sah, wurde blaß.
»Sie rammen unser Tor!« rief er von der Brüstung hinunter den Freunden zu. »Stellt Krieger auf, die die Feinde gebührend empfangen, wenn es ihnen gelingen sollte, einzudringen!«
Menelaos ordnete die Wehr. Dem Tor gegenüber stellte er sieben Reihen Krieger auf, die so nahe zusammentraten, daß Helm an Helm, Harnisch an Harnisch und Schild an Schild stieß. Dazwischen ragten die funkelnden Spitzen erzbeschlagener Lanzen hervor. Die Phalanx sah aus wie eine lebendige Mauer aus Erz und Eisen. Poseidon, der die Gestalt Kalchas' angenommen hatte, um den Achaiern aus höchster Not zu helfen, stellte sich vor die Krieger, und mit mächtiger Stimme rief er: »Griechen, wollen wir schon wieder den Sieg dem Hektor lassen? Er glaubt doch nur, daß er stark ist, weil Achilles der Schlacht fern bleibt. Doch wenn ihr kämpft wie die Löwen, brauchen wir Achilles nicht, dann können wir uns selbst schützen!«

Draußen hatten sich die Thraker mit dem Rammbock in Stellung gebracht.
»Denkt an euren König Rhesos, den die Griechenhunde gestern nacht erschlugen«, schrie Hektor. »Rächt ihn und eure zwölf Gefährten, und jetzt los!«
Mit einem mächtigen Krachen fuhr der Stamm in die Balken des Tores, daß die zwei Türme, in das es gehängt war, bis in die Grundfesten erzitterten. Die Griechen erbebten, als sie dies hörten.
Zwanzig Schritte traten die Thraker zurück, dann stürmten sie erneut vor, und wieder brach die Ramme dröhnend zwischen die Stämme. Beim dritten Mal splitterte einer der Balken, doch die Stärke der anderen und die mächtigen Riegel hielten noch stand.
»Rennt, ihr Thraker«, brüllte Hektor, »rennt das Tor ein!«
Hinter den Thrakern wartete das gewaltige Heer der Verbündeten, um das Lager zu stürmen, doch es brauchte noch zehn weitere Stöße, bis die schweren Riegel gesprengt waren. Krachend und ächzend gab das Tor nach. Mit entsetzlichem Kriegsgeheul stürzten sich die Troja-

ner in das Heerlager, und eine Schlacht begann, die wie ein Waldbrand wütete, der mit sausenden Flammen durch ein gekrümmtes Bergtal fegt. Die Griechen standen in eiserner Wehr und hielten die Feinde stechend, schlagend und stoßend von ihren Schiffen fern. Im Gewühl entdeckte Hektor Ajax und schleuderte ihm die Lanze entgegen. Ajax fing das Geschoß mit seinem Schild ab, nahm vom Boden einen mächtigen Stein, warf ihn und traf Hektor am Hals. Der trojanische Heerführer brach zusammen, laut klirrte die schimmernde Rüstung, und es schwanden ihm die Sinne.
Als dies die Griechen sahen, jauchzten sie und stürzten sich mit ihren Speeren und Schwertern auf den Verwundeten, doch sofort stellten sich ihnen Aeneas, Polydamas, Agenor, Sarpedon und Glaukos entgegen, während andere den bewußtlosen Hektor aufnahmen und ihn nach draußen in Sicherheit brachten.
An anderer Stelle aber tobte die Schlacht weiter. Noch war der Zweikampf zwischen Penelos und Ilioneus in vollem Gange. Kalchas feuerte Penelos an. Da traf der Grieche den Trojaner mit seiner Lanze mitten ins Auge. Die Spitze drang durch den Schädel, daß sie beim Hinterkopf wieder austrat. Penelos sprang zu dem Toten, köpfte ihn, riß einem anderen Toten den Speer aus der Brust, steckte den Kopf mit der Lanze im Auge auf die Spitze der anderen Lanze und hielt sie hochgereckt den Feinden entgegen.
Den Trojanern wurde, mit diesem schrecklichen Bild vor Augen, gleichzeitig von anderer Seite zugerufen, daß Hektor gefallen sei. Sie stoben entsetzt davon und flüchteten aus der Stadt über den Graben, wo ihre Kampfwagen standen.
Hektor hatte man inzwischen auf den Boden gelegt und versucht, ihn wieder zu Bewußtsein zu bringen. Nach einiger Zeit schlug er die Augen auf, spuckte Blut, und es stand ihm der kalte Schweiß auf der Stirn. Doch schnell sank er zurück in nächtliches Dunkel.

Die Kühle des aufkommenden Abends hatte Zeus geweckt. Verwundert wand er sich aus den Armen Heras und rieb sich die Augen. Er blickte hinunter auf die Ebene vor Troja, da sah er Hektor auf dem Boden liegen, und es war ihm, als sei dessen Seele bereits auf dem Weg zum Hades. Im Gewühl der freudigen Achaier aber entdeckte er

Poseidon, der, während seines Schlafs offensichtlich den Griechen geholfen hatte.
»O du verfluchtes Weib«, schrie Zeus, »nur deiner tückischen Arglist wegen kämpft Poseidon in den Reihen der Griechen, und Hektor liegt darnieder. Das sollst du mir büßen!«
»Ich schwöre beim Himmel, bei der Erde und den stürzenden Wassern des Styx, nie habe ich dem Poseidon den Befehl gegeben, den Trojanern zu helfen. Wie hätte ich auch gekonnt? Ich teilte ja mit dir das Lager.«
Schon viel milder im Ton sagte Zeus schließlich: »Wenn du wirklich die Wahrheit sprichst, und das will ich hoffen, so eile zum Olymp und schick mir schnellstens Iris und Apollon hierher.«
Wie der Sturmwind flog Hera zu den silbernen Höhen und tat, wie Zeus ihr geheißen: »Ohne Verzug sollt ihr, Iris und Apollon, zum Ida eilen, Zeus wünscht euch dort augenblicklich zu sehen!«
Mit riesigen Schritten, ohne die Erde zu berühren, liefen beide zum höchsten Gipfel des Ida, wo Zeus auf sie wartete.
»Iris, ich möchte, daß du Poseidon diese Botschaft bringst: Er soll sich sofort der Schlacht enthalten und in den Olymp zurückkehren oder ins Meer abtauchen. Will er nicht hören, möge er sich künftig vor mir hüten. So stark er auch sein mag, ich bin der Mächtigere!«
Und zu Apollon sagte er: »Siehst du dort unten Hektor liegen? Geh hinunter und weck ihn auf, daß nicht seine Seele zum Hades entschwinde. Sodann stärke ihn und führe ihn in die Schlacht zurück, denn noch habe ich über nichts entschieden!«
Wie die Habichte stürmten die Götter zur Erde, um Zeus' Willen zu erfüllen.

Hektor schwankte zwischen Leben und Tod, als Apollon ihm erschien und sagte: »Was liegst du so schwach und läßt dir den Sieg entgleiten?«
»Wer bist du, gewaltiger Gott, der sich mir naht? Weißt du nicht, daß Ajax mir das Leben raubte?«
»Noch nicht, fasse nur wieder Mut, ich bin Apollon, der Gott mit dem silbernen Bogen, mich sendet Zeus, dich zu behüten, wie ich es schon immer tat. Erhebe dich und befiehl deinen Kriegern, wieder

die Schiffe anzugreifen. Ich werde vorangehen, euch den Weg ebnen und die Griechen in die Flucht schlagen.«
Mit diesen Worten hauchte Apollon dem Fürsten Leben und Mut in die Seele. Hektor schlug die Augen auf, sprang gestärkt wieder auf seine Beine, und seine Krieger brachen in Jubelschreie aus.

Zu Poseidon trat Iris und sagte: »Zeus befiehlt dir, aus dem Kampf zu weichen und in den Olymp zurückzukehren oder in dein feuchtes Element zu tauchen. Willst du seinen Worten aber nicht gehorchen, droht er dir, selbst zu kommen und gegen dich zu kämpfen; er rühmt sich größerer Stärke und rät dir, dich nicht mit ihm zu messen.«
Voller Wut blickte Poseidon Iris an: »Was will er denn, wir sind drei gleichwertige Brüder, alle von Kronos und Rhea geboren, Zeus und ich und Hades, der König der Schatten. Dreifach ist alles geteilt. Ich erloste das Meer, Hades erhielt das finstere Dunkel der Tiefe und Zeus den Himmel. Allen zusammen gehört die Erde und der Olymp. Darum werde ich Zeus nicht folgen. Soll er seinen eigenen Söhnen und Töchtern Befehle erteilen, mich kann seine Gewalt nicht schrecken!«
»Soll ich wirklich dem donnernden Gott diese Antwort bringen?« fragte Iris verlegen. »Willst du dich nicht lieber fügen? Du weißt doch, er ist der ältere, und den Älteren stehen stets die schrecklichen Erynnien bei.«
Poseidon wand sich in Überwindung, schließlich sagte er zerknirscht: »Ein bitteres Weh durchfährt meine Seele, wenn mir ein gleichgestellter Bruder Befehle erteilt. Gut, jetzt will ich mich noch einmal fügen, aber eines soll er wissen: Wenn er darauf sinnt, den Trojanern den Sieg zu verleihen, soll Zorn uns für immer scheiden!«
Poseidon verließ das griechische Heer und tauchte hinab ins Meer.

Sobald aber die Griechen Hektor, den tot Geglaubten, wieder erblickten, wie er mit seinen Truppen erneut gegen die Schiffsstadt zog, erfaßte sie lähmende Furcht, und sie flohen vor den Pfeilen und Lanzen in die engen Gassen zwischen ihre Schiffe.
»Schande über euch, Achaier«, schrie Ajax, »wollt ihr wohl augen-

blicklich kämpfen und die Schiffe retten! Oder wie gedenkt ihr, nach Hause zu kommen, zu Fuß über das Meer?«
Da kehrten die Griechen, voller Furcht zwar, aber doch in die Schlacht zurück und scharten sich um die Schiffe, die dem Wall am nächsten standen. Die Trojaner stürmten heran wie blutgierige Wölfe und schwangen brennende Fackeln in ihren Händen. Hektor wandte sich dahin, wo die Haufen am dichtesten standen, und wütete wie ein Berserker, es stand ihm Schaum auf den Lippen. Ajax war auf das Deck des ersten Schiffes geklettert und schwang ein acht Schritte langes eisenbeschlagenes Ruder um seinen Kopf. Damit erschlug er jeden Trojaner, der versuchte, seine brennende Fackel auf Deck zu werfen.
Während um das Schiff, auf dem Ajax stand, auf Leben und Tod gekämpft wurde, war Patroklos zu Achilles zurückgekehrt, es rannen ihm die Tränen über die Wangen.
»Mit den Griechen geht es zu Ende«, rief er. »Die Tapfersten liegen tot oder verwundet in ihrem Blut. Diomedes und Machaon wurden von Pfeilen getroffen, Agamemnon und Odysseus von Lanzen, und du sperrst dich noch immer.«
»Ich habe geschworen«, sagte Achilles, »so lange nicht zu kämpfen, bis die Schiffe brennen. Wenn es dich aber danach drängt, den Griechen zu helfen, sei es darum. Leg dir meine Rüstung an, nimm die Myrmidonen und vertreibe die Trojaner aus dem Lager. Wenn sie aber erst draußen sind, kehr zurück! Mögen die anderen sie in offener Feldschlacht bezwingen. Hörst du, hüte dich, mit Hektor zu kämpfen!«
Achilles befahl seinen Myrmidonen, sich zum Angriff zu rüsten, ließ den Pferdeführer Automedon die Rosse Xanthos und Balios vor den Kampfwagen schirren, und Patroklos tat sich die herrliche Rüstung an, die Achilles' Vater Peleus zur Hochzeit mit Thetis von den Göttern selbst zum Geschenk bekommen hatte. Nur die wuchtige escherne Lanze ließ er zurück und Achilles' Schwert; dafür nahm er seine eigenen Waffen, weil sie ihm handlicher waren.
Für Ajax wurde es immer schwerer, die Feinde abzuwehren. Zwar schwang er das gewaltige Ruder wirbelnd um seinen Kopf und tötete viele Angreifer, doch ihre Übermacht wurde immer größer. In

ganzen Rudeln kamen sie heran und bedrängten die Verteidiger der Schiffe. Ajax stand der Angstschweiß auf der Stirn und die Arme wollten ihm schwach werden, da kappte Hektor mit einem einzigen Schwertstreich das Ruder, so daß er nur noch einen Stummel in der Hand hielt. Voller Verzweiflung erkannte er, daß ein Gott mit den Trojanern kämpfen mußte, und flüchtete, sein eigenes Leben zu retten.

In dem Augenblick warf Hektor die brennende Fackel in das Schiff, und sofort schlugen die Flammen lodernd am Steuerruder empor.

Nun sah Achilles den Zeitpunkt zum Angriff für Patroklos gekommen: »Erhebe dich, laß sie die Schiffe nicht nehmen!«

Mit tausendfünfhundert Myrmidonen stürmte Patroklos gegen die Trojaner. Als diese die unerwartete Heeresmacht und deren Anführer sahen – sie dachten, es wäre Achilles – ließen sie entsetzt von den Schiffen ab. Doch schon war Patroklos mit seinen Kriegern mitten unter ihnen und richtete ein entsetzliches Blutbad an. Da kamen auch die geflüchteten Griechen wieder aus ihren Verstecken hervor, und zusammen mit den tapferen Myrmidonen vertrieben sie die Trojaner aus ihrer Stadt.

Patroklos hielt sich nicht an die Ermahnung Achilles', nur die Feinde zu vertreiben, sondern setzte den Flüchtigen nach. Wie eine gewaltige Bugwelle schob er sie über die Skamanderebene vor sich her, tötete einen nach dem anderen und tobte so unaufhaltsam im Lanzenkampf voran, daß er fast bis zur Mauer Trojas gelangte. Am Skäischen Tor hielt Hektor inne und besann sich, ob er seine Krieger erneut ins Schlachtgetümmel zurücktreiben oder sie in die Stadt einlassen sollte. Von der Mauerkrone aber schrien die Frauen und Greise herab: »Rette unsere Stadt!«

Da befahl Hektor seinen Truppen zu wenden und erneut gegen die Griechen anzurennen, er selbst aber griff geradewegs Patroklos an. Wie wenn Sturzseen aus Ost und West mit wütender Macht gegeneinander krachen, so schlugen Griechen und Trojaner aufeinander ein, Hektor und Patroklos aber gaben sich ein Gefecht mit den Schwertern, daß die Funken stoben.

Die Kriegsgunst neigte sich nun eindeutig den Griechen zu, denn unter ihren Händen fielen Trojaner in Scharen. Auch Patroklos schien

Oberhand über Hektor zu gewinnen, denn Hektor wich immer weiter zurück. Da schlich sich von hinten Apollon in der Gestalt des Euphorbos an den Myrmidonen heran und schlug ihm so heftig auf den Rücken, daß Patroklos vornüber auf die Knie stürzte und ihm der Helm vom Kopf fiel. Da kam Hektor herangestürmt und versenkte seine Lanze in Patroklos' Bauch.

»Ha, Patroklos!« schrie Hektor. »Du wolltest unsere Stadt in einen Schutthaufen verwandeln und unsere Frauen und Kinder entführen, jetzt werde den Geiern zum Fraß!«

Ächzend fiel Patroklos zusammen und röchelte sterbend: »Freu dich nur, Hektor, über die feige Tat. Es war ein Gott, der mich von hinten niederwarf. Im offenen Zweikampf hätte ich zwanzig Krieger deiner Sorte bezwungen. Eines sage ich dir: Auch dir steht das Verhängnis schon zur Seite, und ich weiß, wer dich töten wird.«

Da lachte Hektor und rief: »Wer weiß, ob nicht Achilles von meiner Lanze getroffen, sein Leben aushauchen wird. So wie dieser da, der die unsterblichen Rösser führt!«

Mit einem Ruck riß Hektor die Lanze aus Patroklos' Körper und wollte sie gegen Automedon schleudern, doch ihn retteten Xanthos und Balios. Laut wiehernd bäumten sich die Rösser auf und rasten davon zur Schiffsstadt. So blieb Hektor nichts anderes übrig, als sich über die Rüstung Patroklos' herzumachen. Er warf sich auf den Toten, zog ihm die Rüstung aus und legte sie sich, blutig wie sie war, selbst an. Nun wollte er dem Patroklos mit dessen Schwert auch noch den Kopf von den Schultern schlagen, da aber sah er Ajax mit dem gewaltigen Stierschild und Menelaos mit gezücktem Schwert auf sich zurennen.

»Hierher, Trojaner«, rief Hektor, »damit nicht die Griechen uns den Leichnam entführen. Er ist dazu bestimmt, von Hunden und Geiern gefressen zu werden!«

»Lieber möge uns die Erde verschlingen, als daß wir ohne diesen Leichnam zu den Schiffen zurückkehren!« schrie Menelaos, und es entbrannte ein blutiger Kampf um Patroklos' sterbliche Überreste, dem unzählige Trojaner zum Opfer fielen. Menelaos und Ajax kämpften um die Leiche, als ob es um ihr eigenes Leben ginge. Schließlich gelang es ihnen, sie auf den Streitwagen zu heben. Menelaos gab den Pferden die Peitsche, und im rasenden Galopp sprengte er mit seiner Fracht zur Schiffsstadt zurück; mit ihm flohen alle Griechen.

Nestors Sohn Antilochos war als erster ins Lager zurückgekehrt. Er nahm die traurige Aufgabe wahr, Achilles die schreckliche Nachricht zu bringen. Er fand ihn vorne auf seinem Schiff sitzend in die Ferne spähen, aus der die Griechen sich fluchtartig näherten.

»Es werden doch nicht die Götter ein Unglück über uns gebracht haben«, murmelte Achilles

Da trat Antilochos an ihn heran und sagte betreten: »Möge doch nie geschehen sein, was du nun hören mußt: Patroklos ist gefallen, Hektor stahl ihm die Rüstung, sie kämpfen um seinen Leichnam.«

Achilles schaute Antilochos an, und es wurde ihm schwarz vor den Augen. So groß und riesig er war, warf er sich in den Staub, raufte sich die Haare und begann entsetzlich zu weinen.

Diomede, Iphis und Maja hörten das Wehklagen und kamen mit wankenden Knien herbeigelaufen. Als sie erfuhren, was geschehen war, schlugen sie sich schreiend mit den Fäusten auf die Brust, und auch Antilochos weinte und hielt Achilles' Hände, denn er fürchtete, er könnte sich ein Leid antun.

Achilles schrie seinen Schmerz so fürchterlich hinaus, daß sein Weinen bis zu den Tiefen des Ozeans drang, wo seine Mutter Thetis mit ihrem Vater, Gott Nereus und ihren Schwestern, den Nereïden, in einer silbernen Grotte saß.

»Weh mir«, sagte sie, »daß ich einen Sohn gebar, der solche Qual erdulden muß, und ich kann ihm nicht helfen. Dennoch will ich meinen geliebten Sohn besuchen und hören, welcher Kummer ihn traf.«

So tauchte sie durch die Wogen, stieg bei den Schiffen an Land, eilte durchs Lager und fand Achilles.

»Was ist dir?« rief sie weinend und umschlang sein Haupt. »Es ist doch alles geschehen, was du wolltest. Die Griechen sind um ihre Schiffe zusammengedrängt worden und warten bangend, daß du ihnen wieder zur Seite stehst.«

»Mutter, was hilft mir das«, schluchzte Achilles, »seit Patroklos nicht mehr lebt. Er war mir das Liebste auf der Welt, und nun ist er hingesunken. Und die Rüstung, die die Götter als Ehrengeschenk

meinem Vater Peleus zu eurer Hochzeit darbrachten, hat ihm Hektor vom Leib gerissen. Wie kann ich leben, solange der Mörder noch atmet?«
»Mein armes Kind«, seufzte Thetis, »der Tod des Mörders durch deine Hand ist gewiß.«
»Auf der Stelle möchte ich sterben«, schluchzte Achilles, »da es mir das Schicksal nicht vergönnt hat, meinem Freund beizustehen. Fern von der Heimat und verlassen von seinem Freund mußte er sterben. Kein Heil habe ich dem Patroklos gebracht und kein Heil den Tausenden von Griechen, die vor Troja gefallen sind. Nutzlos saß ich bei den Schiffen, weil mich der Zorn übermannte.«
Achilles wurde geschüttelt von Weinkrämpfen, doch Thetis hielt ihren Sohn fest in den Armen. Da, auf einmal, machte er sich gewaltsam los und schrie: »Verflucht sei der Zorn vor den Göttern und den Menschen, der zuerst wie Honig ins Herz dringt, dann aber wie eine Feuerflamme emporwächst und die Seele verbrennt!«
Er trocknete sich die Tränen, dann sagte er mit finsterem Blick: »Ich werde Hektor, den Mörder meines Freundes, töten! Mag mein Los mir werden, wie Zeus und die Götter es wollen. Dies aber schwöre ich: Es sollen noch viele Trojanerinnen meinetwegen sich die Augen ausweinen, und es sollen die verfluchten Hunde merken, daß ich lange genug gerastet habe.«
»Du hast recht, mein Kind«, sagte Thetis, »trotzdem bitte ich dich, nicht unbewaffnet in die Schlacht zu gehen, denn Hektor brüstet sich jetzt mit deiner Rüstung. Warte bis morgen. Inzwischen gehe ich zu Hephaistos, und bitte ihn, dir neue Waffen zu schmieden. Noch ehe die Sonne aufgeht, werde ich sie dir bringen.«
Achilles blickte auf, da sah er Menelaos mit seinem Kampfwagen heranstürmen, hinter ihm die Griechen und dahinter die verfolgenden Trojaner. Schnell lief er mit seiner göttlichen Mutter Thetis zum Tor, stellt sich auf den Turm und sie, die Göttin, schwebte über ihm, verlieh ihm übermenschliche Größe und ließ drei mächtige Flammen über seinem Haupt aufleuchten.
Dreimal schrie Achilles den Trojanern seinen Haß entgegen, und es klang, als ob der Schall von dreimal tausend Kriegsposaunen über das Land fegte. Blind vor Schrecken stoben die Trojaner auseinander,

zwölf Krieger fielen im Gewühl der aufbäumenden Pferde, der stockenden Wagen und wurden erstochen von den Lanzen der eigenen Freunde. Entsetzt machten die Feinde kehrt und flüchteten im letzten Licht des Tages zu ihrem Lager hinter dem Hügel neben der Schiffsstadt, wo sie schon gestern genächtigt hatten.
Noch immer voller Furcht vor der gewaltigen Erscheinung stiegen die trojanischen Heerführer von ihren Wagen und berieten, ob sie noch einmal angreifen oder bis zum nächsten Morgen warten sollten. Da aber trat Polydamas in den Kreis und sagte: »Freunde, erwägt es wohl, ich möchte dazu raten, jetzt gleich nach Troja heimzukehren und nicht hier bei den Schiffen den morgigen Tag abzuwarten. Wenn ich an Achilles und seinen Zorn denke, packt mich die Angst. Laßt uns lieber nach Hause ziehen, die Nacht dort verbringen und den morgigen Angriff der Griechen innerhalb unserer Mauern abwarten. Sonst fürchte ich, dienen die meisten hier zu nichts anderem als den Hunden und Geiern zum Fraß.«
»Halt den Mund, du Tor!« fauchte ihn Hektor an. »Jetzt, da mir Zeus den Sieg versprochen hat und ich sie bei den Schiffen zusammengedrängt habe, soll ich noch weichen? Morgen wiederholen wir den Sturm auf die Schiffe, und wenn Achilles gegen mich antritt, hat er das schlechtere Los gezogen, denn ich werde den Kampfplatz nicht verlassen, ehe sein Haupt im Sand rollt!«
Da klatschten die Trojaner Beifall und stürzten sich hungrig über ihr Mahl.

Auf einer Bahre wurde Patroklos in die Schiffsstadt getragen und im Hause des Achilles niedergelegt. Obwohl schon so viele gefallen waren, machte sein Tod den Griechen doch besonders zu schaffen, denn er war einer der strahlendsten Helden gewesen. Die ganze Nacht über brannten Feuer in der Schiffsstadt, und die Griechen jammerten über sein allzu frühes Ende.
Achilles kniete an der Bahre des Freundes, seinen Kopf hatte er auf die Brust des Toten gelegt, Tränen liefen ihm über die Wangen, und er sagte: »Einst versprach ich deinem Vater Menötios, dich nach dem Fall von Troja reich an Ruhm und Beute in die Heimat zurückzubringen. Zeus jedoch erfüllt nicht alle Wünsche der Menschen. Nun muß

ich dir hier dein Leichenfest bereiten. Dies aber schwöre ich dir: Du sollst nicht eher zu Grabe getragen werden, bis daß ich dir Hektors Kopf und die Waffen, die er dir raubte, als Grabgabe beilegen kann. Dazu werde ich dir auf dem Scheiterhaufen zwölf edle Söhne der Trojaner opfern, daß ihre Mütter niemals aufhören, heiße Tränen um deinen Tod zu vergießen.«
Hierauf befahl Achilles den Freunden, einen Kessel mit heißem Wasser zu bringen und den Toten zu waschen. Danach salbten sie ihn, gossen Öl in die Wunde und hüllten ihn in leinerne Tücher. Endlich betteten sie ihn auf ein Lager, legten ein Laken darüber und hörten die ganze Nacht nicht auf, ihn zu betrauern.

Thetis, die schöne silberfüßige Göttin, war bei Hephaistos, dem göttlichen Schmied im sternenglänzenden Palast angekommen, den dieser sich aus leuchtendem Erz selbst erbaut hatte. Triefend vor Schweiß stand er beim Amboß, um ihn herum seine Diener, die Zyklopen, die mit Blasebälgen ein mächtiges Feuer unterhielten. Er war gerade dabei, zwanzig dreifüßige Kessel zu schmieden mit goldenen Rädern darunter, die es vermochten, aus eigenem Antrieb zu den Göttern zu rollen und wieder zurück: wahre Wunderwerke! Die Kessel waren fast fertig, es fehlten nur noch die Griffe, und Hephaistos schmiedete gerade die Nägel, diese zu befestigen.
Charis, die schöne Geliebte des Hephaistos, war gerade aus dem Haus getreten.
»Thetis im wallenden Gewand!« rief sie freudig überrascht und gab ihr die Hand. »Was führt dich zu uns, du kommst doch sonst nur selten? Tritt näher, du bist uns wert und teuer, laß dich gastlich bewirten.«
Charis führte die Besucherin in den Palast und bot ihr einen silbernen Sessel zum Sitzen an. Dann rief sie: »Hephaistos, komm schnell, Thetis wartet auf dich!«
»Ist es die Möglichkeit«, rief er, »die liebe Göttin, die mich aus meinem Leiden errettete, als mich meine eigene Mutter Hera in die Tiefe schleuderte, weil ich verkrüppelt geboren wurde.«
Auf seinen krummen Beinen hinkte Hephaistos heran, so schnell er konnte, und nahm Thetis in seine rußgeschwärzten Arme.

»Sei mir willkommen, meine Liebe, da hätte ich bitter gelitten, wenn du mich damals nicht aufgenommen hättest. Wie schön, dich in meinem Hause zu haben! Charis, bewirte sie mit dem Besten, bis ich mich, dem lieben Besuch geziemend, fertig gemacht habe.«

Auf seinen schmächtigen krummen Beinchen hinkte der Künstler zur Tür hinaus, wusch sich mit einem Schwamm das Haupt und die Hände, die zottige Brust und den gedrungenen Nacken. Dann zog er sich das schönste Hemd an, und so trat er wieder zu Thetis, ließ sich auf einem glänzenden Sessel nieder und rief: »Thetis im wallenden Kleid, was führt dich zu mir?«

»Du weißt, Hephaistos«, sagte Thetis traurig, »daß Zeus mir von allen Göttinnen das traurigste Los bestimmte, weil er mich einem sterblichen Mann unterwarf. Peleus' Umarmung duldete ich nur gezwungenermaßen. Jetzt ist er zum Lob schon alt – ein Übel, an dem wir ja niemals gebrechen – und liegt entkräftet daheim auf der Insel Phthia. Doch schenkte mir Zeus einen Sohn, den ich über alles liebe. Im Streit mit dem Völkerfürsten Agamemnon zog er sich von der Schlacht zurück, als die Trojaner jedoch drohten, die Schiffe zu verbrennen, gab er die Rüstung, die du einst meinem Gatten Peleus schmiedetest, seinem Freund Patroklos, um die Gefahr abzuwehren. Doch den erschlug mit der Hilfe Apollons der schreckliche Hektor und raubte die Rüstung. Deshalb komme ich, dich flehentlich zu bitten, meinem Sohn Achilles eine neue Wehr zu verschaffen.«

»Fasse nur Mut«, sagte Hephaistos, »ich will ihm eine so prächtige Rüstung schmieden, daß Götter und Menschen sie staunend betrachten werden.«

Hephaistos stand auf, ging zu seinen Bälgen und ließ die Zyklopen das Feuer neu entfachen. Dann tat er Kupfer, Zinn, Gold und auch Silber in die Schmelze und setzte sich schließlich zu seinem Amboß. Zuerst schuf er den Schild, mächtig und hiebfest, mit einem schimmernden Rand, und fügte darauf die herrlichsten Bilder von Himmel, Erde und Meer, vom Mond und den Sternen und der unermüdlichen Sonne. Mit Spuren von Silber und Gold schmiedete er darauf die Bilder von Göttern und Menschen, von Städten, Landschaften,

Feldern und Flüssen. Er formte Berge und Täler, Herden von Rindern und Schafen, Weingärten mit den saftigsten Reben, und seine Bilder erzählten von Reichtum und Armut, von Liebe, Krieg und Frieden, von Streit und Versöhnung, von Essen und Trinken, von Lachen und Tanzen, von Jauchzen und Tod. Und in der Mitte stand der göttliche Sänger und sang das Lied des Lebens zur Leier. Endlich fügte der Künstler längs dem runden Rand den reißenden Strom des Ozeans, der die Welt umfließt.
Danach schuf er den Harnisch, der heller leuchtete als Feuer, und schließlich den wuchtigen Helm mit einem goldenen Helmbusch darauf. Als Hephaistos so alles vollendet hatte, gab er die Rüstung seiner Retterin Thetis, und die flog mit dem Geschmeide hinab zur Erde wie ein Falke und brachte dem Sohn die glänzenden Waffen.

8

Über den Berg Ida stieg im safranfarbenen Mantel Eos, die Göttin der Morgenröte, um den Unsterblichen und den Sterblichen das Licht zu bringen, da eben erreichte Thetis die Schiffsstadt. Sie fand ihren geliebten Sohn hingestreckt über Patroklos; Automedon, der Rosselenker, und noch andere Kampfgenossen standen an der Bahre und weinten.
Thetis trat mitten unter sie, nahm Achilles bei der Hand und sagte: »Komm, mein Kind, laß den Freund ruhen, da sein Tod nun einmal der Wille der Götter war. Nimm hier die herrliche Rüstung, die dir Gott Hephaistos schmiedete, schöner als sie je ein Mann zuvor um seine Schultern trug.«
Die Myrmidonen waren erschaudert, als Thetis eingetreten war. Niemand wagte es, sie anzusehen, Achilles' Augen aber blitzten wie Feuer. Er nahm die Rüstung, die sie vor ihn hingelegt hatte, und rief bewundernd: »Mutter, dieses Werk kann kein Sterblicher geschaffen haben. Es ist schöner als alles, was ich je gesehen habe. Damit will ich mich gerne zur Schlacht rüsten.«
Zuvor aber mußte er den Fürsten verkünden, daß er wieder in den

Reihen der Griechen kämpfen würde. Bevor er das Haus verließ, blickte er noch einmal auf Patroklos zurück.

»Haltet mir die Fliegen von seinem Leichnam fern, damit sich nicht Würmer und Maden in seinen Wunden bilden!«

»Kind, laß das meine Sorge sein. Ich werde die Schwärme der Fliegen abwehren, die sich gerne von toten Kriegern ernähren, und seinen Leib unversehrt halten – und wenn ein Jahr darüber verginge.«

Aus zwei kleinen Gefäßen, die Thetis in ihrem Gürtel trug, träufelte sie Ambrosia und Nektar in Patroklos Nase, und sofort überzog ein frischer, rötlicher Schimmer den wächsernen Leichnam.

»Du geh jetzt und ruf die Fürsten der Griechen zusammen. Sag dich vom Groll gegen König Agamemnon los, dann rüste dich zum Kampf und wappne deine Seele.«

Als die Mutter so sprach, durchströmte Achilles augenblicklich eine ungeahnte Kraft. Mit Hörnergeschmetter ließ er die Fürsten zusammenrufen. Alle schritten zum Rat, weil Achilles wieder erschien, selbst Diomedes, Odysseus und Agamemnon humpelten auf Lanzen gestützt in den Saal. Nachdem alle versammelt waren, erhob sich der Thetissohn: »Nun sag, Agamemnon, war es uns von Vorteil, daß wir uns eines Mädchens wegen entzweiten? Wäre sie doch niemals hierher gekommen, dann hätten viele nicht zu sterben brauchen. Doch das Vergangene mag ruhen. Laß uns die Seele bezwingen. Ich will den Tojanern wieder entgegentreten und unsere Krieger wie früher zum Kampf antreiben. Wollen wir doch sehen, ob sie weiter belieben, vor unserer Schiffsstadt zu ruhen!«

Als die Fürsten dies hörten, jubelten sie alle, denn sein Eingreifen würde ihnen, das wußten sie, den Sieg über Troja bringen. Agamemnon gebot Stille und sagte: »Liebe Freunde, laßt mich sprechen. Ich wende mein Wort an Achilles: Viele Söhne Achaias haben mir unseren Streit vorgeworfen, doch ich bin wahrlich nicht allein daran schuld. Selbst Zeus ließ sich von der Eristochter Ate, die ja die Göttin der reinen Verblendung ist, täuschen. Sie wandert dahin voll böser Betörung über die Häupter der Götter und Menschen. Sie verführte auch mich, als ich dir Briseïs nahm. Siehe, ich bin bereit, sie dir zurückzugeben, und dazu will ich dir die Geschenke reichen, die dir Odysseus kürzlich versprach. Gleich will ich die Diener schicken, den Teil der Schuld, den ich heute erbringen kann, hierher schaffen zu lassen. Den Rest will ich dir geben, wenn wir wieder in der Heimat angelangt sind.«

Agamemnon gab Anweisung, die Geschenke holen zu lassen, Achilles aber schüttelte den Kopf: »Ob du, wie es ja billig wäre, mir diese Geschenke gibst oder sie behältst, ist deine Sache. Mir ist es gleichgültig. Laß uns jetzt lieber schleunigst zum Kampf schreiten, denn noch heißt es, Troja zu besiegen.«

Da rief Odysseus: »Nein, Achilles, laß Agamemnon das, was er heute begleichen kann, erst hierher in die Mitte des Rates bringen, daß alle es sehen. Und er soll dir mit feierlichem Eid bei den Göttern schwören, daß er niemals, wie er behauptete, Briseïs' Lager bestieg. Danach sollen sich alle stärken, denn mit hungrigen Kriegern gewinnt man keine Schlacht.«

»Mich freut es«, rief Agamemnon, »von dir, Odysseus, diese Worte zu hören. Ich werde schwören, daß ich Briseïs' Lager niemals bestiegen habe – wie es ja üblich wäre zwischen Männern und Frauen. Ich bitte euch alle, daß ihr hierbleibt, um Zeugen meines Eides zu werden. Talthybios soll rasch einen Eber bringen, den ich, begleitend zum Schwur, Zeus und Helios opfern will!«

»Besorgt die Sachen besser zu einer anderen Zeit«, rief Achilles, »denn mich drängt es hinaus aufs Schlachtfeld. Ich bitte euch, nehmt jetzt schnell euer Mahl und versammelt euch dann beim Tor; ich will mich des Essens enthalten, mir käme kein Bissen über die Lippen, denn zu Hause liegt mein Freund tot auf dem Lager, wie könnte ich jetzt nach etwas anderem trachten, als nach dem Blut der Trojaner!«

»Durch Hungern betrauern wir weder Tote noch üben wir Rache«, entgegnete Odysseus. »Wer einmal gestorben ist, den soll man beweinen und begraben, aber die, die dem Tod entronnen sind, sollen sich an Speise und Trank stärken, damit sie wieder die Kraft haben, gegen die Feinde zu kämpfen.«

Da ging die Türe auf, und Agamemnons Diener führten die Geschenke herbei: Zwölf Rosse, zwanzig Becken, sieben Frauen, dazu die schöne Briseïs und zehn Talente von glänzendem Gold. Talthybios kam mit dem Eber, der mit Seilen gebunden war und von vier Dienern getragen wurde. Sie legten ihn in die Mitte des Raumes. Mit seiner gesunden Hand ergriff Agamemnon das Messer, schor dem Eber, der vor Schreck laut um sein Leben grunzte, die Borsten vom Hals, dann hob er die Hände zum Himmel und mit lauter Stimme rief er: »Wisse es Zeus und ihr anderen hohen Götter, niemals hat meine Hand die Tochter des Brises berührt, und niemals bestieg ich ihr Lager. Unangetastet blieb sie bei mir, ich schwöre es. Ist mein Eid falsch, so mögen mich die Götter bestrafen!«

Mit einem raschen Schnitt durchtrennte Agamemnon dem Eber die Schlagader am Hals. Hochauf spritzte das Blut, das Tier wand sich schreiend und zuckte in den Seilen, bis es verendet war. Daraufhin nahmen die Träger den Kadaver, trugen ihn zum Meer hinunter und warfen ihn in die Fluten, denn zum feierlichen Brandopfer blieb keine Zeit.

Die Versammlung löste sich auf. Die Fürsten, die noch kampffähig waren, gingen zu ihren Zelten, um sich zu stärken und ihre Rüstungen anzulegen. Achilles schickte nach seinen Myrmidonen, die ihm die Geschenke versorgten, er selbst führte Briseïs und die anderen Mädchen, die ihm geschenkt worden waren, in sein Haus. Zärtlich nahm er Briseïs an der Hand, aber keiner der beiden sprach auf diesem ersten wieder gemeinsamen Gang ein Wort; es liefen ihnen die Tränen über die Wangen. Als Briseïs ins Haus trat und den toten Patroklos sah, warf sie sich über ihn und schluchzte. Mit beiden Händen nahm sie sein Gesicht und drückte ihm einen Kuß auf die tote Stirn.

»Was habe ich nur für ein grauenvolles Geschick. Zuerst verlor ich den Mann, den mir Vater und Mutter zum Gatten erkoren hatten, am selben Tag fielen meine drei geliebten Brüder, und nun bist auch du gegangen, der du immer so gut zu mir warst. Weißt du noch, du hast mir versprochen, mich einst mit dem Schiff nach Phthia zu geleiten, um mich mit Achilles zu vermählen. Ach lieber Freund, wie beweine ich deinen Tod!«

Da stimmten auch die anderen Mädchen, die sich um Patroklos'

Lager gestellt hatten, in das Schluchzen mit ein; scheinbar weinten sie um Patroklos, doch bejammerte jede in Wirklichkeit ihr eigenes Schicksal.

Odysseus und Diomedes waren ins Haus getreten und baten Achilles erneut, Speise zu sich nehmen.

»Wie willst du allein die Schlacht gewinnen, da wir und auch Agamemnon nicht kämpfen können, wenn du die Kraft nicht dazu hast?« rief Odysseus.

»Ich bitte euch, Freunde«, stöhnte Achilles, »zwingt mich nicht, etwas zu tun, was mir der Kummer verbietet. Bis Sonnenuntergang harre ich aus. Ihr müßt wissen, mich hat das Schlimmste im Leben getroffen. Selbst der Tod meines Vaters hätte mich nicht so erschüttert wie der des Patroklos. Geht jetzt, ich will mir Hephaistos' Rüstung anlegen und sie nicht wieder ausziehen, bis der Freund gerächt ist.«

Als Odysseus und Diomedes gegangen waren, trat Thetis noch einmal an ihren Sohn heran und flößte ihm Ambrosia und Nektar ein, daß kein quälender Hunger ihn lähme. So gestärkt, wappnete er sich mit der herrlichen Rüstung, und das Feuer des Hasses loderte ihm aus den Augen. Um die Brust fügte er sich den glänzenden Harnisch, über die Schultern warf er sich das Schwert mit der silbernen Scheide und nahm den Schild, von dem ein Glanz ausging wie das Leuchten des Mondes. Dann setzte er sich den mächtigen Helm auf, der strahlte wie ein Gestirn des Himmels; königlich flutete die Mähne aus geflochtenem Gold an ihm herab. Die Rüstung saß ihm am Körper wie angegossen. So sehr er auch seine mächtigen Muskeln erprobte, nichts hemmte ihn in der Bewegung; es schien ihm fast, als ob ihm der Panzer Flügel verleihe und ihn vom Boden abhebe. Schließlich ergriff er die wuchtige escherne Lanze, die kein anderer Achaier außer ihm schwingen konnte, und ließ das Heer aufmarschieren.

Helm an Helm, Harnisch an Harnisch und Lanze an Lanze drangen die Krieger aus ihren Hütten und Lagerstätten, und es erdröhnte die Erde unter ihren Schritten. Als sie alle am Tor in Reih und Glied standen, stieg Achilles zu Automedon auf den Streitwagen hinauf, vor den die Rosse Bailos und Xanthos gespannt waren, und er rief den

Heerscharen zu: »Rastet nicht, stürmt mit mir gegen die Feinde, bis wir sie endgültig vernichtet haben!«
Laut schrien die Söhne Achaias vor Freude, Haß und Siegeslust und stürzten sich hinaus auf die Ebene, den Trojanern entgegen.

Auch Zeus erhob sich früh von der Seite Heras aus seinem leuchtend goldenen Lager. Und schon schwebte eine Hore in das Gemach und reichte ihm den Trank von köstlichem Nektar.
»Hera, aufstehen«, rief der Göttervater und stubste seine Gemahlin sanft an der Schulter. »Eos verkündet uns einen schimmernden Tag. Die Heere machen sich schon bereit. Eil dich, damit wir die Schlacht nicht versäumen. Ab heute greift Achilles wieder in den Kampf mit ein.«
»Wurde auch Zeit«, murmelte Hera verschlafen und drehte sich auf die andere Seite.
»Mit einer neuen Rüstung von Hephaistos.«
»Von Hephaistos eine neue Rüstung?« rief Hera erstaunt und setzte sich auf.
»Thetis bat ihn, Achilles eine neue zu machen, da die andere doch Hektor raubte.«
»Das ist aber schön«, sagte Hera und nahm einen Schluck aus dem Becher, »wird er damit unverwundbar?«
»Nicht mehr, als Thetis ihn durch Feuer, Nektar und Ambrosia ohnehin schon machte. Allein die Sehne zwischen Wade und Ferse bleibt sein verwundbarer Punkt.«
»Ich kann es nicht hören«, stöhnte Hera, und vergrub ihr Gesicht in den Händen. »Versprich mir lieber, daß du den Groll gegen die Griechen jetzt abgelegt hast. Thetis' Bitten sind ja nun alle gewährt, jetzt hast du keinen Grund mehr, dich auf die Seite der Trojaner zu stellen!«
»Lassen wir ab jetzt Klotho, Lachesis und Atropos, die Göttinnen des Schicksals, entscheiden«, sagte Zeus und lächelte Hera bedeutungsvoll an. Dann entsandte er Themis, die Göttin der Ordnung, um die anderen Götter herbeizuholen; sie alle sollten der Schlacht am heutigen Tag beiwohnen.
Außer Ozeanos, der den Weltenstrom beherrschte, und Helios, der

eben mit dem Sonnenwagen losgefahren war, strömten sie alle herbei. Kein Flußgott, keine Quellnymphe und kein Faun blieben fern. Selbst die Götter aus den Tiefen des Meeres erhoben sich zum Olymp, allen voran der mächtige, schwarzbärtige Poseidon.
Wie sie nun alle zusammengekommen waren, setzten sie sich nieder in den schimmernden Hallen, und Hebe und die Horen bedienten die Gäste mit Nektar und Ambrosia. Schließlich fragte Poseidon den Herrscher: »Warum läßt du uns alle hier erscheinen? Weißt du nicht, wem von den beiden, Griechen oder Trojanern, du den Sieg schenken sollst?«
»Du hast es erraten, Poseidon«, sagte Zeus mit einem Seitenblick auf Hera, »deshalb will ich mich auch nicht mehr in das Schlachtgeschehen einmischen und hier im Palast des Olymps bleiben. Alle, die mit mir von hier aus die Schlacht betrachten wollen, mögen hierbleiben, ihr anderen aber, die ihr auf Seiten der Trojaner oder der Achaier steht, geht hinunter, einem von beiden zu helfen, wie es euch beliebt.«
Die Götter hörten Zeus' Worte, und diejenigen, die einer der beiden Kriegsparteien zugeneigt waren, sprangen von ihren Sitzen auf und gingen zweierlei Wege: Hera, Athene, Poseidon, Hermes und Hephaistos zu den Griechen, Ares, Apollon, Artemis, Leto und die Flußgötter Skamander und Simoeis zu den Trojanern.
So wütet kein Sturm in den Wipfeln der Bäume, wenn er mit schnaubendem Brausen ihre Wurzeln im Erdreich erschüttert, wie der Götter Gebrüll das Schlachtfeld erfüllte. Als sie sich mit lauten Schreien hinunter begaben und die Heere anfeuerten, sich aufeinanderzuwerfen, wankte die Erde. Schwarze Wolken jagten über den Äther und verfinsterten die Sonne, Blitze zuckten aus den Höhen, es brüllte die See, es zitterte das Land. Krachend öffneten sich die Schleusen des Himmels, und gellend schrie die streitsüchtige Eris.

Achilles suchte Hektor im Gewühl, doch ihm stellte sich Aeneas entgegen. Vom schweren Helm nickte der Roßschweif, er hielt sich den mächtigen Schild vor den Leib und schwenkte drohend die Lanze.
»Was wagst du dich so weit hervor, Aeneas«, schrie Achilles, »glaubst du, mich besiegen zu können?«

»Glaub ja nicht, du könntest mich einschüchtern!« schrie Aeneas zurück. »Du magst vielleicht der Sohn der Thetis sein, ich aber bin der Sohn der Aphrodite und Enkel des Zeus!«
Beide schleuderten ihre Lanzen gleichzeitig, doch sie prallten an den Schilden ab. Nun aber zog Achilles sein Schwert und drang auf den Widersacher ein. Da packte Aeneas eine entsetzliche Furcht, und er flüchtete vor der unendlichen Wut des Griechen in das Gewühl der eigenen Krieger.
»Troll er sich, wie man's von ihm gewohnt ist«, schrie Achilles und stürmte, nachdem er seine Lanze wieder aufgenommen hatte, in die Reihen der Feinde. Sein erster Streich galt dem Iphition, der mit gespaltenem Kopf tot zu Boden fiel. Dann stieß er dem Demoleon den Speer in die Schläfe, dem Hippodamas stach er durch die Wirbelsäule, und Pammon fiel durch einen Schwertstoß in die Brust. Nie hat man in einer Schlacht einen Krieger so wüten sehen wie Achilles. Wie ein Berserker jagte er die Trojaner vor sich her, bis sie keine andere Möglichkeit mehr hatten, als sich in die schäumenden Wasser des Skamanders zu werfen. Die meisten Verfolgten versuchten, sich schwimmend über den Fluß zu retten, doch Achilles sprang ihnen mit dem Schwert hinterher und wütete so unbarmherzig, daß sich das Wasser bald rot färbte und ganze Scharen von Leichen auf der Oberfläche trieben. Zwölf Krieger fing er lebend in den Fluten und übergab sie seinen Leuten; sie sollten zum Sühneopfer für Patroklos bestimmt sein.

Die blutige Besudelung seiner Wasser erregte Gott Skamander über alle Maßen. »Komm, Bruder«, rief er Simoeis zu, »laß uns zusammen die Gewalt des Mannes bändigen. Auf! Nimm die Quellen des Gebirges zu Hilfe, ermuntere jedes Rinnsal zu einem Sturzbach auszuarten, laß die Fluten steigen, rolle Steinblöcke daher, damit den Mörder die reißenden Wasser verschlingen und er auf ewig im Schlamm versinke!«
Da schwoll die Macht des Stroms, es wirbelten die trüben Fluten auf und drohten Achilles den Boden unter den Füßen zu rauben. Mit brachialer Gewalt klammerte er sich an der Uferböschung fest, schrie dem Skamander und dem Simoeis seine Verachtung entgegen und

stieß mordend den hilflos im Wasser treibenden Trojanern den Dolch in den Leib. Doch immer mehr bäumte sich die Welle, rauschte mit Schaum, Blut und Leichen über ihn hinweg und drohte Achilles zu ertränken.

»Nicht mit mir, ihr läppischen Flußgötter!« brüllte Achilles. »Tragt mit euch fort, was euch standzuhalten nicht in der Lage ist, mir werdet ihr niemals den Willen zum Töten und zur Rache rauben. Und wenn ihr euch haushoch über mich hinwegwälzt!«

Ungezähmt warfen sich die reißenden Fluten über den Wüterich, aber mit aller Macht und Gewalt stemmte er sich an einem Uferstrunk gegen das drohende Ertrinken.

Hera, voller Angst um ihren Schützling, schrie laut auf, als sie das sah, und rief schnell zu Hephaistos: »Lieber Sohn, nur deine Flammen sind dem gewaltigen Strom gewachsen. Bring dem Achilles Hilfe. Ich will inzwischen den Süd- und Westwind holen, damit sie zusammen das Flußbett trocknen!«

Auf dieses Wort hin durchflog die Flamme des Hephaistos die Ebene und entzündete jeden Baum und jeden Strauch. Bald stand das ganze Flußbett, vom Süd- und Westwind angefackelt, in hellem Feuerschein, es siedete das Wasser, und Skamander schrie gequält: »Halt ein, Hephaistos, du glutatmender Gott, willst du mich denn gänzlich verbrennen und mir die Wasser versieden? Wenn du nur aufhörst, will ich Achilles aus den Fluten erretten!«

»Dann sieh auch, daß dein Bruder Simoeis sein steiniges Geröll zurückhält, denn ihr werdet Achilles Tod nicht bewerkstelligen. Darüber walten stärkere Mächte.«

Nun aber schwoll auch das Herz der anderen Götter in ungestümer Feindschaft, und im Sturm prallten sie aneinander, daß der Erdkreis erzitterte. Zeus, auf der Spitze des Olymps, vernahm es, schleuderte Donnerkeile gegen die Erde, gegen Götter und Menschen, und jubelte vor Wonne. »Seht nur«, rief er den Faunen und Nymphen zu, »wie die mächtigsten der Götter aufeinander losrennen und sich schlagen und prügeln! Ist es nicht ein herrliches Vergnügen?«

Ares stürzte sich mit eiserner Lanze auf Athene und rief: »Du widerliche, schamlose Fliege, weißt du noch, wie du Diomedes auf mich hetztest und er mich verwundete? Das sollst du mir jetzt büßen!«

Mit einem fürchterlichen Schrei warf er die Lanze gegen die verhaßte Rivalin, Athene aber duckte sich behend, daß das Geschoß weit sein Ziel verfehlte. Daraufhin aber riß sie einen Markstein aus der Erde und schleuderte ihn dem Ares so heftig auf den Nacken, daß er schwer getroffen zu Boden fiel, und alles ringsumher erbebte. Da lachte Athene schallend und rief: »Du Tor, hast du nicht daran gedacht, um wieviel mächtiger ich bin als du?«
Ares lag wie tot und wäre lange so dagelegen, wenn ihm nicht Aphrodite, die ihn von Herzen liebte, aufgeholfen und ihn, den noch halb Bewußtlosen, aus der Schlacht geführt hätte.
»Sieh nur, Athene«, schrie Hera, »wie die ewige Verführerin ihren Ares retten will. Schnell, mach dich hinterher!«
Da stürmte Athene den beiden nach, trat vor Aphrodite hin und schlug ihr mit wuchtiger Faust gegen die Brust. Aphrodite und Ares stürzten wieder zu Boden, und wieder erbebte die Erde, als ob sich Abgründe öffneten.
»So möge es allen ergehen, die dem Volk der Trojaner helfen!« schrie Athene und lachte, daß die Erde wackelte.
Das stachelte natürlich auch Poseidon, den Erdumstürmer, auf. Nun meinte auch er, eingreifen zu müssen: »Na los, Apollon, der du doch sonst keinem Streit aus dem Wege gehst, was bleiben wir zwei hier der Schlacht fern? Es wäre doch eine Schande, wenn wir kampflos zum Olymp zurückkehrten. Beginne du, du bist der jüngere!«
Poseidon stampfte auf, daß die Erde erzitterte, doch Apollon machte keine Anstalten, den Älteren anzugreifen; wie hätte er es wagen können, den Bruder seines Vater schlagen zu können.
»Du bist ein Dummkopf«, schrie Poseidon, »diesem Volk von Verrätern zu helfen. Weißt du nicht mehr, wie sie uns damals beide um den Lohn betrogen, als wir ihren Vätern einst halfen, die gewaltige Mauer um Troja zu bauen? Das hast du wohl alles vergessen. Ich werde dir die Erinnerung daran einbläuen. Los jetzt, greif mich an!«
»Töricht wäre ich, wenn ich der Sterblichen wegen jetzt mit dir kämpfte. Sie sind doch wie Blätter im Wind. Mal genießen sie das blühende Leben, dann schlagen sie sich wieder zu Tode. Laß sie doch ihren Kampf allein ausfechten.«
Apollon wandte sich ab, er hatte ein ungutes Gefühl, sich mit einem

Gott zu schlagen, der vom Rang her viel mächtiger war als er. Dies sah seine Schwester Artemis, die dem Poseidon nicht halb so gewogen war, und voller Zorn rief sie: »O du trefflicher Schütze Apollon, du fliehst und läßt dem Poseidon den Sieg und die leicht errungene Ehre? Wofür trägst du eigentlich den silbernen Bogen? Du Hasenfuß, daß ich dich im Kreis der Götter nie wieder prahlen höre, du seist ebenso stark wie er!«
Apollon gab keine Antwort, dafür aber mischte sich Hera ein: »Was?« schrie sie Artemis an, »du schamlose Hündin, du wagst es, mir entgegenzutreten? Bleib du lieber in deinen Wäldern und jage Hirschkühe, als hier mit Mächtigeren zu streiten!«
Mit der einen Hand faßte sie Artemis' Hände, mit der anderen riß sie ihr den Bogen von der Schulter und schlug ihn ihr links und rechts um die Ohren, daß es krachte und die Pfeile in hohem Bogen aus dem Köcher purzelten und weit verstreut im Gras liegen blieben. Hera lachte wie eine Furie, als die Göttin der Jagd schreiend und heulend vor ihr auf die Knie ging. Schließlich aber rappelte sie sich wieder auf, ließ Köcher und Bogen liegen und lief, so schnell sie konnte, weinend davon und flüchtete in den Olymp.
Leto versuchte Hermes zu reizen: »Was ist mit dir, du geflügelter Gott, magst du nicht kämpfen, oder taugen deine Flügel dir nur zur Flucht?«
»Leto, ich bin dir doch herzlich gewogen, ich will nicht mit dir kämpfen. Dumm würde ich sein, mich mit einem Weib, noch dazu der Geliebten des Zeus, zu schlagen. Lieber lasse ich es zu, daß du dich vor den Göttern rühmst, du hättest mich überlegen besiegt. Dazu wirst du es hoffentlich nicht kommen lassen.«
Enttäuscht begann Leto, die Pfeile und den Bogen ihrer Tochter einzusammeln, dann machte auch sie sich auf den Weg zurück in den Olymp. Als sie die Halle betrat, sah sie Artemis heulend zu Zeus' Füßen kauern.
»Geliebtes Kind«, fragte Zeus seine Tochter und zog sie auf seinen Schoß, »wer hat dir denn so entsetzliches Leid angetan?«
»Deine Gattin Hera war's, die immer nur Zwist und Hader verbreitet, sie hat mich geschlagen.«
Mit tröstenden Worten schaukelte er seine schluchzende Tochter auf

den Knien. Endlich kehrten auch die andren Götter in die heiligen Hallen zurück, die Besiegten voller Zorn, die Sieger mit rühmenden Worten, und setzten sich zur Seite des donner- und wolkenbeherrschenden Vaters nieder.

Achilles und die Griechen mordeten weiter und jagten die Trojaner zurück zu deren Stadt. Auf dem Mauerturm stand der alte König Priamos und sah sein Volk flüchten. Da stieg er hinab zu den Wachen und befahl: »Haltet das Tor geöffnet, bis alle die schützenden Mauern erreicht haben. Wenn sie dann in Sicherheit sind, macht schnell das Tor wieder zu, denn sonst, so fürchte ich, drängt Achilles herein, das wäre unser aller Ende.«

Die Wachen öffneten das Skäische Tor, und herein strömten die bedrängten Haufen. Keiner wartete auf den anderen, keiner sah sich um, wer gerettet, wer gefallen war, alle dachten nur an sich selbst und waren froh, sich in Sicherheit zu wissen.

Krachend fiel der mächtige Flügel wieder ins Schloß, denn schon stürmten die Griechen heran, allen voran Achilles.

Allein Hektor war vor dem Tor geblieben. Wortlos hatte er die verzweifelten Bemühungen seines Vaters mißachtet, vor Achilles zu fliehen. »Bist du von Sinnen!« schrie seine Mutter Hekabe von der Mauer herab und zerriß sich das Gewand. »Denk daran, daß dich meine Brust gestillt hat, erbarme dich und komm herein. Wehr dich gegen Achilles hinter der Mauer, aber miß dich doch nicht im Zweikampf mit ihm!«

Das Rufen und Weinen seiner Eltern hatte seinen Sinn nicht umstimmen können. Gestern hätte ich weichen müssen, als Polydamas mir den Rat gab, das Heer in die Stadt zurückzuführen, sagte er sich. Jetzt, nachdem ich alle in Not und Gefahr gebracht habe, fürchte ich mich vor den Männern und Frauen Trojas. Jetzt muß ich mich mit Achilles im Kampf messen, damit es sich bald entscheide, wem von uns beiden die Götter den Sieg verleihen.

»Da steht er, der Mörder«, rief Achilles, »daß es mir keiner wage, ihn anzugreifen. Hektor gehört mir!«

Einen Steinwurf vor der Stadt war das griechische Heer zum Stehen gekommen, Achilles aber fuhr mit dem Wagen dicht heran an die

Mauer, auf der Schulter die mächtige Lanze, seine Rüstung schimmerte wie eine Feuersbrunst. Hektor begann zu zittern, als er Achilles vor sich sah, er wandte sich um und strebte dem Tor zu, doch war es verschlossen. So floh er vor dem Thetissohn der Mauer entlang, Achilles folgte ihm wie ein Schatten.

Vom Olymp aus sahen alle Götter gespannt zu.
»Überlegt es wohl, ihr Götter«, sprach Zeus, »die Stunde der Entscheidung ist gekommen. Soll Hektor dem Tod entfliehen, oder soll er fallen?«
»Wo denkst du hin«, rief Hera entrüstet, »jetzt darüber zu grübeln, was doch längst entschieden ist!«
Zeus legte die Todeslose von Achilles und Hektor in die goldene Waage, faßte sie in der Mitte und wog: Hektors Waagschale sank tief hinab zum Hades. Als die Götter, die zu den Trojanern halfen, dies sahen, verbargen sie ihr Gesicht in den Händen, die anderen aber jubelten und lenkten ihre Blicke hinab zum Schlachtfeld.

Dreimal hatte Achilles Hektor um die Mauern Trojas gejagt, da blieb Hektor schließlich stehen und wandte sich um: »Ich will nicht mehr vor dir fliehen«, schrie er den Todfeind an, »jetzt treibt es mich, dir entgegenzutreten, zum Siegen oder Sterben. Doch vorher möchte ich dir einen Vertrag anbieten: Sollte ich siegen, werde ich deinen Leichnam schonen und ihn den Achaiern zurückgeben, wenn du mir, falls du siegst, das gleiche versprichst.«
»Rede mir nicht von Verträgen, Verruchter. So wenig ein Bund zwischen Löwen und Rindern besteht und Eintracht zwischen Wölfen und Lämmern herrscht, soll auch kein Eid uns binden. Nimm all deine Tapferkeit zusammen, denn nun mußt du Lanzenschwinger und Fechter gleichzeitig sein. Doch du wirst mir nicht entrinnen. Das Leid, das du mir durch den Mord an Patroklos angetan hast, sollst du jetzt büßen.«
Achilles warf seine wuchtige Lanze, doch Hektor duckte sich, daß sie weit über ihn hinwegflog. Nun warf Hektor den Speer, Achilles wehrte ihn mit dem Schild ab. Da aber keine Krieger bereitstanden, den Kämpfern ihre Geschosse wiederzugeben, zogen beide ihr

Schwert und gingen stoßend und schlagend aufeinander los. Von beider Rüstungen und Schilden stieben die Funken, wo auch immer einer den anderen traf, doch kein Schlag vermochte sie zu zerstören, denn beide stammten aus der Werkstatt des Hephaistos. Spähend forschte Achilles über Hektors Leib, wo etwa er eine Wunde schlagen könnte, doch er fand alles blank umhüllt von der geraubten Rüstung. Nur wo das Schlüsselbein in den Hals mündet, sah er eine entblößte Stelle. Dorthin lenkte er seinen Stoß und durchstach ihm mit einem schrecklichen Hieb den Hals, daß die Klinge beim Genick wieder austrat. Ächzend brach Hektor zusammen, das Blut quoll ihm in Strömen über den Harnisch, doch die Schneide hatte die Gurgel verfehlt, so konnte er noch diese Worte sagen: »Ich beschwöre dich bei deinem Leben, bei deinen Eltern, laß mich nicht von den Hunden zerreißen. Nimm Gold, soviel du willst, und schick dafür meinen Leib nach Troja, daß ihm dort die Ehre des Scheiterhaufens zuteil wird.«

Achilles schüttelte finster sein Haupt: »Fleh mich nicht an, du Hund, beschwöre mich nicht bei den Meinigen, du Mörder meines Freundes. Eher würde ich dir selbst das Fleisch von den Knochen reißen, als dir die Hunde verscheuchen, und wenn Priamos mir alles Gold der Welt gäbe.«

»Ich wußte es«, röchelte Hektor an seinem Blut erstickend, »dir schlägt ein Herz aus Eisen in der Brust. Denk an mich, wenn mich die Götter rächen ...«

Hektors Seele verließ den Leib und flog hinunter zum Hades. Achilles schrie ihr nach: »Stirb, du Hund! Mein Los empfange ich, wenn Zeus und die Götter es wollen!«

Von der Mauer herab erklang ein schreckliches Gejammer und Wehklagen; dort hatten sich unzählige Trojaner versammelt und den schrecklichen Tod ihres Heerführers voller Entsetzen miterlebt. Sie sahen nun Achilles, wie er dem Toten die Rüstung, die seine eigene war, von den Schultern riß. Dann durchbohrte er dem nackten Leichnam die Fersen, zog lederne Riemen durch die Löcher und band sie am Wagen fest. Schließlich schwang er sich in den Sitz, gab den Rössern die Peitsche und trieb sie, die nackte Leiche hinter sich herziehend, zur Schiffsstadt zurück.

Hekabe riß sich, angesichts dieses grauenvollen Schauspiels, das Tuch vom Kopf und sah schreiend ihrem Sohn nach. Auch Priamos weinte und schrie. Geheul und Angstrufe drangen durch die Stadt. Nur mit Mühe ließ sich der alte König davon abhalten, sich über die Brüstung zu stürzen. Da warf er sich zu Boden und rief: »O Hektor, alle anderen Söhne, die mir der Feind erschlug, vergesse ich über dich. Wärst du doch nur mit deinen Scharen in die Stadt geflohen!«

Doch ohne Gnade schleifte Achilles die Leiche den weiten Weg über die mit toten Kriegern übersäte Skamanderebene; dem Gespann folgte das Heer. Die Leichen achaischer Krieger, deren Anzahl viel geringer war, wurden aufgelesen, Trojaner und deren Verbündete ihrer Rüstungen beraubt. Als sie in der Schiffsstadt ankamen, ließ Achilles den Leichnam Patroklos' vor seinem Haus aufbahren, den Körper Hektors aber warf er vor der Bahre nackt in den Staub.

»Freu dich mit mir, Patroklos, auch wenn du schon im Haus des Hades bist. Was ich dir versprach, ist vollendet. Hier liegt Hektor vor dir, ihn werden die Hunde fressen, und auf deinem Scheiterhaufen sollen zwölf Söhne Trojas sterben, damit auch deren Mütter deinen Tod beweinen.«

Mit Tränen in den Augen legte er die Hände auf die Brust des toten Freundes. Nur mit Mühe gelang es schließlich Odysseus und Diomedes, ihn von der Leiche zu trennen und ihn zum Haus des Agamemnon zu führen.

Agamemnon hatte ein großes Becken mit heißem Wasser bereitstellen lassen. Er bat Achilles inständig, sich die Rüstung abzunehmen und sich vom Blut und Staub der Schlacht zu reinigen, doch Achilles weigerte sich.

»Nein, wahrhaftig bei Zeus, ich werde mich nicht waschen, ehe Patroklos nicht verbrannt und sein Grabmal geschüttet ist. Da es aber sein muß, laß uns jetzt alle dem Ruf zur traurigen Mahlzeit folgen. Morgen jedoch, Agamemnon, befehle den Griechen, Holz zu sammeln und herbeischaffen zu lassen, was ein Toter auf seinem Gang ins nächtliche Dunkel braucht.«

Inzwischen hatten die Myrmidonen den Leichenschmaus gerichtet, zu dem das ganze griechische Heer geladen war. Unzählige Rinder, Ziegen, Schafe und Schweine waren geschlachtet und auf Spieße ge-

steckt worden. Hunderte Krüge von Wein herbeigebracht, Brote gebacken, als Helios den Sonnenwagen im Meer versenkte. Zu Tausenden setzten sich die Griechen zum üppigen Mahl und dankten den Göttern mit nicht endenwollenden Spenden bis tief in die Nacht hinein für den großartigen Sieg.
Als alle ihre Lust an Speise und Trank gesättigt hatten, ging ein jeder zu seiner Hütte, seinem Schiff oder seinem Zelt zum wohlverdienten Schlaf. Nur Achilles zog es hinunter zum Meer. Schwer seufzend setzte er sich abseits an den Strand und schaute hinauf zum leuchtenden Orion mit dem dreisternigen Gürtel, der, dem großen Wagen gegenüber, stets das Bad im Ozean meidet. In den Weiten des Alls zwischen den tausend Sternen suchte er Patroklos' Seele zu finden, aber es war vergebens.
Gerade, als er in tröstenden Schlummer versinken wollte, schritt eine Gestalt auf ihn zu – es war Patroklos! Ihm völlig gleich an Wuchs, mit den herrlichen Augen, derselben Stimme, demselben Gewand, stellte er sich zu ihm an den Strand des Meeres und sprach zu ihm: »Hast du mich schon völlig vergessen, Achilles? Als ich noch lebte, tatest du alles für mich, dem Toten erweist du jedoch keine Ehre.«
»Geliebter Patroklos, sag, warum? Was führt dich zu mir? Komm doch näher, laß dich umarmen!«
Achilles versuchte, mit den Händen nach ihm zu greifen, konnte ihn jedoch nicht erreichen.
»Ich bitte dich, erweise mir den Dienst und senk mich ins Grab. Die Schatten der Toten lassen mich nicht über den Styx, der vor Hades' Reich fließt, solange nicht Hephaistos' Feuer meine Gebeine verzehrt hat. Unstet schweife ich mit all den anderen, denen das Begräbnis verwehrt wurde, vor Hades Reich und finde keinen Einlaß und keine Ruhe. Ich bitte dich, erlöse mich aus dieser Pein.«
»Aber Patroklos«, rief Achilles, »so freue dich doch, da du lebst.«
»Täusch dich nicht. Mich hat das bittere Los des Todes getroffen, ich bin ein Schatten und kann nicht mehr wiederkehren. Deshalb bitte ich dich noch einmal, versage mir das Begräbnis nicht, damit meine Seele Ruhe findet. Noch etwas sollst du wissen: Auch dir, mein Freund, ist vom Schicksal bestimmt, vor den Mauern Trojas zu fallen. Darum richte das Grab, daß unser beider Asche nebeneinander

ruhen kann, wie wir im Hause deines Vaters nebeneinander aufgewachsen sind.«
»O du Lieber, ich werde dir alles erfüllen, worum du bittest, aber bist du sicher, daß ich die Heimat nicht mehr erblicke? Ach, laß dich noch einmal umarmen …«
Achilles versuchte erneut, den Freund zu berühren, doch verflog die geliebte Erscheinung wie Rauch im Wind.
Achilles schlug die Hände zusammen und rief: »Wehe, welch Wunder, im Reich des Hades gibt es also doch Seele und Abbild. Ein körperloses Leben – oder etwa nicht?«
So schnell er konnte und mit vager Hoffnung rannte er hinauf zu seinem Haus. Da lag sie noch immer, die Leiche des unglückseligen Freundes, davor im Staub der Körper Hektors.
Als sich die rosige Frühe erhob, trieb Agamemnon fünf Hundertschaften mit Äxten, Seilen und Maultieren hinaus in die bewaldeten Hügel des Sigeion, um Holz zu holen. Unter der Leitung Meriones fällten sie einen ganzen Wald hochstämmiger Bäume, sammelten Bruchholz und starke Äste und schleppten alles hinunter zum Meeresstrand. Dort legten sie es nieder und bauten an der Stelle, die Achilles bestimmt hatte, einen gewaltigen Holzstoß auf, dreißig Fuß hoch, hundert Fuß im Quadrat. Über die Mitte stellten sie ein riesiges Gerüst, dessen obere Plattform mit Leitern zugänglich war.
Inzwischen hatten sich die Myrmidonen ihre Rüstungen angelegt, waren die Rösser vor die glänzenden Wagen gespannt worden, und bald setzte sich der Leichenzug in Bewegung. Zuerst schritten die Fürsten daher, alle gehullt in die herrlichsten Gewänder, und mit ihnen die Frauen ihres Herzens. Es folgte der Chor der Posaunenbläser, dann kamen die Rosselenker mit den Gespannen. Neben ihnen auf den Wagen standen gefesselt die zwölf Söhne Trojas, die dem Toten zum Opfer gebracht werden sollten. Sie weinten und jammerten zum Herzerweichen, doch ihr Geschrei ging unter in all dem Lärm der Trauerlieder, der Posaunen und der wehklagenden Griechen. In der Mitte des Zuges schritten die Freunde und Kampfgenossen, die Patroklos trugen; sein Körper war über und über bedeckt mit Locken, die sie sich abgeschnitten und über den Toten gestreut hatten, sein Haupt hielt Achilles selbst in den Händen. Dahinter kam

das dichte Gewölk von Tausenden von Fußsoldaten und schließlich die restlichen Bewohner der Schiffsstadt, die Patroklos die letzte Ehre erweisen wollten.

Als sie den Ort des Grabmals erreichten, setzten die Träger die Bahre ab. Nun nahte der schreckliche Augenblick, in dem die zwölf Opfer getötet werden sollten. Mit verbundenen Augen standen sie vor dem Holzstoß, und der Scharfrichter stieß nacheinander jedem der weinenden Trojaner den Dolch ins Herz. Als die armen Opfer so lautlos hinstürzten, wandten viele die Augen ab. Obwohl sie dem Tod doch täglich ins Antlitz sahen, ertrugen sie kaum den Mord an den wehrlosen Gefangenen. Wie grausam war doch Achilles' Rache!

Als die Bluttat vollendet war, ging der Rächer zum Meeresstrand und rief in die Fluten: »O Spercheos, Gott unseres thessalischen Heimatflusses, umsonst versprach dir mein Vater Peleus, ich würde nach der Rückkehr in die Heimat mein Haar dir zum heiligen Opfer darbringen. Nun, da ich doch nie wieder die Heimat sehe, weihe ich mein Haar zum Geleit dem Patroklos.«

Mit der Klinge schor er sich das goldgelockte Haar vom Haupt, legte es Patroklos in die Hände, und dann befahl er schweren Herzens, ihn zuoberst auf das hohe Gerüst über dem Holzstoß zu legen. Schließlich stieg er selbst hinauf, umhüllte die Leiche von Kopf bis Fuß mit dem Fett von geschlachteten Rindern, Schweinen und Schafen und stellte Krüge von Wein, Milch und Honig an seine Seite. Währenddessen warfen seine Myrmidonen die gehäuteten Leiber der Tiere oben auf den Rand des Holzstoßes, dazu vier Pferde, zwei der neun Haushunde aus Achilles' Hof, die Patroklos besonders gern gemocht hatte, und die Leichen der getöteten Trojaner.

Nun sollte der Scheiterhaufen entzündet werden. »Freu dich mit mir, Patroklos, alles, was ich dir versprach, ist nun vollendet!« rief Achilles. »Zwölf edle Söhne Trojas gab ich dir zum Geleit, und Hektors Leiche fressen die Hunde.«

Von Trauer und Haß geschüttelt warf er die brennende Fackel in den Stoß, doch das Holz wollte kein Feuer fangen. Achilles versuchte es wieder mit einer zweiten Fackel – umsonst. Lag es an der Nässe des Holzes oder daran, daß Windstille herrschte, oder verwehrten gar die Götter dem Patroklos das ehrenvolle Begräbnis? Nichts konnte den

Haufen in Brand setzen. Nach Stunden begannen die wartenden Krieger zu murren. Achilles fuhr das unzufriedene Gelärme wie ein Dolch ins Herz. Die Sonne war schon am Versinken, da sagte er mit finsterer Miene zu Agamemnon: »Zerstreu das Volk, daß die Klage verstumme, deinen Worten folgen die Söhne Achaias am besten. Wir, die Fürsten und die nächsten Freunde des Toten, werden alles verrichten.«
Als die Krieger gegangen waren, trat Achilles ans Ufer des Meeres, warf sich auf die Knie und rief laut flehend: »Ihr Winde Nord und West, kommt und entzündet den Scheiterhaufen, daß nicht länger Patroklos' Seele der Eingang zu Hades' Reich verwehrt bleibe. Ich verheiße euch herrliche Trankopfer, die ich aus einem goldenen Becher spenden will.«

Die Götter im Olymp vernahmen das Flehen, und auf Heras und Athenes Drängen entsandte Zeus seine Botin Iris. Sie flog zum Haus des Aiolos, der König der schwimmenden Insel Äolia war und dem Zeus die Macht über die Winde gegeben hatte. Dort saßen die Winde und Stürme vereint beim festlichen Mahl. Als Iris kam, sprangen sie alle auf von den Sitzen und luden sie herzlich zum Bleiben ein. Doch Iris war in Eile. Hastig verkündete sie: »Achilles, der Sohn der Thetis, fleht zu euch, der tosende Nord und der sausende West möchten zu den Gestaden Trojas eilen und den Scheiterhaufen entfachen, auf dem Patroklos ruht. Köstliche Opfer verspricht er euch. Es ist Zeus und auch anderer Götter Wille, daß ihr gehorcht.«
Da stürmten der sausende West und der tosende Nord wild brausend davon; sie erreichten die Schiffsstadt, als eben die finstere Göttin Nyx ihr Kommen ankündigte, und stürzten sich mit Geheul in die Scheite. Mit aller Macht bliesen sie in die Glut, bis die ersten Flammen emporzüngelten, dann peitschten sie das Feuer, daß die Lohe prasselte und hoch in den nächtlichen Himmel leckte.
Längst hatte die Nacht ihren schwarzen Mantel über Troas gebreitet, längst waren auch die Fürsten wieder zu ihren Behausungen zurückgekehrt, nur einer saß noch beim weißglühenden Holzstoß und vergoß den fauchenden Winden aus einem golden Becher funkelnden Wein.

9

Als die dämmernde Frühe mit Rosenfingern erwachte, fand Automedon seinen Herrn schlafend in der Nähe der noch rauchenden Brandstätte. Nichts als glühende Asche war von dem gewaltigen Scheiterhaufen übriggeblieben. Die Winde West und Nord hatten mit Hephaistos' Feuer zusammen den gewaltigen Haufen gefressen und waren über die Ägäische See in das Haus des Aiolos zurückgekehrt; Helios schickte sich an, den goldenen Wagen über die Gipfel des bewaldeten Ida zu ziehen.

Von Automedon geweckt, schlug Achilles die vom Weinen und von der Übernächtigung geröteten Augen auf. Er erhob sich und bat ihn, die Vorkehrungen für das Begräbnis und die anschließenden Leichenspiele zu treffen. Da kamen auch schon die ersten Myrmidonen, und Achilles befahl: »Löscht die glühenden Kohlen gänzlich mit Wein. Dann laßt uns Patroklos' Asche sammeln und ihm dort drüben unter den Ulmen ein Grabmal errichten.«

Als sich aller Rauch, der beim Löschen der Asche entstanden war, verzogen hatte, ging Achilles in die Mitte der Brandstätte und fand dort die Reste seines geliebten Freundes. Die Asche der zahlreichen Opfer, die mit ihm verbrannt worden waren, lag am äußersten Rand der Feuerstelle. Er füllte die Überreste Patroklos' in eine goldene Urne. Derweilen zog Automedon unter schattigen Ulmen den Kreis für das Grabmal, und die Myrmidonen belegten den Grund mit Steinen. Darauf schütteten sie Erde zu einem gewaltigen Hügel auf und bauten in dessen Mitte eine steinerne Kammer, die reichlich Platz für zwei Urnen bot; Achilles hatte Patroklos' Bitte um ein gemeinsames Grab nicht vergessen.

Nun stand die Urne in der Grabkammer, und Achilles ließ die kostbarsten Güter aus seinen Lagerhallen und Ställen herbeischaffen: Dreifüße und Kessel, Krüge, Waffen, Rüstungen, Rösser, Maultiere, Stiere, Gold und auch Frauen, und dann rief er die Fürsten und edelsten Krieger zu den Leichenspielen für Patroklos zusammen.

Der erste Wettbewerb war das Wagenrennen, dafür setzte er herrliche Preise aus. Für den ersten ein Mädchen, schön wie der lichte Tag, das

alle weiblichen Künste und im besonderen die der Liebe beherrschte; für den zweiten einen gehenkelten Kessel, der zweiundzwanzig Maß faßte, und eine trächtige Stute; dem dritten verhieß er ein im Feuer gehärtetes Becken, dem vierten einen Klumpen Gold und dem fünften eine doppelt gehenkelte Amphore.
»Achaier«, rief er, »hier liegen die Preise im Ring und warten auf die Sieger. Gälte der Wettkampf einem anderen, würde ich selbst daran teilnehmen und wohl auch gewinnen, den wer von euch könnte mein Gespann mit Bailos und Xanthos schlagen? Doch die Trauer zwingt mich, abseits zu stehen. Ihr anderen aber, die ihr eueren Rossen vertraut, sollt den Kampf wagen!«
Als erster meldete sich Eumelos, der König von Pherai, der ein unübertrefflicher Lenker war. Nach ihm erhob sich Diomedes und ließ die herrlichen Rösser aus der Zucht des Tros', die er Aeneas geraubt hatte, anspannen. Menelaos führte Agamemnons Pferd Aithe und sein eigenes, Podargos, herbei. Ihm war keineswegs am ersten Preis gelegen, doch rühmte er sich, ein unübertrefflicher Wagenlenker zu sein. Als vierter schirrte Antilochos, der Sohn Nestors, an. Ihm gab der Vater allerlei Ratschläge, weil seine Pferde nicht die besten waren: »Umsicht ist oft besser als alles Vertrauen in die Schnelligkeit der Pferde. Wer bei schwächeren Rossen jeden Vorteil der Fahrkunst nutzt, ist dem Ziel oft näher als der Raser. Streife bei der linksführenden Wende möglichst nah an der Marke vorbei. Lehne dein eigenes Körpergewicht stark in die Kurve nach innen, treibe das rechte Pferd laut mit stachelnden Rufen an und halte die Zügel ihm locker, das linke führe gebremst mit gehaltenem Zügel nah am Baumstamm vorbei, doch hüte dich, den Stamm zu berühren, damit du nicht gar die Rosse verletzt und den Wagen zertrümmerst.«
Worte, die sich Antilochos zu Herzen nahm. Schließlich führte noch Meriones, der Sohn des Königs Idomeneus von Kreta, sein Gespann herbei; Phönix wurde als Laufrichter erwählt. Er stellte sich zu der weit im Gelände stehenden schattigen Buche, zu der ein schwer zu befahrender Hohlweg führte. Die Strecke, so wurde vereinbart, war dreimal linksdrehend zu umrunden. Phönix wurde beauftragt zu prüfen, daß jeder der Lenker die Regeln der Umrundung gleich einhielt.

Nun bestiegen alle ihre Wagen, und das Los bestimmte die Anordnung der Bahnen von innen nach außen. Die innere kürzeste Bahn erhielt Antilochos, es folgte Eumelos, dann kam Menelaos, danach Meriones und ganz außen stand Diomedes.
Unruhig standen die schnaubenden Rosse in einer Reihe, tänzelten nervös hin und her, die Lenker standen mit klopfendem Herzen im Wagengestühl. Dann war es soweit. Auf das Zeichen Achilles' schwangen sie zugleich die Geißeln, schlugen die Zügel und trieben die Rosse schreiend an. Schon flogen die Gespanne über das Feld, es flatterten die fliegenden Mähnen im Wind, und bald verschwand die rasende Meute hinter einer dicken Wolke von gelbem Staub.
Der Boden war uneben. Mal berührten die Räder die Erde, mal schnellten sie hoch in die Luft, die Lenker hatten die größte Mühe, die Strecke zu meistern. Eumelos setzte sich als erster ab. Als er das Ende der Rennbahn rasend erreichte, bremste er ab, rollte in den Hohlweg ein, der durchfurcht war von Spalten, die die Wasser des Winters gegraben und den Weg zerrissen hatten. Dann fuhr er die Kehre um die Buche und stürmte zurück zum Meer, die anderen kamen hinterher. Beim Wiederkehren auf der Höhe des Grabmals zeigte sich die Stärke eines jeden. Allen voran war Eumelos, ihm folgte dicht hintan Diomedes. Er fluchte und schrie auf die Pferde ein, denn er hatte seine Geißel verloren. Erst mit einigem Abstand folgten Menelaos, dann Antilochos und schließlich Meriones.
Zum zweitenmal jagte Eumelos auf den Hohlweg zu, preschte durch ihn hindurch, daß Steine und Erdbrocken flogen, und nahm die Kehre um die Buche so eng wie nur möglich. Doch zu Füßen des Baums ragte eine knorrige Wurzel aus dem Grund, die Eumelos' Wagen hoch in die Luft schleuderte. Krachend schlug der Wagen gegen den Stamm, daß die Deichsel brach und Eumelos kopfüber aus dem Sitz auf die Erde stürzte. Krachend landete er neben dem gebrochenen Rad und zerschlug sich Mund, Nase und Arme; über den Augenbrauen klaffte eine tiefe Wunde. Neben ihm aber lenkte Diomedes sein Gespann vorbei. Nun führte er das Feld mit etlichen Längen an. Erst weit hinter ihm kam Menelaos, ihm folgte Antilochos. Der rief seinen Pferden zu: »Auf, ihr beiden, greift aus, den Atriden können wir einholen, warum so langsam, ihr Mähren!«

Die Gespanne näherten sich dem Grabmal, machten kehrt und jagten zurück zu der Buche. Antilochos schrie auf die Pferde ein: »Wenn ihr noch jemals Futter wollt, rennt, so schnell ihr könnt. Wollen wir doch sehen, ob wir Menelaos nicht vor der Enge des Hohlwegs abfangen!« Obwohl Menelaos, auf gleicher Höhe zwar, aber innenliegend, als erster das Hindernis hätte passieren dürfen, raste Antilochos, kaum ausweichend, in die Enge hinein; nur mit größter Mühe konnte Menelaos die bäumenden Pferde halten, denn für zwei Gespanne war in der Enge unmöglich Platz. Erschrocken rief er dem Stürmenden zu: »Halt die Pferde, du bringst uns ja beide um!« doch Antilochos tat, als hätte er nichts gehört, und gab den Rössern die Peitsche.

»Du bist mir der Ärgste von allen!« schrie Menelaos Antilochos hinterher, doch der hatte bereits den Engpaß überwunden und jagte um die Buche auf das Ziel zu. Nun gab auch Menelaos seinen Pferden wieder die Peitsche. Auf der Ebene aber sah er, daß Nestors Sohn so weit vor ihm lag, wie ein rüstiger Mann den Diskus schleudert. Er war so voll Zorn über den Betrug, daß er Aithe und Podargos zur höchsten Leistung anspornte. Er holte auch auf, bald lag er noch eine Länge zurück, dann nur noch eine halbe, doch er konnte den Widersacher vor dem Ziel nicht einholen. Wäre das Rennen noch eine Runde gegangen, er hätte ihn leicht überholt, doch danach fragt am Ende keiner mehr. Diomedes war, allen voran, als erster eingetroffen, danach Antilochos, knapp hinter ihm Menelaos, dann Meriones, und ganz zuletzt überquerte Eumelos die Linie. Mit Blut im Gesicht schleppte er den zerstörten Wagen und trieb die Rosse vor sich her.

»Der erste Preis gebührt Diomedes«, rief Achilles, als sie alle beisammenstanden, »den zweiten Preis aber will ich Eumelos zuerkennen, weil er der beste der Lenker war. Nur ein böses Geschick verhinderte ihm den Sieg.« Dies hörten die Fürsten mit Wohlgefallen, nur Antilochos war über die Entscheidung erbost. »Das laß ich mir nicht gefallen, Achilles! Du willst mir den Kampfpreis nehmen, den ich als zweiter errang. Eumelos hätte die Götter bitten sollen, ihm beizustehen, dann wäre er nicht gestürzt und als letzter gekommen. Wenn du ihn schon so bedauerst, so gib ihm doch einen anderen Preis, du hast doch genug davon in deinen Lagern. Die Stute jedenfalls gehört mir!«

Achilles lachte, er wollte mit niemandem Streit, besonders nicht mit Antilochos, der ihm seiner Jugend wegen und auch sonst nahestand. »Soll ich ihm einen anderen Preis geben, gut, dann bekommt er eben den kostbaren Harnisch und den Helm, die ich dem Asteropaios raubte, die sind ihm sicher lieber als der Kessel und die Stute.« Von den aufgehäuften Geschenken nahm er den Panzer und den Helm, Eumelos nahm beides mit Freude.

Nun aber begann Menelaos auf Antilochos zu schimpfen: »Wie kommst du dazu, Forderungen zu stellen, da du doch mich gegen die Regeln behindert hast?«

Antilochos tat erstaunt und leugnete erst alles ab, da sagte Menelaos: »Wenn es so ist, wie du sagst, dann tritt heran, leg die Hand auf die Stute und schwöre bei den Göttern, daß du mich nicht mit Absicht und Betrug um den zweiten Platz gebracht hast!«

Antilochos wurde rot und wußte nicht, was er sagen sollte. Sein Vater Nestor schaute ihn durchdringend an. Da endlich gab Antilochos seinem Herzen einen Stoß und sagte: »Die Stute, die ich gewonnen habe, gehört dir, und wenn du von mir ein größeres Gut zur Sühne forderst, will ich es dir bei meinem Zelt geben.«

Dies nun wieder rührte Menelaos: »Es war wohl die Hitze der Jugend, die dich unbesonnen machte. Wenn ich jedoch bedenke, was du alles für mich erlitten und erduldest hast, so muß auch ich dir Abbitte tun, und darum lasse ich dir die Stute, damit niemand sagen kann, ich sei trotzig und harten Herzens.«

Während Diomedes mit leuchtenden Augen das ihm zugesprochene Mädchen begutachtete, umarmten sich Menelaos und Antilochos in Freundschaft. Die Stute gab Antilochos seinem Freund Noëmon zum Fortführen, Menelaos nahm den glänzenden Kessel, und Meriones bekam den Klumpen Gold. So blieb also der fünfte Preis, die Amphore, übrig. Den gab Achilles dem alten Nestor und sagte: »Da, nimm, lieber Greis, den Preis schenke ich dir als Erinnerung an Patroklos' Leichenspiele.«

»Gern empfange ich dein Geschenk«, sagte Nestor gerührt, »da ich ja selbst nicht mehr in der Lage bin, hier Preise zu erringen. Ach, wenn

ich doch noch einmal so rüstig wäre wie früher ... Mögen die Götter dir alles reichlich vergelten.«
Nun bestimmte Achilles die Preise für den Faustkampf: Ein kräftiges Maultier für den Sieger, einen gehenkelten Becher für den Zweiten. »Zwei Männer mögen beweisen, welcher am stärksten die kräftige Faust zu schwingen vermag!«
Da erhob sich der gewaltige und stattliche Epeios, ging zu dem Maultier, legte ihm die Hand auf den Rücken und rief: »Es komme doch näher, wem nach dem Becher gelüstet, denn das Maultier gewinnt kein anderer als ich! Im Faustkampf macht mir keiner etwas vor.«
Alle, die es hörten, schwiegen, nur Euryalos, der wackere Kämpfer, erhob sich. Um ihn kümmerte sich Diomedes, ermunterte ihn und wünschte ihm herzlich zu siegen. Er gab ihm den Lendenschurz und reichte ihm Riemen vom Fell des mächtigen Waldstiers zur Polsterung der Fäuste. So gegürtet, schritten beide ins Kampffeld. Auge in Auge musterten sie sich, dann griffen sie mit wuchtigen Faustschlägen an, prallten zusammen und trafen einander mit dröhnenden Hieben. Fürchterlich klang das Knirschen der Kiefer, und aus den Poren troff ihnen der glänzende Schweiß. Als einen Augenblick nur der mächtige Euryalos die Deckung vernachlässigte, sprang Epeios heran und traf die Wange Euryalos', daß diesem Sterne um die Augen tanzten und er nicht mehr lange stand; ihm brachen die mächtigen Glieder, und er sank zusammen wie ein nasser Sack. Epeios hob den Bewußtlosen auf, führte ihn aus dem Ring und trug ihn zu seinen Gefährten. Die legten ihn, da er Blut spuckte, zu Boden. Diomedes holte den Becher für Euryalos, Epeias aber freute sich, als er wieder erwacht war, über das gewonnene Maultier.
Neue Preise setze Achilles für den schwierigen Ringkampf aus: Für den Sieger einen feuerbeständigen Dreifuß, der nach der Schätzung der Achaier zwölf Rinder wert war, für den Verlierer stellte er in die Mitte ein Mädchen, das wie vier Stiere bewertet wurde. »Tretet hervor, wem nach diesem Kampf gelüstet!«
Es erhob sich der riesige Ajax, und auch Odysseus stand auf, obwohl er von der Speerwunde an seiner Seite noch nicht vollständig genesen war. Gegürtet schritten die beiden ins Kampffeld. Nachdem sie sich lange in geduckter Haltung umkreist hatten, stürzte der schnel-

lere Odysseus blitzartig vor und umschlang Ajax mit eisernem Griff die Brust. Fest packte da Ajax die Arme des Odysseus, und die beiden drückten sich so heftig mit ihren wuchtigen Armen, daß die Rippen und Wirbel krachten und der Schweiß zu Boden troff. Trachteten doch beide, den köstlichen Dreifuß zu erringen. Weder vermochte Odysseus den Gegner niederzuringen, noch gelang es Ajax, denn eisern hielt Odysseus den Gegner umklammert. Langsam wurden die Zuschauer ungeduldig, da rief der kleine Aias: »Hebt euch doch in die Luft, für das weitere sorgt Zeus!«

Mit gewaltiger Stärke hob Odysseus den Riesen von den Beinen und stieß ihm mit dem Fuß in die Kniekehle und brachte so Ajax zum Wanken. Rückwärts schlug der Riese nieder, und Odysseus stürzte auf dessen Brust. Staub wirbelte auf, und alle ringsum sahen es mit Staunen. Da wand sich Ajax auf die Seite und konnte sich mit Not aus der Umklammerung befreien. Beide wollten wieder aufspringen und nochmals ringen, da rief Achilles: »Geht nicht weiter auf einander los, ihr beide habt gleichermaßen gewonnen und sollt auch beide die gleichen Preise erhalten.«

Aus dem Haufen der Geschenke ließ Achilles einen zweiten Dreifuß bringen, und die Kämpfer schritten froh davon und setzten sich glücklich mit ihren Preisen zu den anderen.

Weitere Preise bestimmte Achilles für den Wettlauf. Einen silbernen Krug, so schön, wie man selten einen gesehen hat, für den Sieger, einen riesigen Stier für den zweiten und ein halbes Pfund Gold für den dritten. Da erhob sich schnell der kleine Aias, denn laufen konnte er wie ein Wiesel, auch Odysseus wollte sich messen, und schließlich meldete sich wieder Antilochos, denn unter den Jüngsten war er der beste Läufer. In einer Reihe standen sie da, Achilles wies das Wendeziel, fünfhundert Schritte entfernt, und von dort ging es zurück zum Ausgangspunkt. Nackt zogen sich die Läufer aus, und die Männer und Frauen bewunderten ihre herrlichen Körper. Nach dem Startzeichen lief als erster Aias an die Spitze, ihm folgte Odysseus so dicht auf den Fersen, daß Aias Odysseus' Atem im Rücken spüren konnte. Mit nur wenigen Schritten Abstand folgte Antilochos. Alle Achaier sprangen von ihren Sitzen auf und feuerten die Läufer an. Als sie, immer noch in derselben Reihenfolge, das letzte Ende der Rennbahn

durcheilten, flehte Odysseus im Herzen zu Athene: »Erhöre mich, Göttin, und komm meinen Füßen gnädig zu Hilfe!«
Als sie nun fast schon das Ziel erreicht hatten, glitt Aias auf einem Fladen Rinderkot, den der Preisstier eben hatte fallen lassen, aus. Der Länge nach schlug er hin, und es füllte ihm der Unrat des Viehs Mund und Nase. Die Zuschauer schrien vor Vergnügen. So errang den schönen Krug Odysseus, den Stier erhielt Aias – er hielt das Horn des mächtigen Tieres, spuckte immer noch Unrat und sagte: »Mich brachte die Göttin Athene zu Fall, die stets dem Odysseus zur Seite steht!«
Alle Achaier lachten nochmals herzlich, und Aias machte gute Miene zum bösen Spiel; den letzten Preis erhielt Antilochos, doch auch er nahm es gelassen: »Freunde, es haben die Götter mal wieder den älteren geholfen und ihnen Ruhm geschenkt, allen voran dem frischen Greis Odysseus. Ihn könnte wohl keiner von uns schlagen außer Achilles.«
Der fühlte sich sehr geehrt und sagte: »Nicht ohne Gewinn sollst du mich loben, mein junger Freund«, und gab ihm noch ein halbes Pfund Gold zu seinem Preis dazu.
Nun brachte Achilles ein Schwert, den Schild und den Helm des Sarpedon, dem gefallenen Sohn des Zeus, den Patroklos getötet hatte, und sprach: »Zwei Männer mögen beweisen, welcher der stärkste Krieger ist. Sie sollen sich mit ihren Waffen rüsten und hier vor der ganzen Versammlung mit des Erzes Härte gegeneinander kämpfen. Wer dem anderen zuerst die Haut ritzt, dem bestimme ich dieses Schwert in der silbernen Scheide, das ich dem Asteropaios raubte. Helm und Schild des Sarpedon aber mögen sie untereinander aufteilen. Anschließend sei ihnen das Mahl in meinem Haus bereitet.«
Der große Ajax erhob sich und nach ihm Diomedes. Als sie sich nun beide gerüstet hatten, traten sie in die Mitte, das Herz erregt vor glühender Kampflust, und rannten zweimal wütend gegeneinander an. Erst stieß Ajax den Gegner in den Schild, daß die Lanze hindurchfuhr, doch er konnte Diomedes nicht verletzen, denn sein Panzer war zu stark. Diomedes versuchte über den Schild von Ajax zu stoßen, um seinen Hals zu treffen, doch beide Male ging der Stoß ins Leere. Beim drittenmal ritzte Diomedes mit seiner Speerspitze die

Halskrause von Ajax' Harnisch, da bekamen die Achaier Angst, und sie verlangten, daß die Streiter den Kampf beendeten, denn Tote sollte es bei Patroklos' Leichenspielen nicht geben. Beide Kämpfer waren froh darüber, denn es war kein Haß zwischen ihnen. Diomedes bekam seines besseren Treffers wegen von Achilles das Schwert mit der Scheide und den Schild, Ajax aber den prunkenden Helm.

Nun setzte Achilles zum Preis die eiserne Scheibe aus, die er dem König Eëtion aus Theben in Mysien, dem Vater von Hektors Weib Andromache, geraubt hatte. Sie war so gewaltig, daß ein Schmied hätte fünf Pflüge daraus machen könne. Wer die Scheibe am weitesten zu schleudern vermochte, sollte sie sein eigen nennen. Da erhoben sich der mächtige König von Thessalien, Polypoites, sowie Leonteus, Ajax und Epeios, der ja schon den Faustkampf gewonnen hatte. Reihenweise standen sie da, Epeios hob die Scheibe als erster, schwang sie schleudernd von sich, aber es lachten alle Achaier, denn der Versuch endete kläglich. Weiter warf Leonteus, doch als der mächtige Ajax die Scheibe warf, schleuderte er sie mit wuchtiger Hand weit über die Marke seiner beiden Widersacher. Nun ergriff Polypoites die Scheibe, und wie ein Hirte, der den Schleuderstecken einem aus der Herde flüchtenden Rind nachwirft, übertraf der Wurf Polypoites' die Marken der anderen bei weitem. Laut vor Begeisterung schrien seine Freunde und trugen den kostbaren Preis zu dem Schiff ihres Fürsten.

Nun brachte Achilles zehn als Kriegswaffen gefürchtete Doppeläxte und zehn einfache Beile. Sie waren der Preis für die besten Bogenschützen. Fern am Strand ließ er einen Mast errichten und band auf dessen Spitze mit einem Faden ein schüchternes Täubchen am Fuß fest. »Wem es gelingt, die Taube zu treffen, dem gehören die Doppeläxte, wer den Vogel verfehlt, dafür aber den Bindfaden trifft, soll die einfachen Beile haben.« Als erster erhob sich der treffliche Teuker, der Bruder des Ajax, und Meriones aus Kreta. Beide zogen ein Los, und es war Teuker, der zuerst schießen durfte. Er spannte den mächtigen Bogen, vergaß aber, den Göttern ein Opfer zu geloben, und so verfehlte er den Vogel, traf den Faden, und sofort flog die Taube himmelwärts. Laut schrien die Zuschauer, da ergriff Meriones rasch den Bogen, versprach dem Apollon ein Opfer von neugeborenen Lämmern und schoß dem aufsteigenden Vogel nach. Er traf ihn unter dem Flügel, daß der Pfeil glatt durch die Taube hindurchdrang. Die Taube drehte noch einige Kreise, dann sank sie herab, ließ sich nieder auf die Spitze des Mastes, da fiel das Köpfchen, die Flügel erschlafften, und es entwich ihr das Leben. Fern von dem Schützen fiel sie in den Sand und war tot. Die Achaier sahen den Meisterschuß mit Erstaunen. Meriones nahm sich die zehn Doppeläxte, Teuker trug seine zehn Beile zu den Schiffen.

Schließlich brachte Achilles einen Speer in die Runde und einen in Feuer gebrannten blumenumschmiedeten Kessel, der den Wert eines Rindes hatte. Dann rief er Agamemnon zu sich und Meriones: »Ihr seid bekannt als die besten Speerwerfer«, sagte er, »doch wie mir scheint, ist Agamemnon aufgrund seiner Verletzung nicht in der Lage, die Lanze zu schleudern. Drum bitte ich dich, Agamemnon, nimm zum Kampfpreis den wertvollen Kessel, Meriones aber soll die Lanze behalten, dies halte ich für billig.«

Beide waren es zufrieden, Agamemnon dankte Achilles von Herzen, gab dem Talthybios den Kessel, der ihn zu seinem Haus trug, und Meriones war froh um den herrlichen Speer.

Zum Abschluß der Leichenspiele lud Achilles die Fürsten und Kämpfer in sein Hause zu einem herrlichen Gastmahl. Erst als Selene ihre leuchtende Bahn über den nächtlichen Himmel zu Ende gezogen hatte, gingen die Fürsten wohlgemut und gesättigt zu ihren Behausungen.

10

Alle Bewohner der Schiffsstadt lagen in tiefem Schlaf. Nur Achilles dachte noch immer voller Schmerz an den lieben Gefährten, mit dem zusammen er so viele Gefahren ertragen, so viel im Krieg und auf See erduldet und so viele schöne Dinge erlebt hatte. Da wurde ihm erneut unendlich schwer ums Herz. Auf seinem Lager, das er nun wieder mit Briseïs teilte, die er jedoch, seit sie wieder bei ihm war, noch nie bestiegen hatte, warf er sich unruhig hin und her. Schließlich sprang er verzweifelt aus dem Bett, lief hinunter zum Meer und suchte Patroklos' Grabstätte auf. Wieder überkam ihn die wilde Wut. Er hetzte hinauf zu seinem Haus, ging in den Stall, legte Bailos das Zaumzeug an, führte das Pferd zum Misthaufen, hinter dem Hektors Leiche lag, band die Lederriemen, die noch immer an dessen durchbohrten Fersen hingen, an den Sattelknauf und schleifte den nackten Leichnam durch die nächtliche Schiffsstadt hinunter ans Meer und dreimal um Patroklos' Denkmal.

Zwölf Nächte lang mißhandelte er so den Toten, bis der Anblick die seligen Götter mit Mitleid erfüllte. Zwar schützte Apollon die Leiche mit seiner Ägis, damit die Haut nicht verletzt werde, auch hatte er dafür gesorgt, daß kein Hund und kein Geier in dessen Nähe kam und Hektors Leichnam verstümmele und keine Verwesung den Körper befalle; doch schließlich bat der silberbogige Gott seinen Vater Zeus, den Götterboten Hermes in die Schiffsstadt zu senden, um Hektor zu entführen und ihn seinen Angehörigen zur Bestattung nach Troja zu bringen: »Hat Hektor nicht immer uns Göttern die saftigsten Ziegen und Rinder verbrannt, die köstlichsten Trankopfer in die Erde geschüttet? Und nun verweigerst du seinem Vater, seiner Gattin und dem Söhnchen einen letzten Anblick auf das liebe Gesicht und ihm selbst die ehrenvolle Verbrennung und ein Grabmal, daß er in Frieden eingehe in das Haus des Hades?«

Voller Verachtung wandte sich Apollon von Zeus ab. »Und Achilles, den Verderber, willst du schonen, der kein Herz hat und keine milde Gesinnung. Er kennt nur die Wildheit des Löwen, der eindringt in die Herden, um sich den Fraß zu erbeuten. Achilles hat das Mitleid getötet. Mancher hat ärgeren Verlust erlitten und findet doch ein Ende für Tränen und Jammer, ihm aber mangelt es an des Herzens Größe.«

Zornig erwiderte ihm darauf Hera: »Wenn Achilles und Hektor von gleicher Abstammung wären, würde dein Wort mehr wiegen. Hektor war sterblich, von menschlicher Mutter genährt, Achilles aber entstammt dem Schoß der Göttin Thetis, die ich selbst aufzog. Wir alle waren bei ihrer Hochzeit mit Peleus zu Gast, und du selbst spieltest die Leier!«

Darauf erwiderte Zeus: »Hera, sei doch nicht gleich allen Göttern böse. Natürlich steht uns Achilles näher, doch war Hektor den Göttern von allen Trojanern der liebste. Nie stand er mit leeren Händen vor dem Altar. Deshalb will ich ihm auch zu einem Begräbnis verhelfen. Dennoch vermeiden wir besser, ihn zu entführen, denn der Raub kann nicht verborgen bleiben, da Thetis Achilles immer beiseite steht. Es wäre besser, jemand riefe Thetis zu mir, damit ich ihr den Rat gebe, Achilles zu überzeugen, für die Rückgabe des Leichnams von Priamos Buße zu nehmen.«

Da eilte die Botin, die stürmische Iris, von dannen; mitten zwischen Samos und den felsigen Ufern von Imros sprang sie hinab ins finstere Meer, tauchte in die rauschenden Fluten und sank in die Wellen wie eine bleierne Kugel. Vorbei an allem Getier des Meeres drang sie hinunter in die Tiefe, zog über die unendlichen Gefilde des Poseidon, schlüpfte durch Höhlen und Schlünde und fand Thetis schließlich in ihrer gewölbten silbernen Grotte. Um sie saßen die Nymphen des Meeres und stimmten mit ein in die Klage über das Los des zu Tode betrübten Sohnes.

»Thetis«, sagte Iris, »erhebe dich. Zeus, der Vater der Götter, ruft dich!«

»Warum wünscht mich der mächtige Gott zu sehen? Ich kann jetzt nicht in meinem unendlichen Jammer unter seine Augen und die Schar der Ewigen treten!«

»Thetis, du weißt doch selbst, daß du kommen mußt, wenn der Donnerer dich ruft. Er verlangt einen Dienst von dir, der uns allen von Nutzen ist.«

»Wenn es denn sein muß, gut.«

Bevor sie die Grotte verließen, nahm sich Thetis einen dunklen Schleier, schwärzer als alles, das jemals gewirkt wurde, verhüllte sich damit das Gesicht und folgte der göttlichen Botin aus dem Schoß ihres schützenden Elements. Eilig führte sie die windbeflügelte Iris davon, es wichen die Wogen des Meeres, und als sie das Ufer erstiegen, flogen sie aufwärts zum Olymp und fanden Zeus in den schimmernden Hallen des Palastes inmitten der unsterblichen Götter. Neben Zeus, auf Athenes Sessel, ließ sich Thetis nieder, und Hera bot ihr einen prächtigen goldenen Becher mit Nektar an: »Es wird alles gut werden, mein Kind.«

Dann begann Zeus zu sprechen: »Thetis, du kamst zum Olymp, so sehr du auch trauerst, ich kenne den Schmerz, der dich unendlich getroffen hat. Dennoch will ich dir sagen, warum ich dich habe rufen lassen. Schon seit neun Tagen wütet im Kreis der Götter ein Streit um die Leiche Hektors und um Achilles. Die einen wollen Hektor durch Hermes entführen lassen, weil ihn dein Sohn seit zwölf Tagen um das Grabmal des Patroklos schleift. Obwohl dies eine unerhörte Schandtat ist, will ich Achilles die Demütigung einer Bestrafung ersparen; ich möchte mir schließlich deine Freundschaft und Achtung auch in Zukunft bewahren. Deshalb bitte ich dich, eile du hinunter ins Lager der Griechen und überzeuge deinen Sohn davon, daß er Priamos gestatte, seinen Sohn von ihm loszukaufen. Sag deinem Sohn, es grollten die Götter, am meisten ich, weil seine Rache maßlos sei. Und sage ihm, daß sein Herz erst dann wieder zur Ruhe kommt, wenn er sich erweichen läßt.«

Dies sah Thetis ein, und nachdem auch Hera ihr zugenickt hatte, flog die Silberfüßige von den Höhen des Olymps hernieder zum Haus ihres Sohnes und fand ihn noch immer in stöhnender Klage um den geliebten Freund. Neben Achilles ließ sich die schöne Göttin nieder, streichelte ihn leise mit zärtlicher Hand und sagte: »Kind, wie lange noch willst du mit Jammer dein Herz verzehren und Schlaf und Speise verweigern. Wahrlich, es würde dir gut tun, in eines Weibes Umarmung wieder liebend zu ruhen.«

Voller Unverständnis wandte Achilles sich ab.

»Höre«, sprach sie weiter, »es grollen dir die Götter, am meisten Zeus, weil deine Rache kein Ende findet. Noch immer hältst du Hektor den Hunden zum Fraß vor, obwohl du doch merkst, daß sie nicht über ihn herfallen, weil dies nicht der Wunsch der Götter ist. Gib ihn heraus, und nimm dafür die Buße von Priamos.«

Lange schwieg Achilles, dann sagte er: »Also sei es, man bringe mir die Buße und nehme den Toten, wenn es mir die Olympier ernstlich gebieten.«

Thetis brachte Zeus die gute Nachricht in den Olymp. Der schickte seine Botin Iris, sich eilends nach Troja zur Burg Ilion zu begeben, um dem alten, trauernden König Priamos die tröstliche Kunde zu bringen.

Als Iris ins Haus des Priamos kam, fand sie dort alle in Jammer und

Klage aufgelöst. Um den Vater saßen die Kinder, er selbst lag, in einen Mantel gehüllt, auf dem Boden des Schloßhofes, sein Haupt und sein Nacken waren bedeckt mit Staub und Erde, die er mit eignen Händen auf sich warf. Töchter und Schwiegertöchter saßen weinend in den Hallen und dachten an ihre Männer, Brüder, Kinder und Schwager und alle anderen Edlen, die gefallen waren.
Iris trat neben Priamos und sagte leise, daß der König zitternd erbebte: »Priamos, fürchte dich nicht, ich bin Iris, die Botin des Zeus; ich komme nicht, dir Unheil zu künden, denn ich will dir wohl. Zeus hat sich deiner Sorge erbarmt und heißt dich, Hektors Leiche zu lösen. Darum sollst du mit Geschenken zu Achilles fahren und sein Herz erweichen. Doch es sollen dich keine trojanischen Krieger, sondern nur dein alter Herold Idaios begleiten und dir die Maultiere und den Wagen lenken, auf daß du den Leichnam Hektors heim zur Stadt bringst. Fürchte weder den Tod noch andere Schrecken, denn Zeus wird dir einen starken Beschützer mit auf den Weg geben, den mächtigen Götterboten, der dich führen wird, bis du die Achaier erreichst und er dich in das Zelt des Achilles geleitet. Achilles wird dich nicht töten, denn er ist weder von Sinnen noch ein Frevler.«
Priamos befahl den Söhnen, den maultierbespannten Wagen zu rüsten. Dann stieg er hinauf ins zederngetäfelte, duftende Gemach, wo die Schatztruhen lagerten, rief Hekabe dort hinein und sprach zu der Gattin: »Liebes Weib, von Zeus erhielt ich Botschaft, allein mit Geschenken zu Achilles zu fahren und den Sohn loszukaufen. Sag du, was hältst du davon?«
Hekabe schrie auf: »Bist du von Sinnen, hast du den Verstand verloren, um den dich vormals so viele Menschen und Völker priesen? Wie kannst du vor die Augen des Mannes treten, der dir so viele tapfere Söhne erschlug? Hat er dich erst ergriffen, dieser Bluthund, bist du verloren. Laß uns lieber trauernd hier sitzen und Hektor dem schrecklichen Mann lassen, dem ich am liebsten die Leber zerbisse. Das wäre Rache für mein Kind, aber ich will nicht Gefahr laufen, auch dich noch zu verlieren!«
»Halte mich nicht, ich bin entschlossen zu fahren. Hätte mir ein Sterblicher diesen Rat gegeben oder ein Priester oder Wahrsager, würde ich ihn einen Lügner nennen, aber es war die Göttin Iris, ich

selbst habe ihr Antlitz gesehen. Und selbst wenn es mein Schicksal wäre, bei den Achaiern zu sterben, ich würde es dennoch wagen. Es soll mich Achilles erschlagen, wenn ich nur noch einmal Hektor in meinen Armen halten kann.«

Priamos hob die Deckel der Schatztruhen und nahm daraus zwölf prächtige Decken, zwölf Mäntel und Teppiche, ebenso viele gewirkte Gewänder und zehn volle Talente von purem Gold, vier Becken, zwei dreifüßige Kessel, auch einen prächtigen Becher, ein unschätzbar wertvolles Kleinod, das einst der thrakische König ihm, als er noch Gesandter gewesen war, gegeben hatte – nichts schonte er aus den Schätzen seines Palastes, denn er sehnte sich so sehr danach, den geliebten Sohn zu erlösen.

Im Hof versammelten sich etliche Trojaner, die verhindern wollten, daß ihr König mit all den herrlichen Schätzen die Stadt verließe.

»Fort mit euch Schlangengesindel!« schrie Priamos sie an. »Verruchte, habt ihr zu Hause kein eigenes Leid, müßt ihr euch an meinem weiden, was kommt ihr mich plagen und kränken?«

Mit dem Stab trieb er sie davon, und die Männer wichen vor dem wütenden Greis. Dann rief er seine ebenfalls versammelten Söhne zu sich: »Helenos, Agathon, Paris, Pammon, Antiphonos, Deiphobos, Hippothoos und Dios, eilt euch, ihr schändlichen Erbschleicher, und ladet alles auf den Wagen!« Die taten erschrocken, was er befahl. Dann schirrten sie Rosse für Priamos und seinen Herold Idaios. Bevor der König und Idaios abfahren wollten, kam Hekabe gelaufen, stellte sich mit bekümmertem Herzen vor die Pferde, hielt Priamos einen goldenen Becher voll funkelndem Wein hin und sprach: »Gatte, nimm und spende dem Zeus und bete, er möge dich sicher wieder heimgeleiten. Bitte ihn, daß er dir zum Zeichen den mächtigen Adler sende. Wenn er dir den geflügelten Boten verweigert, möchte ich dich nimmer zur Fahrt zu den Schiffen ermutigen, so groß auch dein Verlangen sei.«

»Diesen Gefallen werde ich dir gerne tun, Frau! Segen bringt es, zu Zeus um Gnade die Hände zu heben.«

Von der Schaffnerin ließ er sich die Hände mit Wasser besprengen, dann griff er nach dem Becher, goß die Spende auf den Boden und rief mit lauter Stimme: »Herrlichster, mächtigster Zeus, gib mir vor Achilles Gnade und laß ihn sich meiner erbarmen. Sende mir den Vogel, den größten und stärksten zum Zeichen, daß ich ihn mit eigenen Augen sehe und im Vertrauen auf ihn die Schiffe erreiche!«

Zeus vernahm Priamos, entsandte den Adler, rechts erschien er über der Stadt, und der König und seine Getreuen sahen es mit großer Freude. Nun traten Priamos und Idaios zum Sitz des Wagens und trieben die Pferde und Maultiere die Stadt hinunter zum Skäischen Tor. Es folgten ihnen die zeternden Söhne, als führen die beiden Alten dem Tod entgegen. Priamos hatte nur noch Verachtung für sie übrig, denn er wußte, daß sie nur um die Schätze weinten. Als sie die Stadt verließen, kehrten jene zurück.

Weitschauend erblickte Zeus den König und seinen Herold im Feld und sprach zu Hermes: »Höre, es war doch immer dein größtes Vergnügen, Menschen zu geleiten. Eile denn schnell, bringe Priamos zu den Schiffen und achte, daß kein Grieche ihn bemerke, bevor er Achilles erreicht.«

Gerne gehorchte der leitende Bote der Götter, umband sich die Füße mit den ambrosischen Sandalen, die ihn im Hauch der wehenden Winde über die Weiten der Erde und der Wasser trugen, dann ergriff er den Stab, mit dem er die Augen der Menschen nach Gefallen schloß oder öffnete, und flog vom hohen Olymp hinab zu der Eiche, unter der Tros' Grabmal stand.

Als Priamos und Idaios dort vorüberkamen, hielten sie an, um die Pferde und Maultiere an der Furt über den Skamander zu tränken – es sank schon die Dämmerung über das Land, da bemerkte der Herold einen Jüngling ganz in der Nähe.

»Priamos, gib acht«, rief Idaios, »ich sehe einen Mann, er wird uns sicher erschlagen, darum laß uns fliehen!«

Der Fremde trat unter der Eiche hervor, reichte Priamos die Hand und sagte: »Vater, wohin lenkst du die Rosse und Maultiere durch die Nacht, wenn alle Sterblichen schlafen? Fürchtest du nicht die Achaier? Wenn dich einer mit all diesen Schätzen durchs Dunkel fahren sieht? Ihr seid zu alt, um auch nur einen einzigen Feind abzu-

wehren, ich werde euch beschützen, denn du erinnerst mich an meinen eigenen lieben Vater.«
»Ja«, sagte Priamos, »mein lieber Sohn, es ist so, wie du sagst, aber noch schützt mich Zeus und sendet mir einen Beschützer, wie du einer bist. Die leuchtende Iris hat mir die Hilfe des mächtigen Argosbezwingers Hermes angekündigt.«
Hermes mußte lächeln: »Was du redest ist wahr, ich bin Hermes; mein Vater Zeus hat mich gesandt, dich zu begleiten.«
Voller Freude und Dankbarkeit lud Priamos Hermes zu sich auf den Sitz des Wagens, zusammen fuhren sie zu den Schiffen, dann aber fragte er den Gott: »Sag mir die lautere Wahrheit: Liegt mein Sohn noch unversehrt, oder hat ihn Achilles schon in Stücke zerhauen und den Hunden vorgeworfen?«
»Nein, lieber Greis, ihn fressen noch nicht die Geier und Hunde. Er liegt noch immer da wie vor zwölf Tagen; sein Leib verwest nicht, die Wunden sind verschlossen, und auch die Würmer und Maden verschonen seine Eingeweide. Freilich schleift ihn Achilles, seit er fiel, bei jedem Morgengrauen dreimal um das Grabmal des Patroklos, doch ohne ihn entstellen zu können. Du wirst erstaunt sein, wie blühend er ruht. Ihn behüten die seligen Götter auch nach seinem Tode, da so viele ihn liebten.«
Glücklich vernahm es Priamos und sagte: »Wie gut ist es doch, den Göttern gebührende Gaben zu bringen, nie hat mein Sohn das vergessen, darum gedenken sie seiner auch noch im Tode.«
Als sie die Türme und die hölzerne Mauer der Griechen erreichten, fanden sie die Wächter beim Abendbrot. Mit seinem Stab versenkte Hermes sie alle in tiefen Schlaf, dann löste er die Riegel, öffnete das Tor und ließ Priamos mit den herrlichen Gaben im Wagen ein in die Schiffsstadt. So kamen sie zum Haus des Achilles, Hermes öffnete das mächtige Hoftor, dessen gewaltigen Balken sonst nur drei starke Männer wegheben konnten, dann schickte er Priamos und Idaios mit dem Fuhrwerk allein hinein und sagte: »Ich will mich Achilles' Blicken nicht zeigen. Priamos, geh du hinein, umfaß seine Knie, er wird dich nicht verstoßen. Wenn du dann mit dem Leichnam deines Sohnes auf dem Heimweg nach Troja bist, will ich dich wieder geleiten.«

Hermes flog auf in den Olymp, Idaios blieb im Hof, um die Rosse und Maultiere zu versorgen, Priamos aber schritt hinein in das Haus und fand Achilles umgeben von Automedon und Alkimos, die ihm seit Patroklos' Tod die nahestehendsten Freunde waren. Soeben hatten sie das Mahl beendet, da trat Priamos ein, umfaßte die Knie des Thetissohns und küßte die wilden Hände, die so viele seiner Söhne ermordet hatten. Der Anblick des edlen, alten Mannes erstaunte die Männer aufs äußerste, und sie schauten sich verdutzt an.
»Denk an deinen eigenen Vater«, sagte Priamos. »Er wird wohl genau so alt sein wie ich und an der Schwelle des Todes stehen. Stell dir vor, er wäre ebenso bedrängt wie ich, und keiner wäre da, ihm den Jammer zu nehmen. Noch kann er sich freuen, die Heimkehr des lieben Sohnes aus Troja zu erleben, ich aber zeugte die herrlichsten Söhne, und nun ist keiner von den guten mehr übriggeblieben. Fünfzig hatte ich, bevor die Achaier kamen; die meisten streckte der schreckliche Kriegsgott Ares nieder, doch den, der mir der liebste war, der unsere Festung verteidigte, den hast du erschlagen, als er die Heimat schützen wollte. Und deshalb komme ich, um ihn von dir zu lösen. Ich bringe dir unermeßliche Buße; du aber scheue die Götter, erbarme dich meiner, denk an deinen eigenen Vater, ich bin weit mehr zu beklagen. Tue ich doch, was noch nie einer tat: Ich küsse deine Hände, die mir meine Kinder erschlugen.«
Da überfiel Achilles Mitleid, aber auch eine unbestimmte Sehnsucht nach seinem Vater Peleus. Er ergriff die Hand Priamos', drückte sie und schob sie dann leise weg. Beide saßen sie da, Priamos weinte um seinen erschlagenen Sohn, Achilles um seinen Vater und um Patroklos, doch dann schüttelte er die Trauer mit einemmal von sich ab, erhob sich vom Sessel und fragte den Greis: »Du Unglücklicher, du hast viel Böses ertragen, wie wagst du es nur, allein von Troja hierherzukommen und unter meine Augen zu treten, der ich dir so viele Söhne erschlug? Dein Herz muß wahrhaftig das eines Löwen sein. Nun aber setz dich nieder auf den Sessel, laß uns unser Unglück begraben. In der Halle des Zeus stehen zwei Krüge, der eine mit den bösen, der andere mit den guten Gaben. Wen Zeus davon kosten läßt, dem begegnet abwechselnd Glück und Unheil. Dir gab er viele Söhne und machte dich damit reich, meinem Vater Peleus nur einen, und

der ist zum Sterben verurteilt. Darum fasse dich jetzt, denn es hilft nichts, du kannst Hektor nicht mehr zum Leben erwecken.«
»Biete mir keinen Sessel an, Achilles«, sagte Priamos fast herrisch, »solange Hektor im Staub liegt, will ich hier nicht sitzen. Tu, um was ich dich gebeten habe, gib ihn mir schleunigst frei. Dann nimm die Geschenke und kehr zurück ins Land deines Vaters!«
Achilles runzelte unmutig die Stirn: »Reiz mich nicht, Greis, ich habe selbst beschlossen, dir Hektor zu lassen! Und bilde dir nichts darauf ein, daß ein Gott dir geholfen hat. Ich weiß sehr wohl, daß du es allein nicht geschafft hättest, die Schiffsstadt unbemerkt zu betreten und von meinem Tor den Riegel zu heben. Das, was du bekommst, hast du allein mir und meiner Mutter Thetis zu verdanken. Darum errege mich nicht, daß ich mich nicht vergesse, Alter!«
Priamos erschrak, Achilles aber ging hinaus, schickte Idaios zu seinem Herrn und nahm sich vom Wagen die Geschenke. Nur zwei Decken und einen herrlichen Mantel ließ er liegen, um damit die Leiche Hektors zu bekleiden. Dann rief er Diener und Mägde herbei, den Leichnam zu waschen und zu salben, aber so, daß es Priamos nicht sähe, denn auf einen neuen Streit wollte er sich nicht einlassen; am Ende hätte er ihn vielleicht sogar doch noch erschlagen. Zum Schluß hob er die Leiche selbst auf die Bahre und den Wagen hinauf, rief Patroklos' Namen und sagte: »Sei mir nicht böse, wenn du unten im Reich des Hades hörst, daß ich den Leib Hektors freigegeben habe. Es war der Wunsch der Götter, verzeih mir!«
Als alles vollbracht war, ging er wieder ins Haus hinein, setzte sich zu Priamos und sagte: »Greis, dein Sohn ist jetzt frei, so, wie du es wünschtest. Er ruht auf der Bahre, morgen früh sollst du es sehen und ihn nach Troja bringen. Nun aber laß uns essen und trinken.«
Als alles vorbereitet und aufgetragen war, begannen sie, das Mahl zu sich zu nehmen; für Priamos war es das erste seit Hektors Tod. Nachdem er ein paar Bissen gegessen und auch den Wein gekostet hatte, erhob sich der alte Mann: »Laß uns nun ruhen«, seufzte er, »ich habe kein Auge mehr zugetan, seit Hektor unter deinen Händen fiel.«
Unter dem Dach der Halle ließ Achilles dem Alten eine Liegestatt aufstellen mit Fellen, Kissen und Decken.

»Wieviel Tage gedenkst du, Hektors Bestattung zu feiern?« fragte Achilles. »Damit der Kampf solange ruhe?«
»Wenn du mir die volle Bestattung des Sohnes gewährst, wären es zwölf Tage. Du weißt ja, wir sind in der Stadt eingeschlossen, der Wald, wo wir Holz holen, ist fern und die Trojaner haben Angst. Neun Tage wollen wir Hektor beweinen, am zehnten ihn verbrennen und für alle das Leichenmahl bereiten, am elften Tag wollen wir ihm den Grabhügel errichten und, wenn es sein muß, laß uns am zwölften Tag wieder kämpfen.«
»So soll es geschehen, Greis Priamos, ich lasse den Kampf so lange ruhen.«
Zum Zeichen, daß er die Wahrheit sprach, gab er ihm die Hand, dann ging er zu Bett. Bevor er die Kammer aufsuchte, rief er Priamos noch zu: »Gib acht, daß du morgen früh keinem der Fürsten begegnest, sonst könnte es sein, daß sie dir den Sohn wieder nehmen, zu sehr wütete er in den Reihen der Griechen. Auch könnte es sein, daß sie dich selbst gefangen nehmen, die Buße für deine Freilassung aber müßtest du dreimal höher bezahlen.«
Damit schloß er die Tür zu seinem Gemach und legte sich an Briseïs Seite, die mit blühenden Wangen auf ihn gewartet hatte.
Alle Götter im Olymp ruhten, nur Hermes konnte keinen Schlaf finden, da er bedachte, daß er den alten König, verborgen vor Wächtern und regierenden Fürsten, nach Troja geleiten müsse. So trat er an das Lager Priamos', berührte ihn an der Schulter und flüsterte ihm ins Ohr: »Wie kannst du so ruhig schlafen inmitten der feindlichen Krieger, ohne Unheil zu fürchten?«
Priamos erschrak, weckte Idaios, und Hermes selbst spannte die Maultiere und die Pferde an. Dann führte er sie vorsichtig durchs Lager und zum Tor hinaus und achtete darauf, daß niemand sie erblickte. Als sie nach langem Ritt endlich wieder bei der Eiche des Zeus ankamen, schwang Hermes sich auf zum Olymp, Eos umzog die Erde mit safranfarbenem Mantel, und die beiden Alten lenkten das Fuhrwerk nach Troja hinauf.
Auch in der Stadt schlief noch alles. Nur Kassandra, schön wie die goldene Aphrodite, stand auf den Stufen der Burg Ilion und sah in die rosige Ferne. Dort in der Ebene erblickte sie weit unten das Fuhr-

werk, hoch darauf den Vater und Idaios, hinten die Leiche des Bruders, da schluchzte sie, und die Klage hallte weit durch die Stadt: »Geht und begrüßt Hektor, ihr Trojaner und Trojanerinnen, wie ihr den Lebenden stets bei seiner Rückkehr vom Schlachtfeld begrüßtet. Nun kehrt er zurück!«

Da blieb kein Mann, keine Frau zu Hause im Bett liegen, alles zog zum Skäischen Tor, um den toten Feldherrn willkommen zu heißen. Als die Pforte aufschwang, um das Fuhrwerk einzulassen, hatte sich die ganze Stadt versammelt, und es herrschte ein Weinen und Wehklagen, das bis zum Olymp hinaufdrang. Hektors Gemahlin Andromache war gekommen mit ihrem kleinen Kind auf dem Arm, seine Mutter Hekabe, sämtliche Schwestern, Schwägerinnen, auch die Anverwandten der vielen tausend anderen Krieger, sie alle waren erfüllt von Trauer und rauften sich die Haare; den Brüdern und den überlebenden Kriegern liefen still die Tränen über das Gesicht, und alle versperrten den Weg zur Burg, daß für Priamos und Idaios kein Durchkommen war. Viele Stunden dauerte das Wehklagen, bis Priamos endlich rief: »Weicht und laßt den Wagen durch. Ihr könnt euch ja später, wenn der Tote aufgebahrt ist, ausweinen!«

Da traten die Trojaner zur Seite und ließen den König mit dem Fuhrwerk passieren, die Familie aber geleitete den Toten bis zu seinem Palast. Dort legten sie ihn auf ein prunkendes Bett, zur Seite ließen sich Sänger und Dichter nieder und begannen die Klagelieder. Andromache nahm seinen Kopf in ihre Arme und weinte.

Und auch Hekabe und Helena traten schluchzend hinzu.

Maßlos war auch die Trauer in der Menge. Priamos gebot dem Volk, Holz aus den Wäldern herbeizuschaffen und draußen bei der Eiche des Zeus, nahe dem Grabmal des Ilos, einen Scheiterhaufen zu errichten, wie er größer und höher noch nicht gesehen worden war. »Habt keine Angst vor einem feindlichen Hinterhalt«, rief Priamos, »als ich Achilles verließ, versprach er mir, nicht zu kämpfen, bevor sich der zwölfte Morgen rötet!«

Sogleich schirrten die Männer Ochsen und Maultiere an, fuhren in die waldigen Abhänge des Ida und schafften neun Tage Holz herbei. Als sich der zehnte Morgen erhob, trugen sie unter Tränen den tapferen Hektor hinaus vor die Stadt, legten die Leiche hoch auf die

Scheite und schürten das Feuer, daß die ganze Nacht lang der Widerschein die Ebene Troas erleuchtete. Am elften Morgen löschten sie die Brandstätte mit funkelndem Wein, dann errichteten sie Hektor einen Grabhügel, der die höchste von allen Erhebungen der Ebene darstellte. Um den setzte sich das ganze Volk und hielt zusammen herrliche Mahlzeit, bis Eos im safranfarbenen Mantel das Kommen des zwölften Tages verkündete.

11

Die Zeit des Waffenstillstands war auch dazu genutzt worden, die Vorratskammern der Stadt wieder aufzufüllen. Zehn Tage lang hatten die Hirten und Bauern des Berges Ida fuhrwerkeweise Lebensmittel herangeschafft, dann verschanzten sich die Trojaner wieder hinter ihren Mauern und verriegelten die Tore, denn keiner der wenigen überlebenden Priamossöhne, auch Aeneas nicht, war mutig genug, die Rolle Hektors und die Befehlsgewalt über das trojanische Heer und das der Verbündeten zu übernehmen. Zu sehr fürchteten sie die unbändige Kraft Achilles', der sie so vernichtend geschlagen hatte. In der Stadt herrschte Klage und Trauer, und der Jammer war so groß, als ob Troja bereits in Schutt und Asche läge.

Am Morgen des zwölften Tages sichteten die Wachen von den Türmen herab eine Gruppe von dreizehn Reitern, die sich von Nordosten her auf das Dardanische Tor zubewegten.

»Griechen können es nicht sein«, sagte Deiphobos zu Paris, »sie kämen mit Streitwägen, nicht hoch zu Roß.«

»Und auch nicht aus Nordost, sondern auf kürzestem Weg von der Schiffsstadt auf das Skäische Tor zu«, meinte Paris. »Wer mögen diese Reiter nur sein, sie scheinen mir gerüstet, ich kann ihre Helme in der Sonne blinken sehen.«

Gespannt warteten die Königssöhne, bis die Gruppe näher kam. Nach und nach versammelte sich viel Volk auf der Mauerkrone, denn die Nachricht war wie ein Lauffeuer durch die Stadt gegangen. Bald konnten alle, die auf der Mauer standen, die leuchtenden Rüstungen

der fremden Krieger erkennen; die des Anführers, der an der Spitze ritt, schien aus purem Gold zu sein, so gleißend blinkte sie in der Sonne.
Endlich kamen die Reiter am Dardanischen Tor an. Wie aber staunten die Trojaner, als sie eine glockenreine Mädchenstimme rufen hörten: »Ich bin Penthesilea, die Königin der Amazonen, wir kommen aus Bithynien, um euch im Krieg gegen die Achaier zu unterstützen, wir bitten euch, Trojaner, laßt uns ein!«
Deiphobos und Paris schauten sich verblüfft an: »Amazonen? Die ruhmreichen Frauen ohne Brüste?«
»Macht das Tor auf«, rief Paris den Wachen zu, »laßt die Amazonen und ihre Königin eintreten!«
So schnell sie konnten, liefen die Brüder die Treppen des Wehrgangs hinunter und begrüßten die Reiterinnen, von denen sie schon so manche wunderliche Geschichte gehört hatten, mit der größten Ehrerbietung. Aus der Stadt strömten von allen Seiten die Bewohner herbei und konnten die Besucherinnen nicht genug bewundern. Nicht nur, daß es Frauen waren, die in voller Kampfausrüstung gekommen waren, um den Trojanern zu helfen, nein, als sie das Tor durchschritten hatten und sich die Helme in den Nacken schoben, sahen alle die Schönheit dieser absonderlichen Kriegerinnen. In ihrer aller Züge war das Schreckliche mit dem Lieblichen vereint: Die Härte, die der Krieg in jedes Antlitz zeichnet, vermählte sich mit der Anmut holder Weiblichkeit; doch dem Adel ihrer Königin Penthesilea gegenüber erschienen die Frauen nur wie Sklavinnen, so sehr überragte die Fürstin ihr Gefolge an Glanz und Herrlichkeit.
»Ob es wohl wahr ist, daß sie keine Brüste haben?« fragte Paris leise Deiphobos, denn durch den Harnisch war davon nichts zu erkennen.
»Man sagt, sie schnitten sich die rechte ab, um sich beim Pfeilschuß mit der Bogensehne nicht zu wetzen«, raunte Deiphobos.
»Gebe Zeus, daß dies ein Märchen ist«, flüsterte Paris, »denn welcher Mann würde bei noch so großer Schönheit auf die Weichheit auch nur einer dieser süßen Früchte verzichten wollen?«
Als die Amazonen von viel jubelndem Volk zum Marktplatz geleitet wurden, herrschte ausgelassene Freude in der Stadt. Die, die nahe genug standen, versuchten, sie mit ihren Händen anzufassen, um zu

prüfen, ob sie tatsächlich aus Fleisch und Blut waren. Die eine oder andere ließ es lachend geschehen, Penthesilea aber widersetzte sich jedem Versuch mit majestätisch unnahbarem Blick.
Vom oberen Teil der Stadt ritt Idaios auf einem Maultier heran und führte die von Priamos gesandten Ratsherren an, um die Besucherinnen gebührend zu empfangen. All die Angst und Hoffnungslosigkeit der letzen Tage schien wie weggeblasen zu sein. Dann geleitete sie der Herold zur Königsburg. Priamos traute seinen Augen nicht, als die junge Königin vor ihn trat.
»Bei allen Göttern, was für eine unglaubliche Frau!« stammelte er. Noch nie hatte er ein weibliches Geschöpf gesehen, das ihm so sehr den Atem raubte wie dieses Mädchen. Penthesilea war von hohem, schlankem Wuchs, größer als alle Trojanerinnen, sie überragte sie um Haupteslänge, dennoch war ihre Erscheinung von überirdischem Reiz; sie schritt einher wie eine Göttin. Ihr feines, ebenmäßiges Gesicht war umrahmt von schimmernd schwarzen Locken, die Brauen unter der hohen Stirn waren zart und rein wie die Sichel des ersten Mondes, um ihre schöngeschwungenen roten Lippen schwebte ein bezauberndes Lächeln, und ihre tiefblauen Augen unter langen Wimpern leuchteten so klar wie ein Gebirgssee. Als er sie ansah, fühlte er wie einer, der erblindet war und dem nun plötzlich wieder ein wohltätiger Sonnenstrahl ins Auge dringt. Lange konnte er den Blick nicht von ihr lassen, dann sagte er: »Tritt näher, Königin der Amazonen, sei willkommen in meinem Haus.«
Und so ließ auch er sich von der allgemeinen Begeisterung gefangennehmen: »Edle Penthesilea, von der man sagt, sie sei eine Tochter des großen Kriegsgottes Ares, welch wärmendes Licht wirft dein Kommen auf diese Stadt und meinen armen Königshof, der nun verwaist ist; der liebste und göttergleichste meiner Söhne, Hektor, ist gegangen. Wie sehr hätte dein Kommen ihn begeistert. Er weilt jetzt im Haus des Hades bei den Schatten, wohin auch ich bald gehen muß. Groß sind die Unsterblichen und die Werke, die sie schufen!«
»Armer König Priamos«, antwortete Penthesilea, »wie tut es mir leid, solch schlimme Kunde aus deinem Mund zu hören, aber auch ich habe nur über Unglück zu berichten; es sind die Rachegöttinnen, die mich verfolgen, die mich zu diesem Kriegszug treiben. Denn nur

durch einen den Göttern wohlgefälligen Streit kann ich die Schuld, die auf mir lastet, begleichen.«
»Dies alles sollst du uns erzählen, wenn ich dich und deine Kriegerinnen euerem hohen Stand gemäß bewirtet habe. Ich bitte dich zuerst, nimm Wohnung in meinem Hause.«
Priamos rief nach seiner Gemahlin, die Penthesilea mit Freude begrüßte und ihr und ihrem Gefolge die schönsten Kammern des Palastes richtete.
Am Abend fand im reich geschmückten Thronsaal ein Festmahl statt, zu dem, neben den dreizehn Amazonen, nur die edelsten Bürger Trojas und die Prinzen und Prinzessinnen geladen waren. Als unter den Kitharaklängen der Spielmänner die Amazonen schließlich den Saal betraten, ging ein Raunen durch die Reihen, denn die Kriegerinnen hatten ihre Rüstungen abgelegt und erschienen in leichten, fast durchsichtigen Gewändern, die die Schönheit ihrer Körper so ungewöhnlich wirksam offenbarten.
»Sie haben Brüste, die schönsten die man sich nur vorstellen kann«, flüsterte Paris zu Deiphobos, der zu seiner Linken saß. »O Zeus sei Dank!«
Es war ein Stein der Erleichterung, der Paris vom Herzen fiel, als er die herrliche Penthesilea sah, deren wunderbar geformte Brüste sich dem leichten Kleid entgegendrängten.
»Aphrodite, wie danke ich dir!« ging sein Seufzer zur Unsterblichen hinauf; Schönheit war für ihn wie immer das Wertvollste, das er erachtete, und er war dankbar, daß Helena, die zu seiner rechten Seite saß, die einzige war, die sich mit Penthesilea messen, ja, sie vielleicht sogar übertreffen konnte, wie wollte er dies angesichts zweier so schöner Frauen sagen – obwohl Helena Jahre älter war.
Als alle Gäste ihren Wunsch nach Speise und Trank gestillt hatten, sprach Priamos: »Nun erzähle uns, edle Königin, von dir, von deiner Heimat, und was dich mit deinen Begleiterinnen zu uns führt.«
»Ich danke dir, König Priamos, für den herzlichen Empfang. Ich bin Penthesilea, die Tochter des Kriegsgottes Ares und der Königin Otrere. Ich komme aus der Stadt Themiskyra und bin Herrscherin im Land Bithynien. Unsere Heimat liegt am Euxenischen Meer, das ihr das Schwarze nennt. Laßt mich bei der Gelegenheit euch, die ihr so

weit im Westen wohnt, auch dies sagen: Obwohl sich unsere Sprachen ähnlich sind, sind doch nicht alle Wörter gleich.«
Mit einem betörend schönen Lächeln reckte sie stolz ihre beiden Brüste heraus, daß sich deren Monde mit den gewölbten Kegelchen rotschimmernd durch das Gewirk abzeichneten.
»Obwohl wir in eurer Sprache ›Ohne Brüste‹ heißen, habt ihr euch längst davon schon überzeugt, daß dies gelogen ist, nicht wahr?«
Mit strengem Blick musterte Penthesilea Deiphobos und Paris, die bis zu den Ohren erröteten, und alle ihre zwölf Genossinnen brachen einstimmig in Gelächter aus.
»Was ihr in eurer Sprache ›Brüste‹ nennt, bedeutet bei uns ›Brot‹. Ganz recht, ›Amazone‹ heißt ›Ohne Brot‹. Dies liegt daran, daß wir uns in der Regel von der Jagd ernähren. Unser Land Bithynien ist sehr waldreich, und es tummelt sich darin das Wild so zahlreich wie nirgendwo anders auf der Welt. Deshalb ist neben Zeus unsere höchste Göttin Artemis, die auch unser höchstes Gut, die Jungfräulichkeit, bewacht. Nur einmal pro Jahr besuchen ausgewählte Amazonen das Land der Thraker, wo sie sich zum Erhalt der Art mit Männern paaren. Dort bleiben sie, bis sie gebären. Danach kehren sie zu uns zurück. Wenn sie ein Mädchen zur Welt gebracht haben, bringen sie es mit, Knaben aber lassen sie in Thrakien.«
Mit offenem Munde lauschten die Trojaner und verstanden plötzlich, warum Amazonen Kriegerinnen waren. Da sie keine Männer hatten, mußten sie sich selbst um die Wehr des Landes kümmern.
»Und welche Tat, von der du heute morgen sprachst, bedrückt dein Herz, daß die Erynnien nicht von deiner Seite weichen wollen?«
»O Priamos und ihr, gesegnete Trojaner«, antwortete Penthesilea mit zitternder Stimme, »ich schwöre euch, es war ein Jagdunfall, dem meine geliebte Schwester Hyppolita zum Opfer fiel. Mit dem Speer zielte ich auf einen Hirsch und schleuderte ihn dem flüchtenden Tier entgegen, doch sie, meine Schwester, sprang dazwischen; das Geschoß traf sie direkt ins Herz. Sie war auf der Stelle tot, niemand konnte ihr mehr helfen.«
Mit Schaudern hörten dies die Trojaner, und Penthesilea liefen die Tränen über ihr schönes Gesicht. »Hades ist uns ein wohlbekannter Zeitgenosse, oftmals schwebte er über unseren Häuptern, denn wir

sind es gewohnt, in kriegerischen Zeiten uns selbst den Feinden entgegenzustellen, doch der Tod meiner Schwester bereitet mir noch immer so unermeßliche Qualen, daß ich die Sühne suche wie ein Verdurstender das Wasser. Zuerst trauerte ich so sehr um sie, daß ich beschloß, ihr freiwillig in Hades' Reich zu folgen. Gerade, als ich mich eines Nachts ins eigene Schwert stürzen wollte, erschien mir mein Vater Ares und hielt mich von der Bluttat ab. Mit väterlicher Liebe richtete er mich wieder auf und empfahl mir, mich eurem Kriegszug anzuschließen, um so die Wut der Erynnien zu besänftigen. Da scharte ich zwölf meiner erlesensten Mitkämpferinnen um mich und ritt hierher, um euch im Kampf gegen die Griechen beizustehen.«
»Wir danken dir«, rief Priamos, »deine Hilfe ist uns höchst willkommen, da nach Hektors Tod unser aller Mut tief gesunken ist!«
»Vertrau auf uns, wir werden siegen!« rief Penthesilea. »Dies schwöre ich euch bei meinem göttlichen Vater: Mit diesem Arm will ich Achilles töten und die Griechen schlagen, und ihre Schiffe sollen verbrennen, bis sie zu Staub zerfallen. Gib mir die Befehlsmacht über das Heer, und schon morgen wird der Siegerkranz mein Haupt zieren. Tod dem Achilles, Tod den Griechen!«
Als die Trojaner dies hörten, brachen sie in Jubel aus, nur Andromache, die Witwe Hektors, und Hekabe schauten sich verwundert an: O die Arme, sie weiß nicht, was sie sprichst, woher will sie die Kraft nehmen, Achilles zu töten, wenn es Hektor nicht vermochte?
»Sie ist die Tochter des Ares, wenn eine es vermag, uns Sieg zu bringen, dann nur sie!« jauchzten die Trojaner und heizten ihre Fröhlichkeit und Zuversicht mit weiterem Weine an. Noch lange saßen sie beisammen, sprachen über den Krieg und zechten, bis endlich Priamos die Krieger und die Kriegerinnen mahnte, zu Bett zu gehen.

Penthesilea lag in tiefem Schlaf, als Ares an ihr Lager trat.
»Vater«, hauchte sie, »bist du gekommen, mir die Jungfernschaft zurückzugeben?«
Noch nie hatte ein sterblicher Mann das Himmelskind bestiegen, nur er selbst, Ares, der Gott des Krieges, ihr eigener Vater, war ihr zum Trost über den Tod der Schwester beigelegen und hatte seinen göttlichen Samen in sie verströmt.

»Nein, meine Tochter. Ich kam, um dich erneut zu stärken mit den Kräften meiner Lenden, denn morgen wirst du gegen Achilles kämpfen, den Sohn der Göttin Thetis.«

Zärtlich küßte er ihr schönes Gesicht, ihre Lippen, glitt dann hinunter über den Hals zu ihren wunderbaren Brüsten, strich mit der Zunge über ihre Monde, bis sie in voller Blüte ihm entgegensprossen, erfühlte mit den Händen ihre köstlichen Rundungen, ertastete ihren samtenen Leib, ihren Schoß, da überwältigte sie ein wohliger Schauer, und sie ließ es zu, daß er sie erneut bestieg. Vor Verlangen stöhnend öffnete sie ihre Beine. Wie ein gekrümmter Bogen legte er sich über sie und stieß mit seiner nassen Kuppe gegen ihre Scham; begleitete von einem tiefen Seufzer öffneten sich die Pforten ihrer Scheide, Ares drang in sie ein und wühlte sich in ihre Mitte. Nur die Achtung vor dem Hause Priamos' hinderte sie daran, vor Lust zu schreien. Gepfählt von des Vaters göttlichem Organ, umschloß sie mit ihren Beinen seinen Leib und gab sich ihm völlig hin.

»Du bist die schönste aller Frauen auf Erden«, keuchte er in ihr Ohr, »deshalb sollst du nur einem Gott gehören, nur mir allein, damit kein fremder Saft dich schände und du erfüllt bist von der dreifachen Kraft meiner Lenden: aus mir geboren, mir gebärend, unsterblich werdend!«

Eins sein mit dem Krieg, schoß es ihr durch den Kopf, und wimmernd zog sie das Glied des Gottes so tief in sich hinein, daß sie dachte, vergehen zu müssen, »ergieße dich mit deiner Kraft, daß ich den Kampf bestehe!«

»Du, ich und unser Kind, wir werden dreifach einziehen in die Herrlichkeit des hohen Olymps.«

»O ja, mit meinem Loch will ich dich melken, so lange, bis mich dein Same überflutet, dring tiefer in mich ein, Geliebter, Vater, laß mich die Gottheit spüren und halten.«

In tiefen, langen Zügen wanden sich beide hinan zum Gipfel ihrer Lüste, bis sie aus der Mitte ihres Innersten die Erfüllung ihres Wollens und Tuns herannahen spürten. Penthesilea klammerte sich an ihn mit aller Kraft und begann, am ganzen Leib zu zittern. Es war nicht mehr sie, die ihren Rhythmus steuerte, es war die ungeheuere Rute in der Tiefe ihres Schoßes, die sie schütteln machte, und schau-

ernd kam sie, bebend barst sie, schrie die Spasmen ihrer nicht endenwollenden Höhepunkte lautlos in die Nacht hinein.
Und wenn sie dabei so laut geschrien hätte wie auf dem Schlachtfeld, im Hause Priamos' hätte niemand etwas gehört, denn als sich Ares in sie entlud, zuckte ein gewaltiger Blitz über Troja, und der Donner, der ihm folgte, fuhr so krachend durch die Stadt, daß jeder andere Schall im Keim erstickt wurde.
Als Eos, die Göttin der Morgenröte, den schwarzen Mantel der Nacht von Troas Feldern hob, sprang Penthesilea gestärkt vom Lager auf, legte sich die schimmernde Rüstung an, tat sich das Wehrgehänge um die Schultern, an dem in einer Scheide aus Silber und Elfenbein das mächtige Schwert hing, dann setzte sie sich den glänzenden Helm auf, den ein goldener Buschen zierte, nahm ihren Schild, zwei Speere und die doppelschneidige Streitaxt, die ihr einst Eris geschenkt hatte, und eilte zu den Mauern der Stadt, um die Trojaner zum Kampf zu rufen. Auf ihr Zeichen hin versammelten sich die Männer, die es nicht mehr gewagt hatten, den Griechen entgegenzutreten, und zogen hinter den zwölf hoch zu Roß sitzenden Amazonen der Schiffsstadt entgegen. Die Trojanerinnen aber sammelten sich auf der Mauerkrone, um von Ferne aus die Kampfkraft der Kriegerinnen zu bewundern.

Mit Staunen sahen die Griechen das Heer heranziehen, hatten sie doch gedacht, die Trojaner hätten für alle Zeiten genug gekämpft. Die aber kamen wie die reißenden Wölfe daher, die im Gebirge eine Schafherde überfallen.
»Zu den Waffen, zu den Waffen«, aufgeregt hallten die Befehle in der Schiffsstadt, »die Trojaner kommen, schnell zu den Waffen!«
So schnell sie konnten, warfen sich die Griechen in Helm und Harnisch, ordneten ihre Streiter und zogen in die blutige Schlacht, und wieder färbte sich die Erde rot.
»Heute noch, ihr Hunde, sollt ihr den Mord an Hektor büßen!« schrie Penthesilea und wütete unter den Achaiern wie eine Löwin, und Hades hielt blutige Ernte.
»Wo ist Achilles, wo der gewaltige Ajax, wo Odysseus, warum kommen sie nicht, um sich mit mir zu messen?« schrie Penthesilea, doch

von den großen Helden war weit und breit keiner zu sehen, es blieb ihr also nichts anderes übrig, als gegen die geringeren zu kämpfen, die sie ohne Gnade niedermachte. Mal wütete sie mit der Axt, dann mit dem Schwert, und wer versuchte, vor ihr zu fliehen, den streckte sie mit dem Wurfspeer nieder. Bald war das Schlachtfeld übersät mit toten Griechen, das Kriegsglück schien sich mit Penthesileas und mit Ares' Hilfe eindeutig den Trojanern zuzuneigen.
Dies sahen die Frauen auf der Mauer Trojas, und sie jubelten den Amazonen zu. Hippodamia, die Gattin des tapferen Tisiphonos, ergriff ganz plötzlich Kampfeslust, und sie rief ihren Freundinnen zu: »Warum kämpfen nicht auch wir mit unseren Männern? Sind wir schwächer als viele unserer Jünglinge, die draußen auf dem Schlachtfeld stehen? Nehmt euch ein Beispiel an Penthesilea. Auch sie ist eine Frau. Und nicht einmal von unserem Stamm. Sie kämpfen für eine Stadt, die nicht die ihre ist, um wieviel besser würden wir uns schlagen!«
Es wollten schon einige zu den Waffen eilen, da aber ging wie eine Furie Theano, die Gattin des Antenors, dazwischen: »Seid ihr von Sinnen, was bildet ihr euch ein? Ihr könnt doch nicht im Ernst daran glauben, kampferprobte Männer zu besiegen! Oder seid ihr etwa Amazonen? Ihr seid nichts anderes als dumme Weiber! Nicht ohne Brüste, nicht ohne Brot, dafür aber ohne Hirn!«
Keine der Frauen wagte es mehr, Theano zu widersprechen. Immerhin war sie die Schwester ihrer Königin.
Immer weiter vorwärts drangen die Trojaner, schon nahe waren sie der Schiffsstadt, da hörte Achilles, der mit Ajax und Odysseus noch beim Grabmal Patroklos' saß, das wilde Geschrei der Griechen. Erschrocken brachen sie die Totenwache ab, liefen zu ihren Zelten, warfen sich in Rüstung und stürzten sich ins Schlachtgetümmel. Wie freuten sich die Griechen, als ihre besten Kämpfer zu ihnen stießen. Achilles wandte sich gegen die Trojaner und versetzte sie in so großen Schrecken, daß sie in Scharen Reißaus nahmen, Odysseus stürmte in die Mitte und trieb von dort aus die Feinde in die Flucht, Ajax aber stürmte gegen die Amazonen. Vier der Frauen erlagen in kurzer Zeit seinen gewaltigen Streichen. Dies sah Penthesilea, und wie eine Tigerin kam sie heran und warf den Speer auf Ajax, der das

Geschoß mit dem Schild abfing. Mit dem zweiten Speer zielte sie auf Achilles, der nun auch herbeigekommen war, doch auch ihn konnte sie nicht verletzen.
»Kommt nur her, ihr Prahler«, schrie sie, »damit ich euch mit Schwert und Axt zeige, daß ich als Frau mehr vermag als ihr beide zusammen. Denn vor euch seht ihr Penthesilea, die Tochter des Kriegsgottes Ares, die Königin der Amazonen!«
Achilles und Ajax schauten sich erst betroffen an, dann begannen sie zu lachen.
»Es darf nicht wahr sein«, rief Ajax, »ein Weib bedroht mich auf dem Schlachtfeld. Dem kann ich mich nur durch Flucht entziehen!« Noch immer lauthals lachend wandte er sich anderem Kampfgetümmel zu, Penthesilea aber hieb mit der Axt so stark auf Achilles ein, daß Funken stieben und dieser zornig wurde und schrie: »Bist du des Wahnsinns, Weib?«
Er schleuderte die ungeheure Eschenholzlanze mit aller Kraft gegen sie. Zischend fuhr sie durch die Luft, drang Penthesilea von oben durch die Brust, fuhr im unteren Teil des Rückens wieder aus dem Körper aus und erdolchte gar das Pferd, auf dem sie saß. Nur einen Augenblick bemerkte Penthesilea, daß sich das Sonnenlicht verfinsterte, dann war sie tot und mit ihr das Pferd, das verendet zu Boden sank. Ohne noch einen Ton von sich zu geben, rollte die Amazonenkönigin in den Staub.

In dem Moment schrie Ares auf, daß die ganze Skamanderebene zitterte. Blitze sprühten vom Berg Ida, und der Donner erschütterte die Luft so sehr, daß die Erde bebte: »Laß mich hinunter, Zeus«, schrie Ares, »um Achilles ebenfalls den Tod zu geben!«
»Du bleibst!« schrie Zeus. »Noch ist sein Schicksal nicht erfüllt. Später, wenn ihr Leib verbrannt wird, magst du hinuntergehen, jetzt nicht!«

Es dauerte nicht lange, da war die Schlacht schon wieder vorüber. In wilden Haufen flohen die Trojaner, und die Griechen scharten sich um die tote Königin der Amazonen. Achilles kniete sich zu seinem Opfer nieder, um ihm die Rüstung abzunehmen, doch als er den

Helm von ihrem Haupt zog und ihr Gesicht betrachtete, fuhr ihm ein Schmerz durch Brust und Glieder, wie er ihn nur vom Tod des Patroklos her kannte.

»Seht dieses schöne Gesicht!« rief er mit tiefer Wehmut und blickte auf das tote Mädchen nieder. Dann löste er ihr Brust- und Rückenpanzer, und als sie nackt vor ihm lag, nur die Wunde über der rechten Brust, die ihr der Speer gerissen hatte, störte die Herrlichkeit des sonst makellosen Körpers, liefen Achilles die Tränen über die Wangen und tropften in den blutigen Sand.

»Du hättest es verdient, als meine Gattin in Phthia einzuziehen, nicht hier vor Troja dein edles Leben herzugeben für eine Sache, die nicht die deine war. O ihr Götter, weshalb erschafft ihr Leben von so hohem Adel, um es so schmutzig enden zu lassen!«

Ein neuer Tränenstrom schoß ihm in die Augen, und mit einem Schrei der Verzweiflung warf er sich auf Penthesileas toten Körper, in dem noch die Hitze der Schlacht glühte, und weinte um sie wie ein kleines Kind.

»Ha ha, seht unseren größten Helden, der sich um ein Weib härmt, die unsere Männer zu Dutzenden erschlug!« höhnte der häßliche Thersites, der niemals den Mund hielt, wenn er besser schweigen sollte. »Was ist er doch ein weibsverknallter Lüstling, den selbst nach toten Frauen Sehnsucht füllt. Hat er denn nicht genug lebendiges Fleisch in seinem Haus?«

Dies waren die letzten Worte des verhaßten Spötters. Als Achilles seine Rede hörte, stand er auf und schlug Thersites mit der Faust so grauenvoll ins Gesicht, daß alle Zähne und die Kiefer brachen und ihm inwendig der Schädel in zwei Teile platzte. Aus der Öffnung, die einmal sein Mund gewesen war, schoß ein Schwall Blut hervor, da krümmte sich der armselige Wicht am Boden und hauchte seine Seele aus.

»Warum hat dies nicht Odysseus schon viel früher getan, du hättest uns manches erspart«, sagte Achilles und wandte sich angeekelt ab. »Jetzt kannst du, wenn du willst, Gott Hades und die Schatten schmähen!«

Es war kein einziger im ganzen Heer, der Thersites auch nur eine Träne nachgeweint hätte, denn alle haßten ihn als blödsinnigen

Maulhelden. Man warf ihn zu den anderen Gefallenen auf den Haufen.
Inzwischen hatten sich auch die Atriden und Odysseus an der Stelle, wo Penthesilea gestorben war, eingefunden, und zusammen mit Achilles berieten sie, was mit der Toten anzufangen sei. Als Helios den Mittag überschritten hatte, stellte sich von Troja ein Bote ein und überreichte eine Note König Priamos': »Edle Führer der Achaier!« las Agamemnon, »Penthesilea, die Königin der Amazonen, war die Tochter des Gottes Ares. Aus diesem Grunde werdet ihr ihr die Bestattung nicht verweigern. Da sie auf unserer Seite kämpfte, liegt es an uns, ihr den Scheiterhaufen zu errichten. Sie soll in der Gruft unseres alten Königs Laomedon ihre letzte Ruhestätte finden. Ich bitte euch feierlich um Gewährung. Priamos.«
Mit dem goldenen Kampfwagen Hektors wurde Penthesilea abgeholt, Achilles ließ ihr sogar die Rüstung. Wehmütig blickte er dem Wagen hinterher, dem sieben Gespanne mit Ochsen folgten, die die Leichen der zwölf anderen Amazonen und die der gefallenen Trojaner aufgeladen hatten.
Als Helios den Sonnenwagen im Meer versenkt hatte, leuchteten vor Troja die Totenfeuer auf. Zum erstenmal seit zehn Jahren blickte Achilles trauernd hinüber zu den hohen Mauern der Feinde. Er blieb so lange auf dem Ansitz seines höchsten Schiffes sitzen, bis das letzte Feuer in der Nacht verglommen war. Während er hinüberstarrte und die Funken im Wind vergehen sah, war es ihm, als ob er Ares sprechen hörte: »Kommt, meine beiden Lieblinge, du, Penthesilea und auch du, du mein noch ungeborenes Kind. Die Götter heißen euch willkommen. Da aber keiner namenlos in den Olymp eingehen darf, wollen wir dich von nun ab Mars nennen.«

12

»Ist das nun das Ende?«
Paris wälzte sich auf seinem Bett.
»Was ist denn los?« murmelte Helena gereizt, »ich will schlafen!«

Sie hat gut reden, dachte Paris, dabei ist sie es doch, durch die der ganze Kummer aufkam.
Mit Schaudern dachte er zurück an die vergangenen Tage. Zuerst der Tod Hektors, dann die herzzerreißende Bestattung. Nach dem Fall Penthesileas war erstmals nach längerer Zeit wieder der Kronrat zusammengerufen worden. Oh, wie er ihn haßte! »Gib Helena endlich frei und dazu die geraubten Schätze, ehe die Griechen unsere ganze Stadt mit Feuer niedermachen!« hatte ihn Polydamas vor allen anderen angeschrien. Die meisten der Anwesenden hatten seiner Forderung zugestimmt. »Was zählt mehr, ein einmal gewährtes Gastrecht oder unser aller Überleben?« Als er sich wie immer geweigert hatte, Helena herauszugeben, war ein Tumult ausgebrochen, doch da war, den Göttern sei Dank, Idaios in den Saal getreten und hatte die Ankunft eines neuen Verbündeten gemeldet: »Memnon ist da!« Vielleicht wären sonst einige der Ratsherren sogar mit Messern auf ihn losgegangen. Doch nun war auch dieser gefallen.
Memnon, der König von Aithiopien, der schon so lange erwartete Vetter des Priamos, der aus dem sagenhaften Pharaonenland, wo die Pyramiden stehen, gekommen war. Wie die Berserker hatten die Griechen unter den Schwarzen gewütet, und Achilles hatte dem dunkelhäutigen König den Speer in die Brust gerammt.
Paris vergrub sein Gesicht in den Händen und stöhnte aus tiefstem Herzen: »Ich bitte dich, Aphrodite, du versprachst mir einst, als ich dir den goldenen Apfel reichte, den Schutz des Zeus. Nun brauche ich ihn wie nie zuvor in meinem Leben. Gib uns den Sieg über die Griechen. Ich flehe zu dir, gewähre es mir, Achilles zu töten, und ich will dir den schönsten Tempel Trojas erbauen!«
»Wie soll denn da ein Mensch schlafen können, wenn du pausenlos zu den Göttern weinst!« zeterte Helena. Zornig erhob sie sich von ihrem gemeinsamen Lager und verließ die Kammer, um sich einen ruhigeren Platz im Palast zu suchen.
Noch lange warf sich Paris in tiefster Verzweiflung hin und her, bis er endlich in einen gnädigen Schlaf fiel.

»Paris!«
Mit einem Schlag war er hellwach. Oder träumte er?

»Paris, ich habe dein Flehen vernommen und will dir die Bitte gewähren.«
Vor ihm stand Aphrodite, die Herrliche, und war noch viel schöner, als er sie in Erinnerung hatte. Hell leuchtete ihr göttliches Gesicht, golden schimmerte ihr makelloser Körper, um ihre Hüften wand sich der Gürtel des Verlangens und der Liebe, tief saß das Tuch, das ihre Scham bedeckte, in den Händen hielt sie einen silbernen Pfeil.
»Aphrodite, du schönster Stern des Olymps, hilf uns, bevor wir alle vergehen!«
»Mein ist die Sache des Krieges nicht, Paris, mir ist die Liebe und das Begehren der Sterblichen anheimgestellt. Dennoch stehe ich dir bei, wie ich es einst versprach. Sieh, diesen Pfeil aus dem Köcher Apollons bringe ich dir. Selbst vom Bogen des schlechten Schützen kann er sein Ziel nicht verfehlen, und wen auch immer er trifft, den wird er töten – außer den Unsterblichen natürlich.«
Mit bebendem Herzen sah Paris zur Göttin auf und nahm den ihm hingehaltenen Pfeil. »Ist er sterblich?«
»Du meinst Achilles?«
Aphrodite lächelte. »Meine Waffen sind niemals nutzlos.«
Oh, wie recht sie hat, dachte er, und es überkam ihn so sehr das Verlangen nach ihr, daß er aufstehen wollte, um sie in seine Arme zu nehmen. Doch er kam nicht hoch, er schien gefesselt von unsichtbaren Banden. So sehr er sich auch bemühte, er konnte nicht ein einziges Glied bewegen. Dafür aber steigerte sich sein Verlangen zu einer nie gekannten Erregung.
»Aphrodite, erhöre mich«, flehte er, sie aber stand da, unberührbar, und lächelte.
Da schmetterten die Hörner des Olymps hinab zur Erde und beendeten die Begegnung mit der Göttin.

Schweißgebadet und mit klopfendem Herzen erwachte er. »Ein Traum, ein böser, schöner Traum«, dachte Paris. Genau konnte er sich jede Einzelheit des Trugbilds ins Gedächtnis rufen, selbst ihren süßen Duft hatte er in seiner Nase. Ach, wie sehr war er enttäuscht über seine Unfähigkeit und das sinnlose Bemühen um die Göttin. Betrübt

ließ er so erwachend die Augen über das Lager gleiten, da erstarrte er plötzlich.
»Der Pfeil, da liegt der Pfeil!« stieß er keuchend hervor und sprang aus dem Bett, als habe ihn ein Skorpion gestochen. Rasch ergriff er den dünnen, silberschimmernden Stab mit der nadelfeinen Spitze, und tatsächlich, es war der Pfeil, den Aphrodite ihm im Traum gegeben hatte. Verwundert rieb er sich die Augen, da ging die Türe auf, ein Diener stürzte in die Kammer und rief: »Prinz Paris, hast du nicht die Hörner gehört, die Griechen sind im Anmarsch!«
So schnell er konnte, warf er sich die Rüstung über die Schultern, nahm den Helm, den Schild, seinen Bogen, den Pfeil Apollons tat er zu den anderen in den Köcher und rannte zur Mauer. Auf der Krone des Wehrturms am Skäischen Tor, wo die Fürstenplattform war, warteten bereits seine Brüder Deiphobos und Helenos auf ihn: »Troja steht vor dem Untergang, und du schläfst!« spottete Helenos.
Vorne bei den Zinnen hielten Priamos, Aeneas und die Anführer der Verbündeten Kriegsrat.
Das Heer der Achaier war mittlerweile bis zur Zeuseiche gelangt. In vorderster Reihe fuhren die waffenstrotzenden, gepanzerten Kampfwagen mit den Heerführern, deutlich konnte man dahinter mehrere hundert Krieger erkennen, die lange Leitern trugen. Ihnen folgten Truppen mit zwei gigantischen von je hundert Pferden gezogenen Holzgerüsten auf Rädern, in denen an armdicken Tauen schreckenerregende Rammsporne mit eisenbeschlagener Spitze hingen. Dahinter marschierten die Massen des Fußvolks. Blaß vor Schreck vor diesem gewaltigen Aufgebot sagte Deiphobos: »Nun werden sie Troja nehmen.«
»Sie werden es versuchen«, entgegnete mit blitzenden Augen der alte Priamos, »aber noch ist es nicht soweit. Laßt es uns ihnen so schwer wie möglich machen. Helenos und Aeneas, ihr verteidigt mit euren Truppen das Dardanische Tor, Deiphobos und Paris, ihr übernehmt das Skäische. Sichert die Pforten mit den mächtigsten Riegeln, sichert sie zweifach und dreifach, denn die Rammsporne sind von erschreckender Größe.«
Dann wies Priamos die Heerführer der Verbündeten zur Verteidigung der Mauerkrone an: »Sorgt dafür, daß kochendes Harz in Men-

gen nach oben geschafft wird, übergießt damit jeden, der dem Stein-, Pfeil- und Speerhagel, mit dem ihr die Feinde begrüßen sollt, entgangen ist. Heizt ihnen tüchtig ein, damit ihnen die Lust auf einen Besuch vergeht. Seht zu, daß die oben kämpfenden Truppen reichlich mit Verteidigungswaffen ausgestattet sind, unten sollen sich Truppen für einen möglichen Ausfall bereitmachen. Sorgt vor allem dafür, daß stets genug Wasser zum Löschen da ist, wenn sie Feuerbrand über die Mauer werfen und, ich beschwöre euch noch einmal, laßt es nicht zu, daß auch nur ein Grieche unsere Stadt betritt!«
Mit Bewunderung schauten die Fürsten Trojas den Greis an, dann brachen sie in Jubelschreie aus, denn nun hatten sie wieder einen Feldherren: Priamos! Er, der in den zehn Jahren der Belagerung und der Schlachten niemals einen Befehl erteilt hatte, war mit einem Mal zum Strategos geworden. In der höchsten Not wußte er klare und sinnvolle Anordnungen zu geben. Als Priamos zu Ende gesprochen hatte, tat er eine herrische Handbewegung, und die Fürsten beeilten sich, seine Anweisungen zu befolgen; er aber dankte im Herzen seinem toten Sohn Hektor, der diese Maßnahmen längst vorgesehen und aufs trefflichste vorbereitet hatte.

Dreißig Schritte vor dem Skäischen Tor und der Mauer kam der Troß der Griechen zum Stehen. Befehle wurden gerufen, und im Laufschritt reihten sich rund hundert Krieger vor das Heer und bildeten mit hohen Schilden eine eherne Wand. Verwundert betrachteten die Trojaner das Schauspiel und rätselten, was die Achaier vorhätten. Zuerst sahen sie an einigen Stellen schwarze Rauchschwaden aufsteigen, dann schwenkten die Schildträger wie auf ein Zeichen gleichzeitig die Wehren zur Seite und gaben den Blick auf unzählige Bogenschützen frei. Die legten an, zogen durch und schossen mit brennenden Pfeilen auf die Stadt, dann schloß sich die Schilderwand wieder. Zischend fuhren die Brandpfeile über die Mauer. Die Krieger, die getroffen wurden, brachen schreiend zusammen, wo die Brandpfeile auf Holz trafen, züngelten bald Flammen empor. Da war ein Geschrei und Gerenne auf der Mauer, jeder, der unverletzt geblieben war, versuchte zu löschen, wo immer es brannte. Wie gut, daß Priamos befohlen hatte, große Mengen Was-

ser bereitzuhalten, sonst wären die hölzernen Aufbauten bald ein Raub der Flammen geworden.
Der Angriff mit den Brandpfeilen wiederholte sich viele Male, und immer ging ein feuriger Hagelsturm auf Troja nieder. Die Soldaten auf der Mauer wehrten sich, so gut es ging, und schossen zurück, doch die meisten ihrer Pfeile prallten an der Schildwand ab. Da nahm Paris den Pfeil, den ihm Aphrodite gegeben hatte, und zielte auf Achilles, der etwas abseits von den Schildträgern stand. Hell klingend schwirrte der Pfeil von der Sehne. Zuerst schien es, als ob der Schuß zu kurz geraten sei, denn noch vor dem Ziel senkte er sich in seiner Flugbahn und bohrte sich zu Achilles' Füßen in die Erde. Oder doch nicht? Von der Zinne aus sah Paris, wie Achilles zusammenzuckte, sich bückte und den Pfeil aus seiner Ferse riß. Mit einem schrecklichen Fluch schleuderte er das Geschoß von sich, dann gab er weiter Befehle, als ob nichts geschehen sei. Gespannt beobachtete Paris seinen Widersacher, den anfangs nichts zu beeinträchtigen schien. Nach einiger Zeit jedoch sah er, wie sich der Feldherr der Griechen schwer atmend auf seine Lanze stützte. Minuten stand er so, bis Odysseus und Ajax zu ihm traten und mit ihm sprachen. Nun sah Paris, daß der Feldherr wankte, Odysseus und Ajax traten erschrocken einen Schritt zur Seite, da stürzte Achilles zu Boden, Paris konnte das Dröhnen der Rüstung hören.
»Achilles ist gefallen«, schrie Paris triumphierend, »der Feldherr der Griechen ist tot!«
Keinem der Trojaner war dieses außerordentliche Ereignis aufgefallen, zu sehr waren sie in Rettungs- und Kampfhandlungen verstrickt. Nun aber sahen sie Achilles am Boden. Da schrien sie vor Begeisterung und Kampflust. Priamos gab Befehl, die Tore zu öffnen, und wie die Wölfe stürzten sich die Ausfalltruppen den Griechen entgegen.
Auch die Griechen hatten von der Verwundung ihres Anführers nichts bemerkt, erst als sie Achilles am Boden sahen und Odysseus ihnen zurief, daß der Feldherr tot sei, machte sich unter ihnen lähmendes Entsetzen breit. Da aber gingen auch schon die Tore auf, und die Trojaner ergossen sich mit Kampfgeschrei in die Ebene. Die einen jagten den fliehenden Griechen nach, die anderen versuchten, den Leichnam Achilles zu rauben. Ihn aber schützten Ajax und Odysseus.

Mit gewaltigen Schwertstreichen, Seite an Seite, hielten sie die Trojaner fern, ein jeder, der es wagte, nahe zu kommen, war des Todes. Ajax, der Riese, vor dem alle panische Angst hatten, drang sogar in die Reihen der Trojaner ein und trieb sie wütend vor sich her, während Odysseus bei Achilles blieb und diejenigen tötete, denen es gelungen war, den furchtbaren Hieben des Ajax zu entgehen. Da warf einer der Trojaner seine Lanze und traf Odysseus über dem Knie. Brüllend vor Schmerz brach er zusammen, dann aber riß er das Geschoß aus seinem Fleisch, stand wieder und kämpfte weiter.
Es war Automedon, der Wagenlenker Achilles', der buchstäblich im letzten Augenblick mit dem Wagen, den Bailos und Xanthos zogen, hinzukam. Während Ajax die Trojaner abschirmte, zerrte Odysseus den toten Achilles auf den Wagen, dann rasten sie zusammen im fliegenden Galopp davon.
Ajax hatte ein schreckliches Blutbad angerichtet und mit seinen Kriegern die Trojaner in ihre Stadt zurückgetrieben. Nun schwang auch er sich auf seinen Wagen, gab den Pferden die Peitsche und fuhr zurück zur Schiffsstadt.
Achilles' Tod stürzte die Griechen in tiefe Verzweiflung. Und ausgerechnet Paris war es gewesen, der feige Schwächling, der Verräter, der gemeine Dieb, der den stolzesten aller Krieger getötet hatte. Die Soldaten schlichen wie geprügelte Hunde zu ihren Behausungen, vielen liefen die Tränen über die Wangen. Agamemnon hatte angeordnet, daß Trauertag in der Schiffsstadt sei, da war kein Geschrei zu hören wie gewöhnlich, da wurden keine Feuer angezündet, keiner hätte im Traum daran gedacht, ein Instrument zu spielen.
Die Fürsten hatten Achilles zu seinem Haus getragen, ihn dort in einem Zelt aufgebahrt, nun standen sie um den Toten und betrauerten ihn mit grenzenlosem Schmerz. Der alte Phönix hielt den mächtigen Leib umschlungen und weinte bitterlich.
Kalchas, gebückt und mit schlohweißem Haar, trat ein, segnete den Toten, dann sagte er mit zittriger, aber vernehmlicher Stimme: »Es ist eingetreten, was ich geweissagt habe, es hat sich der Wille der Götter erfüllt, und so wird es auch weiterhin sein. Seid deshalb jetzt nicht niedergeschlagen, denn ich sage euch, der Fall Trojas steht bevor!«
Die Fürsten ließen ihrem Jammer etwas Luft, denn jede Hoffnung,

auch die kleinste, selbst wenn sie viel geringer gewesen wäre als die, die Kalchas in ihre Herzen gelegt hatte, war für sie Balsam auf die Seele. Agammemnon wies die Dienerinnen an, den Leichnam zu waschen und zu salben und in die schönsten Kleider zu hüllen. Die Fürsten bat er, mit ihm zusammen das Begräbnis vorzubereiten.
Nachdem sie gegangen waren, betraten die Frauen das Zelt, allen voran Briseïs, und sie erhoben beim Anblick ihres toten Herrn ein solch jämmerliches Geschrei, das wie eine Woge der Trauer durch die Schiffsstadt und über das Meer rollte, und jeder, der es hörte, erschauerte vor Entsetzen.
Auch Thetis und die übrigen Töchter des Nereus vernahmen in ihrer silbernen Grotte tief unter dem Meeresspiegel die gellende Klage; im selben Augenblick wußten sie, wem sie galt. Es teilten sich die Unterwasserfarne und gaben den Höhleneingang frei. Thetis tauchte durch die tiefen Wasser und schwamm hinauf zu den Schiffen der Griechen. Die Nereiden, die sie begleiteten, ließen sich am Ufer nieder und weinten, daß die Gestade des Hellesponts widerhallten, sie aber schritt zum Hause ihres Sohnes, trat zum Leichnam, nahm ihn in ihre Arme, küßte ihn auf den Mund. Dabei weinte sie so sehr, daß die Tränen sein Gesicht überströmten und zu Boden tropften. Andächtig und bewundernd wichen die Frauen vor der Göttin zur Seite und ließen sie allein mit dem toten Sohn und ihrem Schmerz.
Als der Morgen anbrach, strömten die Griechen hinaus zum Sigeion und fällten einen ganzen Wald, den sie an der Stelle, wo schon Patroklos verbrannt worden war, zu einem gewaltigen Haufen aufschichteten. Darauf legten sie geschlachtete Opfertiere, je zwölf Krüge Milch, Honig und Wein und gossen Mengen von Öl auf die Scheite. Alle, die Achilles geliebt hatten, schnitten sich die Haare ab und türmten sie oben auf, zum Schluß wurde der Leichnam hinaufgetragen und in die Mitte zur letzten Fahrt gelegt. Thetis selbst legte die Fackel an, und Zeus befahl den Winden, in die Glut der kleineren Zweige zu rauschen. Bald schlugen Flammen aus dem Haufen, und in wenigen Stunden waren die Stämme mit allem, was darauf lag, in Asche verwandelt. Alle dachten, nun hielte seine Seele Einzug im Haus des Hades, Thetis aber flehte zu ihrem Vater Zeus: »Mach

seine Seele einkehren in den Olymp und erkenne ihn als deinesgleichen an.«
Die Überreste Achilles', die in der Mitte der Brandstatt liegen geblieben waren, tat Thetis in einen goldenen Schrein, trug ihn unter dem Wehklagen des ganzen Heeres zum Grabhügel Patroklos' und senkte ihn in die tiefe Gruft. Die Öffnung versiegelte sie mit einer Platte aus goldgefaßtem und geschliffenem Marmor.
Anderntags begannen die Leichenspiele. Es waren die üblichen Wettkämpfe, Ringen, Faustkampf, Laufen, Bogenschießen, Diskuswerfen, Weitsprung und Wagenrennen, die die Griechenfürsten untereinander austrugen. Nur Odysseus konnte daran nicht teilnehmen, da die Speerwunde über dem Knie noch frisch war und sehr schmerzte. Thetis beschenkte die Sieger mit den herrlichsten Preisen und achtete darauf, daß auch die Besiegten nicht leer ausgingen. Schließlich aber trug sie die unschätzbar wertvolle goldene Rüstung, die der göttliche Schmied Hephaistos gefertigt hatte, in das Rund, dazu die escherne Lanze, mit der Achilles so viele Trojaner erschlagen hatte, und das Schwert, an dem noch das Blut von Hunderten von Feinden klebte, und verkündete: »Die Preise zur Leichenfeier meines Sohnes sind vergeben, es bleiben nur noch diese Waffen und die Rüstung, die von Götterhand gefertigt sind. Nun trete der hervor, der den Leichnam meines Sohnes rettete. Ihm will ich diese herrlichen Geschenke verleihen.«
Sowohl Ajax als auch Odysseus sprangen auf. Erst schauten sich beide betroffen an, dann aber stellte sich Ajax neben die Waffen und rief: »Agamemnon, Nestor und Idomeneus können bezeugen, daß ich es war, der den Leichnam vor dem Zugriff der Trojaner rettete.«
»Täusche dich nicht, Ajax«, entgegnete Odysseus, »keiner will deinen Heldenmut in Abrede stellen; du kämpftest wie ein Löwe, doch den Leichnam des Achilles' bewahrte ich. Dies können die bestätigen, die du selbst als Zeugen riefst.«
»O du listiger Heuchler«, sagte Ajax, »mein Leben habe ich dafür gewagt, den toten Freund nicht preiszugeben. Dieses Geschenk der Göttin wirst du mir nicht streitig machen!«
Odysseus deutete auf den blutdurchtränkten Verband, den er um seinen Oberschenkel trug. »Wer, glaubst du, wäre nicht sofort geflohen,

hätte ihn der Speer getroffen? Ich aber blieb und kämpfte um die Leiche, ich brachte sie ja selbst zur Schiffsstadt!«
Haßerfüllt blickte Ajax Odysseus in die Augen und zischte: »Lügner!«
Odysseus blieb dagegen ruhig und sagte: »Wenn du der Wahrheit aus dem Wege gehst, sollen andere entscheiden.«
Nestor trat zu Agamemnon und Idomeneus, nahm sie beiseite und sagte: »Sie sind die Tapfersten im ganzen Heer. Wenn wir entscheiden sollen, wer die Rüstung bekommt, dann steht uns ein Unglück bevor! Denn das ist klar: Wer von beiden zurückgesetzt wird, ist uns so gram, daß er sich vom Kampf zurückzieht. Darum schlage ich vor, wir bilden ein Gericht aus einfachen Kriegern, dem aber keiner aus der Heimat der Rivalen angehören darf. Diesen Männern aus dem Heer sollen beide ihre Ansicht schildern, auf daß die Richter dann ein Urteil fällen. Uns Fürsten kann dann keiner böse sein.«
Agamemnon fand den Vorschlag gut und berief zwölf Krieger verschiedener Herkunft, des richterlichen Amtes zu walten. Zögernd setzten sich die erwählten Fußsoldaten in die Runde, Agamemnon aber munterte sie auf, gut zuzuhören und nicht nach Ansehen, sondern nach Sachverhalt zu werten und dann Gerechtigkeit zu üben.
Als erster begann Ajax. Mit überheblicher Miene trat der Hüne in den Kreis und rief: »Odysseus, die Göttin der Verblendung, Ate, hat Besitz von dir ergriffen! Wie anders könntest du es wagen, mich der Täuschung zu bezichtigen. Mich, der ich edler bin als du, der ich der Sohn des Telamon von Salamis bin, sogar mit Achilles selbst verwandt, um dessen Waffen wir hier streiten, mich willst du kränken. Willst du dich mit mir messen, obwohl du mir unterlegen bist wie der Hund dem Panther? Ich will es dir nicht raten. Du hast ja nicht einmal die Kraft, diese Rüstung fortzutragen, geschweige denn den Helden selbst. Du warst es nicht, der ihn gerettet hat. Deine Stärke liegt doch nur in der gespaltenen Zunge, wie kann sie jetzt die Wahrheit sagen. Erinnere dich daran: Mit Lügen wolltest du dem Kriegszug fernbleiben, o wärst du doch nur fortgeblieben. Mit Lügen hast du Philoktet getäuscht, mit Lügen willst du nun die Rüstung rauben. Ich habe die Trojaner von der Leiche ferngehalten, ich Narr habe dir dabei sogar das Leben gerettet, sonst wärst du tot wie er!« Ajax trat

drohend einen Schritt auf Odysseus zu und sagte gefährlich leise: »Und nun verschwinde, erfinde deine Flunkereien anderenorts, oder du sollst erfahren, was meine Körperkraft mit dir vermag!«
Agamemnon hob die Hand und gebot Ajax Einhalt. »Du hast deine Sache vorgetragen, nun laß Odysseus sprechen!«
Odysseus stand auf, mit einem spöttischen Lächeln trat er in den Kreis und sagte: »Ob du der edlere von uns beiden bist, das sei dahingestellt, ob du verwandt warst mit Achilles oder nicht, tut nichts zur Sache; wir alle, die wir Griechen sind, entstammen demselben Geschlecht der Götter. Doch die Götter verteilten ihre Gaben nicht an alle gleich. Dir haben sie der Einsicht weniger gegeben als rohe Muskelkraft. Wie schade, Ajax, daß du nicht verstehst, daß wahre Stärke aus dem Verstand herrührt. Klugheit ist es, die den Steuermann das Schiff zu führen lehrt, den Feldherrn kundig macht, das Heer zu leiten, die Menschen zu dem Wollen drängt, sich Vieh und Erde untertan zu machen. Ein Mann mit Verstand gilt in allen Lagen des Lebens mehr als ein Tor, der nur Körperkraft besitzt. Zum Glück aber gaben mir die Götter beides: Verstand und Körperkraft, die ich einsetzte, um den Leichnam zu verteidigen. Während du in den Reihen der Trojaner wütetest, blieb ich bei Achilles, ließ mich sogar verwunden, stand wieder auf und kämpfte weiter, bis endlich Automedon mit dem Fuhrwerk kam, auf das ich dann Achilles lud. Automedon soll es euch bezeugen.«
Agamemnon ließ Automedon den Kreis betreten, der bestätigte die Aussage. Da überwog bei den Richtern sowohl das Gewicht der weiseren Rede als auch das Wort des Wagenlenkers, und sie sprachen Odysseus die Rüstung und die Waffen zu.
Ajax erbebte, als er den Spruch vernahm. Es kochte ihm das Blut und vermischte sich mit Galle, jede Faser seines Körpers zitterte. Lange stand er mit zu Boden gesenkten Augen da, starr wie eine Säule, dann führte ihn sein Bruder Teuker weg.
Stunden saß er regungslos und stumm in seinem Zelt. Nicht einmal mit seiner Frau Tekmessa, die ihrer beider kleinen Sohn auf dem Arm trug, sprach er ein Wort, er rührte nichts zu essen, nichts zu trinken an. Als aber endlich die Nacht hereingebrochen war, nahm er seine Lanze und sein Schwert und war entschlossen, Odysseus in Stücke

zu hauen, sich an den Atriden zu rächen und Feuer in die Schiffe zu werfen. In dem Augenblick zuckte ein messerscharfer Schmerz durch sein Gehirn, ihn sandte Pallas Athene, und trübte seine Sinne. Wie ein wilder Stier stürmte er aus dem Zelt geradewegs in seinen eigenen Pferch, wo die Schafe standen, die er für Griechen hielt, und richtete rechts und links unter ihnen ein blutiges Gemetzel an. Zwei großen Widdern rammte er den Speer durch ihren Leib und schrie: »Da liegt ihr nun den Geiern zum Fraß, ihr verfluchten Atriden. Nie wieder sollt ihr einen ungerechten Schiedsspruch fällen!«

Einen anderen Widder, der sich vor Angst in die entfernteste Ecke des Geheges drückte, ergriff er und schrie ihm hohnlachend zu: »Versteck dich nur ins hinterste Loch, Odysseus, jetzt nützt dir Achilles' Rüstung, die du mir gestohlen hast, nichts mehr, denn einen feigen Mann wie dich schützt nicht einmal die Rüstung eines Helden!«

Den blökenden Widder zerrte er an seinen Hörnern zu seinem Zelt und band ihn an den Türpfosten fest. Dann ergriff er eine Geißel und schlug so heftig und so lange auf das arme Tier ein, bis dessen Rücken nur noch ein blutiger Klumpen war, und es jämmerlich zugrunde ging.

Durch den Lärm und das Getümmel aufgeschreckt, hatte sich viel Volk vor Ajax' Zelt versammelt. Fassungslos schauten die Umstehenden dem Unglückseligen zu.

»Was machst du denn?« schrie Tekmessa. Nur mit einem leichten Nachtgewand bekleidet, fiel sie dem Rasenden in den Arm. »Haben dir die Götter den Verstand geraubt?«

Als ob man einen Krug voll Wasser über ihn geschüttet hätte, erwachte Ajax. Er fand sich mit der Geißel in der Hand vor dem angebundenen Widder mit zerfleischtem Rücken, da stieg eine Ahnung in ihm auf, daß der Zorn der Götter ihn getroffen habe. Unaussprechlich lähmender Schmerz erfüllte seine Seele, und er vermochte nicht mehr, einen Fuß vor den anderen zu setzen. Festgemauert wie ein Turm stand er da und stierte auf den Boden. Tekmessa warf sich vor ihm in den Staub, umfaßte seine Knie und schluchzte: »Ajax, lieber Mann, was ist mit dir? Ich bin es, deine Gattin!«

Ajax stieß einen schweren Seufzer aus, dann rief er: »Warum nur hassen mich die Götter so? Hier stehe ich mit Lämmerblut besudelt, ein Gelächter für das ganze Heer!«

Keiner, der ihn ansah, lachte, aber jeder fragte sich, ob Ajax noch bei Sinnen sei.

»Ich kann es nicht ertragen, daß ihr mich anstarrt!« schrie er, dann zog er das Schwert aus seiner Scheide, hielt es mit gestreckten Armen vor sich und rammte es sich durch die Brust.

Ajax fiel wie ein Baum. Obwohl des Lebens Ader abgetrennt war, stand er erst noch scheinbar fest, dann neigte sich das Haupt, allmählich kam der Stamm zum Wanken, kippte langsam über, fiel, fiel immer schneller und krachte schließlich auf die Erde, daß der Boden zitterte.

13

Mächtig blies der Nordost in das weißschimmernde Segel der »Penelope« und trieb das stolze, rote Schiff zügig durch die leuchtendblauen Wellen.

»Endlich wieder auf See!«

Odysseus saß hoch auf Deck am Steuerruder und ließ sich den Wind um Gesicht und Nase wehen. Neben ihm stand Diomedes und breitete die Arme aus: »Oh, ist das herrlich, wieder Planken unter den Füßen zu spüren und der Heimat entgegenzufahren!«

Wie trunken wiegte er sich in das Rollen des Rumpfes und ging mit seinem Körper dem Schaukeln jeder Welle nach.

»Der Heimat noch nicht, obwohl Lemnos griechisch ist«, sagte Odysseus, »aber wenn du mich fragst, bin ich ganz froh darum.«

»Froh um was? Noch nicht nach Hause zurückzukehren? Bangt dir vor Ithaka?«

»Ein bißchen schon. Denn was erwartet mich dort? Ein paar Bauern, der Pflug, ein kleines Eiland! Die Blüte meiner Jugend habe ich dem Krieg geopfert, ich weiß nicht, wieviel lebenswerte Jahre mir noch bleiben, doch Ithaka allein wird zur Erfüllung meiner Träume nicht ganz ausreichen. In mir steckt die Sehnsucht nach der Ferne. Ich will, wenn mich die Götter überleben lassen, mir erst einmal die Welt ansehen, bevor mich das Alter an den heimischen Herd zwingt. Ithaka läuft mir nicht davon.«

»Hast du denn kein Verlangen nach Penelope und Telemachos?«

»Ein Jahr mehr wird auch auf Ithaka die Welt nicht untergehen lassen.«

»Ach«, seufzte Diomedes, »was wissen wir schon, welche Wege uns die Götter bestimmt haben.«

»Wasser im Schiff!« schrie es aus dem Rumpf des Seglers. Auf der Treppe erschien Sinon und rief aufgeregt: »Es steht schon knöcheltief um die Ruderbänke!«

»Die morschen Planken werden Wasser ziehen«, sagte Odysseus, »schöpft, wenn es höher steigt, doch solange es nicht knietief ist, braucht ihr euch nicht zu sorgen.«

Zu Elpenor, der als Ausguck vorne am hochgeschnäbelten Bug stand, weil er von der Seefahrt mehr verstand als jeder andere, rief er: »Wenn wir mit Philoktet zurückgekehrt sind, laß alle unsere Schiffe mit neuem Werg abdichten und mit Harz bestreichen!«

»Befehl!« rief Elpenor und versah weiter seinen Dienst.

Kehrt mir nicht ohne Philoktet zurück, hatte Kalchas gesagt, vor allem nicht ohne den Bogen des Herakles und den Giftpfeilen, sonst können wir Troja nicht besiegen!

»Bist du denn sicher, daß sich Philoktet bereit erklärt, mit uns zurückzukehren – wenn er überhaupt noch lebt?« fragte Diomedes Odysseus.

Kalchas war sich sicher gewesen, daß er noch lebte, und zwar lebe Philoktet noch immer dort, wo sie ihn einst verlassen hatten.

»Wenn er sich weigern sollte, mitzukommen, raube ich ihm die Waffen«, entgegnete Odysseus.

»Das wäre sein Todesurteil«, sagte Diomedes, »denn ohne den Bogen kann er nicht überleben!«

»Glaub mir, wir werden ihn überreden, selbst wenn wir uns einer List bedienen müßten«, sagte Odysseus lächelnd und klopfte auf die Tasche an seinem Gürtel, in der er ein Gefäß mit Opium verborgen hatte. »Schließlich sind wir nicht dazu da, Gerechtigkeit zu üben, sondern das Notwendige zu tun, um Troja zu erobern.«

Da tauchten am Horizont die Umrisse der Insel Lemnos aus dem Dunst, und Elpenor schrie: »Land in Sicht!«
Im großen Bogen umschifften sie die Südflanke der Insel und fuhren in dieselbe Bucht ein, in der sie vor fast zehn Jahren den armen Philoktet zurückgelassen hatten. Odysseus und Diomedes mußten nicht lange suchen. Nach einer kurzen Wanderung durch trockenes Gestrüpp und über Distelwiesen, nicht weit vom unheilvollen Altar Apollons entfernt, stießen sie auf einen mächtigen Ölbaum, in dessen unterster Gabel ein gezimmerter Verschlag stand, roh zusammengefügt aus Ästen, das Dach war aus geflochtenen Zweigen, darüber wölbte sich erhaben die schattenspendende Kuppel der Blätterkrone.
»Hier lebt er«, flüsterte Diomedes, »da, sieh die eitrigen Wundlappen, die in der Sonne trocknen.«
Ein fauliger Geruch stieg von den Lumpen auf und zog mit dem Wind direkt in ihre Nase. Angeekelt wandten sie sich ab und schlichen sich, den Wind im Rücken, an die Hütte an. Aber sie war leer; nur ein Haufen Stroh, ein Krug, eine Schale und ein Becher deuteten auf einen Bewohner hin. Vor dem Verschlag auf der Erde lag etwas Holz, ein Feuerstein und Zunder.
»Allein schon der Gestank erklärt, weshalb er hier in Einsamkeit sein Leben fristet«, sagte Odysseus.
»Sollen wir uns verstecken, um ihn zu überraschen, wenn er kommt?« fragte Diomedes.
»Ich habe keine Angst vor ihm.«
»Aber er hat den Bogen mit den unfehlbaren Pfeilen! Wenn er auf uns schießt?«
»Das wird er nicht tun, denn mehr als uns haßt er sicherlich sein Schicksal, das ihn auf diesen unbewohnten Teil der Insel fesselt. Wenn er uns tötet, hat er die Gelegenheit, jemals von hier fortzukommen, doch für alle Zeiten verspielt.«
Bis zum Abend warteten sie, da drangen von weitem Schmerzensrufe, Flüche und Gejammer an ihr Ohr. Und bald sahen sie auch, wie Philoktet zottelig, zerlumpt und alt geworden, das kranke Bein nachziehend, auf allen vieren auf die Hütte zukroch. In einer Hand trug er den mächtigen Bogen, mit der anderen schleifte er einen erlegten Hasen mit sich.

»Wer seid denn ihr?« rief Philoktet, als er die beiden Männer vor seiner Wohnung bei der Feuerstelle sitzen sah. Neugierig kroch er näher und rief: »Oh, jetzt erkenne ich euch, Odysseus und Diomedes. Wie konnte ich euch je vergessen!«
Odysseus und Diomedes mußten sich die Nase mit der Hand bedecken, so schlimmen Dunst verströmte Philoktet. Haßerfüllt blickte er sie an. »Euch und den Atriden habe ich es zu verdanken, daß ich hier ausgesetzt wurde. Seid ihr gekommen, um mir auch noch das Letzte zu rauben, was mir blieb, meinen Bogen und die Pfeile?«
Odysseus tat beschwichtigend: »Keine Sorge, Agamemnon und Menelaos entsenden ihre Grüße. Sie bitten dich, mit uns zu kommen. Wir brauchen dich und deinen Bogen, um Troja zu besiegen.«
»Ha!« lachte Philoktet, »mich braucht ihr, um Troja zu besiegen? Was seid ihr nur für jämmerliche Krieger!«
»Viele der Besten sind gefallen, Achilles, Ajax, Patroklos ...«
»In der Tat die besten! O hättet doch ihr euer schändliches Leben gelassen, wärt ihr und die Atriden doch nur tot, dann würde meine Seele endlich Ruhe finden.«
»Es war der Ratschluß aller Fürsten, dich zurückzulassen«, antwortete Odysseus, »gib nicht einzelnen die Schuld.«
»Wie lange ist das her, daß ihr mich hier aussetztet?« fragte Philoktet.
»Zehn Jahre«, antwortete Diomedes.
»Zehn Jahre«, wiederholte Philoktet gedehnt und starrte durch seine Besucher hindurch, als ob sie nicht vorhanden wären. »Zehn Jahre!«
Diomedes versuchte zu rechtfertigen: »Es lag nicht an uns, daß ...«
»Lag es denn an mir, daß mich die Schlange biß?« fiel ihm Philoktet wutentbrannt ins Wort. »Wißt ihr, was ich durchgemacht habe in diesen zehn Jahren, wie viele meiner Beutetiere ich roh essen mußte, weil ich nicht wußte, wie man Feuer macht, wie ich gefroren habe, als es kalt war, welche Schmerzen ich erdulden mußte, als mir die Arznei ausging? Zwei oder dreimal kamen Seefahrer vorüber, die sich, als sie mich sahen, die Nase zuhielten wie ihr jetzt, mir ein paar Lumpen zuwarfen, aber mich um keinen Preis auf ihr Schiff ließen, das mich in die Heimat hätte zurückbringen können – obwohl ich ihnen

fürstlichen Lohn versprach! Einer, der sich meiner erbarmte, schenkte mir einen Feuerstein; damit ich diese Scheite zum Brennen bringen konnte.«

Philoktet stieß mit dem gesunden Fuß in den Holzhaufen hinein, da aber überkam den armen Krüppel ein fürchterlicher Schmerzanfall und stöhnend wand er sich am Boden, es zuckte ihm das kranke Bein. Endlich, nach geraumer Weile, schienen die Qualen nachzulassen, schwer atmend setzte er sich wieder auf.

»Seht her, seht her«, sagte er schließlich bitter, »der sieche Philoktet ist also doch zu etwas nutze. Man möchte es nicht glauben. Doch sagt mir, welchen Grund sollte ich haben, euch zu folgen? Dankbarkeit, daß ihr mir mein Leben ließt? Wie, glaubt ihr, war mir zumute, als ich aus meinem Schlaf erwachte und vom ganzen Schiffszug keine Seele mehr erblickte? Allein zurückgelassen auf dem armseligsten Flecken Erde, ohne Arzt, ohne Hilfe für mein Leid; oh, den Krug mit Mohnsaft habe ich vergessen! Mohn, die wunderbarste Pflanze, die die Götter wachsen lassen, nur leider nicht in dieser Gegend. Wie lange schon habe ich nicht mehr davon gekostet und meine Schmerzen ohne Linderung ertragen.«

Odysseus zog aus dem Beutel, der an seinem Gürtel hing, ein Gefäß, das mit einem kleinen Rundholz zugepfropft war, und reichte es ihm.

»Mohnsaft?« fragte Philoktet begierig.

Odysseus nickte. Mit zittrigen Händen riß Philoktet den Verschluß vom Ausguß und stürzte das Getränk hinunter.

»Oh, tut das gut« grunzte er, »das läuft hinunter wie Milch und Honig!«

»Opium, wie Podalairios es nennt. Ich gebe dir davon soviel du willst, wenn du mit uns kommst«, sagte Odysseus.

»Mohnsaft, soviel ich will?« Philoktet horchte auf. Man sah es arbeiten in seinem leidgeprüften Antlitz, da aber tat das Gift schon seine Wirkung und ließ die harten Züge milder werden. Schließlich sagte er: »Obwohl ich euch noch immer hasse für das, was ihr mir angetan habt, kann ich das Angebot nicht ablehnen, denn dieser Göttertrank ist wunderbar; er mildert nicht nur die Qualen des Körpers, sondern auch der Seele.«

Podaleirios hatte Diomedes aus seinen Beständen eine reinigende

Tinktur und Verbandszeug mitgegeben. Mit aller Vorsicht säuberte er nun Philoktets Wunde und legte schließlich feste Binden an, da verflog auch der Geruch.

»Vergiß auch nicht, daß es der Wille der Götter ist, daß du zum Heer zurückkehrst«, sagte Diomedes. »Füge dich in das Schicksal, und sie werden es zum Guten wenden. Im übrigen warten herrliche Geschenke auf dich.«

Durch den Genuß des Opiums schmerzfrei und auch innerlich befriedigt, vergaß Philoktet den Haß in seinem Herzen. Mit einem seligen Lächeln sagte er: »So tragt mich denn zu eurem Schiff. Wenn es, wie du sagst, die Götter wollen, daß ich mit euch komme, so muß ich mich fügen.«

Als die Griechen Odysseus' Schiff einlaufen sahen, liefen sie in großen Scharen zum Hafenbecken. Oben auf dem Deck erblickten sie Philoktet mit seinem Bogen und dem Köcher auf dem Rücken, da jubelten sie und streckten ihm die Hände entgegen.

»Willkommen Philoktet, sei uns gegrüßt!«

Vorsichtig hoben Odysseus und Diomedes den Kranken vom Schiff und führten ihn durch das Spalier der Krieger zu einem prächtigen Zelt, das für ihn errichtet worden war. Auch Medon aus Poias, der seit Philoktets Aussetzung die Bogenschützen aus Meliboia befehligt hatte, war gekommen; mit dem Zepter stand er vor dem Zelteingang und reichte es unterwürfig seinem Herrn.

»So ergeben, Medon?« fragte Philoktet zynisch, »wärst du nur vor zehn Jahren für mich eingestanden, als mich vom Schiff zu weisen.«

»Herr«, stammelte Medon, »ich, ich ...«

Da aber kam Agamemnon herangeschritten, und mit ihm die Fürsten, die die Geschenke brachten: zwanzig arabische Pferde aus Ägypten, die die Achaier den Soldaten Memnons geraubt hatten, fünf Kannen aus Kupfer, mehrere Kessel und Dreifüße aus Eisen, auch Teller und Becher aus Gold und Silber und dazu einen mit Elfenbein verzierten Krug mit Opium. Davon nahm Philoktet als allererstes einen Schluck. Er stöhnte wohlig, dann trat er Agamemnon gegenüber und schaute ihn schweigend an.

»Lieber Freund«, sprach Agamemnon huldvoll, »es war ein Unrecht, das wir dir damals antaten, sei uns deshalb nicht mehr gram, wir

wurden hart genug dafür bestraft: Mehr als die Hälfte aller Griechen, die hierherkamen, sind gefallen.«
»Lebt Machaon noch?« fragte Philoktet.
»Machaon ist tot, doch ich werde dir Podalairios schicken, den anderen Sohn des unsterblichen Askleipios, er wird sich um deine Wunde kümmern, sobald dich die Frauen gebadet haben.«
»Welche Frauen?«
»Du wirst sie gleich sehen«, sagte Agamemnon schmunzelnd. Er tat dem Philoktet den Arm um die Schulter und ging mit ihm ins Zelt hinein. Philoktet glaubte, er befinde sich mitten in einem Märchen. Da lagen Teppiche, da standen Truhen, in der Mitte war ein großer runder Tisch, der von Sitzkissen umgeben wurde; es gab ein weiteres Gemach zum Schlafen mit einem Bett, auf dem die Felle von Schafen lagen, und einen kleinen Raum, in dem ein Zuber stand. In dem Augenblick traten vier der schönsten Mädchen, die sich Philoktet nur vorstellen konnte, ins Schlafgemach und warfen sich vor ihrem neuen Herrn zu Boden.
»Sie gehören dir!« rief Agamemnon, »verfüge über sie, wie es dir gefällt.«
Erneut ging ein Lächeln über sein Gesicht, und er wußte nicht mehr, ob er träumte oder wachte.
Später dann, als Agamemnon ihn allein gelassen hatte, ließ er sich von den Mädchen in seinen Zuber legen und sich mit heißem Wasser den Schmutz vom zehnjährigen Exil herunterspülen. Dazu trank er in kleinen Schlucken Mohnsaft und vergaß darüber all die Pein, die er erlitten hatte. Nachdem er gereinigt aus dem Bad gestiegen war, salbten ihn die Mädchen mit duftenden Ölen, schnitten und kämmten die verfilzten Haare, schabten ihm den Bart und hüllten ihn in ein Gewand von kostbarstem Leinen. Als er dann vor dem Spiegel stand, war es ihm, als hätten die Götter Jugend und Schönheit über ihn gegossen. Philoktet sank auf die Knie und rief laut: »Ich danke euch, erhabene Götter, daß ihr mein schlimmes Schicksal, das mir ewig schien, zu Ende kommen ließet. Nun zürne ich euch nicht mehr, auch nicht dir, Apollon, und auch nicht den Atriden, nicht Medon und nicht Odysseus.«
Dann endlich kam Podaleirios. Vorsichtig nahm er den Verband vom

schlimmen Bein, besah die Wunde, wusch sie gründlich mit derselben Flüssigkeit, die er Diomedes mitgegeben hatte, dann schnitt mit einem scharfen Messer alles faule Fleisch ab, doch Philoktet verspürte keinen Schmerz, soviel des süßen, braunen Saftes hatte er getrunken. Danach tat Podaleirios, wie er es erstmals an Telephos, dem Sohn des Herakles, dem König in Mysien, erprobt hatte, Späne von Bronze auf die offene Wunde. Noch am selben Tag hörte der Ausfluß auf, auch der Geruch verging, dann schloß sich das Geschwür, als ob Gott Askleipios selbst dies so verfügt hätte: Am nächsten Tag war Philoktet geheilt. Er konnte wieder stehen und gehen, er hatte auch keine Schmerzen mehr, doch vom Mohnsaft wollte er trotzdem nicht lassen.
»Odysseus«, sagte Philoktet, »kannst du mich im Streitwagen auf die Skamanderebene führen vor die Tore der Trojaner, damit ich alles aus der Nähe sehe? Gestern fragte ich schon Agamemnon, doch er wollte nicht. Er konnte mir noch nicht einmal sagen, wann der große Sturm auf Troja beginnt. Mir scheint, er will vom Krieg nicht mehr viel wissen.«
»Agamemnon hat sich verändert, seit Achilles nicht mehr lebt. Er zweifelt nicht nur daran, daß wir Troja erobern können, er fragt sich auch, wie wir alle schon seit langem, nach dem Sinn dieses Kriegs. Und er kann es nicht verwinden, daß Achilles gerade von einem Schönling namens Paris getötet wurde.«
»Paris«, sagte Philoktet, »mit ihm fing alles an, mit ihm wird alles enden.«
»Das glaube ich nicht, dazu ist Paris viel zu schwach. Außerdem ist er ein Feigling, und er trinkt zuviel. Groß ist er nur im Prahlen. Im Leopardenmantel stolziert er auf der Mauer und rühmt sich seiner Tapferkeit.«
»Fährst du mich hinaus?«
»Wir müssen nur darauf achten, daß wir nicht in Schußweite gelangen, denn mit dem Bogen und den Pfeilen sind sie schnell zur Hand.«
»Ich auch«, sagte Philoktet lachend und tat sich Herakles' Waffen um die Schulter.
Wie der Sturmwind rasten sie im leichten Wagen mit den schnellsten

der Araberhengste über die Skamanderebene, an der Zeuseiche und dem Grabmal Tros' vorbei, und Philoktet konnte nur staunen, wie stark die Tore waren, wie mächtig und uneinnehmbar sich die Stadt vor ihm erhob. Fünfzig Schritte vor der Mauer hielten sie an und sahen, daß sich oben bei den Zinnen schon Hunderte von Kriegern versammelt hatten und neugierig zu ihnen hinuntersahen.

»Da steht er«, sagte Odysseus, »der da mit dem schwarzglänzenden Haar, das ist Paris.«

»Bist du das, Odysseus«, rief Paris von der Mauer herab, »oh, wie wir uns fürchten, daß zwei Helden unsere Stadt einnehmen wollen.«

Schreiend vor Lachen stieg er auf die Zinne und führte einen wilden Tanz auf.

»Sag schon, Odysseus, wie gedenkst du, unsere Stadt einzunehmen, jetzt, nachdem ich eueren Achilles tötete?«

Während der Frauenräuber oben auf der Mauer übermütig lachte, schrie und tanzte, nahm Philoktet seinen mächtigen Bogen von der Schulter, legte einen Pfeil auf die Sehne, zog durch, bis das Horn zu springen drohte, dann ließ er los. Zischend flog das Geschoß davon, stieg zur Mauerkrone auf und fuhr dem Paris in die Lende. Der hielt in seinem Tanz inne, tat sich die Hand auf die getroffene Stelle, aus der nur noch der Schaft ragte, dann sank er langsam nach hinten, die Trojaner fingen ihn in ihren Armen auf.

Erschrocken schaute Odysseus Philoktet an. »So weit?« fragte er. »Solch einen Schuß habe ich noch nie gesehen!«

»Wie anders hätte ich auf Lemnos überleben können, da doch die Tiere, die ich zum Überleben jagte, meinen Geruch scheuten wie wir das Reich des Hades. Niemals kamen sie näher an mich heran als Paris heute.«

Auf der Mauer erhob sich ein entsetzliches Geschrei, es flogen Pfeile, Steine Speere, doch freilich konnte keines der Geschosse sie erreichen.

»Stellt die Mörder, jagt hinter ihnen her!« hörte man es von der Mauer rufen, da wandte Odysseus das Gespann, gab den Pferden die Peitsche und im rasenden Galopp ging es zurück zur Schiffsstadt.

»Paris ist tot!« rief Odysseus im Versammlungssaal der Fürsten. »Als Philoktet und ich vor Troja waren, erschoß er ihn mit seinem Bogen.«

Da riß es die Fürsten von den Stühlen: Weinend und jubelnd vor Freude fielen sie sich in die Arme.
»Der verfluchte Achillesmörder hat seine Strafe erhalten«, rief Agamemnon, »fahre seine Seele in die untersten Gründe des Orkus!«
Philoktet wurde auf die Schultern genommen, und mit Freudenschreien zogen die Fürsten hinunter zum Grabmal der Myrmidonen.

14

Paris war nicht tot. Schwerverletzt hatte man ihn in Helenas Gemach gebracht. Den ganzen Tag und die ganze Nacht über bemühten sich die besten Ärzte Trojas um den Verwundeten. Sie hatten schon die fürchterlichsten Verletzungen gesehen, doch eine solche war ihnen noch niemals untergekommen. Der Pfeil war bis ins Mark des Knochens eingedrungen, die ganze Lende durch die Wirkung des Giftes schwarz geworden. Hätten die Ärzte ihm nicht Mengen von schmerzstillenden Mitteln verabreicht, hätte er unvorstellbare Qualen gelitten. So dämmerte er dahin, schaute mit einem Auge hinab in den dunklen Abgrund des Todes, vor dem anderen lief in wirren Bildern die Geschichte seines Lebens ab.
»Oinone!« schoß es ihm plötzlich durch den Kopf, »Oinone, hast du mir nicht einst versprochen, mich zu heilen, wenn ich jemals verwundet würde?«
Wie von einem Peitschenhieb getroffen zuckte er hoch.
»Ruhig, Herr«, versuchte ein Arzt den Todwunden zu beschwichtigen und drückte ihn nieder in die Kissen.
»Ich will zu Oinone, meiner Frau!«
Auf Helenas Gesicht zeichnete sich ungläubiges Staunen ab.
»Zu Oinone? Du scherzst, Gebieter«, rief Helena und rang nach Fassung.
»Macht schon, was ich euch sage!« wimmerte Paris, »ich bitte euch.«
Helena wollte es nicht glauben, als aber Paris immer heftiger nach Oinone verlangte, wandte sie sich voller Verachtung ab, strafte den

Gatten mit einem vernichtenden Blick und verließ den Raum. Paris aber war kaum noch zu halten.
»Bringt mich zu Oinone auf den Ida, wo der Wildbach fließt, sie kann mich heilen.«
Lange berieten sich die Ärzte, bis sie endlich zustimmten, den Kranken ziehen zu lassen, denn sie selbst waren mit ihrer Kunst am Ende. Idaios ließ für Paris einen Wagen rüsten, auf dem eine Liege angebracht war, es wurden die stärksten Maultiere davorgespannt, und nachdem man ihn darauf vertäut hatte, führte der Herold, begleitet von vier Dienern, das Gespann zur Stadt hinaus. Einen halben Tag stiegen sie hinauf durch schroffe Schluchten und waldige Hochtäler, bis sie endlich zur Quelle des Wildbachs kamen, wo die Hütte Oinones stand.
»Ist es ein Bild der Täuschung, das mir die Götter senden, oder sehe ich richtig?« rief sie, als Paris in die armselige Behausung getragen wurde.
Oinone war nur noch ein Schatten ihrer selbst. Nichts mehr von dem war übrig geblieben, wie er die Tochter Kebrens in Erinnerung hatte. Ihr Haar, das einst schimmernd wie ein Goldrausch ihre schönen Züge umschmeichelte, war grau und strähnig geworden, ihr Antlitz, einst strahlend, wies tiefe Spuren der Verbitterung auf. Die einst leuchtend blauen Augen lagen stumpf in dunkelumrandeten Höhlen, die Winkel des Mundes waren tief nach unten gezogen, nur die Nase ragte scharfkantig wie der Schnabel eines Habichts aus dem faltigen Gesicht.
»Laßt mich mit ihr allein!« sagte Paris.
Als die Träger und Idaios gegangen waren, brachte er erst kein Wort heraus, nur Tränen liefen über seine Wangen. Schließlich fragte Oinone mit brüchiger Stimme: »Was führt dich hierher in meine Einsamkeit?«
»Tochter Kebrens«, antwortete Paris schwach, »hasse mich jetzt nicht dafür, was ich dir angetan habe. Es waren die unerbittlichen Parzen, die Göttinnen des Schicksals, die mich zu Helena führten. Ich beschwöre dich bei den Unsterblichen und unserer früheren Liebe, befreie mich von den Qualen, leg mir die Heilmittel auf, die du mir einst versprachst.«

»Nichts versprach ich dir! Ich sagte, ich könnte dir helfen, nun aber will ich nicht mehr!«
»Hab Mitleid mit mir«, flehte Paris, »ich will dich auch wieder lieben wie einst. Mit Helena ist es zu Ende.«
Sie aber, vom Haß zermartert, schrie ihn an: »Mich altes Weib willst du lieben? Du machst mich lachen! Sieh mich doch an, dieses Gesicht, diesen ausgezehrten Körper. Dies sind die Wunden, die du mir schlugst. Wie kannst du auf mein Mitleid hoffen!«
»Oinone ...«, hauchte Paris, und streckte ihr zitternd die Hand entgegen.
»Schämst du dich nicht, zu mir zu kommen, die du verlassen hast, und damit alles Elend dieser Welt auf mich ludst!« zeterte sie und schlug die Hand weg. »Wirf dich Helena zu Füßen, vielleicht kann sie dir helfen, mit mir brauchst du nicht zu rechnen. Und jetzt verschwinde!«
Wie eine Furie stürzte Oinone nach draußen, wo die Diener warteten, und schrie: »Tragt ihn weg, ich kann ihn nicht mehr sehen!«
Auf dem Weg zurück nach Troja kam das Fuhrwerk bei der Hütte Agelaos' vorbei. Agelaos war ein alter Mann geworden, schlohweiß leuchtete sein Haupt- und Barthaar.
»Mein lieber Sohn«, flüsterte er, als er Paris zu Tode ermattet auf der Liege sah, »o wärst du doch nur bei mir geblieben.«
Paris wollte antworten, da ergoß sich ein Schwall schwarzen Blutes aus seinem Mund. Noch einmal blickte er Agelaos ins liebe Gesicht, er lächelte schwach, dann schwand sein Augenlicht. Paris starb in den Armen seines Ziehvaters.
Bis es Nacht geworden war, hatten die Hirten einen zehn Fuß hohen Holzstoß aufgeschichtet, auf den sie nun Paris betteten, um ihn zu verbrennen. Dazu legten sie unter traurigen Gesängen als Opfergabe einen geschlachteten Widder bei und entzündeten den Scheiterhaufen. Gierig leckten die Flammen am Holze empor und leuchteten bald schaurig über Berg und Tal.
Als Oinone den gewaltigen Brand bemerkte, erfüllte eine schreckliche Ahnung ihr Herz. Hastig warf sie sich den Umhang über und lief, so schnell sie konnte, über die Abhänge hinunter durch die dunkle Nacht dem flackernden Schein entgegen.

»Ist es Paris, dem ihr die letzte Ehre erweist?« fragte sie, als sie bei der Brandstatt angekommen war.
Agelaos schaute sie bekümmert an und nickte, da erfüllte sie eine tiefe Reue. Wortlos starrte sie in die Flammen, dann auf einmal trat sie auf den Holzstoß zu, der inzwischen durch und durch glühte, und warf sich auf die Scheite. Mit einem schrecklichen Schrei auf den Lippen versank sie ins Zentrum der Hitze, auf die glühenden Knochen ihres Paris.

In jener Nacht, kurz vor Morgengrauen, verkleideten sich Odysseus und Diomedes als Bettler, so, wie es Odysseus schon einmal getan hatte, um nach Troja zu gelangen. Kalchas hatte geweissagt, daß jemand das Palladion, die Tafel mit dem Abbild der Göttin Athene, rauben müsse, denn solange dieses hölzerne Bildnis in den Mauern Trojas sei, könne die Stadt nicht erobert werden.
»Wie viele Orakelsprüche willst du uns denn noch aufschwatzen, bis sich der Wille der Unsterblichen erfüllt, du Unglücksseher!«
In Verzweiflung hatte sich Agamemnon die Haare gerauft und dem Seher mit der Faust gedroht, bis sich schließlich Odysseus bereit erklärt hatte, die gefährliche Mission zu übernehmen. »Mit Diomedes zusammen werde ich es wagen!«
Golden leuchtete der Morgen über das Land, als aus den Hügeln des Sigeion zwei zerlumpte Gestalten vor der Stadt auftauchten und sich hinkend dem Dardanischen Tor näherten.
»Kommt ihr zur Leichenfeier unseres Prinzen Paris?« fragte ein Wachmann.
Odysseus war auf der Hut. »Ist er denn gestorben?« fragte er erstaunt.
»Ihr Bettler wißt doch sonst immer alles als erste. Ihr riecht es förmlich, wenn es Almosen zu holen gibt. Aber dieses Mal werdet ihr wenig Glück haben. Die große Feier findet nicht statt. Er ist nämlich bereits verbrannt.«
Trotzdem ließen die Wachen die beiden Jammergestalten durch und schickten sie zur Armenküche, vor der sich bereits eine Gruppe von Bettlern versammelt hatte. Mit ihren Näpfen schlugen sie gegen die Tür.

»Ihr werdet wohl warten können, ihr Taugenichtse!« schrie eine ärgerliche Stimme durch das vergitterte Fenster.
Odysseus und Diomedes setzten sich auf den Boden und hörten den Gesprächen der anderen Bettler zu.
»Prinz Paris ist in der Nacht auf dem Berg Ida gestorben«, sagte einer der Männer.
»Eine Frau hat sich zu ihm auf den Scheiterhaufen geworfen«, ergänzte ein anderer.
»Helena?« fragte Odysseus erstaunt.
»Die gerade nicht«, sagte ein Dritter und lachte. »Die schnäbelt längst mit einem anderen Prinzen. Sie konnte noch nicht einmal den Tod des Gatten abwarten, da hat sich das Weib schon einen anderen gesucht. Gestern habe ich sie mit Deiphobos zusammen gesehen. Sie hielten sich an der Hand.«
»Welche Frau hat sich dann getötet?« fragte Diomedes.
»Oinone, seine erste Frau war es, die sich auf seinem Scheiterhaufen lebendigen Leibes verbrannte.«
»Woher weißt du das alles?« fragte Odysseus.
»Der Herold hat es verkündet, als er zuvor durch dieses Tor kam, mit demselben Wagen, mit dem man gestern Paris auf den Ida brachte.«
Endlich öffnete die Armenküche. Odysseus und Diomedes schlangen, wie alle anderen auch, die Suppe und das Brot hinunter, dann hinkten sie in die Stadt hinein und hinauf zum Tempelbezirk.
Über den Tod Paris' schienen in Troja nur wenige zu trauern. Zwar drangen vom Apollontempel dumpfe Schläge herüber, die die Bürger und die Krieger zur Trauerfeier riefen, doch kaum einer folgte der Aufforderung der Priester zum Gebet. Als Odysseus und Diomedes dort ankamen, hatten sich als Trauergäste nur der Ältestenrat eingefunden, dazu einige Bettler, die auf milde Gaben hofften. Schließlich betrat die königliche Familie das Heiligtum. Hekabe weinte und wurde von Priamos und Helenos gestützt, dahinter schritten Helena und Deiphobos und die anderen Mitglieder des Hofstaates und des Kronrates. Von den Feldherren der Verbündeten ließ sich außer Aeneas niemand sehen. Er war gekommen, weil er vom gleichen

Geschlecht stammte wie Paris. Als alle versammelt waren, brachte Laokoon, der der Priester des Apollon war, in einem kleinen Schrein die Überreste des Verstorbenen in den Tempel. Nicht weit vom marmornen Standbild des Gottes entfernt war eine Gruft in der Mauer geöffnet. Dort hinein versenkte er die Asche und ungewollt auch die von Oinone, denn eine Trennung der Überreste hatte Idaios auf dem Berg Ida unmöglich durchführen können.

Die Feier war kurz, und da auch keine Leichenspiele angesetzt waren, löste sich die Trauergemeinde bald wieder auf; ein jeder ging seines Weges. Am Tempeltor hatten sich Odysseus und Diomedes niedergelassen und hielten den Trauergästen die Bettlerhand entgegen. Als Helena vorbeischritt, schaute sie den beiden ins Gesicht. Da blieb sie wie angewurzelt stehen und riß entsetzt Mund und Augen auf. Deiphobos, der hinter ihr ging, warf ein paar Münzen auf den Boden und sagte: »Komm, Geliebte, kümmere dich nicht um diese Kreaturen, sie stinken und haben Ungeziefer. Laß uns von hier fortgehen.«

»Hast du gesehen, wie sie erschrak, als sie uns in die Augen blickte?« sagte Odysseus.

»Glaubst du, sie hat uns erkannt?« fragte Diomedes und erschauerte.

»Ich bin mir sicher.«

»So wird sie uns verraten, laß uns schnell fliehen«, stieß Diomedes hervor, »bevor sie die Wachen ruft.«

»Ich glaube nicht, daß sie das tut«, sagte Odysseus kühl. »Denn wie will sie ausschließen, daß wir Troja doch noch besiegen. Wenn sie uns preisgibt, wäre das ihr sicheres Todesurteil. So kann sie vielleicht noch auf Gnade hoffen.«

Odysseus und Diomedes warteten, bis die Hitze des Tages am größten war und alles Volk sich in die Häuser geflüchtet hatte, da humpelten sie durch die leeren Gassen zum Tempel der Athene, schlichen sich hinein und nahmen, als sie sahen, daß sie allein waren, von der Wand das hölzerne Gnadenbild.

»Verzeih mir, Göttin«, flüsterte Odysseus und verbarg die Tafel unter seinem Umhang, dann verließen sie unbemerkt die Stätte.

»Habt wohl kein Geschäft gemacht«, murmelte der Wachmann am Tor und ließ die beiden ungehindert aus der Stadt. »Ich habe es euch

ja vorher schon gesagt«, rief er ihnen hinterher, »Paris war hier nicht beliebt!«
Gequält hinkten sie davon und hielten auf das Vorgebirge zu. Bald erreichten sie die Kuppe, hinter der sie von Troja aus nicht mehr zu sehen waren, und wo, versteckt in den Büschen, die Pferde standen, auf denen sie gekommen waren. Noch bevor des Mittags Hitze abgeklungen war, erreichten sie die Schiffsstadt, wo Kalchas bereits auf sie wartete. Er stand nicht weit von einer Pinie entfernt und starrte in den Baum.
»Kalchas«, rief Odysseus, »wir haben das Palladion!«
»Sehr gut!« flüsterte Kalchas, »aber ich bitte euch, seid leise. Seht ihr den Falken dort, der sich im Geäst des Baumes versteckt?«
Odysseus und Diomedes nickten.
»Er wartet auf eine Taube, die sich in jenes Astloch flüchtete.«
Da sahen sie auch das Täubchen, wie es vorsichtig hervorlugte. Als es aber den Falken gewahrte, zog es sich wieder zurück.
Das ging zwei-, dreimal so, bis der Falke auf einen höheren Ast wechselte, wohin das Täubchen nicht mehr sehen konnte. Endlich schien ihm die Luft rein zu sein, da verließ es die Höhle und wollte davonfliegen. In dem Augenblick aber stürzte der Falke herab, grub seine Fänge in die Beute und trug sie davon.
»Die Götter geben uns ein Zeichen«, flüsterte Kalchas aufgeregt.
»Kannst du es deuten?« fragte Odysseus.
»Nur soweit, daß es einer List bedarf, Troja zu besiegen«, antwortete Kalchas. »Welche List ihr anwendet, müßt ihr Krieger selbst entscheiden.«
»Kalchas hat gut reden!« rief Agamemnon im Versammlungssaal, »wir können doch nicht wie Falken auf sie herabstoßen! Ja, wenn wir Vögel wären und fliegen könnten, wüßte ich manches Mittel, die Hunde zu erschlagen.«
»Laßt uns so starke Bögen bauen wie den meinen hier, dann schießen wir sie aus sicherer Entfernung einzeln von den Zinnen herunter!« rief Philoktet.
»Damit besiegst du Troja nicht«, sagte Menelaos. »Zehn kannst du so erlegen, dann aber werden sie sich hinter ihrer Mauer ducken und uns verspotten.«

Noch lange überlegten die Fürsten hin und her, wie sie es wohl anstellen könnten, die Stadt zu erobern, da meldete sich Odysseus zu Wort.
»Wißt ihr was«, begann er, »laßt uns aus Holz ein riesiges Pferd bauen, in dessen hohlen Rumpf sich dreißig der besten Krieger verbergen. Das Heer möge dann das Lager vollständig abbrechen, das Zurückgelassene verbrennen und sich mit den Schiffen auf die Rückseite der nahen Insel Tenedos begeben und dort in Bereitschaft bleiben. Von der Kuppe des Hügels aus soll ein Späher beobachten, was auf der Skamanderebene vor sich geht. Denn die Trojaner werden glauben, wir wären, des Kampfes müde, zurück in die Heimat gefahren. Sie werden unser Lager oder das, was davon übrig geblieben ist, aufsuchen und das Pferd entdecken. Einer unserer Männer soll sich bei dem Pferd verstecken, so, daß sie ihn bald finden. Wenn sie ihn dann befragen, soll er ihnen vormachen, er sei der Bedauernswerteste von allen. Er soll sagen, die Griechen hätten ihn ihrer glücklichen Rückkehr willen den Göttern zum Opfer darbringen wollen, er aber habe sich verbergen können, genau an der Stelle, wo die Trojaner ihn nun hervorgezerrt hätten. Deshalb bäte er auch um Gastrecht, denn er wolle nie wieder zu seinen Feinden nach Griechenland zurückkehren. Weiter soll er sagen, das Pferd sei der Pallas Athene geweiht; nur deshalb sei es so groß und schwer gebaut worden, damit die Trojaner nicht vermögen, es in ihre Stadt zu ziehen. Er soll diese Mär so überzeugend vortragen, daß die Trojaner ihr Mißtrauen überwinden und ihm glauben.«
»Und was wird danach geschehen?« fragte Agamemnon.
»Mit großem Aufwand und unsäglichen Mühen wird es ihnen gelingen, das Pferd in ihre Stadt zu ziehen, danach werden sie ein Freudenfest beginnen.«
Agamemnon und die Fürsten stimmten zu, denn das hätten sie wohl ebenso gemacht.
»Und dann?« fragte der alte Nestor.
»Wenn sie betrunken zu Bett gegangen sind, soll unser Verbündeter uns im Inneren des Pferdes Zeichen geben. Dann wollen wir aussteigen, die Wachen überwältigen, die Tore öffnen und die Stadt in Flammen legen.«

Kalchas war begeistert und pries den erfinderischen Verstand Odysseus'.
»Und was ist mit dem Heer?« fragte Nestor weiter, »wollt ihr, die ihr nur dreißig seid, ganz Troja zerstören?«
»Nein«, rief Odysseus, »nach Einbruch der Nacht, nachdem das Pferd in die Stadt gezogen wurde, werden unsere Krieger im Schutz der Dunkelheit mit den Schiffen zurückkehren und durch die offenen Tore in die Stadt eindringen.«
»Bei Zeus, ein guter Plan«, rief Agamemnon, »laßt uns gleich morgen beginnen, ihn in die Tat umzusetzen.«
Kalchas warf sich zu Boden und flehte zu Zeus um ein Zeichen, daß er das Vorhaben billige, und es zuckten aus dem Äther Blitze, die von krachendem Donner begleitet wurden. Da tanzten die Griechen vor Freude und bereiteten ein herrliches Opfermahl vor.

15

»Ich werde das Pferd bauen«, sagte Epeios zu Odysseus. »Im Traum, den mir Athene sandte, sah ich jede Einzelheit des Bauwerks vor mir.«
»Epeios, du ein Baumeister?« fragte Odysseus ungläubig.
Noch nie war ihm der Sohn des Panopeus durch besondere Begabung aufgefallen, außer beim Faustkampf, als er bei den Leichenspielen des Patroklos den Euryalos mit einem einzigen Hieb besiegte. Doch da Epaios Zeichengerät und Papyrus bei sich hatte, sagte Odysseus: »Aber wenn du meinst, dann laß sehen!«
Mit flinken Strichen zeichnete Epeios ein getreues Abbild seiner Vorstellung und beschrieb genau, wie er Gerüst und Form beginnen wollte.
»Ich werde es sowohl in der Höhe als auch in der Breite so groß bauen, daß es nicht mehr durch das Tor paßt, es sei denn, sie graben die Schwelle auf und heben die Pforten aus den Angeln.«
»Sehr gut«, sagte Odysseus, »ein ausgezeichneter Gedanke!«
»Es soll auf einem festen Rahmen aus Trägerbalken ruhen, damit sie

nur noch Rundhölzer unterlegen müssen, um es nach Troja zu rollen. Die äußere Form des Pferdes möchte ich mit sich verzahnenden Bohlen von innen am Gerüst befestigen und mit Werg und Harz so abdichten, daß außen keine Ritzen und Fugen bleiben, die es ermöglichen würden, die Schale aufzustemmen. Auch sollen sie glauben, es sei massiv, deshalb will ich drei Lagen von Bohlen übereinander legen.«

Die Zeichnung, die Epeios mit wenigen gekonnten Strichen schuf, war so formgemäß und überzeugend, daß Odysseus nur noch staunte. Bisher hatte er geglaubt, Epeios könne mit seinen Händen nichts als kräftig zuschlagen, nun aber bewies er sich als Künstler.

Großen Wert legte Epeios darauf, daß die Klappe, die in den Rumpf des Pferdes führte, nur von innen zu öffnen und zu schließen sei.

»Du meinst, selbst wenn sie vermuten, daß innen Krieger versteckt sind, würden sie uns nicht entdecken?«

»Keinesfalls. Sie können uns höchstens töten, indem sie das ganze Pferd verbrennen, lebend bekommen sie uns nie.«

»Ausgezeichnet«, sagte Odysseus, »laß uns damit zu Agamemnon gehen.«

Agamemnon besah sich den Plan, gab seine Zustimmung und übertrug Epeios die Befehlsgewalt, alles anzuordnen, was er für den Bau benötigte.

Noch am selben Morgen schickte Epeios zwei Hundertschaften in die waldreichen Täler des Ida, um die hochstämmigsten Tannen zu fällen. Auf der Agora ließ er von Zimmerleuten die Stämme zu Balken und Bohlen zersägen und fing an, nach seinem Plan zuerst die Beine aufzustellen. Darauf setzte er den breiten Bauch, darüber wölbte er den mächtigen Rücken, hinten fügte er die kräftigen Schenkel an, vorne den Hals und den riesigen Kopf. Die Klappe zum Ein- und Aussteigen befestigte er unsichtbar zwischen den hinteren Schenkeln, da, wo das gewaltige Gemächt des Hengstes aus dem Bauch ragte.

»Diesem Teil«, sagte Epeios lachend »werden sie nur seines Aussehens, nicht seines Zweckes wegen Beachtung schenken.«

Langsam aber stetig wuchs das riesenhafte Bauwerk seiner Fertigstellung zu. Vom Kopf bis zu den Hufen maß es dreißig Fuß, an der breitesten Stelle zwölf. Zum Schluß fügte er oben an der Stirn die Ohren an, die gleichzeitig mit den Nüstern zum Lufteinlaß dienten, unter die Schläfen setzte er aus schwarzem Gestein die Augen, und die Mähne und den Schweif bildete er aus echtem Roßhaar, wofür so manches Pferd aus der Schiffsstadt seine Haarpracht lassen mußte.

Sieben Tage benötigten Epeios und seine Zimmerleute, bis das Bauwerk fertig und von außen völlig dicht war wie ein Schiffsrumpf; die Griechen staunten, wie getreu nach der Natur er es vollendete. Der Innenraum war ausgestattet mit dicken, weichen Fellen von Widdern und von Schafen, damit die Strahlen der Sonne es nicht zu sehr aufheizten und kein Laut oder Waffenklirren die Insassen verrate. Auch ließ Epeios Schläuche von Wasser und Wein sowie feste Nahrung für mehrere Tage in den Rumpf schaffen, dazu leere Ledersäcke, in die die Krieger ihre Notdurft verrichten konnten.

In der Zwischenzeit hatten Tausende von anderen Kriegern, von der Palisadenmauer gegen die Blicke der Trojaner abgedeckt, die Schiffe zum Meer gezogen, sie wieder fahrbereit gemacht und sich für die Abfahrt nach Tenedos gerüstet. Zurück blieben riesige Haufen von Gerümpel und Berge von Abfällen und Steinen. Die einst so prächtige Agora war ein Trümmerfeld, auf dem einsam das gewaltige Pferd aufragte.

Der Tag der Abfahrt war gekommen. Das ganze griechische Heer hatte sich um das Pferd versammelt.

»Jetzt gilt es, ihr Führer der Achaier!« rief Odysseus. »Wer von euch ist mutig genug, mit mir in den Rumpf zu steigen? Glaubt mir, es gehört mehr Stärke dazu, in diesen Bauch zu kriechen, als in offener Feldschlacht als Held zu glänzen. Darum will ich auch keinem von euch böse sein, dem das Wagnis zu hoch erscheint. Er soll lieber mit den anderen nach Tenedos segeln und später wiederkehren. Oh, ehe ich es vergesse: Wir brauchen einen tapferen Krieger aus dem Volk, den kein Trojaner kennt, der sich bei dem Pferd versteckt und der bereit ist, sie mit der Lügenmär zu täuschen, wie ich sie bereits erzählte.«

Niemand regte sich im Heer, bis endlich Sinon, der Schiffsführer des Odysseus, hervortrat und rief: »Ich bin bereit, das Werk zu tun. Und mögen mich die Trojaner mißhandeln, mögen sie mich lebendig ins Feuer werfen, ich werde keine andere Geschichte erzählen als die, die ihnen die Niederlage bringt!«

Als dies die Völker hörten, jubelten sie dem Sinon Beifall zu und bewunderten seinen Mut.

Nun erhob sich Nestor und rief: »Auf! Laßt uns jetzt den Lohn für zehnjährige Mühseligkeiten ernten. Darum rasch hinein in den Bauch des Pferdes. Ich will als erster einsteigen, denn ich fühle noch jene jugendliche Kraft in meinen Gliedern, die ich hatte, als ich Eurethalion im Einzelkampf am Fluß Keladon besiegte und ...«

»Halt ein, guter Nestor«, rief Odysseus, »obwohl wir gern die Geschichte hören würden, drängt jetzt die Zeit. Ich bitte dich, laß einem Jüngeren den Vortritt, der sich den Ruhm, den du besitzt, erst noch verdienen muß. Gewähre deinen Rat dem Agamemnon, der als unser Feldherr nicht an dem Wagnis teilnehmen darf, da ihn das Heer braucht.«

Nestor war enttäuscht. Nur mit Mühe ließ er sich von seinem Vorhaben abbringen, dafür aber hatte er den anderen Fürsten Mut gemacht. Odysseus stellte die Leiter an die Öffnung und kletterte als erster in die Luke. Ihm folgten Diomedes, Menelaos und Sthenelos, dann Philoktet, der ein kleines Gefäß mit Opium bei sich hatte; die nächsten waren Aias, Idomeneus, Meriones und Podalairios, der Arzt. Nun schien die Furcht auch von allen anderen gewichen zu sein. Die Völkerführer drängten sich geradezu, um an dem Abenteuer teilzunehmen: Eurymachos, Antimachos, Agapenor und noch viele andere, daß nur ein Ruf von oben: »Es ist genug, wir haben keinen Platz mehr!« den Ansturm bremsen konnte. Zuletzt stieg Epeios, der Baumeister, selbst hinein, zog die Leiter zu sich in die Höhlung, verschloß die wuchtige Klappe und setzte sich auf den Riegel. Ein jeder richtete sich ein im Bauch des Rosses, so gut es eben ging, dann saßen sie in tiefster Nacht und verharrten reglos, schweigend.

Die Krieger gingen auf die Schiffe, ein paar wenige zündeten die Kehricht- und Gerümpelhaufen an, dann legte die Flotte ab und segelte in die Nacht hinein. Nur Sinon blieb zurück und versteckte sich in einem Haufen Holz, der vom Pferdbau übrig war.

Wie wunderten sich die Trojaner, als sie anderntags die Schiffsstadt in dichten Rauch gehüllt sahen.
»Die Schiffe brennen!« rief die Wache schon beim ersten Morgengrauen.
Das ganze Volk und zahllose Krieger stiegen auf die Zinnen ihrer Stadt, um das Schauspiel zu erleben. Als Helios am höchsten stand, und von der brennenden Schiffsstadt immer noch kein Lebenszeichen zu ihnen gedrungen war, sandte Priamos einen Trupp Reiter zum Hellespont, um zu erkunden, was vorgefallen war.
Deiphobos führte die Reiter an. Als sie zur Palisadenmauer kamen, stiegen sie von ihren Pferden und lugten vorsichtig durch das halbgeöffnete Tor.
»Sie sind abgezogen!«
Erst konnten sie es nicht glauben und stöberten durch das Trümmerfeld, doch in der Tat, es war kein einziges Schiff mehr da, kein einziges Zelt und auch kein einziger Grieche; die Bretterbuden waren eingerissen, die Kehrrichthaufen rauchten, nur das monströse Pferd ragte einsam auf dem Marktplatz. Unglaublich, aber wahr: Die Griechen waren abgezogen! Neugierig näherten sie sich dem Ungetüm.
»Ein Pferd«, sagte Deiphobos und kam sich vor wie in einem Traum. Mit der stumpfen Seite seiner Lanze stieß er gegen den mächtigen Rumpf, der dröhnte dumpf zurück.
»Was sollen wir mit dem Wunderding beginnen?« fragte einer der Soldaten.
»Laßt es uns nach Troja schaffen als Zeichen unseres Sieges!«
»Ich bin dafür, es zu verbrennen, damit uns nichts mehr an die Schreckenszeit erinnert!«
»Darüber wird Priamos entscheiden!« rief Deiphobos. »Zwei Krieger sollen sofort nach Troja reiten und dem König Nachricht bringen, was wir hier vorgefunden haben. Wir anderen bleiben derweilen hier und bewachen dieses Ungetüm.«
Mit prachtvollem Glanz zog der Hofstaat kurze Zeit später in die ehemalige Schiffsstadt ein. Dahinter strömte das Volk. Bald drängten

sich unzählige Menschen auf dem vormaligen Lagerplatz der Feinde. In Massen waren sie herangekommen und bewunderten das Pferd. Andere wieder kramten und stocherten in den rauchenden Haufen, die das Feuer noch nicht ganz verzehrt hatte, um zu sehen, ob sie etwas davon brauchen konnten. Da entdeckte einer den versteckten Griechen.

»Seht her«, rief er, »was ich gefunden habe!«

An den Haaren zerrte er den um Hilfe schreienden Mann hervor. Sofort stürzten sich andere auf ihn und brachten ihn zu König Priamos.

»Weh mir«, rief der Gefangene, »erst wollten mich die Griechen töten, nun werden es die Trojaner tun!«

»Wer bist du, und was willst du hier?« herrschte ihn Priamos an.

Mit vor Angst geweiteten Augen und zitternd am ganzen Leib wollte er beginnen, doch er brachte keinen Ton hervor.

»Beruhige dich«, sagte Priamos, »wenn du nichts Feindliches im Schilde führst, hast du nichts zu befürchten. Nun gib Antwort.«

»Mein Name ist Sinon, ich bin Grieche, das will und kann ich wohl nicht leugnen. Aber die Griechen sind meine Feinde, denn sie wollten mich töten.«

»Hast du ein Verbrechen auf dich geladen?« fragte Priamos.

»Der Hauptgrund lag wohl darin, daß Kalchas, unser Priester, ein Menschenopfer forderte, damit Aiolos günstige Winde sende, die die Achaier wohlbehalten in die Heimat bringen. Da entsann sich Odysseus, der mich schon immer haßt, meiner Wenigkeit und bestimmte mich zum Opfer. Nemesis aber wies mir diesen Unterschlupf. Nun flehe ich vor dir, o König, um mein armseliges Leben.«

»Die Griechen bringen Menschenopfer für guten Wind?« fragte Priamos erstaunt.

»Ha«, rief Sinon, »Agamemnon opferte vor diesem Feldzug sogar seine eigene Tochter Iphigenia dafür!«

Priamos und allen anderen, die die Rede hörten, lief ein kalter Schauer über den Rücken.

»Weißt du gewiß, daß sie in die Heimat aufgebrochen sind?«

»So gewiß, wie ich weiß, daß Zeus unser höchster Gott ist! Kalchas hatte geweissagt, daß Troja so lange ungeschlagen bliebe, bis das Pal-

ladion, das euch Odysseus kürzlich raubte, an seinem Bestimmungsort auf der Akropolis angekommen sei. So lange, sagte Kalchas, würde die Göttin grollen und den Achaiern den Sieg verwehren.«
»Und was hat es mit dem Pferd auf sich?«
»Es ist der nämlichen Göttin geweiht, damit sie einstweilen besänftigt werde. Es soll hier so lange stehenbleiben und den Lagerplatz bewachen, bis sie mit einer neuen Streitmacht wiederkehren.«
»Hm«, sagte Priamos, »und was wäre, wenn wir uns dieses Pferdes bemächtigen würden und es in unsere Stadt zögen?«
»Das wird nicht möglich sein«, antwortete Sinon, »denn es ist zu groß für euer Tor. Ihr bekommt es nicht hindurch. Sie haben es mit Absicht so gebaut, denn dies waren die Worte Kalchas': Solange sie ein Weihestück der Göttin in ihren Mauern haben, werdet ihr Troja nicht erobern können.«
Priamos überlegte eine Weile, dann sagte er: »Und was ist, wenn du lügst?«
»Wie könnte ich die anlügen, die ich um Rettung anflehe«, seufzte Sinon. »Wenn ihr mir nicht Gastrecht gewährt, bin ich heimatlos.« Sinon begann zu weinen: »Nach Griechenland kann ich nie wieder zurückkehren, denn dort wartet nur der Tod auf mich.«
»Bist du bereit«, fragte Priamos, »all dies, was du erzähltest, vor den Göttern mit einem heiligen Eid zu beschwören?«
Sinon ließ sich nieder auf die Knie, reckte seine Arme zum Himmel und rief: »Ihr Götter, denen ich schon zum Tod geweiht war, ihr seid mir Zeugen, daß ich die Wahrheit sprach und daß die Bande, die mich an mein Volk knüpften, für alle Zeiten zerrissen sind!«
Die Trojaner waren bewegt, und Priamos sagte: »Denk nicht mehr an die Griechen, bei uns sollst du Zuflucht finden.«
Während Sinon von Priamos verhört worden war, hatten andere am Pferd nach Öffnungen gesucht. Doch so sehr sie auch sein Inneres erkunden wollten, so mußten sie bald einsehen, daß dies, ohne es zu zerstören, unmöglich war.
»Wenn wir nicht hineingelangen, so wird dies auch keinem Griechen geglückt sein!« rief Deiphobos. »Auf, laßt uns das Pferd nach Troja ziehen.«
Laokoon, der Priester des Apollon und des Poseidon, der mit seinen

beiden kleinen Söhnen zur ehemaligen Schiffsstadt gekommen war, warnte Priamos: »Ich würde es verbrennen oder es ins Wasser werfen. Mit diesem Pferd kommt Unheil auf uns zu. Sieh doch, es ist hohl; es beherbergt sicher fünfzig ihrer Krieger!« rief er und schleuderte eine Lanze in den Rumpf. Zitternd blieb der Speer im Holz stecken und erzeugte einen Widerhall, der dumpf klang wie der Schall aus einer Gruft.

»Wenn es hohl wäre, müßte dieser Speer durch die Schale hindurchgedrungen sein«, rief Deiphobos, »aber sieh doch selbst, da ist kein Weiterkommen.« Mit all seiner Kraft drückte er das Geschoß nach innen, doch die zweite und die dritte Schicht des Holzes hielten stand. »Es ist massiv! Was hier klingt, ist nur der Klang des Holzes selbst. Ich warne dich, es weiter zu beschädigen. Willst du den Zorn der Göttin heraufbeschwören?«

»Ich will nichts anderes, als euch alle vor dem größten Fehler eures Lebens zu bewahren!« rief Laokoon verzweifelt, doch Deiphobos verlachte ihn und spottete über sein Mißtrauen.

»Laokoon, du bist ein Tor. Sieh doch, es gibt keinen Weg hinein, es gibt keinen Weg hinaus. Selbst wenn Krieger darin versteckt wären, wie sollten sie denn überleben in dem geschlossenen Käfig? Aber ich weiß, was dich bedrückt. Wäre das Pferd dem Poseidon oder dem Apoll geweiht, würdest du es eigenhändig in unsere Mauern ziehen. Nun aber bist du eifersüchtig auf Theano, weil sie als Priesterin der Athene die Weihung vornehmen wird!«

Laokoon wandte sich ab und ging mit seinen beiden Söhnen hinunter zum felsigen Gestade. »Ihr Götter«, rief er, »gebt den Verblendeten ein Zeichen, damit sie sehen, daß sie ihren Untergang heraufbeschwören, wenn sie das Pferd in unsere Stadt bringen!«

Das Zeichen, um das Laokoon gebeten hatte, ließ nicht lange auf sich warten. Kaum war der Priester bei den Klippen angekommen, um sich vor Poseidon auf die Knie zu werfen, da krochen aus dem Wasser die Arme einer riesenhaften Krake, schlangen sich um Laokoon und seine Söhne und zogen ihre Opfer in die brodelnde See. So sehr der Priester und seine Söhne sich auch wehrten und versuchten, der tödlichen Umklammerung zu entkommen, gab es für sie kein Entrinnen. Entsetzt wich die Menge zurück, und die, die herangeeilt waren, um ihrem Priester beizustehen, mußten hilflos miterleben, wie das Ungeheuer mit dem um Hilfe rufenden Laokoon und seinen Söhnen in die schäumenden Fluten abtauchte. Lähmende Furcht machte sich breit, und mancher ahnte, daß dieser grauenhafte Vorfall ein Zeichen dafür war, daß Troja Unheil drohte. Lange herrschte ratloses Schweigen, da endlich verkündete Priamos: »Dies war die Strafe für den ungerechten Zweifel unseres Priesters. Nun steht es fest: Die Götter wollen, daß wir das Pferd nach Troja bringen!«

Da schrien und jubelten die Menschen vor Begeisterung und begannen damit, das Ungetüm in ihre Stadt zu schaffen. Die einen brachten Seile zum Ziehen, die anderen fällten Bäume, auf denen es rollen sollte, fünfzig Ochsen wurden aus der Stadt zum Hellespont getrieben, um die gewaltige Last zu bewegen.

Ganz Troja war zum Freudenfest gerüstet. Die Mauerkrone war geschmückt mit Blumen und mit Kränzen, von den Zinnen hingen Teppiche und Fahnen, und die Menschen jubelten dem Pferd, das sie bald heilig, bald trojanisch nannten, im fröhlichen Siegesrausche zu. Nun kam der Augenblick, da es durch das Tor gezogen werden sollte. Da sahen sie aber bald, daß es zu groß war.

»Sinon sprach die Wahrheit«, sagte Deiphobos zu Stenelos, »es paßt nicht in der Höhe und nicht in der Breite.«

»Laß uns einen Rat zusammenrufen, um zu erkunden, wie wir den göttlichen Auftrag erfüllen sollen.«

Lange rätselten die Klügsten der Trojaner, ob sie eine Bresche in die Mauer schlagen oder den Rumpf zerteilen sollten. Doch von der letzteren Möglichkeit war bald keine Rede mehr.

»Denkt an Laokoon«, rief Stenelos. Er warf dem Pferd die Lanze in die Flanke. »Darum sage ich euch: Jeder, der sich an dem Pferd vergeht, wird sterben!«

Idaios sagte: »Mir scheint, es könnte gehen, wenn wir die Tore aus den Angeln heben.«

»Dann ist es aber immer noch zu hoch«, sagte Deiphobos.

»Wir könnten es ein gutes Stück absenken, wenn wir die Rollen darunter entfernten und, um den größeren Widerstand zu überwinden, zwanzig weitere Ochsen anspannten.«

So wurde es endlich beschlossen. Die Trojaner hievten die Flügel aus den Angeln, zogen die Rundhölzer unter dem Pferd hervor, dazu gruben sie die Schwelle auf und senkten sie soweit ab, daß auch Kopf und Ohren durch das Tor paßten, denn keiner von ihnen wagte es, dem Pferd auch nur ein Haar zu krümmen. Laokoons Schicksal wollte keiner teilen.

Nach unsäglichen Mühen war es vollbracht. Das Pferd stand auf dem Marktplatz, das Tor war wieder in seinen ursprünglichen Stand gebracht und geschlossen worden, nun tobte und raste die Menge vor Freude und Vergnügen. Priamos ließ durch Idaios kundtun, daß gefeiert werden dürfe, daß Wein in Strömen fließen solle und alle Bürger frei gehalten seien. Da war kein Trojaner und keiner der Verbündeten, der nicht von einem Freudentaumel in den anderen stürzte. Nur Kassandra, die Tochter Priamos', irrte durch die Stadt und rief in einem fort: »Ihr Unglückseligen, wißt ihr nicht, daß wir die Straße zum Hades hinunterwandeln? Wir stehen am Rande des Verderbens. Ich sehe Troja mit Feuer und mit Rauch erfüllt, ich sehe Blut in Strömen fließen, doch ihr glaubt mir nicht!«

»Warum sollten wir einer Irren Gehör schenken!« riefen die Trojaner und stürzten sich ins Vergnügen.

Theano, die Frau des Rates Antenor, wollte Kassandra besänftigen: »Kassandra, jetzt, nachdem die Griechen abgezogen sind, laß doch den Menschen ihre Freude. Du siehst ja selbst, daß all deine Voraussagen nicht eingetreten sind. Freu dich mit uns, wir haben den Krieg gewonnen. Nun herrscht wieder Friede!«

Flöten- und Kitharaklänge tönten durch die Straßen. Den restlichen Tag und die halbe Nacht überließen sie sich der Siegesfeier. Sie lärmten und tanzten durch die Gassen, in großen und in kleinen Gruppen saßen sie auf dem Marktplatz um das Pferd herum, schmausten von Rindern, Ziegen und Schweinen, die dort auf offenen Feuern brutzelten, die Becher ließen sie sich ein über das andere Mal mit funkelndem Wein füllen und tranken in tiefen Zügen so lange, bis sie zu schwanken und zu stammeln begannen. Erst nach Mitternacht leerten sich die Straßen allmählich, nur noch die hartgesottensten, festen Trinker grölten vereinzelt durch die Nacht. Ein letztes Grüppchen saß beim Pferd, darunter war auch Sinon, mit dem sie immer wieder Bruderschaft getrunken hatten: »Nun bist du ein Trojaner, komm her und laß dich küssen! Als Feind bist du gekommen, jetzt bist du einer von uns!«

Sinon spielte seine Rolle ausgezeichnet. Obwohl er nicht betrunken war, schwankte er ebenso wie die anderen. »Ihr seid meine Retter«, rief er, »euch verdanke ich mein Leben. Ich trinke auf euer Wohl!«

Als Selene ihre Himmelsbahn beendet hatte und glitzernd in das Meer eintauchte, lallte Sinon: »Nun ist es genug. Nun muß ich schlafen gehen.«

Die andren stimmten zu. Die, die noch gehen konnten, trollten sich zu ihren Wohnungen, einige von ihnen schafften den Weg nach Hause nicht mehr. Sie legten sich hin, wo sie gerade waren, und fielen in tiefen, schweren Schlaf. Über Troja kehrte Ruhe ein.

Sinon erhob sich von seinem Widderfell, schlich hinauf zu den Zinnen des Torturms, wo zwei betrunkene Wachleute schnarchten und entzündete eine Fackel, die er siebenmal um seinen Kopf kreisen ließ. Aus der Dunkelheit der Skamanderebene kam Antwort. Der Lichtschein einer Fackel kündete ihm, daß sich das in der Nacht zurückgekehrte Heer dort aufgestellt hatte und bereit war, die Stadt zu erobern. Wieder ließ er seine Fackel kreisen – es war das Zeichen für den Angriff. Dann schlich er zurück zum Pferd, schlug, wie Odysseus ihm gesagt hatte, einen bestimmten Rhythmus an den Rumpf, da öffnete sich die Klappe, und die dreißig Krieger entstiegen mit klopfendem Herzen dem Inneren des Pferdes. Wie Schatten huschten sie durch die Nacht, töteten die Wachen am Tor, und mit vereinten Kräften wuchteten sie die mächtigen Flügel auf. Dann verteilten sie sich in der Stadt, erstachen jeden, den sie auf offener Straße liegen sahen und legten Feuerbrände an die Häuser. Bald loderte schon manches Dach, und Schreie gellten durch die Gassen. Der Feuerbrand, der Haus um Haus ergriff, warf ein gespenstisches Licht auf Troja.

Es dauerte nicht lange, da kam das Heer heran und stürmte in die Stadt. Wie ein Lindwurm wälzten sich die Krieger durch die Gassen und erschlugen jeden, der, vom Feuer und vom Lärm aufgeschreckt, zu fliehen versuchte oder es gar wagte, sich ihnen entgegenzustellen. Andere drangen in die Häuser ein, mordeten die Männer, die noch schliefen, die Frauen und Kinder treiben sie auf Plätzen zusammen, um sie als Gefangene wegzuführen. Auf gleiche Weise wüteten die

Truppen Agamemnons und Menelaos' durch die Königsburg. Nachdem auch dort die Wachen erschlagen waren, stürmten die Krieger durch die Säle und Gemächer und schleppten jeden, dem sie habhaft werden konnten, in den Innenhof der Burg. Dort begann ein schauriges Gemetzel. Priamos und seine Söhne wurden vor den Augen ihrer schreienden Frauen enthauptet, den kleinen Sohn des Hektor, Astyanax, riß man aus den Armen seiner Mutter Andromache und stürzte ihn von den Zinnen in die Tiefe, damit kein möglicher Rächer am Leben bliebe.

Als alle Frauen im Hof zusammengetrieben waren, Herrinnen ebenso wie Dienerinnen, musterte Menelaos sie einzeln, nur Helena war nicht unter ihnen. So lief er zurück in die Burg und durchsuchte sämtliche Gemächer. Auf einem Haufen von Schaf- und Widderfellen fand er Deiphobos, der, noch betäubt vom Freudengelage, in aller Seelenruhe schlief. Ihm stieß er das Schwert in den Nacken, da vernahm er einen leisen Schrei, der aus der Ecke des Gemaches drang. Erschrocken hob er seine Fackel, und er sah Helena, unendlich schön, wie sie im hintersten Winkel stand. Mit zum Stoß bereitem Schwert ging er auf die Gattin los. Die aber kauerte zusammengekrümmt vor Angst und hob flehentlich die Hände.

»Metze!« schrie er. »War dir einer der Priamossöhne nicht genug? Nun triebst du es auch noch mit Deiphobos!«

Menelaos holte aus, um sie zu töten, da aber merkte er, daß es ihm nicht möglich war, ihr dieses Eisen in die Brust zu rammen. Mit zusammengekniffenen Augen sah er sie an, keiner sprach ein Wort. Da hörte er plötzlich die Stimme Agamemnons hinter sich.

»Laß ab, es ziemt sich nicht, dein eheliches Weib zu töten. Zehn Jahre haben wir um sie gekämpft, nun hast du sie zurück, nun führe sie auch nach Hause. Der Krieg um Helena und Troja ist beendet.«

Als Helios den goldenen Sonnenwagen aufgezogen hatte, bot die Stadt ein Bild des Grauens und des Jammers. Der ganze untere Teil lag in Schutt und Asche, wo man hinsah, türmten sich die Leichen, Rauchsäulen stiegen in den blauen Himmel und kündeten den Dörfern der Umgebung Trojas Untergang. Der ohnehin nur geringe Widerstand war in sich zusammengebrochen, fast alle Männer bis auf die Greise waren tot, die Frauen und Kinder in Gefangenschaft. Plündernd zogen die Eroberer durch die Straßen und Gassen der Burg, die vom Feuer verschont geblieben war, drangen in die Häuser der Prinzen und Prinzessinnen ein und schleppten fort, was ihnen wertvoll schien: Teppiche, Felle, gewebte Stoffe, Kessel, Krüge, Dreifüße, Waffen, Rüstungen, ganze Truhen mit Schmuck und Münzen, mit Gold, mit Silber und mit Edelsteinen. Im Verließ des Hauses, das Paris gehört hatte, fand Menelaos sogar den größten Teil seines eigenen Schatzes wieder, den ihm der Frauenräuber aus Sparta entführt hatte. Diesen und die übrige Beute ließen er und Agamemnon auf Ochsenkarren zu den Schiffen an den Hellespont bringen. Unzählige Ladungen an Gefangenen und Schätzen wurden aus der Stadt gebracht, und es dauerte den ganzen Tag, bis alle Güter bei den Schiffen waren. Als Helios sich daran schickte, den Sonnenball ins Meer zu ziehen, waren nur noch wenige Griechen in Troja. Abseits saß Odysseus. Vom Stolz, den er noch in der Nacht empfunden hatte, war nichts mehr zu spüren. Fast wehmütig blickte er nun auf die Aschenhaufen, die Reste des gestern noch so stolzen Trojas. Zehn Jahre haben wir gekämpft und konnten sie nicht schlagen, dachte er, nun war es eine List, die uns den Sieg brachte. Was ist das nur auf dieser Welt, daß Betrug mehr zählt als Kampfkraft, Mut und Heldentum?

Am Morden hatte er sich, nachdem die Stadt erobert war, nicht beteiligt, auch den Griff nach Schätzen überließ er anderen. Sein Anteil an der Beute war ihm sicher, er wußte, Agamemnon würde ihm die Bezahlung nicht verweigern.

Odysseus zog es hin zum Tempel der Athene. Mit seiner Göttin wollte er Zwiesprache halten. Als er das Heiligtum erreichte, hörte er aus dem Inneren verzweifelte Schreie dringen. Er öffnete die Pforte, da sah er neben der Statue der Göttin den kleinen Aias über eine Frau gekrümmt. Es war Kassandra, die sich mit zerfetztem Kleid am Boden wand, gepfählt vom Glied des Lokrers. Schreiend schlug sie auf den Vergewaltiger ein, kratzte ihn und trat nach ihm, der aber lachte roh und drang mit seinem steifen Glied immer tiefer in die Königstochter ein. Mit einem Sprung war Odysseus über ihm, riß ihn mit einem Ruck von seinem Opfer und schlug ihm die Faust zwischen die Augen, daß die Nase brach und Blut aus seinem Mund lief.

»Du Hundesohn«, schrie er ihn an, »was treibst du hier im Haus der Göttin. Hast du keine Ehrfurcht mehr im Leib!«
Aias griff zum Schwert, da erst merkte er, daß es Odysseus war, eingehüllt in die strahlende Rüstung des Achill, da ließ er sein Schwert sinken, lachte plump und tölpelhaft und sagte: »Sie erduldet doch nur dasselbe Schicksal wie tausend andere Frauen auch, deren Stadt erobert wurde.«
»Noch ein Wort«, rief Odysseus, »und ich töte dich auf der Stelle!« Drohend ging er auf Aias zu, der aber zog es vor, einen Zweikampf nicht zu wagen. Mit blutendem Kopf schlich er sich aus dem Heiligtum.
»Oh, welcher Hohn«, schluchzte Kassandra, und versuchte, ihre Blöße vor Odysseus zu verbergen, »daß ich dem Verderber unserer Stadt mein Leben zu verdanken habe!«
Odysseus empfand tiefe Scham, er wagte nicht, ihr in die Augen zu sehen. Schließlich sagte er: »Da du über die Gabe des Sehens verfügst, weißt du es besser; es war der Wille der Götter, daß Troja fiel.«
Kassandra brach in hemmungsloses Weinen aus und umarmte seine Knie. Schützend legte er den Arm um ihre Schultern, half ihr auf und verließ mit ihr den Tempel. Er führte sie hinauf zur Burg, wo Agamemnons und Menelaos' letzte Wagen standen, überquellend von edlem Hausrat und von Schätzen. Auf vier weiteren saßen Frauen, Mädchen, Kindern, darunter Hekabe, die ihr Haupt mit Asche bestreute und laut weinte. Ihr zu Füßen kauerte in sich versunken Andromache, neben ihr stand schweigend Helena, ihre Wangen glühten rot vor Scham.
»Hier, Agamemnon, nimm auch Kassandra als Beutestück nach Mykene mit«, sagte Odysseus, »doch ich bitte dich, erweise ihr mehr Ehre als Aias, der sie im Tempel der Athene schändete.«
»Er tat was? Oh, dieser Narr«, rief Agamemnon, »fürchtet er denn nicht die Rache der Athene? Ich werde ihn zur Rechenschaft ziehen.«
Agamemnon war über die Beleidigung der Göttin, die einer seiner eigenen Leute angerichtet hatte, zutiefst betroffen. Doch da er es nicht ungeschehen machen konnte, sagte er zu Kassandra: »Setz dich einstweilen zu deiner Mutter, dies mag deinen Kummer lindern. Bei den Schiffen sollst du dann die Strafe über Aias sprechen.«

Zu Odysseus sagte er: »Da du der wahre Sieger über Troja bist, komm zu mir auf meinen Wagen, damit ich dich im Triumph zu den Schiffen geleite und alle Achaier sehen, wie wert und teuer du uns bist!«

Zum Schluß gab Agamemnon den Befehl, Feuer an das Haus des Priamos zu legen, dann zogen die Wagen ab. Troja war vernichtet, alle Männer waren tot. Nur einen hatten die Griechen übersehen. Aeneas, mit seinem alten Vater Anchises auf dem Rücken, schleppte sich durch die rauchenden Trümmer seiner Stadt.

Mit dem letzten Tageslicht erreichten sie den Hellespont. Die gefangenen Frauen und Kinder auf den Wagen hatten sich nach Troja umgewandt, über dessen Ruinen eine riesige Feuersäule loderte. Troja war nicht mehr, und sie schrien ihren Schmerz hinaus.

Die Griechen empfingen ihre Führer mit lautem Jubel: »Heil dir, Agamemnon, heil dir, Menelaos, heil dir, Odysseus!«

Bei den Schiffen herrschte Feststimmung. Alles saß beim fröhlichen Schmaus, die Krieger und ihre Frauen lachten, tanzten, sangen, tranken und opferten den Göttern. Als die Fuhrwerke herangefahren waren, wurde es still. Menelaos hob Helena vom Wagen, die Krieger bildeten einen Kreis. Ein schönes Weib, dachte sich so mancher, um sie war es der Mühe wert.

Menelaos sah es nicht gerne, wie sie sie anstarrten. Er brachte sie und Polydoros, der ihm inzwischen sehr ans Herz gewachsen war, schnell auf sein Schiff und führte sie in die Kammer unter Deck. Nun standen sie sich allein gegenüber. Helena warf sich zu Boden, umfaßte seine Knie und flehte: »Ich weiß wohl, daß du ein Recht hast, mich zu töten. Aber denke daran, mein Gemahl, daß ich nicht freiwillig mit Paris ging. Gewaltsam führte mich der Räuber von Sparta weg, als du bei deines Großvaters Leichenspielen warst und mir deinen Schutz nicht angedeihen lassen konntest.«

Menelaos gab keine Antwort.

»Als ich Gefangene in Troja war, überlegte ich, ob ich mir selbst das Leben nehmen sollte. Dann aber dachte ich an unsere Tochter Hermione und daß ich sie der Mutter nicht berauben dürfe.«

»Hör auf zu lügen, Helena«, sagte Menelaos. »Ich werde dich nicht töten, die Krieger würden es nicht verstehen.«

»Aber ich spreche die Wahrheit, nichts mehr in der Welt wollte ich, als zu dir zurückzukehren.«
Helena griff mit den Fingern nach seinem Kinn, wie es Flehende tun, doch Menelaos wandte sich ab. Mit dem Rücken zu ihr sagte er: »Du schämtest dich nicht einmal, zu Deiphobos zu gehen, nachdem Paris tot war.«
»Ich mußte!« rief sie. »Wer hätte mir sonst Schutz gewährt. Die Trojaner hätten mich getötet, da in ihren Augen ich es war, die diesen schrecklichen Krieg verursacht hatte!«
»Sagtest du nicht eben, du wärst Gefangene gewesen? Du meinst, einer Gefangenen wegen hätten sie ihr Leben und die Stadt geopfert?«
Darauf wußte Helena keine Antwort. Verzweifelt senkte sie ihr schönes Haupt und ließ schwere Tränen auf den Boden rollen.
Menelaos blieb ungerührt. »Wie ich dir schon versicherte«, sagte er, und bekam einen bösen Zug um seinen Mund, »werde ich dich nicht töten. Aber ich will ein Auge auf dich haben. Von heute an soll nie wieder ein Mann dein Lager teilen. Du wirst den Rest deines Lebens im Frauengemach verbringen. Von mir, soviel verspreche ich dir, droht dir weder Freud noch Leid.«
Ein Donnerschlag ließ das Schiff erbeben. Blitze zuckten über den Hellespont und erleuchteten den Ankerplatz der Griechen und das Meer taghell. Menelaos lief hinauf auf Deck, um zu sehen, was geschehen war. Am Strand stand Agamemnon und rief: »Wo ist Aias?«
Die, die um ihn standen, deuteten hinaus aufs Meer. »Er ist in die Heimat abgereist und hat Kalchas mitgenommen.«
Erneut zeriß ein Blitz die Dunkelheit, und weit in der Ferne konnte man die Flotte des Lokrers sehen, der tatsächlich mit seinen vierzig Schiffen aufgebrochen war.
»So glaubt er davonzukommen?« schrie Agamemnon.
»Er kommt nicht davon!« rief Kassandra, die mit den Frauen aus Troja noch immer auf dem Fuhrwerk stand.

Athene war, nachdem Aias ihr Heiligtum geschändet hatte, zu Zeus geeilt, um Rache zu fordern: »Laß es nicht zu, Vater, daß ungesühnt eine solche Tat geschieht!«

»Ich habe es mit eigenen Augen gesehen«, beruhigte Zeus Athene, »der Lokrer Aias soll seiner gerechten Strafe nicht entgehen.«
»Nie wieder soll er seine Heimat sehen!« schrie Athene und legte sich die schimmernde Rüstung mit dem schrecklich starrenden Gorgonenhaupt um die Schultern. Dann nahm sie die Donnerkeile, die ihr Zeus zu Füßen gelegt hatte, und schleuderte sie hinab ins Meer. Die Erde und die See erbebten, sie aber rief alle Stürme, ihr zu Hilfe zu eilen. Auch Poseidon kam mit seinem Dreizack, zerriß mit aller Macht die Wasser, türmte sie auf zu schäumenden Bergen und warf sie krachend über Aias' Flotte. Nun vereinigten sich die Winde zu einem wütenden Orkan, rasten durch die Segel, rissen sie in Fetzen und zerbrachen Masten und Ruder. Hilfeschreie drangen zum Olymp hinauf, die Seeleute hatten sich auf die Planken geworfen und flehten zu den Göttern. Athene aber gebärdete sich wie wild und kannte keine Gnade. Einen Donnerkeil nach dem anderen schleuderte sie zwischen Aias' Schiffe, die umhergeworfen wurden wie Nußschalen. Blitze schossen durch den Äther und erleuchteten das Meer. Da konnten die Griechen am Gestade sehen, daß Aias' Schiffe brannten. Endlich warf Athene den schärfsten aller Donnerkeile mitten in das Schiff des Aias, daß es in tausend Teile splitterte. Schreiend stürzten die Menschen in die brodelnde See und versanken in den Fluten.

Der Sturm legte sich so rasch, wie er gekommen war. Kein Schiff, das am Gestade lag, hatte Schaden erlitten, nur die Griechen waren still geworden. Das, was vom Festschmaus übrig war, opferten sie den Göttern.
Dann kam der Tag der Abreise. Die Beute war verteilt, nun zogen die Griechen singend und schreiend die Schiffe zu Wasser, stellten die Masten auf und hißten die Segel. Da sich aber kaum ein Lüftchen regte, mußten sie zu den Rudern greifen. Schwerfällig setzten sich die Schiffe in Bewegung, und es dauerte lange, bis sie am Horizont verschwanden.
Odysseus saß mit Elpenor am Strand. Elpenor hatte einen Ziegenledersack mit Wein bei sich.
»Sag mir eines, Herr, weshalb hast du es abgelehnt, von Agamemnon

die Frauen anzunehmen, die dir als Anteil an der Beute zustehen? Es waren einige sehr schöne unter ihnen, eine mochte ich ganz besonders.«

»Frauen habt ihr doch die ganzen Jahre hindurch genug gehabt«, antwortete Odysseus. »Wer weiß, welches Schicksal uns die Götter auserkoren haben. Auf See sind Frauen zu nichts nutze. Sie essen nur, und wenn der Sturm kommt, jammern sie und halten die Männer von der Arbeit ab. Hast du, als du noch Fischer warst, je eine Frau mit auf See genommen?«

»Nein, Herr«, antwortete Elpenor und nahm einen tiefen Schluck aus seiner Flasche.

»Du bist ein tüchtiger Trinker geworden«, sagte Odysseus.

»Ja«, antwortete Elpenor, »was hätte ich sonst tun sollen. Es ist allein der Wein, für den es sich zu leben lohnt. Der Krieg ist an keinem von uns ohne Spuren vorübergegangen.«

»Es wird ein schlimmes Ende mit dir nehmen, wenn du so weitertrinkst. Denkst du denn nicht daran, daß du Familie hast auf Ithaka?«

»Familie«, brummte Elpenor, »meinst du, sie warten noch auf mich, auf einen Trinker? Mir gefällt das Leben, wie wir es bisher geführt haben. Wenig Arbeit, manchmal eine Schlacht. Am liebsten wäre mir, wir würden, wie damals Ajax und Achilles, an der Küste segeln und Beute machen. Dies Leben würde mir mehr zusagen als auf Ithaka die Mäuler meiner halberwachsenen Kinder stopfen.«

Odysseus wechselte das Thema: »Ist alles so geschehen, wie ich dir sagte, hast du die Schiffe überholt?«

»Herr«, antwortete Elpenor, »während du im Rumpf des Pferdes saßest, haben wir uns auf Tenedos jedes einzelne gründlich vorgenommen. Es mag wohl sein, daß ich tüchtig trinke, aber keiner soll mir behaupten, daß ich nicht auch ein tüchtiger Seefahrer sei und weiß, wie man Schiffe vor den Tücken des Meeres schützt. Da, sieh dir die Spartaner und Mykener an, jetzt singen sie noch und fürchten nicht das Meer, weil sie es nicht kennen. Ich aber kenne es vom ersten Tage meines Lebens an. Darum will ich dir auch raten, heute noch nicht loszufahren. Obwohl kaum Wind geht, ist die See nach dem Sturm von gestern noch zu bewegt.«

»Auch ich dachte daran, einen Tag zuzuwarten«, sagte Odysseus.

»Zehn Jahre haben wir gewartet, nun kommt es auf den einen Tag auch nicht mehr an. Ich will die Zeit nutzen, den Göttern einen Widder zu opfern.«

Odysseus hob eine Grube aus, schichtete Holz hinein, dann schlachtete er einen weißen Widder, übergoß ihn mit heißem Öl und verbrannte ihn den Göttern. Senkrecht stieg der Rauch zum Himmel und begann im Morgenlicht zu leuchten.

»Ich bitte euch Unsterbliche, gewährt mir und meinen Leuten eine sichere Überfahrt.«

Aus dem Rauch löste sich das schöne Gesicht seiner Göttin Pallas Athene.

»Odysseus«, sagte sie, »der Weg, den du betrittst, wird nicht einfach für dich werden. Aber vergiß nicht, was ich dir schon auf Ithaka versprach: Ich werde dir immer beistehen.«

»Was bringt die Zukunft?« rief er in den Rauch hinein. Da lächelte Athene, ein leichter Wind erhob sich, und das Bild war verschwunden.

IV.

Irrfahrten

1

Von den Etesien hatte Odysseus schon öfters Schreckensmeldungen gehört, jetzt war er mitten drin, und sie waren schlimmer als alles, was er je auf See erlebt hatte. Etesien, die Jahreszeitenwinde, die in den Monaten, da Helios steil am Himmel steht, mit furchterregender Beständigkeit von Nord nach Süd die Ägäis überqueren, die das Meer aufpeitschen, jedem Seemann die Haut vom Körper zerren und Salz in das offene Fleisch einbrennen. Wie die Rücken einer wildgewordenen Schafherde stürmten steile, weißgeschäumte Wellenberge von hinten an die Schiffe an und schoben sie mit solcher Macht voran, daß sich das Meer vor ihren Bugen mit aufpeitschender Gischt teilte.

Alle Winde beherrschte nach dem Willen des Zeus der göttergleiche Aiolos. Im Inneren des erloschenen Vulkans auf der schwimmenden Insel Aiolia schliefen Süd und West und Ost und Nord, und sie begannen zu wehen, wenn Aiolos es befahl. Nur nicht die Etesien, die brausten nach Poseidons Willen und führten das begehrte kühlere Wasser aus dem Norden in die heißen Südgefilde. Dabei reinigten sie die Luft zu einer Gläsernheit, die dem Auge unerträglich war. Die Inseln, an denen die Flotte vorüberflog, sahen unter stählernem Himmel aus wie weißgefegt und krümmten sich im gleißenden Licht. Es konnten die Sinne nicht fassen, was das Auge sah. Anlegen am Ufer war unmöglich, selbst ohne Segel hätte sie die Sturmgewalt bei Landberührung schier zermalmt.

Acht rote Schiffe tobten wie die wilden Reiter mit gerefftem Segel unaufhaltsam durch die kochende See auf das entfernte Libyen zu. Längst hätten sie nach Westen schwenken müssen, um die Peloponnes zu umrunden und in die Heimat zu gelangen, doch die Etesien ließen es nicht zu. Odysseus stand festgeklammert am Bugspriet der »Penelope«, die den Zug anführte, und haderte mit Athene.

»So habe ich mir deine Hilfe vorgestellt!« schrie er zu der Göttin. »Erst die Niederlage bei den Kikonen und nun dies!«
Mit zwölf Schiffen und dreihundert Gefährten, die alle Leute seines Königreichs Ithaka waren, war Odysseus aufgebrochen vom Hellespont. Kaum daß er abgelegt hatte, waren die Schiffe von einem heißen Wind aus Süden erfaßt worden, der sie nach Thrakien zur Kikonenstadt Ismaros trieb. Mit Euphemos, dem König der Kikonen, hatte Odysseus noch eine Rechnung zu begleichen. Euphemos war Verbündeter des Priamos gewesen, und seine speergeübten Krieger hatten besonders unter den Ithakern grauenvoll gewütet. Mehr als hundert waren durch die Kikonen gefallen, und dies wollte Odysseus dem Euphemos heimzahlen. In der Nacht, als die Kikonen schliefen, hatte er die Feste erobert, die Männer getötet oder gefangengenommen, Frauen und Schätze, Haustiere und Wein im Übermaß erbeutet und all dies dann zu seinen Schiffen bringen lassen. Nur den Apollonpriester Maron und dessen Frau und Kinder hatte er geschont, denn die Tötung eines Gottesdieners zog die Rache der Götter nach sich. Maron hatte ihm zum Dank zwei prallgefüllte Schläuche eines besonderen Weines gegeben, von dem Odysseus noch nie gehört hatte. Branntwein nannte er ihn, und der war so stark, daß er, mit zwanzig Teilen Wasser aufgegossen, den herrlichsten Geruch verbreitete und die Sinne so wunderbar erregte, daß man kaum noch davon lassen wollte. Die Ithaker hatten gejubelt, sich am Strand niedergelassen, Ziegen und Rinder geschlachtet, von dem Gebräu getrunken und sich mit heißester Begierde an den geraubten Frauen vergnügt. Es war ein Siegesfest, wie sie es sich schöner nicht hätten vorstellen können – bis das schreckliche Ende kam. Einigen der Kikonen war es gelungen zu fliehen. Mit ihren kampferprobten Brüdern aus dem Landesinneren waren sie zurückgekehrt und hatten die Archaier überrascht. Die waren beim Feiern, hatten keine Waffen bei sich, trugen keine Rüstungen. Mit schrecklichem Geheul hatten sich die Kikonen auf sie gestürzt, vier der Schiffe in Brand gesteckt und wahllos jeden erschlagen, dem sie hatten habhaft werden können. Zweiundsiebzig Gefährten hatte Odysseus verloren, bis es ihm gelungen war, mit den restlichen acht Schiffen und einem Teil der Beute zu entkommen.

Zu allem Überfluß hatte dann Poseidon die Etesien gesandt und sie neun Tage lang nach Süden getrieben.
Am zehnten Tag, als sie sich der Küste Libyens näherten, bekam Odysseus Angst. Die Segel, die schon halb in Fetzen hingen, konnte er nicht streichen, denn solange die Schiffe sich bewegten, waren sie in Sicherheit. Ohne Fahrt zu machen, hätte sie die Kraft der Wellen zerschlagen. Nun aber lagen die Klippen vor ihnen.
»Wollt ihr Götter, daß wir zugrundegehen?« schrie er hinauf in den Olymp.
Da schien es, als hätten sie ein Einsehen, denn der Wind ließ nach. Nur wenige Faden vor der Küste schliefen die Etesien ein. Odysseus fiel ein zentnerschwerer Stein vom Herzen. Er dankte seiner Göttin, gab Befehl, die Riemen auszubringen und die Schiffe an Land zu rudern. Zu Tode erschöpft, krank und schwankend wie Halme im Wind, ließen sich die Ithaker im warmen Sand nieder und fielen augenblicklich in tiefen Schlaf. Erst als der nächste Morgen mit Rosenfingern erwachte, suchten sie sich eine Quelle, um sich das Salz von Körper und Gesicht zu waschen, und schließlich machten sie sich daran, eine Mahlzeit zuzubereiten.
Als sie gegessen und auch den Göttern ihren Teil geopfert hatten, sagte Odysseus zu Sinon, Polites und Perimedes: »Geht und erkundet die Gegend und findet heraus, welche Menschen hier leben.«
Die drei entfernten sich und wanderten durch schattige Palmenhaine und Obstgärten hinein ins Land. Im Blätterwerk, das fett und grün war, saßen Vögel von einer so üppigen Farbigkeit, wie sie noch nie ein Ithaker gesehen hatte, und die Töne von sich gaben, die ihnen gänzlich unbekannt waren.
»Seht nur die Fruchtbarkeit dieses blühenden Gartens«, rief Sinon, als sie über fette Wiesen stapften, auf denen Ziegen, Schafe und Rinder weideten.
»Die Götter müssen dieses Libyen über alle Maßen lieben«, rief Polites, »denn so etwas Schönes habe ich noch nie gesehen!«
Bald kamen sie zu einem Dorf mit offenen Häusern aus Palmengeflecht, wo hochgewachsene, feingliedrige stolze Frauen und Männer wohnten. Sie waren dunkelhäutig und trugen kleinlockiges schwar-

zes Haar; die offenen Brüste der Frauen und Mädchen raubten den Seefahrern beinahe den Atem. Um den Hals trugen die Libyer bunte Ketten, und von ihren Gesichtern ging ein so seliges Lächeln aus, daß man glaubte, sie seien im Elysium. Freundlich begrüßten sie ihre Gäste. Die Kinder, die gerade laufen konnten, hingen, halbversteckt zwischen den Beinen, an den Lendenschurzen ihrer Mütter und lugten mit großen Augen neugierig auf die Fremden, die größeren trauten sich schon weiter vor. Als es offenkundig war, daß die Fremden keine bösen Absichten hegten, nahmen die Kinder sie an der Hand und führten sie lachend unter schattenspendende, schlanke Palmen zu einem Tisch und hießen sie, sich dort niederlassen. Es dauerte nicht lange, da stellte eine dieser wunderschönen Frauen eine auf einem Palmblatt angerichtete Speise vor sie hin, die so süß und köstlich roch, daß Polites und Perimedes vor Begeisterung jauchzten.

»Was für ein gesegnetes Land, das solche Speisen wachsen läßt«, rief Perimedes und griff zu. Nur Sinon berührte nichts davon, denn noch immer war sein Magen von der stürmischen Seefahrt nicht genesen.

»Ich will davon mehr haben!« rief Polites, und die Frau, die sie bediente, lächelte verführerisch, sagte in der unbekannten Sprache ein paar Worte. »Lotos« konnten die Ithaker verstehen. »Lotos«.

Als sie aber so aßen, merkten Polites und Perimedes, wie plötzlich alle Schwere von ihnen wich und sie in einen nie gekannten Glückszustand verfielen. Bald lächelten sie ebenso anmutig wie ihre Gastgeber und fühlten sich, als ob sie auf Wolken schwebten.

Hier will ich für immer bleiben, frohlockte Polites, und Perimedes lachte. Aber nicht er lachte, sondern es lachte ihn. Sinon wunderte sich immer mehr, als er die Gefährten so überglücklich sah.

»Wir müssen Odysseus kundtun, was uns hier begegnete«, mahnte er die Freunde, die aber schauten sich verständnislos an und konnten gar nicht fassen, was Sinon von ihnen wollte.

»Verstehst du nicht«, rief Perimedes und steckte sich eine rotleuchtende Blüte, die ihm eines der Mädchen halb schamhaft, halb verführerisch gereicht hatte, in sein Haar, »wir sind im Elysium! Kein Sterblicher, der diesen Zustand kennt, kann jemals davon lassen.«

»Als ob ein Verdürstender den Trunk von kühlem Wasser von sich wiese«, sagte Polites und schüttelte den Kopf. »Geh du zu Odysseus und den anderen, sage ihnen, sie sollen hierherkommen und die Freuden mit uns teilen.«
Sinon ward angst und bange, als er die Gefährten reden hörte und sah, wie aus tapferen Kriegern traumwandelnde Blumenkinder wurden.
»Ich weiß nicht, ob dieser Zustand unserer baldigen Heimkehr dienlich ist«, sagte er. Polites und Perimedes aber lachten: »Heimkehr? Sinon, woran denkst du? Wir sind heimgekehrt, wir haben unser Ziel erreicht!«
Odysseus schaute bedenklich, als Sinon ihm Bericht erstattete.
»Ich kann sie doch nicht bei den Lotosessern lassen. Was würden ihre Familien sagen, wenn ich ohne sie zurück nach Ithaka kehrte? Ich werde selbst mit ihnen sprechen.«
Zur Verstärkung nahm sich Odysseus anderentags vier Männer mit, darunter Sinon, und zusammen gingen sie zum Dorf der Lotophagen. Als Odysseus und die Gefährten das Dorf betraten, fanden sie Polites und Perimedes in hemmungslosem Freudenrausch. Selig ruhten sie unter dem luftigen Dach einer Palmenhütte, im Arm hielt jeder ein Mädchen, und sie sahen so glücklich aus, als hätte sie die göttliche Jungfrau Athene geküßt.
»Lotos?« fragte eines der Mädchen freundlich und lächelte Odysseus an.
»Kein Lotos«, sagte er und winkte ab. »Mit denen da muß ich reden.«
Den halben Tag sprach Odysseus auf Polites und Perimedes ein, sagte ihnen, daß es für Menschen unmöglich sei, im immerwährenden Glückszustand zu leben, warnte sie vor einem schrecklichen Erwachen und wandte all seine Überredungskünste an, die beiden zum Mitzukommen zu bewegen, doch es war vergebens. Endlich erhob er sich und sagte zu den Männern: »Sie haben die Heimat vergessen, bindet sie und führt sie, wenn nötig, mit Gewalt zurück, ich vermag nicht, sie zu überzeugen.«
So sehr Polites und Perimedes auch weinten, sie mußten sich in ihr Schicksal fügen und wurden mitgeschleift zu den Schiffen. Dort band

sie Odysseus an den Ruderbänken fest, dann gab er Befehl, die Anker zu lichten, und sie nahmen, dem Wind gemäß, Kurs nach Nordwesten.

2

Sechs Tage lang blieben Polites und Perimedes an die Ruderbänken gefesselt, denn sie waren dem Wahnsinn nahe. Erst weinten sie und schrien, dann fingen sie an, die Gefährten zu beschimpfen, sie zu bespucken, und sie wüteten und gebärdeten sich wie die wilden Tiere. Dazu verweigerten sie feste Nahrung, nur Wasser tranken sie in Mengen. Nach vier Tagen waren sie so erschöpft, daß sie nicht einmal mehr an ihren Fesseln zerren konnten. Endlich sanken sie in einen tiefen Schlaf, der einen ganzen Tag und eine Nacht andauerte. Dann besserte sich ihr Zustand, und schließlich waren sie geheilt.

»Odysseus«, rief Perimedes, »binde uns los und gib uns zu essen, sonst überleben wir den Tag nicht.« Mit Heißhunger warfen sich die beiden auf Brot und Blutwurst, und als sie damit fertig waren, setzte Polites ein unverschämtes Grinsen auf und sagte: »Ich wüßte eine Speise, die dieses Mahl abrunden würde.«

Perimedes schüttelte entsetzt den Kopf. »Bist du verrückt, willst du noch einmal diese Qualen durchmachen?«

Elpenor brachte ihnen Wein.

»Trinkt lieber diesen Lotos, auch er berauscht die Sinne, nur mit dem Unterschied, daß ihr morgen wieder nüchtern seid.«

Dabei schwankte er beträchtlich, obwohl es erst früher Morgen war und die Schiffe ruhig über die leicht bewegte See glitten. Odysseus nahm sich vor, mit ihm zu reden. Elpenor, der die See kannte wie kein anderer, war sein wichtigster Navigator, ihn verlieren wollte er um alles in der Welt nicht.

»Land in Sicht!« rief der Ausguck, der am Bug stand. Alle auf der »Penelope« reckten ihre Hälse und schauten mit zusammengekniffenen Augen in die Ferne. Am Horizont zeichneten sich im Frühdunst Gebirge ab, und die Mannschaft brach in Jubelschreie aus: »Land! Ob es wohl die Heimat ist?«

Elpenor und Sinon berieten sich, dann sagte Elpenor: »Ich glaube kaum. Da wir aus offener See in Richtung Nordwest segeln und weit und breit kein anderes Land zu sehen ist, kann dies nicht Ithaka sein. Ich meine, wir fahren auf den Stiefel, auf Tyrrhenien zu. Südlich davon liegt das Eiland Sicania, östlich davon Ithaka, wir sind also nicht mehr allzuweit von der Heimat entfernt. Wenn es die Götter gewähren, erreichen wir Ithaka in wenigen Tagen.«

»Laßt uns sehen, ob wir auf dieser Landzunge eine Quelle finden, um Trinkwasser aufzunehmen«, sagte Odysseus, »sie scheint mir fruchtbar zu sein.«

Beim Näherkommen sahen sie mit Ölbäumen bestandene Bergrücken, dazwischen Herden wilder Ziegen. Zu ihrer Rechten tat sich eine Bucht auf, die, von allen Seiten gegen Wind und Wellen geschützt, ins Innere des Landes führte. Odysseus ließ die Segel streichen, die Ruder besetzen, und so fuhr er, seiner Flotte voran, in den südlichsten Busen Tyrrheniens ein. Die Ufer zu beiden Seiten waren lieblich, aber menschenleer; kein Gehöft war zu sehen, kein Tempel, der den Göttern zur Ehre errichtet worden wäre, keine Hütte, die einem Hirten Unterschlupf geboten hätte. Längs der Ufer wanden sich fette Wiesen, und am Ende des sandigen Haffs ergoß sich aus einer Felsengrotte ein silbersprudelnder Quell ins Meer.

»Ein Gott hat uns hierhergeleitet!« rief Odysseus. »Es ist der schönste und der friedlichste Ort, den man sich nach langer Seefahrt nur wünschen kann. Hier wollen wir vor Anker gehen und Beute machen.«

Mit einem fröhlichen Lied auf den Lippen sprangen die Ithaker an Land. Zeus und seine Töchter, die Nymphen, trieben ihnen wilde Ziegen zu, und sie jagten so erfolgreich, daß auf jedes der zwölf Schiffe neun erlegte Tiere kamen. Daraufhin ließen sie sich am Ufer nieder, entzündeten Feuer und bereiteten sich ein köstliches Mahl. Sie aßen frisches Ziegenfleisch, die wenigen geraubten Frauen aus Ismaros, die noch auf ihren Schiffen waren, buken Fladenbrot, und alle tranken dazu den geraubten Wein aus der Kikonenstadt, der nicht ganz so köstlich schmeckte wie der Branntwein, von dem sie jedoch noch schläucheweise hatten.

Am nächsten Morgen rief Odysseus alle seine Männer zusammen.

»Ich will mit den tapfersten Gefährten die gegenüberliegende Insel

Sicania erkunden und sehen, ob sie bewohnt ist und ob die Menschen, die dort hausen, die Götter ehren, wie wir selbst es tun. Ihr anderen sollt, wo es nötig ist, die Schiffe und die Segel überholen, die Jäger unter euch sollen Ziegen schießen, das Fleisch in Streifen schneiden und zum Trocknen aufhängen, damit wir auch bei längerer Seefahrt genügend Verpflegung haben. Sinon übernimmt die Aufsicht, er wird dafür sorgen, daß alles seine Ordnung hat.«

Mit einem Nachen, der auf Deck der »Penelope« lag und zwanzig Männer fassen konnte, machte sich Odysseus mit seinen tapfersten Gefährten auf den Weg. Auch nahm er einen Schlauch von Marons Wein mit sich, um mit einem besonderen Gastgeschenk gerüstet zu sein. Gemächlich ruderten sie aus der gewundenen Bucht hinaus und sahen jenseits der Meeresenge Sicania liegen, wie es sich mächtig und steil zum Himmel erhob. Auf dieses Ziel hielt Odysseus zu.

An einem schmalen Sandstrand, den dichte Büsche säumten, gingen sie an Land, versteckten das Boot unter Zweigen, und mit zwölf Männern und dem Gastgeschenk erklomm Odysseus die Anhöhe. Die restlichen Männer ließ er zurück, um das Ruderboot zu bewachen.

Über staubige, ausgetretene Pfade gelangten sie mühseligen Schritts hinauf zum Bergrücken, wo sich eine Lichtung befand, die von einer senkrecht aufragenden Felsenwand begrenzt war. Aus eingegrabenen Steinbrocken, die zehn seiner Leute nicht hätten emporheben können, und rohen Fichtenstämmen war eine Art Zaun geschlagen, und in der Mitte sprudelte ein Quell, der sich zu einem kleinen See verbreitete, dann in einen Bach mündete, der sich zum Abgrund schlängelte und bald jäh in die Tiefe stürzte. Neugierig gingen sie weiter, da sahen sie, von einem Lorbeerbaum verdeckt, ein riesiges Loch in der Felsenwand klaffen, das sich beim Näherkommen als Eingang zu einer Höhle entpuppte. Vorsichtig traten sie ein, und jeder hielt den Atem an, so gewaltig war ihr Inneres. Wenigstens hundert Schritt zog sich die Grotte in die Tiefe und war mehr als fünfzig Schritt breit. Die Decke erblickten sie nur schemenhaft, so hoch oben lag sie in schwarzgrauer Dunkelheit. Nur durch die Mitte des Höhlendachs drang ein winziger Lichtquell zu ihnen hinunter und bildete auf dem Boden, wo eine schwarzgeränderte Feuerstelle war, ein hellaufleuch-

tendes Rund. Langsam gewöhnten sich ihre Augen an die zwielichtige Beleuchtung, da sahen sie am Boden gewaltige Körbe mit trocknendem Käse stehen, Bottiche so groß wie Zuber, die mit Molke gefüllt waren, und als sie weitergingen, drang ein scharfer Geruch von Dung, der am Höhlengrund verstreut lag, in ihre Nase.
»Odysseus, laß uns von dem Käse nehmen und schnell von hier verschwinden. Hier wohnen keine gewöhnlichen Sterblichen, es müssen Riesen sein!« riefen die Gefährten voller Angst.
Odysseus jedoch ließ sich nicht schrecken, er wollte erkunden, wer hier wohnte.
Zuerst hörten sie das Blöken einer Herde den Berg herauf schallen, dann sahen sie Widder und Schafe, die durstig nach der Quelle strebten, schließlich tauchte *er* auf, und jedem, der *ihn* sah, stockte das Blut in den Adern. Vor ihnen stand und ragte wie ein Turm der Mauer Trojas ein Riese, dem sie in der Größe höchstens bis zum Knie reichten. Auf der Schulter trug der Gigant ein viele Klafter messendes Bündel ausgerissener Bäume, die sein Gesicht verdeckten. Zielstrebig tappte er auf seine Behausung zu, kroch hinein und schleuderte mit mächtigem Krachen das Holz zu Boden. Voller Entsetzen wichen die Ithaker in die hintersten Winkel. Aus der Dunkelheit des Höhlengrunds konnten sie ihn nun in seiner furchtbaren Erscheinung betrachten und trauten ihren Augen nicht. Um den Leib trug er ein ausgeblichenes Lederwams, im schwarzumlockten Gesicht stand ihm ein zottiger Bart, und über der Nasenwurzel, unter der flachen Stirn, wölbte sich in ungestümer Wildheit ein einziges, schreckliches Auge. Nun wußten sie es: ihr Gastfreund war ein Zyklop, ein Diener des Zeus, die dieser in längst vergangener Zeit aus dem Olymp verstoßen hatte, um das Feuer der Berge zu schüren. Mit schweren Schritten ging er wieder hinaus, rief mit dröhnender Stimme seine Herde, führte sie in den Berg hinein und verschloß den Eingang zu der Höhle mit einer Platte aus Fels, die so groß war, daß ein Gespann von zwölf Ochsen sie nicht von der Stelle hätte ziehen können. Dann sonderte er die Widder von den Schafen, hockte sich nieder und begann, die Muttertiere zu melken. Die Ithaker konnten es nicht glauben, wie er mit seinen Fingern, die dick waren wie die Äste von Eichen, die zarten Euter der Schafe faßte und die schäumende Milch

in Bottiche spritzte. Als er damit fertig war, setzte er unter dem Kamin das Holz in Brand. Hell flackerte der Lichtschein durch die Höhle und huschte über die Gesichter der Ithaker, da entdeckte das Ungetüm seine Gäste, die sich starr vor Angst an die Wände drückten.

»Wer seid ihr, Fremdlinge«, rief er erstaunt, »woher trägt euch die Woge auf diese Insel und in Polyphems Höhle?«

Den anderen brach das Herz vor Angst, Odysseus aber trat vor den Zyklopen hin und rief: »Wir sind Griechen, wie du, Polyphem, denn wir sprechen mit derselben Zunge. Wir kommen von Troja, das der mächtige König Agamemnon besiegte, jetzt fallen wir dir zu Füßen und flehen um Bewirtung und gerechte Behandlung, wie sie jedem Fremdling zusteht, damit die Götter nicht ihren Zorn über dich schütten!«

»Die Götter?« schrie Polyphem. »Du bist ein Narr, Fremdling, woher du auch kommen magst! Mir rätst du, die Götter zu fürchten? Wir Zyklopen kümmern uns nicht um die Götter. Unsere Gesetze machen wir uns selbst!«

Mit einer Keule schlug er ins brennende Holz, daß die Funken stoben und die Flammen durch den Kamin loderten – erst hoch über der Insel erkalteten sie zu bläulichem Rauch.

»Doch sage mir«, begann er fast schmeichelnd, »wo hast du dein Schiff versteckt, denn ich sah keines anlanden und keines liegen, als ich über die Insel wanderte.«

»Ach«, antwortete Odysseus, »mein Schiff hat mir der erdumstürmende Poseidon an den Klippen zerschmettert. Nur diese wenigen Gefährten und ich entrannen dem schrecklichen Schicksal.«

»Das ist gut!« schrie der Zyklop, griff mit seinen entsetzlichen Pranken zwei der Ithaker um die Brust, schlug sie wie gefangene Fische auf den Felsengrund, daß die Köpfe zersprangen und das Gehirn umherspritzte. Dann begann er, die beiden grunzend zu verzehren und verschmähte weder Eingeweide noch Knochen. Die Männer hoben, als sie das Unfaßbare sahen, ihre Hände schreiend zu Zeus, der Zyklop aber fraß seine Opfer, bis kein Haar mehr übrig war, dann trank er einen ganzen Bottich Milch und legte sich zu seinen Tieren zum Schlafen. Als er schnarchend dalag, drängten die Gefährten

Odysseus, dem Ungeheuer ein Schwert zwischen Leber und Zwerchfell zu rammen, doch er brachte sie zur Besinnung: »Ihr meint, wir sollen uns selbst dem Tode weihen? Wer sollte uns, wenn der Zyklop tot ist, den mächtigen Stein vom Eingang wälzen?«

Niedergeschlagen erwarteten sie in all ihrem Elend die goldene Frühe. Sie kündete der Lichtstrahl, der von der Decke bis zum Boden drang, und bald erwachte auch Polyphem. Nachdem er mit entsetzlichem Getöse sein Geschäft der morgendlichen Entleerung im hinteren Teil der Grotte erledigt hatte, ergriff er sich erneut zwei Ithaker, verschlang sie lebendigen Leibs zum Frühmahl, goß Milch hinterher und schob mit einem Griff die steinerne Platte zur Seite. Aus der Pforte drängte er nun alle seine Tiere, achtete darauf, daß sich keiner der Gefangenen darunter mengte, und verschloß das Tor mit lautem Krachen. Zurück blieben acht zu Tode verängstigte Ithaker, mit ihnen Odysseus, der auf nichts anderes sann als auf Flucht. Da erinnerte sich Odysseus des Schlauchs mit Branntwein, und er beschloß, mit List den Übeltäter zu übertölpeln.

Im Höhlengrund lag zum Trocknen eine noch grüne Keule, die aus einem Ölbaum geschnitten war. Am unteren Ende war sie so stark wie der Mast eines Lastschiffes. Odysseus befahl seinen Gefährten, sie mit ihren Messern zu schaben und zu glätten, er selbst schärfte die Spitze und härtete sie in der Glut des Feuers. Darauf versteckte er den Pfahl unter dem Dung der Schafe.

Am Abend kam der Unhold zurück. Nachdem er die Höhle verschlossen, die Schafe gemolken und das Feuer entzündet hatte, ergriff er wieder zwei Ithaker und verspeiste sie mit Haut und Haar. Als er aber Milch auf den Menschenfraß gießen wollte, sprang Odysseus auf, schleppte ihm einen Bottich vor die Füße, den er aus dem Schlauch des Maron gefüllt hatte, und sprach: »Da, nimm, Zyklop, und trink, dies wird dir auf Menschenfleisch besser munden als Schafsmilch; damit du weißt, welch erlesenes Getränk ich dir im Guten als Gastgeschenk mitbringen wollte, nun hast du mir zum Dank schon sechs meiner Freunde verspeist.«

»Erlesenes Getränk?« fragte der Zyklop und schnupperte mit seiner großen Nase gierig über dem Gefäß, denn er witterte den unsagbar köstlichen Duft von Marons Wein. Noch ehe Odysseus antworten

konnte, riß er den Eimer an sich, probierte daran, da überflog ein seliges Lächeln sein rohes Gesicht, und mit freudigem Grunzen schlürfte er den ganzen Inhalt.
»Auch uns Zyklopen läßt Dionysos Wein aus der Erde sprießen, doch dieser ist besser, er schmeckt wie Nektar und Ambrosia zugleich! Hast du noch mehr davon?« Odysseus reichte ihm einen weiteren Bottich, und der Zyklop soff, ohne Maß zu halten, den starken Brand in sich hinein.
»Wie heißt du, teurer Freund?« fragte Polyphem mit schwerer, aber mit listiger Zunge, »damit ich dich beim Namen nennen kann?«
»Keiner ist mein Name«, antwortete Odysseus. »Frag meinen Vater, meine Mutter, frag meine Gefährten, sie alle nennen mich Keiner.«
»Keiner?« grunzte der Unhold und wollte es nicht glauben. Als aber die anderen es bestätigten, rief der Zyklop: »Sei's drum. Keiner, hast du noch mehr davon zu trinken?«
Odysseus trug einen dritten Eimer zu Polyphem, und als er auch diesen leergetrunken hatte, legte er sich zurück und rief laut grölend: »Keiner wird von mir zuletzt gegessen, alle anderen zuvor. Nimm dies als meine Gastgeschenk!«
Polyphem lachte über den eigenen Scherz, daß die Wände wackelten, dann warf er sich zurück, lallte noch etwas vor sich hin, dann fiel er in tiefen Schlaf. Aus seinem Mund erbrach er Menschenfleisch und Branntwein, und bald schnarchte er so laut, daß sich die Gefährten die Ohren zuhalten mußten. Nun schob Odysseus denn geschabten Pfahl ins Feuer und wartete, bis er an der Spitze rotglühend war. Dann rief er die Gefährten. Zusammen schleppten sie den Baum zum Riesen, umbanden ihn mit Lederriemen, hoben ihn hoch und rammten ihm die Spitze ins Auge. Odysseus drückte von oben mit all seiner Kraft, während die anderen unten mit den Riemen rechtsziehend, linksziehend drehten. Wie ein Bohrer, mit dem der Zimmermann Löcher in die Balken treibt, grub sich der glühende Holzspieß in Polyphems Auge. Es schmorten die Wimpern und die Braue, es umzischte den Baumpfahl das Blut und entwich sprudelnd der Wunde. Fürchterlich brüllte der Zyklop, griff nach dem Pfahl, riß ihn heraus, schleuderte ihn an die Höhlenwand, dann tappte er blind, schreiend umher, bis er den Eingang ertastete. Den Felsen, der ihn verschloß,

warf er zur Seite, und brüllend stürzte er hinaus in die finstere Nacht zu seiner Quelle, um das glühende Haupt zu löschen.
Nun wollten Odysseus und seine sechs noch lebenden Gefährten aus der Höhle fliehen, doch sie hörten es von den umliegenden Bergen dumpftönend rufen: »Was ist mit dir, Polyphem, daß du so schreist? Will dir jemand die Schafe rauben, oder weshalb weckst du uns aus dem Schlaf?«
»Keiner hat mich berauscht, Keiner hat mir Gewalt angetan und mich mit einem brennenden Pfahl geblendet«, brüllte Polyphem und heulte vor Schmerz.
»Wenn keiner dich berauschte, wirst du wohl selbst getrunken haben, und wenn keiner dir Gewalt antat und keiner dich blendete, dann sind es Schmerzen, die Zeus dir schickt. Flehe zu deinem Vater Poseidon, daß er dir helfe, uns aber laß in Ruhe schlafen!«
So riefen die anderen Zyklopen mit donnernden Stimmen von den Bergen, dann krochen sie zurück in ihre Behausungen. Vergeblich tastete Polyphem nach dem Felsen, um den Eingang zu der Höhle zu verschließen, bis er sich schließlich mit ausgebreiteten Armen und gespreizten Fingern vor das Felstor setzte, denn Keiner sollte ihm nicht entkommen.
Als die Morgenfrühe mit Rosenfingern erwachte, und seine Widder und Schafe nach draußen drängten, tastete er jedem der Tiere über den Rücken, damit nicht der verruchte Keiner mit seinen Schiffbrüchigen unbemerkt die Höhle verlasse.
Odysseus aber band aus dem Weidengeflecht, woraus der Zyklop seine Körbe machte, Gurte um die stärksten Böcke und legte zuerst seine Gefährten, dann sich selbst in die Schlingen, und sie klammerten sich an ihren wolligen Bäuchen fest, um sich im Schutz der Herde in Sicherheit zu bringen. Die ungewohnte Last trugen die Widder nur höchst widerwillig und blökten und stampften, daß Polyphem Argwohn schöpfte, doch so sehr er auch ihre Rücken und Seiten betastete, er konnte die Ithaker nicht finden.
»Ihr schreit wohl um das Auge eures Herrn«, sprach er kläglich zu den Widdern, »das mir Keiner blendete, doch Keiner soll der Strafe nicht entgehen.«
So verließen sie mit dem Trott der Herde die Höhle und flohen mit

den Böcken, die sie gerettet hatten, vor dem verzweifelt heulenden Zyklopen zu ihrem Boot und den wartenden Freunden. Schnell stiegen sie ein, luden die Widder als Beute auf, und ohne zu zögern, stieß Odysseus das Boot vom Ufer ab. Als sie weit genug entfernt waren, rief er höhnisch zur Anhöhe hinauf: »Du gottloser Wüstling, der sich nicht scheute, Fremde im eigenen Heim zu verschlingen, der Zorn der Unsterblichen komme über dich!«

Als Polyphem dies hörte, erfaßte ihn eine so große Wut, daß er die Felsplatte nahm, die neben der Höhle stand, und sie mit großer Wucht in die Richtung schleuderte, aus der er die Stimme vernommen hatte. Der Wurf verfehlte seine Wirkung nicht. Wie ein Komet aus dem unendlichen Kosmos sauste der Stein vor den Bug der Fliehenden in die See und baute mit mächtigem Toben eine so große Welle auf, daß das Boot wie eine Nußschale zurück ans Ufer geworfen wurde. Den Göttern zum Dank war es heil geblieben, und so ruderten sie, noch emsiger als zuvor, hinaus in die offene See. Als sie doppelt so weit entfernt waren als zuvor, schrie Odysseus erneut: »Höre, Zyklop, wenn dich je einer frägt, wer dir so schmählich das Auge zerstörte, so sage ihm, es war Odysseus, der König von Ithaka, der Städtezerstörer, der dir den brennenden Pfahl ins Auge trieb!«

Da kniete sich Polyphem nieder, hob seine Hände zum Olymp und rief: »Länderumstürmender Vater Poseidon, verfolge Odysseus, den verfluchten Ithaker, mit deiner immerwährenden Rache, daß er nie wieder seine Heimat erblicke, daß sein Reich zu Scherben zerfalle, daß Unfriede in seinem Haus herrsche und seine Gebeine einst an fremdem Gestade verfaulen!«

Erneut griff der geblendete Riese nach einem Felsblock und schleuderte ihn Odysseus hinterher. Fast hätte der Stein das Ruder getroffen, so unmäßige Kraft legte Polyphem in den Wurf, und die Welle, die entstand, schäumte noch höher als die erste, aber sie trieb Odysseus und seine Gefährten weit hinaus auf die See, dem Festland des Stiefels entgegen.

3

Als Poseidon hörte, daß Odysseus seinen geliebten Sohn Polyphem mit dem glühenden Holzpfahl geblendet hatte, wütete er so entsetzlich, daß die Götter fürchteten, der durch den Anblick des Medusenhauptes zu Stein gewordene Atlas, auf dessen mächtigen Schultern die Gewölbe des Himmels lasteten, könnte zerbrechen. Seinen scharfkantigen Dreizack rammte der schaumgelockte Meergott so heftig in den Grund der See, daß selbst Hades in seinem dunklen Reich der Schatten, das weit hinter den Säulen des Herakles am fernen Strand des Ozeanos gelegen war, glaubte, die Hallen der Unterwelt würden einstürzen.
Unzählig viele Kinder hatte Poseidon mit Göttinnen, Nymphen und menschlichen Frauen gezeugt, doch Polyphem, den Zyklopen, den er mit der schönlockigen Meernymphe Thoosa in einer berauschenden Liebesnacht in seinem blaudurchfluteten Grottenpalast vor der Insel Euböa gezeugt hatte, liebte er von allen am meisten.
»Odysseus«, schrie er in abgrundtiefem Haß, »dafür sollst du mir büßen! Ich werde dich durch die Wasser der Erde zerren, dich um die Welt jagen, dich tränken, daß du aus jedem Loch triefst und du an mich denkst bis ans Ende deiner Tage!«
Odysseus hörte den Schwur des Poseidon nicht. Er saß mit seinen Männern am Strand der malerischen Bucht in Südtyrrhenien und erfreute sich an gebratenem Wildbret. Den Weinschlauch ließen sie kreisen und die, die dem schrecklichen Zyklopen entkommen waren, rühmten sich ihrer Heldentat und freuten sich ihres Lebens um so mehr. Bis Helios den Sonnenwagen senkte und Dunkelheit die Erde bedeckte, genossen sie die Fülle des Mahls, dann legten sie sich schlafen, und als die dämmernde Frühe mit Rosenfingern erwachte, bestiegen sie ihre Schiffe, besetzten die Ruder und steuerten durch die Meerenge auf das schwimmende Eiland Aiolia zu. Dort wollte Odysseus Aiolos, den Beherrscher der Winde, bitten, ihm den sanften West zu senden, auf daß er mit seinen Gefährten bei mäßiger Brise die Heimat erreiche.
Aiolos, der von Zeus Erwählte, war hocherfreut über den Besuch des

Königs von Ithaka, denn endlich kam einer, der ihm im einzelnen berichten konnte, was sich vor Troja ereignet hatte. Deshalb eilte er höchstpersönlich mit seinen sechs herrlichen Söhnen und sechs götterschönen Töchtern zum Hafen und geleitete Odysseus und die Führer seiner Flotte in den funkelnden Palast, die anderen Gefährten, die bei den Schiffen blieben, ließ er reich bewirten.
In der Burg des Aiolos war eine fürstliche Tafel aufgebaut, seine Gemahlin Kyane ließ Speisen auftragen, die das Haus mit ihrem Duft erfüllten. Jünglinge und Mädchen spielten auf Flöten, und als das Mahl beendet war, begann Odysseus zu erzählen: von Helena und Menelaos, von Paris, von Agamemnon und Achilles, von Troja und der Schiffsstadt, von den Niederlagen und vom Sieg. Bis in die tiefe Nacht hinein berichtete Odysseus, und Aiolos und alle anderen hingen an seinen Lippen. Und erst als Helios den Sonnenwagen aus dem Meer gezogen hatte, ging man zu Bett, der König mit Kyane und die Söhne mit den Töchtern, denn sie hatte Aiolos zu rechtmäßigen Ehegemahlen verbunden.
Dreißig Tage bewirtete Aiolos die Gäste in seinem Haus, hörte mit Freuden ihre Geschichten und berichtete selbst von seinen eigenen Abenteuern auf dem Meer – galt er doch als der Schöpfer des Segelantriebs und aller Künste, ein Schiff durch Wind und Wellen zu steuern. Besonders Elpenor und Sinon ließen sich keines seiner Worte entgehen, von ihm konnten sie noch viel lernen.
Dann kam der Tag des Abschieds. Aiolos hatte Odysseus schätzen gelernt, und so gab er ihm, eingeschlossen in einen Schlauch, die Winde Süd, Ost und Nord und versprach ihm, daß sie seine Fahrt nicht behindern würden, solange er sie verschlossen hielte.
»Erst, wenn du in der Heimat bist, sollst du sie wehen lassen, bis dahin wird dich Zephyr, der sanfte West, begleiten und dich mit allen Schiffen sicher in den Hafen deiner Insel bringen. Doch achte darauf«, sagte Aiolos mit ernster Miene, »daß nicht der kleinste Hauch dem Schlauch entweiche, denn dies würde dir Unglück bringen!«
An einem leuchtenden Morgen, nach herzlichem Abschied von Ailolos und den Seinen, stach Odysseus in See. Das sanfte Wehen des Zephyrs brachte die Flotte schnell durch die Meerenge in die Gewässer Ioniens. Stolz stand Odysseus am Steuerruder der »Penelope« und

fuhr seinem Königreich entgegen. Ohne Unterlaß war er auf Deck, und als er in der dritten sternenklaren Nacht die Wachtfeuer seines eigenen Landes vor den Bugen auftauchen sah, dankte er den Göttern und befahl Elepenor, das Steuer zu übernehmen.

»Seit drei Tagen und drei Nächten habe ich nicht geschlafen. Nun, da Ithaka vor uns liegt, will ich ein wenig ruhen, bevor ich Penelope in die Arme schließe.«

»Sei unbesorgt«, antwortete Elpenor, »ich werde die Schiffe sicher in den Hafen bringen.«

»Gut«, sagte Odysseus und legte sich auf einen Strohballen vor dem Mast.

Als er eingeschlafen war, berieten sich einige der niedereren Gefährten, die gewöhnlich an den Rudern saßen, und fragten sich, was er wohl in dem Schlauch habe, den Aiolos ihm gegeben hatte.

»Ich sage euch, er fühlt sich prall an und ist schwer, als ob er mit Gold und Silber vollgestopft sei.«

Da sprach ein Mann aus Kephallonia: »Zehn Jahre lang waren wir vor Troja. Und was ist unser Lohn, da er mit Schätzen reich beladen heimkehrt? Ein paar Schläge auf den Rücken und das Wiedersehen mit einer Frau, von der wir nicht einmal wissen, ob sie treu war!«

»Mir sagte Odysseus, er gäbe uns allen Land.«

»Land? Was nützt mir Land auf einer Scholle, auf der nichts andres wächst als Steine!«

»Für nichts haben wir unser Leben weggeworfen!« sagte ein anderer.

»Glaubst du, es würde schaden, einen Blick in den prallen Schlauch zu werfen?«

»Willst du unseren Herrn bestehlen?«

»Wo denkst du hin! Nur einen Blick hineinwerfen. Es wäre doch nicht schlecht, wenigstens zu wissen, was er an Beute heimschleppt. Nicht, daß er sagt, auch ihm wäre nichts geblieben.«

»Nachsehen kann nicht schaden, nur müssen wir darauf achten, daß er es nicht bemerkt.«

»Lange bleibt uns nicht mehr Zeit, in Kürze werden wir im Hafen anlegen. Wir müssen es jetzt sofort tun oder nie!«

»Laß mich den Schlauch öffnen, ich werde ihn wieder so verschließen, als ob nichts gewesen wäre.«

So sprachen die Gefährten und wußten nicht, was sie taten. Als sie den Schlauch öffneten, drängten sich die Stürme aller Himmelsrichtungen aus dem engen Loch und stürzten wie eine Herde wild gewordener Stiere in die Segel. Das Schiff warfen sie in die Höhe, daß es klatschend auf den Wellen aufschlug, und auf einmal befand sich die ganze Flotte in einem wirbelnden Orkan, der sie weit hinausriß auf die stürmende See. Gewaltige Wassermassen schlugen aufs Deck, brachten die Seeleute zu Fall und schleuderten nicht wenige in die Fluten, wo sie jämmerlich ertranken.

»Ihr Götter, was habe ich getan?« schrie Odysseus, als er erwachte, Poseidon aber lachte und stieß, auf seinem Delphin reitend, wahllos von unten mit dem Dreizack gegen einige der Schiffe, daß sie leckten und in der stürmenden See zerbrachen. Zwei Tage und drei Nächte wüteten die freigelassenen Winde, dann hatten sie ihre Gewalt verloren und wollten schlafen gehen. Mit letzter Kraft wehten sie nach Aiolia hin und zogen die »Penelope« und zwei weitere Schiffe aus der Flotte mit sich, die anderen waren dem Sturm erlegen.

Wie schämte sich Odysseus, als er sich wie ein Bettler vor Aiolos Palast auf die Schwelle setzen mußte. Als man ihn schließlich vorließ, begegnete er einem Aiolos, den er nicht wiedererkannte.

»Was tust du hier, Odysseus, hat dich ein Dämon hergetrieben? Habe ich dich nicht mit allem versorgt, damit du die Heimat sicher erreichst?«

»Schuld waren die Gefährten«, antwortete Odysseus kleinlaut. »Während ich schlief, öffneten sie den Schlauch. Ich bitte dich, hilf uns noch einmal.«

Aiolos lachte, dann sagte er: »Nicht einen Hauch werde ich dir geben. Ich will nicht einem Mann helfen, der den Göttern so verhaßt ist, daß sie ihn zu mir zurücktreiben. Nimm meinethalben Wasser auf, dann aber sieh zu, daß du von hier fortkommst. Mit dir will ich nichts mehr zu tun haben!«

Niedergeschlagen ruderten sie hinaus auf die stille See und dümpelten den Gestaden Sicanias entlang nach Westen, bis sie eines Morgens zu einer hochaufragenden Stadt mit vielen Türmen kamen. Hier wollten sie sehen, ob die Bewohner ihnen helfen konnten, denn auch ihre Lebensmittel waren aufgezehrt. Die enge Hafeneinfahrt war bewehrt von zwei mächtigen Felsen, die die Wellen, so sehr sie auch einherstürmen mochten, brachen; im Hafenbecken war das Wasser ruhig und glatt. Dort hinein ruderten die beiden Schiffe, Odysseus auf der »Penelope« zog es jedoch vor, zuerst außerhalb des Beckens festzumachen und band die Haltetaue um den Felsen. Dann kletterte er auf die Zacke und schaute auf die Stadt hin, aber nirgends konnte er Menschen entdecken. Der Ort schien wie ausgestorben, nur Rauch schwebte über den hohen, roten Dächern.

»Sinon, willst du mit zwei Begleitern auskundschaften, wer dort wohnt, und mir sagen, wie die Stadt heißt und ob die Bewohner die Götter ehren? Bis du wiederkehrst, sollen die anderen auf den Schiffen bleiben.«

Sinon suchte sich zwei Männer aus, ließ sie ihre Waffen umhängen, dann zogen sie los. Vor dem Tor, das offen stand, trafen sie ein Mädchen, das mit einer Wasserkanne am Brunnen spielte. Obwohl das Mädchen größer war als Sinon, kam es ihm doch klein vor, da es nur stammelnd sprechen konnte, wie Kinder es tun.

»Wer ist der König in dieser schönen Stadt?« fragte Sinon freundlich.

Das Mädchen rief: »Mein Vater«, und deutete auf das höchste und prächtigste Gebäude hin. Geschwind sprang es zum Eingang des Palastes und winkte Sinon und den anderen. Gemeinsam betraten sie das herrliche Haus. Im Innern aber wartete ein Weib auf sie, das groß war wie ein Berg.

»Ha!« schrie sie mit einer Stimme, die klang wie Sturmgebrause, »wen haben wir denn da!«

Zu Tode erschrocken wichen Sinon und die Begleiter zurück, sie zeigte sich jedoch freundlich und lud sie ein zu bleiben: »Gleich will ich den König Antiphates rufen, er ist der Herr im Land der Laistrygonen.«

»Laistrygonen?« fragten sich die Ithaker und schauten sich furchtsam um, da sahen sie Männer nahen, die dreimal so groß waren wie sie selbst. Wie Türme schritten sie herbei und lachten derb. Sinon zog es vor zu fliehen.

»Kommt schnell!« rief er den Gefährten zu, »auf, zum Schiff, ehe es zu spät ist!«

So schnell er konnte, lief Sinon zur »Penelope«, ihm folgte einer der

Gefährten, der andere versuchte, sich auf eines der Schiffe im Hafenbecken zu retten.
Die Laistrygonen waren jedoch bereits herangeeilt und schleuderten mit ihren bloßen Händen riesige Felsen von der Hafenmauer auf die beiden Schiffe, die vertäut im Becken lagen. Die Luft war erfüllt vom Schreien der sterbenden Ithaker und dem tosenden Lärm brechender Planken, Kiele und Masten. Nun kamen die Laistrygonen mit langen Speeren und spießten die auf dem Wasser treibenden Ithaker wie Fische auf, taten sie in Netze und verschleppten sie zum späteren Verzehr.
Odysseus hieb, als er dies sah, mit seinem Schwert die Taue durch, die die »Penelope« am Felsen hielten. Sogleich erfaßte ein gnädiger Windstoß das Segel und zog das Schiff auf See. Mit knappster Not entkamen sechsundvierzig Ithaker dem tödlichen Angriff. Die anderen wurden allesamt Opfer der Giganten.
Der Wind trieb die »Penelope« vorwärts. Odysseus wußte nicht, wie lange und wohin, bis sie Land sichteten. Endlich einmal schienen die Götter ihnen gnädig zu sein, denn bald fanden sie eine sichere Bucht, die vor Wind und Wellen geschützt war. Hier legten sie an, zogen das Schiff auf den Sand und gaben sich, halb verhungert, wie sie waren, dem Schlaf für zwei Tage und zwei Nächte hin.
Als Odysseus erwachte, fragte er als erstes Elpenor: »Wo sind wir hier?«
»Ich weiß es nicht Herr, noch nie bin ich in diesem Meer gefahren, doch ich denke, wir müßten weit im Westen, jenseits der Inseln Kyrnos und Sardo sein.«
Eine gute Wegstrecke vom Strand entfernt erhob sich eine Anhöhe; von der aus sich Odysseus einen Überblick verschaffen wollte.
»Wartet hier«, sagte er zu den anderen, »ich will auf diesen Felsen steigen und sehen, ob das Land bewohnt ist.«
Mit Schwert und Speer gerüstet schlug er sich durch das dichte Buschwerk, ging ins Land hinein, und als er den Felsen erreicht und erklommen hatte, sah er, daß sie auf einer Insel angekommen waren, die rings von Meer umgeben war. Aus einer Senke, die Zypressen säumten, sah er bläulichen Rauch aufsteigen.
»Sie scheint bewohnt zu sein«, sprach er zu sich selbst, »ob ich nach-

sehen soll, woher der Rauch kommt? Nein, ich glaube, es ist wichtiger, erst für die Gefährten Nahrung zu beschaffen.«

Als er schon fast wieder bei der Bucht angelangt war, wo seine Gefährten lagerten, kreuzte ein riesiger Hirsch mit mächtigem Geweih seinen Weg. Odysseus hielt sich reglos still, dann hob er langsam den Speer und schleuderte ihn gegen das Tier. Mitten im Genick getroffen, brach das Wild zusammen und verendete. Froh um die gute Beute sprang Odysseus hin, stemmte seinen Fuß darauf, zog ihm den Speer aus dem Hals und dankte Artemis von ganzem Herzen. Dann band er aus Weidenruten einen kräftigen Gurt, mit dem umschlang er die Fesseln beider Beinpaare, denn zum Tragen über der Schulter war das Tier zu groß und schwer. Nun fing er an zu ziehen und schleifen; wie eine Ochse stemmte er sich in den Gurt, bis er endlich den Hirsch am Ufer hatte.

»Freunde«, rief er, »noch steigen wir nicht hinab zum Hades. Solange wir zu essen haben, kann uns der Gott der Unterwelt nichts anhaben. Holt aus dem Schiff Gerät zum Feuermachen, und bringt den Wein, von dem noch einige Schläuche da sind.«

Sie bereiteten sich ein köstliches Mahl und saßen den ganzen Tag und vertilgten Fleisch und Wein in Mengen. Erst als Helios den Sonnenwagen ins Meer gezogen und die Göttin Nyx ihren dunklen Schleier über sie gebreitet hatte, streckten sie sich zum Schlaf am rauschenden Strand des Meeres.

Am nächsten Morgen rief Odysseus alle seine Gefährten zusammen und sprach: »Freunde, als ich gestern auf der Anhöhe war, sah ich, daß wir auf einer Insel sind. Doch sie ist nicht unbewohnt. Aus ihrer Mitte sah ich Rauch aufsteigen.«

»Rauch? Rauch war bisher stets ein Zeichen für Gefahr!« rief Perimedes. »Rauch sahen wir bei dem Zyklopen, Rauch bei den Laistrygonen, wann endlich ist diese Schreckensfahrt vorüber?«

Als die Gefährten diese Rede hörten, erfaßte sie eine grausame Erinnerung. Vor Furcht und Schrecken begannen sie zu lamentieren und wollten augenblicklich ablegen.

»Es hilft euch nichts zu jammern!« rief Odysseus. »Also seid jetzt still und laßt uns überlegen, wie wir vorgehen wollen.«

Als sich die gequälten Seelen etwas beruhigt hatten, sagte er: »Wir werden uns in zwei Gruppen teilen, die eine führt Eurylochos, die andere ich. Dann soll das Los entscheiden, wer von uns vorangeht, um die Feuerstelle auf der Insel zu erkunden.«

Schnell war ein Helm geholt, in dem Odysseus die Lose schüttelte. Als erstes sprang das des Eurylochos heraus.

»So wirst also du als erster gehen«, sagte Odysseus. »Solltest du auf Menschen treffen, verrate niemandem meinen Namen und unsre Herkunft. Wenn du gefragt wirst, wer ihr seid, gebt ihr euch als Schiffbrüchige aus.«

Nach herzlichem Abschied von den Freunden brach Eurylochos mit zweiundzwanzig Männern auf.

Kaum hatten sie die Anhöhe überwunden, wanderten sie durch elysische Gefilde, vorbei an schattigen Olivenhainen, an Teichen, in denen goldene Fische schwammen, durch Obst- und Beerengärten, wie sie sie noch nie gesehen hatten, über Blumenwiesen und durch Rosenlauben. Schließlich kamen sie zu einem Gehöft, das von einer niederen Mauer umgeben war.

»Keinen Schritt weiter!« rief Eurylochos, »dort auf der Mauer lauern wilde Bestien!«

Wie angewurzelt blieben die Männer stehen, denn da saß tatsächlich ein kleiner schwarzer Panther, und daneben lag ein Tiger.

»Macht keine heftigen Bewegungen«, warnte Eurylochos und bewegte sich rückwärts, aber es war schon zu spät, sie waren entdeckt. Die Bestien erhoben sich, streckten ihre geschmeidigen Körper und bewegten sich erhobenen Schwanzes auf die Gruppe zu.

»Sie sind viel kleiner als Tiger und Panther«, sagte Polites, »sie werden uns nichts anhaben.«

Mit ihren Köpfen rieben sich die Tiere an den Beinen der Männer, so wie Hunde es tun, wenn ihr Herr mit Leckerbissen heimkehrt, und gaben dabei leise, knurrende Laute von sich.

»Seid vorsichtig, sie sind gefährlich«, sagte Eurylochos starr vor Schreck.

»Du wirst dich doch nicht ernsthaft vor Tieren fürchten, die nicht größer sind als Hasen. Sieh doch selbst, wie weich und zart sie sind«, sagte Polites und beugte sich hinab. Da legte sich der Tiger nieder und bot ihm seine Brust zum Kraulen dar.

»Dann sind sie eben verzaubert!« rief Eurylochos.
Polites achtete nicht auf das, was Eurylochos sagte. »Ich will einen Blick in den Hof werfen, der Ort sieht mir nicht gefährlich aus.«
Vorsichtig schlich sich Polites an und spähte über die Mauer. Als er zu seiner Gruppe zurückkehrte, berichtete er lachend: »Der Herr des Hauses ist eine wunderschöne Frau mit roten Haaren. Sie sitzt im Hof an einem Webstuhl, wirkt ein Gewand, wie ich noch kein prächtigeres gesehen habe, und singt die anmutigsten Weisen. Mägde gehen ihr zur Hand, und um sie herum sitzen und liegen viele dieser kleinen Löwen, Panther und Tiger. Sie geben das friedlichste Bild ab, das man sich nur vorstellen kann.«
»Wenn du meinst, geh du voran«, sagte Eurylochos, »ich werde hier bleiben. Keinen Schritt tue ich da hinein.«
Polites wandte sich zum Haus, die anderen folgten ihm. Am Tor angekommen, riefen sie der Herrin. Die war zuerst sehr erstaunt über den Besuch. Als aber Polites sagte, daß sie Schiffbrüchige seien, öffnete sie die Pforte und bat sie freundlich einzutreten.
Als alle im Haus der schönen Frau verschwunden waren, überkam auch Eurylochos die Neugier. Vorsichtig näherte er sich der Mauer, und da sah er Mägde Tische und Stühle zurechtrücken und die Gefährten Platz nehmen. Dann trugen die Mägde goldene Platten mit den köstlichsten Gerichten und silberne Krüge voll Wein auf, die Herrin stellte Teller und Becher bereit und lud alle herzlich ein zuzugreifen. Das ließen sich die Gefährten nicht zweimal sagen und genossen die Köstlichkeiten mit Freude. Die Stimmung war so ausgelassen, daß sie den dargebotenen Wein in großen Zügen aus der Kanne schlürften. Selbst als die Wirtin sie mit ihren Blicken tadelte, lachten sie darüber und machten anzügliche Scherze. Der Wein stieg ihnen bald dermaßen zu Kopf, daß sie schreiend und grölend im Hof saßen, mit abgenagten Knochen warfen, oder die Mägde jagten, so daß diese entsetzt davonstoben. Wenn die Männer sie eingeholt hatten, ließen sie es sich nicht nehmen, mit ihren rohen Händen unter die Röcke zu fassen. Selten hatten sie solchen Spaß gehabt. Eurylochos bedauerte es schon fast, nicht mit hineingegangen zu sein, da betrat die Herrin wieder den Hof. In der Hand hielt sie einen Stab und ließ ihn kreisend über den Köp-

fen der Gefährten schweben. Nun sah Eurylochos, wie zuerst Polites und dann den anderen dichte Haare aus der Haut sprossen, ihre Gesichter verformten sich zu Rüsseln, an Händen und Füßen wuchsen ihnen Klauen, und schließlich grunzten sie wie Borstenvieh. Böse lachte die Herrin, dann rief sie: »Ab zu den Schweinen!« und trieb sie mit ihrem Stock in niedere Koben, die abseits im Hofe standen.

Mit vor Entsetzen geweitetem Mund sah Eurylochos ohnmächtig das Grauenhafte geschehen, er konnte seinen Freunden nicht helfen. Sie waren also doch bei einer Zauberin gelandet. Eurylochos rannte, so schnell er konnte, den langen Weg zurück, und als er endlich bei Odysseus und den anderen angelangt war, erzählte er stockend alles, was er erlebt hatte. Odysseus tat sein Schwert um und befahl Eurylochos: »Bring mich augenblicklich zu der Stelle, wo dies geschah!«

»Keinen Schritt tue ich mehr zu dem Hof der Zauberin!« rief er, warf sich zu Boden und umfaßte Odysseus' Knie. »Mach, was du willst, töte mich, doch zwinge mich nicht, dir diesen Weg zu zeigen! Laß uns lieber fliehen, die Gefährten können wir nicht mehr retten und nur durch Flucht dem Unheil entkommen!«

Keiner, der Eurylochos Geschichte hörte, wagte es, Odysseus zu begleiten.

»Wir sind doch nicht vom Wahnsinn geblendet und lassen uns in Schweine verwandeln!« riefen sie.

So war Odysseus gezwungen, sich ohne Begleitung auf den Weg zu machen. Zum Abschied rief er: »Ihr habt Angst vor einer Frau? Bleibt ihr nur alle, wo ihr seid, ihr Memmen, und bringt euch in Sicherheit! Wenn sie die Gefährten in Schweine verzauberte, werde ich sie schon dazu bringen, sie wieder zurückzuverwandeln!«

Schon näherte er sich dem Haus der Zauberin, da stand plötzlich ein schöner, schwarzgelockter Jüngling vor ihm. Aus seinem Helm, der glänzte wie aus purem Gold, sprossen Flügel, in der Hand hielt er einen prächtigen Heroldstab, und Odysseus durchfuhr ein heiliger Schauer.

»Bist du es, Hermes, der Götterbote?« fragte er und kniete nieder.

Der Jüngling lächelte, trat auf ihn zu und reichte ihm die Hand.

»Odysseus, was tust du denn hier auf der Insel Aiaia? Streifst du schon wieder durch Berg und Tal und suchst deine Gefährten?«
»Was ist mit ihnen, und wer ist diese Frau?«
»Kirke, die Herrin dieser Insel, hat deine Gefährten in Schweine verwandelt und in Koben gesperrt. Wer weiß, ob sie nicht recht daran tat.«
»Zugegeben«, antwortete Odysseus, »unter zehn Jahren Krieg und allem, was sie anschließend durchmachen mußten, hat ihr Benehmen gelitten.«
»Glaubst du, du machst einen besseren Eindruck? Du siehst ziemlich verwildert aus. Auch dich wird sie in ein Schwein verwandeln, wenn sie dich sieht, und dich in den Koben sperren.«
»Kann ich dagegen etwas tun?«
»Ich will dir ein Mittel geben, das ihren Zauber bricht.«
Hermes bückte sich und pflückte vom Boden eine weiße Blüte, die er ›Moly‹ nannte.
»Nimm dieses Mittel und geh zu ihr, Sie wird dir einen Trunk anbieten und dich mit ihrem Stab berühren, Moly aber wird dich vor dem Zauber schützen.«
»Warum tut sie das?« fragte Odysseus.
»Sie ist Kirke, die Tochter des Sonnengottes Helios' und der Perse, die eine Tochter des Ozeanos und der Tethys ist. Eine Göttin also von höchstem Geschlecht. Wenn Männer sie besuchen und ihren Wein, der zu den besten gehört, aus Krügen saufen und dann in ihrem Rausch die Mägde beleidigen, verwandelt sie sie zu dem, was sie sind: in Schweine!«
»Werde ich meine Freunde freibekommen?«
»Wenn du tust, was ich dir sage, ja! Zieh dein Schwert und droh ihr, sie zu erstechen. Sie wird sich dir zu Füßen werfen und dich bitten, sie zu schonen. Schließlich wird sie dir sogar anbieten, ihr Lager mit dir zu teilen. Darauf aber darfst du dich erst einlassen, nachdem du sie bei heiligem Göttereid hast schwören lassen, daß sie dich nicht entmannt, wenn du nackt auf ihrem Bett liegst, und sie dir verspricht, die Gefährten zu entzaubern.«
»Wenn sie schön ist, wie Eurylochos berichtete, bin ich dazu gern bereit«, sagte Odysseus.

»Sie ist sogar sehr schön, du wirst deine Freude mit ihr haben.«
Hermes lächelte, dann flog er über die waldige Insel zum Olymp hinauf.
Odysseus erreichte Kirkes Pforte, rief mit lauter Stimme nach ihr, da kam sie auch schon, schön wie eine Blüte im Morgentau. Ihr volles, rotes Haar floß wie Feuerbrand an ihr herab und umrahmte den zarten Körper bis zu den Hüften. Freundlich bat sie ihn einzutreten. Gleich waren die Löwen, Tiger und Leoparden um ihn und umstrichen mit ihren schlanken Leibern seine Beine. Kirke forderte ihn auf, sich in den kunstvoll geschnitzten Stuhl zu setzen, und brachte einen Krug mit Wein. Davon schenkte sie ihm ein, setzte sich zu ihm und sagte mit verführerischem Lächeln: »Es ist heiß heute, du hast sicher Durst, trink diesen Wein, Fremder, er wird dir guttun.«
»Sind Männer hier vorbeigekommen, etwa zwanzig? Sie sind meine Gefährten.«
»Nicht, daß ich wüßte«, antwortete Kirke und schob den Becher näher zu ihm.
Odysseus schaute sie belustigt an, dann schüttelte er den Kopf.
»Wer sollte es denn sonst wissen, wenn nicht du?«
»Wenn du mir nicht glaubst, sieh selbst nach, im ganzen Haus und in den Ställen wirst du keine Männer finden.«
Odysseus trank den Becher auf einen Zug leer, dann lehnte er sich zurück, rülpste und räkelte sich wohlig.
»Hast du noch mehr davon?« fragte er und legte die Füße auf den Tisch.
»O ja«, sagte Kirke, zog aus dem Gewand ihren Zauberstab, berührte ihn damit und rief: »Ab zu den Schweinen, dort sollst du deinesgleichen wiederfinden!«
Odysseus lachte. »Ich wußte ja, daß du sie gesehen hast.«
»Ab zu den Schweinen!« schrie Kirke erneut und stieß mit dem Stab nach ihm. Odysseus griff danach, wog den Stecken in der Hand und sagte: »Er hat wohl seine Kraft verloren – oder gar du selbst?«
Ratlos schaute ihn Kirke an, dann auf den Stab, dann wieder auf ihn.
Odysseus aber zog sein Schwert und tat, als ob er sie ermorden

wollte. Da warf sie sich ihm zu Füßen und flehte: »Bitte, tu es nicht, bitte nicht!« Seine Knie umfaßte sie und rief: »Schone mich, ich will dir alles geben, sogar mich selbst!«

»Das klingt schon besser!« rief Odysseus. »Ich will, daß du meine Gefährten zurückverwandelst!«

Kirke sah zu ihm auf und sagte: »Dein Wunsch sei mir Befehl, du sollst deine Gefährten noch heute sehen.«

Odysseus spürte Hitze in sich aufsteigen, so nah kam sie mir ihrem weichen Mund der Mitte seines Körpers. Doch er gedachte dessen, was Hermes ihm geraten hatte.

»Auch wenn du schön bist und du mich noch so sehr verführst, wie kann ich mit dir das Lager teilen, solange meine Freunde in den Koben sitzen, und du mich vielleicht nach ungestümer Liebe meines Geschlechts beraubst. Schwöre es mir bei einem heiligen Göttereid, daß du sie zurückverwandelst und fortan keine Ränke mehr schmiedest, schwöre es!«

»Ich schwöre es bei Zeus, bei Hades und allen Unsterblichen!«

Lachend ließ Odysseus das Schwert sinken und sagte: »Dann laß uns in dein Gemach gehen.«

»Gut«, sagte sie, »aber eine Bitte habe ich: Wasch dich vorher!«

Geschwind befahl sie den Mägden, Wasser heiß zu machen, denn Odysseus sah völlig verwildert aus, und das Salz des Meeres klebte in seinen Haaren.

»Du mußt Odysseus sein«, sagte Kirke, als er in der schöngeschwungenen Wanne lag und sie ihre weichen Hände über seinen Körper gleiten ließ. »Hermes weissagte mir einst, daß ein Mann mit deinem Namen aus Troja käme, mit dem ich mich in Liebe vereinigen würde.«

»Auch ich traf ihn«, sagte Odysseus, »er gab mir dieses Kraut, das deinen Zauber brach.«

»Dachte ich es mir doch«, sagte Kirke und lächelte. »Er mußte ja schließlich darauf achten, daß seine Weissagung Wahrheit wird. Dennoch danke ich ihm dafür, denn du, Odysseus, bist ein Mann, den die Götter lieben müssen. Nur wenigen Auserwählten gestatten sie es, sie zu sehen.«

Duftend nach Rosenöl, mit gewaschenen Haaren und mit geschab-

tem Gesicht stieg Odysseus aus dem Bad, öffnete Kirkes Kleid, ließ es an ihr heruntergleiten, dann nahm er sie, die eine Haut wie Milch und Honig hatte, auf die Arme und trug sie zum Bett, das mit weißem Leinen überzogen war. Behutsam legte er sie hin und wurde gewahr, daß ihre Haare, ihr Mund, die Spitzen ihrer Brüste und die Scham dieselbe feurige Farbe hatten.
»Göttin«, flüsterte er, sie aber verschloß ihm mit einem Kuß die Lippen, schlang um ihn die schönen Arme und gab sich ihm mit all der Sehnsucht hin, mit der sie so lange auf ihn gewartet hatte.
Eine kleine Tigerin war es, die Odysseus weckte. Schnurrend lag sie auf seiner Brust, trat ihm rhythmisch die scharfen Krallen in die Haut, und als er die Lider aufschlug, blickte er in rätselhafte, bernsteinfarbene Augen.
»Bist auch du verzaubert?« fragte er das kleine Tier. »Jagtest du einst in Wäldern dem Wild hinterher und nun den Brocken Fleisch, die dir die Herrin vorwirft?«
»Nicht verzaubert«, antwortete Kirke. Nackt saß sie vor der schönen Truhe, auf der ein Spiegel stand, und fuhr mit einem goldenen Kamm durch ihr herrliches rotes Haar. »Es sind Katzen aus dem Land der Pharaonen, wo die Pyramiden stehen. Emathion, der König von Ägypten, brachte sie mir zum Geschenk. Außerdem werfe ich ihnen nur selten Brocken zu, sie sorgen selbst für ihren Unterhalt. Du mußt wissen, nachts fangen sie Mäuse und halten die Vorratskammern rein. Tagsüber liegen sie in der Sonne und dösen vor sich hin. Oder sie putzen sich, denn sie sind sehr reinlich.«
Kirke lachte, legte den Kamm beiseite, ging mit Schritten, die denen ihrer Katzen glichen, auf Odysseus zu und legte schnurrend ihren Kopf auf seinen Bauch.
»Und sie sind sehr zärtlich«, sagte sie und erweckte in ihm neue Manneskraft.
Als sie nach vielen Stunden das Gemach verließen, sagte Kirke: »Jetzt werde ich die Säue rufen, nicht länger sollen sie in Koben hausen. Aber ich bitte dich, sag ihnen, daß sie sich benehmen sollen. Mein Haus ist kein Schweinestall, und meine Mägde ziehen es vor, sich einem Mann freiwillig hinzugeben, als sich grob unter die Röcke fassen zu lassen!«

Mit dem Zauberstab in der Hand trieb sie die Eber auf den Hof, bestrich einen jeden mit einer Salbe, da fielen die Borsten von ihnen ab wie Schuppen, die Rüssel formten sich zu menschlichen Gesichtern, die Körper richteten sich auf. Nun waren sie wieder Männer, schöner und strahlender als je zuvor. Mit Freudentränen in den Augen fielen sich die Freunde in die Arme und dankten Odysseus für die wundersame Rettung. Dann befahl Odysseus, auch die restlichen Gefährten, die noch beim Schiff warteten, zu holen, und als diese bei Kirke eintrafen, war im Hof eine Tafel aufgebaut, die sich bog unter der Last der köstlichsten Speisen und der edlen Krüge voll funkelndem Wein. Als alle gewaschen und gepflegt zu Tische saßen, sagte Kirke: »Ich weiß, wieviel Leiden ihr ertragen mußtet, wieviel Böses euch widerfuhr, darum bitte ich euch, laßt euch den Wein und die Speisen schmecken, kräftigt euren Mut, bis ihr euch wieder auf den Weg in die Heimat macht. Solange ihr jedoch hier seid, bitte ich euch von Herzen, euch sittsam zu benehmen.«

Ein ganzes Jahr blieb Odysseus bei der schönen Kirke und erlag ihrer Verzauberung so ganz und gar, daß er darüber die Heimat vergaß. Nur die Gefährten, denen es zunehmend schwerfiel, ihr Versprechen, das sie der Kirke gegeben hatten, zu halten, mahnten ihn, wenn sie unter sich waren, zum Aufbruch: »Denk doch an Ithaka, das Land der Väter, wo unsere Frauen und Kinder wohnen. Willst du denn niemals dorthin zurückkehren?«

Als er die Gefährten so traurig und mutlos sah, mußte er an Penelope und Telemachos denken, die auf ihn warteten. Nach langem Bedenken stimmte er schließlich zu.

Es wird schwierig werden, es Kirke beizubringen, dachte er, vielleicht soll ich sie um ein Festmahl bitten, damit sie uns von sich aus des Hauses verweist. Odysseus kannte seine Gefährten.

Noch einmal feierten sie ein rauschendes Fest, und die Männer benahmen sich so, daß Kirke sie fast wieder in Schweine verwandelt hätte. Als aber die Sonne versank, legten sie sich volltrunken, wie sie waren, in den dunklen Saal zum Schlafen. Odysseus jedoch bestieg das prächtige Lager der Kirke und liebte sie noch einmal mit all seiner Kraft.

»Odysseus, ich ahne, daß das, was du mir nachher sagen wirst, mich sehr traurig macht.« Wie eine Verzweifelte klammerte sie sich an ihn und wollte nicht mehr von ihm lassen. Schließlich aber war es doch zu Ende, und Odysseus sagte: »Meine Gefährten verzehren sich vor Heimweh. Ich kann sie hier nicht mehr halten.«
»Laß sie doch ziehen«, flüsterte Kirke, »sie sind Männer der See, sie werden den Weg allein finden.«
»Sie ziehen nicht ohne mich.«
»Wenn du bei mir bleibst, werde ich dich unsterblich machen.«
»Sie brauchen mich, ich bin ihr König!«
Kirke begann zu weinen. »Ich fürchte, es liegt nicht an deinen Gefährten, sondern daran, daß ich dich nicht halten kann. Aber ach, meine Tränen sind sinnlos. Wenn du sogar Unsterblichkeit ausschlägst, wie sollte ich dich dann überreden können?«
»Wirst du mir den Weg nach Ithaka weisen?«
Kirke schüttelte traurig den Kopf. »Noch wollen die Götter nicht, daß du nach Ithaka heimkehrst, du hast noch einen sehr beschwerlichen Weg vor dir.«
»Du kennst den Ratschluß der Götter?« fragte Odysseus nach einer Weile. »Willst du ihn mir nicht verkünden?«
»Lieber wäre es mir, ich könnte schweigen und du bliebst bei mir, denn ich liebe dich, Odysseus. Aber da es nun einmal dein Wunsch ist zu gehen, will ich dich wenigstens vor den Gefahren warnen, die auf dich warten. Du kannst sie bestehen, wenn du dich an das hältst, was ich dir sage.«
»Wohin soll die Reise gehen?«
»Zu Hades und Persephone, ins dunkle Reich der Schatten!«
»Wohin?« schrie Odysseus und sprang aus dem Bett.
»In die Unterwelt.«
»Hassen mich die Götter so sehr, daß sie meinen Tod wollen?«
»Sie hassen dich nicht und wollen auch nicht deinen Tod, nur daß du dort die Seele des blinden Sehers Teiresias befragst, damit er dir dein weiteres Schicksal kundtue.«
»Wie soll ich dorthin finden und wie zurück in die Welt der Lebenden? Noch nie ist ein Schiff von den Gewässern des Styx und des Acheron wiedergekehrt!«

»Mach dir darum keine Sorgen«, sagte Kirke, »entfalte dein Segel, laß dich nieder auf den Planken, der Wind Boreios wird dein Fahrzeug sicher zum Strom des Ozeanos bringen. In einem von dunklen Schatten umhüllten Pappelhain ragt dann ein hoher Felsen, daneben findest du den Eingang zu einer Höhle, die zu Hades' und Persephones' Reich führt. Vor dieser Höhle grabe ein Loch, gieße die Spenden für die Toten hinein: Honig, Wein, Wasser und Gerstenmehl, dazu opfere ein weißes weibliches Schaf und einen schwarzen Widder und laß auch deren Blut in die Grube fließen. Dann blicke dich um, und es werden dir viele toten Seelen begegnen. Dann befiehl deinen Gefährten, die geschlachteten Schafe zu verbrennen und dabei die Namen der Götter des Totenreichs zu beschwören. Mit deinem Schwert aber verhindere, daß sich die Schatten der Grube nähern, solange dir nicht Teiresias erschienen ist und dir dein zukünftiges Schicksal verkündet.«

Als Kirke geendet hatte, erwachte im Osten Eos, die Morgenröte. Odysseus erhob sich vom Lager und ging, die Gefährten zu wecken.

»Schlaft nicht länger, erwacht, wir segeln noch heute, Kirke wies mir den Weg.«

Noch voll des süßen Weins, aber doch freudig erhoben sich alle von den Fellen und Decken und machten sich mit viel Lärm fertig zum Aufbruch. Auch Elpenor erwachte, er hatte sich seiner Trunkenheit wegen in die frische Kühle der Nacht auf das Dach des Hauses gelegt. Als sie ihn riefen und schrien: »Komm, Elpenor, schnell, wir segeln zur Heimat«, da fuhr er hoch vom Lager, und ohne Besinnung wo er war, vergaß er, die breite Treppe hinabzusteigen, stolperte einfach darauf los, fiel geradewegs vom Dach herunter und brach sich das Genick.

»Elpenor, du Tor!« Odysseus lief hin zu der Stelle, wo er aufgeschlagen war, und kniete sich nieder zu seinem Navigator. Er schüttelte ihn, damit er aufwache. Doch dafür war es zu spät. Elpenor war auf der Stelle tot gewesen.

»Tragt ihn weg«, befahl Odysseus seinen Gefährten in maßlosem Zorn, »und laßt ihn den wilden Tieren zum Fraß. Einen Grabhügel hat dieser Trunkenbold nicht verdient!«

Erst später, als sie längst auf See waren, bedauerte Odysseus den schweren Verlust. Leise sagte er, daß es kein anderer hörte: »So bist du uns mit deiner Trunksucht zum Hades vorangegangen, denn wir haben dasselbe Ziel vor Augen, das du nun schon erreicht hast.«

4

Eine frische Boreia schob die »Penelope« vor sich her nach Westen. Odysseus saß am Steuer und gedachte wehmütig der schönen Kirke. Wie hatte sie, während die Gefährten Wasser, Wein, Lebensmittel, Schlacht- und Opfertiere verluden, geweint und wie fest ihn gedrückt bei der letzten Umarmung. Dann aber hatten sie den Mast errichtet, das Segel gesetzt, und als der Wind das Schiff immer weiter vom Ufer entfernte, hatte sie ihm in ihrem wehenden Kleid nachgewunken, bis sie klein und kleiner wurde und schließlich ganz seinen Blicken entschwunden war.

Das war nun schon Tage her, und doch ging sie ihm nicht aus dem Sinn. Helios war eben dabei, den glutroten Sonnenwagen ins Meer zu ziehen, und Odysseus war überwältigt von dem Anblick, der sich ihm bot: So unmäßig groß und klar hatte er Helios noch nie gesehen. Am Bug standen Eurylochos, Perimedes und Sinon, die Wachhabenden, denen er die Aufsicht über die Mannschaft anvertraut hatte. Sie schienen heftige Worte zu wechseln, und immer wieder deuteten sie hinaus aufs Meer. Odysseus konnte nicht hören, was sie sprachen, denn der Wind wehte ihnen die Worte von den Lippen, doch dann hatten sie offensichtlich eine Entscheidung getroffen. Zu dritt stapften sie breitbeinig, das Schlingern des Schiffes ausgleichend, über das Deck auf ihn zu. Eurylochos baute sich vor ihm auf und sagte: »Die Mannschaft will wissen, wohin wir fahren!«

»Wohin der Wind uns trägt«, antwortete Odysseus.

»Bald müßten wir die Säulen des Herakles erreicht haben«, sagte Perimedes und hatte Schweiß im Gesicht, »sie liegen am Ende der Welt!«

Eurylochos sagte: »Immer weiter entfernten wir uns von der Heimat, und noch immer ist kein Land in Sicht.«

»Odysseus, wohin bringst du uns?« fragte Sinon besorgt. »Du steuerst auf Ozeanos, den Weltenstrom, zu!«
Odysseus wartete lange, bis er Antwort gab, dann sagte er: »Wir fahren ins Reich der Schatten, zu Hades und Persephone.«
Die Wachführer wurden bleich, fühlten ihre Herzen erstarren, hockten sich nieder und rauften die Haare.
»Zu Hades und Persephone!« schrie Perimedes verzweifelt, und die ganze Mannschaft konnte es hören. Da erfüllte ein so klägliches Jammern das Schiff, daß Odysseus seine kräftige Stimme erhob und schrie: »Wer von euch wagt es, den Beschluß der Götter zu bezweifeln? Eigenhändig werde ich ihn zu den Fischen schicken!«
Odysseus' Ausbruch verfehlte die Wirkung nicht. Jeder zuckte zusammen, und es kehrte wieder Ruhe ein.
»Es ist der Wunsch der Götter, daß ich Teiresias in der Unterwelt befrage, welcher Weg zur Heimat uns vorgeschrieben ist, und welche Gebote wir beachten müssen, um diese Fahrt zu überstehen. Kirke selbst, die eine Göttin ist, hat mir diesen Schluß verkündet, also hört mit dem feigen Gewinsel auf. Schweigt und duldet, wie es ein jeder von uns muß!«
Keiner der Gefährten dachte an Schlaf, zu sehr waren sie in ihrem Innersten aufgewühlt. Die ganze Nacht trieb der Wind das Schiff stetig nach Westen, und wenn die Planken ächzten und der Mast unter dem Druck des Segels stöhnte, dachte jeder, das Ende sei nahe.
Als die goldene Frühe mit Rosenfingern erwachte und den Schleier der Nacht hinweghob, sahen sie rechts von sich gewaltige Felsen im schimmernden Morgenglanz strahlen, links ragten die steilen Gebirge des Atlas, und die Landmassen beider Kontinente schienen zusammenzustoßen. Dort, wo sie sich berührten, waren die Säulen des Herakles, zwischen denen sie hindurchfahren mußten, um zu den Gestaden des Ozeanos zu gelangen. Ein Schauder durchfuhr die Seefahrer, als sie an den Strom ohne Wiederkehr dachten, dann aber sahen sie Delphine springen, ein Zeichen, daß ihnen die Götter gewogen waren, und fliegende Fische über das Meer huschen. Einige von ihnen klatschten auf Deck. Odysseus ließ sie aufsammeln und daraus das Frühmahl bereiten.
Bei der Ausfahrt in den Ozeanos bekamen sie Poseidons Launen zu

spüren. Zuerst riß sie eine wilde Strömung mit ungestümer Macht durchs Felsentor, dann stürzte ihnen wild flutend der Weltstrom entgegen. Turmhoch schlugen die Wellen, als die Wasser mit des Doppelstroms Macht aufeinanderprallten. Wie wilde Bestien warfen sich die Wogen dem Schiff entgegen und ergossen sich über das Deck. Viele auf der »Penelope« hatten mit dem Leben abgeschlossen und verkrochen sich in die tiefsten Winkel, nur Odysseus und Sinon, der Mutige, stemmten sich, am Ruder stehend, der Wucht der stürmenden See entgegen.

Bis Mittag dauerte der Sturm, dann wurde es ruhiger, der Wind schlief ein, und die Wellen verflachten. Mit bangem Herzen ruderten die Gefährten der baum- und strauchlosen Küste des Ozeanosgestades entlang, wo nur schroffe, nackte Felsen jäh ins Meer hinabfielen. Nebel und Düsternis legte sich über sie, da Helios niemals die Strahlen der Sonne zum Reich des Hades entsandte.

Lange fuhren sie so und wußten nicht, ob es Tag oder Nacht war, denn immer umgab sie dasselbe schwärzliche Halblicht. Als schließlich das Schiff, von der sachten Dünung getrieben, an ein ödes Ufer geschoben wurde, erkannte Odysseus durch graue Nebelschleier hindurch die Stelle, die ihm Kirke bezeichnet hatte. Dürre, abgestorbene Weiden und Pappeln reckten ihr blattloses Astwerk zum finsteren Himmel. Nichts Lebendes war hier zu sehen, ja selbst jeder Schreckenslaut erstarb auf den Lippen, und das Licht der Fackel konnte die Dunkelheit nicht durchdringen. Mit bebendem Herzen ging Odysseus an Land, und sprachlos vor Angst folgten ihm Perimedes und Eurylochos mit den Schafen, Polites trug die Gefäße mit den Spenden für die Toten. Schließlich fand er neben dem Felsen, wie Kirke ihn beschrieben hatte, den Eingang zur Höhle, die in schaurige Tiefe führte. Odysseus zog aus der Scheide sein Schwert und grub eine Vertiefung in den lehmigen Boden, bis er auf Felsgrund stieß. In dieses Loch schüttete er Honig, Wein, Wasser und Gerstenmehl, dann schnitt er den Schafen die Halsadern durch und ließ auch ihr Blut in die Grube fließen. Unterdessen errichteten die Gefährten aus entwurzelten Stämmen einen Holzstoß, auf den sie die Opfertiere legten, und setzten ihn, als Odysseus es befahl, in Brand. Wohl züngelten die Flammen am heiligen Opfer empor, doch warfen sie kein

Licht in die ewige Finsternis. Auf Knien baten die Gefährten Hades und Persephone, nicht auch ihre Seelen über den Styx, den Fluß des Todes, den sie aus den Tiefen der Höhle heraufrauschen hörten, in ihr dunkles Reich zu rufen.

In dem Moment löste sich von einer der Pappeln, die nah bei der Höhle standen, ein Schatten und wandelte auf Odysseus zu.

»Keinen Schritt weiter«, rief Odysseus und wehrte dem Trugbild den Zugang zur Grube. Da aber erkannte er Elpenor, den armen Gefährten, den er auf Kirkes Insel Aiaia verloren hatte.

»Odysseus, verstoße mich nicht!« wimmerte Elpenor. »Noch bin ich nicht eingegangen in das Reich des Hades, da ihr mich unbegraben und unbeweint auf der Insel Aiaia zurückließt. So lange muß ich vor dem Tartaros warten, bis mir jemand meinen Körper verbrannt und mir den Grabhügel geschüttet hat.«

Tränen liefen über des Navigators wesenloses Gesicht.

»Es ist schrecklich, tot zu sein und doch nicht eingehen zu können in die Unterwelt. Zerberos, der dreiköpfige Hund, der mächtige Wächter des Schattenreichs, verwehrt mir mit bleckenden Zähnen den Zugang, und Charon, der Fährmann des Todes, weigert sich, mich über den Styx zu bringen, der tief unter dieser Höhle fließt, da mir keine Grabgabe blieb, die ich ihm hätte als Obolos geben können. Seit mich der Dämon der Trunksucht vom Dach herabstürzte, irre ich durch diesen trostlosen Hain der Persephone, ohne daß meine Seele Ruhe findet. Ich flehe dich an, bei allen Göttern, bei allen Lebenden, die dir teuer sind, laß meinen Körper, auch wenn dein Zorn auf mich noch so groß ist, nicht unverbrannt liegen und den Tieren zum Fraß. Und gib mir die Grabgabe, damit ich Charon seinen Dienst entlohnen kann!«

»Ich werde dir die Bitte erfüllen«, sagte Odysseus erschüttert. »Wenn es den Göttern gefällt, daß ich zu Kirkes Insel zurückkehre, will ich deine Gebeine verbrennen, dir den Grabhügel schütten und Geschenke für den finsteren Charon bereitlegen.«

Aus der Tiefe der Höhle vernahm Odysseus klagende Laute. Da sah er, wie es herankroch, hundertfach, Schatten um Schatten, und alle drängten zur Grube, um von dem Opfer, das er den Toten bereitet hatte, zu trinken. Als erstes erkannte er seine Mutter Antikleia. Le-

bend hatte er sie auf Ithaka zurückgelassen, nun war sie tot. Tränen traten ihm in die Augen.
»Mutter!« rief er, doch sie blickte nicht auf zu ihm. Zur Grube ging sie, um daraus zu trinken. Wie sehr drängte es ihn, sie zu umarmen, und doch mußte er ihr mit dem Schwert den Zugang verwehren, da Teiresias noch nicht gekommen war. Da, endlich trat die Seele des Sehers heran und sagte: »Gib die Grube frei, daß ich von dem Blut trinke und dir dein Schicksal verkünde.«
Teiresias beugte sich nieder, schlürfte den Opfertrank, dann begann er zu sprechen: »Odysseus, es gibt einen Gott, der dir die Heimkehr verwehrt. Noch immer grollt dir Poseidon, weil du seinen Sohn Polyphem des Auges beraubtest. Doch sein Groll währt nicht ewig. Du kannst, wenn du Poseidon den Zehnten opferst, mit deinen Gefährten die Heimat erreichen, doch hüte dich vor den Rindern des Helios. Wenn ihr auf der Insel Thrinakie seid und die Tiere schlachtet, seid ihr alle verloren. Jeder, der sie berührt, ist des Todes. Bleibst du jedoch selbst schuldlos am Frevel, kehrst du dennoch erst spät und ohne einen einzigen Gefährten nach Hause zurück. Dort aber wartet dann schlimmes Unheil auf dich. Das sei dir verkündet, so haben es die Götter beschlossen!«
Teiresias wandte sich bereits wieder zum Gehen, da rief ihm Odysseus hinterher: »Sag mir noch eines, würdiger Seher, dort drüben sitzt die Seele meiner Mutter und wagt nicht, mich anzusehen. Was muß ich tun, damit sie mich als ihren Sohn erkennt?«
»Wenn du ihr gestattest, vom Blut zu trinken, wird sie mit dir sprechen, verwehrst du es ihr, wird sie für immer enteilen.«
Halb fliegend, halb gehend kehrte Teiresias in die Höhle zurück. Odysseus blieb bei der Grube, bis seine Mutter herantrat, und kaum hatte sie von dem Opfer getrunken, erkannte sie ihn und sprach: »Mein liebes Kind, wie kamst du in das ewige Dunkel herab? Zwischen dir und uns liegt der mächtige Strom des Ozeanos, den noch nie ein Lebender befuhr.«
»Die Göttin Kirke wies mir den Weg. Noch immer irre ich in der Welt umher, seit dem Tag, als wir Troja besiegten, und kann die Heimat nicht finden. Doch sag mir, wie und weshalb du gestorben bist und auch, wie die Dinge in Ithaka stehen. Wie geht es Penelope und mei-

nem Sohn Telemachos? Warten sie auf mich und verwalten mein Königreich, oder hat Penelope längst einer der Edlen meines Reiches gefreit?«
»Tag und Nacht harrt dein Weib deiner Rückkehr, und noch hat dir keiner die Königswürde genommen, du wirst alles wohlauf finden, wenn du bald heimkehrst, nur deinem Vater Laërtes geht es sehr schlecht. Aus Trauer über dein Fernbleiben kasteit er sich selbst, er schläft im Freien in einem Laubhaufen, und keine schönen Gewänder zieren seine zerbrechlichen Glieder. In Lumpen verbringt er seine Tage und sieht ärmlicher aus als sein geringster Knecht. So bin ja auch ich dem Schicksal erlegen. Die Sorge um dich entriß mir das Leben.«
Odysseus war zutiefst erschüttert und wollte seine Mutter umarmen. Dreimal versuchte er, sie zu berühren, und dreimal zerann sie wie ein Nichts unter seinen Händen.
»Mutter, warum meidest du meine Berührung, kann ich dich denn nicht zärtlich umfassen?«
»Unglückliches Kind«, seufzte Antikleia, »das ist das Schicksal der Menschen: Sobald sie dem Tode erlegen, verbrannt und begraben sind, fliegt die Seele körperlos dahin wie ein flatterndes Traumbild. Nur in Gedanken kann sie noch bei den Lebenden weilen. Du aber, der du Fleisch auf den Knochen hast und dem das liebe Herz noch Blut durch die Adern pumpt, geh schnell wieder ans Licht, ehre die Götter und meide diesen Ort, solange du kannst. Kehr nach Hause zurück, so schnell wie möglich. Der Mensch muß nicht alles erfahren.«
Wie Rauch im Wind entschwand Antikleia seinen Blicken, und schon drängten sich unzählige andere Schatten an der Grube, um vom Blut zu trinken. Doch Odysseus verwehrte es ihnen mit dem Schwert, bis einer herantrat, den er kannte. Es war Agamemnon, hinter dem Kassandra schritt. Als der Schatten vom Blut getrunken hatte, erkannte er Odysseus sofort.
»Du, Sohn des Laërtes?« rief er und wollte seine Hände erfassen, doch es fehlten ihm die Sehnen und Muskeln seines Körpers.
»Agamemnon, du herrlicher Führer der Völker, welcher Tod streckte dich nieder? Hat dich der Länderumstürmer Poseidon bewältigt, als

du mit den Schiffen in die Heimat fuhrst, haben dich feindliche Männer erschlagen oder erlagst du beim Kampf um deine Stadt Mykene?«
»Nichts von alledem!« antwortete Agamemnon betrübt. »Während der Überfahrt stand ich unter der Obhut der Herrscherin Hera, sie beschützte die Schiffe, und auch sonst kam kein Kämpfer mir in die Quere. Nein, Aigisthos, der verfluchte Sohn meines Onkels Thyestes, und Klytämnestra, mein eigenes mir angetrautes Weib, erschlugen mich im Palast zu Mykene. Danach bohrten sie auch Kassandra das Schwert in den Leib.«
Tränen liefen Agamemnon über die Wangen, als er rief: »Wie Schweine im Koben haben sie uns abgeschlachtet!«
»Klytämnestra, die Tugendhafte?« fragte Odysseus und konnte es nicht fassen.
»Als meine Schiffe im Hafen angekommen waren, sandte ich einen Boten, meine Ankunft zu melden. Der kehrte zurück mit der Nachricht, ich sei hoch willkommen. Ich dankte den Göttern, daß mein Weib mir wegen Iphigenia, die wir ja in Euböa der Artemis opfern mußten, nicht mehr gram war. Ihr Herz, so glaubte ich, war durch den langen Zeitraum beschwichtigt. Sie aber hatte sich, kaum daß wir damals nach Troja gefahren waren, Aigisthos als Buhlerin in die Arme geworfen und mit ihm zusammen Rachegedanken ersonnen. Denn auch Aigisthos, der Elende, meinte, Grund dazu zu haben, da mein Vater Atreus ihn als Jüngling aus Mykene verbannt hatte. Nun kam ich, müde von der Fahrt und verdreckt, nach zehnjährigem Krieg im Palast an und verlangte nach einem Bad. Klytämnestra erklärte, ein solches sei bereits gerichtet, und so betrat ich ahnungslos das Gewölbe, legte Waffen, Harnisch und Kleider ab und setzte mich in den Zuber. Da schlichen sie heran aus dem Versteck, warfen mir ein Netz über den Leib und durchbohrten mich mit unzähligen Dolchstichen. Aus dem Gewölbe drangen meine Hilferufe nicht hinauf in den oberen Palast, wo genug Männer gewesen wären, mich zu schützen. Gleich danach wurde Kassandra, die mit ihrer wundersamen Gabe das Unglück hatte kommen sehen und es mit lauter Stimme verkündet hatte, ebenfalls niedergemacht. Ich sage dir, Odysseus, nichts ist schlimmer als ein Weib, dem solch ein Verbrechen im

Herzen keimt. Stell dir vor, nicht einmal die Augen und den Mund hat sie mir nach der blutigen Tat zugedrückt. Gänzlich entstellt vom Meuchelmord, mit vor Entsetzen geweiteten Augen bahrten sie mich auf, ließen das Volk an mir vorübergehen und riefen: ›So geht es einem Mann, der sein eigenes Kind erschlägt.‹ Dabei verschwiegen sie, daß die Göttin Artemis dieses Opfer gefordert hatte. Nach Tagen erst, als jeder im Volk meine verstümmelte Leiche gesehen hatte, warfen sie Kassandra und mich auf den Scheiterhaufen!«

Agamemnon schrie auf vor Qual, und Odysseus sagte niedergeschlagen: »Wahrhaftig, es strafte Zeus deine Sippe mit ränkesüchtigen Frauen. Es genügte nicht, daß so viele wegen Helena starben, nun mußte auch noch Klytämnestra zur Mörderin werden.«

»Ich hoffe so sehr, daß mein Sohn Orest, wenn er einst groß ist, den gemeinen Mord an mir rächt«, seufzte Agamemnon. »Hast du etwas von ihm gehört?«

»Ach, Agamemnon«, sagte Odysseus, »seit wir damals von Euböa losfuhren, habe ich meinen Fuß nicht mehr auf griechischen Boden gesetzt. Noch immer irre ich umher, da Poseidon mir zürnt. Ich weiß nicht, ob und wann ich je die Heimat erreiche.«

»Fahre denn wohl«, sagte Agamemnon zu Odysseus, nahm Kassandra und schritt mit ihr zurück durch die Pforte zur Unterwelt.

Noch viele, die er als Menschen gekannt hatte, zogen an Odysseus vorüber. Bis plötzlich ein Raunen die Scharen der Geister erfaßte und sie sich zuflüsterten: »Die schreckliche Persephone naht, und mit sich führt sie das gräßliche Haupt der Gorgonin Medusa!« Da erfaßte Odysseus große Angst, denn er fürchtete, daß Medusas Anblick ihn töten würde. Schnell rief er die Gefährten, die abseits im Pappelhain mit abgewandten Gesichtern standen, und eilte mit ihnen zum Schiff zurück. Sofort befahl er, die Taue zu lösen, und im Takt der Ruder fuhr die »Penelope« durch die bleiernen Wogen des Ozeanos, bis endlich Licht die dunklen Nebel zerriß. Bei den Säulen des Herakles, am Eingang des vielbefahrenen Meeres, sandte Zeus einen Wind, der sie den weiten Weg zurück zur Insel Aiaia trieb, wo die göttliche Kirke wohnte.

5

Froh, mit heiler Haut entronnen zu sein, machten Odysseus und seine Gefährten nach tagelanger Seefahrt auf Aiaia fest. Kaum an Land gesprungen, schlachteten sie das größte Schaf, das sie mit sich führten, und ließen den Göttern dankbar das Blut in den Sand rinnen. Dann schickte Odysseus vier Männer, um den Leichnam Elpenors zu holen, währenddessen sammelten die anderen Holz und errichteten daraus einen Scheiterhaufen. Daneben schüttete Odysseus einen Grabhügel und errichtete darauf eine Säule, die aussah wie ein Ruder, um den toten Navigator zu ehren.

Der Anblick der Leiche Elpenors erfüllte alle mit Grauen. Das, was die wilden Tiere von ihm übriggelassen hatten, war schon stark verwest. Ohne lange Totengebete zu sprechen, legten sie ihn deshalb auf den Scheiterhaufen und weinten erst, als sie die Asche in die Erde versenkten. Nun lösten sich die Schrecken der Unterwelt und die Spannung der vergangenen Tage in Leid und Tränen auf.

Die Rückkehr ihres sterblichen Geliebten von Hades' Reich war Kirke nicht verborgen geblieben. Gerade, als Odysseus zum Aufbruch mahnen wollte, kam sie zum Strand und sah schöner aus als je zuvor. Die Mägde, die sie begleiteten, trugen Mengen von Brot, Käse, Fleisch und Wein, und die Göttin sagte: »Ihr Tapferen, die ihr lebend zum Reich der Schatten fuhrt und lebend wiederkehrtet, ihr seid in der Tat zweimal geboren, denn noch nie gelang es Sterblichen, den finsteren Mächten der Unterwelt zu entfliehen. Laßt uns den Göttern mit einem Freudenfest dafür danken.«

Da jubelten die Männer, die Mägde bereiteten das Mahl zu, dann setzten sich alle zusammen an den Strand und genossen die Fülle der Speisen und den funkelnden Wein.

»Odysseus, laß uns ein kleines Stück gehen«, sagte Kirke, nahm ihn bei der Hand und führte ihn dem Sonnenuntergang entgegen.

»Der Bart steht dir gut«, sagte sie, als sie eine Zeitlang im knöcheltiefen Wasser dahingewatet waren.

Er lächelte und spielte mit den Schaumblasen, mit der die sachte Dünung an den Strand hinwogte.

In einer goldschimmernden Bucht ließ sie ihr dünnes Kleid von den schönen Schultern gleiten, zog ihn nieder, machte sich breit im warmen Sand und flüsterte: »Nimm mich, und wenn es zum letztenmal sein sollte.«

Als Helios den Sonnenwagen in das Meer gezogen hatte und Nyx dabei war, ihren dunklen Schleier sachte über See und Land zu breiten, saß sie hingelehnt an seine Schulter, und Odysseus erzählte ihr vom Reich der Schatten, von Agamemnon und von seiner Mutter Antikleia.

»Du hast mehr gesehen, als je ein Sterblicher zuvor«, sagte Kirke. »Willst du jetzt nicht doch bei mir bleiben? Ich glaube, es wächst ein Sohn unter meinem Herzen heran.«

Odysseus war so erschrocken, daß er kaum Worte fand.

»Du weißt doch, daß ich einen Sohn habe, der auf mich wartet.«

»Ich weiß, daß ich dich nicht halten kann, obwohl ich nichts lieber täte. Doch erwäge es wohl: Hier blüht dir Glück und Unsterblichkeit, wenn du aber gehst, wird Elend und Trauer über dich kommen. Teiresias hat dir doch gesagt, was auf dich zukommt!«

»Er warnte mich davor, die Rinder auf der Insel Thrinakie, die deinem Vater heilig sind, zu schlachten.«

»Wenn du überhaupt so weit kommst!« sagte sie und warf den Kopf in den Nacken. »Hat er dir nicht von den Sirenen und von Skylla und Charybdis erzählt? Zu den Sirenen wirst du zuerst gelangen. Wer ihren lockenden Gesang hört, kehrt nie wieder nach Hause zurück. Am Ufer ihrer Insel liegen ganze Berge ausgeblichener Knochen. Unzählige Seefahrer haben dort ihr Leben gelassen.«

»Würde mir dort Gefahr drohen, hätte Teiresias darüber gesprochen«, sagte Odysseus trotzig.

»Glaube mir, du kommst dort nur heil vorüber, wenn du dir und den Gefährten die Ohren mit Wachs verschließt. Willst du aber mit offenen Ohren dem Gesang der Meerjungfrauen lauschen, mußt du dich am Mast festbinden lassen, und deinen Leuten einschärfen, dich um keinen Preis loszubinden, ja sogar, dich noch fester zu schnüren, wenn du Befreiung forderst, sonst bist du verloren!«

»Was singen sie denn?« fragte Odysseus.

»Jedem das, was er zu hören wünscht. Himeropa singt mit der sanftesten Stimme, die man sich vorstellen kann, Thelixiëpeia versteht es, die Menschen zu verzaubern und so sehr in ihren Bann zu ziehen, daß sie nicht anders können, als an den Klippen zu zerschellen.«

»In solchen Dingen bist auch du eine Meisterin!«

»Ich aber bin nicht hinterhältig. Weißt du nicht, daß ich Mittel hätte, dich zum Bleiben zu zwingen?«

»Vergiß nicht, daß ich das Gegenmittel kenne. ›Moly‹ wächst überall auf der Insel.«

»Odysseus, mach dich doch nicht lächerlich. Ich rede doch nicht von Kindereien. Wenn ich eine Sirene wäre, würde ich dich mit Erkenntnis locken, da du mir nicht in der Lage scheinst, an Dingen, die es zu erfahren gibt, vorüberzugehen.«

Odysseus mußte lachen.

»Ich traf noch keinen Mann«, sagte Kirke erregt, »der nicht jedes andere Schicksal auf sich genommen hätte, als gerade das Reich des Hades zu erkunden.«

»Nur für kurze Dauer«, antwortete Odysseus, »zum Schluß mußte ich fliehen, da mir die Seelen flüsterten, Persephone würde mir mit Medusas Haupt erscheinen. Das wäre vermutlich zuviel gewesen!«

»Dich erwartet sehr viel Schlimmeres«, rief sie aufgebracht. »Von Skylla hast du wohl noch nichts gehört. Einst war sie eine schöne Meernymphe, die versuchte, die Seefahrer zu betören. Jetzt ist sie ein Ungeheuer mit zwölf Beinen, sechs grauenhaften Echsenköpfen an Schlangenhälsen, mit dreifachen Reihen von Zähnen in jedem Maul. Graut dir denn vor gar nichts?«

Odysseus zuckte mit den Schultern.

»Ich warne dich!« sagte sie drohend, »Skylla gegenüber befindet sich der Schlund der Charybdis, die in einem drehenden Strudel Wasser einsaugt. Gelangt ein Schiff in ihren Schlund, zermalmt sie es und speit es wieder aus. Skylla habe ich selbst zu dem gemacht, was sie ist. Ich habe sie einst verzaubert, weil sie mir in die Quere kam. Mit jedem ihrer sechs Mäuler reißt sie von den vorüberfahrenden Schiffen ihre Opfer.«

»Kirke, schrei doch nicht so! Warum erzählst du mir das alles?« fragte Odysseus. »Du weißt doch, daß ich der König bin. Ich muß meine Gefährten in die Heimat bringen.«

»Ich erzähle es, weil dies dein Weg ist, mein Lieber!«
Odysseus ließ den Kopf nach hinten in den Sand fallen und schaute in den sternenklaren Himmel. Dann sagte er: »Siehst du Selene, wie sie einen großen Ring um den Mond formt? Wann immer ich ihn sehe, muß ich reisen!«

Gnadenlos brannte am folgenden Tag Helios vom Äther. Kein Lüftchen regte sich, die Hitze zu kühlen. Odysseus saß unter dem Sonnensegel der »Penelope« und knetete die Wabenscheiben mit den unzähligen kleinen Sechsecken, die ihm Kirke aus ihrem Bienenstock gegeben hatte, zu runden Klumpen. Fast tat es ihm leid, das feingefügte Kunstwerk mit seinen schwieligen Fingern zu zerdrücken. Palamedes – o Götter! –, Palamedes hatte ihm einmal gesagt, daß die Seitenlänge einer Bienenwabe gleich der Speiche ihres Umkreises sei. Dies habe er auf dem Abaksion, dem Rechenbrett herausgefunden. Haben Bienen auch ein Abaksion, dachte Odysseus, wissen sie von Kreis und Umfang?
Unten saßen die Ruderer und schlugen mit fichtenen Stangen das blaue Wasser. Vor ihnen lag die Straße zwischen den Inseln Kyrnos und Sardo. Da es ihnen der Wind verwehrt hatte, Sardo im Süden zu umsegeln, blieb keine andere Wahl, als in die Meerenge einzufahren. Als es dem Abend zuging und sie dicht vor der Durchfahrt lagen, hörte er auf einmal wundersame Klänge an sein Ohr dringen.
»Ruder halt!« rief Odysseus, da vernahm er deutlich Töne, so, als ob Göttinnen vom Olymp herniedersängen.
»Odysseus, was ist das?« fragte Sinon. »Noch nie habe ich so schönen Gesang gehört. Ist es ein Wind, der in der Ferne um die Klippen heult?«
»Oh, laßt uns näher rudern!« rief Polites. »Was mag sich in der Enge nur verbergen?«
»Ihr sollt alle wissen, wovor mich Kirke warnte«, sagte Odysseus zu den Freunden. »Um in die Heimat zu gelangen, müssen wir am Felsen der Sirenen vorüberfahren. Ihr Gesang, sagte sie, betört die Seefahrer so sehr, daß sie dort stets die Felsen rammen. Doch wehe dem Schiff, dem dies widerfährt: Sein Rumpf müßte an den scharfen Klippen scheitern. Deshalb werde ich euch die Ohren mit Wachs ver-

schließen, mich aber bindet an den Mast mit offenen Ohren, denn ich muß hören, was sie singen! Wenn ich euch aber mit Augen Zeichen gebe, mich zu lösen, achtet nicht darauf, bindet mich sogar noch fester an und rudert, bis der Felsen außer Sicht ist!«

Enttäuscht fingen die Gefährten an zu murren: »Was soll es schon ausmachen, wenn uns die Götter ein Lied vorsingen? Auch Kirke hat gesungen. Odysseus, laß uns mit offenen Ohren rudern, wir werden den Kurs bestimmt halten!«

Er aber ließ sich nicht beirren. Einzeln rief er jeden der Gefährten zu sich und drückte ihnen Wachsklumpen in die Ohren, bis sie taub waren. Dann gab er ihnen Zeichen, ihn an den Mast zu binden, und so fuhren sie in die Meeresenge ein und sahen auch bald den Sirenenfelsen vor sich liegen.

Je näher sie kamen, desto wundersamer wurde Odysseus ums Herz. Er fing bereits an, die Entscheidung zu bereuen, denn was er hörte, klang so sehnsuchtsvoll und zart und wurde mit jedem Ruderschlag schöner.

»Macht an der Insel fest!« schrie er, doch die Gefährten, taub, wie sie waren, ruderten, wie er befohlen hatte. Nun waren sie mit dem Sirenenfelsen auf einer Höhe. Oben sah er zwei Mädchen mit goldenen Haaren von unvergleichlicher Schönheit sitzen. Mit ihren schlanken glänzenden Armen winkten sie ihm zu. Wie gebannt starrte er hinüber. Die weißgebleichten Knochen, mit der die schäumende Brandung spielte, sah er gar nicht.

»Komm, Odysseus, lausch unseren Weisen und lerne daraus die Götter begreifen. Du selbst wirst zum Gott, dir wird so licht, weil du verstehst, was der Rat der Unsterblichen spricht. Laß Erkenntnis dir durch die Sinne schwingen und neues Glück durch die Adern rinnen.«

Der Klang ihrer Stimmen und das, was sie versprachen, betörte ihn so sehr, daß er mit all seiner Kraft an den Fesseln zerrte. Tief schnitten ihm die Seile ins Fleisch, und es ächzte der Mast. Mit den Augen gab er den Gefährten verzweifelt Zeichen, das Ufer der Insel anzusteuern. Die aber hielten Kurs; nur Eurylochos und Perimedes sprangen hinzu und banden ihm neue, festere Taue um Brust und Arme. Odysseus wurde wie zu einem wilden Tier und schnappte nach Peri-

medes und Eurylochos. Nie war er so dicht vor der Erfüllung seines Lebenstraums gestanden wie eben jetzt; sie aber verhinderten es.
»Bindet mich los!« schrie er wie von Sinnen.
Die Sirenen sangen in den höchsten Tönen, daß die ganze Welt zu klingen schien, so klar und rein, daß es ihm beinahe den Kopf zersprengen wollte.
»Ein Kuß von uns wird dir Rätsel enthüllen und dir Herz und Seele mit Freude erfüllen! Komm, Odysseus, gepriesener Held, du Stolz der Achaier, du König der Welt.«
So sehr er sich auch wandte und zerrte, die Gefährten ruderten beharrlich weiter. Krank im Herzen vor Sehnsucht und mit blutenden Gliedern hing er am Mast.
Erst als die Insel der Sirenen weit hinter ihnen lag und Wind aufkam, der das Segel blähte und sie tiefer zwischen die Inseln trieb, nahmen die Männer das Wachs aus den Ohren und befreiten ihn aus seiner Gefangenschaft.
Anfangs war Odysseus so böse, daß er am liebsten das ganze Schiff zerschlagen hätte.
»Was wagt ihr mir anzutun?« schrie er die verblüfften Gefährten an.
»Gilt mein Befehl gar nichts mehr?«
Als es jedoch dunkel zu werden begann und die ersten Sterne über den Horizont zogen, begann er allmählich zu begreifen, daß ihm nichts Schlimmeres hätte widerfahren können, als all seine Sehnsüchte im Leben erfüllt zu wissen.
»Laßt uns anlegen!« sagte er schon wieder halb versöhnt.
Im letzten Tageslicht fanden sie einen flachen Sandstrand, den sie ansteuerten. Sie zogen das Schiff an Land und entzündeten ein mächtiges Feuer. Vier Schafe schlachteten und zerlegten sie, opferten das Blut und die Eingeweide den Göttern, dann rösteten sie das Fleisch über den Flammen und setzten sich nieder zum Schmaus. Aus dem Schiff holte Odysseus einen prallvollen Schlauch von Kirkes Wein und ließ ihn so lange kreisen, bis er leer war. Dazu sangen sie Lieder aus ihrer Heimat Ithaka, bis ihnen Hypnos, der Gott des Schlafs, die Augen schloß.
Als Eos mit rötlichem Schimmer den Schleier der Nacht von der Erde zog, bestiegen Odysseus und seine Gefährten das Schiff und fuhren

weiter der Heimat entgegen. Langsam begann sich die Wasserstraße, auf der sie fuhren, zu verengen. Die Ufer stiegen an, bald lagen links und rechts vor ihnen dunkel bewaldete Berge, dann plötzlich wurde die Enge felsig und von weit her vernahmen sie den Schall einer donnernden Brandung.

»Was ist das?« riefen die Männer erschrocken, sahen sich um und ließen die Ruder sinken.

Zu beiden Seiten des Schiffes erhoben sich steile Felswände, die das Getöse verstärkten. Sinon bemerkte es als erster: »Das Schiff bewegt sich, ohne daß wir einen Ruderschlag tun«, rief er, »wir müssen auf einem Fluß sein!«

Das Schiff trieb durch den Felsschlund auf eine Biegung zu, und Sinon, der am Steuer saß, hatte Mühe, nicht gegen eine der ragenden Wände zu schrammen. Als sie den Bogen glücklich durchfahren hatten, die felsigen Höhen seitlich zurücktraten und das Tal sich wieder öffnete, sahen sie ein Unheil der Götter auf sich zukommen. Angst und Schrecken machten sich breit.

»Bei Zeus, wir sind verloren!«

Nicht weit vor ihnen, unter der Stelle, an der aus der Felswand ein wilder Feigenbaum sproß, tat sich der Schlund eines mächtigen Wasserwirbels auf. Fürchterlich gurgelnd und schlürfend sog er, in rasender Eile sich drehend, das salzige Meer und alles, was darauf schwamm, mit dämonischer Kraft und entsetzlichem Toben in sich ein.

»Gebt acht, die Charybdis!« schrie Odysseus, und jeder an Bord war starr vor Entsetzen. Bewegungslos wie ein Feldhase vor einer Natter starrten die Gefährten zu dem alles verschlingenden Mund, nur Odysseus behielt seinen Mut.

»An die Ruder mit euch, zieht so fest ihr könnt, reißt die Riemen, es geht um euer Leben!«

Zu Sinon lief er hin und rief: »Du bist der Schiffsführer, merke gut, was ich dir sage. Steuere zum gegenüberliegenden Felsen hin, dort, wo die Höhle sich öffnet, und halte dich abseits der Charybdis, so weit wie nur irgend möglich. ganz gleich, was auch immer geschehen mag!«

Skylla erwähnte er nicht, denn die Männer waren ohnehin erfüllt von lähmendem Schrecken. Rasch lief er nun in den Bauch des Schiffes, holte aus der Waffenkammer zwei Speere und stellte sich damit zum Bug. Angstvoll schauten die Männer hinüber in den tosenden Trichter, es dröhnte der Fels, und schon zeigte sich der sandige Grund, da schossen von hoch oben herab die sechs gräßlichen Mäuler des Meerungeheuers Skylla, tauchten an baumdicken Schlangenhälsen hinab in den Schiffsrumpf und zerrten mit drei Reihen scharfkantiger Zähne in jedem Kiefer die Ruderer von den Bänken. Odysseus stach mit den Lanzen wie wild nach den Köpfen, da aber sah er die Gefährten, mit Armen und Beinen schlagend, schon hoch in der Luft schweben. Sie schrien seinen Namen und streckten die Hände nach ihm in entsetzlicher Verzweiflung. Ohne Erbarmen zog Skylla jedoch die zappelnden und vor Todesangst brüllenden Freunde den Felsen hinauf und verschlang sie lebend auf der Plattform vor ihrer Höhle. Es war das Grausamste und Schrecklichste, was die Ithaker jemals gesehen hatten. Nur um das blanke Leben zu retten, ruderten sie mit Leibeskraft weiter und entkamen nur mit knappster Not dem Verhängnis. Sechs ihrer Freunde hatte Skylla in einem einzigen Augenblick geraubt, und selbst das schien ihr nicht genug gewesen zu sein; denn klägliche Rufe stieß sie aus, als das Schiff in die blaue Weite des Meeres eintauchte.

Nach nichts sehnte sich Odysseus mehr als nach Ruhe, Frieden und einer Frau. In ihren Armen wollte er liegen, die Welt vergessen, nicht mehr denken müssen, zu Hause sein.

Penelope? Vor dreizehn Jahren hatte er sie zum letztenmal gesehen. Mußte er sich schämen, daß er ihr Gesicht vergessen hatte? Er konnte sich ihrer Züge nicht erinnern.

Kirke? Wie eine Statue aus Elfenbein und Feuer stand ihr Bild vor ihm. Als sie vor Zorn brannte in der goldenen Bucht, wo sie sich ein letztes Mal besessen hatten, da hatte er zum erstenmal gespürt, daß er sie liebte. »Wir werden uns wiedersehen«, hatte er gesagt, und sie – sie fragte: »Wie soll ich deinen Sohn nennen, wenn ich ihn geboren habe?«

»Telegonos«, hatte er geantwortet. Telegonos, der Ferngeborene.

Eurylochos' aufgeregtes »Land in Sicht!« riß Odysseus aus seinen Träumen. Alsbald näherten sie sich einer herrlichen Insel, aber noch

bevor sie anlegten, sah Odysseus breitstirnige Rinder weiden, und er wußte, daß sie vor Thrinakie, der Insel des Sonnengottes, lagen.
Die Männer auf der »Penelope« jubelten vor Freude und froher Erwartung, endlich wieder festen Boden unter den Füßen zu haben. Aus den Rindern, die sie schon von weitem brüllen hörten, bereiteten sie sich im Geiste bereits das Mahl.
»Hört, meine Freunde«, rief Odysseus, »so hart und bitter das sein mag, aber wir dürfen hier nicht landen. Sowohl der Schatten des Sehers Teiresias als auch Kirke rieten mir, die Insel des Helios zu meiden, da uns hier ein schreckliches Schicksal droht.«
»O nein, Odysseus!« rief Eurylochos. »Immer haben wir dir gehorcht, und was ist daraus geworden? Mit sechshundert Gefährten und zwölf Schiffen sind wir von Troja zur Heimat aufgebrochen. Das war vor drei Jahren. Jetzt sind wir noch Achtundreißig auf nur einem einzigen Schiff, und Ithaka ist weiter entfernt als je zuvor. Ich sage: Wir landen!«
Eurylochos erschrak angesichts seines eigenen Mutes, aber die meisten der Gefährten stellten sich sogleich hinter ihn und pflichteten ihm bei.
»Ein Aufstand gegen den König?« fragte Odysseus und musterte die Männer mit finsterer Miene. »Ihr wollt mich als einzelnen gewaltsam zwingen, euch zu Willen zu sein?«
»Sieh dir doch die Männer an«, versuchte Perimedes zu vermitteln. »Nach all den Schlägen sind sie zu Tode erschöpft. Weshalb willst du es ihnen nicht gönnen, an Land zu gehen und ein frisches Mahl zuzubereiten? Geht dir denn niemals die Kraft aus?«
»Schau dir die drohenden Wolken an«, sagte Sinon einlenkend. Auch er wollte sich nicht an der Erhebung beteiligen, sondern lieber versuchen, Odysseus zu überzeugen. »Ich fürchte, wir bekommen heute Nacht einen bösen Sturm, der uns in Not und Elend stößt. Was sich da oben zusammenbraut, sieht mir aus wie ein Orkan. Laß uns an Land gehen, ein Essen bereiten und morgen früh wieder losfahren.«
Odysseus ahnte, daß es Eris, die Göttin des Streits war, die den Männern die Zwietracht ins Herz gesät hatte, und da er fürchtete, es würde zum Aufstand kommen, wenn er weiterführe, gab er ihnen nach und sagte: »Schwört mir bei heiligem Göttereid, daß ihr die Rin-

der des Helios nicht berührt. Zehrt von den Speisen, die uns Kirke mit auf den Weg gab, aber schont mir die Rinder, sonst müssen wir es büßen!«

Nachdem sie dies geschworen hatten, landeten sie auf der Insel in einer stillen Bucht nahe bei einer Quelle, die sich sprudelnd ins Meer ergoß. Eilig zogen sie das Schiff an Land, aßen von den eigenen Vorräten, und als Nacht sich über die Insel breitete, legten sie sich hin zum Schlafen.

Die Sterne waren schon wieder am Sinken, da sandte Zeus einen Sturm, der so entsetzlich tobte, daß nicht einmal Odysseus glaubte, daß sie ihn auf hoher See hätten überleben können. Von tosendem Donner begleitet, schossen Blitze über den Himmel, schnellten, die Weite des Alls durchmessend, von einem Ende der Erde zum anderen, und die See schäumte, als ob alle Meergötter und Nymphen zusammen sie rasend vor Wut mit Dreizacken aufwühlten. Turmhohe Brecher stürzten an den Strand von Thrinakie und setzten ihn so sehr unter Wasser, daß Odysseus und seinen Gefährten nur die Flucht ins Landesinnere blieb.

»Ich wußte, es gibt einen Orkan«, sagte Sinon und versteckte sich triefend naß und fröstelnd hinter einem Felsen.

Bis der Morgen anbrach, wütete der Sturm, dann riß der Himmel auf, es zeigte sich Helios im vollen Glanz, und Zeus sandte einen beständig wehenden Süd, der es unmöglich machte, die »Penelope« zu See zu bringen. Süd hätte sie zu Skylla und Charybdis zurückgetrieben.

»Freunde«, rief Odysseus, »im Schiff liegt Speis und Trank in Fülle. Eßt davon, aber rührt mir die Rinder des Helios nicht an. Sie gehören dem Sonnengott, und der sieht alles!«

Einen ganzen Monat lang wehte der Süd beständig. Solange es an rotem Wein und Speisen nicht fehlte, waren alle guter Dinge, doch als die Vorräte allmählich zur Neige gingen, wurden die Gefährten streitsüchtig. Wenn einer einen Fisch fing, ein anderer einen Vogel schoß oder ein dritter Beeren fand, neideten es ihnen alle anderen. Selbst über Wurzeln, die sie mühsam aus der Erde gruben, gerieten sie in Feindschaft, nur die Rinder litten keine Not, Gras war genug vorhanden. Längst hatten sie sich an die Menschen gewöhnt, da sie nichts zu fürchten brauchten. Die Männer aber weinten vor Hunger.

»Wir müssen essen«, jammerten sie Odysseus entgegen, doch er konnte ihnen nicht helfen, da es nichts zu essen gab. Erst wütete der Hunger wie ein Wolf in ihrem Bauch, dann wurden sie selbst zu Wölfen und aßen sogar Schnecken und Würmer. Schließlich siegte die Trägheit, und es schien Odysseus, als ob die schwächsten seiner Gefährten bald verhungern würden. Kein Stäubchen Mehl war da, kein Krümel Brot, das er den Göttern hätte opfern können, damit sie ihnen auch nur das Geringste zum Überleben gesandt hätten. Selbst wenn jetzt der Wind gedreht hätte, wären sie nicht in der Lage gewesen, aufzubrechen, denn so schwach wie sie waren, konnten sie kaum einen Fuß vor den anderen setzten, geschweige denn, das Schiff zu Wasser lassen.

Eines Morgens sagte Odysseus zu den Männern: »Ich werde in die Wälder gehen und Artemis bitten, mir ein Wild vor den Speer zu treiben. Ich schwöre euch, wenn mir die Göttin gnädig ist und ich Beute finde, will ich, wenn ich wiederkehre, mit jedem von euch teilen. Nur um eines bitte ich euch: Schont die Rinder des Helios.«

Ein halber Tag verging, bald wurde es Abend, da sagte Eurylochos zu den Gefährten: »Jeder Tod ist schlimm, am ärgsten aber ist es, vor Hunger zu sterben. Darum bin ich dafür, ein Rind zu schlachten, ein anderes wollen wir den Göttern opfern und Helios versprechen, ihm gleich nach unserer Ankunft auf Ithaka einen Tempel zu errichten. Das wird seinen Zorn mildern. Wenn er uns trotzdem nicht verzeihen kann, so mag er oder Zeus mit einem Blitz unser Schiff auf hoher See zerschmettern. Lieber schlucke ich die Flut und sterbe auf einmal, als auf diesem öden Eiland langsam zu verschmachten.«

»Eurylochos hat recht«, sagte Polites, und da stimmten auch die anderen zu.

Nur als es darum ging, das erste Rind zu töten, wagte sich keiner vor.

»Eurylochos soll es tun«, sagte Sinon, »es waren seine Gedanken, er soll sie auch ausführen.«

»Ja«, riefen die anderen, »Eurylochos soll es tun«, weil sie im stillen hofften, selbst von der Rache des Sonnengottes verschont zu bleiben.

»Kirke hatte recht, euch in Schweine zu verwandeln«, schrie Eurylochos, »denn nichts anderes seid ihr; zu gering, zu feige, einen Gedanken in die Tat umzusetzen!«

Nun aber galt es. Eurylochos erhob sich, griff nach dem Dolch und schnitt der Kuh, die gerade ihren Kopf an seiner Schulter gerieben hatte, die Schlagadern durch. Weit spritzte das Blut, und sie ließen es den Göttern im Sand versickern.

Als Odysseus wiederkehrte mit einem mageren Hasen in der Hand und die Feuer sah, an denen die Gefährten saßen und Braten schmausten, warf er sich verzweifelt auf die Knie und bat Helios und Zeus, das Unrecht nicht zu sühnen. Doch sandten die Götter bereits Unheilszeichen. Erst war es, als ob die abgezogenen Häute zum Leben erwachen würden. Wie Schlangen krochen sie über den Strand und brüllten, daß allen angst und bange wurde, es brüllte das rohe Fleisch und die Braten auf den Spießen, und sie klangen wie Rinderstimmen.

Am nächsten Tag war das stete Wehen des Süds zu Ende. Zephyr aus Westen wachte auf und trieb das Schiff schnell hinaus auf See, bis kein Land mehr zu sehen war. Da ließ Zeus schwarze Wolken über ihnen aufziehen, die Fluten wurden finster und der Sturm fuhr mit einer solchen Wucht ins Segel, daß erst die Taue brachen, dann der Mast. Rückwärts krachte er ins Innere und erschlug Eurylochos. Nun aber warf Zeus Donnerkeile mit solcher Macht ins Schiff, daß die Balken splitterten, die Bohlen Feuer fingen und giftige Dämpfe sich verbreiteten.

»Feuer!« schrien die Gefährten und sprangen in Todesangst über Bord. Nur Odysseus blieb, bis die Wassermassen das Schiff vollends zerbrochen hatten. Nach und nach ging einer nach dem anderen unter. Er war der einzige, der seinen Kopf noch über Wasser hielt. Da tauchte aus der schäumenden Flut ein Stück des zerborstenen Kiels hervor. Mit letzter Kraft hielt sich Odysseus daran fest, bis der obere Teil vom Mast an ihm vorübertrieb. Daran haftete noch das Tau zum Segelhissen. Odysseus ergriff es, band Mast und Kiel zusammen, setzte sich darauf und trieb steuerlos im tobenden Sturm.

Endlich legte sich der Zephyr, Südwind setzte ein und trieb ihn den ganzen Tag und die Nacht hindurch nach Norden, und als die dämmernde Morgenfrühe mit Rosenfingern erwachte, fand er sich bei der Charybdis wieder. Gerade schlürfte sie die Meerflut in sich ein und wollte schon den Kiel und Mast, auf dem Odysseus saß, verschlin-

gen, da schwang er sich auf, sprang und griff nach einem Ast des Feigenbaums, der über der Charybdis aus dem Felsen sproß. Dort hing er wie eine Fledermaus, als sein Floß im Strudel versank.
Er wußte nicht mehr, wie lange er dort gehangen hatte, ihm schien es eine Ewigkeit gewesen zu sein, bis die Balken wieder auftauchten. Schnell ließ er sich, ehe der drehende Strudel wiederkehrte, neben das Fahrzeug ins Wasser fallen, kniete auf die Balken nieder und ruderte mit beiden Händen machtvoll hinaus auf das Meer.

6

Kalypso, die Nymphe, die Tochter des versteinerten Gottes Atlas, der die Gewölbe des Olymps auf seinen Schultern trägt, Kalypso, die Unsterbliche, die Schöne, erging sich am silberglänzenden Strand ihrer immerblühenden Insel Ogygia, ließ sich den lauen Wind über die bronzene Haut und durch die goldenen Haare wehen und genoß in vollen Zügen den ewigen Frühling.
In der Ferne, halb im Wasser, halb auf dem Strand hingestreckt, lag eine Gestalt.
»Ist es ein Mensch, ist es ein Tier?« fragte sie sich. Als sie näher kam und sich hinabbeugte, blickte sie in ein von Salz verkrustetes, bärtiges Gesicht mit aufgesprungenen Lippen und eitrigen Augen. Sein Körper war übersät mit schwärenden Wunden.
Als sie ihn berührte, zuckte er zusammen.
»Bin ich noch unter den Lebenden, oder ist dies das Reich des Hades?«
Sie gab ihm zur Antwort: »Du bist in Sicherheit, hab keine Angst, es wird dir nichts Böses geschehen.«
Die kleine Anstrengung schien ihn der Sinne beraubt zu haben, denn kraftlos sank er nun in sich zusammen und glitt erneut in tiefe Bewußtlosigkeit.
Als Odysseus erwachte, meinte er zu träumen. »Wo bin ich?« fragte er. Er fand sich auf einem mit weißem Leinen bezogenen Bett inmitten einer schattigen Grotte wieder. Von der gewölbten Decke herab

leuchtete es ihm grünschimmernd wie von tausend Smaragden entgegen, und ein feiner Geruch von Sandel- und Zedernholz zog ihm in die Nase. In der Mitte des prunkenden Raumes aber saß jenes Mädchen, von dem er geträumt hatte, die ihn zusammen mit ihren Mägden gewaschen und gesalbt und ihm mit einem Löffel kleinweise Nahrung gegeben hatte. War es doch kein Traum gewesen?

»Du hast lange geschlafen«, sagte das Mädchen lächelnd, stand von ihrem Webstuhl auf und setzte sich zu ihm ans Bett. »Du mußt Schreckliches durchgemacht haben!«

»Mir scheint, die Götter haben mich auserwählt, alles Elend dieser Welt zu ertragen.«

»Und dennoch scheinen sie dich zu lieben, da sie dich an dieses Gestade warfen.«

»Ist hier etwas Besonderes?«

»So könnte man sagen«, antwortete das Mädchen. »Ich bin Kalypso, die Tochter des Atlas, und habe meinen Wohnsitz vom Olymp hierher auf die Insel Ogygia gelegt, da sie schöner ist als der schönste Ort, den die Unsterblichen im Hause des Göttervaters bewohnen. Wenn du erst wieder stark genug bist, wirst du dich selbst davon überzeugen können.«

»An Kraft soll es mir nicht fehlen«, sagte Odysseus und richtete sich auf. »Ich bin es gewöhnt, mich von harten Schlägen rasch zu erholen.«

Wieder lächelte sie und legte ihre Hand auf die seine.

»Ich sagte schon, du hast lange geschlafen.«

»Wie lange?« fragte Odysseus.

»Drei Tage ist es her, seit ich dich fand.«

»Drei Tage?« rief Odysseus und konnte es nicht glauben.

»Sag mir, Fremder, hast du auch einen Namen?«

»Ich bin Odysseus, der Sohn des Laërtes und König von Ithaka ...«

»... und der klügste der griechischen Fürsten, die nach zehnjährigem Kampf die Stadt Troja dem Erdboden gleichmachten«, ergänzte sie.

»Du kennst mich?«

»Wie sollte ich nicht, da doch alle Himmlischen den Streich mit dem trojanischen Pferd mit höchster Bewunderung sahen. Ich weiß alles über dich, auch, daß dir Poseidon nach dem Leben trachtet und dir die Rückkehr in die Heimat verwehrt. Nun aber bist du in Sicherheit, denn bis zu meiner Insel reicht seine Macht nicht.«

Kalypso führte Odysseus aus der schimmernden Grotte nach draußen in den gleißenden Sonnenschein, und er glaubte, seinen Augen nicht zu trauen. Entzückt blickte er über blühende Gärten mit den seltsamsten Blumen, die durchzogen waren von Orangen- und Zitronenbäumchen und in denen Bienen und Schmetterlinge schwirrten. Reich und üppig war der Eingang zur Grotte mit Weinreben umrankt, vier Quellen von bläulich sprudelndem Wasser entsprangen nahe dem Felsentor und wanden sich schlängelnd durch sanfte, grüne Wiesen in die vier Richtungen des Windes. Auf den hohen Zypressen und Zedern saßen unzählige Vögel, sangen in den schönsten Tönen und mischten ihr Lied in süßem Zusammenklang mit dem zirpenden Gesang von Millionen Zikaden. Staunend stand er und bewunderte die Pracht. Kalypso aber hatte im Schatten eines Rebengeranks einen Tisch gerichtet, auf dem die erlesensten Speisen standen, dort hieß sie ihn Platz nehmen und schenkte ihm Wein in den goldenen Becher, so köstlich, wie er noch niemals welchen getrunken hatte.

»Denk nicht mehr an das, was Poseidon dir tat«, sagte sie, »die Götter sind rachsüchtig, aber sie vergessen auch.«

»War es denn Poseidon, der mich Schiffbruch erleiden ließ, nicht Helios?«

»Helios, der uns täglich die wärmenden Strahlen sendet, rächt nicht«, sagte Kalypso. »Vielmehr ging er, nachdem ihr seine Rinder getötet hattet, zu Zeus und schwor ihm mit heiligem Eid, daß er aufhören würde, den Göttern und Menschen zu leuchten und lieber seine Strahlen in die Hallen der Unterwelt senden würde, wenn nicht Zeus selbst oder Poseidon ihm Genugtuung verschafften. Da verschworen sich die beiden mächtigen Söhne des Kronos, Poseidon peitschte das Meer mit dem Dreizack und sandte die Stürme, Zeus aber warf die Donnerkeile, die dein Schiff zerbrachen.«

»Weshalb, Kalypso, rächen sich die Götter an Unschuldigen?«

»Unschuldig?« Kalypso mußte lachen. »Unschuldig ist in den Augen der Götter keiner der Menschen. Auch du nicht! Doch laß uns darüber ein andermal sprechen, noch bedarfst du der Pflege und der Ruhe.«

Als Odysseus zu essen anfing, merkte er erst, wie hungrig er war. Mit beiden Händen schob er sich die Leckerbissen in den Mund, und Kalypso ließ von ihren Mägden immer neue Speisen auftragen, so unersättlich war er. Zwischen den Gängen aber gab sie ihm mit einem silbernen Löffel Ambrosia und ließ ihn in kleinen Schlucken Nektar trinken. Bis zum Abend genoß Odysseus die Fülle, und Kalypso sah es mit Freude.

Als Helios dem schwarzen Schleier der Nacht gewichen war, und die aufgehende Selene ihren weißen Kegel in die Grotte hineinwarf, beschien sie mit ihrem milchigen Licht zwei Körper, die in inniger Umarmung miteinander verschmolzen.

Odysseus fühlte sich so voller Kraft, wie nie zuvor in seinem Leben. Obwohl er in der Nacht kaum geschlafen hatte, wachte er am Morgen mit frisch gestählten Gliedern auf, sprang wie ein Jüngling aus dem Bett und fühlte sich stark wie ein Baum.

»Kalypso, wo bist du?« rief er und hörte ihre Antwort aus einem entfernteren Raum: »Da, wo die Männer ihre Frauen am liebsten sehen!«

Odysseus ging der Stimme nach und trat aus der von Smaragden schimmernden Grotte durch einen runden Bogen in den Küchenraum. Von der Decke herab hingen an schwarzen Balken Kessel, Dreifüße, Kannen und Krüge. Links und rechts vom gemauerten Herd saßen Asra und Niobe, die beiden Mägde aus dem Geschlecht der Ozeaniden in leichten, bunten Kleider und schnitten Früchte. Mit dem Rücken zu ihm stand Kalypso und bereitete ein Mus.

»Da bist du ja!« rief er und trat hinter sie. »Ihre Frauen …?« fragte er belustigt.

»Bin ich's denn nicht? Kann man mehr jemandes Frau sein als ich?«

Kalypso stellte sich auf die Zehenspitzen, legte ihre Arme um seinen Hals und küßte ihn mit spitzen Lippen auf den Mund.

»Nein, Kalypso«, sagte Odysseus lächelnd, »das, was du mir heute Nacht gabst, und wie ich vermochte, es dir zurückzugeben, war mir bisher unbekannt.«

»Und ich wußte nicht«, sagte Kalypso, »daß Menschen Unsterbliche so glücklich machen können.«

Ihre Worte machten ihm die Sinne schwindlig und perlten in sein Herz wie Tropfen warmen Regens. Still blickte er in ihre klaren,

blauen Augen in die Tiefe ihrer Seele und entdeckte dort kein Arg, nur sanfte Schönheit, Ruhe und Vertrauen.
»Dein Frühstück wartet!« rief sie und schritt mit zwei Schalen Mus in Händen in den sonnigen Vorhof, wo ein mit Blumen geschmückter Tisch und zwei Bänke standen, daneben plätscherte ein frischer Quell in ein schön gehauenes Marmorbecken.
»Möchtest du von Nektar und Ambrosia? Es gibt jeder Speise die feinste Würze.«
»Ich glaube, an den Wohlgeschmack von Nektar und Ambrosia könnte ich mich bald gewöhnen. Dazu gibt mir die Speise ungeahnte Stärke. Und sieh, alle Wunden, die ich am Körper trug, sind verheilt.«
»Es heilt auch die inneren Wunden«, sagte Kalypso, »und macht die Seele lächeln.«

Doch macht Ambrosia und Nektar, wenn sie Sterbliche genießen, die Seele nicht nur lächeln, sondern auch vergessen. Viele Tage, Wochen, Monate und Jahre lebte Odysseus mit Kalypso auf der Insel und verbrachte keinen Augenblick, der nicht glücklicher gewesen wäre als der vorherige.
Wenn andernorts die Jahreszeiten wechseln, der sanfte Frühling in den heißen Sommer übergeht, und nach einem goldenen Herbst die Winterstürme wüten, blieb es auf Ogygia stets mild wie im Elysium. Die Blumen hörten nicht auf zu duften und zu blühen, die Bäume und die Sträucher trugen Früchte ohne Unterlaß, und Odysseus verlor sich glückselig in der schönen Göttin und in Raum und Zeit.
Als sie eines Tages, hingeschmiegt in den warmen Sand, am leuchtenden Saum des Meeres lagen, und die Wellen der Liebe sanft an die Ufer ihrer Seelen plätscherten, sagte Kalypso zu Odysseus: »Wenn du willst, gehe ich zu Zeus und bitte ihn, dir Unsterblichkeit zu schenken.«
Vielleicht hätte sie das nicht sagen sollen, denn der Gedanke an Unsterblichkeit ließ ihn wie aus einem schönen Traum erwachen und riß ihn nach all den Jahren mit Kalypso in die Wirklichkeit zurück. Hatte ihm nicht schon Kirke dieses Angebot gemacht, er hatte es ausgeschlagen; und er erinnerte sich an das falsche Lied der Sirenen. Wie

war er damals froh gewesen, sich seine Sehnsüchte bewahrt zu haben.

»Damit es mir so ergeht wie Tithonos«, fragte Odysseus, »der durch die Bitten Eos' unsterblich wurde und schließlich als Zikade endete?«

Kalypso hatte ihm einmal erzählt, als sie über Memnon und Emathion, die Könige von Aithiopien und Ägypten gesprochen hatten, daß deren Vater Tithonos durch die Bitten Eos' von Zeus Unsterblichkeit erlangte. Nur hatte Eos seinerzeit vergessen, für ihren Gemahl auch ewige Jugend zu erbitten. Tithonos war zwar unsterblich geworden, dafür aber wurde er alt; erst grau, dann weiß, dann immer kleiner, und seine Haut wurde faltig und vertrocknete, bis er zur Größe einer Grille geschrumpft war.

»Natürlich werde ich Zeus auch bitten, dir ewige Jugend zu verleihen.«

»Ich weiß nicht, ob es ratsam ist, den Göttern zu trauen«, sagte Odysseus, »haben sie den Menschen schon jemals genützt? Erst stürzen sie uns ins tiefste Elend, und wenn wir dann verzweifelt versuchen, unser Leben zu retten, strafen sie. Wahllos schütten sie Unheil über uns, meistens ihrer eigenen Ränke willen. Denk nur an den Krieg um Troja. Es war Aphrodite, die ihn im Streit mit Hera und Pallas Athene begann. Zeus erfreute sich daran, und unzählige Menschen mußten darunter leiden. Ich weiß nicht, wie viele von den hunderttausend Griechen, die nach Troja auszogen, heimgekehrt sind. Oder sieh dir Priamos an. Was hat er getan? Nichts! Die einzige Schuld, die er auf sich lud, war, Helena Gastrecht zu gewähren. Das mußte er und alle anderen Trojaner mit dem Leben bezahlen.«

»Was weißt du schon von der Vorsehung?« fragte Kalypso. »Zeus hat Troja wohl vernichtet, aber einen ließ er leben: Aeneas; ihn hat er dazu ausersehen, Stammvater eines neuen Reichs zu werden. Mit seinem Vater Anchises auf dem Rücken zog er davon, als Troja brannte. In einem Bündel nahm er die hölzernen Statuen aller Götter mit sich, die den Olymp bewohnen.«

»Was ist schon einer unter Tausenden von Toten, die doch alle unschuldig waren?«

»Wie wahr du sprichst«, sagte Kalypso. »Aber wenn ihr das wußtet, warum habt ihr dann gegen sie gekämpft?«
»Weil wir Helena zurückhaben wollten, die Paris wider das Völkerrecht entführte, und weil es die Götter so wollten!« rief Odysseus erregt.
»Machst du es dir nicht ein bißchen leicht?« fragte Kalypso. »Ihr Griechen habt oft anderer Völker Frauen geraubt, ohne daß es zu einem Krieg kam.«
»Dann sage mir du, wie und weshalb der Krieg um Troja zustande kam!«
»Forsche nur in dir selbst, und du wirst es wissen«, sagte Kalypso.
»Du meinst, ich hätte etwas damit zu tun?«
»Du warst es, der ihn überhaupt möglich machte. Du warst es, der die Freier um Helena den Eid schwören ließ, demjenigen in allen Belangen zu helfen, für den Tyndareos sich entscheiden würde? Kein Gott hat dir das befohlen! Du meinst, du tatest es um des Friedens willen, in Wirklichkeit aber wolltest du, daß jeder sagt: ›Seht euch den klugen Odysseus an. Er versteht es wie kein anderer, mit überzeugenden Worten Streit zu schlichten.‹ Du tatest es, damit alle dich rühmen und ehren und um guten Lohn forttragen.«
»Wenn dies mein Unrecht war, was haben mich die Götter dafür bestraft! Zehn Jahre Krieg, zehn Jahre Umherirren, der Heimat entfremdet, aller Gefährten beraubt; wenn ich Ithaka jemals wiedersehen sollte, werde ich als Bettler heimkehren. Ist das gerechter Lohn für einen Gedanken?«
»Du hast nicht nur in Gedanken Unrecht verübt«, sagte Kalypso, »welcher Gott hat dir befohlen, Palamedes zu ermorden, Dolon zu erschlagen? Von all den anderen Greueltaten, die du im Krieg begingst, will ich gar nicht reden.«
»Wissen die Götter denn nicht, was mit Palamedes war?« fragte Odysseus erstaunt.
»Ich weiß, daß er nicht unschuldig war, der Anschlag auf deinen Sohn ist uns nicht entgangen, in Wirklichkeit aber fürchtetest du, Palamedes könnte dir den Rang ablaufen, denn alle erachteten ihn klüger als dich.«

»Es waren die Erynnien, die Rachegöttinnen, die mich dazu zwangen, ihn zu töten.«
»Nun glaubst du schon wieder, die Götter seien an allem schuld. Ihr Menschen seid voller Grausamkeit und lebt damit völlig ungestört. Ihr übt Druck aus, wenn ihr die Macht dazu habt, ihr mißhandelt die, die euch gering erscheinen, ihr sprecht Recht zu euren eigenen Gunsten, ihr bereichert euch an den Ärmsten und duldet es, wenn sie im Elend verkommen. Erst, wenn eure Taten entdeckt werden, seid ihr voller Reue. Dann schreit ihr zu Zeus um Gnade, spendet Opfer und gelobt künftig Besserung. Doch eure Reue ist nichts anderes als Lüge! Nicht das Gewissen hindert euch am schlechten Tun, sondern die Angst vor Entdeckung und Strafe. Ich weiß, die Götter sind nicht ohne Fehl und Tadel, aber ihr Menschen seid es ganz gewiß nicht.«
Odysseus gab keine Antwort. Still erhob er sich, ging zu einem Felsen, der wie ein Kap ins Meer hinausstach, und bat Pallas Athene unter Tränen, ihn zurück nach Ithaka zu führen.

Poseidon besuchte gerade das ferne Aithiopien, um ein Opfer von neunzig Rindern entgegenzunehmen, da sprach Zeus in der himmlischen Runde des Olymps: »Seltsam, wie kommen die Menschen nur immer darauf, daß die Götter an allem Übel schuld seien. Sie sagen, das Unheil käme von uns, dabei leiden sie doch nur durch eigene Frevel. Habe ich nicht ständig Agamemnons Gattin Klytämnestra mit schlechten Träumen davor gewarnt, ein ehebrecherisches Verhältnis zu führen und den Mord an dem Gatten zu planen und zu begehen? Jetzt liegt sie zur Strafe erschlagen in ihrem Blut, ermordet von den eigenen Kindern Elektra und Orest, und mit ihr Aigisthos, der sich nicht scheute, der Königswürde wegen mit ihr zusammen einen Doppelmord auszuführen. Sie folgten mir nicht, nun müssen sie es büßen!«
»Lieber Vater«, sagte Pallas Athene, »wahrlich haben Klytämnestra und Aigisthos ihr Los verdient, sie erlagen ihrem eigenen Verbrechen. Aber mir bricht das Herz, wenn ich an Odysseus denke, der schon so lange von der Heimat fern ist. Alle, die den Krieg um Troja überlebten, sind heimgekehrt, nur Odysseus sitzt noch auf der entfernten Insel Ogygia, wo Kalypso ihn mit schmeichelnden Worten

betört, die Heimat zu vergessen. Er aber sehnt sich danach, den Rauch von Ithaka steigen zu sehen. Hast du ihn völlig vergessen?«
»Liebes Kind«, rief Zeus, »was redest du da, wie könnte ich je Odysseus vergessen, der doch klüger ist als alle Menschen und uns Himmlischen immer die größten Opfer darbrachte! Ich fürchte nur, Poseidon grollt ihm noch immer entsetzlich wegen des Zyklopen Auge. Seitdem hält er ihn vom Land der Väter fern. Doch ich denke, Odysseus hat genug gelitten, Poseidon soll seinen Zorn meistern.«
»O Vater«, rief Athene, »höchster, herrlicher Herrscher, wenn dies wirklich dein Wille ist, daß Odysseus die Heimat erreiche, laß uns Hermes, den Boten, zu Kalypso senden, um ihr deinen Entschluß kundzutun. Ich aber gehe nach Ithaka, um Odysseus Sohn Telemachos Mut in die Seele zu gießen. Denn der Palast von Ithaka ist umlagert von schmarotzenden Freiern, die ihm, ohne uns auch nur das geringste zu opfern, das Vermögen verprassen und Penelope nötigen, einen aus ihren Reihen zu heiraten. Vater Zeus, ich bitte dich, laß dieses Unrecht nicht zu!«
Als der Göttervater das hörte, wurde er rot vor Zorn, schleuderte einen Donnerkeil hinunter zur Erde und rief: »Keiner von ihnen soll seiner gerechten Strafe entgehen!«

7

Im Olymp hatte der leuchtende Bote, Gott Hermes, die Weisung Zeus' vernommen und umband sich die Füße mit den goldenen Sandalen, die ihn, gleich einem Windhauch, über die Wasser zu tragen vermochten. Den Helm nahm er und den Speer und flog wie eine Möwe über die Weiten der Erde hinunter zur Insel Ogygia. Kalypso, die schöne Nymphe, traf er im Inneren ihrer Grotte, wo sie singend am Webstuhl saß; Odysseus verbrachte seine Zeit am umbrandeten Felsen, von wo aus er aufs Meer hinausblickte und seiner trauernden Sehnsucht nach der Heimat Nahrung verschaffte.
»Warum kommst du zu mir, Hermes? Du kamst doch sonst niemals.

Sag mir, was du wünschst, damit ich es dir erfülle. Erst aber folge mir, daß ich dich gastlich bewirte.«
Kalypso setzte ihm eine schöngeglättete Tafel voller Ambrosia und Nektar vor, und nachdem sie beide ihre Lust nach Speise und Trank gesättigt hatten, sagte Hermes: »Zeus schickt mich; er sagt, hier lebe gezwungenermaßen Odysseus, der ärgeres Leid erduldete als alle, die zehn Jahre lang um die Festung des Priamos kämpften. Zeus will, daß du ihn in die Heimat entläßt, denn es ist Odysseus' sehnlichster Wunsch und auch sein Schicksal, seine Lieben wiederzusehen.«
Als Kalypso dies hörte, fing sie bitterlich an zu weinen und sprach: »Hart seid ihr, die ihr oben im Olymp wohnt und uns Göttinnen versagt, bei Sterblichen zu ruhen, die sie sich selbst zum Gatten erkoren. So war es, als sich Eos den Orion erwählte, bis ihn Artemis mit einem goldenen Pfeil erlegte. So war es mit Demeter, die sich mit Jason von heißem Verlangen getrieben im Lager der Liebe vereinte. Als Zeus es erfuhr, erschlug er ihn mit einem leuchtenden Blitzstrahl. Und nun verargt ihr mir Odysseus, den ich selbst rettete. Liebend nahm ich ihn auf, pflegte ihn und wollte ihm ewige Jugend und Unsterblichkeit schenken, nun macht ihr es zunichte.«
Hermes war verwirrt, als er Kalypso so leiden sah, und versuchte, sie zu trösten: »Kalypso, liebe Nymphe, so viele Sterbliche irren auf dem weiten Meer. Nimm dir einen von diesen, muß es denn gerade Odysseus sein?«
»Was weißt denn du schon. Ich liebe ihn!«
»Darüber habe ich nicht zu befinden. Es ist ja nicht mein Wunsch, sondern der des Vaters. Kein Gott, so mächtig er auch ist, kann seinem Willen ungestraft entgegenhandeln. Du mußt Odysseus gehenlassen, sonst wirst du die Strafe Kronions am eigenen Leib verspüren. Schon manchen Unsterblichen hat er in den Tartaros geschleudert. Denk daran, damit er sich nicht voller Zorn gegen dich wendet.«
»Ich weiß«, brachte Kalypso unter Schluchzen hervor, »daß es unmöglich ist, den Willen des donnernden Gottes zu vereiteln. So muß ich ihn wohl ziehen lassen; aber ich habe kein Schiff und keine Mannschaft! Wie denn soll er denn den breiten Rücken des Meeres bezwingen?«
»Wenn du ihm gestattest, selbst die Vorbereitungen zu der Reise zu

treffen und ihm hilfst, mit allem was dir zu Gebote steht, wird er wohlbehalten die Heimat erreichen.«

»Grausam sind die Götter«, rief Kalypso, »grausam, ungerecht und blind!«

»Laß uns darüber ein andermal sprechen«, sagte Hermes und deutete nach oben, »ich muß zurück, Zeus hat noch andere Aufträge für mich.«

Den ganzen Tag, nachdem Hermes sich in den stahlblauen Äther erhoben hatte, lag Kalypso am Boden ihrer Grotte und weinte. Erst als es Abend wurde, ging sie zum Strand und fand dort Odysseus, wie er sehnsuchtsvoll in die Weite starrte.

»Mein unglücklicher Geliebter«, flüsterte sie und legte ihm die Arme um die Schultern, »du brauchst nicht länger zu klagen, denn ich lasse dich ziehen, wenn du willst. Ein Schiff kann ich dir nicht bieten und auch keine Gefährten, aber wenn du es verstehst, dir ein Floß zu bauen, will ich dir alles zur Verfügung stellen, was du dafür benötigst. Fälle Bäume, füge sie zusammen, ich will dir Nahrung, Wasser und Wein in Menge geben, damit du nicht darbst. Ich will dich mit Kleidung versehen und dir günstigen Fahrtwind senden, damit du glücklich zum Land der Väter gelangst.«

Odysseus glaubte, seinen Ohren nicht zu trauen, aber als er in ihr Gesicht blickte, in die lieben, schönen Augen, und sah, daß sie die lautere Wahrheit sprach, da liefen ihm Tränen übers Gesicht. Er umarmte Kalypso und hielt sie, die sieben Jahre lang seine Gefährtin gewesen war, eng umschlungen, bis Nyx ihren dunklen Schleier über die Erde zog.

Mit ambrosisch schönen Sandalen an den Füßen, einem prächtigen Umhang über den Schultern, den Helm im Nacken und mit dem wuchtigen Speer in der Hand stand Athene am offenen Tor des Palastes von Ithaka; in Gestalt und Aussehen glich sie Mentes, dem König der Taphier. Im weiten Innenhof, durch den Düfte von frisch gebratenem Hammel- und Stierfleisch zogen, sah sie gut ein Dutzend trinkender und lärmender Männer beim Brettspiel sitzen, und die Diener und Herolde mischten Wein in den Krügen und gossen den Herren das berauschende Getränk in goldene Pokale. Mägde reinig-

ten Tische mit Schwämmen, denn es näherte sich der Abend, die Zeit des üppigen Mahles.
Ein kaum dem Knabenalter entwachsener junger Mann, der gedankenversunken abseits der Männer saß, gewahrte zuerst den Fremden. Eilig schritt er zur Pforte und sagte: »Sei gegrüßt, Gast, ich bin Telemachos, der Sohn des Hauses, sei uns willkommen!«
Telemachos ging voran, ihm folgte Mentes.
»Erst laß uns essen, wie es der Brauch ist, dann aber künde mir deinen Namen und dein Begehr«, sagte der Sohn des Odysseus.
Im kühlen Thronsaal bot er dem Gast einen Sessel an, stellte seinen eigenen daneben, und Euryklea, die älteste der Mägde, kam mit einem Becken, einem reinem Tuch und einer Kanne und schüttete dem Gast Wasser zum Waschen über die Hände.
Derweilen richteten Diener die festliche Tafel, zerlegten Fleisch, brachten Körbe mit Brot und viele andere Speisen, und der Herold umschritt mit dem schäumenden Krug die Tafel.
Bald kamen auch übermütig und mit geröteten Wangen die Herren vom Würfelspiel, ließen sich lachend in ihre Sessel fallen und ergriffen die lockenden Speisen.
»Ihr scheint ein Festmahl zu feiern«, sagte Mentes zu Telemachos. »Ist es eine freudige Nachricht oder gar eine Hochzeit, die Anlaß zu solch festlichem Gelage bietet?«
»Teurer Gast«, sagte Telemachos leise, damit es kein anderer hörte, »die da können sich leicht an Spielen, Fressen und Saufen erfreuen, denn sie verprassen fremdes Gut; das Eigentum meines Vaters Odysseus, dessen Gebeine wohl längst an einem namenlosen Gestade verbleichen. Ich sage dir, wenn er jetzt nach Ithaka zurückkäme, würden die sich statt Reichtum und Gold lieber hurtige Füße wünschen! Aber sage mir jetzt, wer du bist, und woher du kommst. Warst du schon einmal hier im Hause? Es kamen so viele Fremde. Mein Vater, so heißt es, war gern mit Menschen zusammen.«
»Ich bin Mentes, der Sohn des Anchialos und Herrscher über die Taphier. Mein Schiff liegt voll mit Erz aus Temesa unten im Hafen von Reithron. Seit unserer Väter Zeiten knüpfen mich freundschaftliche Bande an das Haus des Odysseus. Du kannst es vom alten Laërtes erfragen.«

»Mein Großvater war schon lange nicht mehr hier. Das Alter und die Trauer um seinen Sohn hindern ihn, den staubigen und beschwerlichen Weg von seinem Landsitz hierher in den Palast zu tun.«
»Ich hörte«, sagte Mentes, »dein Vater Odysseus, dem du so sehr ähnlich siehst, sei wieder heimgekehrt. Doch fürchte ich, die Nachricht war zumindest verfrüht. Wie es scheint, verlegen ihm die Götter den Weg. Vielleicht ist er auf einer einsamen Insel gefangen im weiten Meer. Ich bin zwar kein Seher, aber ich denke doch, daß er lebt und eines Tages nach Hause zurückkehrt, denn daß er gestorben sei, davon habe ich bisher noch nichts gehört.«
»Oh, daß es doch nur so wäre«, seufzte Telemachos, »damit die da den Lohn für ihre Freveltaten erhalten.«
Die letzten Worte Telemachos' gingen in unglaublichem Jubel unter, denn eine der Mägde war mit einer Schüssel Mus erschienen, in die sie ihre nackten Brüste hängen ließ. Einer nach dem anderen durfte nun von ihren roten Spitzen das Mus ablecken, und die Männer grölten dazu schmutzige Zoten. Erregt durch solcherlei Schamlosigkeiten saßen bald auch andere Mägde auf den Schößen der Männer, ließen sich durch die mahnenden Worte der alten Schaffnerin Euryklea nicht abhalten und kicherten, wenn ihnen einer der Herren zwischen die Beine oder an die Brüste griff.
»Was bedeutet das?« fragte Mentes. »Deine Gäste scheinen mir voll übermütiger Frechheit!«
»Es sind nicht meine Gäste, sondern Räuber an meinem Hab und Gut. Einst war das nicht nur ein begütertes, sondern auch ein götterfürchtiges Haus. Nun aber haben es diese Herren anders beschlossen und bereiten mir schlimme Sorgen. Sie alle, es sind die Edlen von Dulichion, Zakynthos, Same und von Ithaka selbst, werben um meine Mutter und vergeuden mir Haus und Habe. Sie aber will der schlimmen Hochzeit nicht zustimmen, da sie immer noch hofft, daß mein Vater zurückkehrt. Doch die Freier wollen sich nicht abweisen lassen und vernichten mit ihrem Prassen all meine Bestände. Bald werden sie mich selbst verschlingen!«
»Schändlich!« sagte Mentes. »Dir fehlt der starke Arm des Vaters, diese Brut zu züchtigen.«

»Kannst du mir nicht helfen, sie aus dem Palast zu treiben?«
Mentes schüttelte bedauernd den Kopf.
»Als Gast steht es mir nicht zu, in die Angelegenheiten des Hauses einzugreifen, doch will ich dir einen Rat geben: Laß auf dem Marktplatz alles Volk und die Freier zusammenrufen, lege dort ihr schmutziges Treiben offen und schicke sie unter Anrufung des Volks zurück auf ihre eigenen Güter. Folgen sie dir nicht, rüste dir ein Schiff, segle nach Pylos zum greisen Nestor und frag ihn, ob er von Odysseus gehört habe. Auch Menelaos, der König von Sparta, könnte vielleicht wissen, ob Odysseus noch unter den Lebenden weilt. Erfährst du aber, daß er gestorben ist, erwäge, einen von ihnen um ihren Beistand zu bitten, diese hier zu vertreiben, dann kehre zurück, schütte dem Vater einen Grabhügel, wie es sich ziemt, und vermähle die Mutter. Und überlege dir, wie du dich an denen, die dein Gut verprassen, rächen kannst.«
»Was soll ich Knabe gegen zwölf und mehr Männer ausrichten?« fragte Telemachos verzweifelt, »da ja sogar ein Teil der Knechte und Mägde auf ihrer Seite steht?«
»Die Zeit der Kinderspiele ist vorüber«, antwortete Mentes, »dem Knabenalter bist du entwachsen. Nun mußt du dein Schicksal in die Hand nehmen. Hörtest du nicht vom Ruhm des jungen Orest, der den verschlagenen Aigisthos und seine eigene Mutter tötete, da ihm beide den herrlichen Vater ermordeten? Du, mein Lieber, der du schön und stattlich bist, zeige dich mutig und stark, damit dich deine Kinder und Enkel einst preisen.«
»Freund«, rief Telemachos, »du redest wahrhaftig zu mir wie ein Vater zum Sohn, ich werde es nicht vergessen. Dich aber bitte ich zu bleiben, zumindest bis morgen.«
»Das ist leider nicht möglich, denn die Taphier warten auf mich«, sagte Mentes, »mich verlangt nach der Heimfahrt.«
»He, Telemachos, wer ist der Fremde?« rief Antinoos übermütig; er war der Sohn des Eupheites, der Größte und Stärkste unter den Freiern. Sein Gesicht war umwuchert von schwarzen, lockigen Haaren, und der Umfang seines Leibes war beträchtlich. »Willst du uns deinen Gast nicht vorstellen?«
»Wenn du, wie du dich ja gebärdest, Herr hier im Hause wärst, müß-

test du mich nicht darum bitten. So aber sehe ich keine Veranlassung, dir die Frage zu beantworten.«

»Seht an, seht an«, schrie Antinoos, »die Götter lehrten dich hochmütig zu sprechen. Mach nur weiter so!«

»Wenn du und deine Freunde meinen Willen hören wollt, so sage ich euch: Verlaßt mein Haus. Pflegt anderswo die Mahlzeit. Zehrt an euren eigenen Gütern! Haltet ihr es aber für besser, eines Mannes Besitz zugrunde zu richten, praßt ruhig weiter; ich aber will Zeus bitten, daß er mir die Kraft verleiht, euch Vergeltung zu zahlen!«

Der Tumult, der sich auf Telemachos' mutige Rede erhob, war so gewaltig, daß die Säulenhalle erbebte. Die Freier schlugen sich die Hände auf die Schenkel und bogen sich vor Lachen.

»Wohlan, daß Zeus dich nicht auf Ithakas Insel zum König bestelle!« rief Antinoos und hielt sich den Bauch.

»Es ist besser, ich gehe jetzt«, sagte Mentes, »vergiß nicht, was ich dir riet: Nur wenn du den Frevel öffentlich machst, kannst du sie vielleicht vertreiben. Falls aber ihre Frechheit siegt, wird sie der Zorn der Unsterblichen treffen!«

Mentes umarmte Telemachos und eilte fort. Doch in die Seele senkte er ihm Kraft und Mut und ließ ihn in seinem Innersten die Gottheit spüren.

Nachdem Pallas Athene gegangen war, begann im Thronsaal der berühmte Sänger Phemios, sich selbst begleitend auf der schimmernden Leier, von den Taten der heldenhaften Achaier und dem Krieg um Troja zu singen. Oben auf der Empore, im Schatten einer Säule, stand Penelope, herrlicher anzusehen als je zuvor. Mit Wonne und Stolz im Herzen hatte sie der Rede ihres Sohnes gelauscht, als sie aber die Klänge des Sängers vernahm, traten Tränen in ihre Augen, und unbemerkt zog sie sich wieder zurück in ihr Schlafgemach, während unten die Freier mit brünstiger Lust über ihre Begier sprachen, das Lager mit ihr zu teilen.

8

Als Eos rot schimmernd dem schwarzen Schleier der Nacht entstiegen war, erhoben sich Odysseus und Kalypso vom Lager. Nach einem kräftigen Frühmahl gab sie ihm eine große, auf beiden Seiten geschliffene Axt, einen schweren Hammer, eine Säge, einen Bohrer sowie einen Sack mit geschmiedeten Nägeln und Pflöcken aus Erz. Mit all diesem Werkzeug führte sie ihn ans Ende der Insel in der Nähe des Strands, wo vertrocknete Erlen, Pappeln und Zypressen standen.

»Diese Bäume, so hochragend sie sind, hat das Salz des Meeres getötet. Das Holz ist trocken, aus ihnen kannst du dein Floß bauen«, sagte Kalypso. »Bei schweren Arbeiten können dir zwar weder meine Mägde noch ich helfen, doch mit leichten Verrichtungen sind wir dir gerne zur Hand.«

»Ihr könnt Taue flechten und Stoffbahnen schneiden und nähen«, sagte Odysseus.

Neunzehn Zypressenstämme fällte er für das Floß, eine Pappel für den Mast und eine hochgewachsene Erle für die Rahe. Die Arbeit ging ihm schnell von der Hand. Geschickt entrindete er die Stämme, brachte mit der Richtschnur einen jeden auf die gewünschte Länge, denn wenn er schon keinen hochgewölbten Bug bauen konnte, so wollte er doch zumindest, daß sein Gefährt eine Spitze habe, um die Wellen zu durchschneiden. Die Stämme für das Floß legte er nebeneinander ans Ufer, den längsten und dicksten als Kiel in die Mitte, die kürzesten links und rechts außen. Dann durchbohrte er einen jeden an beiden Enden und verband und verklammerte die Stämme zu einem festen, unverwindbaren Schwimmkörper. Darauf legte er Planken, die er mit Erzstiften auf die Stämme nagelte. Den Mast setzte er weit vorne, in der Nähe des Bugs. Daran wollte er mit einer bis über das Achterdeck reichenden Rahe ein dreieckiges Segel in Längsrichtung zum Floß setzen, denn er hatte festgestellt, daß er mit einem solchen nicht nur vor, sondern auch seitlich vom Wind segeln konnte. Schließlich baute er achtern ein tiefreichendes Steuerruder mit einem mächtigen Blatt, und gegen die gischtende See umzäunte er das Floß

mit einem Schanzkleid aus dichtgeflochtenen Weidenmatten. Unterdessen schnitten die beiden Mägde und Kalypso nach seiner Anweisung Stoffbahnen aus festem Leinen und nähten sie paßgerecht in vier Schichten zu einem riesigen dreieckigen Segel zusammen. Dazu flochten sie aus Hanf und Leder allerlei Tauwerk zum Verstagen des Mastes, zum Hissen und Fieren des Segels, und wozu sonst noch Brassen, Taue und Schoten auf einem Schiff notwendig sind.
Nach fünfzehn Tagen war das Werk vollendet, und mit Hebeln schob Odysseus das Floß in die See. Wie freute er sich in seinem Herzen, als er sah, daß es ohne zu gieren schwamm, dem Segeldruck und dem Ruder gehorchte und daß die Planken durch den Schutz des Schanzkleides selbst bei höherem Wellengang trocken blieben. Ein Sonnensegel spannte er noch über das Achterdeck, dann band er sein seetüchtiges Gefährt an einen Felsen, denn nun galt es, Abschied zu nehmen von Kalypso.
»Da du die Unsterblichkeit ablehnst, werde ich dir kein Ambrosia und keinen Nektar zum Abschied reichen, denn sie sind Göttern vorbehalten«, sagte sie und wies ihm zum Nachtmahl den Platz, auf dem Hermes gesessen hatte. Die Mägde brachten Odysseus Speisen und Wein, wie sie die Sterblichen genießen, und die doch von so großer Erlesenheit waren, wie sie Sterbliche nur höchst selten erhalten. Trotzdem gingen ihm die Bissen nur schwer hinunter, denn er sah die Trauer, die Kalypsos schönes Gesicht erfüllte.
Behutsam legte sie ihm die Hand auf den Arm, lächelte leise und sagte: »Odysseus, bist du wirklich entschlossen, zum Land deiner Väter zurückzukehren? Sag mir, was hat den Bruch zwischen uns herbeigeführt: die Sehnsucht nach zu Hause? Oder kannst du den Tadel nicht verwinden, den wir Götter den Menschen nun einmal entgegenzubringen haben?«
Er schaute sie bedrückt an und sagte: »Kalypso, seit sieben Jahren bin ich bei dir, seit fast zwanzig Jahren bin ich von der Heimat entfernt. Ich kenne meinen Sohn nicht, ich weiß nicht, ob der Vater noch lebt, ob Penelope auf mich wartet, ob nicht längst ein anderer König über Ithaka herrscht, ich bitte dich, leg mir nichts in den Weg, laß mich ziehen.«
»Oh, ich schwöre es dir beim heiligen Göttereid, möge die Erde es

wissen und droben die Breite des Himmels und die stürzenden Wasser des Styx, daß ich dich nicht mit Gewalt zurückzuhalten versuche. Aber willst du es dir nicht noch einmal überlegen, bei mir zu bleiben und ein Unsterblicher werden? Ich wünsche dir von Herzen das Beste, aber wenn du wüßtest, was noch alles auf dich wartet, würdest du wohl bleiben, trotz deiner Sehnsucht nach der Gattin.«

»Es treibt mich voller Sehnsucht zu ihr«, sagte Odysseus.

»Ich glaube, ich darf mich rühmen, weder an Aussehen noch an Wuchs schlechter zu sein als sie.«

»Ach, das weiß ich doch selbst, daß dir, die du von ewiger Jugend bist, jede sterbliche Frau an Schönheit weichen muß. Aber sieh mich an. Meine Haare werden schon grau. Bevor ich ganz dem Alter verfalle, treibt es mich, die Heimat noch einmal zu sehen. Selbst dann, wenn ich wüßte, daß mich die Götter jämmerlich zugrunde gehen lassen. Ich kann nicht anders, Kalypso, ich muß ziehen.«

»Ich weiß es, mein Geliebter, und doch schmerzt es sehr.«

Die Sonne war versunken, das nächtliche Dunkel breitete sich weit über die Insel, da gingen sie ein letztes Mal ins Gewölbe der Grotte, lagerten noch einmal in Liebe beieinander, bis Eos mit rosigem Schimmer den Tag verkündete.

Frisch gebadet und in neue Kleider gehüllt entließ ihn Kalypso von der Insel. Ins Floß legte sie Odysseus einen großen Schlauch roten Weins, einen mit Wasser und weitere Säcke mit Speisen und kräftiger Kost. Zum Abschied sandte sie ihm günstigen Wind. Odysseus hißte freudigen Herzens sein Segel und lenkte sein Floß auf die unendliche See.

Als die dämmernde Frühe mit Rosenfingern erwachte, erhob sich Telemachos vom Lager, tat sich die schönsten Kleider an und sandte Herolde aus, die mit tönender Stimme die Männer Ithakas zum Rat zusammenriefen. So schnell sie konnten, kamen die Männer der Insel herbei und versammelten sich am Marktplatz der Hauptstadt Polis. Seit Odysseus abgereist war, hatte es keine Zusammenkunft mehr gegeben.

Dicht gedrängt standen die Männer auf dem Platz, der von ehrwürdigen Tempeln umgeben war und an dessen Stirnseite ein steinerner

Sessel für den König stand. Alle Leute staunten, als Telemachos, vom Glanz der Pallas Athene umstrahlt, heranschritt. In der Hand trug er eine mächtige Lanze und mit ihm waren seine beiden herrlichen Jagdhunde. Ohne zu zögern, nahm er auf dem Sessel des Königs Platz.

Aigyptios, der würdige Ratsherr, dessen ältester Sohn mit Odysseus in den Krieg gezogen war und dessen jüngster, Eurymachos, zu den Freiern gehörte, begann zu reden: »Seit Odysseus nach Troja ging, hatten wir keine Versammlung mehr. Heute rief uns sein Sohn, der edle Telemachos, laßt uns also hören, was er begehrt!«

Telemachos trat, den Speer in der Hand, in die Mitte des Volkes und rief: »Die eigene Not veranlaßte mich, euch zusammenzurufen, denn Unheil senkte sich zweifach auf mich. Zuerst verlor ich meinen Vater, der euer König war, nun aber kommt es noch schlimmer, denn bald wird mein ganzes Besitztum zerstört und mein Hausstand vernichtet sein. Obwohl meine Mutter es nicht will, bedrängen sie zahllose Freier, und es sind alles Söhne dieser Inseln. Tagtäglich kommen sie in unser Haus, schlachten Rinder, Schafe, Ziegen und Schweine, trinken unseren Wein und feiern unbekümmert Gelage, als ob es ständig Hochzeit zu halten gälte. Mein Erbe sinkt dahin, da ich die Macht nicht habe, diese Räuber in ihrem Treiben zu hemmen. Und was tut ihr, Männer von Ithaka? Ihr seht mit eigenen Augen, wie die Söhne der Edlen das Vermögen eures Königs aufzehren, ohne sie daran zu hindern! Seid ihr nicht selbst entrüstet und schämt euch für jene? Fürchtet ihr nicht die Rache der Götter? Täglich flehe ich zu Zeus und zu Themis, der Göttin des Rechts, um Beistand. Aber sie wollen mich nicht hören. Oh, hätte ich nur die Macht, ich würde mich wehren!«

Mit Tränen in den Augen schrie Telemachos es heraus, und keiner wagte, ihm Antwort zu geben. Erst nach einer Weile stand Antinoos auf und rief: »Tollkühner Prahler, du wagst es, uns zu beleidigen? Du willst uns wohl mit Schande überhäufen! Das, was du beklagst, verdankst du nicht den Freiern, sondern ganz allein deiner eigenen Mutter. Seit drei, nein, seit fast vier Jahren täuscht sie uns. Allen nährt sie die Hoffnung, einen aus unseren Reihen zu heiraten, da Odysseus doch niemals wiederkehrt, doch in ihrem Herzen denkt sie anders.

Zu uns allen hat sie gesagt: Wenn das Leichenkleid für Laërtes, das auf ihrem Webstuhl gespannt ist, fertig ist, will sie den Edelsten aus unseren Reihen zu ihrem Gemahl und zum König von Ithaka machen. Tagsüber wirkt sie ein feines Gewebe, nachts aber löst sie es beim Schein der Fackel wieder auf. Eine ihrer eigenen Mägde hat es mir verraten. Nicht bei uns mußt du also die Schuld suchen, sondern bei deiner Mutter. Nun weißt du es, wie sie uns narrt. Deshalb werden wir dir so lange die Güter und Schätze verprassen, bis sie sich ihres Versprechens besinnt. Nicht früher kehren wir nach Hause zurück, ehe sie nicht einen von uns zum Gatten erkoren hat!«

»Ich weiß es besser«, rief Telemachos, »daß sie immer noch auf den Vater wartet. Eure Hoffnung auf eine Heirat mit ihr beruht eher auf den Gelüsten nach Reichtum und Macht, nicht auf ein Versprechen, das sie euch jemals gab. Verlaßt mein Haus, sucht euch andere Gelage! Falls ihr euch aber weigert, werde ich ein Schiff rüsten und mich auf den Weg zum greisen Nestor nach Pylos machen, um dort nach dem Vater zu forschen. Wenn ich ihn aber nicht finde oder höre, daß er tot ist, hoffe ich, daß Nestor oder ein anderer König selbst einem toten Odysseus noch verpflichtet genug sind, mir genügend Männer zur Seite zu stellen, um euch Gesindel aus meinem Hause zu treiben!«

Laut lachten da die Freier und machten sich über Telemachos lustig: »Er will ein Schiff rüsten! Welches Schiff denn, von uns bekommt er keines! Daraus wird nichts, mein Lieber!«

Da rief Halitherses, der ebenfalls zum Ältestenrat der Stadt gehörte und der der Deutung des Vogelflugs mächtig war: »Ithaker, seht nach oben, Zeus sendet uns ein Zeichen!«

Am Himmel kreiste ein mächtiger Adler und zog ruhig seine Bahnen über der Stadt. Auf einmal stürzte er sich herab, flog über die Felsen beim Hafen und war nicht mehr zu sehen. Als er aber nach kurzer Zeit wieder am Himmel erschien, trug er in seinem Schnabel eine Schlange. Mit seinen scharfen Krallen hackte er in ihren Leib, und es fielen schwere Blutstropfen herab auf die Leute. Staunend sahen es die Ithaker, und Halitherses rief: »Hört, was ich sage, vor allem aber ihr Freier. Nicht mehr lange bleibt Odysseus der Heimat fern. Unerkannt kommt er und verschlingt die Brut, die ihm jetzt seine Schätze

raubt. Darum mahne ich euch, zügelt eure Gier nach Odysseus' Gut und nach seinem Weib, sonst seid ihr des Todes.«
»Ach, erzähl das lieber den Kindern, die mögen dir solchen Unsinn glauben!« rief Eurymachos. »Vögel fliegen viele unter der hellen Sonne, nicht alle künden das Schicksal. Odysseus starb in der Ferne, das ist so sicher, wie ich dir wünsche, du wärest mit ihm verdorben. Du hetzst doch nur gegen uns, damit Telemachos dich reichlich belohnt. Beschwatze ihn nicht länger mit deinen Reden, sonst wird es ihm sogar noch schlimmer ergehen, denn gegen uns kann er doch nichts unternehmen. Du aber machst dich nur noch verhaßter! Solange uns Penelope hinhält, das schwöre ich, werden wir Telemachos' Gut aufzehren und nichts davon wiedererstatten, denn solange wir uns in Sehnsucht nach ihr verzehren, können wir uns ja schließlich keine anderen Frauen suchen, wie es uns eigentlich zusteht!«
Es jubelten die Edlen Ithakas zu dem, was Eurymachos sagte, das Volk aber schwieg. Da erhob Mentor, den Odysseus zum Hüter des Palastes bestimmt hatte, seine Stimme und rief: »Möge euch nie wieder ein gütiger König regieren, der gerecht ist zu jedermann, da ihr einen solchen nicht verdient. Die Freier kann ich zur Not noch verstehen, wenn sie um ihres Vorteils willen sich fremdes Gut aneignen, doch daß ihr, Ithaker, nur weil es um die Söhne der Edlen geht, sie gewähren laßt, das nehme ich euch übel!«
Ein Raunen und Murren erhob sich im Volk, da sich ein jeder fragte: Was sollen wir denn dagegen tun? Da rief Leiokritos, ein weiterer Freier: »Mentor, du sprichst wie ein Geistesgestörter. Begreifst du nicht, selbst wenn Odysseus noch lebt, ist seine Zeit vorbei. Wer kann schon zwanzig Jahre fernbleiben und hoffen, in der Heimat alles beim alten zu finden? Selbst wenn er jemals käme, uns aus dem Saal zu treiben, er wäre des Todes, da wir ihm doch zahlenmäßig weit überlegen sind. Drum, Leute, geht jetzt alle wieder an eure Geschäfte. Und das Schiff möge sich Telemachos aus dem Kopf schlagen. Ich glaube, er wird noch lange auf Ithaka sitzen, denn diese Fahrt kann er niemals beginnen, geschweige denn vollenden!«
Die Versammlung löste sich auf, ein jeder ging seines Weges. Die Freier zogen mit Freude und Genugtuung zum Palast des Odysseus, Telemachos aber lief zum Gestade, spülte die Hände im salzi-

gen Meer und rief: »Höre mich, Pallas Athene, ich flehe um deine Hilfe.«

Da trat sie von hinten an ihn heran, sie hatte die Gestalt und das Aussehen von Mentor, und sprach: »Laß dich nicht weiter von den Freiern quälen, sie kennen kein Recht und keine Besinnung. Ich werde dir für die Fahrt, die du vorhast, ein Schiff besorgen und dich nach Pylos begleiten. Geh du nun nach Hause, sprich zu keinem von unserem Vorhaben, auch nicht zur Mutter. Nur Euryklea, die Treue, soll es wissen und dir Vorräte bereitlegen. Ich will mich in der Zwischenzeit um das Schiff und die Mannschaft kümmern. Wenn aber Helios den goldenen Wagen ins Meer zieht, werde ich kommen, dich zu holen.«

Als Telemachos den Palast betrat, fand er die Freier um die Würfelbretter sitzen, die Knechte zogen den frisch geschlachteten Ziegen und Schafen die Häute ab, und der Herold verteilte Wein aus dem schimmernden Krug. Antinoos schritt lachend auf Telemachos zu, nahm seine Hand und sagte: »So jung und schon so ein Prahler. Aber laß es jetzt gut sein, vergiß die Fahrt nach Pylos, setz dich zu uns und iß und trink. Diesmal wollen wir dir noch einmal vergeben, weil du jung und unerfahren bist.«

»Nein«, sagte Telemachos und zog die Hand weg, »nie könnte ich unter euch Wilden beim Mahl sitzen. Glaube mir, die Fahrt werde ich beginnen und auch vollenden, mit welchem Schiff auch immer. Und ihr werdet eurer gerechten Strafe nicht entgehen!«

»Hoho« rief Eurymachos, »wahrhaftig, der Kleine will uns ermorden. Er wird Rächer bringen aus Pylos, da der Vater doch längst in der Erde fault!«

»Ja«, schrie Leiokritos, »er ist fürchterlich eifrig. Wie glaubt ihr, wird er es anstellen? Mit Gift, mit bewaffneten Kriegern?«

»Wer weiß«, schrie Eurynomos, »vielleicht geht er fern der Heimat ebenso irr zugrunde wie sein Vater. Damit macht er uns doppelte Arbeit, denn dann müssen wir auch noch seine eigenen Güter, die er von seinem Großvater Laërtes erhielt, unter uns aufteilen!«

Das Gelächter, mit dem sie Telemachos verspotteten, war unbeschreiblich. Er aber ließ sie einfach stehen, ging in den Voratskeller, wo Euryklea hinter verschlossener Eichentüre die Schätze des Hauses verwaltete. Ängstlich hütete sie, was doch letztlich nur die Freier bekamen.

»Mütterchen, versprich mir, keinem Menschen zu sagen, was ich dir jetzt anvertraue. Ich besteige noch heute ein Schiff, um den Vater zu suchen, deshalb richte mir zwanzig Schläuche Mehl, drei Schläuche Öl und zwölf Schläuche Wein. Schwöre mir aber vor allem, nichts der Mutter zu sagen. Sie würde sterben vor Angst, wenn sie wüßte, daß ich in die Ferne aufbreche.«

Da schrie Euryklea voll Jammer auf und rief: »Kind, woher kommt dir denn dieser Gedanke? Du, unser Liebling, willst hinaus in die Welt, wo schon der Vater gestorben ist? Bleib hier, dort draußen wartet doch nur der Tod auf dich!«

»Mütterchen«, sagte Telemachos, »hab Mut. Ich habe es nicht ohne die Götter beschlossen. Willst du mir denn deinen Segen verwehren?«

Euryklea wand sich und drückte sich das Tuch auf die tränenden Augen, schließlich aber gab sie nach.

»Und nun schwöre mir, daß du es keinem Menschen verrätst«, rief er, »auch nicht der Mutter; zumindest so lange nicht, bis sie nach mir fragt.«

Schweren Herzens schwor Euryklea, dann richtete sie die Schläuche; und als es Abend wurde, kam Pallas Athene, in Gestalt und Aussehen dem Mentor gleich, und goß (ohne daß es eines großen Wunders bedurft hätte) Trunkenheit über die Freier, daß sie sich, noch ehe Helios den Sonnenwagen ins Meer gezogen hatte, zum Schlafen auf die Felle der Ziegen und Schafe niederlegten. Als es still geworden war im Königspalast, betraten zwanzig Ruderer des Mentors den Hof, nahmen, was ihnen Euryklea zurechtgelegt hatte, und verließen zusammen mit Telemachos den Berg Pilikata. Im Hafen angekommen, luden sie die Verpflegung an Bord des schönen, schlanken Schiffes, das Mentor von Noëmon geliehen hatte, setzten das bauchige Segel, und im Licht der untergehenden Sonne trieben sie hinaus auf das tiefblaue Meer.

9

»Auf den Punkt, wo Helios den Sonnenwagen aus dem Meer zieht, richte die rechte vordere Ecke deines Floßes; wo er ihn niederzieht, die linke hintere Ecke. Des Nachts achte auf den Nordstern, du findest ihn am Kopfende des Kleinen Bären. Niemals verläßt der Nordstern seinen Platz am nächtlichen Himmel. Laß ihn zur Linken, rechts im Osten glänzt dann Orion mit schimmerndem Gürtel. Noch immer jagt er meinen Schwestern, den Plejaden, hinterher, die Zeus als Siebengestirn in den Äther bannte, da sie sich auflehnten gegen seinen Spruch, unser Vater Atlas solle ewig die Säulen des Olymps auf seinen Schultern tragen und Himmel und Erde trennen.«
So hatte ihm Kalypso geraten, das Floß zu steuern, um in die Heimat zu gelangen.
»Um den Nordstern«, so hatte sie ihn weiter unterwiesen, »dreht sich der Kleine Bär, der stets das Bad im Ozean meidet. Darunter«, sagte sie »findest du zu dieser Jahreszeit den Großen Bären. Auch er dreht sich und tanzt. Wie er auch stehen mag, verlängere fünfmal den Abstand von seinem Nabel zu seinem Schulterblatt, und du wirst wieder auf den Nordstern stoßen. Dieser ist der verläßlichste aller Gestirne, denn er weist dir beharrlich die Richtung nach Norden.«
Siebzehn Tage und Nächte glitt Odysseus' Floß bei beständig sanftem Ostwind über die Wellen, und es war ihm, als stünde er unter dem Schutz einer mächtigen Gottheit. Kaum hatte er Ogygia aus den Augen verloren, gesellte sich ein Rudel Delphine zu ihm und schwamm ihm voraus.
»Wißt ihr den Weg nach Ithaka?« rief er ihnen zu, und immer, wenn sie in seiner Bugwelle sprangen, antworteten sie mit schnatternden Lauten. Ihm war, als wollten sie mit ihm spielen.
Wenn Helios hinter ihm am höchsten stand, befestigte er das Steuerruder in einer Astgabel und legte sich unter dem Sonnensegel zum Schlafen, denn um diese Zeit gab es für ihn nichts zu peilen. Erst abends wieder, wenn Helios den Sonnenwagen niederzog, richtete er das Floß; nachts lag er wach, betrachtete die Sterne und tat, wie Kalypso ihm geheißen hatte.

So segelte er bis zum Morgen des achtzehnten Tags, als aus der Dunkelheit, wie ein Schild aus dem Meer, ein Bergland auftauchte; darauf fuhr er frohen Herzens zu.

Frohen Herzens durchpflügte auch der schwarzgelockte Poseidon das Meer, um von Aithiopien nach Pylos zu gelangen, wo ein weiteres Opfer von achtzig Stieren auf ihn wartete.

»Unerhört!« rief er, als er Odysseus sah. »Es haben die Götter wohl anders über ihn beschlossen. Aber die Rechnung haben sie ohne mich gemacht. Diesmal soll er mir nicht entkommen! Schon nah ist er der Insel Scheria, dem gesegneten Land der Phaiaken. Ich meine, ich werde ihn noch länger in Bedrängnis halten!«

Zuerst hüllte er Wasser und Land in finstere Wolken, dann trieb er sämtliche Winde der Himmelsrichtungen in wütenden Wirbeln zusammen, und schließlich peitschte er mit seinem Dreizack das Meer, bis es schäumte.

»Ich fürchte, es ist wahr, was Kalypso mir sagte, daß ich noch viele Leiden erdulden muß, bevor ich die Heimat erreiche!« rief Odysseus und stemmte sich mit aller Kraft gegen das Ruder. »Oh, warum bin ich nicht vor Troja gestorben!«

Da kam auch schon von vorne eine riesige Welle heran und stürzte sich von oben herab auf das Floß. Die Wucht des Wassers riß ihm das Steuer aus der Hand, es zerbrachen ihm Rahe und Mast und spülte ihn selbst in die tobende See. Das Segel erfaßte der wirbelnde Orkan und schleuderte es weit in die Gischt hinaus. Lange mußte Odysseus gegen den Strudel ankämpfen, der ihn tief unter Wasser gezogen hatte. Nur mit größter Mühe rang er sich aus dem schäumenden Schwall. Endlich, schon blau im Gesicht, tauchte er auf, zog die Luft pfeifend ein, da sah er, den Göttern zum Dank, sein Floß, nicht weit vor ihm, wo es auf- und abwogte. Mit einer letzten übermenschlichen Anstrengung schwamm er darauf zu, erreichte es, klammerte sich daran fest und schwang sich hinauf; sonst wäre er in den Fluten ertrunken.

Ohne Segel trieb er nun dahin, immer weiter vom rettenden Ufer fort, da tauchte aus den schwarzen Fluten ein Seevogel auf. In seinem Schnabel trug er einen dünnen Schleier, und er setzte sich zu ihm auf die Balken.

»Unglücklicher Odysseus«, sagte der Vogel und legte das feine Gewebe neben ihn hin, »weshalb grollt dir Poseidon so entsetzlich? Trachtet er dir nach dem Leben?«
Aus den Haaren, aus dem Mund, den Ohren und der Nase flossen Odysseus Ströme von Wasser.
»Ich bin Leukothea«, fuhr der Vogel fort, »eine Tochter des Kadmos und der Göttin Harmonia, ich beschütze alle, die dieses Meer hier befahren und mit ihrem Schiff in Seenot geraten. Du mußt versuchen, das Ufer schwimmend zu erreichen, mit dem Floß wird es dir nicht gelingen. Zieh deine Kleider aus und wirf sie fort, denn sie saugen sich voll Wasser und ziehen dich unweigerlich in die Tiefe. Diesen Schleier binde dir um die Brust, er wird dich tragen, selbst Poseidon kann dir dann nichts mehr anhaben.«
Odysseus war über den sprechenden Vogel so über alle Maßen erstaunt, daß er nicht wußte, ob er wachte oder träumte.
»Um eines aber bitte ich dich«, sagte der Vogel weiter, »wenn du Land gewonnen hast, wirf mir den Schleier zurück in die Flut.«
Leukothea sprang in die stürmende See und tauchte hinab zum Grund.
Ratlos hielt Odysseus das Gespinst in Händen, dann sagte er: »Ich bin doch nicht verrückt geworden und gebe das Floß auf. Erst wenn es bricht, werde ich schwimmen.«
Da aber kam schon die nächste mächtige Welle daher, bäumte sich turmhoch vor ihm auf und stürzte erneut auf ihn nieder. Wie wenn ein heftiger Wind in den Haufen von Spreu hineinfährt und die Halme zerstreut, so krachte der Brecher über das Floß herab, zerlegte es unter dem mächtigen Druck des Wassers vollständig und zerstob die einzelnen Balken in sämtliche Richtungen. Wieder wurde er von einem Wirbel nach unten gezogen und konnte sich nur mit äußerster Kraft wieder nach oben kämpfen; in der Hand hielt er den Schleier. Mit Todesangst im Herzen klammerte er sich an einem der Balken fest. Rasch riß er sich die Kleider vom Leib, band den Schleier um die Brust und schwamm mit kräftigen Zügen durch die stürmende See auf die Küste zu. Als er auf Rufweite herangekommen war, hörte er die Brandung donnern, doch es war ihm nicht zum Heil, denn er sah keinen Strand und keine Bucht, nur blanke, scharfkantige Klippen.

Hätte er hier versucht, das Land zu gewinnen, hätte er sich an den Felsen zu Tode gestoßen.
Lange schwamm er der schroffen Küste entlang, flehte laut zu Leukothea, sie möge ihn aus der gischtenden See befreien, da sah er endlich die Mündung eines Flusses, auf sie hielt er zu. Würden ihm jetzt die Götter gestatten, das rettende Ufer zu erreichen? Mit dem letzten Atemzug, fast ohne Besinnung, auf Händen und Knien, kroch er an Land und brach zusammen.
Als er sich von der ärgsten Erschöpfung erholt hatte und wieder Kraft in sich spürte, löste er den Schleier von der Brust und übergab ihn dem Fluß, der ihn rasch wieder aufs Meer hinaus trug. Dann kniete er nieder am Ufer, dankte den Göttern und küßte die Erde. Athene aber zeigte ihm landeinwärts, neben einer sanft schimmernden Lichtung, ein Erdloch, über das sich die Zweige eines Ölbaumes breiteten. Hier legte er sich hinein, warf Laub über sich und fiel in einen tiefen Schlaf.

»Siehst du die Türme in der Sonne glänzen? Dort liegt das schöne Pylos, die Heimatstadt Nestors.«
Mentor und Telemachos standen am Bug ihres schnellen Seglers, der sie in nur einem Tag und zwei Nächten von Ithaka bis zur Mitte der Westküste der Peleponnes gebracht hatte. Beim Näherkommen sahen sie viele Menschen am Strand, die zu einem festlichen Gelage vereint waren. Knechte schürten Feuer und drehten an großen eisernen Spießen die gehäuteten Körper von Rindern. Knaben mit Lorbeerkränzen in den Haaren trugen eine Statue des Meergottes Poseidon auf ihren Schultern, und Mädchen in weißen, fließenden Kleidern sangen und tanzten dazu im Reigen.
Mentor ließ die Segel reffen, die Seeleute fuhren die Riemen aus und ruderten das Schiff an den weit ins Meer reichenden Landungssteg.
»Dort drüben sitzt er, der König von Pylos«, sagte Mentor, »nun geh zu ihm und frag ihn, ob er etwas über deinen Vater gehört hat.«
Telemachos erschauerte.
»Mentor, mir wäre es lieber, du fragst«, sagte er, »ich habe Angst, und ist es nicht zu dreist, mich ohne Scham dem alten König zu nähern?«

»Nur Mut, auch du bist der Sohn eines Königs und nicht ohne den Segen der Götter geboren.«
Als sie an Land gingen, schlug ihnen der würzige Duft von gebratenem Fleisch entgegen, die Menschen empfingen sie herzlich, boten ihnen aus ihren Bechern Wein an und riefen: »Auf Poseidon, unseren allzeit gütigen Gott, der das Meer mit der wimmelnden Flut der Fische bevölkert!«
»Auf Poseidon!« sagte Mentor und ging voraus, Telemachos folgte in seinen Spuren. So erreichten sie den Platz, wo Nestor und seine beiden Söhne Peisistratos und Thrasymedes saßen und üppige Mahlzeit hielten. Als Nestor die Fremden erblickte, erhob er sich von seinem Sitz, reichte ihnen die Hand und bat sie, sich auf den Fellen niederzulassen und mit ihnen das Mahl zu genießen. Ein Herold brachte Wasser zum Waschen, Wein ließ er ihnen in goldene Becher gießen und trank ihnen ein Willkommen zu.
»Auf Poseidon!« sagte Nestor, »zu dessen Opfermahl ihr soeben gelandet seid. Spendet ihm von diesem köstlichen Trank in den Sand, wie es Sitte ist, und sprecht ein Gebet, denn alle Menschen bedürfen der Götter.«
Nicht ohne zu schmunzeln begann Mentor: »Höre mich, Erdumstürmer Poseidon, neige dein Ohr unseren Bitten: Gib Segen Nestor und seinen Kindern und den Bewohnern von Pylos reichen Lohn für die herrlichen Opfer. Uns aber gib glückliche Heimkehr, wenn wir wieder den breiten Rücken des Meeres befahren!«
»Recht so«, sagte Nestor, »und jetzt der Junge.«
Telemachos senkte seinen Kopf und sprach: »All dies, was Mentor erbat, darum flehe auch ich. Dazu aber gib dem Vater, sofern er noch lebt, eine glückliche Heimkehr.«
Nun kamen Diener und reichten Mentor und Telemachos Teller mit gebratenem Fleisch, Gemüse und Brot. Gerne nahmen sie von den duftenden Speisen und aßen und tranken so lange, bis sie gesättigt waren. Dann sagte Nestor: »Nachdem ihr gegessen habt, ziemt es sich zu fragen, wer ihr seid. Du, Jüngling kommst mir bekannt vor, obwohl ich nicht glaube, dich vorher schon einmal gesehen zu haben.«
»Nestor«, sagte Telemachos, »du Ruhm der Achaier, ich bin Telemachos, der Sohn des Odysseus von Ithaka.«

Da sprangen Peisistratos und Thrasymedes von ihren Ziegenfellen auf, und Peisistratos, der jüngere von beiden, rief: »Der Sohn des edlen Odysseus? O sei uns willkommen in unserer sandigen Stadt Pylos. Wir sind stolz darauf, den Sohn eines Mannes als Gast zu haben, den alle Sänger Achaias nicht aufhören wollen zu preisen!«
»Ich wußte es«, sagte Nestor, »noch nie habe ich eine größere Ähnlichkeit unter den Menschen gesehen. Du gleichst ihm in Aussehen, Gestalt und Schönheit so völlig, daß ich mich freudig erinnert fühle an die Zeit, als wir, dein Vater und ich, zum ruhmreichen Krieg gegen die Trojaner zogen, um Helena, die Gattin Menelaos', zu befreien.«
»Hast du Nachricht von ihm, weist du, ob er noch lebt, oder habt ihr ihn bereits vor Troja begraben?«
»Odysseus, der heldenhafte Bezwinger der Priamosburg, lebte, als ich die Gestade des Hellespont verließ. Von allen anderen, die einst die Trojaner bekriegten und starben, hörte ich, wo ein jeder sein trauriges Ende fand: von Aias, dem Lokrer, den Athene Schiffbruch erleiden ließ und den Poseidon erschlug, von Agamemnon, den die eigene Gattin Klytämnestra und ihr Buhle Aigistos ermordeten – hast du gehört, daß sein Sohn Orest ihn rächte? Oh, wie gut, wenn noch ein Sohn dem erschlagenen Vater bleibt, um den Mörder zu strafen. Einzig Odysseus' Aufenthalt liegt im dunklen. Keiner vermag zu sagen, ob und wo er gestorben ist.«
Telemachos liefen Tränen über die Wangen.
»Jetzt, da es fast sicher scheint, daß er im Reich des Hades ist, da er sonst längst nach Hause zurückgekehrt wäre, flehe ich zu den Göttern, sie möchten mir Stärke verleihen, um die Freier zu strafen, die meine Mutter umlagern und mir das Erbe verzehren!«
»Lieber Sohn des Odysseus«, rief Nestor, »auch ich habe gehört, daß im Palast zu Ithaka viele Freier die Mutter umwerben. Sag mir, wieso läßt du dich knechten? Wäre doch die strahlende Pallas Athene dir ebenso gnädig gesonnen, wie sie es deinem Vater war, und gäbe dir Beistand, dann würde wohl manchem Freier die Lust auf Hochzeit vergehen!«
»Ach Nestor«, sagte Telemachos niedergeschlagen, »so sehr ich dies auch wünschte, die Göttin wird es mir nimmer gewähren, genauso-

wenig, wie sie meinem Vater die Rückkehr in die Heimat gestattete.«
»Was redest du da?« fuhr ihm Mentor ins Wort. »Wenn ein Gott es will, macht er selbst den Feigen und Schwachen zu einem Kämpfer, der es mit wütenden Löwen aufnimmt. Und er führt den Verschollenen selbst nach zehn Jahren in die Heimat zurück. Nur wenn einmal der Tod einen Menschen hinweggerafft hat, kann auch kein Gott ihn mehr rückgängig machen.«
»Lassen wir das jetzt«, seufzte Telemachos, »meinen Vater bringt nichts mehr zurück. Laß uns in die Heimat aufbrechen und ihm den Grabhügel schütten. Mag dann die Mutter sich den besten unter den Freiern erwählen, damit endlich wieder Ruhe einkehrt auf Ithakas Scholle.«
»Telemachos, du enttäuschst mich!« rief Nestor. »Wie kann man, wenn man so jung ist wie du, nur so mutlos sein. Willst du, daß alle sagen: Wahrlich, so einen im Herzen schwächlichen Sohn, der ihm in Aussehen und Glanz völlig gleicht, hat Odysseus nicht verdient? Ich rate dir dringend, zu Menelaos zu fahren, um zu hören, ob er etwas über Odysseus weiß. Auch er kam erst kürzlich in die Heimat zurück, keiner hatte mehr seine Rückkehr erwartet. Brich auf mit deinem Gefährten nach Sparta!«
»Was sagst du, auch Menelaos, der Führer der Völker, kam erst kürzlich?«
Da keimte wieder Hoffnung auf in Telemachos, und zu Mentor sagte er: »Laß uns schleunigst nach Sparta fahren, vielleicht hat Menelaos etwas vom Vater vernommen!«
»Mit dem Schiff mag es beschwerlich werden«, sagte Nestor, »da euch die Winde entgegenstehen. Willst du daher lieber zu Lande reisen, so leihe ich dir gerne einen Wagen und Rosse; auch kann dich einer meiner Söhne zu Menelaos ins Land Lakedaimon begleiten.«
»O ja, rief Peisistratos, dies will ich gerne tun!« Er setzte sich zu Telemachos, gab ihm die Hand und trank mit ihm auf Poseidon.
»Edler Greis«, sagte Mentor, »du hast weise gesprochen. Laß uns nun noch einmal Poseidon den Wein spenden und uns selbst am Trank erfreuen, dann werden Telemachos und ich zum Schiff gehen und uns

morgen, wenn die dämmernde Frühe erwacht, in deinem Palast einfinden.«
»Das verhüte Zeus!« rief Nestor mit glänzenden Augen, »daß ihr zum Schiff hinabzieht. Ich bin doch kein Bettler, dem es an Platz und Decken mangelt, den lieben Sohn des teuren Odysseus und seinen väterlichen Freund Mentor zu beherbergen. So lange ich lebe, soll mir das nicht passieren, Fremde nicht gastlich aufzunehmen, die sich meinem Hause nähern.«
Es kam ein Herold und schüttete ihnen nochmals Wasser zum Waschen über die Hände, dann schenkten ihnen Diener die Becher randvoll mit funkelndem Wein, davon spendeten sie dem schwarzgelockten Poseidon und tranken, soviel sie begehrten.
Nestor hatte längst wieder seine Stimme erhoben, um seinen Gästen über sein heldenmütiges Auftreten und Kämpfen in Troja zu berichten, da stand auf einmal ein Mädchen vor Telemachos, die schön war wie der lichte Tag. Es trug ein weißes Kleid und einen Blumenkranz in den fülligen hellbraunen Haaren, und ihre zarten Arme glänzten wie Milch und Honig.
»Vater«, rief sie, »die Tänze zu Ehren Poseidons sind zu Ende, darf ich mich zu euch setzen und die Gäste begrüßen?«
»Setz dich, schönes Kind und begrüße Telemachos, den Sohn des heldenhaften Odysseus, von dem ich dir schon soviel erzählte, und Mentor, seinen väterlichen Gefährten aus Ithaka.«
Mit glühenden Wangen setzte sich Polykaste zu Telemachos, und Nestor fuhr fort, ausschweifend und in der Art der Greise langatmig vom Krieg um Troja, den Kämpfen, die er dort ruhmreich bestanden hatte, und seiner glücklichen Heimkehr zu berichten.
Bis es Abend geworden war, hatte Polykaste ihr hübsches Köpfchen an Telemachos Schulter gelehnt und lauschte weniger den Worten des Vaters als dem Klopfen ihres Herzens; und auch Telemachos hörte kaum, was Nestor sprach, zu sehr rauschte ihm das Blut in den Adern.
»Teurer Greis«, sagte Mentor, als Helios den goldenen Sonnenwagen in den Fluten des Meeres versinken ließ, »du hast wohl gesprochen. Da es Abend wird, nimm nun Telemachos mit in deinen Palast, ich aber muß zum Schiff zurück, um die Gefährten zu stärken.«

»Teurer Mentor«, sagte Nestor, »dies alles ist längst geschehen, meine Diener haben sie reichlich mit Fleisch und Wein bewirtet, hab keine Sorge, sie sind mit dem Notwendigen versorgt.«
»Die Götter sollen es dir danken«, sagte Mentor, »dennoch will ich zum Schiff, da ich der älteste bin, sie alle sind Altersgenossen des Telemachos und bedürfen der väterlichen Führung. Ihn aber sende morgen mit Peisistratos auf schnellen Rossen nach Sparta. Wir beide haben noch genug Zeit, miteinander zu sprechen, da ich hier auf Telemachos warten will, bis er von Sparta zurückkehrt.«
Mentor erhob sich, gab allen die Hand und ging zum Schiff. Nestor blickte ihm staunend hinterher und sagte zu Telemachos: »Er hat etwas Göttliches, dein Freund, ich hoffe, dich niemals feige noch kraftlos zu sehen, da dich, der du noch so jung bist, ein so außergewöhnlicher Freund begleitet.«
Nun erhoben sich auch die anderen von ihren Plätzen, und als sie Nestors schimmernden Palast in der nahen Stadt Pylos erreicht hatten, setzten sie sich nieder in Sesseln, und Nestor ließ vor dem Schlafengehen noch einen Becher süßen Weins auftragen. Dann gingen alle zu Bett, Telemachos in ein Gemach, das ihm Polykaste wies.
Selene überzog Telemachos' Bett mit silbern glänzendem Schimmer, er stand an der Schwelle, die die Götter zwischen Wachen und Schlafen gesetzt haben, da öffnete sich die Türe, und Polykaste huschte ins Zimmer. Telemachos schlug die Augen auf, da sah er sie und hörte sein Herz beben. Im Mondschein stand sie, entknotete langsam das Tuch, das sie umhüllte, ließ es an ihrem zarten Körper herabgleiten, dann legte sie sich zu ihm. Ganz behutsam berührten sie sich erst mit den Fingerspitzen, dann trafen sich ihre Lippen im zärtlichen Kuß, sie drückte die Spitzen ihrer jungen Brüste an seinen Körper, bis sie, beide vor Verlangen stöhnend, miteinander verschmolzen. Als sie sich tief ineinander spürten, versprachen sie sich ewige Liebe.
Noch bevor die dämmernde Frühe mit Rosenfingern erwachte, bereitete sie ihm das Bad, wusch ihm mit zärtlichen Händen die Spuren der ersten Liebe vom Körper, und als er, schön wie ein Unsterblicher, aus dem Becken stieg, gab sie ihm Öl zur Salbung und kleidete ihn in prächtiges Linnen.
So schritt Telemachos zu Nestor und setzte sich mit dem Herrscher

zum Frühmahl. Als sie gesättigt waren, rief Nestor: »Auf, meine Söhne, holt die Rosse und spannt sie Telemachos vor den Wagen!« Die Schaffnerin des Hauses tat Fleisch, Brot und Wein hinein, und so bestiegen die beiden Knaben das prächtige Fuhrwerk. Telemachos nahm die Zügel, Peisistratos schwang die Geißel, die Rosse durchfuhren das Tor des stolzen Pylos und jagten unter der Sonne den weizentragenden Fluren Spartas entgegen.

10

Es war nur ein leichter Stoß, der Odysseus aufweckte. Helles Lachen drang an sein Ohr, dann auf einmal ein Schrei: »Da liegt ein Mann!«

Verdutzt hob er den Kopf. Vier, fünf Mädchen, nicht älter als fünfzehn Jahre, standen vor Schreck erstarrt um sein Erdloch. Neben ihm lag ein roter Ball. Als er sich anschickte, aus dem Loch zu steigen, stoben die Mädchen kreischend davon und versteckten sich im Gebüsch, nur eine, die schönste von allen, blieb stehen und schaute ihn fragend an. Odysseus bedeckte sich mit einem Zweig und wühlte sich aus dem Laubhaufen.

»Herrin«, sagte er, »oder bist du gar den Unsterblichen erwachsen und eine Göttin? Ich flehe dich an, mir zu helfen. Siehe, ich bin nackt; Poseidon ließ mich mit meinem Floß Schiffbruch erleiden. Könntest du mir vielleicht ein Tuch geben?«

»Fremdling, gleich will ich dir Kleider holen, meine Mägde haben eben einen ganzen Berg davon am Fluß gewaschen, sie trocknen auf der Lichtung. Aber eine Göttin bin ich nicht. Ich bin Nausikaa, die Tochter des Königs Alkinoos und der Arete.«

»Wie heißt dieses Land hier?«

»Wir sind im Land der Phaiaken, auf der Insel Scheria«, sagte Nausikaa. »Es soll dir an nichts fehlen. Zuerst aber bade dich, du bist ja völlig verdreckt und bedeckt mit Schlamm.«

Mit dem Zweig vor seiner Blöße lief Odysseus zum Ufer des Flusses, stieg ins Wasser, und Nausikaa brachte ihm Seife zum Waschen und

Öl, damit er sich nach dem Bad salben konnte. Auch ein scharfes Messer zum Schaben des struppigen Barts tat sie dazu.
Inzwischen waren alle Mädchen, eines nach dem anderen, vorsichtig wieder aus den Büschen hervorgekrochen: Nausikaa rief ihnen zu: »Ihr Angsthasen, warum versteckt ihr euch, er tut niemandem etwas zuleide, er ist ein Schiffbrüchiger und, wie ich meine, kein schlechter Mann; legt ihm ein Kleid meines Vaters zurecht und bereitet das Mahl, das uns die Mutter mitgab, er hat sicher fürchterlichen Hunger.«
Als Odysseus im herrlichen Gewand vom Fluß wiederkam, die goldroten Haare unschmeichelten ihm glänzend Gesicht und Schultern, hatte sich eine jede wieder beruhigt, ja, sie lachten sogar wieder und staunten über die Verwandlung, die der Fremde genommen hatte.
»Dreimal selig preise ich deine Eltern«, sagte Odysseus zu Nausikaa, »ihnen muß vor Wonne das Herz vergehen, dich ihre Tochter zu heißen, denn du bist schön wie eine Blüte im Frühling.«
Nausikaa lächelte verschämt. »Auch du bist sicher von edler Geburt, da du dich sittsam beträgst und in gewählten Worten zu mir sprichst, wie es Sterbliche selten tun. Jetzt aber greif zu und stärke dich, dann will ich dir den Weg zu unserem Palast zeigen. Umfaß dort die Knie meiner Mutter Arete, sie ist die Güte selbst und wird dich nicht von der Schwelle weisen.«
»Du erfüllst mich mit Ehrfurcht«, sagte Odysseus. »Wie froh bin ich, daß mir die Götter gewährten, nach all dem Übel, das ich in der Ferne erlitt, dich zu treffen. Nur einmal in meinem Leben erblickte ich ein Mädchen, das dir an Wuchs und Schönheit glich. Das war vor langer Zeit auf Delos gewesen. Möge es ein Zeichen dafür sein, daß meine Leiden zu guter Letzt enden.«
»Du siehst nicht aus wie jemand, der schwere Entbehrung ertrug«, sagte Nausikaa, »vielmehr wie einer der Helden, von denen unser blinder Sänger Demodokos erzählt. Sag, gehörtest du einst zu den Kämpfern um Troja?«
»Ich war dort«, antwortete Odysseus.
»Wirklich?« rief sie. »Dann hat mich der Traum heute nacht doch nicht betrogen, daß ich zum Strand gehen solle, um Wäsche zu waschen. Eine Gottheit war es, die mir dies riet. Wie ist dein Name?«

Erschrocken hielt sie inne und tat sich die Hand vor den Mund: »Oh, verzeih, ich vergaß! Man darf den Gast erst nach dem Mahl nach seiner Herkunft befragen. Aber besser noch, enthülle es später, wenn wir zusammen mit Vater und Mutter im Saal sitzen. Laß uns jetzt das Mahl genießen und fröhlich sein.«

Da griff Odysseus zu und aß und trank begierig, da er schon lange keine Nahrung mehr zu sich genommen hatte.

»Die Phaiaken sind bekannt als kundige Seefahrer«, sagte er und trank von seinem Becher, »vielleicht kann ich eines Tages mit einem von ihnen in die Heimat gelangen. Als ich sie zum letztenmal sah, warst du noch gar nicht geboren.«

»Ich stelle es mir schön vor, durch die Welt zu ziehen«, rief Nausikaa, »frei wie ein Vogel zu sein und überall dort zu bleiben, wo es mir gefällt.«

»Ja«, sagte Odysseus, »auch ich fand das einmal, aber selbst ein Vogel kehrt immer wieder in seine Heimat zurück.«

Bis die größte Hitze des Tages abgeklungen war, saßen sie im Schatten des flirrenden Olivenhains, die Mädchen kicherten und waren fröhlich miteinander, bis Nausikaa rief: »Ich glaube, wir müssen jetzt nach Hause, sonst sorgt sich die Mutter. Mägde, legt die Wäsche zusammen und ladet sie auf den Wagen.«

Zu Odysseus sagte sie: »Wenn wir gefahren sind, folge uns in gebührlichem Abstand, damit unter den Phaiaken kein Gerede entsteht. Du sollst wissen, daß ich noch Jungfrau bin und es sich nicht ziemt, mich mit einem Fremden zu zeigen. Das Haus meiner Eltern findest du auch allein. Wenn du das Tor der Stadt durchschritten hast, wende dich zum Hafen. Dort wirst du viele Menschen treffen, die die Geräte der Schiffe warten, Taue flechten und Ruder glätten. Die Phaiaken sind ein Volk von Seefahrern und beschäftigen sich lieber mit Schiffen als mit Schwertern und Lanzen. Ein jeder kann dir dann sagen, wo sich der Palast des Alkinoos befindet. Wenn du zum Eingang gekommen bist, sage dem Herold, ich schickte dich, und verlange nach der Königin Arete, er wird dich dann schnell zu ihr führen.«

Als der Wagen mit den zwei Maultieren außer Sichtweite war, machte sich auch Odysseus auf. Der Weg führte ihn durch üppig tragende Kornfelder und über sanfte Wiesen, auf denen Rinder und Schafe weideten. Schon bald konnte er die hohen Türme der Stadtmauer sehen. Fuhrwerke kamen ihm entgegen, er begegnete Frauen mit Kindern, die ihm einen Gruß zuriefen, und da schritt er auch schon durch das weit geöffnete Tor und ließ sich aufsaugen vom bunten Treiben der Stadt Scheria. Die hübschen Häuser links und rechts der Gassen waren aus gelblich gebrannten Lehmziegeln gebaut und hatten rote, grüne und blaue Türen. Auf den Fenstersimsen standen Töpfe mit Blumen, und über die Gassen waren Leinen gespannt, an denen bunte Kleidungsstücke zum Trocknen hingen. Frohgemut folgte er der Neigung der Straße hinunter zum Wasser, und da kam er auch schon in den malerischen Hafen, wo große, schwarzbäuchige Schiffe lagen. Überall herrschte rege Geschäftigkeit, doch die Menschen waren freundlich miteinander und lachten und scherzten, während sie ihrer Arbeit nachgingen. Segelmacher und Seilbinder boten ihre Waren feil, Fischer saßen am Boden und flickten Netze, andere trugen Säcke und Schläuche, andere wieder führten schwer beladene Maultiere und Esel am Zaumzeug. Ihm kam es vor wie ein Wunder, nach zehn Jahren mit allerlei furchterregenden Abenteuern wieder eine gewöhnliche Stadt mit Sterblichen, wie er selbst einer war, zu sehen. Als er in die belebteste Straße einbog, wo die Händler und Kaufleute waren, und ihm tausenderlei Gerüche in die Nase drangen, konnte er schon von weitem den weißgetünchten Palast des Alkinoos sehen. Auf ihn ging er zu und erreichte auf breiten marmornen Platten die Pforte. Nun aber kam er aus dem Staunen nicht mehr heraus. Alles war erfüllt von einem Glanz, als schienen der Mond und die Sonne zugleich. Die Türen waren gänzlich mit Gold beschlagen, der Boden des Korridors, der ins Innere des Hauses führte, bestand aus rötlichem Alabaster, die Simse waren belegt mit glasig blauem Edelgestein, und die Decke wurde getragen von silbernen Balken. Links und rechts von der Türe saßen zwei geschmiedete Hunde, einer aus Gold, der andre aus Silber, und sie waren so kunstvoll gearbeitet, als habe sie Hephaistos selbst geschaffen. Der Herold führte ihn, nachdem er sein Anliegen vorgebracht hatte, durch die prunkende Säulenhalle. Da standen Tische, bedeckt mit den feinstgewobenen Tüchern, die Sessel waren verziert mit prächti-

gem Schnitzwerk, und auf Sockeln standen aus Gold und Silber geformte Knaben mit Fackeln in den Händen, um beim abendlichen Mahl dem König und seinen Gästen zu leuchten.
Vom Saal aus führte ihn der Herold in ein Gemach, da saß am offenen Fensterbogen Arete, die Königin, in einen blauen Schleier gehüllt, und bestickte mit feiner Nadel ein purpurnes Tuch.
Vor sie warf er sich auf die Knie und rief: »Arete, Tochter des edlen Rhexenors, mögen dir die Götter im Leben alles segnen. Leidgeprüft nähere ich mich deinen Knien. Poseidon zerbrach mir mein Floß vor eurer Küste, nur durch Leukotheas gütige Hilfe, die sie Schiffbrüchigen zuteil werden läßt, wurde ich an Land gespült, und nun flehe ich zu dir um Beistand, damit ich die Heimat wieder erreiche.«
»Erhebe dich, Fremdling«, sagte Arete, »es ist nicht schicklich, einen Bittenden lange im Staub liegen zu lassen. Hab keine Furcht, noch nie ist ein Mann, der aus der See zu uns kam, von der Schwelle gewiesen worden.«
Odysseus stand auf, und Arete musterte ihn von oben bis unten. Dann schien ihm, als huschte unter dem Schleier ein Lächeln über ihr Antlitz.
»Wie ich sehe, scheint dir schon jemand geholfen zu haben, denn so, im Gewand meines Mannes, kannst du unmöglich dem Meer entstiegen sein.«
Odysseus wurde rot im Gesicht, dann aber sagte er: »Nausikaa, deine Tochter, die ich anfangs für eine Göttin hielt, so schön ist sie, fand mich völlig mit Schlamm bedeckt in einem Erdloch bei der Mündung des Flusses. Erst hieß sie mich ein Bad nehmen, dann gab sie mir diese Kleider und schließlich Nahrung und funkelnden Wein.«
»Sie tat gut daran«, sagte Arete, »nur um eines müßte ich sie schelten, daß sie dich nicht selbst zu mir brachte.«
»Sie tat es, damit im Volk kein Gerede entsteht«, sagte Odysseus. »Überall auf der Welt ist es so und wird auch hier bei den Phaiaken nicht anders sein, daß eine Jungfrau nicht unverhöhnt mit einem Fremden auf dem Wagen durch die Straßen und Gassen fährt.«
»Wie wahr du sprichst, Odysseus«, entgegnete die Königin und nahm lächelnd ihre Handarbeit wieder auf. »Allein den Schein der

Unberührtheit zu wahren ist oft wichtiger als die Jungfräulichkeit selbst.«
Odysseus glaubte, zu Stein zu erstarren. Mit geweiteten Augen blickte er Arete an und versuchte, hinter dem Schleier ihre Züge auszumachen, dann brachte er mühsam hervor: »Woher kennst du meinen Namen?«
»Du selbst nanntest ihn mir, vor langer Zeit«, sagte Arete. »Weißt du es noch? Es war auf Delos, als du mich neben der Palme erblicktest und mir sagtest, wie sehr ich doch diesem Baum in Wuchs und Schönheit gliche.«
Arete hob den Schleier, da erkannte er sie wieder und rief: »Bei allen Göttern, du bist es. So also sehen wir uns wieder, dabei habe ich heute schon einmal an dich gedacht, da mich Nausikaa an dich erinnerte. Nie habe ich dein bezauberndes Gesicht und deine erhabene Gestalt vergessen. Du bist noch genau so schön wie damals.«
»Du lügst!« rief Arete, »und dennoch danke ich dir dafür, denn in meinem Alter hört man Schmeicheleien nur noch selten.«
»Nicht doch!« rief Odysseus. »Was du an Jugend einbüßtest, hast du an Reife und Würde gewonnen.«
Arete strahlte über das ganze Gesicht. »Nochmals Dank, Odysseus, und sei mir willkommen. Nur eines noch: Mein Gatte Alkinoos ist ein gutherziger, aber auch ein aufbrausender Mann. Sprich nicht darüber, daß wir uns kennen. Nur soviel, daß du als erstes meine Knie umfaßtest und du mir, weil ich dich drängte, deinen Namen und deine Herkunft nanntest. Er wird dir dann ein Schiff rüsten und dich sicher in die Heimat geleiten. Doch zuvor wird er dich mit Gastgeschenken erfreuen und dich einen Tag um den anderen mit den Köstlichkeiten des gesegneten Scherias bewirten. Gleich will ich ihn rufen.«
Als Alkinoos hörte, wer in seinen Palast zu Besuch gekommen war, kam er schnell gelaufen und begrüßte Odysseus herzlich.
»Sei mir gepriesen, Odysseus, du Stolz der Achaier, ich danke den Göttern, daß sie dir den Weg nach Scheria wiesen. Gewaltig eilt dir dein Ruf voraus, da unser Sänger Demodokos mit seiner tönenden Stimme uns viel von deinen Taten vor Troja berichtet. Erst gestern

wieder sang er vom hölzernen Pferd, mit dem du die Priamosburg zum Sinken brachtest.«

Sogleich ließ Alkinoos die vornehmsten Phaiaken rufen, um den Gast mit einem prächtigen Gelage zu ehren. Alles, was Rang und Ansehen genoß in der Stadt, strömte herbei, und Odysseus nahm Platz im Festsaal, direkt neben dem König.

»Laßt uns essen und trinken«, rief Alkinoos, »gibt es doch keinen Gesellen, der unverschämter und frecher ist als der leidige Bauch, und uns immer gewaltsam an die leiblichen Zwänge erinnert.«

Da griffen die Phaiaken zu, und die Herolde und Mägde kamen kaum mit der Bedienung der Gäste nach. Erst als zwölf Schafe, acht Schweine und sechs Schläuche Wein vertilgt waren, dazu Unmengen von Brot, Gemüsen und Früchten, sagte Alkinoos zu Odysseus: »Oft hörten wir den Sänger von deinen Taten singen, doch niemals von dem, was du mit deinen Gefährten auf der Heimfahrt erlebtest. Willst du uns selbst davon berichten, damit wir aus deinem eigenen Munde erfahren, welches Schicksal dir die Götter bestimmten, nachdem du die Heimat verließt?«

»König, es würde zu lange dauern, all das, was mir widerfuhr, zu erzählen, denn die Götter ließen mich viel erdulden. Tage und Nächte säßen wir hier, darum möchte ich heute, bevor uns der Schlaf auf die Betten zwingt, nur davon reden, wie ich in euer gesegnetes Land kam.«

Und so begann er zu erzählen. Bis Mitternacht berichtete er von Ogygia, von seinem Floß, vom Schiffbruch und wie ihn die Tochter an der Mündung des Flusses fand und er schließlich in den Palast kam und Arete die Knie umfaßte. Nausikaa, die schöne, saß mit glühenden Wangen dabei und lauschte ihm mit vor Begeisterung glänzenden Augen.

Als zu später Stunde die Gäste gegangen waren und Alkinoos sie alle für den nächsten Tag zu Kampfspielen und zu einem weiteren Festmahl geladen hatte, sagte der König: »Oh, wenn doch Zeus es fügte, daß einer wie du, der mir so ähnlich gesonnen, die Tochter freite und hier bliebe! Ich würde dir Haus und Schätze geben. Doch dich zwingen zu bleiben, gegen deinen Willen, werde weder ich noch ein anderer Phaiake. Das möge Zeus verhindern. Wann immer du es

wünschst, werde ich dir das Schiff rüsten und dich, reichlich mit Geschenken versehen, in die Heimat entlassen.«
»Noch einen Tag will ich auf deiner blühenden Insel bleiben«, sagte Odysseus, »dann rüste mir das Schiff, und die Götter sollen es dir danken.«
In einer Kammer des Palastes hatte Arete dem Odysseus das Lager bereiten lassen. Dort legte er sich nieder, Alkinoos aber teilte das Ehebett mit der Herrin des Hauses.

Telemachos und Paisistratos erreichten den Königspalast zu Sparta, als Helios seinen Sonnenwagen ins Meer zog. Sie fanden Menelaos im Thronsaal, wo das Hochzeitsmahl für seine Tochter Hermione und den jungen Polydoros, den Sohn des Priamos, der in der Schiffsstadt sein Gespiele gewesen war, stattfand. Inmitten der Schar spielten Musikanten auf Flöten und Leiern, und Tänzer und Tänzerinnen wirbelten in der Mitte und waren im Begriff, das Brautpaar in ihr Hochzeitsgemach zu geleiten, da trat ein Diener herbei und flüsterte dem König ins Ohr: »Zwei Fremde zu Pferd und Wagen stehen im Hof, soll ich sie einlassen oder sie zu anderen Leuten senden?«
»Dummkopf!« rief Menelaos. »Wurden denn nicht auch wir unzählige Male gastlich bewirtet, ehe wir heimkehrten? Wenn wir sie nicht aufnehmen, wie sollen wir hoffen, daß Zeus uns künftig von Not befreit? Übergib ihre Rosse zur Pflege dem Stallmeister, die Fremden aber laß eintreten und mit uns Mahlzeit halten.«
Telemachos und Paisistratos staunten, als sie in den herrlichen Palast des Atriden geführt wurden. Am Eingang wartete die Schaffnerin und führte sie zuerst zum marmornen Bad, damit sie sich den Staub der Reise abwaschen konnten. In frisches Leinen gekleidet betraten sie dann den Saal und setzten sich Menelaos zur Seite. Eine Magd brachte in einer silbernen Kanne, die mit lauterem Gold eingefaßt war, Wasser zum Waschen und goß es ihnen über die Hände, wie es sich vor dem Opfer ziemt. Aus Pokalen, die ihnen der Herold reichte, spendeten sie funkelnden Wein den Göttern, dann sagte Menelaos: »Labt euch an der Fülle der Speisen und tut euch gütlich. Danach werde ich euch fragen, welchem Geschlecht Achaias ihr entstammt, denn jeder sieht, daß ihr von Adel seid.«

Vom Rücken des gebratenen Rinds bot er ihnen Stücke an, die Telemachos und Paisistratos mit Heißhunger verschlangen. Als sie gesättigt waren, flüsterte Telemachos dem Freund zu: »Schau rings den Glanz des Silbers und Goldes und all das Elfenbein und den glitzernden Bernstein, so mag es im Haus des olympischen Vaters aussehen, Sterbliche besitzen solch unermeßliche Schätze nicht.«
Menelaos, der das Flüstern gehört hatte, sagte: »Liebe Söhne, mit Zeus kann sich keiner messen, unsagbar sind die Schätze des Gottes. Aber unter den Sterblichen mag ich wohl einer der Reichsten sein. Hier findet ihr nicht nur die Schätze aus Troja, sondern auch das, was ich aus Ägypten als Beute mitbrachte. Denn erst kürzlich kehrte ich von dort nach Hause zurück. Alles zusammen nenne ich ein ungeheueres Vermögen, aber ich walte nicht fröhlich meines Besitzes, denn während meiner Abwesenheit erschlug man mir meuchlings den Bruder; Agamemnon, der Völkerfürst der Achaier und König von Mykene, fiel durch die Tücke seiner Gattin Klytämnestra und ihres Buhlen Aigistos. Wie danke ich Zeus, daß er die Mörder durch die Hand des jungen Orestes mit ewiger Verdammnis bestrafte, denn keiner schüttete den Getöteten den Grabhügel. Den Vögeln und wilden Tieren blieben ihre Leichname zum Fraß!«
Menelaos stützte den Kopf in die Hand, und Tränen tropften ihm aus den Augen.
»Nur einer der heldenhaften Griechen mag, wenn er noch lebt, ein schlimmeres Schicksal erlitten haben als ich«, schuchzte Menelaos, »denn er ist noch immer nicht nach Hause zurückgekehrt, Odysseus, der Sohn des Laërtes. Wie müssen Penelope, seine Gattin und Telemachos, sein Sohn, der gerade erst geboren war, als er Ithaka verließ, um ihn trauern!«
Eben als Telemachos antworten wollte, trat eine Frau in den Saal, die schönste, die er je gesehen hatte. Strahlend wie eine Göttin, der Aphrodite gleich, schritt sie herein im blauschimmernden Umhang, in der Hand trug sie ein Laken mit frischen Blutflecken.
»Dies muß Helena sein!« schoß es Telemachos durch den Kopf. »Sie ist zwar kein Mädchen mehr, aber noch viel schöner als ich je dachte!«
»Ist es vollbracht?« fragte Menelaos.

»Sieh selbst«, rief Helena und schwang das Leintuch, »auf dem Hochzeitsbett, dem wahren Altar der Liebe, brachte sie ihm ihre Jungfräulichkeit dar!«
»Das ist gut«, rief Menelaos. »Laßt uns den Göttern danken und sie um ein langes Leben für die Brautleute bitten.«
Es hoben alle die Pokale und tranken einander mit Segenswünschen zu. Da fiel Helenas Blick auf Telemachos, der immer noch nicht die Augen von ihrer herrlichen Gestalt wenden konnte.
»Du bist Telemachos, der Sohn des Odysseus!« rief Helena und deutete mit dem Finger auf ihn. »Dein Anblick erfüllt mich mit Staunen. Noch nie sah ich einen, der dem Odysseus so ähnlich sah. Der Blick, die Haltung, die Locken, das alles ist er!«
»Auch ich dachte dasselbe«, sagte Menelaos.
»Nicht wahr, du bist Telemachos?« rief sie und setzte sich zu dem Knaben.
»Ja, Herrin, ich bin Telemachos«, stammelte er. »Und dies ist Paisistratos, der Sohn Nestors aus Pylos. Ich wollte euch fragen, ob ihr etwas über den Verbleib meines Vaters wißt.«
»Ist es also wahr!« rief Menelaos. »So trat in mein Haus der Sohn meines teuersten Mitkämpfers, der ihrer und meinetwegen so viel Mühsal erduldete und dem ich nach meiner Rückkehr zum Lohn eine ganze Stadt schenken wollte?«
Wieder fing Menelaos an zu weinen, und Telemachos suchte nach passenden Worten: »Ich bedaure, daß mein Erscheinen dich in so große Verzweiflung stürzt. Hätten mich doch die Götter einen besseren Zeitpunkt für mein Anliegen wählen lassen.«
»Die Götter werden es wissen, weshalb sie dich gerade heute zu uns sandten«, sagte Menelaos. »Laß dich nicht von meinen Tränen verdrießen, keiner ist mir heute willkommener als du, es sei denn, dein Vater selbst würde über die Schwelle treten.«
Helena rief nach dem Herold um einem neuen Krug Wein. In den mischte sie, ohne daß es jemand sah, ein Mittel, das alle Sorgen und Nöte vergessen macht. Dieses Mittel hatte sie aus Ägypten mitgebracht, wo sie so lange mit Menelaos gewesen war. Nachdem einem jeden nachgeschenkt worden war und die Tropfen zu wirken begonnen hatten, legte sich endlich die Traurigkeit.

Lange erzählten Menelaos und Helena von Odysseus, und Telemachos hörte begeistert zu, denn noch nie hatte er so viel aus dem Leben des Vaters gehört wie an diesem Abend. Erst als Selene ihre Kreisbahn beendet hatte und hinter den Bergen Lakedaimoniens versank, sagte Menelaos gähnend, der Trank hatte ihn müde gemacht:

»Laß uns morgen in Ruhe weitersprechen, denn noch immer habe ich Grund zu glauben, daß er lebt.«

»Wie sehr bete ich darum, daß du mir gute Nachricht bringst«, sagte Telemachos, »denn meine Lage auf Ithaka ist mißlich.«

»Geht jetzt zu Bett«, sagte Helena, »die Schaffnerin wird euch eine Kammer weisen. Morgen ist auch noch ein Tag, und wer weiß, wie Zeus alles fügen wird. Ich glaube, du wirst deinen Vater schon bald wiedersehen.«

11

Seit die dämmernde Frühe mit Rosenfingern erwacht war, liefen Herolde durch die Straßen und Gassen Scherias und kündeten den Menschen, daß Wettkämpfe stattfinden würden.

»Kommt alle herbei, ihr Phaiaken, und besucht die Spiele, die wir heute, am Tag der Götter, zu Ehren Odysseus' veranstalten!«

»Odysseus, der Held aus Ithaka, der Troja nach zehnjährigem Kampf mit einer List bezwang?« Ihn wollten sie natürlich sehen, und sein Name war in aller Munde.

Die Phaiaken zogen sich die schönsten Gewänder an und kamen so zahlreich zum herrlichen Stadion, daß viele sogar abgewiesen werden mußten.

Als die Stunde gekommen war, da die Athleten zu kämpfen beginnen sollten, betrat Odysseus in Begleitung des Königs das Rund, und es brandete von den vollbesetzten Rängen ein solch unbeschreiblicher Jubel auf, wie er ihn selbst nur selten gehört hatte und noch niemals ihm zu Ehren. Herolde führten ihn und den König die Treppe hinauf zum Altan, der über der Arena schwebte. Dort warteten bereits die zwölf Führer des Volkes, und Odysseus nahm Platz neben dem König; auf der anderen Seite saßen Arete und Nausikaa. Die Söhne des Königs aber, Halios, Klytoneos und Laodamas, befanden sich im Rund der Arena, denn sie gehörten zu den besten Kämpfern der Stadt.

Alkinoos hob die Hand, die Menschen verstummten, und er rief laut und vernehmlich: »Bürger von Scheria und ihr, edle Wettkämpfer, die ihr euch zu Ehren des Odysseus versammelt habt, laßt uns nun mit den Spielen beginnen, damit unser hoher Gast, wenn er heimgekehrt ist, den Seinen erzählen kann, wie wir Phaiaken im Laufen, im Springen, im Ringen, im Faustkampf und im Diskuswurf alle anderen Griechen bei weitem übertreffen!«

Da brandete erneut ein unermeßlicher Jubel auf, und acht Läufer, junge Männer von strotzender Kraft und körperlicher Schönheit, begaben sich zu der Startschwelle mit der doppelten Rillenreihe, suchten mit den Zehen den besten Halt in den Vertiefungen und warteten auf die Weisung, den Wettlauf zu beginnen.

Auf das Zeichen eines Spielleiters, die jährlich neu gewählt wurden und stets für Ordnung sorgten, stoben sie los. Brust an Brust durchmaßen sie die Hälfte der Entfernung zum Ziel, und die Zuschauer sprangen auf von ihren Sitzen und feuerten die Athleten begeistert an. Zuerst sah es aus wie ein unentscheidbarer Kampf, denn keiner wollte auch nur einen Schritt zurückbleiben. Dann aber begann sich das Feld der Läufer in die Länge zu ziehen. So sehr sich jeder mühte, als erster durchs Ziel zu laufen, war es doch Klytoneos, der leichtfüßige jüngste Sohn Alkinoos, der schließlich das Rennen gewann. Unter dem Jubel von Tausenden ließ er sich von seinem Vater den Siegerkranz um die Schläfen winden. Dann lief er noch einmal eine Runde durchs Stadion und nahm glücklich lächelnd die Huldigungen der Massen entgegen.

Dann war das Springen an der Reihe. Für diesen Wettkampf hatten sich zwölf Athleten gemeldet. Als erster sprang Elatreus. Mit mächtigem Anlauf beschleunigte er den Körper, bis er zum Balken kam, dann schnellte er hoch und weit in die Luft, die Arme reckte er nach vorne, als wollte er ein Tau ergreifen, um sich noch weiter nach vorne zu ziehen, auch die Zehen streckte er vor, bis er im aufspritzenden Sand landete.

Zwei Spielleiter maßen die Entfernung vom Punkt des Absprungs bis dorthin, wo er gelandet war, mit einer Richtschnur und verkündeten laut die gemessene Weite. »Sechseinhalb Schritt!« und die Zuschauer spendeten donnernden Beifall.
Keiner erzielte mehr diese Weite, fünfeinhalb bis sechs Schritt erreichten die meisten, und Elatreus freute sich bereits über den Sieg, bis Thoon an die Reihe kam. Sein Anlauf war schneller, sein Absprung noch mächtiger. Wie ein Panther flog er durch die Luft und landete bei einer Weite von sieben Schritten. Da sprangen die Leute wieder auf von den Sitzen, denn noch nie hatte einer in Scheria solch einen gewaltigen Satz getan. Als Thoon mit dem Siegerkranz durch das Stadion lief, wollte der Jubel nicht enden.
Im Ringkampf waren sechzehn Athleten gemeldet. Den Einzelkampf gewann immer der, der den anderen nach streng einzuhaltenden Regeln, ohne zu schlagen oder zu treten, auf beide Schulterblätter warf, der Verlierer schied aus. Bis zum Zerreißen spannten die Kämpfer ihre Muskeln, Schweiß floß in Strömen, und es krachten die Knochen, wenn unter dem Jubel des Volkes einer den anderen aushebelte und auf die Erde warf. Die besten, die den Endkampf erreichten, waren Euryalos und Laodamas, sie waren von allen Athleten die stärksten. Geduckt wie die Tiger umkreisten sie sich, witternd nach dem Augenblick, den anderen blitzschnell zu greifen und ihn aufs Kreuz zu legen. Lange schlichen sie sprungbereit einer um den anderen, da setzte Laodamas mit einem Ausfallschritt zu einem Scheinangriff an. Doch Euryalos war auf der Hut gewesen. Kaum hatte Laodamas sein Bein wieder zurückgezogen, sprang Euryalos mit seinen Armen gegen die Füße des Gegners und zog ihm diese mit einem Ruck fort, daß der schwere Laodamas krachend zu Boden stürzte. Noch halb benommen vom schweren Fall konnte er sich nicht gegen den Angriff auf die Schultern wehren und unterlag. Jubelnd sprang Euryalos in die Höhe, denn zum erstenmal hatte er den ältesten Sohn des Alkinoos besiegt. Dennoch gab ihm der König ohne zu murren den Siegerkranz, und die Zuschauer freuten sich, als Euryalos den Unterlegenen umarmte und mit ihm zusammen die Runde durch das Stadion lief.
Dafür aber gewann Laodamas den Faustkampf, denn in diesem Wett-

kampf war niemand auch nur annähernd in der Lage gewesen, den Königssohn zu gefährden.

Als sie nun diese Kämpfe hinter sich gebracht hatten, sagte Laodamas zu den anderen Athleten: »Freunde, sollen wir nicht Odysseus fragen, ob er einen Wettkampf mit uns wagt? An Wuchs und Umfang der Muskeln scheint er ja kein Schwächling.«

Euryalos antwortete: »Das nenne ich gebührliche Worte. Geh und fordere ihn heraus, gegen uns anzutreten.«

Laodamas ließ sich nicht lange bitten, ging hinauf, wo Odysseus saß und sagte: »Edler Odysseus, willst du nicht mit uns den Diskus schleudern?«

Das Volk, das die die Herausforderung mitbekam, war begeistert und schrie seinen Namen: »O-dys-seus, O-dys-seus!«

Odysseus winkte ab. »Dazu bin ich doch schon viel zu alt. Wie könnte ich gegen einen von euch Jungen bestehen?«

»Odysseus«, drängte Laodamas, »wir alle dachten, du seiest ein Held! Und du weißt ja, den größten Ruhm erntet ein Mann mit dem, was er mit seinem Körper, mit Händen und Füßen vollbringt.«

»Gut gesprochen«, antwortete Odysseus, »doch vergiß mir zum Körper den Geist nicht, denn er bewirkt die größeren Erfolge.«

»Aber nicht in der Arena!« rief Laodamas. »Oder ist es so, daß du dich etwa auf Wettkämpfe nicht verstehst?«

»Als ich in deinem Alter war«, sagte Odysseus, »hätte keiner von euch mich in diesen Kampfspielen besiegt. Vor allem nicht im Bogenschießen und im Speerwurf, darin würdet ihr mich selbst heute nicht schlagen. Doch wie ich mir sagen ließ, übt ihr solcherlei Ausscheidungen nicht.«

Ihm antwortete der übermütige Euryalos, der Laodamas gefolgt war: »Ob du nun Bogenschießen kannst oder nicht, mir scheint, du bist kein richtiger Held. Schon der Herold sagte es heute morgen, daß du die Trojaner mit List besiegtest. Doch der Listige ist verschlagen wie ein wuchernder Kaufmann, der nur schaut, wo er Gewinn raffen kann. Er hat keine edle Gesinnung!«

»Die Gabe der Liebenswürdigkeit verleihen die Götter nicht allen«, sagte Odysseus finster, »oder ist dir danach, mich mit deinen Worten zu kränken? Dann sollst du meine Antwort darauf bekommen!«

Ohne das Gewand abzulegen, stieg Odysseus hinunter in die Arena, nahm sich die Steinscheibe, wog sie wohl in der Hand und stellte sich in den Käfig, der zum Abwurf bereitgestellt worden war. Dann ging er in die Knie, keine Laut war im Stadion zu hören, drehte wirbelnd den Körper dreimal um seine Achse und schleuderte die Scheibe weit hinaus.

»Ohhhh«, staunten die Zuschauer tausendfach, als die Scheibe wie auf Schwingen durch die Luft segelte, und fielen in tobenden Beifall, als sie sahen, wie weit sie flog. Nur zehn Schritt vor dem Ende des Runds ging sie nieder und riß sie eine tiefe Marke in den Boden.

»Tut es mir nach«, rief Odysseus den überraschten Athleten zu, »aber vergeßt nicht, wenn einer meine Marke überwirft, daß ich euer Vater sein könnte.«

Damit ging er wieder auf seinen Platz zurück, und alle im Stadion jubelten ihm zu. Nausikaa aber betrachtete ihn mit tiefster Bewunderung.

Nun mühten sich die Kämpfer mit aller Kraft, die Vorgabe des Odysseus' zu übertreffen, doch keiner war in der Lage, sich der Marke auch nur bis auf zehn Schritt zu nähern. Als der Wettkampf zu Ende war, schritt Laodamas reumütig die Stufen hinauf, erbat von Alkinoos kleinlaut den Siegerkranz und setzte ihn Odysseus eigenhändig aufs Haupt. Da tobten die Zuschauer erneut vor Begeisterung und Odysseus wurde auf den Schultern der Athleten durch die Arena getragen.

Während dies geschah, sprach Alkinoos zu den zwölf Fürsten des Landes: »Hört meine Worte, phaiakische Führer. Der leidgeprüfte Odysseus ist nicht nur verständig und weise, sondern er hat auch seine Kampfkraft unter Beweis gestellt. Geben wir ihm, der mit leeren Händen an unsere Küste geworfen wurde, ein gastliches Geschenk, so will es die Sitte. Damit es aber nicht einen einzelnen trifft und dieser Schaden an seinem Vermögen leidet, bitte ich, daß ein jeder von euch ihm ein Talent gepriesenen Goldes sowie einen kostbaren Mantel und ein Gewand schenkt. Bringt es heute abend in meinen Palast, damit er es in Händen hält, bevor das Mahl beginnt. Du aber, Pontonos, der du der Vater des Euryolos bist, sieh ein, daß ihm dein Sohn ein zusätzliches Ehrengeschenk bringen und ihn selbst mit Worten besänftigen muß, denn er hat ungebührlich geredet.«

Die Fürsten des Volkes vernahmen den Vorschlag mit Beifall und jeder von ihnen eilte nach Hause, um zu tun, worum Alkinoos gebeten hatte.

Da es Abend wurde, befahl Arete den dienenden Mägden im Palast, einen mächtigen Dreifuß über das Feuer zu stellen, um heißes Badewasser für Odysseus zu bereiten. Als er die Kammer betrat, die Arete ihm schon gestern gewiesen hatte, stand da ein großer Bottich mit heißem Wasser, und es lag Seife dabei und Öl und alles, was er sonst noch brauchte, um seinen Körper zu pflegen. Selbst ein Spiegel aus poliertem Metall war dabei. Auf dem Bett aber lag ein weißes Gewand, prächtiger, als er es je gesehen hatte. Die schönen Muster des Halsausschnitts, des Saums und der Ärmel waren mit Purpur- und Silberfäden durchwirkt, und um es straff an der Taille zu halten, lag ein schmaler Gürtel dabei mit einer Schließe aus reinem Gold, geschmückt mit einem funkelnden blauen Edelstein. Am Boden standen rotglänzende Sandalen mit Riemen und Bändern aus dem weichen Leder vom Kalb.

Odysseus freute sich über alle Maßen an den schönen Geschenken und legte sich zufrieden in die Wanne, da ging die Türe auf, und in die Kammer schlüpfte Nausikaa. Verführerisch fielen ihr die schönen Haare über die Schultern, ihren zarten Körper umhüllte ein weißer Umhang.

»Daß wir uns immer dann sehen, wenn ich bade«, sagte Odysseus lächelnd.

»Ich wollte dir ein letztes Lebewohl sagen, da wir vielleicht nicht mehr Gelegenheit haben, allein miteinander zu sprechen. Denkst du, wenn du morgen in der Heimat bist, noch manchmal an mich? Ich war es ja, die dich rettete!«

»Nausikaa, liebe Freundin, wenn mich Zeus zurückkehren läßt, werde ich dir wie einer Göttin einen Altar errichten und alle Tage zu dir beten, denn dir verdanke ich mein Leben.«

Nausikaa blickte zu Boden, dann sagte sie auf einmal: »Darf ich dir auch mein Leben anvertrauen? Die Göttin, die mich träumen machte,

zum Ufer des Flusses zu gehen, um die Kleider zu waschen, sagte mir, daß meine Hochzeit nicht lange mehr aussteht. Ich wünschte, es wäre die unsere.«
»Kind«, sagte Odysseus gerührt, »noch bin ich kein Greis, aber doch schon ein älterer Mann. Die Haare werden mir grau!«
»Ich mag die Jungen nicht! Sieh dir Euryalos an, er wirbt um mich, aber immer denkt er nur an sich und an die Straffheit seines Körpers. Noch nie konnte ich mit ihm ein Gespräch führen wie mit dir.«
»Es würde nicht gutgehen«, sagte Odysseus. »Erinnere dich an die Schönheit des Herbstes und des Winters, aber wie sehr sehnst du, wenn sie nur lange genug gedauert haben, den Frühling wieder herbei.«
»Wärest du denn nicht glücklich, eines Mädchens Jugend geschenkt zu bekommen?« fragte sie und ließ den Umhang an sich herabgleiten. Darunter trug sie ein hauchdünnes, fast durchsichtiges Kleid, das die schönen Rundungen ihres jungen, aufknospenden Körpers kaum verhüllte. Als wäre sie nackt, so stand sie nun vor ihm und blickte ihn mit großen Augen an.
»Glücklich sein und vor allem Jugend sind die schönsten Geschenke, die uns die Götter senden«, antwortete Odysseus, »aber es sind eben nur Zustände, die, zumindest rückblickend gesehen, von nur kurzem Bestand sind. Vor gar nicht langer Zeit hat eine Göttin mir Unsterblichkeit und ewige Jugend versprochen. Ich habe es ausgeschlagen, da uns Menschen auf Dauer nur die Erfahrungen, die wir mit den Jahren machen, zufriedenstellen.«
Verzweiflung und Enttäuschung standen ihr im Gesicht, als sie ihm die entzückenden Reize ihrer Jungfräulichkeit darbot.
»Heißt das, du weist mich zurück?«
»Wie könnte ich von dir das Wertvollste annehmen, da ich doch weiß, daß es für mich von unbedeutendem Nutzen ist und ich dir keinen gerechten Gegenwert bieten kann.«
»So kam ich also doch nur, dir ein letztes Lebewohl zu sagen«, rief sie mit Tränen in den Augen.
»Lebe wohl, Nausikaa, du Schöne«, sagte Odysseus und auch ihm standen Tränen in den Augen, »die Götter mögen dich segnen.«
Als Odysseus, schön wie ein Gott, in den Thronsaal trat, kam der

König auf ihn zu, nahm in an der Hand und führte ihn zu einem Tisch, der voll war mit Geschenken. Da lagen zwölf Goldtalente, zwölf herrliche Mäntel und schöngewirkte Kleider. Antinoos selbst hatte eine prächtige silberbeschlagene Truhe herbeischaffen lassen und gab ihm dazu einen goldenen Becher.

»Damit du dich alle Tage an mich erinnerst und davon Zeus und den anderen Göttern die Opfer ausgießen kannst.«

Noch bevor Odysseus ein Wort sagen konnte, trat Euryalos auf ihn zu und sprach: »Edler Herrscher Odysseus, wenn heute ein hartes Wort gefallen ist, so möge es der Wind verwehen. Mögen dich die Götter wohlbehalten auf deine heimische Scholle geleiten. Die Gabe ist dir sicher wertvoll.«

Und er reichte ihm ein Messer aus gehärtetem Eisen, der Griff war silbern, und es ruhte in einer Scheide von Elfenbein.

»Ich danke dir, mein Freund«, sagte Odysseus, »mögen die Götter dich segnen! Und nie komme der Tag, an dem du bereust, mir dieses schöne Geschenk zur Versöhnung gereicht zu haben.«

Er heftete es sich an den Gürtel, da rief Alkinoos zu Tisch. Dienerinnen brachten Krüge mit Wasser und Schüsseln zum Waschen der Hände, die Herolde schritten mit Krügen von funkelndem Wein um die Tische, schenkten die Becher voll, und ein jeder spendete den Göttern bevor er selbst trank.

Schließlich kündete der Herold ein Schauspiel an, das alle besonders erfreuen sollte. Noch bevor die Speisen gereicht wurden, betrat Demodokos, der blinde Sänger, den Saal, der Herold reichte ihm die schimmernde Leier, und mit schöner, tönender Stimme sang er von Aphrodites Liebe zu Ares und wie sie ihren Gemahl Hephaistos mit ihm betrog.

»Immer wenn Hephaistos in seiner Schmiede saß und Gold, Silber und Stahl bearbeitete, schändete Ares mit Aphrodite das Ehebett. Dem Hephaistos aber brachte Helios die Kunde, der die beiden in Liebe umschlungen gesehen hatte. Als Hephaistos es erfuhr, braute er finstere Gedanken und schmiedete schließlich ein Gespinst aus lauterem Gold, so fein, daß es selbst Götter nicht wahrnehmen konnten. Dieses Netz spannte er mit solcher Gewitztheit an den Himmel des Bettes und um die Pfosten, daß es herabfallen mußte, sobald das

Gewicht von Zweien das Lager belastete. Dann aber bildete es einen unentrinnbaren Käfig für jeden, der darunter lag. Als Hephaistos es fertiggestellt hatte, ließ er verkünden, er ginge nach Lemnos, der Insel, die ihm von allen die liebste war.
Frohen Herzens gewahrte Ares die Abreise des Künstlers, und er eilte, hingerissen von seiner Liebe zu Aphrodite, in deren und des Hephaistos Haus, faßte sie bei der Hand und rief: ›Aphrodite, laß uns kosen und uns unserer Körper erfreuen, denn Hephaistos ist nicht daheim.‹ Das war auch ihr recht, und beide bestiegen nackt das Bett, um sich in Liebe zu vereinigen. Da fiel das Netz des kunstgewandten Hephaistos herab und umfing die beiden so gänzlich, daß sie kein Glied mehr regen und heben konnten.
Von Helios herbeigerufen aber nahte bereits der hinkende Meister, und brüllte so schrecklich und voller Zorn, daß es alle Götter hörten: ›Vater Zeus und ihr anderen Götter, kommt und seht es euch an, wie mich mein Weib Aphrodite mit dem abscheulichen Ares betrügt. Ja, er ist schön und hat keine hinkenden Beine wie ich. Schaut, wie dieser Betrüger sich mit meinem Weib in meinem eigenen Bett paart und sie ihm Geschlecht und Brüste entgegenreckt ohne Scham. Doch wird ihnen das Vergnügen am Beischlaf gründlich vergehen. Zeus, augenblicklich gibst du mir die Brautgeschenke zurück, sonst lasse ich die beiden hier liegen bis auf alle Zeiten. O ja, deine Tochter ist schön, aber sie ist unersättlich, und ihre niederen Gelüste sind unbezähmbar!‹
Nun kamen auch noch Poseidon, Hermes und der Schütze Apollon gelaufen, um das aufreizende Schauspiel zu sehen; nur die weiblichen Götter blieben fern, da sie sich um den Anblick der verbotenen Fleischeslust schämten.
Auf einmal aber fing Zeus an zu lachen, und die anderen stimmten so herzlich mit ein, daß der ganze Olymp erdröhnte. Dionysos kugelte sich fast und rief: ›Seht an, der Lahme fängt den Geschwinden. Es ist unglaublich, Hephaistos hat Ares gestellt.‹
Zeus liefen die Tränen herunter, und zu Hermes rief er: ›Möchtest du nicht auch mal, gepreßt in diese gewaltigen Fesseln, bei der schönen Aphrodite schlafen?‹
›Oh, geschähe es nur‹, rief Hermes, ›und mögen mich dreimal stär-

kere Fesseln halten, und schautet ihr dreimal zu, dennoch schliefe ich gerne bei der goldenen Göttin.‹

Und wieder erdröhnte der Olymp vom himmlischen Vergnügen, selbst Hephaistos gewann einen gewissen Spaß an der Sache, und er hielt Ares und Aphrodite so lange unter dem Netz gefangen, bis auch der letzte Faun sie gesehen hatte.

Als er sie endlich nach einer Ewigkeit löste, sprangen die beiden schnell aus dem Bett und schworen Hephaistos entsetzliche Rache. Ares aber stürzte sich nach Thrakien, Aphrodite flüchtete nach Kypros in ihren heiligen Hain, Hephaistos nahm sich die Göttin Charis zur Frau.«

Schon während des Gesangs konnten sich Odysseus und die Phaiaken vor Prusten kaum noch auf den Stühlen halten, als aber Demodokos endete, bekam er von allen rauschenden Beifall. Alkinoos ließ ihm das schönste Stück Fleisch bringen, denn nun trugen die Dienerinnen das Nachtmahl auf, und alle aßen beim Kerzenschein der goldenen Knaben, bis ihre Lust gestillt war.

Ein letztes Mahl bat Alkinoos darum, den Göttern ein Trankopfer darzubringen, dann sagte er zu Odysseus: »Da du uns morgen verläßt, bitte ich dich, uns nun von deiner Irrfahrt zu berichten, denn nur selten hören wir Geschichten wie deine.«

Da begann Odysseus im nächtlichen Saal: »Als mich der Wind mit zwölf roten Schiffen weg vom Gestade Trojas trug ...«

Über Sparta hatte die rotschimmernde Eos die Göttin der Nacht vertrieben, und Menelaos erhob sich, tat sich herrliche Gewänder an, verließ das Gemach und setzte sich neben Telemachos, der schon lange auf ihn gewartet hatte.

»Kamst du zu mir in eigener Sache, oder betrifft es das Volk?« fragte er.

»Ich kam, um vielleicht von dir etwas über meinen Vater zu erfahren, aber auch, um dir zu berichten, daß gut ein Dutzend Freier, die um meine Mutter buhlen, mir Hab und Gut verprassen. Der Palast ist voll feindlicher Männer, die nichts anderes im Sinn haben als Schafe, Ziegen und Rinder in Mengen zu vertilgen und tagein, tagaus mir den Wein wegschlürfen.«

»Schändlich!« sagte Menelaos. »Aber Odysseus wird ihnen ein ruhmloses Ende bereiten und sie werden finstere Hochzeit mit Hades halten, denn ich will dir sagen, was mir in Ägypten ein uralter Meergott anvertraute: Dein Vater lebt auf einer entfernten Insel im Meer, gefangen bei einer Nymphe namens Kalypso. Im zwanzigsten Jahr nach seiner Abreise von Ithaka aber wird er heimkehren und Rache nehmen für das, was man seinem Weib und seinem Sohn antat.«

»O göttlicher Menelaos, wie erfreut mich, was du sagst!« rief Telemachos.

»Höre«, sagte Menelaos, »wie es zu der Begegnung kam: Die Götter hielten mich auf der Insel Pyros fest, wo sich der Aigyptos, den sie auch Nil nennen, ins Meer ergießt, da ich es versäumt hatte, Zeus und den anderen hohen Göttern gebührend zu opfern. Eines Tages, als die Gefährten alle beim Fischen waren, näherte sich mir die Nymphe Eidothea. Sie sagte, sie sei eine Tochter des Proteus, des schaumbedeckten, greisen Poseidondieners, und nur er, der Meergreis, könne mir sagen, wie die Götter zu besänftigen seien. Dafür aber müsse ich ihn erst gefangennehmen. Eidothea, rief ich, wie soll ich ihm auflauern und ihn ergreifen, wenn du es mir nicht sagst? Da gab sie mir genaue Anweisung, was ich tun sollte.«

Telemachos war ganz still geworden und hing an Menelaos' Lippen, denn noch nie hatte er gehört, daß sterbliche Menschen einen Gott bezwungen hätten.

»Mit meinen zwei liebsten Gefährten«, fuhr Menelaos fort, »ging ich zum Strand. Da hatte Eidothea die Felle von drei frisch abgezogenen Robben zurechtgelegt. Obwohl diese einen fürchterlich scharfen Geruch nach der Tiefe des Meeres und nach Tran verbreiteten, stülpte sie uns die Felle über, und wir mußten uns nebeneinander im Sand eine Grube wühlen und daliegen, wie es die Robben tun. Dieses Versteck, so sehr es auch geeignet war, ihren Vater zu täuschen, war entsetzlich. Der Geruch quälte uns fast zu Tode. Sie aber brachte die Rettung, denn aus einem Gefäß schüttete sie uns Ambrosia in die Nasenlöcher, das den Dunst der Tiere übertönte. So warteten wir geduldig, bis Helios kreisend die Mitte des Himmels erstiegen hatte, da tauchten aus den Fluten ein Rudel Robben und legten sich zu uns an den Strand. Unter des Zephyrs Gekräusel stieg endlich auch der

schaumbedeckte Meergreis an Land, zählte seine Robben und legte sich endlich zu ihnen zum wärmenden Bad in der Sonne.
Schreiend stürmten wir nun heran, warfen uns auf ihn und hielten ihn mit eisernen Fäusten fest, wie Eidothea uns geraten hatte. Er aber sann gleich auf die tückischsten Künste, verwandelte sich erst in einen Seelöwen, dann in einen Drachen, dann in ein Pferd, schließlich sogar in Wasser, das uns zwischen den Fingern zu zerrinnen drohte. Aber wir hielten ihn beharrlich fest, da wurde der tückische Greis müde, und endlich begann er zu fragen: ›Wer von den Göttern, Atride Menelaos, gab dir den Rat, mich zu fangen, und was willst du?‹ Ich aber rief: ›Warum verstellst du dich? Du weißt doch, daß ich von den Göttern hier festgehalten werde. Sag mir, was ich tun muß, um auf dem fischewimmelnden Meer meine Heimat zu erreichen!‹ Da gab er zur Antwort: ›Nicht eher wirst du deine Heimat schauen, bis du dem Zeus und den anderen Unsterblichen herrliche Opfer am gepriesenen Ufer des Flusses Aigyptos darbrachtest. Dann werden sie dir die Heimfahrt gestatten.‹«
»Und du tatest es!« rief Telemachos.
»Schweren Herzens, ja, da es viel Mühe kostete, wieder auf das ägyptische Festland zu gelangen. Vorher aber wollte ich noch vom Meergreis wissen, ob denn alle Achaier nach der Abfahrt von Troja die Heimat wohlbehalten erreicht hätten. ›Vielen‹, so antwortete er, ›waren die Götter bei der Heimfahrt gnädig. Nur gegen vier Fürsten wandten sich die Unsterblichen.‹ ›Wer‹, fragte ich ihn, ›sind diese vier?‹ ›Einer‹, sagte er, ›bist du selbst. Doch wenn du tust, was ich dir riet, wirst auch du bald Sparta und dein Land Lakedaimon wieder erblicken. Aias, der Lokrer, ging zugrunde. Nachdem Athene ihm die Schiffe zerstört hatte, rettete ihn, der auf einem zerschmetterten Kielbalken dahintrieb, Poseidon und warf ihn an die großen gyräischen Felsenklippen. Hätte nun Aias nicht in völliger Verblendung gerufen, daß er selbst gegen den Willen der Götter dem tödlichen Schlund entfliehe, wäre er dem Schicksal entronnen, so sehr ihn Pallas Athene auch haßte. Als aber Poseidon dies hörte, schlug er mit seinem Dreizack voll schäumendem Zorn den Felsen in zwei Teile. Der eine zersplitterte sofort, den anderen aber, auf dem Aias saß, stürzte der Erdumstürmer in die wirbelnde Tiefe des

Meeres, daß die Spitze den Lokrer unter sich begrub. Willst du noch mehr wissen?‹ fragte mich der Meergreis, und als ich bejahte, erzählte er mir von dem grausamen Schicksal Agamemnons. ›Eile dich, nach Hause zu kommen, um an den Mördern Rache zu üben. Unter Tränen fragte ich ihn schließlich: ›Und wer ist der Vierte?‹ Zur Antwort gab er mir das, was ich dir vorhin bereits über den Vater gesagt habe. So sprach der Meergreis, dann tauchte er wieder hinab in die Fluten. Ich tat, was er mir geraten hatte, und opferte den Göttern am Ufer des Nils, danach waren sie besänftigt und entließen mich in die Heimat.«

»Obwohl du wahrlich von schlimmen Begebenheiten sprachst«, sagte Telemachos, »danke ich dir dennoch für deine Worte, sie erfüllen mich wieder mit Mut. Ich denke, ich werde noch heute nach Ithaka aufbrechen, um die Ankunft des Vaters vorzubereiten.«

»Bleib noch wenige Tage«, sagte Menelaos, »dann will ich dich mit reichlichen Gaben und Ehrengeschenken entlassen. Drei Rosse, einen prächtigen Wagen und einen goldenen Becher magst du haben, um den Göttern daraus zu opfern.«

»Suche mich nicht länger zu halten«, rief Telemachos, »gerne bliebe ich ein Jahr bei dir, aber es warten die Freunde auf mich in Pylos und noch ein anderes Geschöpf, das eine seltsame Anziehungskraft auf mich ausübt. Und was dein Geschenk angeht: Pferde kann ich nicht mit nach Ithaka nehmen, da wir nicht über saftige Weiden mit Klee und frischen Wiesengräsern verfügen. Auch Getreide wie Hafer und Weizen haben wir nur wenig. Bei uns sind Esel, Schafe, Ziegen und Schweine zu Hause. Gelegentlich ein paar Rinder, doch für Rosse taugen unsere Inseln wenig.«

Menelaos lachte, streichelte ihn und sagte: »Du stammst von edlem Blut, das zeigen deine Worte. Aber ich will dir etwas anderes schenken. Von den vielen Schätzen hier im Hause sollst du den schönsten und ehrenvollsten haben. Ich gebe dir einen Krug, ganz aus Silber von außergewöhnlich kunstvollem Wert. Die Ränder sind gänzlich in Gold gefaßt. Er stammt aus der Hand des Gottes Hephaistos.«

12

Im Hof des Königspalastes zu Ithaka ergötzten sich die Freier am Speerwurf und beim Schleudern des Diskus, während die Hirten der umliegenden Gehöfte Schafe, Ziegen und Schweine herbeitrieben, denn die Gefräßigkeit der Räuber, wie sie Euryklea, die Amme, zu nennen pflegte, war unermeßlich. Nur Antinoos und Eurymachos, die Anführer der Freier, saßen im Schatten eines von Säulen gestützten Vordachs und labten sich an gekühltem roten Wein. Bei ihnen saß die schöne Melantho, eine Magd der Penelope, die im Hause geboren und erzogen worden war, doch seit drei Jahren war sie die Gespielin des Eurylochos und kraulte ihm das wellige Haar. Da meldete Medon, der altgewordene Herold, der seinen Dienst nur noch der Herrin zuliebe versah, einen Besucher. Noëmon nahte, der Sohn des Phronios.

»Sei uns willkommen, Noëmon, setz dich zu uns, möchtest du einen Schluck Wein? Melantho wird dir einen Becher bringen.«

»Für die Götter!« rief Noëmon und goß einen Schluck davon auf den Boden, dann trank er.

»Von fremdem Wein läßt's sich gut spenden, was?« rief Eurymachos, lachte und schlug sich die Hände auf die Schenkel. »Aber sprich, mein Freund, was führt dich zu uns? Ist es Penelope? Auf einen mehr oder weniger kommt es ihr und uns nun auch nicht mehr an! Was?«

»Nein«, sagte Noëmon, »das ist es nicht. Ich wollte euch nur fragen, ob einer von euch vielleicht weiß, wann Telemachos wieder zurückkommt. Ihm und Mentor lieh ich mein Schiff. Aber nun bat mich der Vater, nach Elis zu segeln, um von dort Maultiere zu holen. Ihr könnt mir nicht sagen, wann er von Pylos wiederkehrt?«

»Nach Pylos ist er gefahren, mit deinem Schiff?« fragte Antinoos.

»Ich dachte, er wäre auf seinem Gut oder bei Eumaios, dem Schweinehirten«, rief Eurymachos.

Antinoos konnte es kaum fassen. Sollte etwa dieser unreife Knabe plötzlich einen eigenen Willen entwickeln?

»Nun sag mir die ganze Wahrheit«, herrschte er Noëmon an: »Wann fuhr er nach Pylos, wen nahm er mit, und sag mir vor allem, zwang er dich dazu, ihm das Schiff zu geben?«

Noëmon hatte mit all dem nicht gerechnet und gab verwirrt die Antwort: »Nein, ich gab ihm das Schiff freiwillig, das hätte doch jeder getan, oder? Es war vor einer Woche, und er nahm die zwanzig besten Ruderer aus Polis mit. Aber offensichtlich wißt ihr nichts davon. Nun, dann muß ich eben noch warten«, sagte er, stand auf und ließ die Freier allein.

»Hat es der kleine Drecksack also doch geschafft!« sagte Eurymachos, der Sohn des Polybos, und rief schnell auch die anderen Freier herbei.

Als sie sich alle um den schattigen Tisch geschart hatten, sagte Antinoos voller Wut und brennendem Zorn im Herzen: »Stellt euch vor, Telemachos hat die Reise, von der er auf dem Marktplatz sprach, doch unternommen, hat sich einfach von Noëmon das Schiff geliehen, in Polis die besten Ruderer genommen und ist mit Mentor in See gestochen! Ich fürchte, der wird uns noch viele Schwierigkeiten bereiten. Oh, möchte ihn Zeus doch zum Hades schicken!«

»Darauf sollten wir uns besser nicht verlassen«, rief Eurynomos, der Sohn des Antiphos, »die Starken und Mutigen strafen die Götter nur selten!«

»Das fürchte ich auch«, rief Antinoos, »darum schafft mir ein Schiff mit vierzig schwertkundigen Ruderern herbei, am besten vom Festland, Männer also, denen die Verhältnisse unserer Inseln unbekannt sind. Diese werde ich dann gegen hohe Bezahlung verpflichten, sich in der Meerenge zwischen Pylos und Same in einen Hinterhalt zu legen und ihn bei seiner Rückkehr abzufangen und zu töten. Dann wird er so schnell nicht wieder auf Seefahrt gehen!«

»Ganz genau«, riefen die anderen, »wir töten ihn, dann haben wir endlich Ruhe von ihm und dazu freie Hand!«

Melantho, schmeichelnd und mit nackten Beinen, den Rock bis zur Hüfte geschlitzt, trat hinzu und rief: »Edle Herren, das Essen ist aufgetragen«, da gingen sie alle in den Thronsaal des Odysseus und ließen sich nieder zum üppigen Mahl.

Medon aber, der Herold, hatte alles mit angehört, denn er war die ganze Zeit hinter einer Säule gestanden. Als er unbeobachtet war,

rannte er die Treppe hinauf zu Penelopes Gemach, und ohne anzuklopfen trat er ungestüm ein. Penelope erschrak fast zu Tode, als sie einen Mann auf der Schwelle gewahrte, denn sie dachte, es wäre einer der Freier. Dann aber erkannte sie Medon und sagte: »Ah, du bist es, sandten die feinen Herren dich, mich zu holen? Oder lassen sie mir ausrichten, daß nun auch meine letzten treuen Mägde sie da unten bedienen sollen oder das Bett mit ihnen teilen? Oh, wären doch diese Hunde zum letztenmal da, oh, wären sie doch nie gekommen.«
Mit einem Aufschrei warf sie sich aufs Bett und weinte, daß es ihm fast das Herz zerriß.
Medon blieb im gebührlichen Abstand stehen und bedauerte die arme Herrin von ganzem Herzen.
»All meine Habe und die des Telemachos vergeudet ihr«, schluchzte sie in die Kissen. »Haben euch eure Eltern nie gesagt, als ihr noch klein wart, was für ein König Odysseus war? Der nie jemandem ein Unrecht antat? Eure Gier und eure Schandtaten sind nun der Dank für die empfangenen Wohltaten!«
»Herrin«, sagte Medon betreten, »wenn es nur das wäre! Viel Schlimmeres brüten die Freier. Sie trachten Telemachos, der nach Pylos fuhr, nach dem Leben. Wenn er zurückkehrt durch die Meerenge, wollen sie ihm auflauern und ihn töten.«
Einen Augenblick lang dachte Medon, es sei ihr das Herz stehengeblieben. Wie tot lag sie da und konnte lange nicht sprechen. Dann aber richtete sie sich auf, starrte Medon wie irre geworden ins Gesicht und sagte: »Was sagst du, Medon, er ist fort? Warum ist er fort?«
»Ich weiß es nicht, Herrin, war es ein Gott, der ihn trieb, war es sein eigener Wille, ich weiß es nicht.«
Als Penelope dies hörte, fing sie so entsetzlich an zu weinen, daß Medon nicht wußte, was er tun sollte. Sie tobte durch das Gemach, schlug ihren Kopf gegen die Wand, rief die Götter an, dann warf sie sich wieder zu Boden und heulte und schrie, daß ihm angst und bange wurde. Als sie drohte, sich aus dem Fenster zu stürzen, konnte er sie im letzten Augenblick bändigen und auf das Bett legen, wo sie weinend liegen blieb. Bis sie eingeschlafen war, hielt er Wache, dann rannte er rasch nach unten, um Euryklea zu holen.
»Komm schnell, Euryklea, und nimm die Mägde mit, von denen du

weißt, daß sie der Herrin ergeben sind, schnell, es geht ihr sehr schlecht.«
Mühsam, auf ihren alten Beinen humpelnd, stieg Euryklea die Treppe hinauf, ihr folgten zwei Mägde mit Wasser und Tüchern. Dann trat sie in die Kammer ein.
»Herrin, was ist dir?« rief die alte Amme. »Schnell, bringt Wasser!«
Mit einem feuchten Tuch wischte Euryklea ihr, die wie von allen Göttern verlassen schien, über das Gesicht, dann hielt sie Penelope, die halb tot schien, fest im Arm, wiegte sie sanft hin und her und sang nach einer Kinderweise: »Alles wird wieder gut, alles wird wieder gut.«
Nach einer Weile sagte Penelope: »Zeus sandte mir unsäglichen Kummer. Nicht nur, daß er mir den Gatten raubte, nun will er mir auch noch den Sohn nehmen. Ich dachte, er sei bei seinem Großvater Laërtes, nun aber erfuhr ich, daß er Ithaka verließ, und die da unten wollen ihn, noch bevor er zurückkehrt, töten.«
»Liebes Kind«, sagte Euryklea, »nun muß ich es dir sagen, obwohl ich mich so sehr davor fürchte, aber ich wußte von dieser Reise, nur, er ließ mich schwören, dir nichts davon zu erzählen, ehe du nicht selbst nach ihm fragst. Nur dies sagte er mir, daß er ginge, den Vater zu suchen und dies noch: daß es nicht ohne die Götter geschähe. Darum sei auch du getrost, er wird wiederkommen, denn Pallas Athene ist auf seiner Seite. Bete zu der Tochter des donnernden Zeus, denn sie allein kann ihn retten.«
Bis Helios den goldenen Sonnenwagen im glitzernden Meer versenkt hatte, blieb Euryklea bei Penelope, dann befahl sie den Mägden, der Herrin das Bad zu richten.
Die Freier lärmten unterdessen unten im Saal, hielten reichliche Mahlzeit und tranken, bis manchem der Wein wieder aus dem Mund hervorquoll.
»Sicherlich richtet sie uns schon die Hochzeit, ohne zu ahnen, daß ihrem Sohn das Ende droht«, rief Leiokritos und erhielt zur Antwort ein schallendes Gelächter.
Da aber wurde Antinoos wütend. »Seid doch still, ihr Besessenen!« schrie er. »Wollt ihr, daß alle Bediensteten es erfahren? Laßt uns jetzt gehen und das Vorhaben ausführen, ihr wart ja alle damit einver-

standen und habt Beifall gespendet. Nun laßt es uns auch tun, sonst gewinnt keiner von uns die Fürstin und die Krone!«
Während vom Festland ein Schiff mit vierzig gedungenen Mördern Kurs auf Ithaka nahm, um in einer Felsbucht bei Same vor Anker zu gehen, lag im Palast des Odysseus, ohne Speise und Trank zu sich genommen zu haben, Penelope vor dem Standbild der Pallas Athene und verbrannte ihr in einem schwarzen Becken ein ganzes Scheffel Gerste.
»Rette meinen Sohn«, flehte sie und preßte ihr Gesicht an den rotschimmernden Sockel von kühlem Marmor, »laß nicht zu, daß er den Freiern in die Hände gerät!«

»... und mit Leukotheas Schleier um die Brust gebunden entstieg ich dem schäumenden Meer und fand Rettung am gesegneten Strand der Phaiaken.«
Lange sprach keiner ein Wort im dunkel gewordenen Saal. Es brannte nur noch eine Fackel, die anderen waren ausgegangen, und warf flackernde Schatten auf die Wände und die Gesichter der vor Begeisterung gebannten Zuhörer.
»Auf daß dir bei deiner letzten Fahrt in die Heimat die Götter gnädig sein mögen«, sagte endlich Alkinoos und trank seinen Becher leer.
Arete erhob sich von ihrem Sessel, ging auf Odysseus zu und reichte ihm die Hand. »Ich wünschte von Herzen, wir könnten dir für alles, was dich die Götter erdulden ließen, angemessenen Ersatz bieten. Kehrten doch alle Helden reich mit Schätzen beladen von Troja zurück, nur du gingst der Beute verlustig.«
»Was redest du, Frau!« rief Alkinoos, »das wehre Zeus, daß wir Odysseus arm wie einen Bettler nach Hause zurückkehren lassen. Schnell, ihr Phaiakenfürsten, hole ein jeder noch aus seinem Haus einen wertvollen Dreifuß mit Becken. Diese, das Gold und die Geschenke, die in der Truhe liegen, wollen wir ihm dann ins bauchige Schiff laden, dann wird Odysseus sicher nicht als ärmster der achaischen Fürsten die Heimat wieder erblicken. Damit aber die Großzügigkeit nicht so drückt, erlaube ich, euch durch Sammlung in der Gemeinde schadlos zu halten.«
Allen gefiel die Rede des Königs, ein jeder ging zu seinem Haus, das

zusätzliche Geschenk zu holen, und brachte es gleich zum Hafen hinunter, da die dämmernde Frühe mit Rosenfingern erwachte und Schiff und Seeleute zur Abfahrt bereit waren. Alkinoos selbst überwachte die Verladung der Güter, Arete bereitete aus Polstern und Leinen Odysseus ein Lager auf dem hinteren Deck, ließ auch Verpflegung für ihn und die Mannschaft an Bord bringen und Pontonoos, der Herold, brachte im herrlichen Krug den funkelnden Wein. Die gehenkelten Becher schenkte er randvoll, und alle opferten den Göttern, bevor sie selbst tranken. Dann aber hieß es, Abschied zu nehmen. Zu einem jeden seiner Wohltäter sagte Odysseus dankende Worte, Alkinoos umarmte und küßte er herzlich und zu Arete trat er hin und sagte: »Lebe wohl auf immer, erfreue dich, solange es dir die Götter gestatten, deiner Kinder, deines Volks und deines Gatten, dem König.«

Dann ging auch er an Bord, einer löste das Tau vom durchlöcherten Stein, und die Seeleute setzten sich an die Ruder, beugten sich weit vor und zogen die Riemen mit mächtigem Zug durch das aufwirbelnde Wasser.

Nausikaa stand unterdessen am Fensterbogen ihres Gemachs, sah das Schiff aus dem Hafen gleiten, und bittere Tränen liefen über ihr schönes Gesicht.

Als die offene See erreicht war, ließ der Steuermann Segel setzten. Es bäumte sich der Bug, hinten rollte die schäumende Welle, und das Schiff der Phaiaken flog dahin wie ein Gespann von vier zusammengekoppelten Hengsten. In rasender Fahrt trug es Odysseus, der auf dem Lager in tiefen Schlaf gefallen war, seiner langersehnten Heimat entgegen.

V.

Heimkehr und Rache

1

Odysseus erwachte in tiefster Nacht. Er lag auf dem Kissen, das ihm Arete an Deck des Phaiakenschiffes gerichtet hatte, doch als er neben sich griff, merkte er, daß er festen Boden unter sich hatte.

»O Götter«, rief er verzweifelt, »zu welchem Land hat es mich nun wieder verschlagen?«

Er blickte um sich, da sah er im fahlen Mondlicht auf der einen Seite die sachten Wellen des Meeres ans nahe Ufer schlagen, auf der anderen stand die silberbeschlagene Truhe, darauf einige Speisen und ein Schlauch Wein, die kostbaren Becken und Dreifüße lagen schön aufgeschichtet daneben.

»Ist es eine Insel, ist es festes Land?« fragte er sich. »Ich weiß nicht, wie lange ich geschlafen habe, aber gesetzt den Fall, es wäre nur dieser eine Tag gewesen, kann dies hier nicht Ithaka sein, denn mit meinem Schiff bräuchte ich wenigstens zwei Tage, die Entfernung von Scheria bis in die Heimat zu meistern. So viel schneller können selbst die Schiffe der seekundigen Phaiaken nicht sein – oder doch?«

So rätselte er hin und her, bis Eos im Osten den schwarzen Mantel der Nacht hinweghob. Als aber Helios mit dem glühenden Sonnenball aus dem Meer stieg, senkte sich dichter Nebel zum Boden und verschleierte ihm erneut dic Sicht.

Nicht weit von ihm entfernt, nur wenige Schritte abseits des leise plätschernden Meerstrands, entdeckte er eine Höhle. Gerne hätte er hier geopfert, aber er wußte nicht, welche Nymphe darin wohnen mochte. Noch nie hatte er diese Höhle gesehen, also war er auch nicht auf Ithaka, denn dort, so dachte er, würde er jeden Stein wiedererkennen. Voller Unmut lief er am Strand entlang, da sah er einen Knaben, der die Tracht eines Hirten trug. Freudig ging Odysseus ihm entgegen.

»Sei mir gegrüßt, Hirte, und nahe mir nicht in feindlicher Absicht. Da du der erste bist, den ich in diesem fremden Land erblicke, bitte ich dich, mir zu helfen, dieses Gut hier zu verbergen. Und sage mir: Wo befinden wir uns, ist es Festland oder eine Insel?«

Der Knabe lachte und sagte: »Woher kommst du denn, daß dir diese Gegend unbekannt ist, es kennen doch alle diese schafe- und ziegennährende Scholle. Nur Pferde gedeihen hier nicht, weil es an Kleewiesen mangelt. Sonst aber gibt es alles, auch Wein, Rinder, Schweine, Wald, da drüben sprudeln Quellen so wohlschmeckend, wie du keine in ganz Griechenland findest, Fremdling, der Name der Insel ist Ithaka!«

Da durchfuhr ein süßer Schauer Odysseus' Brust. Schon wollte er sich niederwerfen, um die Erde zu küssen, als eine vorsichtige Erwägung ihn zurückhielt.

»Ja«, sagte er, »von Ithaka habe ich schon gehört. Weißt du, ich stamme aus Kreta. Einen Mann erschlug ich dort, weil er mir mein Hab und Gut rauben wollte, aber ich konnte fliehen. Phoinikische Seefahrer nahmen mich gegen Bezahlung mit. Nun setzten sie mich gestern nacht hier aus, doch wie diese Insel heißt, wußten sie selbst nicht.«

Der Hirte lächelte und verwandelte sich, Odysseus konnte es nicht glauben, vor seinen Augen in eine prächtige Frau. Mit offenem Mund stand er da, und sie begann zu reden: »Du bist doch ein listiger Schlaukopf, selbst im eigenen Land magst du nicht aufhören, Märchen zu erzählen. So klug bist du, daß du nicht einmal Pallas Athene erkennst, die dir immer hilfreich in allen Gefahren beistand.«

»Göttin!« rief Odysseus, und wieder fuhr ihm ein süßer Schauer durch die Brust. »Nur schwer erkennen dich Sterbliche, so vielfach ist deine Gestalt. Ich weiß, wie hilfreich du mir früher warst, und ich habe es nicht vergessen. Aber seit wir Priamos Feste zertrümmerten, habe dich nicht mehr gesehen, und es schien mir auch nicht, als hättest du mich in den letzten zehn Jahren vor Unbill und Leiden geschützt.«

»Was redest du da! Du lebst doch und hast alle Gefahren überstanden. Wer meinst du, ließ dich das Herz der Phaiaken gewinnen, daß du mit Schätzen reich beladen die Heimat erreichen konntest?«

»Bei Zeus, ich kann es immer noch nicht glauben, daß wir auf Ithaka sind. Sind wir wahrhaftig im Land der Väter?«

»Dann schau dich um«, sagte Athene. Sie zog mit einer Handbewegung den Nebel fort, und die Insel erstrahlte in all ihrer Schönheit. »Dies ist die Bucht, die ihr dem Meergott Phorkys weihtet, dort am Ende steht der mächtige Ölbaum, da drüben liegt die Höhle der Najaden, wo du schon so viele Opfer darbrachtest, und vor dir, über dem glitzernden Wasser der Aetosbucht, erheben sich die waldigen Berge des Neriton.«
Wie Schuppen fiel es von Odysseus' Augen. Mit Entzücken erkannte er die Heimat wieder, ließ sich nieder auf die Knie und küßte den Boden seines geliebten Ithaka. Und zu den Najaden erhob er betend die Hände und rief: »Nie glaubte ich, euch, Töchter des Zeus, je wieder zu sehen. Wenn mir nun Pallas Athene erlaubt zu leben, werde ich, wie früher, euch herrlichen Nymphen wieder die schönsten Opfer weihen.«
»Nur Mut«, sagte Athene und setzte sich auf die Truhe, »daran soll es nicht liegen. Ich muß dir aber noch etwas anderes sagen, was dir nicht gefallen wird. In deinem Palast steht es nicht zum Besten. Darum rate ich dir: Bezwinge dich und sag niemandem ein Wort davon, daß du zurückgekehrt bist. Nicht Männern, nicht Frauen, nicht deinem Weib, niemandem. Nur deinem Sohn sollst du es sagen, wenn du ihn siehst. Aber das wird noch etwas dauern, denn zur Zeit befindet er sich mit einem Pferdegespann auf der Reise von Sparta nach Pylos. In Sparta traf er Menelaos, der ihm sagte, daß du noch lebst.«
»Woher weiß der Atride das?« fragte Odysseus erstaunt.
»Ein ägyptischer Meergott sagte es ihm. Aber laß mich weiter erzählen. In Pylos liegt ein Schiff, das Telemachos und mich wieder nach Ithaka bringen wird. Denn wenn ich dich gleich verlasse, gehe ich nach Pylos, um deinen Sohn vor seiner geplanten Ermordung zu schützen.«
Odysseus war es, als hätte ihm jemand ein Messer in den Leib gestoßen.
»Bei Zeus, wer trachtet ihm denn nach dem Leben?«
»Du mußt wissen, daß seit mehr als drei Jahren dein Palast von Freiern belagert wird, die um die Gunst deiner Gemahlin werben. Es sind die Söhne der fünfzehn edelsten Fürsten Ithakas, die um alles in der Welt die Macht im Lande anstreben. Obwohl Penelope Tag und

Nacht die Götter um deine Rückkehr anfleht, denken die Freier, daß du längst tot bist. Und solltest du doch einmal wider Erwarten zurückkehren, sagen sie, würden sie dich töten.«

Odysseus' wettergebräuntes Gesicht war plötzlich weiß wie Kreide geworden, und auf seiner Stirn stand kalter Schweiß. Mit der Hand fuhr er sich über das Gesicht, wischte sie am Kleid ab und sagte: »Ich bitte dich, erzähl weiter!«

»Nun gut, dein tapferer Sohn Telemachos, der sich den Freiern mit aller Kraft widersetzt, fuhr zuerst zu Nestor, dann zu Menelaos, um zu erkunden, ob du noch lebst. Jetzt, da er es weiß, kehrt er zurück. Doch die Freier, denen er die Reise verschwiegen hatte, haben dennoch davon erfahren und wollen ihn nun hinterrücks ermorden, da er ihnen zu gefährlich wird. In der Meerenge zwischen Polis und Same, versteckt in einer Felsbucht, liegt ein Schiff mit vierzig gedungenen Mördern, die den Auftrag haben, Telemachos zu töten.«

»O rette ihn, Göttin, damit ich ihn nicht erst auf der Bahre wieder erblicke!«

»Hab keine Angst, ich werde bei ihm sein und sein Schiff sicher auf die andere Seite der Insel in die Phorkysbucht steuern.«

»Gibt es denn keine ehrbaren Krieger mehr auf Ithaka, die ihren alten König und seine Familie hochhalten?«

Athene schüttelte den Kopf. »Die Freier und deren Familien bestimmen so gut wie alles hier. Du hast nicht einmal mehr Diener und Knechte auf deiner Seite. Nur wenige sind dir treu geblieben. Medon zum Beispiel, auch Eumaios, Euryklea, Philoitios, der Rinderhirt... Die meisten Alten sind gestorben, und die Jungen kennen dich nicht.«

»Was soll ich jetzt machen?« fragte Odysseus ratlos. »Wirst du mir helfen?«

»So, wie ich es immer tat, mein Lieber. Laß uns erst den Schatz verstecken, dann werde ich dich zu einem Bettler machen. Als solcher kannst du unerkannt durch das Land gehen und prüfen, wer noch zu dir hält. Geh als erstes zu Eumaios, er wurde Schweinehirt, da er den Freiern nicht dienen wollte. Jetzt wohnt er beim Rabenfelsen, nicht weit von der Quelle Arethusa.«

Odysseus nickte.
»Komm jetzt, die Truhe und die Becken sind schwer!«
Zusammen trugen sie die Schätze der Phaiaken in die Höhle nahe beim Wasser, und Athene wälzte einen Fels davor, den kein Sterblicher hätte bewegen können. Dann berührte sie ihn mit der Hand, da begann seine Haut runzelig zu werden, das Haar wurde ihm weiß und dünn, die Beine krumm und der Rücken gebeugt. Anstelle des schönen Gewandes von Arete gab sie ihm als Leibrock zerschlissene Lumpen, darüber warf sie ihm ein räudiges Hirschfell. Auch schäbig aussehende Sandalen hatte er plötzlich an den Füßen, doch die Sohlen waren dafür um so besser. Um die Schulter hängte sie ihm einen flickenbesetzten Ranzen mit einem Strick als Tragegurt, und schließlich reichte sie ihm einen krummgewachsenen Stecken, der jedoch hart war wie Eisen und ihm notfalls sogar als Waffe dienen konnte. Ein Lächeln schenkte sie ihm noch, dann erhob sie sich und eilte nach Pylos, um dort auf Telemachos zu warten.

2

Aus der malerischen Phorkysbucht stapfte Odysseus hinauf den steinigen Fußweg zur kargen Hochebene, die von niederem Gestrüpp und magerem gelbem Gras überzogen war. Als er die Höhe erreicht hatte, schlug ihm ein heißer Wind ins Gesicht, und Helios brannte mit all seiner Macht auf seinen Kopf herunter, daß er wünschte, Athene hätte ihm zu all der Verkleidung auch einen Hut mitgegeben.
Es hat sich nichts verändert hier, dachte er, Ithakas Südhälfte war außerhalb der Regenzeit schon immer unfruchtbar.
Bis Helios den Scheitel des Zeniths erreicht hatte, wanderte er über die trockene Steppe, dann kam er zum Brunnen der Arethusa, und es frohlockte ihm das Herz. Denn im Umkreis von mehreren hundert Schritten standen da Olivenbäume, es sprossen Thymian- und Lavendelkräuter aus dem Boden, die einen herrlichen Duft verbreiteten. Auf die geliebte Erde warf er sich nieder, vergrub seine Nase im

Wohlgeruch der Heimat, und es rannen ihm Tränen der Freude über die faltigen Wangen.

Bald schritt er wieder aus, nicht mehr weit vor ihm lag das Ende der Insel, der Rabenfelsen, der jäh und steil hinabfiel ins Meer. Er selbst hatte ihm, als er klein war, den Namen gegeben, da er im Glauben gewesen war, die schwarzen Vögel, die ihn umkreisten, seien Raben. Dabei waren es nur Krähen, aber immer noch umkreisten sie die Klippe in riesigen Schwärmen. Rechts davon in der Ebene entdeckte er ein mit einer Mauer umgebenes Gehöft, das er noch nie gesehen hatte. Beim Näherkommen sah er, daß darin zwei, ja sogar drei feste Häuser standen, die Dächer waren mit Steinplatten gedeckt.

»Ist es gestattet?« rief er und klopfte mit seinem Stab an die halboffene Tür. Da stürzten sich ihm aus dem Inneren des Gehöftes heulend, knurrend und laut bellend zwei Hunde entgegen und taten so, als ob sie ihn zerreissen wollten, er aber hockte sich nieder, ließ seinen Stab fallen und sprach beruhigend auf die Tiere ein. Da kam auch schon der Hirte durchs Hoftor gelaufen und schlug mit einem ledernen Riemen auf die wütenden Hunde ein, daß sie den Schwanz einzogen und nach innen verschwanden.

»Es fehlte nicht viel, und sie hätten dich totgebissen, Alter, damit hättest du mir gewaltigen Kummer bereitet; ich habe ohnehin schon genug davon. Nun aber tritt ein, bedürftig bist du, man sieht es dir an. Fürchte dich nicht vor den Hunden, sie werden dir nichts mehr tun.«

Dankbar blickte Odysseus dem Mann ins Gesicht, und er erkannte in ihm Eumaios wieder. Wie gerne hätte er ihn in die Arme genommen, und gesagt: Alt bist du geworden, mein Lieber, aber er erinnerte sich der Worte Athenes.

»Es ist mir ja nichts passiert«, sagte er. »Ich selbst hatte genug Hunde in meinem Leben und weiß mit ihnen umzugehen.«

»Folge mir«, sagte Eumaios, »und stärke dich an dem, was ich dir bieten kann, dann magst du mir sagen, wer du bist und woher du kommst, denn ich habe dich noch nie gesehen.«

Eumaios führte Odysseus in sein Haus, schüttete aus Laub einen Haufen auf, legte ein Ziegenfell darüber und bat ihn, sich zu setzen. Odysseus freute sich über den herzlichen Empfang und sagte: »Gast-

freund, mögen Zeus und die ewigen Götter dir geben, was du am meisten begehrst.«
»Nicht viel, Alter, aber doch soviel, daß ich es nicht mehr erlangen werde.«
»Die Götter sind groß«, sagte Odysseus, »vergiß es nicht!«
»Ich vergesse es nicht, und auch nicht den Brauch, Fremde, und wären noch so gering, nicht zu mißachten, denn von Zeus gesandt sind sie alle, die Fremden und Armen. Deshalb will ich dir Stücke vom Ferkel geben, das ich erst gestern geschlachtet habe, dazu einen Becher Wein, und es wird mich nicht verdrießen, wenn es zwei oder drei werden.«
Vom Herd holte Eumaios das Fleisch, legte es auf eine Holzschale, tat ein Stück Gerstenbrot dazu und stellte sie vor Odysseus hin.
»Lieber hätte ich dir ja ein Stück vom gemästeten Schwein gegeben, doch diese begehrt die Herrschaft für sich, ohne jedoch ein Anrecht darauf zu haben. Wüste Herren sind es, die das Gut meines verstorbenen Königs aufzehren. Jeden Tag zwingen sie mich, ihnen das fetteste Schwein aus dem Koben zu bringen, und schmausen dort im schattigen Palast. Wie die Räuber hausen sie und belagern unsere sanfte Königin Penelope, die immer noch auf die Rückkehr des Gatten hofft. Ich aber bin sicher, er ging zugrunde und die Götter verwehren ihm die Heimkehr auf ewig.«
Eumaios schenkte die Becher voll, spendete auf den Boden, Odysseus tat es ihm gleich, dann sagte er: »Nun greif zu, Fremder, so kärglich das Mahl auch sein mag, laß es dir schmecken und fleh zu den Göttern, daß sie dir niemals ein schlechteres gewähren mögen.«
Zusammen begannen sie zu essen und zu trinken, und Odysseus sagte: »Erzähl mir von deinem König, weshalb blieb er denn aus?«
»Nach Troja zog er mit vielen anderen Fürsten Achaias, um Menelaos' Gattin Helena befreien zu helfen. Oh, hättest du ihn gekannt, kein edlerer Mensch wäre dir je begegnet, gütig war er wie kein zweiter. Ich selbst war ja der oberste seiner Knechte im Palast auf dem Berg Pilikata. Doch als vor drei Jahren die Freier kamen und begannen, mir Befehle zu erteilen, war ich außerstande, ihnen zu gehorchen. So gestattete mir Penelope, die edle Königin, mich zurückzuziehen; seither kümmere ich mich um die Schweine, deren Gesell-

schaft ist mir allemal lieber als die der neuen Herren, die jetzt im Palast gebieten. Damals glaubte ich noch, mein König käme wieder. Dies hatte ein Bettler, wie du einer bist, gemeldet. Er schwatzte uns auf, er hätte ihn auf Kreta gesehen und kündete seine Heimkehr für den Spätherbst an. Also baute ich dieses Haus und dazu zwölf Koben für je fünfzig Schweine. Jetzt sitzen in jedem nur noch zwanzig. Denn das Pack von Räubern zwingt mich, ihnen täglich das fetteste zu bringen. Ein junger Knecht, den ich selbst erwählte, sein Name ist Mesaulios, hilft mir, die Arbeit zu tun. Bei Tagesanbruch zieht er los zum Palast, um den unersättlichen Freiern zu bringen, was sie begehren, abends kehrt er zurück. So rauben und verprassen sie das Gut des besten aller Männer. Reich war er wie kein anderer, seine Habe war unermeßlich, nun aber schwindet sie dahin.«

Eumaios nahm seine schwieligen Finger zu Hilfe: »Auf Same hatte er je zwölf Herden Schafe, Rinder, Ziegen und Schweine, auf Dulichion und Zakynthos je sechs, auf Ithaka außer dieser Schweineherde hier elf weitere von Ziegen und zwei von Rindern. Da aber die Hirten aller Herden den Schmarotzern zu Gefallen sein müssen, ist mehr als die Hälfte des Bestandes bereits vertilgt.«

Schweigend aß Odysseus, was ihm Eumaios geboten hatte, und brütete Vergeltung.

Als sie fertig gegessen hatten, sagte Odysseus: »Wie heißt er denn, dein König, mag sein, ich bin ihm schon einmal begegnet, denn ich war ja selbst vor Troja und durchstreifte anschließend weit die Welt.«

»Das sagt ihr alle, ihr fahrenden Leute, um euch vielleicht ein Gewand oder einen Mantel zu erschleichen. Da schmiedet ihr schnell Märchen zusammen, daß ihr ihn kennt, daß er noch lebt, daß er zurückkehrt. Nichts da, tot ist er und hinterließ nur Kummer. Mir aber am meisten, denn nirgends finde ich einen so gütigen Herrn wie meinen Odysseus wieder.«

»Auch ich hasse die Lüge wie die Tore des Hades«, sagte Odysseus, »und dennoch sage ich dir, ja, ich schwöre es dir sogar, dein Herr kommt wieder, noch ehe der Mond gänzlich geschwunden und der neue sich rundet.«

»Trink ruhig, Alter, und gib dir keine Mühe«, rief Eumaios, »den Eid aber lassen wir beiseite, er kommt so wenig, wie ich dich für diese

Botschaft lobe. Um meinen Herrn braucht man sich nicht mehr zu sorgen, denn er ist tot. Sorge habe ich vielmehr um seinen Sohn Telemachos, der verblendet ins sandige Pylos fuhr, um ihn dort zu suchen. Jetzt lassen ihm bei den Klippen die verruchten, gottlosen Freier auflauern, damit er ermordet und so der ganze Stamm ausgetilgt werde.«

Eumaios wischte sich eine Träne aus dem Auge, dann wandte er sich wieder dem Gast zu.

»Aber nun sage mir, wer du bist und welches Schiff dich brachte, denn zu Fuß gelangt man nur schwer hierher.«

Da begann der erfindungsreiche Odysseus zu erzählen: »Von Kreta stamme ich, Aithon ist mein Name, und ich bin der Sohn des Hylakydes, der einer der begütertsten Männer der Insel war. In Wohlstand wuchs ich auf, ja ich war sogar der liebste Freund des Idomeneus; sein Großvater war der ruhmreiche König Minos, dann wurde Deukalion König und schließlich Idomeneus selbst. Alles, was ich begann, glückte mir vortrefflich. Ich nahm ein Weib, das mir zwei Söhne und eine Tochter gebar, und war vergnügt den ganzen Tag. Dann aber kam die Nachricht, daß die Atriden gegen Troja zögen, auch Idomeneus mußte daran teilnehmen, da ja auch er einst um Helena geworben hatte. Zusammen freuten wir uns auf den Feldzug, denn im Speerwurf, im Bogenschießen und im Schwertkampf waren wir beide tüchtig und darüber hinaus im Herzen niemals feige.

Während ich als der erste Navigator der kretischen Flotte damit beschäftigt war, die Schiffe für den Krieg zu rüsten, mein Haus stand im Hafen Herkulaneum, legte eines Tages an der Mole Odysseus an, ich erkannte sein Schiff am Segelwappen. Er sagte, daß er aus Delos komme und auf dem Weg nach Troja sei, doch die Ethesien hätten ihn auf unsere Küste zugetrieben. Zwölf Tage blieb er in meinem Hause zu Gast, bis sich die Winde drehten. Mit einem kräftigen Südwind gelangte er nach Troja. Idomeneus und ich segelten erst zehn Tage später. Als auch wir in der Schiffsstadt angelangt waren, in der die Achaier über tausend Schiffe an Land gezogen hatten, sahen Odysseus und ich uns wieder, und wir wurden die besten Freunde. Viele Kämpfe fochten wir gemeinsam und bekriegten neun Jahre lang die Priamosburg, bis wir sie im zehnten Jahr zerschlugen. Dann ging es zurück zu meiner geliebten Heimat Kreta. Einen Monat lang durfte ich mich, nachdem ich in die Heimat zurückgekehrt war, meines Vaters, meiner Kinder und meines Weibes erfreuen, dann sandte Zeus mir Böses. Als erstes nahm er mir den Vater und schickte ihn zu Hades' Reich. Da mich aber nicht dessen rechtmäßige Gattin, sondern ein Kebsweib geboren hatte, ging ich des Erbes verlustig, da die Gattin all die Ländereien, Herden, Häuser und Schätze ihren eigenen Kindern vermachte. Von mir verlangte sie nun, daß ich arbeiten solle wie ein Bauer oder ein Hirte, doch dies hatte ich nie gelernt. Als Abfindung jedoch hatten mir meine Halbbrüder ein Schiff geschenkt, und es muß ein Dämon gewesen sein, der mir riet, mit wenigen Gefährten nach Ägypten zu segeln: Kaum waren wir am Ufer des großen Flusses, den sie Aigyptos oder auch Nil nennen, gelandet, fanden wir uns umringt von waffenstrotzenden Kriegern. Ein Teil der Meinen wurde getötet, die anderen in Gefangenschaft geführt, nur ich konnte fliehen. Da ich nun erwägte, meinem Leben ein Ende zu setzen, nahte auf einem Wagen, der von herrlichen Rössern gezogen wurde, der König. Freilich wollten mich seine Diener töten, ihm aber warf ich mich zu Füßen, er nahm mich auf und ließ mich sieben Jahre lang die Segnungen seiner Freundschaft genießen. In dieser Zeit sammelte ich unermeßliche Schätze und freute mich wieder des Lebens, da kam ein Mann aus Phoinikien und beschwatzte mich mit List, mit ihm in sein Land zu kommen. Ich tat es, ich Tor, nahm meine Schätze und folgte ihm. Als ein Jahr vergangen war, bat er mich, ihn mit dem Schiff nach Libyen zu begleiten. Als wir aber auf dem Meere waren und rings um uns kein Land mehr sichtbar war, sandte Zeus eine schwarze Wolke, aus der Donner grollte und Blitze sprühten. Den leuchtendsten Strahl warf er in unser Schiff. Vom Feuer des Gottes getroffen, wirbelte es umher und zerbrach. Es stürzten die Seeleute in die finsteren Fluten, und Zeus nahm ihnen die Heimkehr; mir als einzigem gab er den mächtigen Mast zu fassen, auf dem trieb ich neun Tage und Nächte, bis er mich am zehnten an das Land der Thesproten warf. Dort fand mich Pheidon. Der König, pflegte mich und gab mir Sandalen, Leibrock und Mantel.

Beim Festmahl erzählte er mir und bekräftigte es mir mit heiligem Schwur, daß Odysseus erst kürzlich sein Gast gewesen sei, er zeigte mir gar die Schätze, die dieser bei ihm ließ, da er eine Reise nach Dodona zum heiligen Orakel des Zeus unternommen habe. Bald, so erzählte mir König Pheidon, würde Odysseus zurückkehren und dann den Weg in die Heimat antreten. Am liebsten hätte ich ja auf Odysseus gewartet, dann wäre ich als sein Gastfreund hierhergekommen, doch dies vereitelten mir die Götter. Thesprotische Seefahrer waren gerade im Begriff, nach Dulichion aufzubrechen, das Land, zu dem auch ich wollte, und luden mich heuchlerisch ein, sie zu begleiten. Auf hoher See aber beraubten sie mich meiner herrlichen Kleidung und des Gastgeschenks, das mir der König gegeben hatte, warfen mir die Lumpen zu, die du jetzt an mir siehst, und setzten mich aus an diesem Gestade.«

»Armer Aithon«, sagte Eumaios, »du rührst mir das Herz mit deiner Geschichte, was du schon alles erdulden mußtest, oder auch nicht, doch das, was du mir über Odysseus erzähltest, kann ich nicht glauben. Unglücklicher Greis, suche mich nicht mit Lügen zu fangen, denn nicht darum werde ich dich bewirten, sondern aus Furcht vor Zeus und aus eigenem Mitleid.«

»Wahrlich«, sagte Odysseus, »in deiner Brust wohnt eine ungläubige Seele. Aber schließen wir einen Vertrag: Wenn dein Herr zurückkehrt in der Zeit, die ich dir nannte, schuldest du mir Mantel und Leibrock. Falls nicht, laß mich von deinen Hunden hetzen, bis ich die Felsen hinabstürze, damit kein anderer Bettler dich je wieder zu täuschen versuche!«

»Das wäre eine schöne Geschichte«, sagte Eumaios, »wenn ich einen Fremden erst in meine Hütte führte und ihm dann das Leben raubte. Halten wir es lieber mit der Wahrheit. Bleib noch ein paar Tage und sei mein Gast, dann aber zieh deines Weges, denn auf immer kann ich dich nicht bewirten.«

Eumaios ging zu den Koben, den Schweinen frische Spreu zu schütten, da kehrte der Knecht Mesaulios zurück, er war ein freundlicher junger Bursche, und bereitete für alle das Nachtmahl. Nachdem sie alle gesättigt waren, saßen sie noch eine Weile und genossen den roten Wein. Auf einmal hörten sie mächtigen Donner grollen; Zeus

öffnete die Schleusen des Himmels und ließ einen heftigen Regen über das Land niedergehen.
»Zeus sendet Regen, auf den wir so lange gewartet haben«, sagte Eumaios, »laßt uns dem Gott zum Dank noch einmal opfern und dann zu Bett gehen, denn morgen, wenn tausenderlei Gräser aus der Ebene sprießen, will ich die Schweine auf die Weide führen. Du aber, Mesaulios, bringe morgen den Freiern das magerste aller Tiere aus dem Koben. Sag ihnen, sie hätten die gemästeten schon alle vertilgt. Erst wenn bessere Zeiten kommen, sollen sie wieder fette bekommen.«
Eumaios stand auf, holte den Weinschlauch, spendete zuerst den Göttern, dann tranken sie, bis sie die richtige Bettschwere hatten. Zum Schluß richtete Eumaios dem Bettler einen Laubhaufen neben dem Herd, gab ihm einen Mantel, mit dem er sich zudecken konnte, und legte sich schließlich selbst auf sein Lager.

3

Als die dämmernde Frühe mit Rosenfingern erwachte, ging Mesaulios in die Koben, suchte das magerste Schwein und trieb es den langen Weg über die Insel zum Palast, wo die Freier warteten. Eumaios und Odysseus aber setzten sich in den Hof und genossen beim lodernden Feuer das Frühmahl. Odysseus bemerkte als erster, daß die Hunde unruhig wurden, sie begannen zu winseln und wedelten mit den Schwänzen, dann vernahm er auch Schritte.
»Höre Emaios, es scheint dein Hirte zurückzukommen oder ein anderer Bekannter, ein Fremder kann es nicht sein, da ihn die Hunde wedelnd begrüßen.«
Kaum hatte er es gesagt, trat ein kräftiger junger Bursche in den Hof, in der Hand trug er eine stattliche Lanze.
»Telemachos!«
Wie von einer Schlange gebissen sprang Eumaios von seinem Sitz auf und stürzte sich dem Ankömmling entgegen.
»Telemachos, mein Lieber!«

Eumaios warf die Arme um ihn, küßte ihm das Haupt, die strahlenden Augen, die Hände, und es strömten Tränen aus seinen Augen. Wie ein zärtlicher Vater, dessen Sohn gerade dem Tode entronnen war, hielt er ihn umschlungen.
»Telemachos, du bist da, ich dachte, ich würde dich nie wieder sehen. Aber tritt doch ein und laß mich an deinem Anblick erfreuen. Sag mir, da du mich doch nur selten besuchst, wieso führt dich dein Weg zu mir, wo kommst du her?«
»Aus der Bucht von Phorkys, wo wir heute nacht aus Pylos kommend landeten. Mentor riet mir dringend, nicht in den Hafen von Polis einzulaufen, da er meinte, du hättest vielleicht Nachricht für mich. Weißt du, wie es der Mutter geht, oder hat sie sich gar einem der Freier vermählt?«
»Nein, das möge Zeus verhüten. Doch wie ich hörte, denn ich selbst gehe ja nur höchst selten in den Palast, weint sie in einem fort und vergießt strömende Tränen, da sie um dein Leben fürchtet. Die Freier haben sich in der Meerenge in einen Hinterhalt gelegt, um dich zu töten. O gesegnet sei Mentor, daß er dir riet, in der Phorkysbucht anzulegen, sonst würdest du nicht mehr leben.«
»In einen Hinterhalt wollten sie mich locken?« rief Telemachos und wurde blaß. »Oh, was sind sie nur für niedere Kreaturen. Wie wünsche ich mir, mich an ihnen zu rächen!«
Ja, das ist Telemachos, mein Sohn, dachte Odysseus, nachdem er den Knaben von oben bis unten genau betrachtet und seiner Rede gelauscht hatte, er ist mir so ähnlich, wie ein Sohn dem Vater nur sein kann.
Odysseus erhob sich von seinem Sitz, um dem Jüngeren Platz zu machen, Telemachos aber sagte: »Bleib sitzen, Greis, Eumaios wird mir einen Schemel holen.«
»Wie konnte ich es nur vergessen!« rief Eumaios, nahm ihm die Lanze aus der Hand, lief ins Haus und brachte einen Schemel und Essen für den Sohn des Odysseus. Da setzte sich Odysseus wieder, der Schweinehirt brachte Brot und Wein, und sie ließen sich die Mahlzeit schmecken, bis Telemachos fragte: »Wer ist der Fremde und woher kommt er?«
»Aus Kreta stammt er«, rief Eumaios, »und behauptet, viele Städte

und Länder gesehen zu haben, die Götter hätten es ihm so verhängt. Vor zwei Tagen, sagt er, sei er von Seeräubern ausgesetzt worden, die ihn all seiner Habe beraubt hätten. Gleich danach kam er zu meinem Gehöft und bat um Hilfe. Nun sei er dir empfohlen, nimm ihn zu dir oder tu, was dir beliebt.«

»Wie stellst du dir das vor?« fragte Telemachos, »wie soll ich ihn in meinem Haus empfangen, da ich mich selbst der Freier nicht erwehren kann. Die Mutter sieht es ja auch und erwägte bereits, nur zu meiner Sicherheit einen von ihnen zu ehelichen, damit wieder Friede einkehre. Behalte ihn bei dir, ich werde ihm einen Mantel und Leibrock senden, auch Sandalen und ein Schwert soll er erhalten, und Nahrung will ich schicken, damit er dir nicht zur Last fällt. Aber ich möchte ihn nicht nach Hause unter die Freier lassen, denn sie achten die Gesetze nicht und verhöhnen Alte und Arme. Ein Bettler hat bei uns wenig zu lachen. Ich allein kann gegen sie ja nichts ausrichten.«

»Am Ende sei auch mir eine Rede gestattet«, sagte Odysseus. »Es zerreißt mir das Herz, wenn ich höre, welch schreckliche Dinge in deinem Palast vor sich gehen. Zürnt dir denn das Volk, oder befinden sich nicht genug tapfere Männer in deiner Sippe, dir zur Seite zu stehen? Wenn ich noch jung wäre – wahrlich, man möge mir das Haupt abschlagen, wenn ich dir nicht helfen würde, die Greuel zu enden!«

»Ich will dir Antwort geben, Fremder: Weder zürnt mir das Volk, zumindest nicht in seiner Ganzheit, noch beschuldige ich meine Anverwandten, da ich keine habe. Unsere Sippe ließ Zeus nur einzeln weitergedeihen. Einziger Sohn des Arkeisios war Laërtes, er ist jetzt alt und taugt nicht mehr zum Kämpfen; einzig erzeugte dieser Odysseus, und der wiederum hinterließ mich als einzigen Sohn. Odysseus aber ist tot oder, wie man mir sagte, verschollen. Deshalb befinden sich so viele feindliche Männer in meinem Hause. Sie aber sind die Ersten im Volk, die Edlen Ithakas, Dulchions, Zakynthos und Same, und sie alle werben um meine Mutter und damit um die Krone und vergeuden mir Haus und Habe. Nur weil sie die Ersten sind, erhebt sich der Rest des Volkes nicht gegen sie; denn im Grunde genommen ist das Volk des Königreichs Ithaka rechtschaffen und mutig, auf der ganzen Welt findest du kein besseres.«

Nun verstand Odysseus die Warnung der Pallas Athene, zu keinem einzigen Menschen über seine Rückkehr zu sprechen, da alle Edlen, sobald sie es erführen, Jagd auf ihn machen würden. Und je länger er darüber nachdachte, desto mehr reifte in ihm eine schreckliche Erkenntnis: Jeden einzelnen, der sich ihm, seinem Sohn oder seiner Gemahlin entgegengestellt hatte, mußte er töten, ob er wollte oder nicht, denn sonst würde niemals wieder Friede auf Ithaka einkehren; jeder, den er verschonte, würde über kurz oder lang erneut versuchen, nach der Macht zu greifen, allein der zerplatzten Träume wegen. Dies hatte er in seinem Leben zur Genüge erfahren: Nichts schmeckt so bitter wie dahingegangene Hoffnungen.

»Eumaios, mein Lieber«, sagte Telemachos, »da mir die Freier nach dem Leben trachten, kann ich jetzt unmöglich über die Insel gehen. Ich bleibe hier. Lauf du zur Mutter und sag ihr, daß ich heil aus Pylos zurück bin, aber sage es keinem anderen, denn viele sind zu meinem Verderben verbündet.«

»Ich weiß es«, erwiderte Eumaios, »gleich will ich gehen und der Königin die Botschaft bringen, dann kehre ich zurück.«

Der Hirte band sich die Sandalen unter die Füße und lief fort, da sah Odysseus, wie sich die Hunde, ohne zu winseln, aber mit eingezogenem Schwanz, in die hinterste Ecke des Hofes verdrückten; durch das offene Hoftor gewahrte er den Schatten einer Frau, und sie winkte ihm mit den Brauen.

»Warte einen Augenblick«, sagte er zu Telemachos, »ich bin gleich wieder zurück.«

Er ging nach draußen, das Tor ließ er leise ins Schloß fallen, und hinter der Biegung der Steinmauer fand er die Göttin.

»Odysseus, rede jetzt mit deinem Sohn und bedenkt beide, wie ihr dem schändlichen Treiben der Freier ein Ende setzt. Geht dann in die Stadt, vorher aber werde ich dich wieder zum Bettler verwandeln, denn noch soll dich keiner erkennen.«

Sie berührte ihn mit der Hand im Gesicht, da fiel das Alter von Odysseus ab, Schönheit goß sie ihm über das Haupt, es strafften sich die Wangen, es streckten sich die vergreisten Glieder, auch die prächtige Kleidung, die er von Arete erhalten hatte, gab sie ihm zurück, dann entschwand sie seinen Blicken.

Als Odysseus zurück in den Hof kam, glaubte Telemachos, seinen Augen nicht trauen zu dürfen.
»Wer bist du, Fremder, bist du der Bettler oder bist du ein Gott? Sei mir gnädig«, rief er und ließ sich auf die Knie fallen, »gleich will ich dir gefällige Opfer darbringen!«
»Nein«, sagte Odysseus, »ich bin kein Gott, sondern dein Vater.« Er beugte sich nieder zum Sohn, half ihm hoch, küßte ihn auf die Stirn, die Wangen und Augen.
»Nein, du bist nicht mein Vater«, schrie Telemachos, »sondern ein Dämon, denn kein Sterblicher kann dieses Wunder vollbringen, sich vom Greis zum Manne zu wandeln!«
»Die Götter können es, unter deren wunderbarem Schutz wir beide stehen. So, wie dir Pallas Athene heute das Leben rettete, als sie dich zur Phorkysbucht führte, so ließ sie auch mich nach langem Elend und Irrfahrt im zwanzigsten Jahr zur Heimat zurückkehren. Bald verwandelt sie mich zum alten Bettler, bald zu dem, was ich bin. Sie vermag es leicht, uns zu beugen oder zu verklären.«
»Bist du wirklich mein Vater, bist du Odysseus?«
»Ich schwöre es dir mit heiligem Eid, beim Leben meines Vaters Laërtes, bei meinem eigenen Leben und dem deinen. Ich bin Odysseus!«
Ungläubig schaute ihm Telemachos erst auf die Hände, dann ins Gesicht, musterte die Formen der Nase, der Augen, der Ohren und des Mundes, und langsam erkannte er sich in dem fremden Mann wie in einem Spiegel.
»Vater!« rief er und warf die Arme um Odysseus, und beide konnte die Tränen nicht hemmen.
Irgendwann einmal, als Helios schon dabei war, den Sonnenwagen ins Meer zu ziehen, fragte Telemachos: »Wie und von woher kamst du nach Ithaka?«
»Die Phaiaken, die berühmten Meister der Schiffahrt, brachten mich in die Heimat und setzten mich, reich beladen mit Schätzen, in der Phorkysbucht ab. Dann begegnete mir Athene, verwandelte mich zu dem, was du schon sahst, und hieß mich, zu Eumaios gehen. Nun aber laß uns darüber sprechen, wie wir uns an den Freiern rächen. Nenn mir ihre Zahl und die Zahl der Männer, die ihnen ergeben sind,

und wer sich sonst noch im Palast aufhält. Sag mir, wie viele Männer auf unserer Seite stehen, dann laß uns erwägen, ob wir Hilfe von außen brauchen oder ob wir die Rache allein bewerkstelligen können.«
»Vater, oft habe ich von deinem Ruhm vernommen, daß du ein gewaltiger Lanzenschwinger und Schwertkämpfer warst, aber wir beide zusammen, da uns doch nur wenige Getreue beistehen, können die Schar der Freier und ihrer Diener niemals überwältigen. Fünfzehn Fürstensöhne sind es, die sich um die Mutter bewerben, und manchmal bringt ein jeder von ihnen einen eigenen Diener mit. Es wäre besser, du überlegst, ob wir nicht Botschaft an Nestor oder Menelaos senden sollten, uns ein Heer zu senden, sonst wird uns die Übermacht zugrunde richten.«
»Vergiß die Götter nicht«, sagte Odysseus, »Pallas Athene ist eine mächtige Verbündete, mit ihrer Hilfe haben wir den Krieg um Troja entschieden, selbst gegen den Willen des Ares und des Schützen Apollon.«

»Telemachos lebt! Gesund und munter ist er von Pylos zurückgekehrt!« rief Eumaios.
»Was?« schrie Penelope, »er lebt? O Eumaios, ein Leben lang küsse ich dir dafür die Hände. Nun sprich, woher weißt du es?«
»Ich soll es dir von ihm selbst bestellen, er wartet in meinem Gehöft, und es geht ihm gut! Statt nach Polis zu segeln, legte er in der Phorkysbucht an und kam mit der aufgehenden Sonne zu mir.«
»Die Götter mögen dich segnen für diese gute Nachricht«, rief Penelope und küßte Eumaios Hände aus tiefstem Herzen.
»Schnell, Euryklea, laß ihm einen Schlauch Wein auf einen Eselskarren legen. Den Wein und das Gespann möge er als Geschenk behalten, der Gute, damit er die freudige Botschaft nicht umsonst mir brachte!«
»Er ist mir ja selbst wie ein Sohn«, sagte Eumaios, »ich kenne und liebe ihn seit seiner Geburt, darum brachte ich die Nachricht gern, aber den Wein nehme ich trotzdem mit Freude, und auch ein Karren und ein Esel finden auf meinem Gehöft die beste Verwendung.«
Eumaios küßte den Rocksaum seiner Königin, da betrat eine Magd

das Gemach und rief: »Medon, der Herold, wünscht dir eine Botschaft von äußerster Wichtigkeit zu bringen!«
»Dann soll er eintreten«, sagte die Königin.
Medon stürmte herein und rief: »Königin, dein Sohn ist zurückgekehrt, soeben lief das Schiff, mit dem er in Pylos war, in den Hafen ein. Man kann es deutlich von hier oben sehen!«
Alle drei, Penelope, Eumaios und Medon liefen zum großen Fensterbogen und erblickten tief unten das Schiff im Hafen und sahen, wie die Seeleute die Segel refften, den Mast legten und Bug und Heck mit kräftigen Tauen an der Mole festbanden.
»Merkwürdig ist nur«, sagte Medon, »daß es das Neiongebirge umsegelte und aus Norden kam. Dies ist nicht der gewöhnliche Weg, wenn man aus Pylos kommt.«
Eumaios mußte lächeln. »In Mentor«, sagte er, »hatte Telemachos einen voraussehenden Schiffsführer. Keiner sonst hätte die Insel von hinten umschifft und den weitaus längeren Weg in Kauf genommen.«
»Medon«, rief Penelope, »lauf rasch zu Laërtes auf sein Landgut und sag ihm, daß sein Enkel zurückgekehrt sei. Verkünde es aber auch unterwegs auf dem Marktplatz, daß es das Volk erfährt. Wenn alle es wissen, daß Telemachos knapp einem Anschlag entronnen und gesund wieder da ist, werden die Freier es nicht wagen, hier auf der Insel und in aller Öffentlichkeit einen neuen Angriff auf ihn zu verüben!«
Auch im Palasthof war die Botschaft bekannt geworden, und es herrschte Bestürzung und Niedergeschlagenheit.
»Dieses Werk hat Telemachos keck zu Ende geführt«, sagte Eurymachos mit unterdrücktem Zorn. »Ich verstehe es einfach nicht. Hat ihn ein Gott gewarnt, oder sah er schon von weitem die Falle? Aber das kann nicht sein. Antinoos ließ sein Schiff in der Felsbucht ankern! Gleich viel. Nehme sich einer von euch jetzt einen Nachen und gebe den Gedungenen Bescheid, sonst warten sie noch tagelang in ihrem Versteck. Schon bis jetzt kostet das Vorhaben ein Vermögen!«
Mit schreckverzerrtem Gesicht betrat Antinoos den Palast.
»Habt ihr gehört, was Medon auf dem Marktplatz verkündete, daß Telemachos gelandet und nur knapp einem Anschlag entkommen sei?«

»Sieh hinunter«, sagte Eurymachos, »da liegt das Schiff, es kam aus Norden!«
»Seltsam«, murmelte Antinoos, »wie die Götter den Sohn des Odysseus beschützen. Er durfte uns nicht entkommen. Tagsüber saßen Späher auf den Klippen, nachts kreuzte das Schiff in ständigem Wechsel zwischen Same und Ithaka, und unterdessen fährt er in aller Ruhe in den Hafen ein.«
»Nun bleibt uns nichts anderes übrig, als auf die nächste Gelegenheit zu warten, ihn zu töten«, sagte Eurymachos.
»Ich weiß nicht, ob wir nicht besser den Plan fallen lassen sollten«, warf Amphinomos, der Sohn des Nisos, ein. »Jetzt, da es bekannt ist, daß er einem Anschlag entging, wird uns, wenn wir es doch tun, das Volk nicht mehr gewogen sein. Freunde, was mich betrifft, möchte ich fürs erste Telemachos schonen, denn Königsblut vergossen zu haben hat einen schrecklichen Nachgeschmack. Laßt uns erst die Götter um Rat fragen. Der Seher soll uns den Vogelflug deuten. Wenn sie uns die Tat gestatten, will ich der erste sein, der sie ausführt, falls aber nicht, rate ich euch: laßt es!«
Die Freier hörten die Rede und mußten ihm zustimmen, keiner hätte es nach all dem gewagt, zum Messer zu greifen. Also ließen es dabei bewenden und setzten sich an den blankgescheuerten Tafeln zum üppigen Mahl.
Kaum hatten sie zu schlemmen begonnen, trat Penelope aus ihrem Gemach, beugte sich über das Geländer der Empore und schrie: »Mörder! Mörder seid ihr, nichts weiter! Ihr sitzt hier und verpraßt mein und Telemachos' Erbe, ihn aber, der niemandem etwas zu Leide tat, wolltet ihr töten, da er euch und euren niederen Plänen täglich gefährlicher wird. Was seid ihr nur für abartige Menschen! Fürchtet ihr nicht den Zorn der Götter?«
Eurymachos sprang von seinem Sessel auf und rief: »Edle Penelope, fasse dich! Niemals lebte der Mann und wird auch nicht mehr geboren, der sich an deinem Sohn Telemachos vergreifen wollte. Das will ich dir sagen: Sollte einer es wagen, dies zu tun, diesen würde ich eigenhändig mit dem Speer erschlagen. Der Sohn des Odysseus ist mir und allen anderen hier heilig. Hat mich doch Odysseus früher oft auf den Knien gewiegt, mich gefüttert und mich an sei-

nem Weinbecher nippen lassen. Telemachos braucht den Tod durch uns nicht zu fürchten, nur das Ende, das Hades schickt, dem kann keiner entkommen!«

Penelope hörte die Lüge mit Grausen, aber sie wußte auch, daß sie mit ihrem Plan, Medon den Mordanschlag öffentlich machen zu lassen, ihren Sohn gerettet hatte. Dennoch war ihr Haß auf die Freier grenzenlos.

»Laßt mich endlich zufrieden!« schrie sie. »Geht in eure eigenen Häuser und haltet dort die Gelage ab!«

Die Freier schüttelten nur den Kopf und lachten. »Solange diese Land keinen König hat«, sagte Antinoos, »weichen wir nicht von der Schwelle! Du weißt es, Königin, entscheide selbst. Nimm einen aus unserer Mitte, oder du wirst uns niemals los!«

»Ihr abgrundtief widerlichen Erpresser, gäbe euch Zeus doch endlich den Tod!«

In grenzenloser Verzweiflung und Hilflosigkeit ging Penelope zurück in ihr Gemach, schloß sich ein und weinte bitterlich um Odysseus, bis sich endlich ein gnädiger Schlaf auf ihre Augen senkte.

Als Eumaios mit dem Eselskarren und dem Weinschlauch in der Gluthitze den Klippen entlang seinem Gehöft entgegenfuhr, sah er tief unten ein Schiff sich von den Felsen lösen, und es standen darauf zwei Reihen Bewaffneter mit Rüstungen, Lanzen und Schilden.

»O daß doch ein Gott uns zu Hilfe komme, sonst muß dieses schöne Ithaka zugrunde gehen!« rief er zu Zeus, und der kündete mit einem sanftem Donner erfrischenden Regen an.

Gerade bevor die ersten Tropfen herniedergingen, erreichte Eumaios das Haus und fand im Inneren Telemachos, seinen Knecht und den Bettler.

»Laßt uns ein Schwein schlachten, ein gemästetes«, rief er zu Mesaulios, »denn heute ist für mich der schönste Tag meines Lebens. Und seht, was mir die edle Penelope zum Geschenk machte.« Eilig führte er seine Gäste in den Hof und zeigte ihnen den Esel und den Karren und bat sie, ihm zu helfen, den schweren Weinschlauch in die Hütte zu schaffen. Da saßen sie nun, brieten frisches Fleisch über dem Herd, vergaßen auch nicht, den Göttern die Innereien zu opfern, und

Eumaios erzählte, was er in der Stadt und unterwegs erlebt hatte; auch daß Telemachos nun sicher zum Palast gehen könne, da ein weiterer Anschlag der Freier nicht zu befürchten sei. Da lächelte Telemachos dem Vater zu, doch vor den Hirten verbarg er sein Wissen. Noch lange saßen sie beim Festschmaus und tranken von dem neuen Wein, bis ihnen ein Gott zufriedenen Schlaf über die Augen goß.

4

Als die rotschimmernde Eos den Mantel der Nacht hinweggehoben hatte, erwachte Telemachos frisch gestärkt, band sich die schönen Sandalen unter die Füße, nahm die mächtige Lanze und sagte zu Eumaios: »Hirte, ich gehe nun zum Palast, denn meine Mutter erwartet mich dringend. Dir gebe ich den Auftrag, führe den Fremden in die Stadt, damit er sich dort sein Essen erbettelt. Wer will, soll ihm etwas geben, ich kann mich bei all meinen Sorgen nicht auch noch um ihn kümmern. Nichts für Ungut, aber ich liebe ein offenes Wort!«

Odysseus, noch immer in seinem Laubhaufen beim Herdfeuer eingegraben, hatte alles mitangehört und sagte: »Freund, ich will ja selbst gehen. Für uns Bettler ist es in den Städten ohnehin viel leichter, sich ihr Essen zu suchen, als auf dem Land. Geh beruhigt deiner Wege, wenn die Sonne höher gestiegen ist, mache ich mich auf den Weg.«

»Euryklea, Mütterchen, ich kann ihr Treiben unter meinem Dach nicht mehr ertragen. Doch vor allem Melantho, die Schöne, sie, die in diesem Haus geboren wurde, die ich von Kind an liebte wie eine eigene Tochter, kann ich nicht mehr sehen. Eurymachos hin, Eurymachos her, nichts anderes hat sie mehr im Kopf. Sie verweigert mir die Arbeit! Des Tags krault sie ihm in den Haaren, des Nachts teilt sie sein Lager. Gestern erst, da es schien, als ob alle schliefen und ich am Fenster stand, sah ich mit Empörung, wie sie halb nackt über den Hof lief, eine Fackel in der Hand hielt, und sich zu Eurymachos'

Kammer schlich. Mit tobendem Unwillen erwägte ich ihre augenblickliche Bestrafung, oder war es besser, sie ein letztes Mal mit Eurymachos buhlen zu lassen. Stell dir vor: Der Mann wirbt um mich und betrügt mich zur selben Zeit mit meiner eigenen Magd im eigenen Haus! Rot vor Scham mußte ich sein brünftiges Keuchen und ihr wollüstiges Stöhnen vernehmen, doch demütig schlug ich mir an die Brust und sagte: Harre aus, mein Herz, du mußtest Schlimmeres erdulden, doch nun kann ich nicht mehr. Ich will, daß du sie aus dem Hause schaffst, noch heute, und dazu alle anderen, die mit den Freiern tändeln!«

»Gedankt sei Hera und Athene, Herrin, daß du dich zu diesem Schritt entschließen konntest!« rief Euryklea. »Mir fällt ein solcher Stein vom Herzen, denn du weißt ja nicht, wie schwer es ist, mit Mädchen umzugehen, die nicht gehorchen wollen. Kaum, daß ihnen Brüste wachsen, müssen sie sie herzeigen, kaum daß sie Schamhaare bekommen, schämen sie sich nicht mehr! Um wieviel lieber sind mir da die Knaben, die sich zurückhalten wie unser Telemachos. Der denkt an solcherlei Dinge nicht. Der kümmert sich um seinen Vater. Ach der arme Odysseus«, seufzte Euryklea, »nichts wünscht' ich mir sehnlicher, als ihn noch einmal in meinem Leben zu sehen. An meinen Brüsten hat er getrunken, nachdem mir mein Kind im Wochenbett gestorben war. Selbst Laërtes sagte es mir kürzlich, daß er mich liebte wie seine eigene Mutter, und ich liebte ihn mehr als mein Leben! Wo mag er nur sein?«

»Tot ist er, Euryklea! Tot, tot, tot!« Ein ganzer See von Tränen floß über Penelopes Gesicht. »Er selbst hat es mir ja gesagt. Als er Abschied nahm, faßte er mich bei der Hand und sagte: ›Ich glaube nicht, daß alle von Ilion zurückkehren werden, denn auch die Trojaner sind starke Kämpfer. Ich weiß also nicht, ob mich ein Gott zurückführt. Sollte ich auf dem Schlachtfeld bleiben, sorge du für alles fleißig, pflege den Vater und die Mutter. Wenn aber dem Sohn der erste Bart wächst, magst du dich neu vermählen.‹ Das sagte er mir zuletzt, und das wird sich jetzt erfüllen. Nun naht mir diese schreckliche Hochzeitsnacht. Und das mit einem Mann, der es mit meinen eigenen Mägden treibt. Nein, und nochmals nein!«

»Ist ja gut mein Töchterchen«, sagte Euryklea und wiegte sie in ihren Armen. »Ich laß die zwölf, um die es geht, jetzt ihre Sachen packen, dann rufe ich Medon, daß er sie ins Dirnenhaus verkauft.«

Gegen Mittag erreichte Telemachos den Palast und dankte Zeus, daß die Freier ausgegangen waren. Nur selten hatte er erlebt, daß es so ruhig war. Dann aber stürzten sich die Hunde auf ihn. Wie Pfeile flogen sie daher und sprangen winselnd und heulend an ihm hoch, legten ihm die Pfoten auf die Brust und versuchten, mit ihren nassen Zungen seine Nase zu belecken. Durch das freudige Gebell aufgeschreckt, kam Euryklea, die gerade damit beschäftigt gewesen war, im Thronsaal die Sessel mit frisch gewaschenen Fellen zu bedecken. Mit ausgestreckten Armen, vor Freude weinend, humpelte sie auf ihren schlechten Beinen durch die Halle und umarmte und küßte Telemachos, als hätte er eine Reise zum Hades unternommen. »Telemachos, Telemachos«, rief sie, »daß du wieder da bist!«
»Wo ist meine Mutter, im Gemach?«
So schnell er konnte, raste er die Stiege hinauf, die Tür riß er auf, und fiel ihr in die Arme.
»Mutter«, rief er und bedeckte ihr Gesicht mit tausend Küssen, sie schluchzte vor Glück: »Telemachos, du Licht meines Lebens, ich fürchtete, dich nie wieder zu sehen!«
»Mutter, mach uns das Herz nicht schwer, ich bin ja wieder da und selbst so froh, dem Anschlag der gemeinen Freier entronnen zu sein. Bete zu Zeus, daß er uns Vergeltung gewährt.«
»Das tue ich täglich, Junge, aber komm, erzähle mir, was du erlebt hast, konntest du etwas über den Vater erfahren?«
»Ja, ich glaube, er lebt, und er wird kommen, aber das erzähle ich dir alles später, Mutter. Ich kam nur, um dich kurz zu sehen und dir zu zeigen, daß ich wohlauf bin. Jetzt aber laß mich zum Marktplatz gehen, um Mentor zu danken, denn er vor allem rettete mein Leben, er war es, der mich zu Eumaios schickte. Auch möchte ich Freunde zum morgigen Neumondfest laden. Wenn ich mit ihnen gesprochen habe, komme ich wieder.«
»Die Götter sollen dich schützen, mein Liebling«, sagte Penelope und streichelte ihm die Wangen, aus denen ein zarter Bartflaum sproß.

»Kommt, Hunde!« rief Telemachos.
Mit der Lanze in der nervigen Rechten und den tänzelnden Rüden schritt er wie ein siegreicher Krieger zum nahen Marktplatz, und alle die Männer, die da standen, staunten über den stolzen Jüngling. Sie alle waren in Gespräche über die jüngsten Ereignisse vertieft, doch als er kam, schwiegen sie alle.
»Sei mir gegrüßt, Telemachos!« rief Antinoos, er saß mit Eurymachos vor der Taverne, »komm, setzt dich zu uns, und erzähle, was du erlebtest!«
Mit keinem Blick würdigte er die Freier. Geradewegs ging er auf Mentor zu, der mit Noëmon und Halitharses, dem Kundigen des Vogelflugs, zusammenstand.
»Mentor, laß dich umarmen, weißt du, daß du mir das Leben rettetest?«
Mentor lächelte und sagte: »Nichts geschieht ohne den Willen der Götter. Mir brauchst du nicht zu danken, danke lieber Noëmon, daß er uns das Schiff lieh.«
Noëmon winkte ab. »Solange Odysseus auf dieser Insel König ist, und für mich ist er es noch, war dies nichts anderes als ein Dienst an ihm. Konntest du etwas über den Vater in Erfahrung bringen?«
»Nur, daß er noch nicht gestorben ist und möglicherweise schneller zurückkehrt, als die dort drüben glauben.«
»Möge er bald zurückkehren«, sagte Noëmon und küßte sich, wie es Sitte war, zur Bekräftigung des Wunsches den Rücken der Hand.
Da kamen auch Theoklymenos aus Pylos, ein junger Seher, dem Telemachos Gastrecht gewährt hatte, und Peiraios, der Steuermann von Noëmons Schiff. Ihm hatte Telemachos das Geschenk Menelaos', den herrlichen Krug des Hephaistos, anvertraut.
»Ich grüße dich, Telemachos«, rief Peiraios, »sende gleich einen Diener zu meinem Haus, der Krug steht für dich dort bereit.«
»Laß nur Peiraios«, antwortete Telemachos, »ich weiß ja nicht, wie alles sich gestaltet. Vielleicht töten mich die Freier doch noch und teilen sich mein Erbgut. Da ist es mir lieber, der Krug bleibt vorerst bei dir. Wenn ich tot bin, sei er dein, wenn ich die Freier vertreiben kann, magst du ihn mir bringen.«
»Dann bin ich sicher, daß du den Krug bekommst«, rief Peiraios,

»denn nicht umsonst will ich den größten Umweg meines Lebens gefahren sein.«
»Morgen feiern wir Neumondfest«, sagte Telemachos seinen Freunden, »wollt ihr mich nicht besuchen? Ach bitte, ihr würdet mir eine Freude bereiten.«
Als sie ihm endlich versprochen hatten zu kommen, ging Telemachos glücklich zum Palst zurück und traf die Mutter in ihrem Gemach.
»Nun, so will ich dir erzählen, was sich zutrug«, sagte er und setzte sich in einen Sessel. »Zuerst war ich bei Nestor, dem greisen König von Pylos. Er nahm mich gastlich auf in sein herrliches Haus und bewirtete und pflegte mich sorgsam. Auch lernte ich seine Söhne und vor allem seine Tochter Polykaste kennen; oh, ich sage dir, Mutter, lieblich ist sie wie Artemis und schön wie Aphrodite, noch nie sah ich ein Mädchen so leuchtend wie sie. Ihr Gang gleicht dem einer Nymphe, ihr Körper ist von der unbeschreiblicher Zartheit und ihre Glieder sind schmiegsam wie der Birken weichste Zweige. Ihre Haut ist so sanft wie ein Fellchen der Palmweide und der Duft, der von ihr ausgeht, ist süßer als von Rosen ...«
»Telemachos!« unterbrach Penelope, »konnte sie dir etwas über den Vater berichten?«
»Nein, verzeih«, sagte er und wurde rot.
»Was war mit Nestor?«
»Nestor konnte mir nichts sagen, aber er schickte mich zusammen mit seinem Sohn Paisistratos zu Pferd und Wagen nach Sparta zu König Menelaos.«
»Und ...«
»Dort sah ich auch Helena, die Schöne, um die die Achaier soviel erleiden mußten, aber Polykaste ist schöner, sie ...«
»Telemachos!«
»Menelaos vertraute mir an, daß er in Ägypten einen Meergreis gefangen genommen habe, der ihm ohne Umschweife und nachweislich wahr die eigene Zukunft weissagte. Und dieser, so sagte Menelaos, habe ihm berichtet, daß mein Vater Odysseus elend in der Grotte einer Nymphe lebt, auf der fernen Insel Ogygia, ohne Gefährten und ohne Schiff, um damit den breiten Rücken des Meeres zu be-

fahren. Aber er sagte weiter, mit Bestimmtheit würde der Vater im zwanzigsten Jahr in die Heimat zurückkehren.«

»Wenn es doch nur so wäre, mein lieber Sohn«, sagte Penelope mit tiefer Bewegung, »möge sich dein Wort erfüllen, dann hätten die da unten nichts mehr zu lachen. Aber ich weiß doch längst, daß er im Hause des Hades weilt. Nicht nur einmal sandten mir die Götter diesen Traum.«

Unten im Hof hatten sich inzwischen wieder die Freier eingefunden, warfen johlend und grölend mit dem Speer auf ein Ziel aus gebündeltem Stroh und waren so übermütig wie immer. Nur Eurymachos war aufgefallen, daß Melantho nicht mehr da war.

Sie wird wohl krank sein, dachte er und begab sich zu den anderen.

Odysseus und Eumaios, der ein Schwein aus seinem Koben vor sich hertrieb, waren unterdessen bis kurz vor die Stadt zu dem Pappelhain gelangt, wo sich die Bürger bei der gefaßten Quelle, die Ithakos, der Urgroßvater Odysseus' erbaut hatte, ihr Wasser holten. Unaufhörlich floß es hellsprudelnd aus dem Felsen herab in einen schöngemauerten Brunnen, oben aber, wo es austrat, war den Nymphen ein Altar errichtet. Hier begegneten sie Melantheus, der erst kürzlich von den Freiern als oberster Ziegenhirte eingesetzt worden war, weil er ihnen täglich die schönsten Tiere zutrieb. Als er Eumaios und den fremden Greis erblickte, rief er hinüber: »Ha, was sehe ich denn, da führt ja ein Taugenichts den anderen! Wie die Götter doch immer Gleiches zu Gleichem gesellen. Na, Eumaios, wohin führst du den erbärmlichen Wicht? Er stammt ja nicht von der Insel! Ist er auch so ein gieriger Schmarotzer, der sich an alle Türen stellt, sich an jeder Hausmauer die Schultern reibt und Brocken erbettelt? Laß ihn mir, daß er mir meine Ställe ausmistet, dann könnte er vom Molkewasser, das ich ihm dafür gebe, noch fette Schenkel bekommen. Doch so einer scheut die Arbeit wie unsereiner das Reich des Hades, lieber schleicht er sich unter die Leute, um Futter für den gierigen Wanst zu erbetteln. Aber eines sage ich dir, betritt er den Palast, fliegt er raus, und ich selbst will dafür sorgen, daß ihm dabei die Ohren brennen.«

Im Vorbeigehen trat Melantheus dem Odysseus so heftig mit dem Fuß ins Gesäß, daß er fast vornüber gefallen wäre. Am liebsten hätte Odysseus ihn mit seinem krummen Stecken erschlagen, aber er beherrschte sich.

»Hätten wir nur einen Herrn wie Odysseus, der würde dir den Dünkel schon austreiben!« rief Eumaios.

»Hört, was er schwatzt, der Dummkopf, und nicht weiß, daß Odysseus seit zehn Jahren tot ist!« rief Melantheus. »Soll ich dir etwas sagen? Wenn es nach mir ginge, erlitte dein geliebter Telemachos dasselbe Schicksal wie er, dann hätten wir endlich Ruhe von dieser elenden Sippe; die neuen Herren sind mir lieber!«

Mit kräftigen Stockhieben trieb er seine Ziegen vom Brunnen weg und schimpfte: »Ihr braucht kein Wasser mehr, ihr kommt doch ohnehin unters Messer!«

Ihm folgte, langsamer, weil der Greis nicht so schnell konnte, Eumaios. Endlich erreichten sie den Palast.

Eine lange, weiße Mauer mit Zinnen darauf umschloß den weiten Hof, das mächtige Doppeltor aus Eschenholz stand offen, denn es war die Zeit, da die Hirten den Freiern das Vieh zutrieben. Aus dem Inneren drangen liebliche Klänge, denn Phemios, der Sänger, hatte begonnen, die Leier zu spielen, und es duftete nach köstlichen Braten von Ziegen, Schafen, Schweinen und Rindern.

»Das muß das Haus des Odysseus sein, man erkennt es leicht unter den vielen anderen«, sagte der Greis.

Eumaios war ein wenig verlegen. »Du hast ja selbst gehört, was Telemachos dir heute morgen sagte. Ich möchte lieber allein hineingehen, damit sie mich nicht mit dir in Verbindung bringen. Warte eine Weile, dann komme nach. Ach, was ich noch sagen wollte, wie ich Melantheus kenne, wird er nicht ruhen, dich vor den Freiern schlechtzumachen, es könnte also sein, daß dich der eine oder andere schlägt.«

»Verstehe«, sagte Odysseus, »geh du nur hinein, ich bin ja kein Anfänger, ich werde schon zurechtkommen. Und Schläge bin ich gewohnt, obwohl ich ihnen lieber entgehe; wenn nur die Gier des Bauchs nicht wäre …«

Dem Palast gegenüber war ein Düngerhaufen, auf den die Knechte gewöhnlich die Ausscheidungen des Schlachtviehs warfen. Dort sah

Odysseus einen alten Hund liegen, zum Laufen war er zu schwach. Den Kopf mühsam erhoben, die Ohren angelegt, äugte er am ganzen Leib zitternd zu ihm hin.
»Argos!«
Odysseus beugte sich zu ihm nieder, nahm seinen lieben Kopf in die Hände und streichelte ihm über das räudige Fell.
»Schau, was für ein schöner Hund da liegt«, sagte er zu Eumaios.
»Oh, du hättest ihn sehen müssen, als er noch jung war«, rief der. »Er gehörte Odysseus. Wenn es darum ging, dem Wild hinterherzujagen, war keiner schneller als er. Nun verkommt er im Elend, die Flöhe plagen ihn, und keine Magd will ihn mehr pflegen. Seit Euryklea so schlecht auf den Beinen ist, schafft sie es höchstens noch, ihn zu füttern. Und seitdem ich nicht mehr Aufseher bin, kümmert sich auch kein Knecht mehr um ihn. Ja, ja, Zeus nimmt jedem Mann die Hälfte seines Besitzes, wenn er nicht selbst mehr der Dinge achten kann.«
Erst als Eumaios das Schwein in den Hof trieb, umarmte Odysseus mit Tränen in den Augen seinen Hund. Ganz nahe kam er an ihn heran und flüsterte: »Argos, Argos, ich bin wieder da!«
Da tat der Treue einen tiefen Seufzer, noch einmal schaute er seinem Herrn in die Augen, dann atmete er aus – und war tot.

Währenddessen hatten die Freier im Palasthof zu speisen begonnen. Sie saßen an blankgescheuerten Tischen und ließen sich von Dienern und Mägden in überquellenden Schüsseln die Speisen reichen, ein Herold umschritt die Tafel mit funkelndem Wein.
Telemachos, der abseits von den Freiern saß, erblickte Eumaios zuerst. Nachdem der Hirte das Schwein abgegeben hatte, winkte er ihn zu sich und hieß ihn, neben sich auf einem Ziegenfell Platz zu nehmen. Bald wankte auch Odysseus in seinen schmutzigen Lumpen hinterher und stellte sich neben die Torschwelle, die Schultern an eine Säule gelehnt.
»Sag dem Bettler, daß er, wenn er will, umhergehen und um milde Gaben bitten kann.«
Mit ausgestreckter Hand ging Odysseus von einem Freier zum anderen. Einen halb abgenagten Knochen gab ihm der eine, der andere ein

Stück Brot, sogar ein schönes Stück Fleisch ein dritter, und sie fragten sich, wer denn der Bettler sei, und woher er käme, denn ihn hatten sie noch nie gesehen.

»Ich kenne ihn«, rief Melantheus, der bei Eurymachos am Tisch saß und eben einen mächtigen Brocken Fleisch vertilgte, »der Sauhirt hat ihn herbeigeschleppt. Er ist ein übler Schmarotzer!«

»Eumaios, wie kommst du dazu, uns diesen Strolch hierherzubringen?« schrie Antinoos. »Haben wir nicht schon genug Bettler, die gierig an unserer Tafel fressen?«

»So lange Penelope und Telemachos in diesem Hause leben, bin ich dir keine Rechenschaft schuldig!« antwortete Eumaios.

»Antinoos, gepriesener Freund, du sorgst dich ja wie ein liebender Vater um mich!« rief Telemachos. »Ich muß dir dankbar sein, daß du den Bettler von der Tafel weist. Er würde uns sonst ja die ganze Habe davonschleppen!«

»Was redest du da«, entgegnete Antinoos, »sollen wir einen wie ihn vielleicht mästen? Da kämen sie bald aus allen Himmelsrichtungen herangekrochen!«

Odysseus war von Freier zu Freier gegangen und hatte die kärglichen Almosen in seinem Ranzen gesammelt, nun stand er vor Antinoos und sagte: »Du scheinst mir nicht der Geringste hier zu sein, eher der Erste. Gib mir ein wenig Speise, dann werde ich dich rühmen, wohin ich auch komme. Denn ich bin weit gewandert, war zehn Jahre lang Krieger vor Troja und irre seither durch die Welt. Du sollst wissen, auch ich entstamme einem begüterten Hause, doch Zeus nahm mir alles.«

»Was für ein Dämon führte uns diese Plage zur Mahlzeit herbei?« schrie Antinoos. »Verschwinde von meinem Tisch, sonst wirst du Bitteres erleben. Noch nie ist mir ein Bettler so frech und schamlos gekommen. Da gingst du von einem zum anderen, fülltest dir den Ranzen mit dem, was sie dir blindlings gaben, und nun hast du noch immer nicht genug!«

»Seltsam«, sagte Odysseus, »da sitzt du an einem fremdem Tisch vor vollen Schüsseln, und doch ist es dir unmöglich, mir etwas davon zu schenken.«

»Was«, schrie Antinoos, »du wagst es, mich zu schmähen?«

Mit der Rechten hob er den Schemel, der neben ihm stand, hoch und schlug ihn Odysseus so heftig über die Schulter, daß er zerbrach.
»Verschwinde jetzt und freue dich über das, was man dir gab!«
Odysseus trat zur Seite, bei einer Säule setzte er sich nieder, legte den Ranzen vor sich hin und rief: »Hört mich, Freier, was ich euch sage: Wenn ein Mann im Kampf um seine Güter Wunden erleidet, mag das noch angehen, aber Antinoos schlug mich dafür, daß ich ihn bat, mir ein Almosen zu geben. Wenn die Götter noch Bettler schützen, dann hat er das nicht umsonst getan!«
»Halt den Mund und iß, was man dir gab«, rief Antinoos, »sonst laß ich dich an Händen und Füßen hinausschleifen!«
Unter den Freiern herrschte nun betretenes Schweigen, denn Antinoos hatte sich eindeutig gegen die Sitte verhalten.
»Das war nicht gut, Antinoos, daß du ihn schlugst«, sagte Eurymachos. »Wenn er nun gar einer der Himmlischen wäre, der die Städte durchstreift, um zu sehen, wer gütig ist und wer böse? Aber selbst ein gewöhnlicher Bettler steht unter dem Schutz des Zeus.«
Antinoos machte eine abfällige Handbewegung und widmete sich weiter seiner Mahlzeit.
Penelope war mit Euryklea am Fenster gestanden und hatte alles mitangesehen.
»Mütterchen«, sagte sie zur Amme, »wie ich sie alle hasse, o daß sich doch meine Flüche an ihnen erfüllten, keiner von ihnen würde den morgigen Tag überleben!«
»Herrin, noch nie habe ich einem Menschen den Tod gewünscht, aber sie da unten treiben es zu bunt.«
»Antinoos ist der Schlimmste von allen. Unglücklich durchirrt ein trauriger Fremdling das Haus, um, von Armut getrieben, bei den Männern eine milde Gabe zu erbitten, da zerschlägt er ihm den Schemel auf der Schulter! Geh zu Eumaios und sag ihm, er soll den Fremden zu mir schicken, er war es, der ihn herbrachte, ich möchte ihn sprechen und ihm Wiedergutmachung anbieten. Vielleicht kann er mir auch etwas über Odysseus erzählen, er sagte ja selbst, daß er in Troja war.«
Euryklea humpelte die Stufen hinunter, trat zu Eumaios und sagte:

»Die Herrin wünscht, den Bettler zu sehen, er möge ihr von seinen Erlebnissen berichten.«
»Da tut sie gut daran«, sagte Eumaios, »denn erzählen kann er wie kein zweiter. Drei Tage und Nächte war er in meiner Hütte und berichtete so fesselnd, wie es sonst nur Sänger vermögen. Auch sagte er mir, unser Herr Odysseus sei Gast in seinem Hause gewesen.«
»Ja, dann geh doch und rufe ihn«, sagte Euryklea, »ich warte hier und will ihn, wenn er kommt, nach oben geleiten.«
Eumaios sprach eine Weile mit Odysseus, dann kam er wieder.
»Bringst du ihn nicht?« fragte Euryklea.
»Erst später will er der Einladung der Herrin folgen und ihr alles erzählen, was sie von ihm zu wissen begehrt. Noch aber hat er große Angst vor den Freiern. Er meint, es wäre nicht klug, vor aller Augen hinauf zum Frauengemach zu steigen und so ihren Zorn zu erwecken.«
Dies richtete Euryklea der Königin aus.

5

Als es Abend geworden war und sich die Freier nach ausgiebigen Spielen und Wettkämpfen im säulenragenden Thronsaal zum Nachtmahl eingefunden hatten, kam auch ein heimischer Bettler dazu. Sein Name war Iros, er hatte kaum Haare auf dem Kopf, dafür aber einen wüsten, dunkelroten Bart. Iros war von überwältigender Körpergröße, doch noch beachtlicher war sein Wanst. Als ob er ein gemästetes Schwein unter seiner milchigen Haut trüge, quoll ihm der Leib unter dem Mantel hervor, denn endlos fraß und soff er sich durch die Häuser von Polis. Dazu besaß er ein loses Mundwerk und hatte immer einen, wenn auch derben Scherz auf den Lippen; die Freier liebten ihn. Oft tat er für sie Botengänge, sie aber bezahlten ihn dafür kaum aus eigenen Mitteln, sondern meist von der üppigen Tafel des Königshauses. Selten fand im Thronsaal ein Gelage statt, an dem Iros nicht teilgenommen und dabei unvorstellbare Mengen an Fleisch und Brot vertilgt hätte, Wein zechte er für drei.

Als er an diesem Abend kam und den Fremden auf der Schwelle sitzen sah, fragte Iros erstaunt: »Wer ist denn das? Geh weg von der Pforte, du armselige Scheuche, ehe ich dich am Fuß wegschleife!«
Lachend und händereibend sahen es die Freier, und zwinkerten Iros aufmunternd zu, den Alten weiter herauszufordern.
»Auf jetzt, du bleifüßiger Alter, und hinaus mit dir, sonst bekommst du meine Fäuste zu spüren!«
Keiner im Saal wäre vor dieser Drohung nicht blaß geworden, denn zu gewaltig und riesig war Iros. Odysseus jedoch ließ sich nicht einschüchtern.
»Was tat ich dir Böses? Ich habe dir weder Übles nachgesagt noch mißgönne ich dir, was man dir schenkt. In diesem Raum ist Platz für uns beide, du brauchst das Gut, das dir nicht gehört, vor mir nicht zu verteidigen. Die Götter werden schon für uns beide sorgen.«
»Du hast wohl nicht gehört, was ich dir sagte, elender Schlucker!« rief Iros und trat ihn mit dem Fuß.
»Reize mich nicht zu sehr«, sagte Odysseus, »sonst könntest du mich alten Mann zwingen, dir die Lippen blutig zu schlagen.«
Da ging ein Gelächter durch den Saal, daß Wände und Tische wackelten. Die Freier tobten vor Vergnügen und rückten sich behaglich in ihren Sesseln zurecht, denn sie freuten sich in ihrer Seele auf das Schauspiel, das jetzt folgen würde.
»Habt ihr das gehört?« keifte Iros mit seiner ungewöhnlich hohen Stimme, und alle schrien laut: »Jaaa!«
»Habt ihr gehört, er schnattert ja wie ein Waschweib, dieser Tagedieb, der nichts auf den Knochen hat?« Gefährlich knackte er mit den Gelenken seiner unglaublichen Fäuste.
Antinoos rief: »Freunde, ein solches Vergnügen hat uns in diesem Palast noch keiner der Götter beschert. Los, lassen wir sie gegeneinander kämpfen!«
Alle sprangen auf von ihren Sitzen, scharten sich um die Bettler im Kreis, und Antinoos setzte einen Preis aus: »Den Saumagen da drüben, der über dem Feuer brät, gefüllt mit Fett, Blut, Mehl und Kräutern, den soll derjenige haben, der aus diesem Kampf als Sieger hervorgeht. Darüber hinaus sei es ihm vergönnt, hier immer mit uns zu sitzen, dem Verlierer aber künftig verwehrt, das Haus zu betreten!«

Wieder johlten die Freier, bis Odysseus sagte: »Als altem, gebrechlichem Mann fällt es mir schwer, gegen einen jüngeren und so viel stärkeren zu kämpfen, aber der böse Bauch läßt mich nicht ruhen. Ich bitte euch nur, mir zu schwören, daß ihr nicht zu seinen Gunsten in den Kampf eingreift.«
Jetzt konnten sich die Freier kaum noch halten vor Lachen und unter Tränen leisteten sie alle den Eid.
Telemachos sagte: »Wenn einer außer Iros dich berührt, Fremdling, glaube mir, dann bekommt er es mit mir zu tun. Der Schwächste von all diesen bin ich nicht!«
Einer der Freier brachte zwei breite Gürtel, wie sie Faustkämpfer tragen, und rief: »Runter mit den Mänteln, gürtet euch, und dann kämpft!«
Noch herrschte große Heiterkeit, doch als Odysseus das Hirschfell ablegte, und nur noch der schmutzige Lumpen seinen Leib bedeckte, kamen, unter faltiger Haut zwar, wuchtige Schenkel, starke Schultern, eine mächtige Brust und kräftige Arme zum Vorschein.
Staunend sagte einer zum anderen: »Mit der Herausforderung tat sich Iros womöglich keinen Gefallen«.
Iros sah Odysseus an und mußte schlucken. Er wußte, daß sein Gewicht zwar immens war, dahinter jedoch wenig Kraft steckte. Zögernd legte nun auch er sich den Mantel ab, und es wurden zum massigen Bauch vergleichsweise dünne Arme und Beine sichtbar. Nun gürteten sich die beiden, doch Iros schlotterten die Knie.
»Prahler«, rief Antinoos, »schämen sollst du dich, vor dem alten Mann zu zittern. Das sage ich dir, wenn du verlierst, bringe ich dich vor den schwarzgesichtigen Dämon Echetos, daß er dir das Gemächt abreißt und es den Hunden zum Fraß vorwirft!«
Antinoos machte eine böse Grimasse, und die Freier lagen fast am Boden vor Lachen, diesmal aber zu Iros' Schaden. Jetzt zitterte der Riese am ganzen Leib und schüttelte sich wie im Fieber, nur widerstrebend ließ er sich in die Mitte des Kreises schieben.
»Und jetzt kämpft!« schrie Antinoos.
Iros zielte, holte aus und traf Odysseus, der sich geschickt zur Seite wandte, an der Schulter, der aber schlug im gleichen Augenblick zurück und traf Iros mit aller Härte am Kieferknochen unter dem

Ohr. Ekelhaft hörte es sich an, als der Knochen brach, Odysseus selbst lief eine Gänsehaut über den Rücken. Brüllend stürzte Iros nieder, Blut floß ihm über die Lippen, dann lag er hilflos da und strampelte mit den Beinen, die Freier aber warfen die Hände in die Luft und brüllten vor Vergnügen. Eurymachos trat ihm in den Brustkasten und schrie: »Los, Iros, steh auf, zeig ihm, um wieviel stärker du bist!« Doch Iros war am Ende. Der eine Schlag war zuviel gewesen. Odysseus packte ihn am Fuß, schleifte ihn durch die Halle und auf den Hof hinaus. Dort lehnte er ihn gegen eine Mauer und rief: »Bleib hier sitzen und wehr dich gegen die Hunde, spiele aber nie wieder den Herrn über Bettler, damit dich nicht ein noch schlimmeres Unglück trifft!«

Odysseus kehrte in den Saal zurück, da hatte man ihm schon einen Stuhl bereitgestellt. Antinoos brachte ihm eigenhändig den Saumagen auf einem Teller. Überheblich, als ob er der Herr im Hause sei, stellte er ihn vor Odysseus hin und rief: »Friß, du alter Gauner, diesmal hast du dir die Speise sogar verdient!«

Amphinomos nahm aus einem Korb zwei Brote, legte sie Odysseus auf den Teller und reichte ihm seinen eigenen Becher.

»Alles Gute, fremder Vater«, sagte er, »jetzt plagen dich ja noch mancherlei Nöte, doch möge Zeus dir in Zukunft gewähren, was du am meisten begehrst.«

Odysseus dankte ihm für den Gruß, spendete den Göttern und trank.

Dann sagte er: »Du erscheinst mir von allen hier der Verständigste. Und ich hörte, du seiest ein würdiger Sohn deines Vaters Nisos, des mächtigen Fürsten von Dulichion, über dem nur Odysseus steht. Dein Blick verrät mir Scharfsinn, darum nimm meine Worte dir zu Herzen. Nichts ist unbeständiger und wandelbarer als der Mensch. Solange er jung ist und es ihm gut geht, glaubt er, es könne ihn kein Unglück treffen. Strafen ihn jedoch die Götter, ist er verzweifelt und trägt sein schlimmes Los mit Ungeduld und Verbitterung. So also, wie das Herz des Menschen sich wandelt, wandeln sich auch die Tage und mit ihnen das Schicksal. Sieh mich an: Auch ich war einmal jung und zum Übermut bereit, da mich ein mächtiger Vater schützte, heute muß ich, um Gnade bettelnd, von Haus zu Haus ziehen. Des-

halb empfehle ich dir, freue dich am Leben, aber bleibe demütig. Was sind das für Greuel, die ihr Freier hier im Haus verübt, wie ihr die Güter verschwelgt, die euch nicht gehören, wie ihr die Herrin des Hauses nötigt, die eure rechtmäßige Königin ist, wie ihr das Leben des Knaben bedroht, der nur um sein Recht kämpft, und wie ihr nach der euch nicht zustehenden Macht des Mannes greift, der vielleicht nicht mehr fern ist. Gehe nach Hause, mein Junge, damit er, wenn er kommt, dir nicht in diesem Palast begegnet, denn ohne Blutvergießen wird er sich von euch Freiern nicht trennen!«
Odysseus trank noch einmal von dem Wein, dann gab er Amphinomos den Becher zurück. »Denk daran, bevor es zu spät ist!«
Die Rede hatte Amphinomos tief ins Herz getroffen, mit gesenktem Haupt ging er durch den Saal, und er ahnte Böses. Vielleicht hätte er den Rat sogar befolgt, da aber ging die Türe des Frauengemaches auf.
Als ob Aphrodite sie mit Nektar übergossen und mit Ambrosia gesalbt hätte, schritt Penelope zauberhaft und erhaben die Stufen der weitgeschwungenen Treppe hinunter in den Thronsaal. Unsagbar schön flossen die schimmernden Bahnen ihres blauen Kleides an ihr herab, ihr folgten zwei Dienerinnen, je eine zur rechten und zur linken Seite. Den Freiern bebten die Herzen und die Knie. Nicht einer war unter ihnen, der nicht, von äußerstem Verlangen getrieben, mit jeder Faser seines Herzens sich danach gesehnt hätte, das Lager dieser herrlichen Frau zu besteigen.
Penelope hatte jedoch ganz anderes im Sinn.
»Du enttäuschst mich, Sohn!« rief sie Telemachos zu. »Als du noch Knabe warst, besaßest du größeres Gespür für Gastfreundschaft und Sitte. Ungestraft ließt du es heute zu, daß man den Fremden ungebührlich mißhandelte: zuerst Antinoos, der ihn mit einem Schemel schlug, dann nahmst du es gar in Kauf, daß er von dem Rohling Iros hätte getötet werden können. Was für eine Tat! Willst du dir Schande auferlegen?«
»Mutter«, antwortete Telemachos und war verzweifelt, ihr die Wahrheit nicht sagen zu dürfen, denn um den Vater hatte er beide Male keine Angst gehabt, »ich verstehe dich wohl, aber wie kann ich vernünftig handeln, wenn links und rechts die Gäste mich verwirren

und Unheil stiften? Den Göttern aber sei gedankt, der fremde Greis war stärker!«

Eurymachos hörte kaum zu, was Penelope sagte, er empfand nur Gier nach dem herrlichen Weib. Mit einem Blick, als ob er sie vor aller Augen entkleiden wollte, und einer Stimme, die süß war wie Honig, säuselte er: »Verehrte, edle Penelope, wie sehr überragst du alle Frauen an Gestalt und Schönheit. Wenn andere edle Männer dich so sähen, würden an diesem Tisch noch viel mehr Freier schmausen!«

»Wenn sie wirklich edel wären, verpraßten sie nicht fremdes Gut!« rief sie zornig. »Denn unter edlen Männern war es immer Sitte, den Wettkampf der Werbung mit eigenen Mitteln zu bestreiten. Selbst brachten sie Rinder, Schafe, Ziegen und Schweine. Ihr aber schämt euch nicht, eure stattlichen Wänste bei mir zu füllen! Sage mir, Eurymachos, wo sind euere Geschenke?«

Odysseus freute sich über die klugen Worte seiner Frau, und wie sie es verstand, den Freiern Gaben zu entlocken, obwohl sie im Herzen anders dachte.

»Herrliche Penelope«, sagte Antinoos, »uns mangelt es nicht an Brautgeschenken, sondern an deiner Entscheidung, wen von uns du zum Gatten nimmst. Wähltest du mich, würde ich dir mein ganzes Vermögen zu Füßen legen, das bei weitem das größte ist im Reich, von deinem eigenen abgesehen. Doch dein Wunsch nach Brautgeschenken ist nur billig, Gaben sollst du empfangen, denn sie zu verweigern wäre schändlich!«

»Dann holt sie!« schrie Penelope und stampfte mit dem Fuß auf. »Bis ihr sie nicht vor meinen Augen hier ausgebreitet habt, will ich keinen von euch im Palast mehr sehen. Geht jetzt und kommt morgen wieder. Das aber wollte ich noch sagen: Wer heute nacht von euch etwa Bedürfnis hat, bei einem Weib zu liegen, der folge den Fußspuren im Straßenpflaster ins Dirnenhaus. Dort werdet ihr die Mädchen und älteren Mägde finden, mit denen ihr mich hier im eigenen Haus drei Jahre lang zum Narren hieltet!«

Sprachlos vor Überraschung sprangen die Freier auf und starrten die Fürstin an, als ob sie eine Dämonin wäre. Damit hatte niemand gerechnet. Fieberhaft überlegten sie in ihren Köpfen, was sie nun sagen sollten.

»Ja, habt ihr nicht gehört«, rief Telemachos, »seid ihr toll, peitscht euch ein Gott? Nach Hause sollt ihr gehen oder euch im Frauenhaus schlafen legen!«

»Gut«, sagte endlich Antinoos, »wir gehen und kehren morgen wieder mit den Geschenken, und dann werden wir das Haus nicht mehr verlassen, ehe du nicht einen von uns zum Gatten erkoren hast!«

Verstört und zornig gingen die Freier in die Nacht hinaus. Die Mägde, die Penelope noch treu ergeben waren, räumten die Speisen, das Eßgeschirr und die Becher von den Tischen und scheuerten die Tafel blank, dann fegten sie den Boden und belegten die Sessel mit frisch gewaschenen Fellen.

Odysseus wollte zur Pforte gehen und dort warten, daß man ihm einen Schlafplatz zuweisen würde, doch Penelope hielt ihn zurück.

»Bring ihm einen Sessel, Euryklea, daß sich der Fremde zu mir setze, ich will ihn jetzt nach seiner Herkunft befragen.«

Mit klopfendem Herzen nahm Odysseus seiner Gattin gegenüber Platz und hielt aus Verlegenheit erst den Kopf gesenkt. Als er sie aber einmal angeblickt hatte, konnte er sich von ihrer Schönheit nicht mehr losreißen. Wohl sah er die Spuren der Jahre und der Tränen um ihre leuchtend blauen Augen, doch hatte sie an Liebreiz wenig eingebüßt. Schlank und biegsam und doch üppig war ihr Körper geblieben, edel war ihr Wuchs, feingliedrig und schmal die Hände, wohlgeformt und ebenmäßig das reine Gesicht mit der hohen Stirn, nur an ihrer rechten Schläfe entdeckte er eine graue Strähne, die sich von der Flut der dunklen Locken abhob.

»Schön bist du, Königin«, sagte Odysseus traumverloren, »edel ist deine Gestalt, zart und voller Anmut dein Gesicht.«

Da überzog ein roter Schimmer ihre Züge, und hastig sagte sie: »Nein, fremder Greis, die Schönheit raubten mir die Götter, seit die Achaier gegen Troja zogen. Mein trauter Gemahl Odysseus war unter ihnen, der König von Ithaka, Dulichion, Zakynthos und Same. Herrlich war er anzusehen, gut und gerecht war er zu jedermann, ein fürsorgender Vater seinem Sohn und mir ein treuer Gatte. Seit er fort ist, leide ich unsäglich, der Kummer gräbt mir tiefe Falten ins Antlitz und härmt mein Herz in sehnendem Verlangen. Doch sprich nun du zu mir, und sage, wer du bist und von welchem Land du stammst. Ist es wahr, daß du Odysseus kanntest?«

»Kreta ist meine Heimat«, begann der erfindungsreiche Odysseus, »das inmitten des blauen Meeres liegt, fruchtbar ist es und schön. Neunzig Städte gibt es dort, die erhabenste aber ist Knossos, die der mächtige König Minos erbaute. Er war Deukalions Vater, der nach ihm König wurde, Deukalion aber zeugte Idomeneus, der nun über Kreta herrscht und den ich mit Recht als wahren Freund bezeichne. Mit achtzig Schiffen folgte er den Atriden gegen Troja, ich war der Führer seiner Schiffe, deinen Gatten kannte ich gut. Ich bin Aithon, der Sohn des Hylakydes, der zu den begütertsten Männer Kretas gehörte. Die Götter nahmen ihn zu sich, mir aber sandten sie Unheil.

Lange ist es her, daß ich Odysseus zum erstenmal sah. Ich traf ihn in Knossos, wohin ihn der Sturm auf dem Weg nach Troja verschlagen hatte, und lud ihn ein in meinen Palast, wo er zwölf Tage lang mein Gast blieb.«

»Höre, Fremder«, unterbrach ihn Penelope, »ich möchte prüfen, ob du die Wahrheit sprichst. Welche Kleider trug Odysseus, als du ihn in deinem Palast aufnahmst?«

»Das ist schwer zu sagen nach so langer Zeit, doch ich will versuchen, mich zu erinnern. Er trug einen aus Wolle gewebten pupurfarbenen Umhang, den an der Schulter eine doppeltgeschlossene goldene Spange hielt. Als Stickerei war darauf ein Hirschkalb zu sehen, das zwei Hunde festhielten. Ja, ich weiß es noch genau, da wir alle das schöne Bild bestaunten. Darunter trug er einen Leibrock, der eine Farbe hatte wie die Schale von Zwiebeln. Viele Frauen sahen ihn bewundernd an, so schön war er. Ich weiß natürlich nicht, ob er diese Sachen bereits hier im Hause trug, denn Odysseus hatte viele Freunde, die ihn beschenkten. Auch ich gab ihm zum Abschied einen Mantel, dazu Mehl und Wein für seine Gefährten.«

Mit offenem Mund hatte Penelope gelauscht, und Tränen standen in ihren Augen, denn sie erkannte die Bekleidung, die ihr der Greis beschrieben hatte.

»Bisher, Aithon, Sohn des Hylakydes, hatte ich nur Mitleid mit dir, nun aber sollst du mir in meinem Hause lieb und teuer sein, denn die

Kleider, die du beschriebst, gab ich ihm selbst und dazu als Schmuck die goldene Spange. Die Götter sollen dich segnen für die Gastfreundschaft, die du meinem lieben Gemahl hast angedeihen lassen. Er kann dir die Gaben nicht mehr vergelten, denn ihn sandten die Götter hinter Hades' ewige Pforten.«

»Erlauchte Gemahlin des Odysseus, weine nicht mehr, zerstöre dir nicht länger das Antlitz, sondern höre, was ich dir sage: Odysseus wird wiederkehren, ich selbst habe es vom thesprotischen König Pheidon vernommen, wohin auch mich ein widriges Schicksal, fern meines Eheweibs und meiner Kinder, verschlug. Mir nun bestimmt Zeus auch weiterhin unsägliche Leiden, und ich weiß nicht, ob ich je die Heimat wieder erblicke. Odysseus aber wird heimkehren und herrliche Schätze mitbringen. Nicht mehr lang wird er fern sein, das will ich dir schwören!«

»Oh, daß sich doch dein Wort erfüllte!« seufzte Penelope, »dann wüßtest du schnell, welch herrliche Gaben ich dir aus Dankbarkeit schenkte, aber ich ahne, daß Odysseus nicht wieder nach Hause zurückkehrt. In unzähligen Traumbildern sah ich ihn im Reich des Hades. Rätselhaft sind oft die Götter, doch täuschen sie uns nicht beständig. Dennoch, lieber Greis, will ich dich gastlich bewirten in meinem Haus und dir ein bequemes Nachtlager richten.«

»Euryklea, du treusorgende Seele«, rief sie der Schaffnerin zu, die dem Gespräch gelauscht hatte, »ich bitte dich, bring eine Schüssel mit warmem Wasser und Seife und wasche unserem Gast die Füße.«

Im Weggehen sagte sie: »Um dein Lager will ich mich selbst sorgen.«

»Herrin«, rief ihr Odysseus nach, »wahrlich, mir sind Decken und schimmernde Kissen verhaßt, seit ich die Heimat Kreta hinter mir ließ. Ein Rinderfell, das ich mir im Hof ausbreite, und ein Mantel genügen bei weitem zum erquickenden Schlaf. Auch brauche ich kein Wasser zum Waschen der Füße ...«

Penelope hörte es nicht mehr, geschwind hatte sie den Saal verlassen, um den Mägden zu sagen, für den Gast das Nachtlager zu richten.

»Du armer Greis«, rief Euryklea voller Mitgefühl, und stellte das klingende Becken vor ihn nieder, »auch dir also versagen die Götter die Heimkehr, halten dich fern von Weib und Kindern. Deshalb will

ich dir gerne die Füße waschen und hoffen, daß ihm, wenn er noch lebt, ein barmherziger Mensch denselben Dienst erweisen möge.«
Aus zwei Kannen schüttete Euryklea erst heißes, dann kaltes Wasser in die Wanne, und prüfte mit der Hand, ob die Mischung auch die richtige Wärme habe, Odysseus aber drehte sich von der Fackel weg, daß seine Beine im Schatten lägen, denn schlagartig fiel es ihm ein, daß ihn Euryklea an der Narbe über dem Knie erkennen könnte.
»Vor mir mußt du dich deiner alten Füße wegen nicht schämen«, sagte sie, rückte ihm die Wanne hinterher und kauerte sich vor ihm nieder, »bin doch selbst längst über die Schwelle des Greisenalters getreten, schön sind meine Füße längst nicht mehr! Nun stelle sie da hinein, alter Vater.«
Den Lumpen schob sie ihm über die Knie, das rechte Bein hob sie an, da sah sie die Narbe, die ihm einst der Eber in einem waldigen Tal des Berges Parnassos geschlagen hatte. Vor Schreck ließ sie den Fuß ins Wasser fallen, daß die Wanne klirrte und die Tropfen weit umherspritzen. Freude und gleichzeitig Schmerz durchzuckten das Herz der Amme, Tränen traten ihr in die Augen, und den Kopf hob sie zu ihm auf.
»Kind, mein teures Kind«, rief sie mit erstickter Stimme, »du bist Odysseus, ich erkenne dich an der Narbe!«
Vor Aufregung rot im Gesicht suchte sie mit den Augen nach Penelope, um es ihr zuzuschreien, daß der Gatte nach Hause zurückgekehrt sei, da packte sie Odysseus mit einer Hand am Hals, zog sie zu sich heran, mit der anderen hielt er ihr den Mund zu und flüsterte: »Still, Mütterchen! Willst du mein Verderben? Schweig, daß es nicht noch andere im Hause bemerken. Keiner darf es erfahren, daß ich zurückgekehrt bin, sonst wird mir die Bestrafung der Freier mißlingen!«
»Lieber Sohn«, flüsterte Euryklea endlich, »ich schwöre dir, ich werde es niemandem sagen, du kannst dich auf mich verlassen, und ich will dir helfen, wo ich nur kann, den gottlosen Freiern das Handwerk zu legen.«
Als die Füße des Königs gesalbt waren, kam Penelope zurück und sagte: »Aithon, Sohn des Hylakydes, keine andere Gesellschaft möchte ich deiner vorziehen. Die ganze Nacht könnte ich mit dir sit-

zen, und deinen Geschichten über den Gatten lauschen, auch bist du mir seltsam vertraut, aber es geht nicht an, denn es ist schon spät. Nicht umsonst haben die Götter den Dingen Maß und Ordnung gegeben. Dazu kommt, daß morgen der hohe Festtag des Neumonds ist und ich mich, mit blutendem Herzen zwar, für einen der Freier entscheiden werde. Gute Nacht nun, lieber Greis, du kannst hier noch sitzen, solange du willst, Wein findest du in der Kanne, auch Fleisch und Brot steht für dich bereit, ich aber gehe in mein Gemach, mich auf mein Lager zu betten, das schon so viele Seufzer vernahm.«

6

Ruhelos wälzte sich Odysseus hin und her, er konnte nicht einschlafen. Wie sollte er die Freier bezwingen? Er mußte sie töten, das wußte er, und der Gedanke bereitete ihm auch keinerlei Pein. Aber wie sollte er es anstellen: Einer allein gegen so viele? Fünfzehn mochten es sein, dazu noch die Knechte, die auf ihrer Seite standen.

»O gütige Götter«, seufzte er und warf sich von einer Seite zur anderen, geradeso wie die Köchin den Braten über dem Feuer von einer Seite zur anderen wendet und wünscht, er wäre bald fertig.

Doch Odysseus wurde nicht fertig mit dem Denken. Mit einer erloschenen Fackel in der Hand, die er in seiner Kammer gefunden hatte, schlich er durch den finsteren Thronsaal, nicht der kleinste Lichtschimmer drang durch die Fensterbögen, denn es war die Nacht vor Neumond. Aus der Erinnerung schätzte er die Maße des großen Raums und vermied es, an Tische, Stühle oder Waffen, die an den Wänden hingen, anzustoßen. Vorsichtig tastete er sich den Säulen entlang und ging zum Herd, um zu sehen, ob Euryklea ein wenig Glut darin gelassen habe.

Den Schürhaken fand er blind, er hing noch am selben Nagel, den Eumaios seinerzeit in die Wand geschlagen hatte, und stocherte in der Asche, da fand er weit hinten in der Öffnung ein glühendes Holzkohlestück. Damit setzte er die Fackel in Brand.

Schauderhaft, als ob Dämonen erwachten, warfen nun die Gegenstände, die im Raum standen, springende und tanzende Schatten an die Wände. Riesengroß sah er Hermes mit geflügeltem Helm, Hephaistos glaubte er zu erkennen, wie er mit verkehrten Füßen, die Zehen nach hinten, die Fersen nach vorne, durch seine Schmiede hinkte, wo die Zyklopen mit Bälgen, so groß wie Rinder, das himmlische Feuer entfachten. Dionysos wuchsen anstelle der Haare Weinreben aus dem Kopf, in ständiger Trunkenheit tanzte er mit dem zwergenhaften Eros, der brünstig an dessen Phallos saugte. Ares versenkte sein kriegerisches Haupt in den herrlichen Brüsten Aphrodites und hieb mit seiner Lanze nach Demeter, der Göttin des Wachstums und der Erde. Lange betrachtete Odysseus das groteske Schauspiel, bis er verrückt zu werden glaubte.

»Und wo bist du, Athene?«

Wie durch einen Traum wandelnd, ging er hinüber zum ehemaligen Gemach der Eltern.

»Ob sie noch da ist?«

Vorsichtig öffnete er die schwere eicherne Türe und leuchtete mit der Fackel hinein in den Raum, da stand sie, kalt schimmernd aus Marmor und dennoch lebendig.

»Pallas Athene!«

»Weshalb bist du noch wach, Odysseus, was plagt dich? Dies ist dein Haus, deine Gattin ist in ihrem Gemach und schläft, auch dein Sohn liegt auf dem Lager und sammelt Kräfte für morgen; du hast keinen Grund zur Sorge. Ruh dich aus, denn es wird ein schwerer Tag werden!«

»Ich weiß es, Göttin«, ächzte Odysseus und drückte seine Wange an ihre Knie. »Doch wie soll ich die Ängste des Herzens stillen? Wie soll ich Hand an die hündischen Freier legen? Ich bin doch allein, sie aber sind in Scharen versammelt. Dazu habe ich noch andere Sorgen: Selbst wenn ich sie töten kann – falls ihr Götter es mir gestattet – wie soll ich dann der Rache ihrer Väter entgehen? Auch das ist zu bedenken!«

»Odysseus, du bist unverbesserlich. Kannst du niemals aufhören zu fragen, zu suchen, zu forschen? Dir fehlt das Vertrauen! Es verläßt sich mancher auf geringere Götter, ja selbst auf Sterbliche, die alle nicht besonders erfahren und klug sind. Ich aber bin die Tochter des Zeus, die dich beschützt und immer bei dir ist, auch wenn du es nicht weißt. Ich will es dir deutlich sagen: Selbst wenn sich zwanzig Haufen bis zu den Zähnen bewaffneter Krieger gegen uns stellten, weil du ihnen Rinder oder Schafe raubtest, könnten sie uns nicht besiegen. Geh nun zu Bett, du brauchst Ruhe, die ganze Nacht wach zu sein ist eine Qual. Schlaf jetzt, bald wirst du deine Sorgen los sein.«

Die Verspannung der Gedanken und Glieder löste ihm Pallas Athene, Penelope aber erwachte. Sie hatte von Odysseus geträumt, so, als ob er neben ihr läge. Als sie ihn aber in ihrem Bett nicht fand, setzte sich auf und weinte.

»O Götter«, schluchzte sie, »warum bestraft ihr mich so entsetzlich? Habe ich mir etwas zuschulden kommen lassen? Ich achte auf die Mägde, auf meine häusliche Arbeit, auf die Erziehung des Sohnes und versäume es nicht zu opfern. Dennoch fließen meine Tage dahin in Tränen. Damit aber nicht genug. Nun liege ich selbst in der Nacht noch wach, in der doch jeder Ruhe findet. Warum laßt ihr mich so leiden?«

Penelope hob ihre Arme zum Himmel und rief: »Artemis, Tochter des Zeus, schieß mir doch endlich den Pfeil ins Herz, daß mich der wirbelnde Sturmwind packt und mich im sausenden Flug zu den finsteren Gestaden des Orkus entführt! O ließet ihr olympischen Götter mich doch für immer verschwinden und in die gräßliche Erde sinken, damit ich wenigstens in Hades' Reich Odysseus wiedersähe, als daß ich hier die niederen, brünstigen Sinne dieser abscheulichen Freier errege. Warum sendet ihr mir diese Träume, die sich letztlich doch immer als Trugbilder erweisen?«

Kaum wahrnehmbar erhob sich Eos über den Bergspitzen des Reithron, da erwachte Odysseus, hüllte sich in seine Lumpen und trat aus dem Saal unter den freien Himmel. Die Knechte und Mägde schliefen noch, nur die Müllerin hatte schon zu arbeiten begonnen und mahlte zwischen mächtigen Steinen die Gerste.

Odysseus sank auf die Knie und betete: »Vater Zeus, wenn du mich absichtlich über Länder und Meere nach Hause führtest, nachdem du mich bitter quältest, gib mir ein Zeichen, nur ein kleines, sag ein behutsames Wort, das nur ich verstehe, damit ich weiß, daß du auf meiner Seite stehst.«

Da sandte Zeus vom Olymp her ein leises, dunkles Rollen. Sanft drang es aus den rötlich schimmernden Wolken zur Erde hinab, und über Odysseus' Gesicht zog sich ein stilles Lächeln.

Die Müllerin rief, als sie den Greis im dämmernden Hof knien sah: »Siehst du Alter, Zeus antwortet dir, dein Leiden wird enden. Aber auch ich bat ihn soeben um ein Zeichen. Möge dies Rollen mir bedeuten, daß heute die Freier zum letztenmal hier speisen!«

Freudig vernahm Odysseus ihre Worte.

Als er sich wieder erhob, stand Telemachos neben ihm.

»Sohn«, flüsterte Odysseus, »laß uns die dämmernde Frühe, da viele noch schlafen, dazu nutzen, die Waffen, die in der Halle stehen und an den Wänden hängen, wegzuräumen. Wenn dich einer des Gesindes fragt, weshalb du das tust, oder später dich ein anderer zur Rechenschaft zieht, sag ihnen, sie müßten gereinigt werden, sie seien schon ganz schwarz und verklebt durch die Dünste, die bei den ständigen Gelagen entstehen.«

Zusammen sammelten sie die Speere, Schilde und Schwerter ein und trugen sie zur Waffenkammer, nur jeweils zwei der Waffen legten sie in ein Versteck, das nur ihnen bekannt war und das sie mit einem Sprung erreichen konnten.

Nachdem dies geschehen war und Helios den leuchtenden Sonnenwagen über das Reithrongebirge gezogen hatte, erwachte der Hof zu Ithaka und füllte sich mit geschäftigem Treiben. Es versammelten sich die Mägde und begannen mit den Arbeiten im Haus, die einen entzündeten das Feuer im Herd, andere gingen zum Brunnen, um Wasser zu holen, wieder andere buken Brot; die Knechte spalteten Holz oder bereiteten Schlachtungen vor, und von den Gehöften kamen die Hirten mit dem Vieh. Eumaios, der schon in der Nacht losgegangen sein mußte, war der erste. Drei Schweine, die besten und größten von allen, trieb er herein und begrüßte Odysseus.

»Den Göttern zum Gruß, Aithon, oder wie immer du heißen magst, du scheinst bei der Herrin an Ansehen gewonnen zu haben, da sie dich hier nächtigen ließ.«

»Den Göttern zum Gruß«, erwiderte Odysseus, »möge Zeus dir geben, was du am meisten begehrst.«

»Da muß ich nicht lange nachdenken«, rief Eumaios, »ich wünschte, Odysseus käme wieder, aber das zu hoffen ist wohl vergebens.«

»Warte es ab«, sagte Odysseus.

»Fremdling, bist du immer noch da?« rief Melantheus, der zehn Ziegen in das große Geviert hineintrieb. »Wie lange willst du uns eigentlich noch belästigen, statt dich fortzuscheren. Ich denke, wir zwei werden noch tüchtig aneinandergeraten und es mit den Fäusten austragen, ehe wir uns trennen!«

Odysseus gab keine Antwort. Was hätte er diesem Mann noch sagen sollen?

Mit zwei Rindern kam Philoitios daher, er war einer der älteren Hirten, und Odysseus kannte ihn noch gut. Er freute sich auf ihn, den Philoitios hatte ein freundliches Wesen. Er band die Tiere fest, dann ging er zu Eumaios und fragte: »Wer ist denn der fremde Vater, aus welchem Land kommt er?«

»Aus Kreta«, sagte Eumaios, »er nennt sich Aithon und ist der Sohn des Hylakydes.«

»Aithon aus Kreta?« fragte Philoitios und prüfte sein Gesicht. »Nein, dann kenne ich ihn nicht, obwohl mir ist, als ob ich ihn schon einmal gesehen hätte. Dennoch den Göttern zum Gruß«, sagte er und reichte ihm die Hand, »werde in späteren Tagen glücklicher, jetzt, so scheint es mir, plagt dich noch manches!«

»Schöne Rinder hast du«, sagte Odysseus.

»Ja, das schon, nur hüte ich sie für die falschen Herren. Längst hätte ich die Arbeit hingeschmissen, wenn mir nicht immer wieder ein Gott zuraunen würde, daß unser König vielleicht doch noch einmal kommt.«

»Rinderhirt, ich sage dir, dein König wird kommen, noch heute wirst du ihn sehen und die falschen Herren, wie du sagst, werden wünschen, sie wären nie geboren.«

»Noch heute, Fremdling?« rief Philoitios. »Gäbe doch Zeus deinen Worten Erfüllung, und du würdest erfahren, wieviel Kraft noch in meinen Fäusten steckt. Mit meinen eigenen Händen würde ich sie erwürgen, diese Räuber! Und ich meine, Eumaios würde nicht nachstehen.«

»Seht«, rief Eumaios, »da kommen sie schon.«

Auf Maultieren ritten die Freier heran, verscheuchten mit herrischen Gesten die Knechte und Mägde, ritten bis unter den Fensterbogen von Penelopes Gemach und breiteten dort die Geschenke aus.

»Fürstin«, rief Antionoos, »du wolltest Brautgeschenke, nun sollst du sie haben!«

Penelope erschien oben am Fenster, und die Freier packten ihre Körbe aus. Antinoos breitete ein überaus schönes, reich mit Blumen besticktes Kleid, woran zwölf gebogene Spangen aus lauterem Gold befestigt waren, am Boden aus.

»In diesem Kleid sollst du mit mir Hochzeit halten, du wirst sehen, alle Frauen Griechenlands werden dich darum beneiden!«

Eurydamas schenkte ihr zwei prachtvolle goldene Ohrgehänge, die mit leuchtenden Rubinen besetzt waren, Peisandros eine lieblich schimmernde Halskette mit kostbaren Perlen, Eurymachos zwölf Ringe, geschmückt mit den köstlichsten Edelsteinen, Leiokritos einen bernsteinbesetzten funkelnden Stirnreif und so ein jeder der Freier ein anderes Kleinod von hohem Wert. Penelope aber stand, ohne ein Wort des Dankes zu sagen, am Fensterbogen, und als die Freier endlich alles ausgepackt hatten, schickte sie zwei Mägde hinunter, um die Schätze in ihr Gemach bringen zu lassen.

»Nun sage«, rief Antinoos hinauf, »welches der Geschenke hat dir am besten gefallen, wen von uns nimmst du zu deinem Gemahl?«

»Es wird sich später erweisen«, antwortete Penelope.

»Wann später?« fragte Eurymachos trotzig, »seit über drei Jahren warten wir auf deine Entscheidung und hören doch immer nur: später.«

»Noch heute«, sagte Penelope, »werdet ihr es erfahren, wen ich mir zum Gatten küre!« und zog sich vom Fenster zurück.

»Dann laßt uns zum Festmahl schreiten«, rief Amphinomos, »heute, da Neumondfest ist, wollen wir nicht darben.«

Köstliche Düfte erfüllten das Haus, denn die Knechte und Mägde waren nicht faul gewesen, hatten Schafe, Ziegen, Schweine und ein

Rind geschlachtet, das Fleisch in Stücke zerlegt und über dem Feuer gebraten. Um die Tische schritt Medon, der Herold, und schenkte den Freiern funkelnden Wein in die Becher.
»Auch du, fremder Vater, sollst bei diesem Gelage nicht leer ausgehen«, sagte Telemachos zu Odysseus und wies ihm nahe am Eingang einen kleinen Tisch und einen Schemel zu. Den Mägden, die die Speisen auftrugen, befahl er, ihn ebenso reichlich zu bewirten wie die Freier.
»Hier bleibe nun sitzen, trinke Wein und laß dir den Braten munden, fremder Vater«, rief Telemachos, »ihr Freier aber, das rate ich euch, laßt mir den Bettler zufrieden. Ich verbiete es euch, ihn zu kränken oder anzutasten. Dies ist kein öffentliches Gasthaus, sondern der Palast des Odysseus, und ich bin der Erbe des Königs. Schmähungen, wem auch immer sie gelten, dulde ich nicht!«
»Hoho«, lachte Antinoos, »der Kleine bedroht uns ja ganz gewaltig, er will uns wohl eine Lehre erteilen. Dabei sollte er dankbar sein und sich glücklich schätzen. Hätte Zeus es uns gestattet, hätten wir ihn längst zur Ruhe gebracht!«
Telemachos gab keine Antwort auf die schamlose Beleidigung, denn es kamen die Freunde, die er zu diesem Neumondfest geladen hatte: Noëmon, Peiraios und Theoklymenos. Als Gastgeschenk brachten sie einen jungen Widder mit, den sie dem Apollon zum Opfer darbringen wollten.
»Seht nur, die machen es richtig«, schrie Eurymachos, der Wein war ihm schon zu Kopf gestiegen, »sie bringen sich ihre eigene Mahlzeit mit. Oder ist es gar ein Geschenk für die Fürstin? He, wollt auch ihr um die schöne Penelope werben?« grölte er. »Daraus, das kann ich euch aber sagen, wird nichts, unsere Geschenke sind tausendmal kostbarer!«
Die Verwunderung der Freunde Telemachos' ging unter in tosendem Lachen.
Da aber nun einmal der Wein die Sinne der Freier zu verwirren begann, ließen auch gröbere Scherze nicht lange auf sich warten.
»He, alter Schmarotzer«, rief Leiodes, »da du ja nun einer von unseresgleichen bist, sieh, was ich dir als Geschenk mitgebracht habe!«
Aus einem Korb nahm er einen abgeschnittenen Rinderfuß, unten

waren noch die Klauen daran, und schleuderte ihn mit aller Kraft gegen Odysseus. Der sah das Geschoß auf sich zukommen, konnte sich im letzten Augenblick ducken, und der Fuß klatschte gegen die Mauer. Höhnisches Lachen begleitete die Tat, Odysseus aber schwieg und brütete Böses.

Vor Zorn und Wut am ganzen Leib zitternd rief Telemachos: »Danke den Göttern, Leiodes, daß du den Fremden nicht trafst, sonst hätte ich dich mit der Lanze durchbohrt, und dein Vater hätte dir statt der Hochzeit die Leichenfeier bereitet!«

»Nicht doch, Telemachos«, rief Leiodes, »mit jedem Tag wirst du prahlerischer! Behandelt man so die Gäste des Hauses, die einem Ebenbürtigen ein Geschenk mitbringen?«

Die Heiterkeit, die seine Rede auslöste, war ohnegleichen.

Agelaos rief: »Was habe ich da gerade gehört, Hochzeit? Ein wahres Wort, mein Freund, der Hochzeit wegen sind wir hier. Es wäre uns wahrlich lieb, du gingst jetzt zu deiner Mutter hinauf und sagtest ihr, herunterzukommen. Sie hat unsere Geschenke angenommen, jetzt wird es Zeit, daß sie sich einen aus unserer Mitte zum Bräutigam wählt!«

Lauthals stimmten die Freier Agelaos zu und begannen wie verrückt auf die Tische zu klopfen.

»Ich hindere die Mutter nicht daran zu wählen, welchen von allen hier sie am liebsten will!« rief Telemachos, »ich werde sie jedoch weder auffordern noch zwingen. Den Zeitpunkt wird sie selbst bestimmen!«

»Keinen Schritt weichen wir, bevor sie es nicht tut!« schrie Antinoos, und alle Freier trommelten ihren Beifall so heftig auf die Tische, daß die Becher umfielen und der ganze Thronsaal vibrierte. Einige sprangen auf die Stühle, Eurymachos trampelte sogar mit seinen Füßen auf dem Tisch herum, trat das Geschirr zu Boden, und sein Schreien mischte sich mit Lachen und dem brünstigen Geheul der anderen.

Entsetzt erhob sich Theoklymenos, der Seher aus Pylos, und rief mit beschwörender Stimme: »Unheil steigt und Jammer. Schreckliches Leid wird euch treffen. Nächtliches Dunkel hüllt Haupt und Glieder. Stöhnende Klage ertönt, und Tränen netzen die Wangen. Blut trieft in den Nischen, Schatten erfüllen den Hof und drängen zum Reich des

Hades. Die Sonne schwindet vom Himmel und rings steigt grausiges Dunkel!«
Totenstill war es im Saal geworden. Erst starrten die Freier Theoklymenos erschrocken an, dann aber verfielen sie in hysterisches Lachen.
»Telemachos, dein Freund, den du kürzlich aus Pylos mitbrachtest, ist wohl nicht gescheit im Kopf. Die Götter haben ihn mit Schwachsinn gestraft«, rief Eurymachos, »er ist wahrlich toll, am besten, wir ließen ihn von einem Diener hinausschaffen!«
Gleich wollte Melantheus, der Ziegenhirt, sich zur Stelle erweisen und packte Theoklymenes roh am Arm, der aber riß sich los und sagte: »Einen Begleiter brauche ich nicht, ich komme ohne deine Hilfe zurecht! Laßt uns gehen, Peiraios und auch du, Noëmon, ich sehe schreckliches Unheil, über dich wird Verderben kommen!«
Verwundert schauten sich die Freier an, als die drei den Saal verließen, und Antinoos rief: »Schöne Gäste hast du, Telemachos, und der da, der schmarotzende Bettler, der zu nichts taugt, als uns hier die besten Happen zu stehlen, sitzt immer noch da! Zum schwarzgesichtigen Echetos sollten wir ihn senden, der ihn des Gemächtes beraubt und es den Hunden zum Fraß vorwirft!«
Telemachos ließ sie reden und lachen. Schweigend schaute er zum Vater hinüber und wartete, daß er ein Zeichen gäbe.

7

Penelope nahm aus dem Versteck, das nur sie kannte, den Schlüssel mit dem elfenbeinernen Griff und stieg von ihrem Gemach die Wendeltreppe hinab zum tief unter dem Erdboden liegenden gemauerten Verließ. Nur ihre vertraute Dienerin Euryklea folgte ihr. All ihre Kraft mußten die beiden Frauen aufwenden, das schwere Schloß der erzernen Pforte zu öffnen, und als sie endlich die schwere Türe aufstoßen konnten, ächzte sie in den Angeln wie ein schreiendes Maultier, das nach Wasser verlangt. Nicht ein einziges Mal, seit Odysseus die Heimat verlassen hatte, war der Raum betreten worden, nun schlug

ihnen der modrige Geruch von zwanzig Jahren abgestandener Luft entgegen. Aber welch ein erhebender Anblick war es, als Penelope mit der Fackel in der Hand das geheime Verließ betrat: glänzendes Gold lag da und Silber, die kostbarsten Harnische und Helme, Schwerter mit elfenbeinernen Scheiden, gleißende Schilde, herrliche Becken und Dreifüße, Erzgeräte, geschmiedetes Eisen, die ganzen Schätze des Hauses. Und da hing auch der herrliche Bogen, den Odysseus einst von Iphitos, des Eurytos Sohn, zum Geschenk erhalten hatte. Ihn nahm sie vom Haken, setzte sich auf eine der Truhen, und es liefen ihr Tränen über das Gesicht. Wie stolz war Odysseus immer darauf gewesen, daß schon der große Herakles, der Sohn des Zeus, damit geschossen hatte. Diesen herrlichen Bogen nahm sie nun, dazu den Köcher mit den Pfeilen, und ging hinauf zu den Freiern in den Saal. Euryklea folgte ihr mit einem Korb, in dem die Köpfe von zwölf messerscharf geschliffenen Streitäxten lagen, hölzerne Stiele, um sie für die Schlacht tauglich zu machen, waren keine daran.
An die Säule des Treppenaufgangs gelehnt, einen Schleier über dem schönen Gesicht, stand sie und sagte: »Hört, ihr Freier, die ihr in dieses Haus euch drängt, die ihr hier schmaust und zecht und mich umwerbt, letztlich aus keinem anderen Grund, als durch eine Heirat mit mir die Königswürde zu erlangen, nun winkt euch der Lohn.«
Kaum einer wagte zu atmen im Saal, alle schauten Penelope gebannt an, und sie fuhr fort zu sprechen: »Hier ist der Bogen des Odysseus. Wessen Hände ihn spannen können und wer damit aus einer Entfernung von zwanzig Schritten einen Pfeil durch die Öhre von zwölf hintereinander aufgestellten Äxten schießt, dem bin ich bereit zu folgen und werde meinem ehemaligen Gatten nur noch im Traum gedenken! Eumaios, bringe diesen ehrenwerten Herren den Bogen und die Äxte, und lasse sie alles gebührlich in Augenschein nehmen.«
Als ob ein Blitz des Zeus ihn getroffen hätte, schaute Telemachos zu seinem Vater, der von allem unberührt, so schien es, noch immer an seinem Tisch saß. Nachdrücklich jedoch schloß er einmal die Augen und bedeutete ihm so, die Dinge, die da kämen, ihren Weg gehen zu lassen.
In Eumaios stiegen die Tränen hoch, so schmerzte es ihn, dem Befehl der Herrin zu gehorchen, und nur mit Widerwillen brachte er

Antinoos den Bogen; auch der Rinderhirte Philoitios begann zu weinen, als er den Bogen sah.

»Was seid ihr nur für törichte Bauernsöhne!« rief Antinoos. »Wenn euch zum Weinen zumute ist, dann geht besser hinaus.«

Hin und her wendete Antinoos die schwere, schöngeglättete Waffe, betrachtete sie prüfend, dann sagte er: »So einfach wird es nicht werden, ihn zu spannen, es bedarf wohl ungewöhnlicher Kraft dazu. Doch einer von uns wird ihn bestimmt meistern. Stellt die Äxte auf!«

Natürlich hoffte er, daß er selbst derjenige sei, dem es gelingen möge, denn er war bei weitem der stärkste der Freier.

Medon, der Herold, ließ von zwei Knechten einen geschälten und geglätteten Baumstamm aus dem Holzlager bringen. In diesen hämmerte er mit Hilfe der Richtschnur im Abstand von je einem Fuß die Axtköpfe in den Stamm, bis alle zwölf der Länge des Baumes entlang, hintereinander in einer Reihe standen, und alle Öhre eine Flucht bildeten, durch die der Pfeil zu schießen war.

»Gehen wir damit auf den Hof«, sagte Antinoos.

Die Knechte legten den Stamm, die Äxte nach oben gerichtet, auf zwei Tische, Medon schritt die Entfernung ab und kratzte mit dem Heroldstab die Schwelle in den Boden, den die Schützen beim Schußversuch nicht übertreten durften.

Antinoos sagte: »Laßt uns beginnen, von rechts, ebenso, wie der Herold den Wein ausschenkt.«

Alle Freier und auch die Hirten waren nun im Hof versammelt, Leiodes ergriff Bogen und Pfeil als erster, trat an die Schwelle, doch er vermochte die Waffe, so heftig er es auch versuchte, nicht zu spannen. Der Bogen, so schien es ihm, war aus Eisen.

»Freunde, ich vermag es nicht«, sagte er, »euch klopft noch das Herz, die schöne Penelope zu gewinnen, mir aber bleibt sie versagt.«

Da Antinoos nicht zu den Schwächsten gehörte und doch den Bogen nicht im Geringsten zu spannen wußte, befahl er dem Ziegenhirten: »Los, Melantheus, entzünde ein Feuer und hole von drinnen Speckschwarten, damit wir den Bogen erwärmen und mit dem Fett bestreichen; dies wird ihn hoffentlich biegsamer machen!«

Melantheus tat, wie ihm gesagt worden war, und Antinoos drehte und wendete die Waffe über dem Feuer. Nachdem er sie auch mit

Fett bestrichen und es ins Holz hineingerieben hatte, versuchte es der nächste, doch auch diesem wollte es nicht gelingen.

»Dieser Bogen wird uns noch Leben und Seele vergällen«, rief Eurymachos. »Aber wartet, bis ich an der Reihe bin, dann will ich euch zeigen, wie man mit solcherlei Waffen umgeht!«

Unbemerkt von den Freiern trat Odysseus zu Eumaios und raunte ihm zu: »Hirte, kann ich mit dir und Philoitios sprechen? Laßt uns am Hoftor treffen, doch achtet darauf, daß uns die Freier nicht sehen.«

So bald sie dort angekommen waren, sagte Odysseus: »Wenn jetzt Odysseus hereinträte, um sich an den Freiern zu rächen, wem würdet ihr helfen: ihm oder ihnen?«

»Wenn es doch Zeus nur so fügte, würdest du sehen, was ich alles für Odysseus täte!« antwortete der Rinderhirt.

»Und du, Eumaios?«

»Wie kannst du nur fragen, Fremder, dir habe ich doch oft genug gesagt, für wen mein Herz schlägt.«

»Dann erfahrt es jetzt, ich bin Odysseus. Nach zwanzig Jahren bin ich in die Heimat zurückgekehrt und erkenne, daß ihr von all meinen Knechten die treuesten seid. Ich flehe euch an, mir zu helfen, die Freier zu töten!«

»Ich wußte es«, rief Philoitios, »schon heute morgen kamst du mir bekannt vor!«

»Bist du wirklich unser Herr?« rief Eumaios und starrte Odysseus ungläubig an.

»Sieh selbst, Eumaios, erinnerst du dich noch an die Wunde, die mir der Eber am Berg Parnassos schlug? Hier ist die Narbe! Tausend andere Dinge, die nur du und ich wissen, könnte ich dir nennen. Weißt du es noch, daß wir zusammen den Ölbaum dort drüben im Hof glätteten und die Waffenkammer, das Kellerverlies und das Schlafgemach darum bauten?«

Mit Tränen der Freude in den Augen sank Eumaios auf die Knie und küßte Odysseus die Hände.

»O lieber Herr, wie sehr habe ich auf diesen Tag gewartet, obwohl ich es nicht mehr zu hoffen wagte.«

Beide Knechte weinten und wollten ihn umarmen und küssen, doch

Odysseus sagte leise: »Hört nun auf, daß es keiner sieht und es denen da drüben verrät. Wir gehen jetzt, nicht zusammen, sondern einzeln, einer nach dem anderen hinüber, erst ich selbst, dann ihr. Keinem von ihnen wird es gelingen, den Bogen zu spannen, denn sie sind kraftlos wie Weiber. Wenn sie daraufhin den Wettkampf einstellen, werde ich bitten, einen Schuß abgeben zu dürfen. Ab diesem Zeitpunkt seid wachsam. Wenn ich euch mit dem Kopf ein Zeichen gebe, führst du, Philoitios, die Mägde zu ihren Kammern, sie brauchen von dem, was dann geschehen wird, nicht Zeugen zu sein. Und wenn die Männer alle wieder im Saal versammelt sind, versperre du, Eumaios, die Pforte, denn es soll mir keiner von ihnen entrinnen!«

Beim Wettkampf war inzwischen Eurymachos an der Reihe. Den Bogen hielt er über das Feuer, um ihn von allen Seiten zu erwärmen und geschmeidig zu machen. Dann stellte er sich an die Schwelle, nahm einen Pfeil, legte ihn an die Sehne und zog aus Leibeskräften, doch auch er konnte die Waffe nicht spannen, so sehr er sich auch mühte.

»Es ist wahrlich eine Schande!« rief er. »Ist denn keiner unter uns, der auch nur annähernd so stark ist wie Odysseus? Ich selbst sah ihn früher, als ich noch Kind war, den Bogen spannen und den Pfeil durch die Äxte schießen. Was werden unsere Söhne und Enkel über uns denken, wenn diese Schmach bekannt wird?«

»Nein, Eurymachos«, rief Antinoos, »das wird nicht geschehen. Laßt uns den Wettkampf für heute beenden. Der Neumondtag ist dem Apollon geweiht. Der silberboge Gott läßt es nicht zu, daß an seinem Ehrentag der Bogen gezogen wird. Morgen soll uns Melantheus die besten Ziegen herbeitreiben, dann wollen wir dem Gott die Schenkel verbrennen und den Wettkampf aufs neue beginnen. Jetzt aber, liebe Freunde, laßt uns weiterzechen!«

Medon füllte erneut die Becher und verteilte sie unter den Kämpfern, Penelope aber lächelte mit stiller Genugtuung in sich hinein.

»Hört mich, ihr edlen Freier!« rief Odysseus. »Ich bin sicher, daß nach reichlichen Opfern Apollon euch morgen gestattet, den Bogen zu meistern und einer aus eurer Mitte die edle Herrin zur Gattin erhält, doch jetzt bitte ich euch, gebt auch mir altem Mann die Gelegenheit

zu prüfen, ob ich noch die Kraft besitze wie früher. Laßt auch mich einen Schuß wagen!«
So sehr die anderen auch lachten, rief Antinoos doch voller Zorn: »Elender Schmarotzer, haben dir die Götter den letzten Rest deiner Besinnung geraubt? Bist du, der du von niederer Geburt bist, nicht zufrieden, mit uns, die wir die Edelsten Ithakas sind, zu sitzen, zu zechen und zu schmausen? Nun willst du auch noch mit dem Bogen des Königs schießen. Man sollte dir die Ohren und die Nase abschneiden, so unverschämt ist deine Forderung.«
»Nein«, rief Penelope, »es ist nicht freundlich, Gäste in ihren Rechten zu kürzen. Gebt ihm die Möglichkeit. Er selbst rühmt sich, der Sohn eines edel geborenen Vaters zu sein. Soll er ruhig die Kräfte der greisen Glieder erproben, keinen Augenblick jedoch zweifle ich daran, daß auch er scheitern wird, genauso wie ihr. Eumaios, bring ihm den Bogen!«
»Eumaios, wage es nicht, dies zu tun, wenn dir dein Leben lieb ist!« schrie Antinoos. »Bei den Säuen sollen dich deine eigenen Hunde zerfleischen, wenn du nicht augenblicklich den Bogen niederlegst!«
Ein solches Geschrei durchtobte den Hof, daß Eumaios zitternd gehorchte, da aber rief Telemachos drohend: »Diesen Bogen zu verweigern oder zu gewähren ist meine Sache. Keiner wage es, mich gewaltsam zu hindern, dem Bettler den Bogen zu bringen!«
Nicht einen Ton sagten die Freier, als er sich bückte, den Bogen aufhob und ihn dem Vater brachte.
»Versuche es nur, fremder Vater, und laß dich durch diese Herren nicht einschüchtern.«
Prüfend, als ob er ihm bestens bekannt sei, drehte Odysseus den geliebten Bogen in der Hand, ließ mit dem Finger die Saite schnalzen, daß sie zwitscherte wie eine Schwalbe. Bleich wurden da die Freier, als sie sahen, wie kundig der Bettler den Bogen führte. Mit ausgestreckter Linken hielt er ihn vor sich, dann ergriff er einen Pfeil, tat die Kerbe über die Sehne, zog sie mit entschlossener Kraft und entsandte das Geschoß. Wie am Faden gezogen durchflog der schwirrende Pfeil die erste Öse der Äxte und danach alle anderen und bohrte sich schließlich hinten tief in einen Ballen Stroh.
»Weh mir!« rief Penelope verzweifelt, als sie sah, was geschehen war,

»soll es nun meine Bestimmung sein, mit einem Bettler zu gehen? O Götter, wie seid ihr grausam, dieses Schicksal ertrage ich nicht länger!«

Wie von einem Dämon gescheucht, rannte sie die Treppe hinauf, verschloß sich in ihrem Gemach und weinte so bitterlich, daß alle Götter es mit Mitleid sahen. Pallas Athene aber goß ihr tiefen Schlaf über die Lider.

Im Saal hatten sich die Freier wieder zu Tische gelassen.

»Der Alte hat uns schon einmal erstaunt, als er Iros besiegte«, rief Eurymachos. »Vielleicht ist er doch von edler Geburt, wie Penelope sagte.«

»Die Behandlung des Bogens muß er in Troja gelernt haben«, sagte Leiokritos. »Hätte Zeus es auch uns gewährt, dabei zu sein, als die Priamosburg fiel, würden wir ihm in nichts nachstehen.«

»Gebt ihm einen Becher Wein«, rief Antinoos, »und er soll sich zu uns an den Tisch setzen. Redet er klug, wollen wir ihn für die Späße, die wir mit ihm trieben, um Nachsicht bitten. Da er aber Penelope trotz des Meisterschusses nicht gewinnt, will ich ihm zum Trost einen neuen Leibrock und einen Mantel schenken, daß uns sein Anblick nicht länger mehr so maßlos beleidigt. Dann mag er mit uns zechen. Wo ist er eigentlich, der Bettler?«

Odysseus war die Treppe hinauf auf die Empore gestiegen, hatte von dort aus Eumaios und Philoitios ein Zeichen gegeben und auch dem Sohn, der jetzt in voller Rüstung, mit Schild, Lanze und Schwert unter die Freier trat.

»Hier bin ich«, rief Odysseus mit furchterregender Stimme und hatte den Pfeil auf Antinoos gerichtet, »ich möchte erproben, ob ich mit diesem Bogen auch noch ein anderes Ziel treffe!«

Antinoos hatte gerade den gehenkelten Becher in der Hand, um daraus zu trinken, da traf ihn der Pfeil in die Gurgel und fuhr ihm zum Nacken wieder hinaus. Entsetzen und Tod standen ihm im Gesicht, er ließ den Becher fallen, stieß mit den Füßen gegen den Tisch, daß er umstürzte und die Speisen zu Boden rollten, ein dicker Blutschwall ergoß sich aus seinem Mund, dann starb Antinoos.

Laut schrien die Freier im Saal auf, als sie das sahen, rannten wild durcheinander, suchten nach Schilden, Lanzen und Schwertern, die

an den Wänden gehangen waren, doch alle hatten Telemachos und Odysseus entfernt.
»Fremdling, bist du wahnsinnig geworden, auf uns zu schießen!« schrie Peisandros. »Du hast den Edelsten Ithakas getötet, nun wirst du unserer Rache nicht entkommen!«
»Ihr Hunde«, rief Odysseus hinunter, »ihr meintet, ich würde nie mehr aus dem Land der Trojaner nach Hause zurückkehren? Ohne die Götter zu scheuen verpraßtet ihr meine Güter, beschlieft meine Mägde, buhltet um meine Gemahlin und wolltet sogar meinen Sohn töten. Dafür sollt ihr nun alle büßen!«
Eurymachos, am ganzen Leib zitternd, rief: »Wenn du wirklich Odysseus, der Ithaker bist, so beschuldigst du uns mit Recht. Aber der, der die Hauptschuld trägt, Antinoos, liegt schon in seinem Blut. Verdientermaßen. Er war es, der dies alles verbrach. Um die Fürstin ging es ihm nicht, als König wollte er herrschen über Ithaka. Nun hat ihn die Strafe erreicht. Uns aber schone, wir alle wollen dir den erlittenen Schaden vollauf vergüten!«
»Nein, Eurymachos«, rief Odysseus, »und brächtet ihr mir euer ganzes Vermögen und später das Erbe, ich werde von der Rache nicht ablassen. Verteidigt euch, wenn ihr wollt, aber ich glaube, es wird mir keiner von euch entkommen.«
Wie ein flammender Gott stand Odysseus auf der Empore, unten wankten den Freiern die Knie.
»Freunde, dieser Mann läßt sich nicht besänftigen!« schrie Eurymachos, »wehrt euch, sofern ihr Dolche oder Messer bei euch habt! Stellt Tische auf gegen seine tödlichen Pfeile oder laßt uns versuchen zu fliehen. Vielleicht können wir in der Stadt einen Aufruhr gegen ihn anzetteln!«
Eurymachos zog seinen Dolch, um ihn auf Odysseus zu schleudern, da traf ihn auch schon der tödliche Pfeil mitten in die Brust, und er brach ächzend zusammen. Nun aber warfen sich einige der Freier zu Boden, versteckten sich unter den Tischen und Stühlen, andere liefen zur Pforte, doch sie fanden sie verschlossen. Leiokritos flüchtete hinter den Tisch, den Antinoos umgestürzt hatte. Amphinomos rannte schreiend mit gezücktem Dolch auf Telemachos zu, der aber warf ihm seine Lanze entgegen und traf den Anstür-

menden in die Weiche. Dröhnend stürzte er nieder und hauchte die Seele aus.
Nun hieb Telemachos mit dem Schwert auf Laiokritos ein, daß er in Todesangst die Deckung verließ; da bekam er einen Pfeil von Odysseus.
Melantheus, dem Ziegenhirten, war es gelungen, in einen Seitengang zu gelangen, der zur Waffenkammer führte. Mit acht Schilden und Lanzen kam er zurück und verteilte sie unter den noch lebenden Freiern. Odysseus wurde angst, als er sah, daß seine Gegner plötzlich bewaffnet waren.
»Eumaios und Philoitios«, schrie er, »seht in der Waffenkammer nach, wer den Freiern die Lanzen verschafft!«
Sofort liefen die beiden hin und überraschten Melantheus, wie er dabei war, weitere Lanzen und Schwerter zu raffen. Zu beiden Seiten der Türe stellten sie sich auf, und als Melantheus ahnungslos heraustrat, rissen sie ihn an den Haaren zu Boden, überwältigten ihn, daß er alle Waffen fallen ließ, und der Rinderhirte tötete Melantheus mit einem Schwert, das jener selbst herausgetragen hatte.
Im Saal leisteten noch acht Freier Widerstand, die anderen waren tot.
»Decken wir ihn mit einem Speerhagel ein!« schrie Eurydamas, »eines unserer Geschosse wird ihn bestimmt treffen!«
War es Pallas Athene oder eigenes Unvermögen, das die Lanzen ihr Ziel verfehlen ließ? Eine fuhr links neben Odysseus in die Wand, eine andere traf eine Säule rechts neben ihm, eine dritte schlug vor ihm in den Boden. Während die Freier aber warfen, tötete er mit seinem Bogen Agelaos und Eurynomos, Telemachos erlegte Ktesippos.
Inzwischen war der ganze Hallenboden mit Lachen von Blut übersät. Besinnungslos vor Angst sprengten die wenigen Überlebenden wie wild gewordene Rinder durch den Saal und stießen grauenhafte Schreie aus. Odysseus schoß sie nach und nach einzeln ab. Zuerst Demophtolemos, dann Euryades, dann Elatos. Telemachos erschlug mit dem Schwert Peisandros, und Leokritos erlegte er mit dem Speer. Nur Leiodes, der Sohn des Oinops, war noch am Leben. Vor Grauen geschüttelt warf er sich Odysseus zu Füßen, umfaßte seine Knie und schrie: »Ich flehe um Mitleid und Schonung, ich habe

nie jemandem Übles getan, immer versuchte ich die Freier zurückzuhalten!«
Er war der jüngste der Freier, nicht viel älter als Telemachos, doch neben Antinoos und Eurymachos der, der immer am lautesten geschrien, der ihm erst heute den Rinderfuß nachgeworfen hatte.
»Nimm dies für das Geschenk, das du mir mitbrachtest«, sagte Odysseus finster und schlug mit dem Schwert zu, daß der Kopf fiel und über den Boden rollte.
Nachdem der letzte der Freier gefallen war, ging Odysseus spähend durch die Halle, um zu sehen, ob nicht noch einer sich hier oder dort verborgen halte. Da entdeckte er unter einem Sessel Phemios, den Sänger, der den Freiern die täglichen Gelage mit manch schönem Lied versüßt hatte. An den Haaren zog er ihn hervor und wollte auch ihm die Kehle durchtrennen, da rief Telemachos: »Halt, Vater, nicht ihn, nur gezwungenermaßen sang er für die Freier. Ihn trifft keine Schuld! Und auch Medon, den Herold, mußt du schützen, falls er noch lebt, denn er tat seinen Dienst der Mutter zuliebe; mich hat er immer, solange ich Kind war, sorgsam gepflegt.«
Medon hörte es und kroch unter einem Rinderfell hervor, in das er sich eingerollt hatte.
»Mein lieber Telemachos«, rief er und warf sich ihm zu Füßen, »sag es dem Vater noch einmal, daß er mich in seiner Wut nicht doch noch tötet!«
Odysseus lächelte. »Sei getrost, Medon, da mein Sohn für dich spricht, brauchst du mich nicht zu fürchten. Nun aber gehe und hole die Mägde, daß wir zusammen das, was hier im Hause zu tun ist, hinter uns bringen.«
Eumaios und Philoitios entfernten die Schlösser von den Pforten, und Euryklea betrat den Saal. Erst stand Entsetzen in ihrem Gesicht, als sie die Lachen von Blut und all die Toten sah, dazu ihren Herrn und Telemachos blutig besudelt. Aber sie lebten! Als sie begriffen hatte, was geschehen war, wollte sie jubeln. Doch Odysseus hielt sie zurück: »Amme, es ist unrecht, über Tote zu jauchzen. Sie erlagen der Fügung der Götter und ihren eigenen Untaten, wenn du mußt, freue dich schweigend! Und nun sorge für Sauberkeit im Haus, mir und Telemachos aber lasse ein Bad bereiten.«

Mit Bürsten aus Reisig schrubbten die Knechte und Mägde den Boden, trugen die Leichen in eine entfernte Ecke des Hofes und stapelten sie dort zu einem Haufen auf. Andere trugen den Unrat ins Freie, wuschen die Tische, die Sessel und reinigten alles gründlich mit Wasser und Seife, bis keine Spur mehr blieb von der Greueltat. Als all dies geschehen war, ließ Euryklea den Saal mit fluchabweisendem Schwefel ausräuchern.

8

In einem mit heißem Wasser gefüllten Zuber hatte sich Odysseus die blutigen Spuren des verheerenden Kampfes abgewaschen, da erschien ihm Pallas Athene, lächelte ein wenig und gab ihm, ohne ein Wort zu sagen, sein ursprüngliches Aussehen zurück. Schönheit, Jugend und Größe goß sie ihm über Haupt und Schultern und legte ihm die frisch gereinigte Kleidung zurecht, die er von Arete geschenkt bekommen hatte.

Währenddessen stieg Euryklea mühsam und doch rasch zugleich die Stufen hinauf zu Penelopes Gemach, nachdem Odysseus es ihr gestattet hatte. Auf dem Bett fand sie die Fürstin in einem tiefen, totenähnlichen Schlaf.

»Herrin, erwache«, rief sie aufgeregt, »damit du mit eigenen Augen siehst, wonach du dich alle Tage gesehnt hast!«

Penelope regte sich nicht, lange mußte Euryklea sie rütteln, bis sie endlich die Augen aufschlug.

»Odysseus ist nach Hause gekommen!«

Penelope sah Euryklea an, dann sagte sie: »Mütterchen, haben dich die Götter mit Wahnsinn geschlagen?«

»Ich scherze nicht«, rief Euryklea, »er kam nach Hause und erschlug sämtliche Freier!«

Penelope rieb sich die Augen, schaute Euryklea an, dann sagte sie: »Warum verspottest du mich mit so wirrem Gerede und weckst mich aus dem Schlaf? Noch nie, seit mich Odysseus verließ, habe ich so tief und befreit geschlafen. Geh jetzt wieder hinunter und ärgere mich

nicht mehr. Wenn eine der jüngeren Mägde so etwas getan hätte, wäre es ihr übel ergangen, dich schützt das Alter, aber bitte geh jetzt!«
»Ich verspotte dich nicht, Kindchen«, rief Euryklea und rang mit den Händen. »Es ist wirklich und wahrhaftig so. Odysseus ist im Haus! Er ist der Fremde, den alle im Saal so schamlos behandelten. Nur Telemachos und ich wußten, daß es sein Vater war. Ich habe es gestern nacht erfahren, da ich ihn beim Waschen der Füße an der Narbe über dem Knie erkannte. Ich wollte es dir auch gleich berichten, er aber hielt mich zurück, denn niemand, so sagte er, dürfe es erfahren, bis er die Freier getötet habe.«
»Ist das wirklich wahr, Euryklea?« fragte Penelope und setzte sich auf im Bett. »Sage es mir, Mütterchen, ist er wirklich nach Hause gekommen?«
»Wenn ich es dir doch sage, Kind. Als der Bettler kehrte er zurück und tötete die Freier! Jetzt solltest du ihn sehen, nachdem ihm Pallas Athene sein wirkliches Aussehen wiedergab. Ich sage dir, er ist es, ich erkenne ihn vom Gesicht und vom ganzen Wuchs her sofort. Es ist Odysseus, kein anderer!«
»Aber das ist doch unmöglich. Du sagst, er allein habe die fünfzehn Freier getötet?«
»Das weiß ich nicht, Herrin, vielleicht hat ihm Telemachos geholfen, ich war nicht dabei. Philoitios hat uns alle vorher in unsere Kammern gesperrt; als er uns wieder holte und ich in den Saal trat, sah ich Odysseus und Telemachos inmitten all der Leichen; du hättest die beiden sehen müssen, voller Blut waren sie und sahen aus wie die reißenden Löwen. Dann befahlen sie mir, ihnen das Bad zu richten, den Knechten, die Leichen fortzuschaffen und alles sauber zu machen, und jetzt steht er unten und wartet auf dich. Er ist Odysseus, wie wir ihn kannten, nur ein wenig älter.«
»Ich kann es nicht glauben«, sagte Penelope.
»Du mußt es selbst mit eigenen Augen sehen, deshalb bin ich ja gekommen, Kind, um dich zu holen! Nun komm und schließ ihn in deine Arme!«
Euryklea ging voran, Penelope wankte hinterher, und es war ihr bang im Herzen. Mit gesenktem Blick betrat sie den Saal, setzte sich im Schein des Feuers Odysseus gegenüber in den Sessel.

Auch Odysseus hatte die Augen gesenkt und wartete, ob die Gattin ein Wort für ihn habe. Aber sie saß stumm, sah ihn kaum an, und wenn sich doch einmal ihre Augen trafen, sahen sie beide schnell wieder weg.
Schon glaubte sie, ihn zu erkennen, dann war sie wieder verunsichert, und so ging es eine ganze Zeit, bis Telemachos rief: »Mutter, was bist du nur für eine herzlose Frau, gefühllos, hart und kalt! Setz dich doch zu ihm, sprich mit ihm! O Mutter, ich verstehe dich nicht, keine andere Frau könnte mit so eisigem Schweigen ihrem Gatten begegnen, der nach zwanzig Jahren wieder heimkehrt. Dein Herz ist ja noch härter als Fels!«
»Nein, mein Sohn«, sagte Penelope, »ich bin nur unsicher und verwirrt! Ich weiß nicht, was ich ihn fragen, was ich sagen soll, und ich kann ihm nicht in die Augen sehen. Wenn er es wirklich ist, werden wir uns erkennen; es gibt Dinge, die nur er und ich wissen, sie werden es erweisen.«
Odysseus lächelte, als er das hörte.
Wieder saßen sie eine ganze Weile, und keiner sprach ein Wort, da begann auf einmal Odysseus: »Gestern, als ich noch der bettelnde Greis war und doch ich selbst, hattest du mehr Gefühl für mich. Soll ich Pallas Athene bitten, mir wieder die Gestalt des Fremden zu geben?«
Penelope schüttelte stumm den Kopf, sprechen konnte sie immer noch nicht.
»Willst du die Narbe über meinem Knie sehen?« fragte er und zog den Leibrock hoch.
Nur einen Herzschlag lang warf sie einen Blick auf das Mal, dann sah sie wieder weg.
»Soll ich dir erzählen, wie wir uns kennenlernten? Es war in Sparta, im Garten des Palastes von Tyndaros ...«
»Jedes Kind in Griechenland kennt die Geschichte«, sagte sie. »Ich weiß nicht, wie viele Sänger sie schon erzählt haben.«
»Seltsames Weib«, sagte Odysseus, »sollte es doch so sein, wie Telemachos meinte, daß dein Herz kalt und fühllos ist?«
Euryklea stand dabei und hatte Tränen in den Augen.
»Amme, mach mir ein Lager, daß ich mich niederlegen kann. Ihr Herz ist hochmütig und grausam, wahrhaftig wie aus Eisen!«

»Seltsamer Mann«, rief da Penelope, »ich bin weder hochmütig noch grausam, aber was du von mir verlangst, ist einfach zuviel! Ich sehe dich genau vor mir, als du nach Troja aufbrachst. Nun glaube ich manchmal, dich zu erkennen, dann wieder nicht. Jetzt zum Beispiel bist du mir fremd!«
Odysseus zuckte mit den Schultern und wollte sich schon erheben, da sagte Penelope zu Euryklea: »Mütterchen, stell ihm unser Ehebett in die angrenzende Kammer. Noch möchte ich nicht mein Gemach mit ihm teilen, doch soll er wenigstens im eigenen Bett schlafen.«
Da wurde Odysseus wütend. »Wer hat mein Bett versetzt?« rief er empört. »Nicht der beste Schreiner könnte das fertigbringen, ohne es mit Gewalt zu zerstören. Ich weiß es, denn ich habe es selbst gebaut!«
Penelope schaute ihn mit großen Augen an.
»Im Hof wuchs ein stattlicher Ölbaum, und sein Stamm schien wie eine Säule. Um diesen herum bauten nach meinen Plänen Eumaios und die Knechte das Gemach, den Stamm aber glättete ich selbst von der Wurzel her bis nach oben, die Krone schnitt ich ab und bearbeitete die Stümpfe so, daß nur noch die vier stärksten Äste aus dem Boden ragten. Das waren die Pfeiler für unser Bett! Die verzierte ich für dich mit Gold, Silber und Elfenbein und spannte dazwischen an rotgefärbten Riemen eine gegerbte Stierhaut! Hat etwa jemand den Stamm unten abgesägt, und ein anderes Lager im Gemach gebaut?«
Penelopes Herz klopfte bis zum Hals. Zitternd stand sie auf, die Tränen liefen ihr übers Gesicht, und sie warf sich in seine Arme, umschlang ihn, küßte ihn und streichelte ihm den Kopf.
»Du bist es wirklich, Odysseus«, rief sie, »du bist es! Sei mir bitte nicht böse«, flehte sie, »aber die Götter sandten uns so viel Leid und Elend und mißgönnten uns unsere Jugend. Nur ein Jahr kannte ich dich, dann trennten sich unsere Wege. Bitte vergib mir, daß ich dich nicht vom ersten Augenblick an liebevoll begrüßte, immer hatte ich Angst, es könnte einmal ein Fremder kommen und mich betrügen, die Menschen sind so tückisch! Nun habe ich dich erkannt und du bist mir so willkommen wie dem Schiffbrüchigen in höchster Not die rettende Insel oder das feste Land!«
Da weinte Odysseus vor Freude, und beide hielten sich fest, als woll-

ten sie niemals mehr voneinander lassen, als ob Loslassen neue Trennung bedeutet hätte.
»Komm«, sagte sie, als Telemachos und Euryklea sich längst zurückgezogen hatten, »laß uns hinauf gehen, allzeit sei dir das Lager bereit.«
Zusammen schritten sie hoch zum Gemach und legten sich auf das Bett, das Euryklea mit den weichsten Kissen und Fellen belegt und mit Blumen und bunten Bändern geschmückt hatte, wie zu einem Hochzeitsfest. Zwei Fackeln brannten im Raum und warfen ihr schimmerndes Licht auf Odysseus und Penelope. Lange sahen sie sich stumm an, und ihre Seelen wanderten durch zwanzig Jahre Sehnsucht. Endlich legte Penelope ihre Hand auf seine Hüfte, zog ihn zu sich heran, und sie verschmolzen ineinander in tiefem, innigen Verlangen.

Als Eos, die Rosige, erschien, erwachte Odysseus, und ein süßer Hauch von Rosenöl stieg in seine Nase. Er spürte, wie ein warmer Körper und weiche Lippen ihn liebkosten, da schlug er die Augen auf, und es war seine Penelope, die leise »Aufstehen« in sein Ohr flüsterte.
»Odysseus« sagte sie, als er wach war, »noch sind wir nicht am Ziel aller Beschwerden angekommen, uns droht noch Mühsal und Gefahr, denn du erschlugst die edelsten Männer Ithakas.«
»Ich bereue es nicht«, antwortete er, »denn in ihren Herzen war nur Mißachtung, Machthunger und Mordgelüst. Was ich tat, mußte sein, und es geschah nicht ohne den Willen der Götter!«
»Ich weiß es, Odysseus, aber schaudert dich nicht vor der Rache ihrer Väter?« fragte sie.
»Noch gehen sie niemandem ab, da jeder glaubt, sie feiern Hochzeit«, sagte Odysseus.
»Ich rate dir, geh zum Vater aufs Landgut. Ich werde dann eine Versammlung auf dem Marktplatz einberufen und dem Volk von Ithaka, dessen Königin ich noch immer bin, selbst berichten, was geschah. Mal sehen, ob ich es auf meine Seite bekomme? Ich habe Telemachos' Leben mit Hilfe des Volkes gerettet, nun werde ich für deines dasselbe tun!«

»Gut«, sagte Odysseus, »es ist besser, sie erfahren es von dir, als daß die steigende Sonne die Nachricht über ihren Tod verbreitet.«
Odysseus weckte Telemachos, Eumaios und Philoitios, hüllte sie und sich selbst in Rüstungen, gab ihnen Schwerter, Lanzen und Schilde, und so zogen sie über die waldigen Berge des Neion zum prächtigen Landsitz des Laërtes. Das Gehöft lag inmitten eines riesigen Gartens voller Obst- und Olivenbäume, und die Hänge hinauf zogen sich unzählige Rebstöcke. Hier lebte sein alter Vater seit mehr als zwanzig Jahren, mit ihm zehn Mägde und Knechte; seine Gemahlin Antikleia, die Mutter Odysseus', war ihm vor acht Jahren gestorben.
Ob aus Gram über den Tod der Gemahlin oder aus Trauer über den verschollenen Sohn, Laërtes hielt sich nur selten im Haus auf. Meistens streifte er, in Lumpen gehüllt, durch die Reihen seiner Reben und Bäume und pflegte die Pflanzungen, als seien es seine eigenen Kinder; nachts schlief er meist in Laubhäufen.
»Geht hinein ins Haus«, sagte Odysseus zu seinem Sohn und den Hirten, »und schlachtet den besten Eber, ich will inzwischen den Vater suchen.«
Odysseus zog sich die Rüstung aus und streifte durch das weite Gelände des prächtigen Gartens, bis er ihn fand. Einen uralten Greis sah er, der gerade ein Bäumchen versetzte. Der alte Mann war in schmutzige Lumpen gehüllt, nicht besser als die eines Bettlers, die Füße und Waden hatte er sich gegen die Dornen mit alten Lederflecken umwickelt, auf dem Haupt hatte er eine Kappe, unter der schlohweiße Haare hervorquollen.
Fast hätte Odysseus geweint, so armselig erschien ihm der Greis, und er überlegte, ob er sich ihm schnell offenbaren oder erst prüfen sollte, ob der Vater ihn von allein erkenne.
»Den Göttern zum Gruß, lieber Greis«, sagte Odysseus, »du kennst dich wohl aus mit Gärten. Schön ist alles bestellt, keinem Baum und keinem Strauch fehlt es an Pflege. Alles gedeiht, Birnen, Äpfel, Feigen, auch Wein und die Beete mit Kräutern. Dem einzigen, sei mir nicht böse, dem es an Pflege mangelt, bist du selbst. Läßt dich dein Herr denn verkommen?«
Laërtes nahm mit beiden Händen Erde vom Boden, schüttete sie sich

über das Haupt und sagte: »Einen Herrn habe ich nicht, der bin ich selbst, aber was nützt mir alle Herrlichkeit und Pracht, wenn sich doch meine Seele nicht freuen kann, da mir der einzige Sohn abhanden kam. Aus Gram darüber starb meine Frau, nun werde auch ich bald die finsteren Tore des Hades durchschreiten, ohne ihn noch einmal gesehen zu haben.«

Odysseus verspürte ein Zittern am Kinn, zum Vater lief er hin, umarmte und küßte ihn und rief: »Vater, ich bin es, ich bin Odysseus, der nach zwanzig Jahren in die Heimat zurückgekehrt ist!«

Laërtes blickte ihn aus trüben Augen an und sagte: »Mein Sohn Odysseus ist tot, es hat den Göttern gefallen, ihn mir zu rauben.«

»Nein Vater«, rief Odysseus, »ich bin heimgekehrt!«

Aus zusammengekniffenen Augen musterte ihn Laërtes von oben bis unten.

»Wenn du mein Sohn bist, dann gebe mir ein untrügliches Zeichen, daß ich dich erkenne.«

»Erinnerst du dich an die Narbe noch, die mir der Eber am Parnassos riß?«

Odysseus streckte sein Bein aus, dann nahm er seinen alten Vater an der Hand und sagte: »Weißt du noch, welche Bäume du mir schenktest, als wir hier zusammen durch den Garten gingen, als ich noch ein Kind war?«

Laërtes begann, schneller zu atmen, als ob er zu ersticken drohte.

»Wir gingen die Reihen entlang, du sagtest mir, wie die Bäume hießen, welche Früchte sie trügen und ließt sie mich kosten. In dieser Reihe waren es zehn Apfelbäume, die du mir schenktest, dort drüben dreizehn Birnbäume, die vierzig Feigenbäume auf der anderen Seite des Brunnens gabst du mir alle, und vergiß die Weinstöcke nicht, den ganzen Berg neben dem Ziegenstall nenne ich mein eigen!«

Da erbebte das Herz des alten Mannes, und einer Ohnmacht nahe sank er zu Boden.

»Du bist du gekommen, mein Odysseus!« wimmerte er mit seiner hohen Greisenstimme, und Tränen strömten ihm aus den Augen. »Vater Zeus, ich danke dir, noch lebt ihr großen Götter auf dem Olymp!«

Odysseus half ihm vom Boden auf und rief: »Vater, schone dein Herz, stirb jetzt nicht!«
Odysseus nahm Laërtes in seine Arme, leicht wog er ihm, und trug ihn zum Haus. Doch auf halbem Weg verlangte Laërtes, wieder auf eigenen Füßen zu gehen.
»Die Götter werden es mir wohl nicht ersparen, daß ich einmal aus meinem Haus getragen werde, aber hinein gehe ich noch immer selbst!« rief er.
Zum erstenmal seit langer Zeit ließ sich Laërtes von seinen Mägden baden und salben, dann schritt er in frischen, festlichen Kleidern seinem heimgekehrten Sohn entgegen, und es war Odysseus, als sei der alte Mann plötzlich um Jahre jünger geworden. Allen schien es, als ob ein Gott ihn größer und erhabener gemacht und ihm blühendes Aussehen verliehen habe.

Mit tönender Stimme lief Medon, der Herold, durch die Straßen und Gassen der Stadt Polis und rief alle Edlen und Bürger zur Versammlung auf den Marktplatz. Von allen Seiten strömten sie heran, selbst aus dem nahen Same, wohin Medon ein Schiff gesandt hatte. Um die Nachricht zu vernehmen, kamen die Menschen, denn es war die Königin selbst, die zum Volk zu sprechen begehrte.
Als sich Penelope vor die Versammlung begab, trat augenblicklich Stille ein, denn sie war herrlicher und sah schöner aus, als je einer ihrer Untertanen sie gesehen hatte.
»Bürger von Ithaka und Same, von Dulichion und Zakynthos«, begann sie, »mehr als drei Jahre schändeten die Söhne der Edelsten dieses Königreichs mein Haus, verpraßten mir die Güter, als ob es ihre eigenen wären, und drohten sogar, mir meinen Sohn zu ermorden, weil er ihnen und ihren Plänen im Wege stand. Und das alles nur deshalb, um mich zu zwingen, einen aus ihrer Mitte zum Gemahl zu nehmen, damit dieser König werde. Ihr alle wißt, von welchen Personen ich spreche, ihr alle kennt ihre Namen. Ihr ließt es geschehen, obwohl ihr wußtet, daß es Unrecht war, da ihr dachtet, Odysseus kehrt nie wieder nach Ithaka zurück. Ich jedoch sah in dieser Zeit niemals die Notwendigkeit, mich ihrem Ansinnen zu beugen, denn ich habe einen Gemahl, genau so, wie ihr einen König habt. Sein

Name ist Odysseus! Nach zehn Jahren Krieg um Troja und weiteren zehn Jahren Irrfahrt, die die Götter ihm auferlegten, ist er zurückgekehrt!«
Ein erstauntes Raunen ging durch das Volk: »Odysseus ist zurückgekehrt?«
Penelope gebot Schweigen mit erhobener Hand.
»Odysseus kam nicht in Herrlichkeit, wie es ihm als dem König gebührt hätte, sondern ohne eigenes Schiff und aller Gefährten beraubt, da es die Götter ihm so fügten. Als alter, bettelnder Greis kam er in die Heimat und prüfte, wer könnte es ihm verdenken, die Treue und Aufrichtigkeit seines Volkes. Doch was mußte er erleben? Nichts als Verrat, den die Edelsten des Landes an ihm in seinem eigenen Haus fortwährend begingen. Tagelang wurde er Zeuge ihres schändlichen Treibens, bis er sich entschloß, dem ein Ende zu setzen. Der König war nicht bereit, es hinzunehmen, von übermütigen und trotzigen Freiern seiner Gemahlin, seines Sohnes, seiner Würde und seines Besitzes beraubt zu werden. Er hat die Unruhestifter und Friedensstörer mit dem Tod bestraft. Ich versichere euch, es geschah mit dem Willen der Götter!«
Fassungslos stand erst das Volk, dann erhob sich ein gewaltiges Geschrei. Die einen heulten vor Entsetzen und Jammer, die anderen vor Genugtuung über die Bestrafung der Freier.
Eupheites, der Vater des Antinoos, stand auf, bleich vor Schmerz, Haß und Trauer, und rief: »Odysseus ist der Feind dieses Landes. Nicht nur, daß er mit sechshundert Kriegern nach Troja zog und keinen einzigen wieder nach Hause brachte, jetzt ermordete er auch noch meinen und die besten Söhne dieses Landes. Er ist ein Verbrecher, er muß bestraft werden!«
»Er muß sterben, der Hund, der unsere Söhne ermordete!« schrie Peisandros, der Vater von Eurydamas, und Polybos stimmte mit ein: »Laßt uns unsere Söhne bestatten und ihnen den Erdhügel schütten, dann töten wir ihn, damit nicht spätere Geschlechter uns vorwerfen, wir hätten die Mörder unserer Kinder nicht gerächt. Auf, bevor er uns entflieht!«
Halitherses, der Vogelflugkundige, versuchte das Geschrei, das sich an die Reden anschloß, zu übertönen: »Ihr Väter, hört zu und auch

ihr Bürger von Ithaka, einzig durch eure Schuld hat sich dieses Unglück ereignet, denn wäret ihr Mentor und mir bei der letzen Versammlung gefolgt, als wir euch beschworen, die Freier in ihrem schändlichen Tun zu hindern, hätte das nicht stattfinden können. Aber ihr hörtet nicht auf uns, nur auf die Freier, weil sie die Söhne der Edlen waren!«
In zwei Hälften war das Volk gespalten. Die, die den Vätern der Freier hörig waren, zogen in Scharen vor den Palast, um Odysseus zu steinigen und anschließend die Söhne zu beerdigen. Die anderen blieben bei ihrer Königin.
»Schützt Odysseus, eueren König«, rief Penelope. »Auf Laërtes' Landsitz ist er jetzt. Bewaffnet euch, lauft hin und steht ihm bei, die Fürsten des Landes werden bald herausbekommen, wo er ist, und ihm mit Waffen entgegenziehen.«

Vom Olymp aus sahen Pallas Athene und Zeus auf Ithaka nieder.
»Vater Zeus«, rief Athene, »ich frage dich, willst du nun Kampf und Gemetzel erzeugen oder beide Teile in Freundschaft versöhnen?«
»Warum fragst du mich, Kind, hast du nicht selbst entschieden, daß Odysseus nach seiner Rückkehr die Freier bestraft? Nun, da es einmal geschehen ist, verfüge ich, daß er König bleibt, auch will ich bewirken, daß die streitenden Volksgruppen künftig ein Bund eint; daß sie die Toten vergessen und sich lieben wie früher. Denn nur in einem einigen Volk herrscht Wohlstand und Frieden.«

Wie der Sturmwind fuhr Pallas Athene herab vom Scheitel des Olymps und betrat in der Gestalt Mentors den Landsitz des Laërtes. Dort war soeben das Festmahl zu Ende gegangen, und Laërtes und seine Knechte beratschlagten mit Odysseus und Telemachos, was sie tun sollten, wenn eine Streitmacht heranrückte.
»Habt keine Angst«, sagte Mentor, »Halitherses ist auf dem Weg hierher mit vielen Bewaffneten. Er wird euch im Kampf unterstützen, nun aber rüstet euch, denn bald werden auch die Krieger des Eupheites und der anderen Freierväter anrücken!«
Odysseus, Telemachos und Laërtes sprangen auf, warfen sich die Rüstungen über und griffen zu den Schwertern und Lanzen. Wie

freute sich der alte Laërtes, seinen Sohn, seinen Enkel und sich selbst in Waffen zu sehen.
»Oh, was ist das für ein Tag heute. Ich danke euch, ihr gütigen Götter, welche Freude: Vater, Sohn und Enkel wetteifern, wer sich im Kampf am tapfersten zeige!«
Als auch die sechs Knechte Laërtes' die Rüstungen angelegt hatten, rückte bereits der Heerhaufen des Halitherses an. Doch zur Begrüßung blieb wenig Zeit, denn aus der Ferne konnte man bereits die wütenden Schreie des Verfolgerheeres hören.
Rasch ordnete Odysseus die Reihen, er hatte in der Kriegsführung die meiste Erfahrung, da stürmte auch schon die Truppe Eupheites' heran. Mit Grausen sahen es die Krieger Halitherses', denn es ging um einen Krieg gegen die eigenen Leute. Mit vorwärts gestreckten Lanzen rannten sie aufeinander zu. Drohend nickten die Helmbusche, fast konnte der eine dem anderen schon in die Augen sehen, da schickte Zeus eine dunkle Wolke über das Neiongebirge und schleuderte mit ohrenbetäubendem Krachen einen glühenden Donnerkeil so heftig zwischen die Fronten der verfeindeten Brüder, daß Erde spritze, Bäume fielen und Schwefeldämpfe stiegen.
Wild stürzten die Kämpfer übereinander, bleiches Entsetzen erfaßte die Männer, sie schrien und tobten und waren halb blind vom gleißenden Blitzstrahl. Doch als sich endlich der beißende Rauch verzogen hatte, sahen sie zwischen sich ein gewaltiges Loch im Boden klaffen.
Bevor sie sich recht besinnen konnten, schwebte Pallas Athene zwischen ihnen und rief mit dröhnender, übermenschlicher Stimme: »Haltet ein, ihr Leute von Ithaka! Laßt ab vom Kampf, damit euch nicht Zeus mit seinem maßlosen Zorn strafe!«
Sie rief es, dann erhob sie sich vor aller Augen hinauf in den Olymp.

EPILOG

Zwölf Monde hatte es gedauert, bis wieder Friede eingekehrt war auf Ithaka. Zum Bürgerkrieg war es dank Zeus und Pallas Athene nicht gekommen, aber um die Herzen seiner Gegner zu besänftigen, hatte Odysseus unendliche Buße tun müssen. All die kostbaren Schätze der Phaiaken hatte er an die Edlen verteilt, den Getöteten Ehrenmäler geschüttet, dem Volk die Abgaben eines halben Jahres erlassen, und nicht zuletzt hatte er auch Poseidon am Rabenfelsen einen herrlichen Tempel erbaut. Die Spiele zur Einweihung des Heiligtums waren überwältigend gewesen. Das Fleisch von sechzig Stieren hatte er dem Volk geschenkt, die Eingeweide und die Schenkel dem Gott verbrannt – und ihn damit versöhnt. Das ganze Volk von Ithaka war dabeigewesen und hatte es vom Rabenfelsen aus gesehen, wie Poseidon auf einem schimmernden Delphin aus den Wellen tauchte, schwarzbärtig und erhaben, mit einem goldenen Stirnreif um das Haupt, den Dreizack in der hocherhobenen Faust, und zur Insel grüßte, wo die Opferdüfte stiegen. Als die Massen dies Wunder sahen, war es jedem klargeworden: Odysseus hat die Götter auf seiner Seite.

Und wie war ihm selbst das Herz aufgegangen, als er Poseidons noble Geste sah: »Ich danke dir, du Erd- und Meererschütterer, für dein gnädiges Verzeihen. Endlich kann ich mich wieder auf das Meer begeben, ohne deinen Zorn fürchten zu müssen. Groß bist du, Poseidon, groß seid ihr Götter!«

Poseidons Vergebung hatte aber auch unerwünschte Folgen, vor allem für Penelope und für ihn selbst. Denn seit dies geschehen war, fand man Odysseus Tag für Tag am Strand. Vom Palast aus ging ein

Fußweg in die Afalesbucht hinunter, dort verbrachte er viele Stunden und starrte auf das Meer hinaus. Nachdem alles so gut zu Ende gegangen war, quälte ihn jetzt nicht nur eine nie gekannte Leere, sondern auch das Gefangensein, die Enge auf dieser Insel. Er hatte es geahnt, schon damals, als er zusammen mit Diomedes Philoktet von Lemnos abgeholt hatte. Nun fragte er sich erneut nach dem Sinn seines Daseins – und fand keine Antwort. War es diese Leere, die ihn rastlos machte, oder die Sehnsucht nach fremden Ländern, nach einem Schiff, nach Abenteuern? Er wußte es nicht und war verzweifelt.

Seit einiger Zeit träumte er wieder von Kirke, von Kalypso, von Arete; in seiner Vorstellung vermischte sich ihr Bild mit dem Nausikaas. Dann wieder hatte er den Krieg vor Augen, zehn Jahre Ringen mit dem Tod, dann zehn Jahre Irrfahrten.

»Was haben diese zwanzig Jahre nur aus mir gemacht!« schrie er in die stürmende See hinaus.

Auf einmal stand Penelope neben ihm und nahm ihn bei der Hand. Wie ein Geist war sie erschienen, er hatte sie nicht kommen hören. Erschrocken sah er sie erst an, dann senkte er sein Haupt auf ihre Brust und weinte bitterlich.

»Odysseus, wann kehrst du endlich heim nach Ithaka?« fragte sie ihn zärtlich und hielt sein Gesicht in ihren Händen.

Durch feuchte Wimpern blickte er sie an, dann legte er den Arm um sie, ganz fest, und ging mit ihr hinauf zum Pilikata.

Anhang

Namenslisten

DIE GÖTTER

APHRODITE, Göttin der Liebe, Gattin des Hephaistos, Geliebte
APOLLON, Gott der Weisheit und des Bogenschießens, Bruder
ARES, Gott des Krieges
ARTEMIS, Göttin der Jagd
ASKLEIPIOS, Gott der Heilkunst
ATE, Tochter der Eris, Göttin der reinen Verblendung
DEIMOS, Gott des Schreckens
DIONYSOS, Gott des Weines
EOS, Göttin der Morgenröte
ERIS, Göttin des Streites
EROS, Gott der Sexualität
ERYNNIEN, Rachegöttinnen
GAIA und URANOS, Stammeltern der Götter
HADES, Gott des Todes und der Unterwelt
HEBE, Mundschenkin der Götter
HELIOS, Sonnengott
HEPHAISTOS, Gott des Feuers und der Schmiedekunst
HERA, Schwester und Gattin des Zeus, Göttermutter
HERMES, Götterbote
HOREN, Wärterinnen des Olymps
HYPNOS, Gott des Schlafs
IRIS, Göttin des Regenbogens, Botin der Götter
LETO, Titanin, Mutter des Apollon und der Artemis
METIS, Göttin der Einsicht
MORPHEUS, Gott des Schlafs, Sohn des Hypnos
NEMISIS, Göttin der Gerechtigkeit
NEREUS, ältester Meeresgott
NYX, Göttin der Nacht
OKEANOS, TETHYS, KRONOS und RHEA, Kinder von Gaia und Uranos
PALLAS ATHENE, Göttin der Weisheit und des altgeheiligten Rechts
PAN, Gott der Hirten
PEGASOS, göttliches Pferd mit Flügeln
PHOBOS, Gott der Furcht
PLUTOS, schützt die Fülle der fruchtbaren Felder
POSEIDON, Gott des Meeres
SELENE, Göttin des Mondes
SKAMANDER und SIMOEIS, Flußgötter
THEMIS, Göttin der Gerechtigkeit
THETIS, Tochter des Nereus, Mutter des Achilles
ZEUS, Göttervater

DIE GRIECHEN

ACHILLES, Sohn der Göttin Thetis und des Peleus
AGAMEMNON, König von Mykene, Völkerfürst der Griechen
AIAS, der Kleine, König aus dem Lokrerland
AIGEUS, Vater des Theseus
AITHRA, Mutter des Theseus
AJAX, der Große, Sohn des Telamon
AMPHIMACHOS, Führer der Eleer
ANTIKLEIA, Mutter des Odysseus
ANTILOCHOS, Sohn des Nestor
ARIADNE, Tochter des Königs Minos, Gattin des Theseus
ASKALAPHOS und JALMENOS, Herrscher der Böotier
ATREUS, Vater von Agamemnon und Menelaos
ATTOS und BELOS, Boten aus Sparta
DAIDALOS, Baumeister aus Athen (Kreta), Vater des Ikaros
DEIDAMIA, 1. Geliebte des Achilles
DIOMEDES, König von Argos, Freund des Odysseus
ELPENOR, Navigator des Odysseus
ELPHENOR, König der Abanten
EPEIOS, Erbauer des Trojanischen Pferdes
EUMAIOS, Knecht (Hirte) des Odysseus auf Ithaka
EURYKLEA, Amme des Odysseus
HELENA, Tochter des Zeus und der Leda, Gattin des Menelaos, (Paris)
HERAKLES (†), Halbgott, größter Held der Griechen
HERMIONE, Tochter des Agamemnon und der Helena
IDOMENEUS, König von Kreta
IKARIOS, Vater der Penelope
IKAROS, Sohn des Daidalos, Baumeister und Flieger
IPHIGENIA, Tochter von Helena und Theseus, Stiefkind Agamemnons
IPHIS und MAJA, Gespielinnen des Achilles und des Patroklos
KALCHAS, Seher und Priester des griechischen Heeres
KASTOR und POLYDEUKES, Söhne des Tyndareos und der Leda
KATREUS, Großvater des Agamemnon und des Menelaos
KITHAIRON, König von Platäa, Freund des Zeus
KLYTÄMNESTRA, Schwester Helenas, Gattin des Agamemnon
LAËRTES, Vater des Odysseus
LEDA, Gattin des Tyndareos, Geliebte des Zeus, Mutter der Helena
LYKOMEDES, König von Skyros, Vater der Deidamia
MACHAON und PODALEIRIOS, Ärzte, Söhne des Gottes Askleipios
MEDON, Herold des Odysseus
MENELAOS, König von Sparta, Bruder Agamemnons, Gatte Helenas
MENESTHEUS, König von Athen
MENTOR, Freund des Odysseus, Verkörperung der Pallas Athene
MERIONES, Prinz von Kreta
MINOS, alter König von Kreta
NEOPTOLEMOS, Sohn des Achilles und der Deidamia
NESTOR, König von Pylos
ODYSSEUS, König von Ithaka
PALAMEDES, Erfinder, Häscher Agamemnons, Feind des Odysseus
PATROKLOS, Freund des Achilles

PELEUS, König von Phthia, Gemahl der Thetis, Vater des Achilles
PENELOPE, Gemahlin des Odysseus
PERIBOIA, Mutter der Penelope
PHEIDIPPOS und ANTIPHOS, Enkel des Herakles, Könige von Nisyros
PHILOKTET, tötete Paris
PHOKRIS, Freund und Kampfgenosse des Telephos
PHÖNIX, Mentor des Achilles
PLATAIA, Tochter des Kithairon (Standbild)
PROTESILAOS, König von Phylake, 1. gefallener Fürst vor Troja
SCHEDIOS und EPISTROPHOS, Könige der Phokier
SINON, Feldherr des Odysseus
STHENELOS, Wagenlenker des Diomedes
TALTHYBIOS und EURYBATES, Herolde des Agamenon
TELEMACHOS, Sohn des Odysseus
TELEPHOS, Sohn des Herakles, König von Teuthrania in Mysien
TEUKER, Bruder des Ajax von Salamis
TEUTHRANTIOS, Halbbruder des Telephos
THERESITES, Hetzer gegen die Fürsten im griechischen Heer
THESEUS, ehem. König von Athen, 1. Geliebter Helenas
TLEPOLEMOS, Sohn des Herakles, König von Rhodos
TYNDAREOS, König von Sparta, Ziehvater Helenas

DIE TROJANER UND IHRE VERBÜNDETEN

AENEAS, Sohn der Aphrodite und des Anchises
AGELAOS, Hirte des Priamos, Ziehvater des Paris
AKAMAS und ARCHELOCHOS, Söhne des Antenor
AMPHISOS und ADRESTOS, Prinzen aus Adrestaia
ANCHISES, Vater des Aeneas, Nachfahre Tros, des Gründers von Troja
ANDROMACHE, Tochter des König Eëtion, Gattin des Hektor
ANTENOR, Stadtrat in Troja
ANTIGONOS, König von Alexandria-Troas
ANTIMACHOS, Stadtrat in Troja
ASIOS, König von Arisbe
BRISEÏS, Tochter des Brises, Geliebte des Achilles
BRISES, Edler am Hof des Mynes in Lyrnessos
CHROMIS und ENNOMOS, Führer der Mysier
CHRYSEÏS, Tochter des Chryses, Geliebte des Agamemnon
CHRYSES, König und Apollonpriester in Chryse
DEIPHOBOS, 4. Sohn des Priamos
DIOMEDE, Tocher des Phorbas, Geliebte des Achilles
DOLON, Kundschafter der Trojaner
EËTION, König von Theben in Mysien

EPISTROPHOS und HODIOS, Führer der Alyber
EUPHEMOS, Führer der Kikonen
GYGES, Hirte des Priamos
HEKABE, Gattin des Priamos, Königin in Troja
HEKTOR, 2. Sohn des Priamos, Feldherr der Trojaner
HELENOS, 3. Sohn des Priamos
HIPPOTHOOS und PYLAIOS, Führer der Pelasger
IDAIOS, Herold des Priamos
IRIS, Herapriesterin in Thrakien
KASSANDRA, älteste Tochter des Priamos
KREUSA, jüngste Tochter des Priamos, Gattin des Aeneas
Kyknos, König von Kolonä
LAOKOON, Seher in Troja
LAOTHOE, Tochter des Lelegerkönigs Altes, Mutter des Polydoros
MESTHLES und ANTIPHOS, Führer der Maionen
MYNES und EPISTROPHOS, Herrscher von Lyrnessos
NASTES und AMPHIMACHOS, Führer der Karer
OINONE, Tochter des Flußgottes Kebren, 1. Gattin des Paris
PANDAROS, Prinz aus Zeleia
PANTHOOS, Stadtrat in Troja, Vertrauter des Priamos
PARIS, 1. Sohn des Priamos, 2. Gatte Helenas
PEIROOS und AKAMAS, Führer der Thraker
PHORBAS, König von Eresos auf Lesbos
PHORKYS und ASKANIOS, Führer der Phryger
POLITES, 5. Sohn des Priamos
POLYDOROS, 7. und jüngster Sohn des Priamos
POLYMESTOR, König von Thrakien
POLYXENA, zweitälteste Tochter des Priamos
PRIAMOS, König von Troja
PYLAIMENES, König der Paphlagonen
PYRAICHMES, König der Paionen
SARPEDON und GLAUKOS, Führer der Lykier
TEKMESSA, Tochter des Königs Teleutas, Gattin des Ajax
TELEUTAS, König in Phrygien
TENES, Sohn des Kyknos
THEANO, Gattin des Antenor, Schwester Hekabes, Athenepriesterin
TROILOS, 6. Sohn des Priamos

PERSONEN DER IRRFAHRT (ITHAKA)

AGELAOS, Freier
AIGYPTOS, Vater von Eurynomos
AIOLOS, Beherrscher der Winde
AMPHINOMOS, Freier
ANTIKLEIA, Mutter des Odysseus, Gattin des Laerte
ANTINOOS, Freier
ELPENOR, Navigator des Odysseus
EUMAIOS, erster Knecht des Odysseus und Schweinehirt
EUPHEITES, Vater des Antinoos
EURYDAMAS, Freier

Euryklea, Amme des Odysseus
Eurylochos, Gefährte des Odysseus
Eurymachos, Freier
Eurynomos, Freier
Halitherses, Ratsherr und Seher auf Ithaka
Kalypso, Nymphe
Kirke, Nymphe
Laërtes, Vater des Odysseus
Leiodes, Freier
Leiokritos, Freier
Medon, Herold des Odysseus
Melantheus, Ziegenhirte
Melantho, Magd bei Odysseus
Mentor, Freund des Odysseus, Verkörperung der Pallas Athene
Mesaulos, Schweinehirte, Helfer von Eumaios
Noëmon, Freund des Telemachos
Odysseus, König von Ithaka
Paireios, Freund des Telemachos
Peisandros, Vater des Eurydamas
Penelope, Gattin des Odysseus
Perimedes, Gefährte des Odysseus
Phemios, Sänger bei Odysseus
Philoitios, Rinderhirte
Polites, Gefährte des Odysseus
Polybos, Vater des Eurymachos
Polyphèm, Kyklop, Sohn des Poseidon
Sinon, Feldherr des Odysseus
Telemachos, Sohn des Odysseus und der Penelope
Theoklymenos, Freund des Telemachos aus Pylos

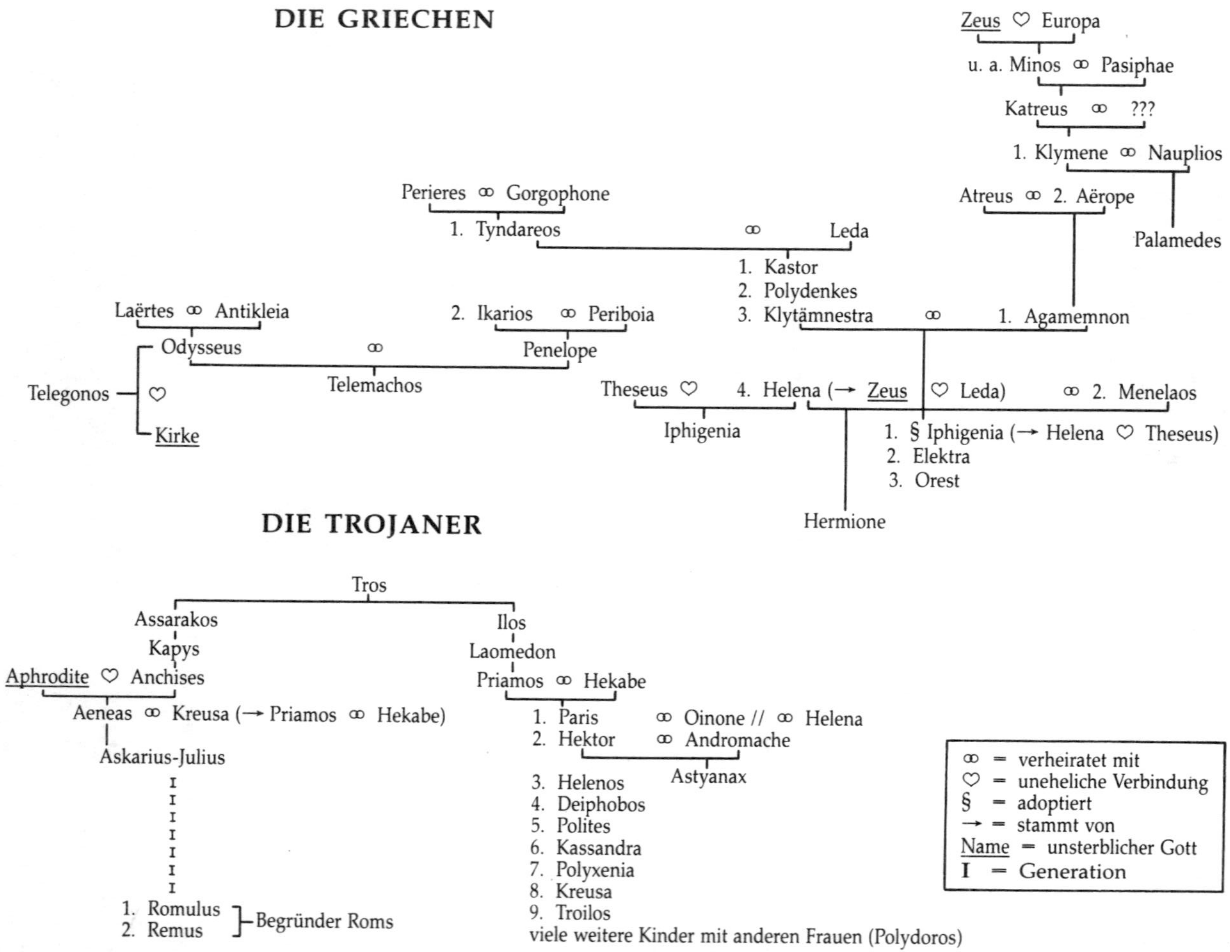
DIE GRIECHEN
Zeus ♡ Europa
u. a. Minos ∞ Pasiphae
Katreus ∞ ???
1. Klymene ∞ Nauplios
Palamedes
Atreus ∞ 2. Aërope
Perieres ∞ Gorgophone
1. Tyndareos ∞ Leda
1. Kastor
2. Polydenkes
3. Klytämnestra ∞ 1. Agamemnon
1. § Iphigenia (→ Helena ♡ Theseus)
2. Elektra
3. Orest
Laërtes ∞ Antikleia
2. Ikarios ∞ Periboia
Odysseus ∞ Penelope
Telemachos
Telegonos
♡
Kirke
Theseus ♡ 4. Helena (→ Zeus ♡ Leda) ∞ 2. Menelaos
Iphigenia
Hermione
DIE TROJANER
Tros
Assarakos
Kapys
Aphrodite ♡ Anchises
Aeneas ∞ Kreusa (→ Priamos ∞ Hekabe)
Askarius-Julius
I
I
I
I
I
I
I
1. Romulus
2. Remus
Begründer Roms
Ilos
Laomedon
Priamos ∞ Hekabe
1. Paris ∞ Oinone // ∞ Helena
2. Hektor ∞ Andromache
Astyanax
3. Helenos
4. Deiphobos
5. Polites
6. Kassandra
7. Polyxenia
8. Kreusa
9. Troilos
viele weitere Kinder mit anderen Frauen (Polydoros)
∞ = verheiratet mit
♡ = uneheliche Verbindung
§ = adoptiert
→ = stammt von
Name = unsterblicher Gott
I = Generation

DIE GÖTTER

Chaos

Gaia ∞ Uranos

- Iapetos ∞ Klymene
  1. Prometheus
  2. Epimetheus
  3. Menoitios
  4. Atlas ∞ Pleione
     1. Dione (1)
     2. Plejaden
     3. Kalypso
- Ozeanos ∞ Tethys
  1. Flüsse
  2. Seen
  3. Meere
  4. Metis
  5. Perse
- Hyperion ∞ Theia
  1. Helios ∞ Perse
     - Kirke
  2. Selene
  3. Eos
  4. Sterne
- Kronos ∞ Rhea
  1. Hestia
  2. Hera
     - Hephaistos
  3. Demeter
  4. Zeus (Hera ∞ Zeus)
  5. Hades
  6. Poseidon ∞ Amphitrite
     1. Triton
     2. Rhode
     3. Benthesikyme

DIE GELIEBTEN DES ZEUS

Zeus ♡ Eris
Ate

Zeus ♡ Metis
Pallas Athene

Zeus ♡ Themis
1. Horen
2. Schicksalsgöttinnen

Zeus ♡ Euronyme
Grazien

Zeus ♡ Demeter
Persephone

Zeus ♡ Mnemosyne
9 Musen

Zeus ♡ Leto
1. Apollon
2. Artemis

Zeus ♡ Maia
Hermes

Zeus ♡ Semele
Dionysos

Zeus ♡ Dione (2)
1. Amphitrite
2. Aphrodite

Zeus ♡ Niobe
Argos

Zeus ♡ Io (Isis)
Epaphos (Apis)

Zeus ♡ Danaë
Perseus

Zeus ♡ Antiope
1. Amphion
2. Zethos

Zeus ♡ Alkmene
Herakles

Zeus ♡ Europa
1. Minos
2. Rhadamanthys
3. Sarpedon

Zeus ♡ Leda
Helena

∞ = verheiratet; ♡ = uneheliche Verbindung; Name = sterblicher Mensch; § = adoptiert von …